DAS BESONDERE TASCHENBUCH

Heimito von Doderer

# Ein Mord den jeder begeht

Roman

WILHELM
HEYNE VERLAG
MÜNCHEN

Genehmigte, ungekürzte Taschenbuchausgabe
Umschlaggestaltung und Innenausstattung:
Christian Diener, München
Printed in Germany 1978
Gesamtherstellung: Ebner, Ulm

ISBN 3-453-43033-6

# 1. TEIL

## 1

Jeder bekommt seine Kindheit über den Kopf gestülpt wie einen Eimer. Später zeigt sich, was darin war. Aber ein ganzes Leben lang rinnt das an uns herunter, das mag einer die Kleider oder auch Kostüme wechseln wie er will.

Der Mann, dessen Leben hier erzählt werden soll – sein Fall hat innerhalb der deutschen Grenzen und noch darüber hinaus einige Neugier erregt, als hintennach die Sachen genauer bekannt wurden –, dürfte fast einen Beleg dafür abgeben, daß man des bewußten Eimers Inhalt nimmer abzuwaschen vermag.

Als Kind rief man ihn ›Kokosch‹, seiner eigenen ersten und stammelnden Aussprache des Namens Conrad folgend. Was er schon als Knabe ›sein Reich‹ nannte – und später in gehobener und angelesener Ausdrucksweise, ›mein Knabenreich‹ oder ›mein Kinderland‹ –, das war der eine auslaufende Flügel einer Großstadt, welcher seine Häusermasse jenseits eines breiten und von Schiffen befahrenen Kanales unter dem Dunst bis an den Himmelsrand hinstreute. In der Tat war diese Häusermasse nicht in allen ihren Teilen zu geschlossenen Zeilen und Gassen gestockt, sondern vielfach aufgespalten, von unverbauten Feldern und Wiesenplänen unterbrochen, auf denen alte Bäume des Auwalds, Gebüsch und Jungholz standen. Manche Straße hatte nur auf der einen Seite Häuser, die schon in einer geschlossenen Reihe dahinliefen, die andere Seite war jedoch leer. Hier sah man über Schotterhaufen, Holzstapel und das Geländer, welches sich rückwärts vor der absinkenden Böschung des Kanals hinzog, über diesen selbst weit hinüber zu der vielgeteilten Stadtmasse jenseits des Wasser, und auch entlang, wo diese langsam und glitzernd zwischen seinen zurückgelehnten Uferböschungen sich in einem Bogen nach links wandte. Dort stand der graugrüne Schaum der Baumkronen und dort traten die Wiesen heran. In der Ferne gab es Fabrikschornsteine, gereiht wie Pfeile in einem Köcher, und daneben noch die breiten und stumpfen Erhebungen der Gasometer, hinter deren von Gitterwerk überhöhtem metallischen Glänzen winters der Nebel, sommers das aufgekrauste Gewölk eines dampfigen Himmelsrandes lag.

In dem letzten Hause jener einseitigen Häuserzeile am Kanal wohnten Conrads Eltern im dritten Stockwerk, das sie allein als recht geräumige Behausung innehatten. Der Vater, Lorenz Castiletz, stellte zwar keinen reichen Mann vor, immerhin aber das, was man vermöglich zu nennen pflegt. Sein Arbeitsgebiet war der Tuchhandel, und er hatte zudem seit langem die Vertretung zweier holländischer Firmen, um welche man ihn nicht wenig beneidete, denn sie allein machten eine starke Stellung aus. Mit diesem Umstande und ferner damit, daß man unweit der Stadt eine an Grund und Boden, Haus und Hof, in ländlicher Weise begüterte Tante besaß, hing es zusammen, daß ›Kosch‹, noch dazu als das einzige Kind, welches er war, auch während der Kriegszeit und der schlimmen ersten Jahre nach dieser niemals nennenswerten oder gar seine Gesundheit bedrohenden Mangel litt. Jene Ereignisse gingen überhaupt am Hause Castiletz mehr auswärts vorüber. Der Vater, welcher sich auf eine merkwürdige Art – nämlich durch ein in längst vergangenen Jugendjahren allzu hingebungsvoll ausgeübtes Säbelfechten – einen Herzfehler zugezogen hatte, stand bei Kriegsanbruch nicht mehr im unmittelbar wehrpflichtigen Alter, und zudem wäre er aus dem erwähnten Grunde allein zum Felddienst untauglich gewesen. Zwischen Lorenz Castiletz und seinem Söhnchen klaffte ein Altersunterschied von siebenundvierzig Jahren.

Der Vater war ein großer und schöner Mann, mit langem, schwarzem Lockenhaar und einem kräftigen Schnurrbart, beides in anmutiger, ja beinahe koketter Weise von silbernen Fäden und Strähnen durchsetzt. Gutartig, freundlich und außerhalb seiner Geschäfte sehr zerstreut und unordentlich, konnte es jedoch bei ihm unversehens geschehen, daß er, von einem brutalen und wie nach innen gekehrtem Zorne plötzlich erfaßt, sozusagen schwarz wie Ebenholz wurde vor Wut und die unheimlichsten Beschimpfungen von sich gab. Die Wohnung verwandelte sich in solchen Fällen geradezu in einen Hohlraum des Schreckens, bis plötzlich der Vater bei irgendeiner Türe freundlich lächelnd ins Zimmer trat, bereit, sich bei jedermann zu entschuldigen, sei es bei der Mutter, die er küßte, sei es bei Kokosch, den er auf die Knie nahm. Aber das Erlebnis des plötzlich so tief verfinsterten Vaters wirkte bei dem Knaben nachhaltiger als die folgenden Tröstungen.

Einst war er in dem weißlackierten Vorzimmer von seinem tobenden Erzeuger betroffen worden, in einem ungelegenen, aber von seiten Kokoschs völlig schuldlosen Augenblicke: denn eben war jener im Begriffe, sich rechtzeitig zum Nachmittagsunterricht in die Schule zu begeben. Er hielt die Tasche mit den Büchern unterm Arme. Der Vater, dessen Stimme drinnen bei der Mutter urplötzlich laut geworden war, um alsbald in einen schreienden, ja brüllenden Ton überzugehen, kam durch die verglaste Doppeltüre des Empfangszimmers herausgeschossen und sah Kokosch da stehen, den er schon außer Hause geglaubt. »Du parierst, scheint es, auch nicht mehr Ordre, wie du solltest, du Kanaille!» fauchte er den Knaben an, mit verhältnismäßig leiser Stimme, was auf Kokosch den tiefsten Eindruck machte. »Marsch, marsch!« rief jetzt der Vater, packte den Kleinen – der augenblicklich vor Schreck zu weinen begonnen hatte – hart am Genick und stieß ihn zur Türe hinaus. Nach dem Unterricht wurde Kokosch diesmal von seinem Vater abgeholt – was den Knaben beim Heraustritt aus dem Schulhaus erschreckte, denn sonst pflegte solches nie der Fall zu sein –, aber Lorenz Castiletz überschüttete sein Söhnchen mit Zärtlichkeiten, stopfte den Buben beim Zuckerbäcker mit Kuchen und Schlagsahne voll und widmete sich ihm den Abend hindurch bei den Schulaufgaben – die solchermaßen im Handumdrehen fertig wurden – und beim Spielen. Er legte sich in seiner ganzen Größe auf den Bauch, um die Weichen der Uhrwerkseisenbahn genau und richtig stellen zu können, und die eintretende Mutter schlug bei diesem Anblick die Hände zusammen. Auch Kokosch war erfreut. Darunter ging das im Vorzimmer Erlebte doch in seine Träume ein, es waren stets schreckhafte Träume, in welchen er merkwürdigerweise die Matte aus braunem Rips, welche da draußen von der Eingangstüre bis zu der verglasten Tür des Empfangszimmers lief, mit einer außerordentlichen Deutlichkeit sah und jede Faser wie aus nächster Nähe, als ragte er selbst kaum zwei Spannen hoch über den Boden. Solches fehlte nie beim Traum vom zornigen Vater.

Jene plötzlichen Stürze ins Schwarz aber hatten bei Lorenz Castiletz durchaus und ausnahmslos die lächerlichsten Ursachen, und es war noch nie vorgekommen, daß er in dieser Weise bei irgendwelchen wichtigen oder auch nur einigermaßen erheblichen Angelegenheiten den Kopf verloren hätte. Sondern verrollte Kragenknöpfe und verknüllte Schlipse, verlegte Zettel, auf welchen nicht erledigte Besorgungen vermerkt waren: solches Gelichter lockte ihn in den Abgrund. Dieser letztere war zudem nicht immer ein nur vergleichsweiser, sondern wurde äußerlich sozusagen vorgeformt durch das Dunkel unter Schreibtisch und Sofa, wo etwa gesucht werden mußte, in tiefgebückter Stellung, welche für den entschieden zum Schlagfluß neigenden Mann mit dem geschwächten Herzen beklemmend war und ihn endlich – meistens unverrichtetersache – mit rotem Kopf wieder auftauchen ließ.

Wie viele schlampige Leute – deren Geheimnis wesentlich darin besteht, daß sie ein Ding hernehmen und gebrauchen, nie aber an seinen Platz zurücksetzen – behauptete er, man habe ihm etwas genommen oder verräumt, sobald es nicht an seinem Platze sich befand, was aber in dem stets neu ausbrechenden Chaos des Schreibzimmers geradezu übernatürlich gewesen wäre: bis auf die ersten zwei Stunden etwa, nachdem Frau Castiletz in Abwesenheit des Gatten wieder einmal Ordnung gemacht hatte. Hier aber lag vielleicht die größte Gefahr: denn ein solcher rationalistischer Eingriff zerstörte wieder alle jene im Leben gewordenen Pfade und Bahnungen des Gebrauchs, auf welchen dann die Dinge zwar einfach dahinten liegen blieben – woran sich aber ein im Halbschatten des Bewußtseins schnell und geschickt arbeitendes Gedächtnis des Suchenden wieder zurücktasten konnte; es gehört diese Fähigkeit zu den bedeutendsten und erstaunlichsten Seelenkräften der unordentlichen Leute: gerade sie aber wurden durch den Eingriff gelähmt, so daß nunmehr mit dem hellen Verstand gesucht werden mußte, welches Organ an sich ja ein kritisches ist; wehe, wenn den von ihm in solchen Fällen mit peinlichster Strenge geforderten Ordnungsörtern dann die äußere Entsprechung fehlte! Der Sturz in den Abgrund wurde möglich, ja mitunter unvermeidlich.

Man war also in Conrads elterlicher Wohnung nie ganz sicher, da es ja des Eintrittes äußerer Katastrophen oder Hiobsposten nicht bedurfte, um die Lage unhaltbar zu gestalten: vielmehr wurden jene im Hause selbst erzeugt. Man wird, auch ohne Frau Castiletz noch zu kennen, begreifen, daß sie solchem Wesen machtlos gegenüberstand. Es blieb ihr nichts anderes übrig, als sich's unter den Gegebenheiten so bequem wie möglich zu machen, und ihren Gatten Lorenz einschlagendenfalls nicht durch Widersprüche zu reizen. Hierin hielt sie sich wakker, und es ist auch völlig unvorstellbar, was sonst geschehen wäre. Denn ihre bloße sanfte Hinnahme bedeutete in gewissem Sinne ja auch schon eine Steigerung der zur Entladung gelangenden Gewalten – insofern nämlich, als Lorenz Castiletz dahinter stets eine besserwisserische Duldung witterte, die ihn bereits gewohnheitsmäßig nicht mehr ganz ernst nahm: und gerade das Letzte wollte er – wenn ebenholzschwarz – einmal gänzlich außer Zweifel gesetzt wissen.

Wer Frau Leontine Castiletz etwa persönlich gekannt hätte, der müßte dann auch wissen, daß es ein Wort gibt, welches ihr ganzes Wesen zulänglich umschreibt; es ist ja nicht eben ein Ausdruck von klassischer Haltung, jedoch hier vom Gehalte der Wahrheit erfüllt. Jenes Wort oder Wörtchen heißt: ›blümerant‹. Sie war eine blümerante Person, und seit das einmal von irgend jemand ausgesprochen worden, griff es hinter Frau Leontinens Rücken in ihrem Bekanntenkreise um sich, ja, es drang am Ende in die Verwandtschaft ein, wo man sich schon gar nicht stören ließ, sondern gleich ein Hauptwort schuf: ›Die Blümerante‹. Von da ab verschwand die Bezeichnung ›Leontine‹ gänzlich, es sei denn, daß die Trägerin dieses Namens gerade zugegen gewesen wäre.

Sie war eine hübsche Frau. Manche sagten, sie sähe so aus wie ihre Tante als Mädchen – das war jene, welche das Landgut besaß –, aber Leontine war viel zarter, so daß die Gutsbesitzerin, eine schöne und recht üppige Dame, jetzt neben ihr beinahe mächtig wirkte. Vielleicht lag das am Alter. Frau Castiletz war um volle dreiundzwanzig Jahre jünger als ihr Gatte.

Sie war dunkelblond, und ihre Augen schwammen in einem seltenen Veilchenblau. Diese etwas schräg gestellten Augen – die äußeren Winkel schienen höher zu liegen – schwammen tatsächlich mehr, als daß sie blickten. Trotz der beinahe geschlitzten Form waren sie groß. Aber jeder Mensch, der vor sich hinsieht, entsendet einen Blickstrahl wie einen fliegenden Pfeil, kraftvoller oder schwächer vorgeschnellt. Bei Frau Castiletz fehlte ein solcher Strahl. Ihr Schauen breitete sich gleichsam seitwärts aus, wie die Ringe um einen ins Wasser geworfenen Stein.

Ja, es stand um ihre Augen, wie der Hof um einen trüben Mond, ein ständiger Schleier einer gewissen Unaufmerksamkeit, ein ringweis nach außen zerstreutes Sehen weit mehr als ein Suchen und Halten des Mittelpunktes in dem, was sie ansah.

Kokosch liebte seine Mutter sehr. Er konnte stundenlang zufrieden und völlig schweigsam auf dem Boden spielen, wenn sie im Zimmer saß mit ihrem Stickrahmen, den sie immer hatte und an welchem sie bei der Arbeit vorbeizusehen schien. Mitunter mochte man den Eindruck haben, daß Frau Leontine ein klein wenig schiele, aber das war nicht richtig.

An solchen einsamen Nachmittagen früher Kindheit, in welche nur dann und wann das Klingeln der Straßenbahn, das Tuten eines Dampfers vom Kanale klang, war der Knabe zweifellos glücklich und in sich selbst ruhend (und viel später erinnerte er sich mitunter daran und auch an die fernen Geräusche). Von Zeit zu Zeit pflegte er die Spielsachen – eine Festung mit Soldaten, Schiffe, die große Eisenbahn und noch anderes und Schönes – sein zu lassen und zur Mutter zu kommen. Er hockte vor ihr auf dem Teppich und rieb seinen Kopf und auch das Gesicht an ihrem Bein in dem glatten Seidenstrumpf. Dann machte er sich schweigend wieder an das Spiel, wobei Kokosch sehr erfinderisch war, einzelnen Einfällen durch Tage und wie verrannt nachging und Störungen aufs äußerste nicht leiden mochte. Sein Vater, der kein schlechter Beobachter war, kam einmal – die auf den ersten Augenschein hin stets gleiche und doch allmählich gegenüber der Festung sich von Tag zu Tag verändernde Aufstellung der Armee bemerkend – durch vorsichtiges Fragen dahinter, daß des Söhnchens Spiele Zusammenhänge bis über acht Tage aufwiesen, die man eigentlich als durchaus logische bezeichnen konnte. Kokosch erklärte dem Vater damals auch eingehend und vertraulich, welche große Rolle die Eisenbahn bei alledem spiele, und zeigte ihm die entsprechende Veränderung der Gleisanlage.

Frau Castiletz gehörte nicht zu den erzählenden Müttern. Sonst hätte sie mitteilen können, daß der Kleine, ohne eine Uhr (die er wohl schon kannte) im Zimmer zu sehen, und ohne daß man hier von einem Kirchturme hätte schlagen gehört, mit auffallender Regelmäßigkeit alle halben Stunden sein Spiel unterbrach und zu ihr kam – wie sie in der Stille über ihrer Armbanduhr festgestellt hatte.

Es hätte auch nicht zu ihr gepaßt, solche Mütteranekdoten zu erzählen. Sie beanspruchte nicht die Aufmerksamkeit ihrer Mitmenschen, sie drang nicht vor. Sie saß nur irgendwo dabei, mehr nicht. Ihre Haare waren gekraust und sehr locker, und sie hatte überhaupt etwas Aufgekraustes, Zerfließendes oder Zerfahrenes an sich, wie weiße Windwolken an Sommertagen. Ihre Kleidung war ebenso, und bei bunten Kleidern bevorzugte sie mit stiller Hartnäckigkeit ganz groß geblumte Muster, was sie stärker erscheinen ließ als sie war und zudem nicht immer und in allen Fällen sonderlich geschmackvoll wirkte. Es gab da mitunter stilisierte Blumen, von denen eine allein über den Rücken und noch tiefer reichte. Es mußte angenommen werden, daß sie derlei sich eigens beschaffte und auswählte. Aber mit Worten hörte man sie gar niemals irgendeinen Standpunkt vertreten, irgendeine greifbare Meinung äußern. Sie war oft freundlich verwundert. Wenn sie sprach, zerfielen ihre Sätze, kaum entstanden, so wie ihr Blick in Ringe zerfiel, kaum entsandt. Sie schien immer wie ein fernes Segel am Rand des Lebens draußen zu treiben. Es fanden sich Leute, welche ihr bei alledem Affigkeit nachsagten: das war ebenso unrichtig wie die Beobachtung, daß sie schiele. Sie war nicht affig. Sie war blümerant.

Ihrer Herkunft nach stammte sie aus der ›Branche‹, wie man vorlängst meistens noch statt ›Zweig‹ oder ›Erwerbszweig‹ zu sagen pflegte. Ihr Vater war seinerzeit Tuchfabrikant gewesen, die Mitgift achtbar, wenn auch nicht bedeutend. Immerhin, auch wenn man von der damals noch zu erwartenden Erbschaft absah, hatte Lorenz Castiletz ›gut geheiratet‹ – so nennt man das häufig in bürgerlichen Kreisen –, als er mit fünfundvierzig Jahren das zweiundzwanzigjährige Mädchen bekam.

## 2

Conrads Elternhaus bildete, samt der einseitigen Straßenzeile, an deren vorläufigem Ende es stand, einen der letzten und neuesten Ausläufer des großen Stadtviertels jenseits vom Kanal, das aber in seinem Kerne ein trübes, ja selbst düsteres Gewinkel alter und zum Teil sogar uralter Gassen umschloß: sie blieben als Hintergrund den späteren Abschnitten und Zuständlichkeiten von Kokoschs Knabengeschichte vorbehalten. Diese spielte sich zunächst der Hauptsache nach in einem von drei Punkten begrenzten Gebiete ab. Der erste Punkt war die elterliche Wohnung und darin im besonderen Conrads Knabenzimmer, ein großer, heller Raum, mit weiter und bedeutender Aussicht, wie sich nach der Lage von selbst versteht. Der zweite Punkt lag jenseits des Wassers: das Schulhaus. Der Weg dahin war keineswegs weit, man mußte nur die Zeile zurück bis zu einer großen Brücke gehen, und dann lag's linker Hand, geradeaus am oberen Ende einer langen Straße, die etwas anstieg.

Lief man nach der Schule bergab, dann konnte man auf dem Bürgersteig große Geschwindigkeiten erreichen, was natürlich rudelweis geübt ward und nicht eben zur Freude der Erwachsenen. Der Vater Castiletz hatte Wert darauf gelegt, daß Conrad gerade diese Schule besuchte, und den Jungen dort rechtzeitig einschreiben lassen. Denn es waren jene fünf Klassen das Anhängsel einer großen Anstalt, worin junge Lehrer für ihren Beruf vorbereitet und gebildet wurden. Diesen dienten die Schüler gleich als pädagogische Versuchskaninchen; und das hatte zur Folge, daß hier immer auf die neueste und beste Art, welche man jeweils gerade zu haben glaubte, gelehrt ward, weshalb die Schule im Geruche besonderer Neuzeitlichkeit und Fortgeschrittenheit stand. In dem gleichen und beinahe riesenhaft zu nennenden Gebäude befand sich obendrein auch eine Mittelschule, so daß die Kinder, aufsteigend, am selben Orte und beim schon gewohnten Schulwege verbleiben konnten.

Der dritte Punkt in dem Dreiecke, das von ungefähr Conrads Knabenzeit umschloß und damit auch sein ›Reich‹ (›Kinderland‹, ›Knabenreich‹), lag so recht in dessen Schwerpunkte und zugleich an dessen äußerster Grenze: nämlich gerade gegenüber jenen Fabrikschloten, die wie gereihte Pfeile auf der anderen Seite des Kanals aufsprangen. Bis hierher pflegte er durch Wiesenpläne, Gebüsch und Auwald meist vorzudringen und im allgemeinen nicht weiter. Denn rückwärts standen wieder Häuser und Fabriken, lief die Eisenbahn, und vor allem das so gut wie endlose hohe Gitter eines Rennplatzes.

Conrad gehörte nicht zu jenen Knaben, die noch bis weit in die Mittelschule hinein mit einer Erzieherin gesegnet sind. Man ließ ihn bald frei herumlaufen als richtigen Straßenjungen, wenn er nur zur Zeit wieder heimkam. Die Eltern erwiesen sich hier als sorglos, ja bei Lorenz Castiletz schien die Zulassung solcher Freiheit aus einer Art von Überzeugung zu kommen. Kokosch war im Besitze jener großen Begabung, ja beinahe Kunst, welche jedes Schülerleben erleichtert ebenso wie das eines Rekruten: die Kunst, nicht aufzufallen. Er fiel weder durch Kenntnis noch durch Unkenntnis auf, seine Leistungen hielten sich sozusagen in einem schlichten Grau, ebenso wie sein Betragen, und so kam er durch eine Klasse nach der anderen als ein Mitläufer, an welchen sich die Lehrer schon gewöhnt hatten. Seinen Eltern bereitete er in diesen Sachen niemals Sorge. Lorenz Castiletz fand das selbstverständlich, und er hätte andernfalls den Jungen wahrscheinlich geprügelt.

Nein, die Bedenklichkeiten kamen hier aus anderen Ecken, und Conrads Knabenzeit war das ausgemachte Gegenteil von dem, was man damals eine ›Schülertragödie‹ zu nennen pflegte.

Unmittelbar vor dem Haustore begann eigentlich schon das ›Reich‹, wenn man so über die Straße blickte, zu den Holzstapeln, dem dazwischen wieder stückweis sichtbaren Geländer, über den Kanal und auf die Häusermasse an dessen anderem Ufer. Neben dem Hause lagen zunächst einige künftige Bauplätze, jedoch nicht umplankt, sondern offen und noch uneben, mit vielen Hüglein und Berglein, über welche spielende Kinder zahllose glattgetrampelte Pfade und Weglein getreten hatten und in die überall Löcher gegraben waren wie Tunnels und Straßen: es sah stellenweise aus wie der Bau irgendwelcher Nagetiere. Eine große Tafel auf zwei Pfosten kündete den Besitzer und daß diese Gründe käuflich zu erwerben seien. Die Tafel stand schon lange da, ihre Bretter waren fast grau von Wind und Regen.

Dieser etwas öde Platz war von den richtigen ›Steppen‹ oder ›Pampas‹ getrennt durch einen breiten Weg, der senkrecht gegen den Kanal und dessen Uferstraße herauslief.

Von da ab zogen sich die Wiesen weithin. Jüngere Laubbäume in Gruppen und Strichen standen an ihren Rändern, teilten sie da oder dort. In der Mitte aber, ganz frei auf solch einer graugrünen Fläche, erhob sich mitunter ein Riesenbaum, dessen höchste Zweige schon fern dort oben waren vor dem blauen Himmel und mit den Sonnenstrahlen verschmolzen. Unten pflegte der umfängliche Stamm fast immer glatt geschabt zu sein und ohne Borke: denn viele Kindergeschlechter hatten rundum Haschen gespielt. War der Baum hohl, dann hatte man überdies noch tiefe Grabungen im umgebenden Erdreich unternommen – die mit der Zeit zu rechten Fallgruben geworden waren –, um das Versteck zu vergrößern. Oder überhaupt zu keinem Zwecke, sondern um des Grabens willen. Immer fand sich dann wer, der tiefer scharrte. Zwei, drei kleine Jungen etwa und ein Mädchen, alle mit ernsten Gesichtern, schmutzigen Nasen und Händen.

Weite Flächen waren mit dichtem und auf den ersten Blick undurchdringlichem Gebüsch bedeckt. Aber es gab darin Weglein, und zwar ganz zahllose. Nicht breiter als ein sehr schmaler Mensch. Das Gebüsch stand dann links und rechts in übermannshohen Wänden. Man entdeckte mit Freude und Überraschung Hohlräume, ja ganze Zimmer in diesen Dickungen, mit

Wänden und Decken, die aus den zähen und langen Ranken der Schlingpflanzen fest geflochten waren. Jedoch, bevor man noch in der grünen Verborgenheit eines solchen Zeltes sich niedergelassen hatte, war man meist schon in einen Unrat getreten, wovon hier alles voll lag, wie sich bald zeigte. Die nächtigenden Stromer hatten sich keinen Zwang angetan.

Von all den vielen Jungen aus der Nachbarschaft, welche sich ständig hier herumzutreiben pflegten, war es eine bestimmte Gattung, die alsbald Conrads begierige Anteilnahme fesselte: jene nämlich, welche an Sommerabenden bei Einbruch der Dämmerung aus den Auen zurückkehrten mit großen Einmachgläsern, die sie an einem geschickt um den oberen Vorsprung gelegten Gehenk aus Bindfaden trugen. In den Gläsern war Wasser, und darin schwammen vierbeinige geschwänzte Geschöpfte herum, teils in prächtigen Farben, andere wieder sahen bleich und durchscheinend aus: allerlei Lurche, Kaulquappen und ähnliches Getier, aus stehenden toten Wasserarmen des großen Stromes erbeutet, der da weit rückwärts irgendwo lief, wohin man aber selten kam. Solcher Tümpel indessen gab es auch zwei in Conrads Jagdgründen; und gerade sie wurden von den Jungen bevorzugt, ihrer besonderen Ergiebigkeit wegen.

Denn jene erhielten vom Tierhändler für jedes unversehrte größere Stück einen Zehner, weil man solcher Wasserbewohner mitunter bedurfte, sei's zur Abgabe an Aquarienfreunde oder als Versuchstiere für gelehrte Anstalten. Es erscheint bemerkenswert, daß Conrad von diesem geldlichen Hintergrunde der Forschung in den Tümpeln und des vielen Herumsteigens und Herumfischens darin erst viel später zufällige Kenntnis erhielt, als er beinahe schon erwachsen war. Hier hatte ein sicherer Zusammenhalt jeden unerwünschten Wettbewerb ausgeschlossen.

Conrads Verhalten diesen Jungen gegenüber, mit denen er alsbald bekannt wurde, war aber eigentlich ein solches, das ihn hätte beliebt machen müssen. Am ersten Nachmittage, da er sie begleitete, gebrauchte er zum Beispiel gleich – und mit einer gewissen Feinhörigkeit und Eilfertigkeit – ihre für ihn mitunter recht fremde Ausdrucksweise, einschließlich der eigentümlichen Namen, die sie den Tieren gaben, welche dem kleinen Castiletz freilich aus der Naturgeschichte unter ganz anderen geläufig waren. Aber er bediente sich der ihren. Einen sprach er auch mehrmals vollkommen verdreht aus, die Jungen sahen sich an und lachten, verbesserten ihn aber nicht. Beim Fangen erwies sich Conrad als geschickt. Seine Beute kam auch in die großen Einmachgläser. Abends streunte er dann mit den Jungen durch die Wiesen und Buschwälder heimwärts und in die ersten Gassen hinein. Hinter den Bäumen lag ein langer rötlicher Streif am Himmel, in der herabsinkenden Dunkelheit lärmten die Wagen, klingelten die erleuchteten Straßenbahnzüge: es schien ihm fast ungewohnt, nach so vielem Entlangschlüpfen durch das Uferdickicht, Waten mit bloßen Füßen, wo sich eine sandige, schlammfreie Stelle fand, nach so stundenlangem versunkenen Hineinstarren in das Wasser, immer wieder den Bewegungen eines kleineren oder gar größeren höchst anziehenden Geschöpfes gespannt folgend, bis es in Reichweite der Hand kam, mit einem ruhigen, sehr aufmerksamen Griffe von rückwärts genommen werden konnte, jetzt als greifbarer Erfolg in des Wortes genauester Bedeutung in der Hand zappelnd sich regte: herausgehoben sah es dann, samt dem Schlamm, der immer dabei war, jedesmal kleiner aus, als Conrad erwartet hatte.

Einzelne von den Jungen fielen am Heimwege da und dort in seitliche Gassen ab, sie gaben den anderen kaum einen Gruß, als sie sich entfernten, und Kokosch beachteten sie überhaupt nicht. Dieser ging am Ende mit dem Letzten, welcher mit ihm noch ein Stück des Heimweges gemeinsam zu haben schien, weiter. Conrad begann zu sprechen, fragte, in welche Schule jener gehe, und ob es noch größere Molche dort in dem Wasser gebe als die heute gefangenen. Die Antworten des anderen Knaben hatten sozusagen einen sehr kurzen Atem. Bei seinem Haustore grüßte er mit einer merkwürdigen Förmlichkeit in einer fühlbar für diesen Anlaß gereinigten Sprache und verschwand hinein.

Daheim in seinem Zimmer suchte Conrad, gleich nachdem er das Licht angedreht hatte, einen kleinen roten Eimer hervor, den er aus früheren Zeiten, vom Graben am Sandhaufen her, noch besaß, ging in die Küche, wo schon das Abendbrot vorbereitet wurde, und ließ das Gefäß voll Wasser laufen, um es so auf sein Dichthalten zu prüfen.

Nach dem Abendessen überblickte Conrad die Sachlage bei den Schularbeiten und vertiefte sich auf das heftigste ins Latein und in die Geographie. Um halb zwölf Uhr nachts kam sein Vater vor dem Schlafengehen noch herein, verwundert über das späte Licht.

»Nun, mein Armer«, sagte er, »noch so viel zu lernen für morgen?«

»Nein, Vater«, sagte Conrad wahrheitsgemäß, »ich war schon heute nachmittag um fünf Uhr fertig. Aber ich will morgen etwas länger in die Auen gehen, und so arbeite ich im voraus für übermorgen.«

»Ja, das sind so die Geschäftsdispositionen«, sagte Lorenz Castiletz beiläufig, lachte, streckte die Arme über den Kopf empor und gähnte dann. »Geh nur bald zur Ruhe, mein Junge.«

Auch die Mutter kam noch. Conrad drückte mit einer gewissen kaum merklichen Heftigkeit seinen Kopf an ihre Schulter. –

In der Au, am folgenden Nachmittage mit seinem roten Eimerchen anlangend, fand er den Platz noch leer, die Ufergebüsche noch nicht bewegt von hindurchschlüfenden Knaben, das Wasser noch nicht rauschend und plätschernd vom Waten darin. Er setzte den trockenen Eimer ins Gras, bei einem alten Baume, der, flach gekrümmt, ein Stück noch fast waagrecht über den Boden hinlief; dann erst schwang sich der Stamm empor. Es sah aus wie eine Ruhebank. Conrad setzte sich. Am anderen Ufer drüben, wo das Wasser tief war, hingen die Wipfel von Baum und Strauch über, stellenweise bis in den Spiegel hinein. Der Himmel war von blassem und doch heißem Blau, darin ferne hohe Baumkronen standen wie Wolken.

Die herrschende Stille beklemmte Kokosch ein wenig, nicht aber mit der Empfindung eines schweigenden Druckes von allen Seiten, wie dies gewöhnlich ist, sondern durch ihre Weiträumigkeit, in welche er sich gleichsam verteilt fühlte, ohne solchem Gefühl doch Folge geben zu können. Dort drüben schwammen die fernen Baumkronen in der Höhe. Hinter ihm lief der Tümpel, teils zwischen Stämmen und Gebüsch, dann wieder von den sich leicht absenkenden Wiesenflächen begleitet, ein Stück nach rückwärts und endete vor einer hohen Böschung, die zu dem Rennplatze an den Grenzen des ›Reichs‹ gehörte. Linker Hand von der natürlichen Ruhebank, auf der Conrad saß, floh freie ›Steppe‹ weit hinaus. Dorthin wäre er jetzt am liebsten gelaufen, wenn es schon nach allen Seiten zugleich nicht möglich war. Indessen er blieb sitzen, fast bewegungslos, und blickte auf das rote Eimerchen zu seinen Füßen im Grase. Pötzlich dachte er sehr lebhaft an die Mutter, wie sie gestern abends noch in seinem Zimmer gestanden hatte. Er fühlte einen feinen, jedoch scharfen Zug in der Nähe des Herzens, sprang zu Boden und nahm den Eimer auf.

Es gelang ihm bald, zwei schwarze Wassersalamander von beträchtlicher Größe zu erbeuten, da die Tiere, von niemandem noch aufgescheucht, nahe beim grasigen Ufer an einer ganz flachen Stelle gesessen hatten. Als er den zweiten in dem nun halbgefüllten Eimer barg, raschelte das Gebüsch, planschte da und dort schon das Wasser, tauchten am Ufer entlang überall die Knaben auf. Sie mußten Conrad zuerst gesehen haben, hatten ihn jedoch nicht angerufen. Der zuletzt gestern mit ihm gegangen war, fragte nun, ob Conrad schon etwas habe. Dieser zeigte die zwei Tiere im Eimerchen und stellte das rote Gefäß zu der Gruppe von Einmachgläsern, die in hohem Gras bei dem Baume niedergesetzt worden war.

Das Wasser entlang tönten schon einzelne erregte Rufe derjenigen Jungen, die gleichfalls jetzt Beute gemacht hatten.

Conrad verfolgte sein Ziel, noch einen dritten großen Molch zu bekommen. Er ließ zwei oder drei kleinere Stücke ungefangen und erreichte, was er wollte, erst nach einiger Zeit, und zwar auf der anderen, tiefen Seite des Tümpels, abseits von den lärmenden Knaben. Ein großer, wohl über spannenlanger Bursche saß dort am Rande, den breiten Kopf fast aus dem Wasser erhoben. Die geringste unvorsichtige Bewegung allerdings konnte ihn zurück in die Tiefe scheuchen. Zudem war das Ufer hier steil und nicht anders zugänglich, als daß man sich an einem Stamme hielt. Ein vorhängender Ast wäre hierzu wohl besser geeignet gewesen, mußte jedoch durch sein Schwingen und Rauschen den ganzen Plan vereiteln. Conrad überlegte genau jeden Griff, behielt das Tierchen dabei im Auge, und der Feldzug gelang. Nun mußte er mit seiner zwischen den hohlen Händen sorglich und doch fest gehaltenen Beute um den Tümpel wieder herumgehen, bis dorthin, wo sein roter Eimer mit den beiden anderen Molchen stand. Beim Baum hockte einer von den Knaben. Als Conrad das Gefäß aufnahm, fand er es leicht und leer, ohne Wasser und ohne Tiere. »Wir haben sie gleich rübergetan«, fand nun der andere doch für nötig zu erklären und wies auf die großen Gläser, worin jetzt Conrads frühere Beute schon zusammen mit anderer schwamm. »Gut«, sagte Conrad ohne weiteres, »da werde ich mir neue fangen, denn ich will heute auch welche mitnehmen.« »Sie fressen Fliegen«, sagte der Junge und blinzelte listig. »Nein, sie fressen keine Fliegen, sondern Regenwürmer und ähnliches, leben aber mitunter sehr lange auch ohne Nahrung«, antwortete Kokosch, und, zu seiner Verwunderung, ohne Angleichung an die

Sprechweise seines Gegenüber: es klang ihm selbst, als hätte er aus einem Schulbuch vorgelesen, und er lachte. Der Eimer wurde wieder halb gefüllt, der Neuling hineingesetzt. Nun behielt jedoch Conrad sein Gefäß bei sich, was auch wegen der zu erhoffenden Beute besser war, denn er ging wieder weit um den ganzen Tümpel auf die andere, tiefe Seite.

Es dauerte lange genug, bis Ersatz für die entwendeten Tiere gefunden war, jedoch befand sich darunter das größte Stück, welches Conrad bisher überhaupt gesehen hatte. Als wieder drei Molche im Eimerchen herumschwänzelten, fing Conrad dennoch weiter, aber was er nun erbeutete, brachte er den Jungen und setzte es in ihre Gläser. Jene zeigten sich zum ersten Male einigermaßen freundlich gegen ihn – und vornehmlich der eine, dem er sozusagen den Text aus dem Lehrbuch gelesen hatte –, sie dankten für die Stücke, die er ihnen gebracht, liefen alle um den roten Eimer zusammen und bewunderten den ›Riesen‹.

Als Kokosch jedoch gesprächig wurde und sich, sonderlich auf dem Heimwege, mit Gewandtheit der Ausdrucksweise seiner neuen Freunde befliß, versanken diese wieder in ihre frühere Einsilbigkeit.

Zu Hause angelangt, weihte Conrad sogleich nach dem Aufschließen der Türe das Stubenmädchen in seinen neuen Schatz ein. Sie war eine ganz junge und noch recht kindische Person, die dem Knaben stets wohl wollte. In seinem Zimmer betrachteten beide angelegentlich die Tiere im Eimer und beschlossen dann, diesen auf den Kasten hinaufzustellen, welches der sicherste Platz war, und die Beschaffung eines größeren und standfesteren Gefäßes.

Es gab einen Glasermeister beim Schulgebäude – sein Geschäft sollte übrigens in Kokoschs näherer Zukunft noch eine bedeutende Rolle spielen –, der auch allerhand Waren seines Zweiges führte, Spiegel, Krüge, Flaschen, mancherlei Gefäße für besondere Zwecke, und obendrein kleinere und größere Wasserbehälter oder Aquarien. Sie waren völlig aus Glas gegossen, in flacheren oder höheren Formen zu haben, und Conrad hatte sie oft in dem kleinen Schaufenster stehen gesehen, ohne ihnen weitere Beachtung zu schenken: jetzt aber entsann er sich ihrer. Als am nächsten Tage die Schularbeiten überblickt und nach zwei Stunden auch beendet waren – Geschäftsdispositionen und ihre Durchführung, um mit Lorenz Castiletz zu reden, und eigentlich paßte das gut auf die Haltung des Söhnchens in diesen Sachen! –, danach also machte sich Conrad, unter Mitnahme seiner gesamten Barschaft, auf den Weg zum Glaser. Hier zeigte sich erfreulicherweise, daß die Preise weit niedriger waren als Kokoschs Voranschlag, und so konnte ein Gefäß von ziemlicher Größe als Palast für die Molche angeschafft werden. Es war länglich und mehr breit als hoch. Halb mit Wasser gefüllt – dieses wurde eigens in einem großen alten Kruge aus dem Tümpel geholt, samt den schwimmenden Linsen und anderen Pflanzen –, entsprach es seinem Zwecke vollkommen, und die schwarzen Tiere schwänzelten eilfertig darin herum, mit Bewegungen, die manchmal ein wenig an die der Forellen erinnerten.

Es war eine seltsame Zeit. Es war die Molchzeit! Kokosch erwachte des Nachts in seinem Bette, das so stand, daß er von den Kissen durch das zweite Fenster gerade gegenüber hinaussehen konnte. Einzelne Dachkanten des ansteigenden Stadtteiles jenseits vom Kanale setzten sich fern und von irgendeinem unbestimmten Lichtschimmer bestrahlt vor dem dunklen Himmel ab. Ein Scheinwerfer wanderte mit seinem Widerglanz über die Zimmerdecke. Ein ferner Eisenbahnpfiff ertönte von der Gegend des Rennplatzes her, wo der Bahnkörper lief. Unweit davon lag in der Dunkelheit auch der Molchtümpel. Ob die Tiere wohl Heimweh hätten, fragte Conrad sich plötzlich. Ein leises Glucksen ließ sich hören; sie erzeugten oft solche kleinen nächtlichen Geräusche, die in Kokosch ein beinahe zärtliches Gefühl erweckten. Er glitt aus dem Bett, nahm seine elektrische Taschenlampe und, auf einem Sessel stehend, beleuchtete er das Aquarium oben am Kasten. Da stieg schon einer auf und ab hinter der Glaswand, durch sachte Ruderschläge des platten Schwanzes sich hebend, beim Sinken die Vorderbeine ausgebreitet, die wie kurze Arme mit kleinen Händchen aussahen. Der breite Kopf war Kokosch zugewandt, und die winzigen dunklen Perlen der Augen sahen ihn geruhig an.

## 3

Um diese Zeit gewann Kokosch, eigentlich erstmalig, einen Freund in der Schule, denn bisher war sein Umgang mit den Kameraden ein nur oberflächlicher und gelegentlicher gewesen, im Schulhause selbst und an den verschiedenen Stätten und Plätzen körperlicher Übung und Erziehung.

Jener Junge hieß Günther Ligharts, stammte aus dem Norden und war vornehmer Leute Kind. Als Lorenz Castiletz aus dem Munde seines Söhnchens in zufälliger Weise den Namen hörte, wußte er über die Familie gleich Bescheid. Sie bewohnte ein großes Haus, das im Villenviertel der Stadt lag. Der kleine Günther hatte zum erstenmal auf dem Heimwege von der Schule mit Kokosch etwas länger gesprochen und war dabei mit ihm gegangen, obwohl die Straßenbahn, welche jener benutzen mußte, in einer anderen Richtung zu erreichen gewesen wäre. Nun, als Mittelschüler, pflegte man allerdings die lange gerade Straße bis zur Brücke über den Kanal nicht mehr aus Leibeskräften bergabrennend zurückzulegen, sondern man schlenderte gemächlich und hatte daher Zeit zu Gesprächen. Ja, man ging sogar eben wegen dieser Gespräche recht langsam und blieb an den Ecken stehen. Kokosch erzählte, wie es ihm gelungen sei, die Molche zu füttern. Er hatte Regenwürmer ausgegraben, aber eigentlich wenig Hoffnung gehabt, daß die Salamander in der Gefangenschaft fressen würden, und deshalb schon beschlossen, die Tiere von Zeit zu Zeit auszutauschen, das heißt, andere zu fangen und die bisherigen Bewohner des Aquariums an dem Orte ihrer Herkunft wieder in Freiheit zu setzen. Jedoch als er zum ersten Male einen Wurm in das Wasser des Behälters hineinhängen ließ, dauerte es gar nicht lange, bis ein Molch herbeischoß und anbiß, den Wurm mit seltsam schaukelnden Bewegungen Stückchen um Stückchen in sich hineinbeutelnd, bis er ganz verschwunden war. Ja, Kokosch bemerkte bald, daß er dabei das andere Ende des Regenwurmes nicht loszulassen, sondern nur ein wenig nachzugeben brauchte: den Salamander störte das wenig, er fraß sozusagen aus der Hand. Ließ jedoch Conrad loß, dann geschah es häufig, daß ein anderer von den drei schwarzen Brüdern das freie Ende verschluckte, worauf es am Grunde des Wassers nun zwischen beiden Fressern zu einer Art Tauziehen kam – die Kämpfer stemmten dabei ihre Beinchen höchst niedlich gegen den Boden –, oder aber die Schlingenden schließlich mit den Köpfen zusammenstießen und jeder sein Teil abbiß.

»Du, höre, das möchte ich aber gerne sehen«, sagte Günther, »darf ich mal zu dir kommen?«

»Ja freilich!« antwortete Kokosch erfreut. Günther ging noch bis über die Brücke mit. Ein Dampfer kam den Kanal herab und legte seinen hohen Schornstein um. Die Jungen, über das Geländer gebeugt, sahen zu, wie das Schiff, mit den vielen Einzelheiten seines Decks und den Männern, die sich darauf bewegten, unter ihnen wegglitt, wobei man durch einige Augenblicke die Empfindung hatte, samt der ganzen Brücke stromauf zu fahren. Kokosch hielt seine Molche drei Tage lang knapp bei Futter, sammelte aber Würmer von geeigneter Größe in die Blechbüchse ein.

Am dritten Tage gegen fünf Uhr kam Ligharts, wie verabredet. Als es schellte, lief Conrad in den Vorraum. In dem lichten Treppenhause stand der blonde Junge vor der Tür, und Conrad fühlte sich, wie schon einmal, in seltsamer Weise bewegt durch Günthers Antlitz, das, wenn auch breit und mit auseinandergestellten Augen, doch eine Überschärfung der Züge wies, als hätte man jeden einzelnen noch einmal nachgezogen, und eine Zierlichkeit im Ausdruck, die irgendein weit hinter diesem Gesichte liegendes sehr helles Geheimnis ahnen ließ.

Während sie dem putzigen Herumschießen, Schnappen und Beuteln der Molche zusahen – Günther konnte davon nicht genu bekommen, und sie verfütterten den gesamten Vorrat aus der Blechbüchse – trat das Mädchen ein, das auf Weisung Frau Leontinens für beide Knaben den Nachmittagskaffee und Kuchen brachte. Conrad setzte sich mit Ligharts, nachdem sie im Badezimmer die Hände gewaschen hatten, an das kleine Tischchen vor dem breiten Fenster, und Günther, der sich hier augenscheinlich wohl zu fühlen schien, langte gleich zu. »Eine schöne Aussicht hast du da«, sagte er, mit dem Kuchen im Mund, schluckte und setzte hinzu: »Dieses Zimmer ist überhaupt gut, ich meine, es muß hier gut sein, und das ist doch sehr wichtig.« »Ja«, antwortete Conrad und wurde für einen Augenblick nachdenklich, »es ist wichtig.« Ligharts sprach ein ganz außerordentlich reines Deutsch, wovon er niemals abwich. Es war jedoch diese Sprache, die nicht nur von einer grammatikalischen Ordentlichkeit lebte, unbestimmbar nach ihrer Herkunft: man hätte daraus nicht sogleich entnehmen können, daß dieser Knabe gerade aus dem Norden stammte. Vielmehr schienen Sprachton und Ausdrucksweise sich von vielen, ja vielleicht von allen deutschen Mundarten sozusagen im geheimen zu nähren, wodurch Günthers Art zu reden bei aller Sauberkeit doch nie der Wärme ermangelte. Conrad vermochte sich diesen Sachverhalt allerdings nicht klarzumachen, jedoch er empfand ihn lebhaft auf seine Art.

»Du lernst fechten?« fragte Günther, als er Conrads Fechtzeug, Rapier, Maske und Handschuh, in der Ecke sah. »Aber in der Schule nimmst du nicht am Fechtunterricht teil.«

»Mein Vater meint, daß beim Fechten mehr Einzelunterricht notwendig sei, als man in der Schule erteilen könne. Er ist heute noch Vorsitzender des Fechtklubs ›Hellas‹ und läßt mich dort mit dem sogenannten Nachwuchs unterrichten.«

»So dachte ich auch oft«, meinte Günther, »daß nämlich diese Übungen in langen Reihen, zu dreißig und vierzig, nie den Wert eines Einzelunterrichtes erreichen könnten. Zudem ist mein alter Herr der gleichen Meinung.«

»Willst du bei ›Hellas‹ fechten? Ich sag's meinem Vater, und er läßt dich in den Nachwuchs aufnehmen.«

»Ja doch! Wenn du das einrichten könntest, das wäre fein.«

Günther begann plötzlich wieder von den Tieren zu sprechen und fragte mitten aus diesem Zusammenhang, ob Conrad ein Bild ›Der Kampf mit dem Drachen‹ von einem Maler namens Böcklin kenne.

Nein, Conrad kannte das Bild nicht. »Dort ist der Drache wie ein Molch gebildet, ganz so wie die deinen dort oben, nur groß und gepanzert«, holte Günther aus. Was nun zum Vorschein kam, war erstaunlich. Er wußte genauesten Bescheid in diesem Teil der Geschichte des Tierreiches: etwa, daß die Lurche gegenüber den Reptilien einen älteren Zweig darstellten, wovon man viele Überreste besitze, daß aber heute noch eine sehr große Salamanderart in Japan lebe, über einen Meter lang. Weiter sprach Günther von den eigentlichen Drachen früherer Zeitalter, von den Schlangendrachen, den Flugdrachen, deren Schwingen bis zu neun Metern klafterten, von den riesenhaften ungeflügelten Arten, wandelnden Bergen gleich: und er beschrieb lebhaft und genau die damalige Landschaft, und sagte, das Antlitz der Erde unter dem heißen Himmel jener Zeiten müsse einen Zug unendlicher Leere und Offenheit gehabt haben, mit den wandernden Gruppen zauberischer stummer Tiere, den flachen Bergen, den eben erst vom Wasser verlassenen Ebenen, den starren Formen der Schachtelhalmwälder mit ihren von Leben wimmelnden Sümpfen.

Conrad sah in den Abend hinaus, der schon mit breiten rötlichen Lichtbahnen über den Stadtteil jenseits des Kanals trat. Eine Fensterreihe begann im Widerschein zu strahlen. Was er eben hörte, schien ihm wunderbar und neu. Aber das eigentlich Neue, wie es ihn berührte, war, daß Ligharts sich offenbar ganz aus eigenem mit alledem beschäftigt hatte. Man konnte also aus freiem Entschluß und Ermessen sich irgendeiner Sache zuwenden. Man konnte also – in irgendeine Richtung gehen. Er sah sich plötzlich selbst dort am Wasser auf dem waagrecht laufenden Stamme des Baumes sitzen, ganz still sitzen. Aber was dies nun bedeuten mochte, das wußte er nicht.

»Du hast dich mit alledem beschäftigt?« sagte Kokosch. »Und wie kamst du darauf, wie verfielst du gerade darauf?«

»Ja«, antwortete Ligharts, »das könnte ich nun gar nicht angeben. Weißt du denn, wie du eigentlich auf deine Molche verfallen bist? Hast du eines Tages dich selbst gefragt: Was will ich haben? – und die Antwort lautete: Ich will Molche haben?«

»Nein, so war es nicht«, sagte Conrad.

»In der Tat, so war es nicht, auch bei mir nicht. Sollte aber wohl so sein. Dann wäre man – frei und täte, was man will.«

»Frei –«, sprach Conrad nach. Ein kleines Glucksen ertönte in der folgenden Stille. Er blickte, beinah verstohlen, zum Aquarium hinauf. Ligharts bemerkte es wohl.

»Komm«, sagte er, »laß mich deine niedlichen Burschen noch einmal ansehen. Sie sind zu nett.«

Nun standen sie wieder auf Stühlen und schauten in das Bekken hinein, dessen Wasser von zwei Taschenlampen durchgeleuchtet war, denn Ligharts hatte auch eine im Sack gehabt. Die zarte, tiefschwarze Haut der Tiere glänzte auf, wenn der Lichtkegel sie streifte, und ihre platten Ruderschwänze erschienen ganz durchsichtig.

## 4

Es scheint bemerkenswert, daß Kokosch, trotz des nunmehr häufigeren Umgangs mit Günther Ligharts, gleichwohl immer wieder Zeit zu finden wußte für seine in den Auen nach Molchen, Wasserschnecken und Schwimmkäfern fischenden Freunde. Er kümmerte sich um sie, ja, es wäre fast erlaubt zu sagen, daß er sich um sie bewarb. Neuestens sogar mit Zuckerwerk, wovon er auf dem Wege zu ihnen eine Tüte voll einzukaufen pflegte. Conrad hatte für Näschereien keinerlei Vorliebe – zum Unterschied von Günther, welcher derlei nahm, wo er's nur kriegen konnte –, aber er bot sie den Naturforschern dort am Tümpel an, die sich nicht selten in einer befremdlichen Weise zierten, sodann etwa sagten: »Ich bin so frei«, und zwar mit einem sozusagen zusammengenommenen und dabei säuerlichen Munde – und nun endlich zugriffen, um alsbald wieder in ihr plattnasiges und mürrisches Wesen zurückzufallen.

Conrad verhielt sich eigentlich so, als hätte er bei diesen Knaben irgendeine Sache von Wichtigkeit unerledigt gelassen, die hinter sich zu bringen ihm durchaus nicht gelingen wollte. Er empfand es in der Tat in solcher Weise. Seine Anstrengungen nahmen zu – und sie führten ihn denn eines Tages auch an den wendenden Punkt.

Wieder waren alle tätig am flachen Wiesenufer des versumpften toten Armes – Conrad neben jenem Knaben, der ihm einst geraten hatte, die Molche mit Fliegen zu füttern –, als plötzlich Geschrei entstand. Eine Schlange kam über das Wasser geschwommen, ein harmloses Tierchen von jener Art, die man Ringelnattern nennt. Der Kopf mit den gelben Backen war über den Spiegel erhoben, und dahinter bewegte sich anmutig unter der Oberfläche der grausilberne Körper. Diese Tiere waren hier recht selten geworden – infolge des lebhaften Fischereibetriebes der Buben – und wurden auch nicht als Beute begehrt, denn der Tierhändler, mit welchem die kleinen Unternehmer in Verbindung standen, nahm ihnen Schlangen nicht ab. Jedoch das Auftauchen einer solchen, nach langer verstrichener Zeit, da man keine mehr gesehen hatte, bedeutete immerhin einen unterhaltenden Zwischenfall.

Trotz des Lärmens der Buben behielt die Schwimmerin ihre Richtung und kam auf das flache Ufer. Alsbald ward sie ergriffen und im Bogen über das Wasser hinausgeschleudert, in welches sie klatschend fiel, während zwei der Knaben rundum ans andere Ufer liefen, um das Tier dort am Landen und Entweichen aus dem Tümpel zu verhindern.

Jedoch war dies überflüssig. Kaum wieder im Wasser, begann die kleine Schlange in der früheren Richtung gegen das Ufer zu schwimmen. Wodurch das Tierchen veranlaßt wurde, seinen Peinigern immer wieder geradewegs in die Hände zu laufen, wäre schwer zu erklären gewesen – und die Buben kümmerte das auch wenig.

Vielleicht mochte das Steilufer jenseits, als zum Landen ungeeignet, die Natter abhalten, sich dorthin zu wenden.

Sie schwamm und dann flog sie wieder. Jeder versuchte den weitesten Wurf zu machen. Halb im Wasser versunken lag drüben ein vermorschter, gefallener Baum, die Trümmer seiner Äste standen kahl und zerbrochen empor. Ihn hatte noch niemand, die Schlange werfend, erreicht.

In Kokosch erhob sich jetzt etwas, was man sehr wohl als das Bewußtsein von einem entscheidenden Augenblicke bezeichnen könnte: denn es zeigte sich die Möglichkeit, nun endlich freizugeben, was in Gesellschaft dieser Knaben sonst immer in ihm zusammengedrückt und wie eine niedergehaltene Sprungfeder hatte liegen müssen – es freizugeben, kost' es, was es wolle. Die Fäden durchzureißen, die ihn, wie es schien, ganz leichthin und zufällig an solches Treiben banden, beiseite zu treten, und sei's, daß er dann allein dastünde, und die anderen unmutig oder gar als Feinde ihm gegenüber.

Er schaute an dieser Möglichkeit entlang und in ihre Verlängerung sozusagen durch Augenblicke hinein. Jedoch, da landete die Schlange. Mit einem seltsam schweren, heftigen und ungelenken Schritte war Conrad als erster von allen bei ihr, ergriff das sehr ermattete und nur mehr schwach sich windende Tierchen und schleuderte es, den Arm zweimal ganz herumschwingend, hinaus. Und in der Tat, es war der weiteste Wurf. Die Natter schlug drüben, leblos wie ein Strick, um einen der scharfkantigen zerbrochenen Äste jenes im Wasser halb versunkenen Baumes und blieb dort hängen, ohne sich weiterhin im geringsten zu bewegen.

Eine Weile noch schauten die Jungen hinüber. Dann blickten sie Conrad von der Seite an und verstreuten sich wortlos längs des Ufers, um neuerlich dem Fange nachzugehen.

Auch Kokosch hockte gleich bei einer seichten Stelle nieder. Aber er bewegte sich so wie Menschen, deren Hände nach einem schrecklichen Unglücksfalle irgendwas vollends Nebensächliches tun, indem sie etwa einen Knopf am Rocke öffnen oder schließen. Auf solche Weise fing er, seltsam genug, innerhalb weniger Augenblicke bereits einen Salamander. Das Tier zappelte in seiner Hand. Er öffnete diese wieder, und es entschlüpfte. Kokosch erhob sich und ging sogleich weg, über das kurze Gras der Wiese, ohne daß ihn jemand von den Knaben bemerkte oder beachtete.

Seine Beine waren ganz steif, jeder Schritt schüttelte bis in den Kopf hinauf, als wandle er auf hölzernen Stelzen dahin, und er wäre jetzt völlig unvermögend gewesen, etwa eine kleine Strecke zu laufen. Die rechte Hand fühlte Kosch noch naß und kühl vom Wasser, das zwischen den zusammengekrümmten Fingern haftete.

Bei alledem ging er schwerfällig immer weiter und kam auf eine breite Fahrstraße, die links und rechts von je einer mit Gerberlohe belegten Reitbahn begleitet wurde. Und schon jaukte es heran und mit großer Bewegung und dunklen Rossesbeinen zwei Schritte von ihm entfernt vorbei, der rotbraune Bodenbelag spritzte in Brocken, die Reiter aber waren oben irgendwo über Kokosch, sie kamen sozusagen gar nicht in Betracht, denn er ließ den Blick vor seinen Füßen liegen. Neuerlich sprengte es heran, eben als er die Bahn überqueren wollte, und so blieb er denn stehen. Aber da geschah vor ihm jetzt ein Verhalten der Bewegung, die schweren großen Hufe traten tänzelnd ein wenig herum, die hohe dunkle Verschattung durch das Pferd ging nicht sogleich wieder vorüber, sondern setzte sich vor Conrad fest und blieb stehen.

»Kokosch!« rief jemand mit heller Stimme von oben. Gleich danach sprang Ligharts aus dem Sattel und nahm Conrad um die Schultern. »Du, das freut mich nun einmal sehr!« sagte er lachend, »was treibst du hier? Soll ich mit dir gehen? Ach bitte« – er rief zu dem Reitlehrer hinauf, einem älteren Manne, der nun Günthers Pferd hielt und lächelnd auf die Jungen heruntersah – »ach bitte, ich treffe hier eben meinen Freund, würden Sie die Güte haben, Herr Brokmann, ›Daisy‹ nach Hause mitzunehmen? Wir reiten nämlich schon heim« – so wandte er sich jetzt erklärend an Conrad – »es ist nicht mehr weit, ich gehe mit dir. ›Daisy‹ heißt sie«, setzte er hinzu und klopfte sein Pferd am Halse, »sie ist eine Gute, Liebe. Siehst du, Daisy, das ist mein Freund Kokosch, sieh ihn dir nur an.« Er umarmte den Kopf der braunen Stute und lachte.

Kokosch streichelte mit seiner noch immer feuchten Hand ›Daisys‹ Mähne.

Sein Kopf war wie von Holz, die Zähne lagen im Munde, als hätte er ein steinernes Gebiß, der Körper drückte hinunter in die Gerberlohe, darauf er stand, und ihm war, als sei er bis zur Mitte darin eingegraben. Geläufig jedoch sprach sein Mund: »Nein, reite nur weiter, Günther, laß dich nicht abhalten. Ich war nur ein wenig in den Wiesen und muß jetzt wieder hinüber in den Kaffeegarten dort an der Allee, wo meine Eltern mit allerhand Tanten sitzen, die warten auf mich.« Er brachte ein freundliches Lächeln fertig und eine deutende Bewegung der Arme in der Richtung, wo die erwähnte Örtlichkeit lag. Günther in seinen gelben Stiefelchen und Reithosen empfand er während des Sprechens als ein aus unvorstellbar leichtem, reinem und glücklichem Stoffe bestehendes Wesen.

»Gut denn, auf morgen, in der Schule!« sagte Ligharts, immer lachend, schüttelte Conrad die Hand, trat in den Bügel und stieg auf. Kokosch grüßte auch Herrn Brokmann und dieser ihn, und Günther wandte sich aus dem Sattel im Davonreiten noch einmal winkend um.

Conrad kreuzte die Fahrstraße, die etwas höher lag als die beiden Reitbahnen links und rechts. Beim Hinauf- und Hinabsteigen empfand er einen kleinen, müden Stich in den Knien. Ihm war heiß. Er fühlte jeden Teil seines Körpers, bis unter die Haarwurzeln.

Seine rechte Hand war jetzt schon ganz trocken. Er folgte einem schmalen Wege zwischen den Gebüschen, durchschritt eine Gruppe jüngerer Laubbäume, welche hier am Rand der weiten Wiesen standen, und trat auf diese selbst hinaus. Sie schienen ihm übermäßig groß, ausgestreckt in der Abendsonne vor seiner Müdigkeit. Ja, er hatte Günther abweisen müssen, das stand nun ganz außer Frage, ›bei solchem Zustande!‹ – das dachte er wörtlich –, es war noch gut verlaufen. Im gleichen Augenblick fiel ihm ein, und zwar erstmalig, daß er noch niemals eine jener Tüten mit Zuckerwerk, wie er sie für die ›Fischer‹ dort unten oft erstanden, Ligharts angeboten hatte, obwohl dieser auf Näschereien versessen war und sie gelegentlich sogar stahl, wenn er konnte. Conrad schritt jetzt in der Mitte der größten Wiese dahin. Vom Kanal klang das Tuten eines Dampfers. Nein, er war nie darauf verfallen, Günther etwa in dieser Weise eine Freude zu bereiten.

Daheim kam das Fieber zum Ausbruch.

Er stand in der Mitte des Zimmers und fühlte sich durch eine weiche, unsichtbare und ungreifbare Schicht getrennt von allen Dingen um ihn herum, als wären sie von der Stelle, wo er sich befand, weiter weggerückt; das Zimmer schien ihm größer. Er sah nicht nach den Molchen. Frau Leontine trat ein und bemerkte gleich, daß Kokosch krank war. Er mußte ins Bett, ein Thermometer wurde unter seine Achsel gesteckt, er bekam Tee mit Milch und gebähtem Brot zum Abendessen. Er lag auf dem Rücken, und um seine Nase geisterte ständig ein Geruch wie von einem Sumpfe. Der Schlamm dort im Tümpel hatte so gerochen. Sobald er aber diesen Geruch aufmerksamer einziehen wollte, war's verschwunden. Einige Augenblicke überlegte Kokosch, ob solch ein Hauch nicht vielleicht aus dem Becken der Molche steige? Der Vater trat ein mit dem Arzte, den man gleich hatte kommen lassen, die Decke ward zurückgeschlagen, das Herz behorcht, der Puls gefühlt. Des Doktors Kopf mit den sehr reinen weißen Haaren, denen irgendein strenger und bitterer Duft anhaftete, war einige Augenblicke hindurch dicht vor

Kokosch. »Morgen bleibst du liegen«, sagte der Arzt und lachte, »und übermorgen kannst du schon wieder in die Schule laufen.« Er wandte sich zu den Eltern und fuhr fort: »Es ist nichts von irgendwelcher Bedeutung. Wenn er morgen abend kein Fieber hat, dann lassen sie ihn ruhig aufstehen und am nächsten Tage ausgehen. Manche Menschen neigen zu raschem und bald wieder vergehendem Fieber. Das hat nichts auf sich.«

Am nächsten Tage kam Ligharts. Er war augenscheinlich besorgt, fragte Kokosch, was ihm fehle, ob er müde sei und ob er nicht schon gestern sich krank gefühlt habe? Günther saß am Bett und hielt irgendeine in Seidenpapier eingemachte Sache zwischen den Knien. Frau Leontine trat ein, Günther stand auf und schlug die Hacken zusammen. Kokosch lag auf dem Rükken und fürchtete plötzlich, daß nun seine gestrige Lüge an den Tag kommen möchte, von dem Kaffeegarten, in welchem die Eltern säßen ›mit allerhand Tanten‹. »Darf er Eis essen?« fragte Ligharts. »Ich denke, es wird ihm nicht schaden«, antwortete Frau Leontine. Aus dem Seidenpapier war ein großer weißer Becher zum Vorschein gekommen. »Da sieh mal, Kokosch, dein Freund hat dir Gefrorenes gebracht, ich will Schüsselchen und Löffel holen gehen«, sagte die Mutter.

Es war ein schöner Nachmittag, wenn auch von einer seltsamen und neuartigen Wehmut getränkt, die wie Grundwasser zwischen allen Dingen stieg. Kokosch löffelte sehr nachdenklich sein Eis. Er war völlig wohl und entsann sich verwundert seiner gestrigen Niedergedrücktheit. Das Thermometer zeigte ihn frei von Fieber. Der Sumpfgeruch war vergangen. Günther mußte gleichwohl in Conrads Auftrag das Becken mit den Molchen beschnüffeln. Aber es roch keineswegs, nur ein wenig nach Wasser und Pflanzen. Die Tiere bewegten sich munter. Ligharts saß bei Conrad am Bett und berichtete, was es in der Schule gegeben habe. Sie nahmen, über Kokoschs Vorschlag, gleich das für morgen Nötige durch, indessen war's nicht viel und bald beendet.

Am nächsten Tage, gleich nach dem Mittagsmahle, eilte Conrad in die Au. Die Sonne lag überall schwer und heiß. In der Gegend des Tümpels war es still; zu so früher Nachmittagsstunde schien von den fischenden Knaben noch niemand zugegen.

Conrad trat entschlossen um ein Gebüsch und sah über das Wasser. An dem Aste dort drüben, der vom halbversunkenen Baume hervorragte, hing noch immer die tote Schlange.

Er bückte sich, fand einen Stein, wollte und mußte treffen. Sein Geschoß riß in der Tat das tote Tier aus der Gabelung des Astes. Während drüben der Stein im Ufergebüsch kurz raschelte, glitt der Körper herab ins tiefe Wasser und versank.

Ein Knabe stand neben Conrad.

»Warum hast du sie eigentlich erschlagen?« sagte er.

Kokosch erlebte jetzt erstmalig die Grenze seiner eigenen Ausdrucksfähigkeit und der Worte. Er schwieg also, und zwar wie unter einem Zwange, wandte sich ab und ging heim.

Als er Günther am nächsten Tage sagte, daß er seine drei Molche heute wieder in Freiheit zu setzen gedenke, wollte jener unbedingt mitgehen.

»Hast du sie nun genug beobachtet?« fragte Ligharts. Kokosch konnte sich unter dem Worte ›beobachtet‹ nicht viel denken. »Ich will gleich nach Tisch gehen, am frühen Nachmittage.«

»Gut, ich werde mich sputen, um dich abzuholen.«

Aber es wurde doch ein klein wenig später, denn Günther wohnte ja in einem anderen Viertel und mußte die Straßenbahn benutzen. Conrad war unruhig, er hatte den Freund schon im Vorzimmer auf und ab schreitend erwartet. Sie fingen nun die Tiere behutsam aus dem Becken und setzten sie in jenes rote Eimerchen, worin sie einst gekommen waren. Als die drei schwarzen Gesellen in dem wenigen Wasser herumzappelten, erschienen sie Kokosch auffallend groß und dick, und er glaubte sich zu besinnen, daß sie frischgefangen viel schmächtiger gewesen wären. Ligharts fand dafür eine natürliche Erklärung, nämlich die, daß es den Tieren in der Freiheit sicherlich nicht möglich gewesen sei, so viele Nahrung zu erbeuten, als sie hier erhalten hätten, daher denn das starke Wachstum begreiflich werde.

Als Günther und Conrad am Tümpel anlangten, liefen überall schon die Jungen herum, und im hohen Grase beim Baume standen die Einmachgläser. Der und jener kam heran, sie blickten in das rote Eimerchen, das Conrad am Henkel trug – und nun gab es aber Geschrei: den Jungen hier schien die ungewöhnliche Größe der drei Lurche ganz augenfällig zu sein.

»Gebt sie doch gleich herein in die Gläser!« rief einer.

»Natürlich – du willst gleich alle drei haben! Nichts da –!« fuhr ihn sein Nachbar an und stellte sich vor Kokosch.

»Gebt einmal Raum hier«, bemerkte Ligharts ruhig, in seiner genauen Aussprache, »wir wollen zum Wasser.«

Die Jungen standen dicht zusammengedrängt Günther und Conrad gegenüber.

»Was wollt ihr denn beim Wasser machen?« fragte einer, der vor Günther stand.

»Wir gedenken die Tiere in Freiheit zu setzen«, antwortete Ligharts.

»Warum!« rief der andere.

»Weil es uns so beliebt«, sagte Günther.

»Weil es uns so beliebt« –, äffte ihn der Knabe mit übertriebener Aussprache nach. Gleich darauf sah Conrad, der mit seinem Eimerchen seitwärts getreten war, etwas Helles und Rasches in der Luft. Günther hatte seinem Gegenüber mit einer wahrhaft schrecklichen Roheit die Faust mitten ins Gesicht geschlagen. Der Vorgang wiederholte sich sogleich noch einmal, da ein anderer Junge nun seinerseits Ligharts angriff. Die beiden Geschlagenen bluteten in Bächlein aus den Nasen, sprangen davon und schimpften wild herüber, wobei sie, wie es denn für solche Burschen sehr bezeichnend ist, auch gleich mit der Polizei zu drohen wußten. Kokosch war völlig verdutzt. Er hätte kaum Zeit gehabt, das Eimerchen niederzusetzen, so schnell ging alles. Jedoch Ligharts bedurfte gar keines Beistandes. Die übrigen Jungen waren zurückgetreten und schienen keineswegs gesonnen, sich für ihre Kameraden – die inzwischen verschwunden waren – in den Handel zu mischen. »Wo wollen Sie die Tiere freilassen?« fragte jetzt einer von ihnen Günther, höflich und mit etwas gezwungener Aussprache. »Drüben, wo es tief ist«, sagte Ligharts, wandte sich zu Kokosch, und sie gingen hinüber, in einer kleinen Entfernung von den anderen gefolgt.

»Geh allein«, sagte Günther zu Conrad und blieb oben stehen, während Kokosch sich das steile Ufer hinabbemühte; Günther reichte ihm den Eimer nach und wandte sich gleich wieder den herankommenden Jungen zu. Jedoch schien auch Kokosch das Ausgesetzte seiner jetzigen Lage zu spüren, an der jähen Uferböschung, die ihn nötigte, sich mit der Hand an einem Baume festzuhalten. Er kippte behutsam, aber rasch das Eimerchen knapp über dem Wasserspiegel, sah die Tierchen noch schwänzelnd verschwinden, und war nun rasch wieder oben bei Günther.

»Womit habt ihr sie denn gefüttert?« fragte einer von den Jungen, die jetzt den beiden Freunden wieder in einem Rudel gegenüberstanden.

»Mit Flie-gen«, antwortete Ligharts, die Silben betonend und trennend. Er sah den anderen durch einen Augenblick ruhig an, wandte sich ab und ging mit Kokosch davon.

»Warum sagtest du gerade: mit Fliegen?« frug Conrad nach einer Weile.

»Das weiß ich nicht – es fiel mir just so ein«, antwortete Günther.

## 5

So ging die Molchzeit zu Ende. Und auch sonst änderte sich vieles, ja eigentlich bald alles im Leben Conrads.

Jetzt zunächst kamen die großen Schulferien, und ihr Beginn brachte das Ende des Umganges mit Günther Ligharts, und nicht nur eine Unterbrechung für zwei Monate. Denn Günthers Eltern übersiedelten nach Berlin, und Kokosch fand im Herbst beim neuerlichen Schulbeginn den Freund nicht mehr vor. Um Neujahr kam dann Nachricht von ihm. Eine Bilderkarte, die einen weißen Pierrot oder Harlekin zeigte, der ein wenig lächelte unter seiner hohen, spitzen Mütze. Kokosch bewahrte die Karte sorgfältig auf in der Lade bei seinen Schreibsachen. Er wollte antworten, das war ja selbstverständlich. Die Anschrift hatte Günther genau vermerkt: Uchatiusstraße 23. Conrad betrachtete die Ansichtskarte oft, das Bild schien ihm in irgendeiner Weise der Person Günthers verwandt oder dazu passend. Der Pierrot sah ihm ein wenig ähnlich. Beantwortet wurde die Karte niemals.

Jene auf die Molchzeit folgenden Sommerferien bildeten für Conrad späterhin noch dann und wann – wenn der blasse Scheinwerfer der Erinnerung einmal rasch und zwischendurch über diese Gründe spielte – einen Gegenstand der Verwunderung. Denn er hatte sich aus dieser Zeit – die da ganz zweifellos zwischen dem Ende und dem Wiederbeginn des Schulunterrichtes liegen mußte, die es also unbedingt gegeben hatte – schlechthin gar nichts gemerkt. Nur das war vorhanden, was sie mit anderen Schulferien eben verband: das Gemeinsame des Hintergrundes. Haus und Hof der Tante, in einer flachen Wiesensenkung mit sehr hohem Grase, das überall gleich hinter den Zäunen stand und wuchernd emporsprießte, wo gerade kein Weg oder Acker oder Gemüsebeet es fernhielt. Unweit davon die altmodischen, gittrig-geschnörkelten Holzveranden der Villen einer dörflichen Sommerfrische, ausgedörrt von der

Sonne, nach Holz riechend, wenn man vorbeiging. Ein paar Zäune hin und her mit den um diese Jahreszeit längst abgeblühten Fliederbüschen, deren Blätter entweder fettig glänzten oder staubig von der Straße waren. Dahinter die Ausläufer des bergigen Waldes und der Bahndamm – jenseits dessen die vielgeteilte Ebene ansetzte, schachbrettweis mit Feldern überzogen, von Straßen und Industriekanälen geriemt, bis zu den Schornsteinen der Fabriken rückwärts und der fernen Stadt.

Jedoch nichts konnte später gerade aus diesem einen Sommer ›nach der Molchzeit‹ erinnert werden, was sich während desselben etwa begeben haben mochte und sich ja gewiß auch begeben hatte: Wagenfahrten mit den Eltern, Spiele mit anderen Buben, Hirschkäferfangen oder die Entdeckung eines Igels. Kokosch mußte das alles geradezu aus anderen Sommerferien entlehnen und so die flache hochgrasige Wiesensenkung gleichsam ausfüllen, die hintennach allein und unbelebt in seiner an dieser Stelle ganz ebenso flachen Erinnerung stand.

Dafür trat Kokosch in den Herbst und in die wieder beginnende Schulzeit hinein wie in eine große Veränderung, von der ihm schien, als sei diese während seiner Abwesenheit vollzogen worden in seinem Zimmer, das wie umgebaut war, wenn auch äußerlich unverändert. Alsbald umschloß ihn diese vollzogene Tatsache, der Sommer versank blaß, die Molchzeit schon ganz und gar, und mit ihr bald auch die Au. Mit dem beginnenden Kriege und dem jetzt alles überflutenden Exerzieren der Soldaten dort gewann sie zwar eine neuartige Anziehungskraft; jedoch nur für ein kurzes: denn als man zwei- oder dreimal zwischen die feuernden Schwarmlinien und das heftige Gebell der Gewehre geraten war, aus welchen das Mündungsfeuer spritzte, als man den manövrierenden Maschinengewehrabteilungen im Wege gestanden und die Flucht hatte ergreifen müssen bei lähmendem Geknatter, welches in nächster Nähe losging, als man endlich schon des öfteren zwar freundlich, aber recht entschieden von einem der Offiziere aus dem Gelände fortgeschickt worden war (freilich wußte so ein Leutnant, daß auch die blinde Übungsmunition gefährlich werden konnte für Jungen, die gleich alles aus nächster Nähe besichtigen müssen) – da hatte man bald genug von der ganzen Gegend. Auch waren die Soldaten keineswegs schön und wurden es immer weniger: angestrengte ältere Männer, die Uniform voll Staub und Lehm, da sie ständig auf dem Bauche lagen. So brach dieser Flügel weg von Conrads ›Reich‹, die Au versank, und für immer.

Jenes Neue aber, das ihm seit dem Schulbeginne gleichsam in der Luft zu liegen schien, ließ nicht lange auf sich warten. Es entlud sich: zunächst in beängstigender Weise.

Nach dem Herbst kam eine helle klare Zeit, draußen lag dann und wann ein wenig Schnee. Kokosch stand am Fenster, sah hinunter auf die Straße, die Holzstapel, das Geländer, den grau und kalt glitzernden Kanal. Hinter sich fühlte er das seltsam erweiterte Zimmer. Die Entfernung etwa von hier bis zu der Ecke beim Kasten, wo Rapier und Fechtmaske hingen, war spürbar größer geworden. Es roch auch anders und frisch.

Und jetzt erst kam Kokosch auf eine sehr einfache Erklärung dieses letzten Umstandes: seine Eltern hatten während des Sommers das Vorzimmer neu streichen lassen.

Tiefer verwundert, als aus solchem Anlasse schlechthin verständlich wäre, schritt er rasch hinaus. Ja, von da kam's, der saubere Geruch der trockenen Farben, der eine Ahnung von Ferne oder von Neuem vermittelte. Er stand da, hatte das Licht nicht eingeschaltet, sah im Dämmer an dem Schirmständer vorbei, an den dunkel hangenden Mänteln. Was ihn aber erstaunen machte, war das langsame und so späte Eintreffen eben jener natürlichen Erklärung.

In dieser Zeit war die Wohnung still und leer, außer ihm niemand daheim, auch das Mädchen schien fortgegangen.

Kokosch zog seine blaue Flauschjacke an, schaltete alle Lichter aus, klappte sorgfältig die Türe zu – auf der Treppe berührte ihn seltsam die Vorstellung, ganz allein in diesem Hause zu wohnen. Ja, der Geruch jener frischen Farben im Vorzimmer wies zu – Neuem. Nun spürte er's deutlich.

Die Straßen hüllten sich bläulich ein, in erster Dämmerung, aus welcher verstärkt der Lärm zu dringen schien. Kokosch ging über die Brücke. Der Glasermeister war das Ziel. Dort befand sich schon der ehemalige Palast der Molche, den er nun gegen anderes einzutauschen gedachte, gegen Kolben und gläserne Retorten für gewisse chemisch-physikalische Versuche. Es gab da ein Durchführungsprogramm. Als Conrad das Becken der Lurche hingebracht hatte, war der Meister nicht daheim gewesen, nur seine Frau, die nicht zu entscheiden vermochte, ob man das große Glasgefäß beim nunmehrigen Ankauf der kleineren in Abrechnung bringen könne.

Aber der Meister wollte das selbstverständlich gerne tun, mit einem geringfügigen Verlust für Conrad allerdings. Dieser war's zufrieden. Wieder trug er seine ganze Barschaft bei sich.

Zudem ein Blatt Papier, auf welchem der wohlerwogene Bedarf vermerkt war. Geschäftsdispositionen und ihre Durchführung. Er wollte nur einzelne und bestimmte Versuche vornehmen. Diese Sache sollte nicht uferlos werden, sollte keine Folgen haben.

»Es dürfen keine Molche werden« – so hatte er wörtlich gedacht.

Nun aber begann das Wählen. Die Dinge kamen aus Holzwolle und Papier etwas staubig, aber doch glänzend zum Vorschein. Der umständliche Meister berechnete den Preis jedes Stückes nach dem Gewicht, welches in Gramm darauf vermerkt war. Dieses Wort ›Gramm‹ pflegte er mit besonderem Nachdrucke auszusprechen. Conrad hielt wägend und vorsichtig Kolben, Glasrohre und herrliche langschnäblige Retorten in der Hand, wie sie ansonst nur im physikalischen Lehrsaal der Schule zu sehen waren. Das Handwerkszeug war's, das den Gegenstand anziehend machte. Die Wahl fiel schwer. Conrad verliebte sich in all diese Gefäße, und bei den Probiergläsern hätte er am liebsten das ganze Gestellchen voll gekauft; es war mit Löchern versehen, wie das Eierbrett daheim in der Speisekammer seiner Mutter.

Nun, er geriet in einige Aufregung, aber am Ende wurde doch alles in ein ausgewogenes Gleichgewicht gesetzt und drei sozusagen auseinanderstrebende Gesichtspunkte unter einen Hut gebracht: nämlich der planmäßige Bedarf, die vorhandenen Muster und Ausführungen, und nicht zuletzt der Stand der Barschaft. Die erreichte Lösung war sogar beglückend. Denn auch hier wieder waren die Preise niedriger als Kokoschs Voranschlag, so daß die große Retorte mit eingeschliffenem Glasstöpsel statt einer weniger geeigneten kleinen, ohne Stöpsel, erworben werden konnte; zudem zehn Probiergläser. Drei waren ursprünglich in Aussicht genommen. Aber diese Gefäße hatten es Conrad nun einmal angetan. Der Meister hatte auch geäußert, daß man davon besser mehr hätte. Der aufgewendete Betrag überstieg den seinerzeit für den Molchpalast angelegten nur unbedeutend, dieser freilich wurde außerdem mit in den Kauf gegeben.

Es schienen im übrigen doch Molche werden zu sollen. Kokoschs Heimweg war erfüllt von dem einzigen Wunsche: die gekauften und sorgfältig verpackten Schätze zu Hause wieder aus ihren Hüllen zu ziehen und zu betrachten. Aufgestellt sollten sie oben am Kasten werden, getrennt von allem übrigen, es würde das sozusagen eine ganz eigene Abteilung ergeben: das Laboratorium.

Er ging mit Bedacht. Der zerbrechlichen Last wegen wählte er stillere Gassen zum Kanal hinab. Die Dunkelheit war vollends gesunken, über die Bürgersteige hier fielen da und dort matt und gelblich die bescheidenen Lichter vorstädtischer Armut, aus Fenstern der Erdgeschosse, aus Kramladen, aus einem Branntweinschank, dessen Fuseldunst, gemischt mit anderem, jetzt über das Pflaster schlich: denn jemand wankte heraus und ließ die trübe Glastür hinter sich offenstehen; erst einige Augenblicke später schloß sie von innen her eine unwillige Hand. Conrad sah zu, daß er vorbeikam. Aber jetzt rief man ihn schon an: »Junger Herr! Junger Herr! . . .«

Jedoch klang diese Stimme nicht im mindesten böse, bedrohlich oder pöbelhaft. Sie war nur klagend, schwach, halblaut.

Conrad verhielt in der Tat die Schritte, seine empfindliche Last mit Sorgfalt tragend, ja er sah sich sogar kurz um. Das veranlaßte den Mann, der gerufen hatte, etwas näher heran zu kommen, jedoch blieb er in einigem Abstand von Kokosch, sei es, um den Knaben nicht zu schrecken und zu vertreiben, oder aus sonst irgendeiner Scheu. Licht von einem tiefgelegenen Fenster fiel auf ein schmales und scharfes, aber gutmütiges Gesicht. Der Hut war voll Schmutz von der Straße, er mußte mehrmals herabgefallen sein. Um den Sattel der Nase und unter den Augen standen Schweiß, Schwäche, Übermüdung.

Das war alles, was Conrad in den wenigen Augenblicken in sich aufnahm, während er über die Schultern zurückblickte. Durch eine Sekunde nur, aber deutlich, sah er an der Möglichkeit entlang, jetzt stehenzubleiben, zu fragen. Aber da sperrte und verdeckte ihm plötzlich der empfindliche Schatz im Arm die Verlängerung dieser inneren Richtung, er begann rasch und rascher zu gehen.

»Junger Herr – bitte hören Sie doch«, rief es hinter ihm, etwas lauter, wenn auch noch immer kraftlos.

Kokosch trat geschwind um die nächste Ecke und schritt davon, am Kanal entlang, zur Brücke. Erst auf dieser und mitten unter den hier zahlreicheren Menschen fühlte er sich gesichert, und nun hieß es ja auch scharf achtgeben, daß ihm niemand an den Arm renne.

So brachte er alles glücklich heim, die staubigen Gefäße unter den Strich eines weichen reinigenden Tuches und zuletzt an ihren in Aussicht genommenen Ort der Aufstellung. Lange stand

Conrad auf einem Stuhl vor dem Kasten. Einen hölzernen Retortenhalter besaß er schon – den hatte er in kühnem, unvermitteltem Vorstoß einige Tage früher erstanden –, und nun wurde also die große Retorte mit eingeschliffenem Glasstöpsel bedachtsam zwischen die innen mit Kork belegten Platten der Klemme gebracht, durch mäßigen Druck festgeschraubt, und darunter fand die gläserne Weingeistlampe ihren Platz. Ein Gestell für die Probiergläser fehlte freilich. Diese lagen ordentlich gereiht, und zwar auf Watte, was vortrefflich aussah. Das gutartige Mädchen, welches das Wischtuch gebracht, half jetzt und reichte, und verwunderte sich über alles gar sehr, sonderlich über die Gestalt der Retorte, von der sie behauptete, sie sähe mit ihrem langen, spitz zulaufenden Ansatzrohr dem Krämer unten im Nachbarhaus ähnlich, dem Herrn Köttel, der eine ebensolche Nase habe.

Es kam eine besonders helle, klare Zeit. Beim Fenster wurde des Nachmittags – nachdem die Geschäftsdispositionen im voraus für drei Tage schon durchgeführt waren – ein Tisch aufgestellt, und man ging, genau nach des Lehrbuchs Angaben, an den ersten Versuch, nämlich Sauerstoff darzustellen, wozu Kokosch nicht das gefährliche Kaliumchlorat, sondern den harmloseren Braunstein wählte. Im ganzen, beim Beginn des Versuches, schien alles unglaubhaft, und Conrad empfand ein recht unanschauliches Vertrauen zu den Vorschriften, ähnlich dem, das er stets zu mathematischen Formeln hatte – mit welchen sich aber doch auch sehr flink rechnen ließ, wenn's einmal eingelernt war.

Als aber dann im hohen Sammelglas, worin das Gas, schwerer als Luft stand, der entzündete und hineingehaltene Magnesiastreifen mächtig erstrahlte – da war's doch ein erfreulicher Griff ums Herz, ein stilles Wunder, eine eröffnete Welt.

Kokosch stand bewegungslos, das erloschene Restchen in der Hand. Eben begann die allererste Dämmerung einzufallen.

In die ringsum ausgebreitete Stimme tönten plötzlich trappelnde Laufschritte von der Straße drunten, näher und mehr, und hallende Rufe.

Er machte zwei Schritte vor und sah hinab. Ein Mann kam in vollem Laufe am Kanal entlang. Der Hut flog – zum wievielten Male schon?! – in den Schmutz der Straße. Jedoch der Gehetzte achtete dessen nicht. Seine rufenden Verfolger – worunter ein Schutzmann – waren erst bei der Brücke, der Vorsprung groß. Er hätte entkommen können. In die Auen. Statt dessen blieb er stehen. Kokosch trat von einem Bein auf das andere, griff mit der Hand an die Fensterscheibe. Der Mann dort unten ohne Hut stand hinter einem Holzstapel, welcher ihn den Blicken der Nachsetzenden jetzt entzog. Nun lugte er für einen Augenblick hervor, ganz wie ein Tier, Kokosch sah deutlich das Weiße der Augen. Noch war Zeit zu laufen! Jener aber öffnete den Rock, kramte in irgendeiner Tasche mit gesenktem Kopf – jedoch jetzt kam's zum Vorschein, blank und dunkel, wurde augenblicklich mit waagrecht wegstehendem Ellenbogen an die Stirn gesetzt, ein übermächtiger, peitschender Knall, und Conrad sah noch den Rauch in der Luft hängen, während der Mann dort unten sich in ein reglos am Boden liegendes Bündel Kleider verwandelt hatte.

Der Schuß bremste die Verfolger, vielleicht glaubten sie, es gelte ihnen. Gleich danach aber waren alle heran und bauten mit vielen herzulaufenden Menschen eine Mauer um den Liegenden, welche diesen selbst Conrads Blicken entzog.

Das plötzliche Ereignis – eben noch scharf und klein, wie jenes allererste Aufleuchten am Ende des entzündeten Magnesiabandes – ging bald beweglich in die Breite. Das Mädchen kam nach vorne gelaufen, dann die Mutter. Sophie rannte auch gleich hinab, um Näheres zu erfahren. Dort unten vermehrten sich die Helme der Schutzleute. Ein trüber Pfiff, die Ambulanz kam, jetzt wurde für jemand durch den Haufen Bahn gebrochen, wohl dem Arzt. Binnen kurzem kam er aus dem Schwarm wieder hervor, stieg ein, und der Krankenwagen fuhr leer davon.

Denn dieser Mann, der neben dem Holzstapel lag, war nicht mehr krank, er war sozusagen weit gesünder als alle anderen, nämlich tot.

Ihm diente eine Bahre, und mit ihr und den umgebenden und abweisenden Schutzleuten entfernte sich der ganze Spuk. In seinem Gefolge erschien jetzt noch das Mädchen, deren Erzählung einem feuernden Maschinengewehr an schnatternder Eile nichts nachgab.

Jener hatte eine Büchse mit Fischen und sonst noch Eßbares in einem Laden gestohlen und war dabei ertappt worden. Daher die Flucht, nachdem er sich zunächst losgerissen.

Sophie schilderte genau, in welchem Geschäfte der Vorfall sich zugetragen hatte, sie kannte den Laden, den Inhaber, dessen Frau, ihre zwei Töchter . . .

Kokosch saß am Bettrand.

Wenige Tage später ereignete sich ein geradezu teuflischer Zufall.

Die Mutter rief. Sie stand im Schreibzimmer des Vaters auf einem Stuhl und nahm die Gardinen ab, welche gewaschen werden sollten, dazu noch einiges an Decken oder Deckchen und dergleichen. Kokosch wurde ersucht, diese Dinge Stück für Stück auf einem kleinen Blatt Papier zu vermerken. Er wollte gehen, um einen Bleistift zu holen. »Nimm hier einen«, sagte die Mutter. Also schrieb er, was sie ihm angab, und sah sich dabei in dem selten betretenen Raume um. An allen Wänden hingen gekreuzte Klingen, Rapiere, Degen, Fechtmasken, darunter Gruppenaufnahmen, die anläßlich von Turnieren oder Feiern im Klub gemacht worden waren. Kokosch erkannte eben auf einem Bild zwei von jenen Klubfreunden seines Vaters wieder, die sich jeden Monat einmal hier in der Wohnung zu einer Art Vorstandssitzung oder dergleichen versammelten, wobei es immer großes Abendessen und mancherlei Gespräche der Herren über Tisch gab. Noch am nächsten Tage konnte man den schwebenden Zigarrenduft sogar im Vorzimmer spüren ...

»Drei Mittelstücke, sechs Seitenteile ...«, sagte Frau Leontine von oben. Kokosch schrieb.

Sie stieg herab und reichte ihm einen Packen Wäsche. »Nimm das, bitte.« Um die Hände rasch frei zu kriegen, schob er den Bleistift in die außen an seinem Knabenanzug angebrachte Brusttasche. Dann folgte er der Mutter, die gleichfalls Wäsche über den Armen trug, ins nächste Zimmer.

Man weiß natürlich schon, daß es sich hier um den Bleistift handelt. Zwei Tage später, als Kokosch in aller Stille seine Geschäftsdispositionen für den nächsten Tag durchführte, mit Sorgfalt die laufenden Umsätze in Französisch und Erdkunde tätigend – zwei Tage später also knallte plötzlich die Tür an die Wand, geschah der unvermittelte Einbruch eines total ebenholzschwarzen Vaters in die stille Studierstube. Noch fehlte dieser Ebenholzschwärze der heiß ersehnte Rechtsgrund, der Einsprung in ihre finstere Bahn, noch fehlte den zur Entladung drängenden Gewalten der Zündschlag.

»Hast du vielleicht ... ich suche seit einer geschlagenen Stunde schon ...«

Jetzt erst kam es bei Kokosch zu einem schrecklichen Kurzschluß des Begreifens. Er erschrak in der Tat bis ins Mark. Er hielt sich ernstlich für verloren. Durch Augenblicke nur sah er an der Möglichkeit entlang, einfach zu verneinen, zu leugnen.

Jedoch schon fingerte seine kalte Hand an die Brusttasche, alles verratend. Der Schrecken verlor jeden Boden, als Conrad den Stift nicht sogleich fand. Jedoch nun zog er ihn wortlos hervor.

Mit einer Gewalt, als gelte es, sein Kind im letzten Augenblick vor den Hufen scheuender Rosse zu retten – so riß Lorenz Castiletz das kleine Bleistiftende an sich. Unmittelbar danach saßen die ersten zwei laut knallenden Ohrfeigen.

»Kretin! Kanaille! Was hast du in meinem Zimmer zu suchen!?«

»Ich . . .«, sagte Conrad.

»Was du in meinem Zimmer zu suchen hast, frage ich!«

Das nächste Ohrfeigenpaar schlug ein.

»Ich . . .«, flüsterte Conrad.

»Rede, du Idiot!« brüllte der Vater.

Aber Conrad sagte nichts mehr.

»Wirst du antworten, du Aas?!« schrie Lorenz Castiletz. Nun begann der Tanz. Kokosch, am Genick gepackt, flog laut bumsend mit dem Schädel gegen den Kasten. Ein Tritt in den Hintern, ein Fausthieb in den Rücken, und die nächsten zwei Ohrfeigen kamen nach – regelmäßig detonierten sie, wie wenn eine Kanonenbatterie in Zugslagen schießt. Kokosch weinte natürlich. Sein Kopf war heiß, das Gesicht brannte in tiefem Feuer. Ununterbrochen geschah Schreckliches. Es trieb ihn vor dem Vater her, er taumelte hinaus, durch das Vorzimmer, gegen die verglaste Doppeltüre des Empfangszimmers zu. In sein Ohr brüllte es, daß er reden solle, aber er war dessen ganz unvermögend, und überdies erstickten jeden würgenden Versuch dazu neue Püffe und Knüffe.

Vom Rande des Lebens draußen, wo vereinzelte Segel noch treiben, kam, ganz beiläufig und blümerant, Frau Leontine. Conrad hörte, während er durch das Vorzimmer geprügelt ward, das Drehen des Schlüssels im Schloß. Er glaubte, es käme nun das Mädchen, jedoch seine Scham ertrank gleich wieder in dumpfer, knochenloser Verzweiflung.

Es war die Mutter.

Er wollte zu ihr fliehen. Viel rascher war sie bei ihm, vor ihm, das Kind deckend.

Wortlos, in völliger Stille, rangen durch Augenblicke in dem halbdunklen Vorzimmer jene Kräfte gegeneinander, von denen hier viel, ja alles abhing, und letzten Endes der Bestand dieser kleinen Familie überhaupt.

Lorenz Castiletz wollte ungestüm an seiner Frau vorbei, um

sich des Jungen neuerlich zu bemächtigen. Jedoch, er rannte nun schon an eine Wand, und zwar an eine unsichtbare, die zu durchbrechen nicht mehr in seiner Kraft stand, abgeschäumt, wie er war, und den Keim des Zusammenbruchs schon in sich tragend.

»Der Bleistift ... Niedertracht ... er war in meinem Zimmer, dieser ... Tunichtgut ...« Und gleichzeitig mit solchen Worten geschah das letzte Aufbäumen, der letzte Durchbruchsversuch an Frau Leontine vorbei und in der Richtung auf Kokosch zu.

Jene aber regte kein Glied und keine Hand. Obwohl man bei dem mehr ringweis nach seitwärts als zielweis nach vorne gehenden Blick ihrer großen schräggestellten Augen überhaupt schwerlich den Punkt angeben konnte, auf welchen solch ein Blick eingestellt war: so empfand Lorenz Castiletz ihn doch auf seiner linken Hand ruhen, welche das zurückeroberte Bleistiftendchen hielt. Die Beiläufigkeit, mit der Frau Leontine unter anderem auch dorthin sah, lud ihr Schauen jedoch mit einer so abgründigen Verachtung, wie kein herabgezogener Mundwinkel, kein zum Spalt gekniffenes Auge sie jemals in dieser beinahe furchtbaren Weise hätten zum Ausdruck bringen können. Denn das Antlitz der Frau Castiletz war bei alledem von vollkommener Glätte und Ruhe, es kam von den zerstreuten Horizonten des Lebens draußen her, aus blauem Dunst der Ferne, blümerant herangeweht. So sah sie – unter anderem – auch den Bleistift, nickte und sagte beiläufig:

»Ich weiß. Ich nahm ihn aus deinem Zimmer mit, Conrad wollte ihn gleich zurücktragen, jedoch brauchte ich den Jungen augenblicklich beim Abnehmen von Vorhängen und sagte ihm, er möge den Stift derweil einstecken. So kam er zu ihm.«

Lorenz Castiletz aber erwachte oder entschlief jetzt – wie man will! – zu seiner eigenen Erbärmlichkeit, die dick und kalt an ihm herabzurinnen begann, den linken Arm hinab, bis über die Hand, welche das kleine Endchen Bleifeder hielt. Diese Erbärmlichkeit aber war keine verzweifelte, oder sie war nur von einer ganz knochenlosen Verzweiflung begleitet, aus welcher selbst ein Gott keinen Funken Mut mehr zu schlagen vermocht hätte.

Er steckte das Bleistiftendchen in die Westentasche. Während Conrad mit halbtauben Ohren, in einer heißen und trokkenen Abgeschlossenheit von sich selbst und der Welt, noch immer hinter der Mutter stand und sehr angelegentlich eine bestimmte Stelle jener Matte von braunem Rips betrachtete, welche von der Eingangstüre her zu der verglasten Tür des Empfangszimmers lief – während dieser langsam und gleichmäßig um sich selbst rotierenden Stille erfolgte bald das erste stöhnende Anzeichen der eigentlich schrecklichsten Geschehnisse dieses Abends, welche nun den Zusammenbruch eines eben noch total ebenholzschwarzen Vaters begleiteten. Und Conrad schlich in sein Zimmer, sein Rücken war schwer und krumm, man möchte beinahe sagen, todesgewiß, als würfe man ihm Felsblöcke nach: denn dort draußen lag Lorenz Castiletz auf dem Boden und küßte die Füße seiner Frau – Leontine war so tief erschrocken, daß sie völlig farblos wurde und trotz körperlicher Anwesenheit sozusagen fast gänzlich unter dem Horizont verschwand Lorenz küßte also die Füße seiner Frau und winselte. Das Mädchen hatte gottlob heute Ausgang. Denn in jener Tonart ging es den ganzen Abend weiter. Gegen zehn brachte die Mutter Kokosch einen Teller mit kaltem Fleisch und Salat und ein Glas Milch. Sie umarmte ihn. Ihr Blick war nun schon restlos nach allen Seiten zerflossen. Ihre dunkelblonden, sehr lockeren Haare schienen diesem Bestreben der Augen folgen zu wollen, sie standen aufgekraust um den Kopf, wie Windwolken am Himmel.

Erst zwei Tage später, des Nachts, da alles schlief, lösten sich bei Kokosch die Geschehnisse endlich auf. Er fuhr aus einem Traume und mit einem Ruck hoch in sitzende Stellung. Ein hohles Sausen stand in den Ohren, ein wahrer Abgrund von Geräusch, der alles und jedes verschlang. Noch kam es auf ihn zu, vorbei an dem kalten, kleinen einsamen Bahnhof, hoch schwankend, mit dünner, sich windender Rauchfahne, glutäugig und finster: die Lokomotive. Der Vater, am Boden liegend, hatte die Weiche falsch gestellt, aber Conrad blieb gelähmt. Der Rauch war gräßlich, er wand sich wie ein dünner Strick und wie in Schmerzen. Die schwelenden Laternen spien unaufhörlich roten Saft aus den Nasenlöchern, denn es waren ja die Gesicher der beiden Knaben vom Molchtümpel, die Ligharts blutig geschlagen hatte.

Kokosch saß im Bett, während die Überzeugungskraft des Traumes rasch nachließ, die Schale der Befangenheit sich weitete, endlich ganz in die Dunkelheit ringsum zerwich. Ein Scheinwerfer wanderte mit seinem Widerglanz über die Zimmerdecke. Kokosch lauschte. Jedoch von den Molchen, vom Kasten her, war diesmal keines jener winzigen, glucksenden

Geräusche zu hören. Nun erwachte er ganz. Es gab ja keine Molche mehr. Kokosch wurde ruhig, kühl. Er sah durch das dunkle Fenster hinüber auf einzelne schwach schimmernde Teile der Häuser dort jenseits des Kanals.

Mitten aus seiner Kühle quollen nun die Tränen, in vollem, heißem Schwall einsetzend, wie ein Schmelzfluß. Er spürte die breiten Bäche auf den Wangen. Es kam und kam und nahm kein Ende, wie ein Ausbluten. Er weinte wegen Ligharts, wegen des Vaters, wegen des toten Mannes, der dort unten gelegen hatte, wegen der Molche, wegen dessen, was gewesen war, was jetzt war, wegen gestern, heute, morgen, und so vielleicht für ein ganzes Leben voraus.

## 6

Es gibt Stockflecken der Seele. Feinere Leute pflegten das vor einiger Zeit noch ›Komplexe‹ zu nennen. Heute trägt man längst wieder was anderes.

Bevor Conrad jetzt morgens – rechtzeitig wie immer – zur Schule ging, blieb er stets noch zwei oder drei Minuten mitten in seiner Stube stehen und sah sich nach allen Seiten um. In der Tat bedurfte er dieser kleinen Zeit der Sammlung so sehr, daß schon beim Waschen und Ankleiden von ihm darauf Bedacht genommen wurde, sie auf jeden Fall übrigzubehalten. Denn nur nach solchem kurzen Blick über die Umwelt konnte Kokosch einigermaßen beruhigt sein hinsichtlich dessen, daß nicht irgendwo irgendwas ungeordnet und unbemerkt übriggeblieben sei, was sich dann gegen ihn drohend in Bewegung setzen würde. Diese gewisse Wachsamkeit – wie man es wohl nennen könnte – lauschte in ihm jedoch über den benennbaren Kreis von Dingen und Angelegenheiten, die aufgezählt werden konnten, hinaus – Stundenpläne, Anfangszeit des Fußballspielens, Geschäftsdispositionen und ihre Durchführung, Bleistifte, Beginn der Fechtstunde –, die Wachsamkeit also lauschte darüber noch hinaus und suchte etwas zu erfahren aus dem äußeren und nicht mehr benennbaren Ring des Lebens, der gleichsam als ein Hof noch um den inneren lag, jedoch keine aufzählbaren Dinge oder Angelegenheiten enthielt. Gleichwohl konnte auch dort Unordnung herrschen, konnte etwas vergessen sein, konnte sich ein Bedrohliches nähern.

Ja, eigentlich schien Conrad gar nicht imstande, einen wirklich festen Grund der Beruhigung zu erreichen. Oft war seine Gepflogenheit, sich vorzusagen, daß nun wirklich alle Dinge in Ordnung gebracht, die Aufgaben gemacht, kein Tadel oder ernstliches Unheil zu fürchten, die Taschen alle durchsucht und sämtliche Sachen an ihrem Platze seien – oft war auch das alles ganz unvermögend, Conrads Grundgefühl unter allem und jedem zurückzudrängen: daß nämlich irgendwo irgendwas doch nicht in Ordnung und daher in gefährlicher Annäherung sich befinden müsse.

Es geschieht oft, daß ein erwachsener Mensch, der nach einer ihm unbekannten Straße fragen will oder sonst eine Auskunft dieser Art braucht, gern solch einen frisch und wohl aussehenden Jungen, wie Conrad einer war, darum anspricht. Bei diesen vorkommenden Anlässen erschrak Conrad jedesmal. Einmal bat ihn ein Polizeibeamter in Uniform, der in dieser Stadtgegend fremd schien, ihm zu sagen, wo sich hier in der Nähe ein Geschäft für Schreibbedarf befinde, was er ja als Schüler wohl wissen werde? Kokosch war indessen kaum fähig, die Auskunft hervorzubringen. Nachdem der Herr in Uniform in der bezeichneten Richtung fortgegangen war, blieb Conrad geradezu hilflos zurück: aber jetzt kämpfte er gegen diesen Zustand schon an. Ihm war zumute, als hätte man ihn verprügelt. Er ging heim, Häuser und Gehsteig lagen wie unter Wasser vor seinen Augen oder ganz leer und flächenhaft, so angestrengt zog und würgte er an dieser über ihn Gewalt habenden Erscheinung, welche ihn tief aus seinem sonstigen Leben herabdrückte.

Wenn auch das alles näher und selbstverständlicher war als das Hemd, welches er trug – es brachte doch bei Gelegenheit einen seltsamen Einfall hervor, dessen Durchführung wohl eine Art von Gegenmaßnahme hätte darstellen können.

Als bei versammelten Vorstandsmitgliedern des Fechtklubs ›Hellas‹ die Castiletzsche Wohnung wieder einmal mit dem Kollern und Räuspern der Gespräche im Speisezimmer, den Gerüchen feiner Küche und feiner Zigarren erfüllt war, sah Conrad, der eben aus seiner Stube ins Vorzimmer schlüpfen wollte, durch den Spalt der noch kaum geöffneten Türe, draußen einen der Herren vorbeigehen, in jener würdig und durch das plötzliche Alleinsein in sich verschlossenen Art, die aber auch ohne Zeugen ihre Haltung ganz vorträgt: so also, wie ein Mann, der was auf sich, die eigene Meinung, aber auch die Meinung der anderen hält, dem angenehmen und weitertönenden Männergespräche für ein kurzes entschreitet, um dort draußen den Dingen ihren Lauf zu lassen. Gleich darauf erschien das Mädchen Sophie im Vorzimmer, bei welcher der Zurückkehrende dann einen kleinen, aber zärtlichen und handgreiflichen Aufenthalt nahm. Conrad fürchtete bemerkt zu werden – jedoch fürchtete er das nicht eigentlich seinetwegen –, indessen war es augenscheinlich nicht der Fall, und bald lag das Vorzimmer wieder leer.

Hier, aus dieser Quelle, entsprang bei Kokosch ein seltsamer Gedanke.

Er beschloß, derartige Beobachtungen aufzuschreiben. Er fühlte dabei etwa die Möglichkeit voraus, sich in den Besitz von Kenntnissen über andere zu setzen, die sozusagen ein Gegengewicht hätten abgeben sollen für alles, was ihn bedrohte, eine Art Versicherung gegen die ständig lauernden Gefahren, und besonders gegen solche, von denen er vielleicht gar nicht wußte. Auch jene dort wußten nichts von seiner Zeugenschaft, ahnten nichts von seinem Wissen. Schon wollte er die Waffe schmieden, schnitt sogar bereits Papier zurecht zwecks Anlegung einer Art von kleinem Akt – da kam die Mutter und rief ihn hinüber zu den Herren. Denn diese waren bezüglich der richtigen Übersetzung eines lateinischen Sprichwortes – deren zahlreiche ins Gespräch zu fließen pflegten – uneins geworden, weshalb man des ›kleinen Lateiners‹ zur Auskunft bedurfte, die jener dann auch genau und mit keinem Worte zuviel unter den zärtlichen Blicken des Vaters erteilte.

Dort im Speisezimmer, wo ja auch der erleichtert Zurückgekehrte wieder in den angenehmen Nebeln des Gespräches, der Weine und der Zigarren saß, war jedoch für Conrad der erschaute Sachverhalt in keiner Weise mehr anschaulich gewesen. Wieder allein in seinem Zimmer und vor den leeren Papierblättern, fühlte er sich unvermutet durch auftauchende Schwierigkeiten dieser Art von Niederschrift und sonderlich ihrer Aufbewahrung gelähmt, und so geschah es weiterhin, daß zunächst der ganze Plan in sich zurückfiel.

Ähnlich ging es jetzt übrigens mit den chemischen Versuchen.

Sie wurden nicht fortgesetzt, und das, obwohl die seltsam geformte gläserne Versammlung auf dem Kasten dort oben sich erheblich vermehrt hatte, so daß der ursprünglich erworbene Schatz nur deren kleine Mitte mehr ausmachte. Es gab sogar jetzt ein ganz ausgefülltes, sehr schönes kleines Gestell für Probiergläser. Dies stammte alles aus den Tagen nach dem teuflischen Unglücksfalle, den Bleistift betreffend. Lorenz Castiletz war selbst mit dem Söhnchen beim Glaser gewesen, dem erfreulichen Meister ›Gramm‹, einkaufend, was nur Kokoschs Herz begehrte. Aber, in Wahrheit, dieses Herz begehrte damals nichts mehr von alledem, und Conrad war bei dem ganzen Vorgang von einer außerordentlichen Betretenheit, die aber keinerlei Gelegenheit fand, sich zu lüften oder zu befreien. Denn Lorenz Castiletz fuhr jetzt auf seinem warmen und großmütigen Gleis ebenso getrieben und eifrig dahin, wie einst Kokoschs kleine Eisenbahn, welcher der Vater am Bauche liegend die Weichen gestellt, auf dem ihren, wenn das Uhrwerk stark aufgezogen war.

Es ist eine merkwürdige Tatsache, daß Kokosch in der Folgezeit seinem Vater gelegentlich ein wenig von chemischen Versuchen erzählte, die in Wahrheit gar nie mehr angestellt wurden. Würdig gebläht und leicht angestaubt saßen Retorten und Kolben dort oben auf dem Kasten, jede Woche einmal wieder glänzend, wenn Sophie – mit großer Vorsicht, aus Zuneigung für Conrad, zugleich aber im Herzen diesem vielen ›Zauberkram‹ fluchend – die Sachen abgestaubt hatte.

Sie wurden später einmal verschenkt.

Kokosch begann ja auch schon ein größerer, ja man kann sagen, ein ganz großer Junge zu werden. Die Untermittelschule ging zu Ende, und dann sollte Conrad diese Anstalt verlassen, um sich, zunächst in einer höheren Handelsschule, auf einen verwandten Beruf vorzubereiten wie jener, in welchem sein Vater tätig war. Schon jetzt, die Mittelschule besuchend, erhielt er häuslichen Unterricht durch einen Privatlehrer in der Handelskorrespondenz, der Stenographie und den Anfängen der Buchführung, zugleich mit weiterer Pflege seiner als Kind bereits erworbenen englischen und französischen Sprachkenntnisse, darüber hinaus auch noch Unterweisung in der Grundlage aller technischen Fächer, der darstellenden Geometrie.

Dieser Privatlehrer hieß Albert Lehnder und war ein durch die Teilnahme am Kriege verspäteter Student der Rechtswissenschaften, Kind von einst vermöglichen Leuten, jetzt aber gezwungen, sich und seine Mutter zu erhalten. Er arbeitete auf einer Bank, vermehrte sein kleines Einkommen durch Stundengeben, und irgendwann mußte er wohl auch studieren, denn er legte von Zeit zu Zeit auf der Universität eine Prüfung ab. Das eigentlich Bemerkenswerte an Lehnder aber war, daß er bei alledem keineswegs von Tugend dampfte, ja, es schien fast das

Gegenteil der Fall: so daß etwa Lorenz Castiletz, obwohl er den jungen Mann achten mußte und auch über ihn niemals etwas Nachteiliges erfahren hatte, doch ein sozusagen halbgesenktes Auge des Mißtrauens auf ihn hielt, eines Mißtrauens, das er übrigens selbst heftig zu bestreiten jederzeit bereit und fähig gewesen wäre.

Für Kokosch aber war Lehnder ein guter Lehrer; der Junge lernte eigentlich ihm zuliebe, und diesen Zustand herbeizuführen, darin gerade bestand Alberts besonderes und bewährtes Geschick, durch das er schon manchen, auch schweren Fall so weit gebracht hatte, regelmäßig versetzt zu werden: welches ihm dann bei den Eltern der Schüler Ruhm verlieh und gute Weiterempfehlung. Zudem war dieser Studiosus und Bankbeamte ein reichlich hübscher Bursche, ja eigentlich schön, von einer etwas feuchten und haarigen Schönheit allerdings, möchte man sagen. Die Frauen liefen ihm nach. Vielleicht hatte der Vater Castiletz das gelegentlich bemerkt.

In jenen Jahren eines zunehmenden Abscheidens von der Knabenzeit, die vielfach schon ihre Späher draußen hatte im leereren, beruhigteren Vorlande erwachsenen Lebens – wo die Menschen, nach den Begriffen eines Jungen, überhaupt nichts mehr tun, sondern etwa auf das langweiligste und mit auffallend sauberen Schuhen beisammensitzen und reden, ohne irgendwelche Anstalten zu Unternehmungen zu treffen, und daher freilich niemals ihre Kleider beschädigend, ebensowenig die Bücher, welche sie lesen und worin so gut wie gar nichts vorkommt oder drinsteht – in jenen Jahren verfiel Conrad, da er nicht mehr wie bisher unaufhörlich beschäftigt war, beim Herumschlendern und Herumstehen in der leeren Wohnung auf ein seltsames Spiel im Empfangszimmer: dort hing ein großer Spiegel, dessen Glas einen leicht grünlichen Schein zeigte und vielleicht schon die allerersten leisen Spuren des Erblindens. Blickte man zur Zeit der ersten Abenddämmerung mit etwas zusammengekniffenen Lidern in diesen Spiegel und entfernte sich dabei allmählich nach rückwärts – so gedieh das Spiel an einem bestimmten Punkte zum leichten Erschrecken: denn mit leeren, dunklen Augenhöhlen sah einen da plötzlich das Gegenbild an. Durch die Art der Beleuchtung und den gekniffenen Blick blieben von einem bestimmten Punkte an tatsächlich nur mehr jene Höhlungen im Anlitze sichtbar. Kokosch trieb das durch einige Zeit immer wieder. Dieses Empfangszimmer, von ihm früher völlig unbeachtet, betrat er jetzt gerne, sonderlich wenn ansonst niemand daheim war. Die verschlossene und von dem reinlichen Anhauch der feinen Tapeten und Stoffe erfüllte Luft des Raumes, eine gewisse Unberührtheit und Unverbrauchtheit aller Dinge hier – dies wirkte auf ihn ganz ähnlich wie einst der Geruch des Lackes im frisch gestrichenen Vorzimmer: als eine Ahnung von Ferne oder von Neuem, das so, wie es ihn hier anwehte, nicht anders als gut, nicht anders als reizvoll sein konnte.

Jenes Spiel vor dem Spiegel aber gestaltete sich noch viel seltsamer, wenn man in umgekehrter Richtung sich bewegte, also auf den Spiegel zuging: da war erst nur der eigene dämmernde Umriß, dann die hellere Fläche des Antlitzes, jetzt schon deutlicher, auszunehmen. Jedoch im gleichen Augenblicke, wo man sich selbst sozusagen erst erkannte, sahen einen auch schon die leeren Augenhöhlen aus dem Gesichte dort in dem andren Raum an. Ein leichtes und tiefinneres Erschrecken war dabei jedesmal kaum zu unterdrücken. Und obwohl Conrad solche Unterdrückung einige Male hintereinander und förmlich übungsweise betrieb, gelang sie ihm meist mangelhaft.

Auch auf der Straße schlenderte man jetzt eher. Früher hatte man's eilig gehabt: wegen Ligharts, wegen der Molche, wegen der Versuche, wegen fünf Dutzend anderer Dinge. Nun fiel manches ins Auge, was eben ein Mensch mit aufrechtem Gange sieht: die Form der Wolken vor untergehender Sonne am Kanal, eines Gebäudes ferner Umriß, der Strom von Fuhrwerken und Fußgängern auf der Brücke, wenn sich das sonntags im Frühjahre gegen die Auen zu ergoß.

Das Gebäude jener höheren Handelsschule, in die Kokosch späterhin – nach zweifellos gründlicher Vorbereitung – eintrat, bewirkte auch eine gewisse Festigung des aufrechten Ganges, wenn man so sagen darf. Hier gab es gleich in der großen Vorhalle – das Haus war vor kaum zwei Jahren erbaut worden – ruhige und gesammelte Formen, viel Metall, Glas, Kacheln und gedrungene, mattsilbrig glänzende Heizkörper. Was gelehrt wurde, war für Conrad, dank Albert Lehnders Unterricht, im schwierigsten Teile schon geläufig. Zudem behielt Lorenz Castiletz den Privatlehrer bei, so daß man, im großen und ganzen, der Schule immer um ein Stück voraus blieb. Wenn jetzt, auf dem etwas weiteren Heimwege, den man nunmehr hatte, Gespräche mit den Kameraden geführt wurden, so geschah das in ruhigen, stehenden oder gehenden Gruppen junger Leute, die auch keine Knabenanzüge mehr trugen, sondern Kragen und

Krawatte, welche neue Art der Bekleidung für Conrad eine sozusagen nach innen auffallende war.

In der Handelsschule gab es auch Mädchen. Die ersten erborgten Bemerkungen über jene wurden bald gewohnt.

## 7

Jede Familie ist bekanntlich ein Quell von ganz einzigartigen Anekdoten. Diese Perlen des Familienhumors werden vom jungen Menschen früher oder später aufgenommen und weiterhin sozusagen vertreten – meist durch ein ganzes Leben. Denn im Grunde vermeint jeder, daß es bessere Geschichten als eben diese unmöglich geben könne.

Auch Conrad nahm solche Perlen auf. Sie eigneten sich nicht alle in gleicher Weise zum Weitererzählen, etwa im Kreise der Mitschüler. Am ehesten jene von dem alten Obersten, einem kürzlich verstorbenen Oheim des Vaters, der, noch dazu auf einer Art ererbtem Schloß, die letzten invaliden Jahre seines Lebens nach dem Kriege mit Überzeugung versoffen hatte. Hierzu diente ihm ein wohlbeschickter Keller, und ansonst drehte er jeden Pfennig dreimal um, wie man zu sagen pflegt. Lorenz Castiletz hatte diesen Oheim, eine zufällig durch jene Gegend führende Geschäftsreise kurz unterbrechend, besucht, weil ihm das andere männliche Verwandte sowohl wegen des kuriosen Originales als auch wegen dessen vortrefflicher Weine häufig anzuraten pflegten. Das kleine alte Herrenhaus fand er still und wie unbelebt zwischen den waldigen Hügeln der Sonneberger Gegend im Thüringischen liegen, die Einfahrt offen, kein Hund schlug an. Lorenz Castiletz stieg die Treppen, und mit ihm stieg eine bescheidentliche Reihe von Hirschgeweihen bis zum ersten, niederen Geschoß empor. Hier aber, als er sich eben umsah und nicht wußte, wie er seinen Weg fortsetzen oder an welche Tür er klopfen sollte, ertönte plötzlich schallender Gesang aus Männerkehlen. Es war jenes evangelische Kirchenlied, welches mit den Worten beginnt: »Eins ist not, ach Herr, dies Eine ...« Die Sänger wurden auch alsbald sichtbar, sie traten aus einer Flügeltür hervor, zwei Bediente offenbar, die einen großen leeren Korb, wie man ihn auch für die Wäsche benutzt, zwischen sich trugen. Castiletz, der sich mit höflicher Frage an sie wenden wollte, fand nicht das mindeste Gehör, beide winkten sogar mit bedauerndem Achselzucken ab, wobei sie ihr Singen keineswegs unterbrachen, sondern Strophe auf Strophe, sich die Treppe hinab entfernend, ihr Lied schon mehr brüllten als eigentlich sangen. Das ganze Haus schallte von diesem Liede, welches, in immerwährendem Absteigen jetzt schon aus einem unteren Geschoße, vielleicht aus dem Keller bei offengelassenen Türen zu klingen schien.

Jedoch bemerkte Lorenz Castiletz nunmehr hier oben eine halb in den Angeln geschwenkte Tür, durch welche er in einen Vorraum und weiterhin, wie ihm schien, in das Schreibzimmer seines Oheims sehen konnte, denn dieser saß dort drinnen in einem Lehnstuhle.

Der alte Herr erkannte den lange nicht gesehenen Neffen sogleich, begrüßte ihn jedoch nur mit einem stummen, aber herzlichen Nicken und Händedruck, wies ihm einen bequemen Sessel mit der Hand und schien ansonst mit größter Aufmerksamkeit dem aus den Tiefen tönenden Gesang zu lauschen. Dieser kam indessen bald wieder herauf, näher und näher. »Eins ist not, ach Herr, dies Eine . . .«, erklang es jetzt schallend unter der Türe – jedoch damit brach das Lied ab und vor dem alten Obristen wurde der Korb, halbgefüllt mit Weinflaschen, auf den Boden gesetzt: jener traf gleich für den Neffen und für sich die nächste Wahl. Dem ersteren ward dazu noch ein Frühstück aufgetragen, dessen jagdliche Einfachheit jedoch kaum im Verhältnisse stand zu einer Flasche Ruppertsberger Gaisböhl 1907, vor der man eigentlich hätte niederknien müssen.

»Der Gesang ist – damit sie im Keller nicht saufen«, sagte der Oberst. »Ich habe dort auch Fässer.«

Aber hintennach erfuhr Lorenz Castiletz, daß es früher noch anders gewesen. Da war nur einer allein, der Diener nämlich, singend in die Tiefen gestiegen, singend mit dem Weinkorbe wiedergekehrt. Einst jedoch fiel er mit diesem, singend, auf der Treppe – ob aus Ungeschick oder Hinterlist, blieb ungeklärt – manch kostbare Bouteille ward zerbrochen, und nun mußte, gleichfalls singend, sein Bruder, der Gärtner, mitgehen. Mißbilligend hatte damals der Obrist festgestellt, daß die Kerle Schweinsohren hätten und keiner von ihnen fähig sei, die zweite Stimme zu machen. »Das kann doch jeder Bierkutscher!« war seine Meinung. Aber jene blieben fest bei ihrem schlechten Gehör. Bald danach erzählte man auch im Verwandtenkreis, daß dort unten im Keller des alten Soldaten immer einer der Bedienten für zwei brülle, der andere aber söffe, auch für zwei.

Das war nun freilich die richtige Geschichte etwa für ein Vorstandsabendessen des Fechtklubs ›Hellas‹ oder für die Zehn-Uhr-Pause in der Handelsschule. Bald wurde sie den Mitschülern so bekannt wie den Gästen.

Anders verhielt sich's mit einem, gleichfalls verstorbenen, Verwandten aus Kulmbach, wo man das namhafte Bier braut, was jener auch sein Leben lang mit Geschick und Fachkenntnis betrieben hatte. Jedoch nicht nur dies allein. Ein zweites, mit dem Bierbrauen nicht ohne weiteres zusammenhängendes Gebiet war von ihm stets erfolgreich bearbeitet worden: die Zauberei. Onkel Christian war darin hervorragend, ja sogar berühmt gewesen. Wie andere vermögliche Leute in ihrer Wohnung etwa ein Bibliothekszimmer halten, so jener ein Zauberkabinett, an dessen Wänden in hohen schmalen Kasten mit Glastüren sich alle Gerätschaften fanden, deren ein Zauberer nun einmal bedarf: die Zylinderhüte mit doppeltem und dreifachem Boden, die Würfel, die Tubusse aus Pappe, die Tischchen, die Kartenspiele, die Dolche, Bälle und Fräcke. In der Ecke aber stand, nebst manchem anderen, ein aus starken Holzplatten hergestelltes großes Behältnis, das der Onkel eben neu hatte anfertigen lassen. Für ein Wohltätigkeitsfest war von seiner Seite die Zusage des Auftretens erfolgt, und er gedachte mit Hilfe dieses neuen Kastens dem Publiko eine besondere Überraschung zu bieten: sich selbst nämlich, seine ganze, keineswegs dünne, vielmehr recht umfängliche Person, einfach hinwegzuzaubern, verschwinden zu machen.

Das Kunststück wurde denn auch in einem kleinen Saale vor etwa zweihundert geladenen Gästen ausgeführt und gelang vortrefflich. Man öffnete die Tür, jedermann durfte herantreten und näher zusehen, wie man ja auch schon vorher den Kasten aus der Nähe zu begutachten Gelegenheit gehabt hatte. Der Innenraum aber, dessen Tür eben erst vor aller Augen der Künstler mit freundlichem Lächeln hinter sich geschlossen hatte, war leer, und jener in unbegreiflicher Weise und wie ins Jenseits verschwunden.

Er blieb es. Nach einiger Zeit meldete sich freilich Unruhe und Besorgnis. Jedoch viel später erst fand man die vollständige Person des Onkels Christian im Doppelboden des seltsamen Kastens, der durch seine Zeichnung und verschobene Perspektive alle getäuscht hatte. Onkel Christian aber war tot. Ihn hatte, durch die Hitze vielleicht befördert, ein Herzschlag gerührt, wie dann der Arzt feststellte. Jedoch wirkte diese Feststellung keineswegs so erledigend und befreiend, wie das bei aufgeklärten Leuten eigentlich hätte der Fall sein sollen. Mit dieser Geschichte machte Conrad weit weniger sein Glück, ja er versuchte es auch kaum, und im Fechtklub ›Hellas‹ dürfte sie ebenfalls nicht sehr verbreitet gewesen sein. Gleichwohl – gerade diese Anekdote stand Conrads Herzen wirklich nahe, und wenn er sie erzählt hätte, dann wär's nicht nur die früher angedeutete Vertretung des Vätererbes durch den Nachfahren gewesen, sondern wahrscheinlich ein Lebendigeres und Selbständigeres: aber vielleicht lag's gerade daran, daß er sie verschwieg.

Jedoch, den jungen Menschen streifte sehr bald der Wunsch, solchermaßen Zugespitztes oder Abgerundetes – wie man will – selbst zu erleben, ja gewissermaßen selbst hervorzubringen.

Jene Abenteuerlust, der das Leben stets mit seiner Stirnseite sich zukehrt, an welcher überall bedeutende Benennungen leuchten, in deren Form es ganz gefaßt bleibt – so daß fast alles gar nicht anders als neu und gut, gar nicht anders als reizvoll erscheinen kann –, jene gewisse Abenteuerlust, für die hier eine große Stadt den zunächst ausreichend geräumigen Tummelplatz abgab, lockte den Halbwüchsigen. Und wenn nach dem unvermuteten, ja fast plötzlichen Abscheiden von der Knabenzeit alles so sauber und abgemagert dagestanden hatte wie etwa die Vorhalle des neuen Schulgebäudes, in welche man nun allmorgendlich eintrat – hier, in dem Drange, Geschichten nicht nur zu hören, sondern recht eigentlich selbst welche zu machen, erwuchs eine siegreiche Macht der Verschleierung jener Leere im Vorland erwachsenen Lebens.

Denn überall, in jener Gasse dort, auf dieser Treppe hier, konnte ›das Leben‹ überraschend und unerhört hervortreten.

Mit dessen verhältnismäßig seltener Neigung zu derlei war Conrad noch nicht bekannt.

Er würde es wohl zu empfangen wissen, und durchaus bei aufrechtem Gange! Übrigens gehörten Kragen und Krawatte schon zu seiner neuen, man möchte sagen Stadtromantik, ja diese wäre anders gar nicht mehr darzustellen gewesen.

Hier lag die Wurzel vielen und durchaus zwecklosen Herumlaufens (zwecklos, wenn man mit der eifrigen und tatsachenerfüllten Welt des Knaben vergleicht), jetzt aber nicht mehr im verlassenen Reich der Au, sondern weit jenseits des Kanals, in den inneren Stadtteilen. Hier lag sogar die Wurzel der Verabredungen und Spaziergänge mit Mitschülerinnen, welche Unternehmungen noch keineswegs ihrem eigentlich zuständigen Boden entsproßten.

Es war bei alledem vollends ausgeschlossen, etwa Enttäuschungen zu erleiden oder Nieten als solche zu erkennen. Dem grenzenlosen Maße dieser Erwartungen hätte keine Enttäuschung und auch keine Erfüllung die geringste Minderung widerfahren lassen: hier unterlag die, noch unbekannte, Umwelt einem Grade von Vergewaltigung, welcher ihr ein für allemal das Wort entzog.

Es mochte Conrad in seinen liebenswürdigen, aber auch kälbernen Kram passen, daß man ihn eines Tages, schon nach seinem fünfzehnten Geburtstage, während der ersten Hälfte der Sommerferien auf eine Reise schickte, und zwar allein. Verschiedentliche Verwandte (also auch ›allerhand Tanten‹) hatten sich den Jungen sozusagen für ein kurzes ausgebeten, weil sie Conrad schon lange nicht gesehen und auf den Herangewachsenen neugierig waren. Lorenz Castiletz mochte vielleicht noch etwas weiter blicken, als er dafür sorgte, daß sein Söhnchen bald, und aufs beste ausgestattet, losziehe.

Und nun ging also die Reise nach zwei voneinander nicht allzuweit entfernten Städten im mittleren Deutschland, von Tante zu Tante.

Mit Schnellzügen, zweiter Klasse. Mit einem kleinen gelben flachen Koffer. Kragen und Krawatte verstehen sich hier am Rande. Die erste Gelegenheit benutzte er, um bei Nacht zu fahren. Man fragte, ganz überflüssigerweise, noch einmal einen Beamten nach dem Zug, der schon da stand, in der Halle, mit seinen roten Lichtern am Schluß.

Gleich das zweite Abteil in dem vorletzten Wagen enthielt keinerlei alte Damen und Herren – welche Conrad vermied –, vielmehr eine anscheinend sehr lustige Gesellschaft: dem Eintretenden wurde nämlich sogleich zugetrunken, und dann erhielt er auch ein Glas voll Likör. Man schien also entschlossen, sich durch den Neuling nicht stören zu lassen, sondern ihn lieber in die Kumpanei hereinzuziehen. Zwei außerordentlich wohlgekleidete junge Leute hatten ihre Füße auf die Bank gegenüber gelegt, ein Dritter saß am Fenster bei einem blonden Mädchen, neben welches man Conrad setzte, ›damit sie auch mal eine Freude habe‹, wie es hieß. Conrad bemühte sich sogleich beim Zutrinken, möglichst den nördlichen Sprechton der ganzen Gesellschaft anzunehmen, die er als ganz unzweifelhaft überlegen empfand, und besonders die beiden Eleganten. Das Mädchen fragte ihn freundlich, ja man könnte fast sagen, mit einer gewissen mütterlichen Obsorge, nach Herkommen und

Reiseziel. Conrad antwortete darauf nur sparsam. Allmählich ging er in die Atmosphäre hier ein, empfand auch nicht mehr so stark den Geruch des verschütteten Schnapses, der sich mit einer fremden und vordringlichen Art von Parfüm mischte, beides auf dem schwachen Grunde des kalten Kohlenrauches, des Bahngeruches.

Man war noch keine zehn Minuten unter Lachen, Schwatzen und Trinken gefahren, als der am Fenster Sitzende, offenbar einem plötzlichen Einfall folgend – den er vorher seiner kichernden Nachbarin zuraunte –, rasch seinem Gepäcke einen hellen großen Gegenstand entnahm und ihn den beiden jungen Menschen zum Auffangen hinwarf, die das Ding unverzüglich an Conrad weitergaben.

Es war ein präparierter menschlicher Schädel, ein Kopfskelett oder ›Totenkopf‹, wie man zu sagen pflegt. Der Besitzer, ein Student der Medizin, wie sich jetzt herausstellte, nahm dieses Stück in die Ferien mit, zwecks Erleichterung des Lernens, seiner Meinung nach.

Allerhand Ulk war hier unvermeidlich. So etwa, daß man dem ›alten Knaben‹ einen Hut aufsetzte und eine Zigarre zwischen die Kiefer klemmte, welche mittels zweier Spiralfedern von Messingdraht in den Gelenken festhielten.

Für Conrad war dies schon das Richtige. Er betrachtete den Schädel genau, während an der Stirnseite des Lebens allerhand bedeutsame Vorstellungen aufleuchteten. Er sah in die leeren Augenhöhlen, die aber jetzt ganz von der herabstrahlenden Deckenlampe erhellt waren. Nur flüchtig streifte ihn die Erinnerung an sein einstmaliges seltsames Spiel im Empfangszimmer: dies paßte nicht hierher, er verscheuchte es.

»Mann oder Frau?« fragte er kurz und sachlich den Besitzer.

»War ein Mann«, sagte dieser lachend, »sicher ein ganz patenter Kerl, sieht doch jetzt noch recht einnehmend aus, nur etwas blaß.«

Aber plötzlich entriß man unter Geschrei Conrad den Schädel. Ein ungeheurer Einfall war bei den zwei jungen Leuten geplatzt, gleich einer Bombe.

Nebenan, hieß es, fährt eine allein. Der halten wir im Tunnel, der jetzt kommt, den Schädel vors Fenster. Alles schrie und lachte durcheinander.

»An meinem Stock!!« rief einer von den beiden Wohlgekleideten.

»Wird nicht halten«, meinte der Student.

»Na hören Sie mal, an dem dicken Knüppel?« Er wies ihn vor. Es war einer jener Spazierstöcke, wie sie eben damals in Brauch und Mode standen, eine Art kurzer Walze aus Rohr. Mit Hilfe eines herumgelegten Taschentuches paßte das Zwingenende hinlänglich fest in jenes Loch, durch welches an der Schädelbasis das Rückenmark austritt.

»Jetzt kriegt er noch 'n Turban!« rief der Mediziner und knotete sein seidenes Halstuch fest um die Schläfen des ›alten Knaben‹. Die Zigarre nahm man diesem fort. Es sah außerordentlich aus.

Conrad spürte plötzlich wieder die beim Eintreten empfundenen Gerüche, den verschütteten Fusel und den durchdringenden, dabei leicht fettigen Duft einer für ihn fremdartigen Pomade, Seife oder eines Parfüms. Überaus verwischt sah er an der vergangen Möglichkeit entlang, daß er ja auch in einem anderen Abteil Platz hätte nehmen können, und in der Verlängerung dieses Gedankens zeigte sich sozusagen zwingend, daß diese Möglichkeit gar nicht unbedingt vergangen war. Er lachte plötzlich laut mit. Dabei tat ihm der Kopf weh; er empfand die Folgen des genossenen Getränks.

»Und wer – hält ihn hinaus?!«

»Ich!« rief Conrad sofort.

»Bravo, Benjamin«, sagte der eine von den jungen Herren. »Nun Ruhe von jetzt ab!« kommandierte er dann. »Eine gewisse Geisterstille muß den Akt vorbereiten. In zehn Minuten etwa kommt der Tunnel.«

Sie ließen dann das wegen der Schwüle ohnehin offene Fenster ganz herab.

Und plötzlich schloff der Zug dröhnend in den Schlauch, dessen Wände aus Rauch zu bestehen schienen. Auch der wie in Bändern oder Strähnen rasch vorbeisausende Stein machte sozusagen nicht mehr den Eindruck eines festen Körpers.

Conrad sprang auf und ergriff den Stock. Er bemerkte noch, daß hinter ihm der Mediziner das Abteil verließ und, von dem Mädchen sogleich gefolgt, auf den Gang hinaus verschwand, die Tür wieder zuschiebend.

Die beiden jungen Herren hatten sich erhoben: »Sehr vorsichtig sein, Benjamin! Ganz knapp an der Wand des Waggons entlangrücken, sonst kann's ein Unglück geben!« sagte der eine von ihnen rasch und eindringlich an Conrads Ohr. Ungeheurer, schmetternder Lärm brandete aus der Finsternis beim Fenster herein. Conrad ergriff den Stock so, daß die Krücke herein wies: dann war nämlich des ›alten Knaben‹ reizendes, beturbantes Antlitz in der richtigen Lage, zum Wagen gewendet. Da der Stock kurz und handlich war, ging alles ganz leicht. Man mußte sich kaum vorbeugen. Die beiden jungen Herren hielten Conrad zur größeren Sicherheit an den Schultern. Dieser sah durch einige Augenblicke ganz deutlich den Schädel vor dem Lichtviereck des benachbarten, ebenfalls offenen Fensters. Er glaubte jetzt einen kurzen Schrei zu hören – es klang etwa so, wie das Fallen und Zerspringen von Geschirr –, und daraufhin zog er die Vorrichtung rasch ein, wurde sich aber im gleichen Augenblick dessen bewußt, daß hier allenthalben auch höhere und helle Geräusche wie tausend Teufel in der Luft wetterten, und daß er sich also wahrscheinlich getäuscht hatte. Nun setzte er den Stock ab.

»Hat sie nicht geschrien?« fragte Conrad die beiden.

»Nee. Das hätte man doch durch die Wand hören müssen. Zwar der Lärm war gewaltig, immerhin. Na, die hat wohl gar nicht hingesehen, unsere schönen Absichten wurden also vereitelt. Und nun sind wir längst draußen.«

Der tosende Lärm hatte aufgehört wie von einem ungeheuren, gaumig-weichen Mund nach rückwärts rasch verschluckt. Nun lief der Zug wieder in seinen weichen und schleifenden Geräuschen. Vom Gange trat der Mediziner ein mit dem Mädchen.

»Konntet ihr hineingucken?« fragte einer von den jungen Herren.

»Nein. Die Vorhänge waren jetzt dicht zu, ohne Spalt. Scheint übrigens nicht gewirkt zu haben, da sich nichts rührte.« Er nahm den Schädel vom Stock herab und verschloß ihn im Reisekoffer.

»Ich sagte es ja schon: sie hat nicht hingesehen. Lag vielleicht auf der Bank, mit dem Kopf zum Fenster, und las oder schlief. Aber Benjamin hat seine Sache famos gemacht. Also Pröstchen.«

Sie tranken wieder. Jedoch schien der nicht geglückte Scherz den Punkt anzuzeigen, wo die Stimmung dieses verlängerten Abends ihre Höhe überschritten hatte, nachdem sie solchermaßen zur Entladung gekommen war. In der Fensterecke saß der Student neben seinem Mädchen, hielt die Hand vor den Mund und gähnte; so tat er mehrmals nacheinander, ohne eigentlich schläfrig auszusehen. Sein Gesicht war lang und hoch, weich und schwach, ein wenig feucht scheinbar von Schweiß an den herausgemagerten Backenknochen und an den Schläfen. Für einen Studenten sah er eigentlich schon recht alt aus, ein ganz richtiger erwachsener Mann mit allem, was da irgendwie als unbestimmte Aureole dazugehörte, nicht nur, wie Conrad, mit neuem Kragen und neuer Krawatte. Das hellblonde Mädchen neben dem Mediziner schien allzu dünn, wirkte jedoch überaus gutmütig mit ihren großen, dunklen Augen, die jetzt weit geöffnet waren und stark glänzten.

Beim nächsten Anhalten des Zuges verabschiedete sich das Paar und stieg aus. Auch die beiden jungen Herren und Conrad waren bald am Ziele, dieser als letzter, noch lange vor Tag. Allein im Abteil, wäre er am Ende beinahe eingeschlafen und fuhr hoch, als der Zug schon auf einem Bahnhofe hielt, wo er umzusteigen hatte. –

Diese dritte ›selbstgemachte‹ Anekdote nun, die gar keine richtige geworden war, stand des längeren gleichsam aus Conrad hervor, sozusagen wie ein nur halb ins Holz geschlagener Nagel: aber es blieb daran niemand hängen, das heißt, es bot sich nie ein solcher passender Zusammenhang irgendeiner Unterhaltung, daß man sie hätte einstreuen können. Zudem, sie war nicht fertig geworden. Dies, und vielleicht eine immer damit verbundene, in irgendeiner Weise peinliche Erinnerung des Geruches, bereiteten ihr ein noch kümmerlicheres Schicksal als das der Geschichte von dem Kulmbacher Bierbrauer: sie wurde nämlich überhaupt nie erzählt.

Bis auf ein einziges Mal, an einem kalten und trüben Herbsttage; Conrad wurmisierte in seiner Stube herum, hatte nichts zu tun und wollte auch nichts tun und bei nichts bleiben, und so war er recht in jener Verfassung, wo der Mensch auch nichts bei sich behalten kann und mag. Außer ihm befand sich nur der Vater daheim, in seinem Schreibzimmer drüben. Conrad ging – was gänzlich ungewöhnlich war – zu ihm. Er fand den Vater am Schreibtische, jedoch nicht bei der Arbeit, sondern in einem dünnen, gehefteten Buche lesend. Der Raum war sehr kühl, kaum geheizt, wie es der zum Schlagflusse neigende Mann liebte. Conrad drückte sich in einen Armsessel beim Schreibtisch und entbehrte, in einer gewissen Halbblindheit und Verranntheit, des nötigen Feingefühles, um der freundlichen Frage des Vaters, ob die Schularbeiten denn schon beendigt seien, zu entnehmen, daß er hier störe. Vielmehr brachte er jetzt seine Geschichte endlich an den Mann, und man kann sagen, durchaus an den unrichtigen. Denn Lorenz Castiletz, der, über die Platte des Tisches vorgebeugt, diese Sache mit zunehmendem Ärger anhörte – welchen Ärger Conrad in der Luft spürte, aber hartnäckig nicht spüren wollte! –, Lorenz Castiletz also wurde plötzlich, wenn auch nicht ebenholzschwarz, so doch aufs heftigste ungehalten: und er sagte seinem Söhnchen unter anderem mit recht lauter Stimme, daß er eigentlich jetzt noch und hintennach gute Lust spüre, ihm für eine solche dumme Büberei, die das größte Unheil hätte nach sich ziehen können, zwei saftige Ohrfeigen herunterzuhauen. Damit wies er seinen Sprößling aus dem Zimmer.

Hierdurch wurde nun der hervorstehende Nagel mit einem einzigen Schlage bis ans Köpfchen ins Holz getrieben, ja eigentlich samt dem Köpfchen, so daß es bereits einer sorgfältig tastenden Hand bedurft hätte, um die Stelle zu finden, wo er einst eingeschlagen worden war: anders, Conrad vergaß diesen seinen ersten Versuch, die Romantik festere Formen annehmen zu lassen, gerne und bald, weil nun schon zu viel peinliches Erinnern sich damit verknüpfte.

## 8

Rückfälle aus dem aufrechten Gang gab es noch während der ersten zwei Sommerferien nach dem Übertritte in dic Handelsschule. Jedoch selten mehr erleuchteten sich die Tatsächlichkeiten und zwingenden Notwendigkeiten der Knabenwelt wieder von innen, so daß man etwa tagelang bloßfüßig, schmutzhändig und auf allen vieren beim Bache kroch, um diesen mit Brettern, Steinen, Moos und Schlick zu stauen. Stand solch ein künstlicher See dann tief und lang und schon geklärt am nächsten Tage, so war das wie ein neuentdecktes Land und erobertes Gebiet. Conrad wurde dringend eines Schiffes bedürftig, er lief ins Haus: und tatsächlich fand sich noch eines aus der vorlängst mit Sorgfalt gehüteten Flotte, sogar in recht gutem Stande, auf einem der großen Kasten Tante Bertas, wo diese den Dampfer hinter Einsiedegläsern aufbewahrt hatte. Nun holte sie ihn zu Conrads grenzenloser Freude hervor.

Jedoch war bei diesen Spielen vielleicht schon eine leise, verabschiedende Wehmut und eine gewisse Kenntnis des Idylls, in welches man sich da zurückbegeben hatte. Conrad empfand das einen Augenblick lang sogar recht deutlich, während das Schiff, mit laufendem Uhrwerk, den Weiher tüchtig stromauf glitt, vom roten Kiele links und rechts zarte Furchen wegstrahlend. Der markigeren Art eines Knaben sind derlei Seitenblicke und Seitengefühle fremd. Aber auch sie waren einmal noch wie weggeblasen durch eine plötzliche und große Überraschung.

Am Grunde des klaren Wassers saß ein Krebs.

Das hier seltene, ja fast ganz verschwundene Tier mußte wohl aus dem flachen Bächlein bedachtsam in die neue Tiefe eingewandert sein. Oft schon hatte Conrad nach Krebsen geforscht, die es einstmals hier gegeben haben sollte – wenigstens sagte das der alte Gärtner. Aber alle tastenden Griffe unter Steinen und Wurzeln des Ufers hatten am Ende nur immer die eigene Hand naß und erdig wieder hervorgebracht, nie aber jenes seltsame schalige und scherige Leben antreffen können. Der Bach schien tot und leer in dieser Hinsicht.

Darum hielt Conrad auch, was er da sah – und nur dadurch sah, daß auf den Grund des Wassers das Schiffchen jetzt seinen Schatten gerade an der fraglichen Stelle warf, jene solchermaßen vom Widerblinken des Himmels trennend und mit Sand und Kieseln sichtbar machend –, darum also hielt Conrad das Gebilde zunächst für eine irreführende Zusammenfügung des bräunlichen Steingeschiebes. Und so griff ihm – nach den vielen in solcher Weise schon erlebten Enttäuschungen! – die Sache keineswegs gleich ans Herz.

Jedoch, am Bauche liegend, das Gesicht knapp über des Wassers Spiegel, mit einem Stäbchen vorsichtig tastend – da war's plötzlich außer Zweifel, denn der Bursche tat mittels Schwanzschlages jetzt einen Satz nach rückwärts, fast bis ans flache obere Ende des Weihers. Von dort war die brave ›Minnesota‹ – so hieß der Dampfer –, deren Uhrwerk längst abgelaufen, inzwischen sachte mit der gelinden Strömung zurückgeschwoit und hatte, da ihr keine Beachtung zuteil wurde, derweil einmal sich ›dwars‹ gelegt und längseits am Stauwerk, wie an einer Kaimauer, festgemacht.

Conrad aber, klopfenden Herzens sich rasch erhebend, faßte sorgfältig den Stand am Ufer, gelangte mit einem Spreizschritte gerade über jene Stelle, wo der Vergrämte und Gestörte recht mürrisch saß – und nun hob er diesen, zwei Finger von rückwärts zart am Kopf-Brust-Schild ansetzend, aus dem Wasser. Ein vergeblicher Schlag des Schwanzes, daß die Tropfen flogen, und dann ein langsames und widerstrebiges Herumtasten mit Beinchen und ausgestreckten offenen Scheren in der Luft, welche Waffen aber keinen Gegner zu fassen kriegten – so war die

Erscheinung des seltenen Ankömmlings an der luftigen Oberwelt. Conrad setzte ihn ins Gras und in den Schatten eines Strauches, der hier stand. Es war ein beträchtlich großes Stück, und somit, wie Kokosch wohl wußte, an die fünfundzwanzig bis dreißig Jahre alt. Den Knaben streifte diese Vorstellung einen Augenblick lang in verwunderlicher Weise. Der Krebs blieb zuerst reglos, aber bald machte er sich auf die Beine, und auf diesen seltsam hoch einherstelzend, wanderte er gegen den Rand des Wassers zu. Conrad störte ihn nicht. Das Tier stieg umständlich ins Wasser, jetzt tauchte es ein, schon ward das Kopf-Brust-Stück bedeckt, nun konnte man sein Dahinwandern noch am Grunde sehen, dann entzog es die Widerspiegelung des Himmels dem Blick.

Conrad blieb bewegungslos neben dem Gesträuch im Grase sitzen. Jetzt, in der Stille, hörte er plötzlich das Murmeln des Wassers, es sprach sich nun aus und kam zu seinem vielfältig wechselnden Worte. Einen Augenblick lang war man von dem erlebten Ereignis und Triumph emporgerissen worden, und gegen das Haus hin, zu laufen, zu erzählen: da traten plötzlich die großen Kochtöpfe der Küche vor den besorgten inneren Blick. Und Conrad gelobte sich zu schweigen. Das Gelöbnis sammelte ihn jetzt, in der herrschenden Stille, die als weiße Spiegelung einer Wolke tief in die Fläche des Weiherchens schnitt. Nun fiel der Blick auf ›Minnesota‹, die so bescheiden Gelandete. Conrad dankte dem Schiff. »›Minnesota‹, ich danke dir, du bist ein gutes, ein wackeres Schiff«, sagte er vor sich hin. Er blieb sitzen in der Sonne, ohne sich zu regen. Er war glücklich.

Jedoch hier kam's zu keiner eigentlichen Krebszeit mehr, und eine paradoxe Besorgnis, daß es etwa ›Molche‹ werden könnten, tauchte nicht auf. Denn die Planungen der Anlage weiterer Staubecken, oberhalb des schon bestehenden und mehr gegen den Wald zu, blieben unausgeführt. Zuerst hatten solche Absichten sich notgedrungen daraus ergeben, daß für ›Minnesota‹ ein neues Fahrwasser geschaffen werden mußte (denn das bisherige kam nicht gut mehr in Betracht, da die Schiffahrt eine Störung des bedächtigen Bewohners hätte mit sich bringen können – obwohl anderseits die Fahrt des Dampfers über einem Ungeheuer der Tiefe auch reizvoll erschien!). Zum zweiten wurden solche Pläne (abends im Bett) ausgeheckt in der Hoffnung, ein neues Becken könnte wiederum einen geheimnisvollen Gast aus dem – vielleicht in rätselhafter Weise vielbewohnten – Bache anlocken.

Indessen, solche Pläne schob man nur mehr vor sich her, wenn auch bis gegen das Ende der Ferienwochen zu, und eines Tages ging denn ›Minnesota‹ wieder hinter den Einmachgläsern ins Trockendock.

Die Rückkehr in die Stadt und Schule – das Zimmer mit dem bedeutenden Ausblicke über den Kanal roch seltsam leer und staubig und verheißungsvoll zugleich –, diese Rückkehr wandelte alles in wenigen Tagen, richtete den Gang wieder ganz auf, während sich in der Gegend über dem Zwerchfelle Erwartungen der verschiedensten Art herumtrieben. Schon vor dem Ende der Ferien hatte Conrad eigentlich erstmalig die stumme, tiefverschleierte Begleiterin fast allen erwachsenen Lebens kennengelernt: die Langeweile. Er war viel herumgestanden, auf Bänken gesessen, an den altmodischen, gittrig geschnörkelten Holzveranden der Villen entlangblickend, an den Zäunen mit den längst verblühten Fliederbüschen, welche die Gärten gegen die Straße zu abschlossen und deren Blätter entweder fettig glänzten oder von einer dünnen Staubschicht bedeckt waren.

In diesem Winter wendete sich das Blatt in einer Richtung, deren Anfänge für überaus bedeutsam gehalten und immer neu beschrieben werden, worüber man verschiedentlich denken mag. Bei Conrad Castiletz zumindest – so versehrend und atemberaubend ihm dieser Pfeil auch durch das Zwerchfell schlug – erscheint als bedeutsam nur, daß er, erstmalig den Weg in den eigentlichen Kern seines Stadtviertels findend, in jenes trübe, ja selbst düstere Gewinkel alter und zum Teil sogar uralter Gassen – daß er dabei keiner einzigen jener Vorsichtsmaßregeln sich entschlug, die eine recht freudlose kameradschaftliche Aufklärung empfohlen hatte, welchen Kenntnissen sodann einiges Nachlesen den genaueren Umriß verlieh. Jene Belehrungen waren übrigens schon früher erfolgt, und das Wissen, welches sie vermittelten, hatte Conrad zunächst nur als eine drückende und störende Belastung empfunden und so rasch wie möglich wieder vergessen. Nun freilich griff er darauf zurück und auch auf Bücher: Geschäftsdispositionen und ihre Durchführung. Nachdem alles im rechten und das Nötige beschafft war, machte er sich gegen Abend auf einen Weg, dessen verwunderlichstes Erlebnis für ihn jene ganz neue Auslegung blieb, die er, in solchen Absichten wandelnd, allem Leben um ihn in den Straßen verlieh: wo diese Auslegung aber gar nicht anwendbar, dort schien ihm das Leben heute befremdlich –

etwa, daß bei einem Wirtshause ein Wagen mit Stückfässern hielt, die von ihren gewaltigen Tonnenleibern aus Schläuche in eine Kellerluke hinab entließen.

Conrad stieg über diese Weinschläuche hinweg und ging seines Weges. Die Dämmerung fiel, er überkreuzte die große, breite, von Verkehr rasselnde Straße, die hier leicht bergab führte, und trat nach links ins Gewinkel ein.

Von diesem Abend an, der gut und richtig verlief und von Conrad auch hintennach so gewertet wurde, hielt eine umfänglichere und ins einzelne gehende Vorstellung jenes alten Stadtviertels ihren Einzug bei ihm. Und wenn bisher diese Gegend lediglich als vorhanden gewußt war, mit dem älteren und dunkleren Stein ihrer gelegentlich und bedeutungslos erblickten Häuser, die so auf einem ganz kleinen Platze für Kokosch gestanden hatten, gleichsam zusammengedrückt: so erstreckte sich nunmehr dort ein in sich abgeschlossenes, vielfältiges Gefüge der Gäßchen, Tore, halb verhangenen Fenster, schmalen Treppen, alten Bogengänge und matt erleuchteten Zimmer, was alles sogar eine bestimmte Form des Behagens vermitteln konnte und worin wieder gewisse Wege bald bevorzugt, ja gewohnt wurden. Jedoch keineswegs durch Häufigkeit. Es ist in diesem Zusammenhange bezeichnend, daß Conrad nie in die Lage kam, einen so gerichteten Wunsch infolge etwa fehlenden Geldes sich verkneifen zu müssen: nicht etwa, weil sein anständiges Taschengeld so groß gewesen wäre. Sondern weil eben keineswegs jeder empfangene Geldschein sogleich einen in jene Richtung weisenden Kniff und Bug erhielt.

So führte der junge Mann ein geordnetes Dasein, und zu Ostern begann denn auch das letzte Schuljahr.

Was Albert Lehnder betrifft, so teilte Conrad diesem seine neuen Lebensgewohnheiten ohne weiteres mit. Lehnder erkundigte sich daraufhin genau nach den eingehaltenen Vorsichtsmaßnahmen, und als er Conrad hierin im Bilde und diese Sachen in Ordnung fand, ging er von da ab mit einer gewissen Geringschätzung und spöttischen Art über das Ganze hinweg.

## 9

Lehnder wurde für die nächsten und letzten Schulferien Conrads von Tante Berta – welche den jungen Mann bei einem Stadtbesuch in der Castiletzschen Wohnung kennengelernt hatte – aufs Land hinaus eingeladen und gleichzeitig von Lorenz Castiletz sozusagen als Erzieher und Hofmeister für Conrad dorthin verpflichtet: »Damit der Junge eine Ansprache hat und eine Leitung.« Im übrigen ging's dabei auch gar sehr um das Bridgespiel. Der Vater liebte es, ebenso wie die Tante, Conrad spielte bereits recht gut – nur Frau Leontine erwies sich stets als gänzlich unfähig, es zu erlernen. So hatte man denn in Lehnder einen vierten für die Sommermonate gesucht und gefunden.

Tante Berta ihrerseits einen zweiten. Auch Lehnder las viele Bücher und wußte erforderlichenfalls darüber so zu reden, wie es einer schöngeistigen Dame gefallen konnte. Und da sie malte, fing er auch damit an, und nun sah man die beiden, von rückwärts recht verschiedenen Formates, auf Feldstühlchen sitzen, sei's nun, daß sie mit ihren kleinen Staffeleien eine Baumgruppe, eine alte Hütte, ein Bächlein mit Büschen oder sonst ein Objekt der Kunst sinnig belagerten. Lehnder, der im übrigen hier ernsthaft und sogar hartnäckig bei der Stange hielt, bewies mit ungelernter Hand doch einige Geschicklichkeit. Die Witze aber, welche Lorenz Castiletz recht bald riß, wenn er mit seiner Gattin allein war, bezogen sich zunächst hauptsächlich auf die ins Auge springende Verschiedenheit in der Belastung der beiden Feldstühlchen. Die Malerei selbst war im Hause heilig und hing – ihrem eigenen Begriffe hohnsprechend – voll naiver Scheußlichkeit an allen Wänden.

Conrad hatte viel Zeit, herumzustehen, herumzusitzen, herumzuliegen und dabei schon beachtlich hübsch auszusehen. Die hohen schlanken Beine in den Kniestrümpfen, die kurzen Hosen von hellgrauem Tuche, die wie ein antikisches Röckchen bis in die halben Oberschenkel fielen, ein nachlässig offenes Hemd, das die Arme bloß ließ – solche Tracht, verbunden mit den gelockerten, katzenartigen Bewegungen des unter ständiger Leibesübung herangewachsenen Burschen, das alles verlieh der Erscheinung ein leicht Hingestrichenes, Hingewischtes – wie mit einem Meisterstift auf das Blatt geworfen, wenn Conrad etwa, den blauen Himmel hinter sich, über eine Hügelwelle herankam. Im übrigen: auch sein Gesicht hatte etwas von einer Katze, zumindest deren zärtlichen Reiz, mit den sehr großen Augen, die denen der Mutter ähnelten, und einem mitunter leicht erstaunten, aber immer liebenswürdigen und entgegenkommenden Wesen.

Alles das nun pflegte Albert Lehnder seinem Schüler täglich zu sagen.

»Du siehst gut aus heute.«

»Beim Handballspiel sahst du famos aus.«

»Streich das Haar nicht zu sehr aus der Stirne.«

»Ein blaues Hemd steht dir am besten.«

Er gab ihm des Hellenen Platon ›Symposion‹ oder ›Das Gastmahl‹ zu lesen, in einer meisterlichen deutschen Übertragung, wie denn bekanntlich unsere Muttersprache dem griechischen Texte noch am ehesten von allen Sprachen gerecht zu werden vermag. Conrad las dieses Buch im Freien, zwischen Hügeln und Büschen, ohne zu ahnen, daß er sich hier auf einem der ausgesetztesten und zugigsten Gipfel aller Geistesgeschichte befand. Was ihn angenehm berührte, das war wesentlich das Gelüftete und Gewaschene dieser ganzen Welt und dieser Männer, die hier sich unterredeten und gemischten Wein tranken. Die Einfachheit gewisser Vergleiche, wie etwa jener zwischen Bogen und Leier, die Selbstverständlichkeit, mit welcher das in den letzten Jahren allenthalben so endlos beredete Kriegführen in diesen Gesprächen als ein Bestandteil des Männerlebens erschien, das ansonst wahrhaft auf andere Ziele gerichtet war – dies alles nahm ihn für das Gelesene ein, umwehte ihn, wie der frische Wind von Zeit zu Zeit den Hügel umspielte, auf welchem er lag. So glitt er, in der gesegneten Leichtigkeit dieses Vortrages treibend, über alles Schwierige darin hinweg, wie einst ›Minnesota‹ hinweggeglitten war über das in der Tiefe hausende Untier.

Lorenz Castiletz sah dieses Buch in der Hand seines Sohnes, der es auch oftmals in der Vorhalle auf einer dort stehenden Anrichte herumliegen ließ. Jedoch fehlten dem Vater im gegebenen Falle einfach die Voraussetzungen, um zu überlegen, was jener lese. Platon – das war ein alter Grieche oder Römer, ein Bewohner von Schultaschen, und daher in irgendeiner Weise nützlich.

Anders hätte er wohl möglich in ein paradoxes und grüblerisches Vermuten und Abwägen hineingeraten können, wobei am Ende die eine Waagschale von seinem eigenen Sohne, die andere von der mächtigen Tante Berta belastet worden wäre, mit Albert Lehnder in der Mitte als Zünglein.

Dieser letztere befragte Conrad übrigens recht eindringlich wegen des Gelesenen, aber die Haltung des Jungen blieb eine völlig kühle und leichte, also daß sich schon beim Lehrer Geringschätzung melden wollte wegen solch schwacher Eindrucksfähigkeit, eine Geringschätzung oder Entrüstung, die sich vertreten hätte lassen, so aufs Gebiet des Bildungsmäßigen verschoben. Jedoch, auch diesem kam Conrad ahnungslos zuvor: die knappe Schilderung des Erlebnisses, wie er's beim Lesen gehabt hatte, bewies ein blankes Gegenteil, ebenso manche Einzelheit, die der Junge hervorhob.

Solchermaßen konnte sich Lorenz Castiletz getrost in der Bahn seiner gleich zu Anfang gerissenen Witze weiterbewegen, und zwar kühner, da sie durch sich mehrende kleine Beobachtungen vorgebaut wurde. Den trefflichen und weichfedernden Unterbau solchen Gleises indessen bildete ein betontes Gönnertum, das sich selbst wieder mit einer schon manchmal etwas unverschämten, geflissentlichen Diskretion parodierte, im Anklopfen, im Zurücktreten, im Wegbleiben. Nahm man nach Tische den schwarzen Kaffee im Freien auf großen Decken liegend – was zu den Gepflogenheiten des Hauses gehörte, wenn die Sonne warm schien –, so wurde bereits die kleinere Decke für die Hausfrau und Lehnder freigehalten, die größere von der Familie Castiletz belegt, was Lorenz jedesmal noch anzuordnen für gut fand, als ob dies schon seines Amtes wäre.

Im übrigen gab es auch halbe und ganze Tage, da Lehnder sich mit seinem Schüler in der Umgebung herumtrieb oder in der benachbarten Sommerfrische – wo der Lehrer aus seiner Aufmerksamkeit etwa für die oder jene vor dem Schüler kein Hehl machte – und besonders belustigend fanden sie es, nach dem Abendessen, wenn nicht gerade Karten gespielt wurde, dort drüben im Wirtshause einen riesenhaften Steinkrug voll Bier zu heben, als ›Schlaftrunk‹, bei welcher Zeremonie sie sich gegenseitig mit ›Hildebrand‹ und ›Hadubrand‹ anzureden pflegten und dann so blödsinnig zu lachen, daß ihnen beiden das Bier bei der Nase herausschoß.

Lehnder äußerte viel später einmal, er sei während jener ganzen Zeit sehr glücklich gewesen.

Einstmals tönte viel Gesumm vom Wirtshause her, der Gartensaal rückwärts war erleuchtet, und aus den in die warme Sommernacht geöffneten Fenstern erklang jetzt krachende und dudelnde Blechmusik, während Kellner und Kellnerinnen, mit allen Fingern voll Bierkrügen, durch den Garten eilten, solchermaßen den Weg von der Schank zum Saale abkürzend. Die Uhr wies schon elfe, Conrad und Lehnder waren heute nach dem Kartenspiel noch in aller Stille ausgerückt.

Hier fand das allsommerlich übliche Tanzfest der Ortsfeuerwehr statt, welche auch die gewaltige Musik dazu stellte. Sogleich stieg Conrad, ohne sich erst durch die Gaststube zu bemühen, beim Fenster ein, und Lehnder hinter ihm; alsbald wurde der wohlbekannte junge Herr von vielen Seiten begrüßt und Lehnder gleichfalls. Landleute und Feriengäste tanzten durcheinander, Albert entschwebte bald mit einer von ihm schon mehrmals bemerkten jungen Frau, die kennenzulernen sich beim Tanze eine schickliche Gelegenheit bot, sozusagen ländlich-unschuldig, wozu die Musik hier ganz und gar passen mochte, in einer etwas dick aufgetragenen Weise neuzeitliche Tänze spielend, mit verstärktem Basse, aber erstaunlich sicher im Takt.

Conrad tanzte ungern. Die Faulheit seiner Jahre war ihm vornehmlich dabei im Wege – und schon gar, sich hier in diese Drängerei zu stürzen! In der Ecke stand ein jetzt unbenutztes Klavier. Er lehnte sich daran. Als die Musik schloß, kam eine schlanke und blonde junge Person in weißem Jackenkleid gegen seinen Platz und setzte sich, einen neben Conrad stehenden leeren Stuhl zum Aufstiege benutzend, leichthin und bescheidentlich auf das Instrument hinauf, offenbar so auf ihren bereits gewohnten Sitz zurückkehrend. Hier lag auch ihr Täschchen.

Kaum saß die junge Dame, so lachten schon beide, Conrad und sie. Er rückte den Stuhl um ein weniges näher und unter ihren Füßen zurecht. Ihre schlanken Beine in weißen Strümpfen standen jetzt neben ihm vor der dunklen zurückweichenden Rundung des Klaviers.

Sie sprachen sogleich beide allerlei und eigentlich recht viel. Es war ein Gegeneinanderhalten, ein Gegeneinanderstemmen der Stimmen, wie ein vorfühlender Versuch, den das Auge anführte. Er brachte ihr zu trinken. Da begann die Musik. Sie wies lächelnd und sich mit Müdigkeit und Durst entschuldigend, einen Tänzer ab, einen zweiten und einen dritten. Conrad stand ihr zugewandt vor dem Klavier, das Kinn in die Hand gestützt, und sah im Sprechen zu ihr hinauf. Er bemerkte, daß ihre großen dunkelblauen Augen stark glänzten.

Sie sei müde, sie wolle schon lange heimgehen sagte sie.

Und er, ob er sie begleiten dürfe?

Ein Blick zu Lehnder, ein Zeichen, sich hier wieder zu treffen – er half ihr in einen weißen Mantel, und sie traten in die schon etwas kühle Nacht hinaus.

»Wer ist der Herr?« fragte sie.

»Mein Freund«, antwortete er.

»Zu Besuch bei Ihnen auf dem Gut?«

»Ja. Wissen Sie denn, woher ich bin?«

»Ja. Man sagte es, als Sie beim Fenster hereinstiegen.« Ein Stück folgten sie der Hauptstraße. Dann bogen sie ab. Von den Gärten und Wiesen kam dick und stark ambrosischer Gründuft, der in der Windstille ruhte, verstärkt durch das nächtliche Ausatmen der Bäume. Auf den Wiesen lag zum Teil noch die zweite Mahd. Conrad sah den Mond als Sichel über dem Dorfe; und hier, auf dem eingezäunten Wege zwischen den Feldern, stand der Grillenton ohne Unterbrechung im Ohr.

Da er früher schon ihren Arm genommen hatte, erachtete Conrad jetzt, auf dem Feldwege, den Augenblick für gekommen, hielt allmählich an, beugte sich und lehnte von seitwärts her seinen Kopf an den ihren. Er drückte auch ihre Hand und fand das schwach erwidert. Nun standen sie bewegungslos. Sich ganz ihr zuwendend, zog er sie endlich an sich und küßte ihren Mund, sehr langsam, wie auch sein Arm sich gelassen, locker und ganz krampflos um ihre Schultern gelegt hatte. Ihr Mund war sehr heiß. Er empfand jetzt erst, um wieviel sie kleiner war als er. Nach dem ersten Kusse blieb ihr Kopf reglos an Ort und Stelle, sie hielt weiter den Mund hin, wie jemand, dem man zu trinken gibt. Conrad küßte weiter: auch ihre Augen, Wangen, den Hals, das Haar, welches sehr dicht und dick am Kopfe lag und den leicht fettigen Duft eines ihm fremdartigen Haarwassers oder von etwas ähnlichem aushauchte.

»Ist dir nicht kalt?« fragte sie leise, ohne die Stellung des Gesichtes zu verändern. Ihre Hand lag auf seinem Oberarm, den das kurzärmlige Hemd freiließ. Ihr Antlitz stand gerade in den Mond, der sich schwach in den glänzenden Augen spiegelte. Conrad schüttelte nur den Kopf und küßte sie wieder. Er tat es, wie man sonst irgend etwas tut, ohne übertriebene Zärtlichkeit.

Ich möchte so gerne jetzt schlafen gehen, ich bin todmüde heute«, sagte sie, ohne sich im geringsten von ihm loszumachen, überaus sanft und in einem entschuldigenden Tone, der so jede Vorstellung von Widerstand, Sprödigkeit oder Ziererei weit entfernte. »Sehen wir uns morgen?« fügte sie leise hinzu.

»Ja freilich«, sagte Conrad rasch, »und wo?«

»Ich wohne bei der Wäscherin, einer Frau Rumpler, am Bache«, antwortete sie – und noch immer standen beide ganz unverändert – »kennst du das kleine Haus?« Conrad nickte. »Auf der anderen Seite des Baches führt ein Spazierweg ›Am Wassersteig‹ heißt es dort. Den kennst du ja auch.«

»Natürlich, selbstverständlich kenne ich diesen Weg«, sagte Conrad.

»Dann komme bitte morgen gegen vier Uhr diesen Weg, bachaufwärts, gegen die kleine schmale Brücke zu, die bei dem Hause, wo ich wohne, hinüberführt, ja?«

»Also morgen um vier Uhr. Ich komme den Weg von unten, von der Sägemühle her, herauf, gegen die Brücke bei der Frau Rumpler zu«, wiederholte Conrad genau.

»Ja, wirst du bestimmt kommen?« sagte sie.

»Ja, ganz bestimmt«, sagte Conrad mit Eifer. Erst jetzt, nach dieser Unterhaltung, veränderten sie ihre Körperstellung, als sie sich zum Gehen wandten und Arm in Arm den Feldweg weiterschritten, bis zu dem Gatter, welches das Anwesen der Wäscherin abschloß. Das weiße Häuschen lag rückwärts im schwachen Mondschein. Vor dem Gattertor küßten sie sich wieder.

»Wie heißt du?« fragte er sie und lächelte zärtlich.

»Ida. Und du?«

»Conrad.« Er drückte sie fest an sich. Als die Gartentür zugeklappt war, sah er, daß sie auf dem Wege zum Hause, zwischen einigen kleinen Obstbäumen hin, sich nochmals umwandte. Dann war sie verschwunden.

Er ging auf dem Feldwege zurück zur Straße. Er dachte, daß dies gut gegangen sei. Jetzt, allein, empfand er den Duft von den Wiesen viel stärker. Auf der Hauptstraße kamen ein paar Singende, Arm in Arm. Als Conrad den Tanzsaal wieder betrat, schwieg eben die Musik. Er sah Albert Lehnder an einem Tisch in größerer Gesellschaft, jene junge Frau war auch dabei. Albert winkte. Conrad trat hinzu und wurde bekannt gemacht. »Nun –?« sagte Albert und hatte wieder seinen leicht spöttischen Ton. Zugleich freute er sich aber ganz augenscheinlich, weil er sah, daß Conrad gefiel. Alle blickten den Burschen an. »War Ihnen denn nicht kalt mit den bloßen Armen?«, sagte die junge Frau lächelnd. »Nein, mir war gar nicht kalt« antwortete Conrad ganz arglos. Jetzt lachten alle. Jemand bot ihm ein Glas Wein an. Kurz danach wurde aufgebrochen, es gab noch ein Auf und Ab in den Straßen zwischen den altmodischen Villen mit den Holzveranden, und am Ende brachte man Alberts Tänzerin heim an ihr Gartentor. »Wie gefällt sie dir?« fragte jener, als sie allein waren, auf dem Heimwege. »Gut«, sagte Conrad, »sie ist wirklich hübsch, mit den tiefschwarzen Haaren.« »Wie eine Römerin!« rief Lehnder. »Aber du – du bist wohl schon ans Ziel deiner Wünsche gelangt?« »Nein, morgen«, antwortete Conrad einfach. »Wie –? Habt ihr das so genau vereinbart?!« »Ja, eigentlich schon.« Nun langten sie an, sprachen nichts mehr, sondern zogen die Schuhe aus, huschten über eine Rasenfläche und stiegen durch das offene Küchenfenster in die Villa ein.

Am nächsten Tage kreuzte Conrad die staubige Dorfstraße und wechselte bei der Sägemühle hinüber auf den Spazierweg am Bache.

Es war fünf Minuten vor vier Uhr.

Er ging bachaufwärts. Links hinter ihm tönte das Geräusch der Brettersäge wie ein rascher, keuchender, dabei aber ganz gleichmäßiger Atem. Das Gerinne des steinigen Baches floß dünn, es stand in Pfützen, alles Wasser war für die Säge abgeleitet und zog drüben in einer räumigen Rinne von Holz dahin. Das Gefälle war hier noch groß, knapp an den Ausläufern der Waldberge. Die Ableitung des Baches geschah mit Hilfe eines kleinen Wehrs. Von hier aufwärts begleiteten die Wasser wieder den Weg, über Steine fallend und rauschend. Es gab Bänke am Weg. Über diesen hing allenthalben der üppige Baumwuchs tief mit den Kronen, und auch das Gebüsch von einer steilen Lehne rechter Hand breitete sich halb darüber, so daß die Sonne am Boden in zahllose Kringel, Kreise und Striche zerfiel, die auch auf dem Wasser tanzten.

Nun sah Conrad schon das Brücklein bei der Wäscherei. Er hielt an. Gleich danach leuchtete es weiß in der Sonne zwischen den Büschen jenseits des Baches, und das Mädchen kam über den Steg. Sie blickte zu Conrad herüber und winkte. Er ging ihr rasch entgegen. Sie näherte sich ihm mit ihrem sehr weichen Gange und lächelnd und in einer Haltung und Art, als müsse sie sich wohl eigentlich entschuldigen wegen dessen, was sie hier tue, wegen dieses Stelldicheins nämlich, sich entschuldigen vor einer als anwesend gedachten Welt – aber, nun, sie könne eben nicht anders!

Wieder ganz in Weiß, trug sie doch heute Leichteres, Duftigeres. Conrad sah jetzt klar und am Tage, daß sie sehr hübsch war. Eine rasche Hitze flog ihn an.

»Wie nannte man dich als Kind, als kleinen Jungen?« fragte sie gleich nach der Begrüßung und hielt seine Hand.

»Ja –«, antwortete er, »das weiß ich nicht mehr – doch: ›Kokosch‹.« Und damit schluckte er die bereits ausgesprochene Lüge wieder hinab.

»Kokosch! –«, rief sie. »Darf ich dich auch ›Kokosch‹ nennen?«

»Ja«, sagte er, schaute in ihre Augen, und dann glitt sein Blick über ihre Schultern hinab.

»Auf dem Wege hier gehen täglich, wenn es etwas kühler wird, viele häßliche Menschen spazieren, ich sehe sie immer vom Fenster«, meinte sie.

»Dann biegen wir rechts ab, in das kleine Seitental, und strolchen dort herum«, sagte Conrad.

Arm in Arm verließen sie nach etwa hundert Schritten den Weg und gingen leicht bergan, zwischen den sich öffnenden Waldlehnen, längs einer kleinen Wasserader, die hier dem großen Bache zufloß.

Tief im Walde, als er sie an sich zog, verbarg sie ihr Gesicht an seiner Schulter.

Er hob sie auf, wie ein richtiger Mann, mit beiden Armen, und legte sie dann sanft auf das Moos nieder.

»Aber Herr Castiletz . . .«, sagte sie zweimal. Später fiel ihm das oft noch ein. Ihr Kopf mit den dichten blonden Haaren lag seitwärts.

Er ritzte sich ein wenig an ihrer Busennadel, beim Öffnen des Verschlusses. Sonst ging alles gut. Sie verbarg wieder ihr Antlitz an seiner Schulter.

»Ich bin vierundzwanzig Jahre alt«, sagte sie leise.

»Und ich achtzehn«, antwortete Conrad unbefangen, da jene Ziffer für ihn durchaus nichts Anschauliches bedeutete. Sie blieb wie sie war, ohne viel zu sagen. Er bemerkte dann wohl, daß ihre Augen ein wenig feucht schimmerten. Von der Dorfstraße klang der Hornton eines Automobiles.

Auf dem Heimwege fiel ihm später ein, daß sein siebzehnter Geburtstag erst am Anfange der Sommerferien gewesen war, die ihm nun sehr lange schon anzudauern schienen, jedoch glaubte er in diesem Punkte nicht eigentlich mit Wissen gelogen zu haben, nicht in der Art jener ersten Lüge, die er dann rasch wieder hinabgeschluckt hatte. Einen Augenblick lang wurde er nachdenklich, wegen des hier obwaltenden Unterschiedes. Dann sah er Ida vor sich, wie sie über die Brücke gekommen war, und auf ihn zu.

Es war sehr warm. An einer Stelle, links der Straße, brach die sinkende Sonne eine breite von Goldglut erfüllte Pforte in den schütteren Laubwald. Als Conrad heimkam, blinzelte Lehnder ihn an, zuckte dann die Achseln und sagte: »Na ja.«

Es ging alles gut. Fast täglich schritt Conrad jetzt von der Sägemühle her bachaufwärts den Weg entlang, neben welchem die Wasser erst schwiegen und weiter oben rauschend über die Steine fielen.

Fast täglich also, jedoch ohne allzu große Eingenommenheit. Vielleicht wirkte hier auch hemmend jene zutiefst und unausrottbar im bürgerlichen Blute sitzende Geringschätzung für alles, was man umsonst hat, wofür man nichts zu bezahlen braucht. Wenn er an die Rückkehr in Stadt und Schule dachte und an den Herbst und Winter, so kam, als eine bestimmte Form des Behagens, auch das Bild jenes alten Stadtviertels herauf, welches er, die Weinschläuche übersteigend und hinter sich lassend, heuer erstmals kennengelernt hatte. Ja, und dies nahm seinen Platz ein und hatte ihn behalten.

Jedoch änderte sich gerade der bezeichnete Sachverhalt an einem bestimmten Tage, der seinen Prägestempel tief in Conrads Gedächtnis schlug und damit auch gleich den Schauplatz des Erlebnisses mit hinunterriß ins Kernholz der Erinnerung. Dieser Schauplatz war bescheiden, kahl, roch nach Brettern, die von der Sonne heiß geworden waren, und nach nasser Wäsche: das Innere einer Umkleidekabine im Schwimmbad des Ortes. Draußen planschte das Wasser, schrien die Jungen, und oben fiel die Sonne durchs Gitter.

Die ganze Familie Castiletz war im Bade, samt Albert Lehnder und Tante Berta. Deren Stimme hörte Conrad, welcher schon seine wenige Bekleidung abgestreift hatte, jetzt rechter Hand vor der Türe der benachbarten Umkleidezelle. Als jene Türe dann geöffnet ward, schoß die hereindringende Sonne einen raschen Lichtpfeil oder Lichtblitz durch ein kleines Astloch, das sich einen halben Meter etwa über dem Boden in der Bretterwand öffnete. Conrad kniete alsbald davor und sah hindurch, warum eigentlich, blieb ganz dunkel, er wurde seines Tuns erst inne, als schon die neue Körperhaltung eingenommen war. Die Nachbarzelle war von hier aus zur Gänze und leicht überblickbar. Conrad beobachtete, wie seine Tante den Riegel vorlegte und sodann unverzüglich ihr leichtes Sommerkleid über den Kopf abzog. Nun, auf dem Bänkchen sitzend, entledigte sie sich der Schuhe und Strümpfe, dann stand sie wieder auf, und – unaufhaltsam ging's weiter. Endlich stieg sie in ihr Schwimmkleid und zog es am Körper empor. Conrad fiel vom Astloche ab, wie eine reife Pflaume vom Baum fällt. Sein ganzer Leib zitterte, in wilden Schwingungen, es gelang ihm jedoch, sich lautlos auf das Bänkchen niederzulassen.

Als ob es brenne und er retten müsse, so eilte, ja hetzte er in Gedanken durch das ganze in sich abgeschlossene vielfältige Gefüge der Gäßchen, Tore, halbverhangenen Fenster, Bogengänge und matterleuchteten Zimmer jenes alten Stadtviertels, das vor kurzem noch, im Vorblick, die Zeit nach den Ferien mit einer bestimmten Form des Behagens erfüllt hatte. Jedoch, hier war mit einem Schlage alles ausgestorben. Er fühlte sich wie beengt und seiner Freiheit beraubt und aus einer breiten Überschau in ein eilfertig ziehendes enges Gerinne geworden, das ihn wegtrug aus seiner wählerischen und genießerischen Arglosigkeit, jedoch keineswegs etwa auf die dicke Frau zu, die er eben gesehen hatte, sondern in der Richtung auf – Ida. Der junge Bürger lernte in diesen Augenblicken seltsamerweise Respekt vor dem, was das Leben kostenlos zu verabfolgen pflegt; und während er gleichzeitig gegen die unsinnige Vorstellung ankämpfte, mit dem Wasser in der räumigen Rinne der Sägemühle dort am ›Wassersteig‹ – bachaufwärts zu treiben, auf das Brücklein bei der Wäscherei der Frau Rumpler zu: während dessen flehte er sozusagen alle Genien vergangener Genüsse an, wenigstens einen Bruchteil jener geheimnisvollen Lebendigkeit anzunehmen oder eigentlich bei ihm selbst hervorzurufen, welche Tante Berta, die arglose, in seinen zitternden Gliedern entfesselt hatte – nur um sie alsbald an ein Fräulein Ida Plangl großmütig abzutreten . . .

Und Conrad saß, schief und krampfig, auf dem Bänkchen hier in der Kabine, mit einem Leibe, der jedem Lehrer einer atheniensischen Ringschule, also etwa dem Philosophen Platon, die Hoffnung gegeben hätte, diesen Jüngling am Ende zu einem olympischen Siege führen zu können.

Unser Jüngling aber fühlte sich schon beim nächsten Male, als er neben der bescheidentlichen Ida das Waldtal hinaufschritt, in der bewußten Rinne laufen: und eilfertiger zogen die Wasser jetzt auf einen blonden Kopf zu, der ein wenig nach dem gewissen, für Conrad nicht recht angenehmen Haaröl oder nach einer Pomade oder dergleichen roch. Fiel ihm jedoch dieser Geruch etwa abends im Bette ein, so gewannen gerade im Zusammenhang damit die Gedanken an das Mädchen besondere Gewalt. Jetzt aber, neben ihr auf dem Moose liegend, war der schwache Duft beinahe störend.

Sonst roch es nach Fichtennadeln und der Walderde, so würzig, daß man vermeinen hätte mögen, es befänden sich Steinpilze in nächster Nähe. Die langen Stämme stiegen wie Spindeln alter Wendeltreppen zwischen dem strahlig ausgebreiteten Geäste empor. Von den dunklen schmalen Wipfeln dort oben vor dem Himmelsblau wußte man mehr, als daß man sie sah.

Unser Pärchen machte sich auf und wanderte durch das Waldtal bis zur Wasserscheide. Hier traten die Nadelbäume zurück, am fallenden Hange stand lichtes Laubgehölz da und dort, zwischen tiefen Wiesen. Es gab flache Wege, Bächlein und Bänke. Die sanfte Talsenke hier ließ keinen Blick auf die Ebene frei mit ihrer Vorahnung der großen Stadt dort rückwärts, sondern wölbte sich drüben wieder in Hügeln auf. Sie fanden ein Gehöft an einem Sträßlein, und sie tranken dort in einem Gartenhause Milch. Conrad fühlte sich durchaus in einem anderen Tale, das er stelten betreten hatte, das so gut wie neu war: in einem gewissen Sinne ebenso wie das Empfangszimmer der elterlichen Wohnung für ihn einst neu gewesen war, bei beginnendem Abscheiden von der Kindheit. Die Sonne schien über den Tisch, über des Mädchens Schulter und weißes Kleid, und in der Stille wurde das Murmeln des vorbeifließenden Baches hörbar, es sprach sich nun aus und kam zu seinem vielfältig wechselnden Worte. Conrad bemerkte jetzt erst, daß der Geruch von Lack, den er schon die ganze Zeit hindurch – und nicht unangenehm – empfunden hatte, von den frisch gemalten Verzierungen oben an den Pfosten und an der Stirnseite dieser Laube hier kam. Zwischen zweien von diesen Pfosten stand der absinkende Hügelschwung wie ein gerahmtes Bild, mit den da und dort strichweis, aber ganz zart noch, in den Laubwald einfallenden herbstlichen Farben.

## 10

In der Stadt wurde die Beziehung zu Ida Plangl fortgesetzt, und damit rückte das Ganze endlich vor seinen rechten Hintergrund. Sie war eine Näherin oder Putzmacherin, und jener Urlaub in der Landluft, mühsam zusammengespart und -geschneidert, hatte ihrer Gesundheit wegen eine schon unabweisbare Notwendigkeit gebildet. Nun wieder in ihrer Vorstadt wohnend, einem ausgebreiteten Fabrikviertel, pflegte sie sich mit Conrad in dieser für ihn neuen Umgebung zu treffen.

Es gab in der Stadt – übrigens in einem vom Elternhause recht entfernten Viertel – eine Art Bildungsverein für Handelsschüler und kaufmännische Angestellte, wo Filme vorgeführt sowie irgendwelche belehrenden oder schöngeistigen Sachen verzapft wurden, und zwar selbstverständlich zur Freizeit, des Abends also.

Dieser Anstalt beizutreten, fand Conrad sogleich nach dem Beginne der Schulzeit für ersprießlich, wogegen sich freilich kein Einwand von seiten der Eltern erhob; und er bestieg meist an solchen Abenden die Straßenbahn und fuhr mit einer von ihm sonst kaum jemals benutzten Linie hinaus in die Vorstadt, um seine neue Freundin zu treffen.

Der erleuchtete Wagen jaulte seine Tonleitern auf und ab durch stark belebte Straßen, rollte hallend durch die Unterführung in der Nähe eines Bahnhofes und jetzt endlich entlang der breiten und lärmenden Hauptader von Ida Plangls Wohnbezirk, für eine lange Strecke ohne Anhalten dahinsausend. Hier gab es zahllose und schreiende Lichter von allen erdenklichen Ankündigungen alles erdenklichen Bedarfes, mit riesenhaften roten und blauen Bändern die Breite der Häuser beherrschend. Und so riß diese Straße eine schimmernde Schlucht begehrten und begehrlichen Lebens durch ein ansonst stilleres und trüberes Viertel, dessen Häuser gleichmäßig in ihrem schmutzigen Grau lagen, welche Farbe auch die Gitter und großen Tore der Fabriken hatten, die da oder dort solch eine Häuserzeile unterbrachen. Über der Einfahrt stand dann in gußeisernen rauchschmutzigen Buchstaben der Name des Werks.

Conrad fuhr bis zur ersten Haltestelle in der großen Straße, stieg aus und blieb wartend auf der gleichen Seite.

Der Abend entließ allerlei Menschen auf die Straße, Kinder gingen mit Bierkrügen, an den weiß und starr erleuchteten Schaufenstern eines Wäschegeschäftes vorbei, junge Arbeiter, in Reihe und Arm in Arm bummelnd, bedurften für sich allein fast der ganzen Breite des Bürgersteiges, eine haarige Brust drängte das offene Hemd auseinander. Vom Wirtshause klang ein Grammophon, kam jetzt eine Welle nahrhaften Geruches, während ein großes schweres Automobil fast geräuschlos und unbeteiligt vorüberglitt. Man hörte das Lachen einiger Mädchen.

Aus diesem unregelmäßig beleuchteten Treiben kam sie jetzt hervor und heran, Ida, mit ihrem sehr weichen Gang, die blonden Haare ohne Hut, schlank in einem Mantel, trotz des linden Abends, an welchem der Herbst freigebig aushauchte, was an Wärme noch vorhanden war. Wieder wie damals stand in ihrem herzförmigen Gesicht ein sich selbst gleichsam entschuldigendes Lächeln, und so begrüßte sie den Knaben Kokosch mit ihrer kleinen, sehr warmen Hand.

Um die nächste Ecke verließ nun das Paar die Hauptstraße,

sie fügten in den stilleren Gassen Arm in Arm und wandelten langsam herum bis zu einer Parkanlage, die hier zwischen Fabrikhallen und dem Endbahnhofe der Straßenbahn sich hinzog.

Die Dunkelheit war längst und vollends in den Gassen gesunken, über den Bürgersteig fielen da und dort matt und gelblich die bescheidenen Lichter vorstädtischer Behausungen, aus Fenstern der Erdgeschosse, aus Torbogen, worunter ältere Frauen standen, die den beiden nachsahen. Als Conrad hier zum erstenmal mit Ida gegangen war, hatte sich keinerlei Erinnern an seine einstmaligen romantischen Neigungen in ihm erhoben, keinerlei Gefühl von Abenteuer. Dies hier war eine Welt anderer Art, welche ihn jetzt allseits umschloß. Dies hier war eine Welt, welche eine ganz fremde Art von Ordnung in sich trug – das hatte er sogleich empfunden, beim ersten langsamen Gang mit Ida ›durch ihre Gassen hier‹. Dann und wann, in einzelnen sozusagen wachsamen Augenblicken, lauschte er gleichsam über die nächste Umgebung noch hinaus, als suchte er etwas zu erfahren aus einem noch weiteren Ring des hier umlagernden Lebens, das doch für ihn keine aufzählbaren einzelnen Dinge, Angelegenheiten oder Verknüpfungen enthielt. Er wandte sich dann zu ihrem Gesicht, dem ›Herzgesicht‹, wie er's zu nennen pflegte, und es schien ihm weich und vertraut.

In den Anlagen suchten sie dann schon im Einverständnis und mit Scherzen eine möglichst abseits der Gaslaternen stehende unbesetzte Bank, was nicht immer ganz leicht war. Hier pflegten sie sich zu küssen, damit eröffneten sie solch eine Sitzung im Freien, unter den Sträuchern, die schon ihre Blätter zu verlieren begannen; da und dort sah man zwischen den Astgittern die Lichter von Häusern. Ihr Haar roch nicht mehr nach dem Öle, sie ließ es jetzt weg, weil er eine Äußerung dahingehend einmal getan hatte, ja, sie schien dann den Kopf sehr sorgfältig gewaschen zu haben, denn es war keine Spur mehr von dem leicht fettigen Geruche vorhanden. Das Haar hauchte nunmehr lediglich seine blonde Farbe in der Form eines trockenen Duftes aus. Seltsam genug, des Abends vor dem Einschlafen kam für Conrad noch immer das frühere Parfüm ihres Kopfes herauf, zugleich mit den Bildern des Anfanges dieser ganzen Beziehnung. Sie sprachen auch. Das heißt, er tat es vornehmlich, und sie sah ihn an und schien sehr glücklich bei diesem Reden zu sein, welches etwa von der Art war, wie Conrad es im ›Bildungsverein für kaufmännische Angestellte‹ seinerseits gehört hätte, wäre er wirklich hingegangen.

Er zog sie an sich, seine Hand glitt von ihrer Schulter herab unter ihren Mantel. Sie hielt ihm sanft den Mund hin, ihre Augen glänzten im Halbdunkel. Auf der Straße, im Rücken der beiden, fuhren laut rasselnd Lastwagen vorbei.

Gegen zehn Uhr stieg Conrad in die Straßenbahn, bei der Remise. Er blieb auf der Plattform des letzten Wagens, und sie stand unten und sagte, sie werde sich also am Montag der nächsten Woche einen Brief vom Postamte holen, sie freue sich schon jetzt darauf, und sie werde ihm dann auch sogleich schreiben, unter demselben Kennworte wie immer . . . ja? Vielleicht Sonntag in acht Tagen könnten sie dann wieder einen Ausflug machen, ja? Er beugte sich vor und gab ihr noch einmal die Hand, als der Wagen anfuhr.

Während der Heimreise von diesem entfernten Stadtteile war Conrad stets zufrieden, ja innerlich befriedigt, als von einer Sache, deren Wert außer Zweifel stand, die man unbedingt mitmachen mußte, die unter keinen Umständen versäumt werden durfte.

»So, du setzt das hier fort?« sagte Albert Lehnder, als Conrad ihm gelegentlich einiges erzählte. »Hm. Dort draußen. Einigermaßen bedenklich. Muß sagen, das wäre mein Geschmack nicht.«

Jedoch sonntags trafen sich Conrad und Ida nicht ›in ihren Gassen dort‹, sondern am Stadtrande und fast schon im Grünen, und das bedeutete jetzt: in den tief in der Sonne eingebetteten und ins Himmelsblau geschnittenen Farben des Herbstes, die allenthalben schon breite goldbraune Bahnen durch die Wälder zogen. Nach dem sonntäglichen Mittagessen im Elternhause pflegte Conrad gleich hinauszufahren, und schon während der Mahlzeit sah er heimlich auf die Uhr.

Jedoch nicht eigentlich, weil etwa sein Herz mit den Sekunden getickt hätte diesem Stelldichein entgegen. Sondern damit nichts ungeordnet sei, damit er rechtzeitig und als erster dort draußen an der Endstelle der Straßenbahn eintreffen könne, um die bescheidentliche Ida in schon gewohnter Weise zu erwarten.

Da kommt sie schon mit ihrem weichen Gang, der ein wenig zögert, und mit ihrem Lächeln, beides bettet ihre Person ein in eine Art Aureole, in einen leichten Hof, wie ihn der Mond in dunstigen Nächten hat. Sie gehen zusammen gegen den Wald und bergan und über Hügel, an deren Flanken einzelne alte und neuzeitliche Villen verstreut sind, braun und weiß zwischen die

Baumkronen hineingefleckt. Einmal regnet es, und sie sitzen in einem Café unweit der Straßenbahn, in einem weißlackierten Raum mit runden Tischen.

Conrad unterbricht das Gespräch, und jetzt überdenkt er seine sieben Sachen, er hält für richtig, die Gelegenheit dieses ›verregneten Ausfluges‹ hier auszunutzen, um zu sehen, ob alles in Ordnung sei, die Schule (morgen), die Fechtsachen (übermorgen). Ja, doch wohl; soweit er es sehen kann. Plötzlich tritt ihm Ida, die neben ihm sitzt, recht eigentlich erst ins Bewußtsein. Gut, denkt er; sie kann hier gleichfalls aufgezählt werden. Aber ist sie auch in Ordnung? Und durch Augenblicke lauschte seine Wachsamkeit wirklich hinaus, als könnte sich ein Bedrohliches nähern.

»Worüber denkst du nach, Kokosch?« sagte sie leise und etwas schüchtern und legte ihre kleine heiße Hand auf die seine.

Er schaute ihr voll ins Gesicht.

»Ob – du ein weißer Rabe bist«, antwortete er. Sein Auge verriet jetzt eine gewisse Beängstigung, der Blick nagte gleichsam an ihren Zügen.

»Wie –« sagte sie. Ihr ›Herzgesicht‹ war ganz geöffnet.

»Oder – am Ende doch ein Molch«, fügte er hinzu.

»Ein Molch –?« Sie lachte. Aber dahinter schob sich schon der dunkle Grund ihres Verständnisses und durch die Augen sah diese Verdunkelung heraus und trübte jenen den Glanz. Zur Antwort drückte sie nur stark seine Hand, während ein kleines Weh, ein weinerlicher Zug über ihre Mundwinkel huschte.

»Nein, das verstehst du nicht«, sagte Conrad. Auch er lächelte jetzt schmerzlich, auf seine Art.

Die Ausflüge der beiden pflegten mit einbrechender Dunkelheit in einem kleinen Wochenendhotel hier heraußen zu enden, das Conrad von einem Kameraden empfohlen worden war (mit Recht, wie sich zeigte), und darin lag wohl ein Grund, weshalb das Paar gerade diese Gegend für Sonntag wählte, auch abgesehen von den hügeligen Reizen, welche die Landschaft hier knapp vor der Stadt darbot. Man konnte in jenem Hause – es lag vereinzelt, nahe bei einem großen Vorortbahnhof – von der damit verbundenen gemütlichen Gaststätte aus unauffällig nach rückwärts in die Stockwerke mit den Zimmern gelangen, die, seltsam altmodisch eingerichtet, nicht ohne Behagen waren. So gab es, trotz des selbstverständlich vorhandenen elektrischen Lichtes, riesengroße, aus Holz gedrechselte Kerzenleuchter in jedem Raume und lustige, mächtig geschweifte und geschnörkelte Sitzmöbel. Die Waschschüsseln waren dahingegen klein, wie für Puppen. Es roch ein wenig nach besonntem Holz und nach Tapeten und im ganzen so, als befände man sich im Innern von alten Buchdeckeln.

Conrad und Ida gingen an einer Parkmauer entlang, deren Moosbelag da und dort im Schein von Straßenlaternen mit sanftem Grün aufleuchtete, und diesmal betraten sie durch einen Seiteneingang das Haus, ohne erst in der kleinen Wirtschaft sich aufzuhalten. Sie stiegen die Treppen hinauf, gefolgt von dem Zimmermädchen; auf der Stiege und in den Gängen hier lag ein Läufer von Rips in der gleichen Farbe wie im Castiletzschen Vorzimmer.

Ida schaltete das Licht aus. – Sie standen in der Nähe des Fensters, durch welches der schwache, entfernte Nebelglanz von den Bogenlampen über den gedehnten Gleisen des Bahnhofes hereinfiel, wie ein künstliches, noch kälteres Mondlicht. Ein ferner Pfiff schien hiervon nur ein Teil zu sein. Er streifte die Achselträger ihres Hemdes herab. Ihre Augen glänzten im Dunkel durch eine Sekunde zu ihm auf, dann verbarg sie das Gesicht an seiner bloßen Schulter, deren antikische Form in dem blassen Lichte hervortrat.

Unter seinen meist nur eigensüchtigen, dabei aber recht klugvorsichtigen Zärtlichkeiten hielt sie stille und küßte ihn von Zeit zu Zeit. Einmal fand er ihr Gesicht heiß und naß. Weshalb sie weine, fragte Conrad. »Weil ich dich lieb habe«, erwiderte sie. Er schwieg, lag eine Weile still im Dunkel. Dann tat er wie früher.

Lehnders Kritik blieb nicht aus, sie wurde lebhafter. Er schien zu befürchten, daß diese Sache sich bei Conrad festsetzte, er schien das zu mißbilligen. »Solche Dinge müssen vorübergehend sein. Du kommst früher oder später sonst in eine unmögliche Lage und wirst für ein Kind verantwortlich gemacht, das natürlich nicht von dir ist. Kenne das. Die weiß doch genau, wer du bist, du sagtest doch, sie hätte es am ersten Abend damals schon gewußt. Naturgemäß. In dem kleinen Ort.«

Er sagte auch: »Wenn jemand so frühzeitig diese Art von Unordnung in sein Leben kriegt, ist das denkbar schlecht. Hängt einem dauernd an und verlegt einem den Weg.«

Und später einmal: »Derartige Dinge müssen vorübergehend sein. Schreib ihr doch einige nette Zeilen: man sei dir auf die ganze Geschichte draufgekommen, du habest unvorsichtigerweise einen Brief liegen lassen, und du dürftest nun nicht mehr ausgehen.«

Conrad erwachte des Nachts in seinem Bette. Das Fenster stand bleich, hoch und scharf viereckig, denn man hatte tags zuvor die Vorhänge abgenommen, um sie zu waschen. Einzelne Dächer des ansteigenden Stadtteiles jenseits vom Kanale schimmerten schwach. Conrad lag klar wach, als sei er völlig und fertig ausgeschlafen. Er schwebte so, auf dem Rücken liegend, wie im Mittelpunkte von jenem äußeren und nicht mehr benennbaren Ring des Lebens, der gleichsam als ein Hof noch um den inneren lag, jedoch keine aufzählbaren einzelnen Dinge mehr enthielt. Was dies anlangte, so waren sie in Ordnung, insoweit man da überhaupt einen festen Grund der Beruhigung erreichen konnte. Jedoch traf jetzt, und lebhaft, als stieße ihn jemand plötzlich in die Seite, von draußen ein Ruf ein: Ida.

Aus der Gegend des Rennplatzes her tönte ein langer, klagender Eisenbahnpfiff und erstarb.

Conrads Herz gab einen kleinen Ruck. Es mußte das geordnet werden, ja: er flüsterte es im Dunklen vor sich hin.

Der nächste Sonntag näherte sich. Hier bestand eine Schwierigkeit. Es war kein Geld mehr vorhanden, jedenfalls nicht genug. (Das Beisammensein in anderer als der gewohnten Weise zu gestalten, wozu dann kaum Geld nötig gewesen wäre, das betrat seltsamerweise gar nicht den Kreis von Conrads Vorstellungen.) Dieser Monat hatte schon vier Ausflüge gebracht. Sich nach dem Monatsersten, wo man das Seine empfangen hatte, an den Vater zu wenden, war vollkommen ungebräuchlich. Auch der Mutter gegenüber fiel es – gerade hier – schwer. Conrad zögerte die Tage hin. Er zögerte die Minuten hin, die Viertelstunden. In diesem Zusammenhang dachte er schon an eine Anleihe bei Sophie, dem Stubenmädchen.

Aber auch dies ward verschleppt und versäumt, er wurde alsbald seltsam steif in den Gelenken, wenn es galt, irgendeinen Plan der Geldbeschaffung zu verwirklichen – wozu ja andere Quellen auch noch offen gestanden hätten –, und in dieser ganzen Sache lag über ihm oder in ihm eine unentrinnbare dumpfe Schwere, welche ihn aber gleichsam hinter sich dreinschleppte und abseits von allen Wegen, die da noch immer wären zu gehen gewesen, und bei einiger Unbefangenheit sogar ganz leicht. Jedoch nicht mehr am Sonntag. Das Mittagessen war eine Qual.

Er fuhr nicht hinaus. Er ging über die Brücke, über welche im Wind eine Staubwolke trieb. Er klingelte bei Lehnder an – und nun war's geschehen, obwohl es eigentlich noch immer möglich blieb, rechtzeitig am Treffpunkt draußen einzulaufen: er hätte Lehnder um das Nötige bitten müssen. Dieses wäre an sich das überhaupt leichteste von Anfang an gewesen, nur eben durchsichtigen Zwecks, und schon gar heute, an diesem Sonntag. Daß es unmöglich und ganz ausgeschlossen war, erkannte er im gleichen Augenblick, als er durch den sich nähernden Schritt Alberts nun wußte, daß sein Klingeln nicht vergebens gewesen und jener daheim sei.

Auch dessen Mutter. Conrad begrüßte sie. Während er sich vor der liebenswerten und gescheiten alten Dame verbeugte – sie war eine preußische Schlesierin, ungebrochenen Mutes und hellen Geistes bei aller Veränderung ihrer Daseinsumstände –, während dieser Verbeugung also sank unter Conrad die letzte Möglichkeit weg, seine Verabredung einzuhalten, er fand sich dumpf und erleichtert zugleich ins Unvermeidliche geborgen und vor jeder weiteren zweifelnden Überlegung durch einen Wall übermächtiger Umstände geschützt. Ein Wunsch erhob sich sogleich in ihm: jetzt nämlich mit Lehnder beisammen, nicht aber allein zu bleiben. Dieser war's zufrieden, und so gingen sie nach einer Weile über die Brücke (welche nunmehr in Windstille und warmer Herbstsonne lag) in die Auen und streiften dort herum. Für Conrad lag alles in einem seltsam dünnen Licht, die sonntäglichen Spaziergänger, Musik aus einzelnen Buden da und dort, eine gleichsam erborgte Wirklichkeit.

Am folgenden Montag fiel der Brief in den Kasten, dessen Inneres dabei von Conrad als ein großer leerer weißer Raum durch einige Augenblicke vorgestellt wurde. Die Genien der Ordnung schwiegen. Sie gaben kein erwartetes Zeichen lebhafter Zustimmung, und das Lebensgefühl stieg nicht etwa hoch wie ein Ballon, der Sandsäcke ausgeworfen hat. Conrad blieb vor dem Kasten ein wenig in der Sonne stehen, empfand die Bewegung der Straße um sich her deutlicher während der eigenen Ruhe, und dann ging er zurück zum Haustor.

»Was hast du ihr geschrieben?« fragte Lehnder am Abend.

»Wie du mir rietest«, sagte Conrad.

## 11

»Nun, Sie können ja das schon famos!« sagte Frau Anny Hedeleg und beugte sich über die Lehne von Conrads Stuhl, auf dem dieser vor einem neuangeschafften Rechenapparat saß – dem ›Elefanten der Rechenarbeit‹, wie die Werbeschreiben sagten –, um sich an dieser Maschine einzuüben. Seit Beginn des Winters war er, da es in der Schule für ihn überhaupt nichts mehr zu tun und zu lernen gab, als praktische Hilfskraft für die Abendstunden übungsweise vom Vater ins Büro genommen worden. Und da zeigte sich denn, daß er allerhand konnte, was selbst Frau Hedeleg, die bewährte Kraft, so gut nicht verstand. Doktor Albert Lehnder (jetzt schon Doktor beider Rechte), im Besitze besonderer Geschicklichkeit und ausgezeichneter, über die eigentlichen Lehrgegenstände weit hinausgreifender, herzlicher Methoden, hatte in diesem, allerdings recht günstigen Falle, einen seiner Triumphe gefeiert. Vom alten Castiletz war er deshalb gelegentlich ins Schreibzimmer (mit den Degen und Säbeln an den Wänden) gebeten worden, und dort hatte Herr Lorenz ihm seine besondere Anerkennung ausgesprochen, bei gleichzeitiger Überreichung von Reichsmark 200, unbeschadet gewöhnlicher Bezüge. Albert war ein anständiger Mensch, was sich darin zeigte, daß er Conrad gegenüber den Betrag offen einbekannte, bei gleichzeitiger Überreichung von Reichsmark 20 als Anteil.

Frau Hedeleg blieb über den Stuhl gebeugt und verglich die bekannten Endsummen jener Fakturen, die Conrad sich erbeten hatte, um übungsweise noch einmal zu rechnen, mit den Ergebnissen der Maschine. Alle fünf Rechnungen stimmten.

»Sie wissen also schon, worauf es bei dem Ding ankommt und worauf man achten muß«, sagte sie.

»Ja«, antwortete Conrad.

Jetzt stach die rechte von ihren drallen Brüsten mit der Spitze bereits do deutlich gegen seine Schulter, daß es war, als stieße ihn jemand mit dem Ellenbogen in die Seite, um ihn nachdrücklich auf etwas aufmerksam zu machen. Da ihrem Niedergebeugtsein der Anlaß zu fehlen begann, so wuchs jenes aus dem bisherigen sicheren Geschäftsgrunde in einen leeren Raum hinaus, der sich mit wesentlich anderem erfüllte.

Ihm aber wischte etwas durch den Kopf, was mit den Worten ausgedrückt werden könnte ›das muß man unbedingt mitmachen‹, und dabei gab ihm überdies der Instinkt – dem er hier ganz gelockert folgte – ein, sich nicht zu rühren, die Hände auf den Knien liegen zu lassen, und so, statt einer Abwehr, eine noch engere Annäherung hervorzurufen.

Diese erfolgte. Ihre Wange näherte sich mehr und mehr der

seinen, schon konnte er, noch ohne Berührung, die Hautwärme wie einen zarten Flaum fühlen, der sein Gesicht überkroch. Und nun erst überbrückte Conrad die noch fehlenden Millimeter durch eine ganz winzige Bewegung des Kopfes, die mehr inwendig als äußerlich geschah, immerhin aber genügte, den Spalt zu schließen, so daß jetzt Wange an Wange lag.

Sie waren allein im Büro, die Uhr stand auf ein Viertel nach sieben.

Wann ihre Hände eigentlich von der Stuhllehne auf seine Schultern übersiedelt waren, das hatte Conrad nicht bemerkt. Er empfand nur das Ergebnis.

Sie blieben beide ein Weilchen unbeweglich. Dann drehten sie die Köpfe langsam um ein weniges, bis Mundwinkel an Mundwinkel lag, und küßten sich jetzt auf eine merkwürdige Art von seitwärts her, mit einem Teile der Lippen nur. Frau Hedeleg war es, die dabei zuerst die Zungenspitze gebrauchte.

Conrads Hände lagen noch immer auf den Knien.

Jetzt hob er den rechten Arm, gelassen und ganz krampflos. Er legte die Hand leicht an ihren Kopf, küßte sie voll auf den Mund, wandte sich ihr zu und schlang den linken Arm um ihre Schulter. Sie beugte sich noch mehr zu ihm herab, und er zog sie an sich.

»Aber Herr Conrad!« sagte sie leise und kichernd. »Ich darf Sie doch nicht verführen!«

»Warum denn nicht?« sagte er ruhig.

»Seht mir mal den an!« erwiderte sie, und küßte ihn auf den Mund. »Nein, so etwas!«

Sie schwiegen still.

»Wann werde ich verführt?« sagte Conrad.

»Und wenn ich nun sage – morgen?« antwortete sie und schaute in seine Augen.

»Dann bin ich sehr glücklich«, erwiderte er unverzüglich.

»Ich muß gehen, und eilig«, sagte sie.

Stehend küßten sich beide noch oft.

»Morgen Verführung?« sagte er.

»Morgen Verführung«, antwortete sie in seinen Armen, dicht beim Ohre flüsternd.

»Bitte, gehen Sie jetzt allein weg«, sagte sie dann lauter, »ich bleibe hier, schalte die Lichter aus und sperre ab.«

»Und morgen –?« fragte er.

»Kennen Sie das Café Belstler? Ja? Wollen Sie dort nach dem Büro auf mich warten?«

»Ja«, sagte er, drückte und küßte ihre Hand und ging.

Am nächsten Tage blieben sie allerdings nicht lange bei ›Belstler‹ sitzen. Jedoch Hand in Hand; und in kurzen Abständen drückten diese Hände einander heftig. Ein richtiges Liebespaar. Um sieben Uhr ging sie voraus, in ihre Wohnung. Um acht Uhr hatte ihr Gatte, wie jeden Abend, seinen Dienst im Elektrizitätswerk anzutreten. Um acht Uhr fünfzehn traf, genau und ordentlich, Conrad ein, als die Uhr schlug. Auch sonst hatte er sich an Frau Hedelegs Vorschriften gehalten; er war an einer bestimmten Türe, wo angeblich die ärgste Klatschbase des Hauses wohnte, rasch vorbeigehuscht, vorschauend, ob diese Türe geschlossen sei, und darauf achtend, ob niemand auf die Stiege heraus spähe. Und wenn ihm auf dem dritten Stockwerk, wo Frau Anny wohnte, irgend jemand begegnet wäre, dann hätte Conrad seinen Aufstieg bedächtig fortgesetzt, ins vierte, ins fünfte Stockwerk, als strebe er einem höher gelegenen Ziele entgegen, nicht aber zum verabredeten Einschlupf bei Frau Anny Hedeleg. Indessen ging alles gut.

Als Conrad in die bezeichnete Straße einbog, sah er jetzt, durch eine Seitengasse blickend, daß er sich gar nicht weit von dem Punkte befand, wo er einst über die Weinschläuche gestiegen war. Merkwürdigerweise verlieh ihm dieser Umstand ein deutliches Gefühl der Beruhigung und Sicherheit. Er durchschritt den breiten Torbogen eines weitläufigen Mietshauses mit leeren Höfen und mehreren Stiegen, fand links die dritte, und während er nun, ohne einer Menschenseele zu begegnen, mäßig rasch und fast geräuschlos hinaufstieg – seine Empfindung war jedoch, in etwas hineinzusteigen, wie in einen Eisenbahnzug etwa, der dann auf den bereitliegenden Schienen fahren würde –, während des Emporsteigens überrieselte es ihn mit jener Art von Gänsehaut, die man beim Niederducken bekommt, wenn das Wasser in der Badewanne zu heiß ist. Es war hier vollkommen still, von irgendwoher nur erklang schwach das Geräusch eines unter der Leitung sich füllenden Eimers, erst heller und trommelnd, dann weich und plätschernd beruhigt. Als er den zweiten Stock überschritt, schwand der Ton aus seinem Ohre.

Hier stand Nummer 18 über der Tür; und wie vor seinem Blick allein schon weichend und öffnend, drehte sich der Flügel ein wenig nach inwärts, entstand ein Spalt, ein helles Gesicht lächelte aus dem Dunkel, er hörte bereits das Schloß in seinem Rücken leise und klingend einschnappen, während von vorne eine außerordentliche Weichheit und Wärme ihn geradezu überfuhr, aus welcher alsbald von seinem Körper vernommene Trompetentöne des Reizes sich erhoben. Sie hatte sich verändert, ihn erwartend. Er spürte, wie das dünne Gewebe auf ihrer Haut glitt. Nun traten sie aus dem dunklen Vorraum in ein erleuchtetes Zimmer, und er sah, daß sie eine Art Kimono oder Schlafrock trug.

Schon schüttelte ihn der hier zuständige Gott so gewaltig, als hielte die kleine rosige Faust des himmlischen Bogenschützen den Conrad Castiletz beim Genicke gepackt, und als beutle er ihm die Kleider vom Leibe, beinahe so rasch, wie einst Apollon den Patroklos in der Schlacht seiner Rüstung beraubte, durch einen Schlag mit der flachen Hand zwischen die Schulterblätter. Conrad taumelte, erblickte etwas wie ein weit sich zurücklehnendes rotes Ruhelager, und jetzt verlor er das Gleichgewicht und fiel darauf hin. Vielleicht ›sah er gut aus‹ dabei, um mit Albert Lehnder zu reden, jedenfalls war Frau Anny, deren Augenlider ein starrer Funke spreizte, schon bei ihm, es gab Arme, Schultern, viel weiße Haut und wenig sehr gespanntes Hemd, aus dem unter Conrads verwildertem Griff die Brüste sprangen, wie eine Explosion dicht vor seiner Nase.

Es ging alles gut. Das neue Schubfach paßte in die Kommode des Conrad Castiletzschen Lebens. Es schloß sich glatt und öffnete sich, wenn man dessen bedurfte. Nie aber unerwünscht. Frau Anny hatte Verhinderungen und Verwandte (allerhand Tanten?), und auch Conrad konnte nicht allzu oft abends von daheim wegbleiben. Sie aber pflegte still und vergnügt zu sein, bis er wieder einmal kommen wollte und ihr das sagte (nach Büroschluß). Das ›Café Belstler‹ ließen sie belsteln, nun ging's direkt: acht Uhr fünfzehn.

Lehnder hatte nichts einzuwenden. Frau Hedeleg war ihm bekannt, seit zehn Jahren genoß sie des alten Castiletz Vertrauen. »Nun, ganz gut«, sagte er. »Jedoch im Grunde völlig uninteressant.«

Conrad war im Grunde anderer Meinung, wenn er auch zustimmend antwortete auf Lehnders Anschauungsweise. In aller Stille blieb Kokosch indessen seit der Geschichte mit Ida auf einen kalten Guß von Alberts Seite immer gefaßt. Dieser hatte – seinerseits in aller Stille – Frau Anny vor Jahr und Tag schon hinter sich gebracht.

## 12

Eines Abends sagte sie:

»Was meinst du, Conrad, mit wem ich morgen ein Rendezvous habe?«

»Woher soll ich denn das wissen?« sagte er und streichelte weiter ihren bloßen Arm, wie bisher.

Seine Gleichgültigkeit war zu echt, um nicht befremdend, ja beleidigend zu wirken. Fehlt die Eifersucht bedenklicherweise, so gehört die schamlose Entblößung dieses Mangels ja nicht gerade zum guten Ton unter Liebesleuten. Die zweite Kugel, welche Frau Anny im Laufe hatte, wurde daher früher abgeschossen als eigentlich gewollt war, denn hinter ihr machte ein ärgerlicher Affekt den Schlagbolzen.

»Mit deinem Papa«, sagte sie.

»Pfundig«, antwortete er und küßte sie in die Achsel.

Einen Augenblick hindurch fühlte sie sich geradezu unheimlich berührt und wie vom kalten Zug aus einer offenen Kellertüre. Sie legte den Arm an den Körper und schloß so die Achsel. Conrad setzte sich aufrecht. In seinem Gesicht war nun doch eine Veränderung vorgegangen, aber es war nicht jene, um welche es der Frau Hedeleg hätte zu tun sein müssen. Sie empfand das auch sofort. Nein, dies kam von wo ganz anders her.

Conrad sah schräg vor sich hin, wie in irgendeinen Hohlraum hinein, durch Augenblicke wirklich abwesend, und dann sprach er sehr lebhaft:

»Du, hör mal, das mußt du mir dann ganz genau schildern, das ist ja großartig, da haben wir eine Unterhaltung.« Jetzt lachte er, unter diesem Titel, sein Gesicht machte gleichsam rasch Toilette. Aus der Kellertüre zog es empfindlich auf Frau Anny Hedeleg. Sie hüllte sich deshalb in ihre eigenen moralischen Bedenken, welche ihr wohlgefielen und sie erwärmten.

»Ach«, sagte sie, »ich hätt' es ja auch nie getan, mich mit ihm zu verabreden, aber ich habe vor ihm wirklich keine Ruhe mehr. Er will durchaus einmal mit mir spazierengehen, oder mich im Kaffeehause treffen, da ist ja wohl auch nichts dabei. Immerhin, es ist mir peinlich. Wenn ich an deine Mutter denke! Die würde eine feine Meinung von mir haben. Und doch geschieht ja durchaus nichts, was irgendwie ...«

»Warum auch nicht«, sagte er.

»Du, hör mal –?« fuhr's bei ihr heraus.

»Trefft euch im ›Belstler‹«, sagte er, »des Humors halber.«

Am nächsten Tage kaufte Conrad ein blaues Heft in Quarto. Die auftauchenden Schwierigkeiten, nämlich hinsichtlich der sicheren Aufbewahrung einer solchen Art von Niederschrift, wie sie hier bevorstand, lösten sich diesmal überraschend leicht und im selben Augenblicke, als er daheim das Zimmer betrat: denn hinter dem Kasten sah der flache, gelbe Lederkoffer, mit welchem er einst gereist, ein wenig hervor. Die Schlösser waren schön und fest gearbeitet und nur mit dem vielgestuften Barte der zugehörigen Schlüssel aufzusperren. Es war ein teures Stück. Lorenz Castiletz hatte sein Söhnchen damals neu und aufs beste ausgestattet. Conrad lauschte, draußen blieb es still, niemand schien zu Hause. Er klappte den Deckel auf, eine abgeschlossene, saubere, jungfräulich-sterile Luft schlug heraus und erinnerte ihn durch Augenblicke an das Empfangszimmer mit der Glastüre gegenüber dem Eingange, dessen Möbel stets unter Überzügen von Leinen steckten.

In dem Koffer lag eine Bilderkarte.

Es war jene, welche Ligharts ihm einst geschrieben. Er meinte sie durch Jahre nicht mehr gesehen zu haben und konnte sich nicht darauf besinnen, wann er sie hier hereingelegt hatte. Der weiße Pierrot oder Harlekin lächelte wie einst unter seiner hohen spitzen Mütze und schien Günther ein wenig ähnlich.

Conrad sah durchs Fenster hinaus auf die grauen Häuser jenseits des Kanales. Dann legte er das leere Heft zu der Karte in den Koffer, sperrte aber bereits jetzt beide Schlösser ab und bewahrte die Schlüssel in einem Seitenfach seiner Geldbörse auf, welches durch einen Druckknopf verschließbar und bisher nie von ihm benützt war. –

Frau Hedelg erzählte, Conrad hörte angestrengt zu, faßte unter Punkten einprägsam zusammen, und wenn sie Pausen machte und sich wiederholte, haspelte er innerlich rasch seine Punkte ab, um sie im Gedächtnis zu behalten. Ihr fiel an seinem Benehmen zunächst nichts auf. Da diese ganze Geschichte doch ihre Eitelkeit stark zu reizen schien, war sie mit sich selbst beschäftigt.

»Im ganzen war's eigentlich schrecklich komisch. Und jetzt bin ich so glücklich, daß ich wieder mit dir sein kann«, schloß Frau Hedeleg ihren Bericht.

»Café Belstler, mit gestrigem Datum, 6 Uhr 30 Minuten: sie: ich glaubte, für Sie nur als bewährte Kraft zu existieren – er: ganz im Gegenteil, seit Jahren verehre ich Sie schon – sie: Herr Castiletz, das freut mich außerordentlich, aber ich bin doch verheiratet – er: um so besser, ich auch – sie: so etwas hätte ich mir nie von Ihnen erwartet – er: sehe ich denn so alt aus? – sie: nein, das allerdings gar nicht – er: glauben Sie mir, daß ich meine Haare nie färbe, und Zähne hab ich bessere wie viele junge Menschen (zeigt sie ihr). – Dann Erzählung der Geschichte vom Onkel in Thüringen mit den zwei Dienern, die singend in den Keller steigen müssen. . . .«

»Was murmelst du denn?« fragte Anny erstaunt.

Er war sich nicht bewußt gewesen, zu murmeln.

»Weißt du, ich hab' neulich einen ganz entzückenden Tango gehört«, sagte er leichthin, »und kann mich ohne den Text nie genau darauf besinnen. Jetzt fehlt mir aber schon beim Text eine ganze Zeile.«

»Ist es der?« sagte sie, und pfiff die Melodie.

»Ja!« rief Conrad erfreut.

Daheim, in der Nacht, murmelte Conrad wieder alles herunter, warf es dabei in Schlagworten hin, und setzte dann das Protokoll vollständig auf. Er arbeitete wie besessen, sauber und genau auch in der Schrift. Zwischendurch sagte er einmal halblaut vor sich hin: »Na – Molche?« Um zwei Uhr war alles fertig, das Heft im Köfferchen verschlossen, und er todmüde.

Kaum eine Woche danach fand ein neuerliches Stelldichein zwischen Frau Hedeleg und ihrem Chef statt, wovon Conrad wieder im voraus unterrichtet war. »Es ist mir von ihm geradezu abgepreßt worden!« hatte Anny geklagt. Conrad blieb an dem betreffenden Abende daheim und aß allein mit der Mutter zur Nacht. »Mein Mann kommt heute erst um halb zehn, Sophie, halten Sie das Abendessen für ihn dann bereit«, sagte Frau Leontine zu dem Mädchen.

Die Lampe schwebte im Speisezimmer über dem Tisch und den Schüsseln, das weiße Tischtuch warf ihr Licht als flachen Block zurück und senkrecht empor. »Nun, Kokosch, zu Ostern ist's aus mit der Schule«, sagte die Mutter lachend, »jetzt wirst du schon ein junger Herr.« »Kommt noch die Reutlinger Webschule«, antwortete Conrad. »Ja, richtig . . .«, sagte sie, heiterzerstreut. Das Segel schlug um, zog wieder in einen unbekannten Horizont hinaus. Ihre Augen sahen schräg und freundlich an den Speisen vorbei, sie vergaß, sich was zu nehmen, und knabberte an einem Rettich.

Conrads Wissen bewohnte jetzt keineswegs die Mitte seines Kopfes und jene, wenn man will, ›romantischen‹ Reize, die er von solcher eigenartig pointierten Lage erwartet hatte, sie blieben aus. Sein Wissen, statt, wie eine immerwährend platzende Granate (sofern es derartiges, den Kriegern zur Freude, gäbe) alles hier gleichsam um sich herum anzuordnen, die Mutter, den Tisch, die Lampe, die dunklen Ecken – statt dessen blieb es dünn, hatte sich irgendwohin nach seitwärts verzogen und spannte nicht die Hülle der Verschwiegenheit, unter welcher es lag. Ja, die leichten und einträchtigen, hier mit der Mutter geführten Gespräche genügten vollends, um es verschwinden zu machen, und darüber hinaus nahmen sie für sich selbst noch Form an und blieben durchaus nicht nur, was sie eigentlich hätten vorstellen sollen, eine bemalte Wand nämlich, die den Ausblick, in die wirkliche Landschaft des Lebens geheimnisvoll verdeckte. Ja, das hätten sie eigentlich vorstellen sollen, und dieser ganze Abend hätte nichts anderes vorstellen sollen. Aber es kam nicht so. Conrad empfand die Sache als geradezu mißlungen.

»Du ißt ja gar nichts, Mama«, sagte er, sich unterbrechend.

»Doch!« erwiderte sie und hielt ernsthaft-lustig ihren Rettich empor.

»Aber das geht doch nicht«, sagte Conrad lachend.

»Ich hatte nur vergessen«, gab sie freimütig zu, bediente sich und aß jetzt ganz tüchtig.

Etwas vor halb zehn Uhr kam Lorenz Castiletz nach Hause. Conrad hatte, als er den schweren und zugleich weichen Schritt seines Vaters im Vorzimmer draußen hörte, die deutliche Empfindung von etwas Unheimlichem. Er wußte zum erstenmal, wenn auch nur durch wenige Augenblicke, daß sein Vater – lebe. Dieses Wissen haben die Söhne im allgemeinen nur als blasse, glatte Selbstverständlichkeit.

Jedoch, als er eintrat, der Vater, verwandelte er sich zurück in die ihm zukommende Gestalt, nämlich die einer Instanz, wenn auch einer geliebten. Daran konnte nichts ändern, daß Conrad ihn unvermerkt scharf ansah und sozusagen pflichtgemäß einige beobachtende Feststellungen zu machen suchte, die recht dünn ausfielen. An den Schläfen schien dem alten Herrn das jetzt schon stark durchsilberte Lockenhaar ein wenig anzukleben, und man konnte vielleicht sagen, daß er einen angestrengten Eindruck mache. Jedoch blickte er recht munter unter die Stürze von Nickel, welche das Mädchen Sophie jetzt von den Schüsseln hob, um zu sehen, was es gebe, und begann, schon essend, mit der Mutter zu plaudern und zu lachen. Mochte es nun der allzu fertige Eindruck sein, den jeder ausgewachsene oder gar ältere Mensch auf den jungen macht, der, wenn auch selbst schon vielfach in erborgter Weise lebend, gleichwohl immer noch dazu neigt, bei allen Erscheinungen Echtheit vorauszusetzen – jedenfalls konnte das von Conrad Gewußte hier und jetzt nicht mehr anschaulich werden. War es ihm früher sozusagen aus der Mitte des tragenden Bewußtseins in irgendeine Ecke gerutscht, so schien dieses Wissen nun auf dem besten Wege, daraus ganz zu verschwinden.

In seinem Zimmer, im Dunkeln, als er schon zu Bette lag, traf – wie ein Pfeil von der Zimmerdecke her – der Gedanke bei ihm ein, daß Anny alles erlogen haben könnte. Er sah jetzt ihr Gesicht vor sich und sah darin die Möglichkeit dazu. Dieses Gesicht war dunkel, bei heller Farbe der Haut doch dunkel, in seinen Winkeln lag dieselbe Dunkelheit, wie – in dem schmutzigen Grau der großen Fabrikstore, an welchen er mit Ida vorbeigegangen war. Deren Gesicht war hell, er sah es jetzt vor sich.

Aber, wenn sie schon gelogen hatte, die Hedeleg (diesen Namen gebrauchte er in seinen Gedanken), woher konnte sie wissen, daß sein Vater gerade heute abend verspätet zum Abendbrot kommen würde?

Doch, sie konnte alles wissen, sie arbeitete seit zehn Jahren mit dem Vater, sie wußte, wann irgendwelche große Holländer oder Engländer, die auf der Durchreise sich befanden, im Hotel den Vater noch abends erwarteten, der ihre Webereien vertrat. Oft hatte die Hedeleg sogar mitgehen müssen zu derlei Besprechungen, als Stenographin. Sie konnte alles im voraus wissen.

Conrad versuchte genauer nachzudenken und schlief ein.

## 13

Zehn Tage etwa nach diesen ›Ereignissen‹, gegen Abend, in wenigen Stunden und sozusagen in aller Stille, starb Frau Leontine Castiletz. Das Segel entschwand endgültig unter dem Horizont, es kam nicht wieder. In der verbliebenen Leere des Himmelsrandes zerflossen einige aufgekrauste weiße Windwolken.

Man nannte als Ursache des jähen Todes eine Trombose.

Es gibt in jeder Verwandtschaft Gemütsmenschen, und ein solcher bemerkte denn, daß die Blümerante vielleicht einfach vergessen habe, weiterzuleben, und daher gestorben sei, also aus Zerstreutheit.

Das Unglück für den Gatten und für den Sohn, mit solcher

Plötzlichkeit und Unreife in ihr Leben gestürzt, stand wie saures Obst im Munde, verbunden mit dem geheimen Glauben, daß man es wohl noch abwenden könne, wenn man nur mit genügender Kraft sich weigere, es anzunehmen. So hellsichtig und zugleich respektlos durchschaut manchmal der Mensch das Relative aller sogenannten Tatsachen, die unter den Erscheinungen des Lebens gewissermaßen das gemeine Volk bilden, allerdings ein Volk mit derben Fäusten.

In der Castiletzschen Wohnung stand das Ereignis durch vierzehn Tage wie ein überall unsichtbar ausgespanntes Sprungtuch, das von allem und jedem zurückwarf und abhielt, keinen Aufenthalt, keine Tätigkeit möglich ließ.

Vater und Sohn besuchten das Grab mit Blumen, unserer stummen Gebärdensprache den Toten gegenüber, von der wir doch hoffen, daß sie verstanden werde.

Der Himmel dieses ersten Vorfrühlingstages wies jene zerfahrenen und ineinander verwaschenen Wolkengebilde auf, die dem Schwanken der Erde um diese Jahreszeit, zwischen Tod und Leben, entsprechen. An den weißen Wänden der Einsegnungshalle zwischen den Gräberfeldern stand, im Widerspiel zu himmlischen Vorgängen, bald ein klarer Schein, bald ein sanftes Grau.

Conrad hatte, seit einer bestimmten Nacht in seiner Knabenzeit, nicht mehr geweint. Auch der Verlust seiner Mutter erzeugte bei ihm keinen schwächer und stärker schwellenden, warmen und am Ende heißen Ring um die Augen, den dann die Tränen spülen und kühlen. Das Wesentliche des Ereignisses erlebte er wie hinter vielen Wänden, als einen Druck, der in eine bestimmte Richtung deuten wollte. Hier zum erstenmal nämlich – das ahnte ihm – war in seinem Leben wirklich etwas geschehen, stand am Wege ein eingeschlagener Pfahl und zerfällte jenen in ein Vorher und in ein Nachher. Was bisher gewesen, so vermeinte Conrad, hätte alles sich gewissermaßen noch rückgängig machen lassen. Dies hier war endgültig. Diese Endgültigkeit war neu, sie drückte als Fremdkörper.

Er bemerkte jetzt, daß sein Vater, der am Fußende des Grabes stand, in die Krempe seines Hutes biß, ohne es wohl zu wissen, mit einem Gesicht, das klein und naß war, wie das eines schreienden Säuglings.

Einige Wochen später, auf dem roten Diwan, hüllte sich Frau Hedeleg in ein wärmendes Pelzchen der Selbstzerfleischung nach dem anderen, denn von Conrad her zog es empfindlich. Ihr letzter Bericht damals war übrigens mehr als ausführlich gewesen, so daß Conrad das Ende kaum hatte erwarten können, während ihrer Wiederholungen memorierend, schließlich aber Frau Anny unterbrechend, als die Reprisen sich zu häufen begannen. Gleichwohl, die vielen und zum Teile schon recht weitgehenden Einzelheiten, hatten es doch zusammen vermocht, Conrads wach gewordenes Mißtrauen zu lähmen und die ganze Geschichte mit ihrem Wahrheitscharakter neuerlich zu durchtränken.

»Ich kann deinem Vater nicht mehr in die Augen sehen«, sagte sie.

Er hatte genau beobachtet, daß Anny seit etwa einer Viertelstunde schon an einem Schluchzen präparatorisch arbeitete. Als die Hervorbringung endlich gelang, sagte er:

»Du brauchst ihm ja nicht in die Augen zu sehen.«

»Wie . . .?« fragte Frau Anny, für welche hier ein leerer Raum entstand.

»Schau in deine Offerte«, sagte Conrad.

Nun, diese Sache mit der Hedeleg taugte nichts mehr. Zudem kam jetzt vor Ostern die Zeit der Abschluß- oder Reifeprüfung auf der ›Handelsakademie‹ (so nannte man die Anstalt), und wenn Conrad für diese Prüfung auch fast nichts zu lernen hatte, so bedurfte er doch einer kleinen Zeit der Sammlung. Er nahm Bedacht darauf, sie reichlich übrig zu behalten, um dann beruhigt sein zu können hinsichtlich dessen, daß nicht irgendwo irgendwas ungeordnet und außer acht gelassen bleibe, welches sich dann bei der mündlichen Prüfung, oder bei der Klausurarbeit gegen ihn in Bewegung setzen könnte. Aber es setzte sich nichts in Bewegung, die Durchführung war ebenso geordnet wie die getroffenen Dispositionen, kurz, er bestand die Prüfung mit Glanz. Lehnder hatte es anders nicht erwartet. »Daß deine arme Mutter dies nicht noch erleben konnte!« sagte Lorenz Castiletz, umarmte Conrad und weinte. Sein Gesicht schien zusammengeschrumpft und in der letzten Zeit endgültig und wirklich kleiner geworden zu sein. Die Hedeleg war aus Conrads Gesichtskreis entschwunden, da er während der letzten Wochen vor der Prüfung das Büro nicht mehr aufgesucht hatte. Jetzt also, zu den Osterfeiertagen, verließ er als Entlaßschüler für immer jenes neuzeitliche Gebäude mit der großen, hellen Vorhalle, darin die gedrungenen, mattsilbrig glänzenden Heizkörper standen.

Conrad fuhr aufs Land und war dort allein. Denn Tante Berta

wohnte jetzt in der Stadt und nahm sich in vorbildlicher Weise des Vaters an, der bei dem bloßen Gedanken, hinauszufahren, über den so friedlichen und heiteren Erinnerungen des letzten Sommers klagend zusammengebrochen war. Als einem jungen Menschen, der die Mutter kürzlich verloren, ward Conrad die natürliche Anteilnahme des Volkes entgegengebracht von den Mägden, Gärtnersleuten und Knechten, und es zeigte sich dabei, was man schon immer gewußt, daß diese Leute alle auf ihre Art Frau Leontine sehr gerne gemocht hatten, mit einer Anhänglichkeit, die jedesmal gleich zu Beginn des Sommeraufenthaltes der Familie hervorgetreten war, durch die Art schon, wie man sie begrüßte, die Nachricht von ihrem Eintreffen weitergab und während der folgenden Wochen dicke bunte Blumensträuße in alle Ecken ihres Zimmers stellte.

Noch waren die Wälder grau, aber nicht tot, sondern von innen glänzend in ihrer Feuchtigkeit, jeder Raum zwischen Baum und Baum stark spürbar als ein Geöffnetes, in desen hellhörige Stille die Wasser rauschten. Im Zimmer standen die Palmkätzchen. Die Sonne lag im leeren Hause.

Volk läßt die neuen Toten ruhen, scheucht sie nicht auf durch immer wiederholte Erwähnung. Wenn man vom letzten Sommer sprach, genügte es, daß Frau Leontine dabei mitgedacht war. Der alte Gärtner lächelte einmal und sagte, daß übrigens jenes Fräulein aus der Stadt, mit dem der junge Herr im verwichenen Herbst hier viel spazierengegangen sei – wie er sich wohl noch erinnern könne? – vor einigen Wochen gestorben wäre, in Salzburg. Er wisse es von der Frau Rumpler, wo jene gewohnt, die sei auch mit ihr entfernt verwandt gewesen.

»Alle sterben«, dachte Conrad wörtlich, und dann erschrak er tief, denn er hatte auf solche Weise gleich die Mutter mitgedacht. Gestorben in Salzburg. Freilich wußte er von Lage und Beschaffenheit dieser Stadt aus der Schule, vom Berchtesgadener Land, von Reichenhall. Aber jetzt sah er zuinnerst Salzburg in einer völlig ebenen Gegend, eine Burg von weißer trockener Farbe in einer Steppe, einer Salzsteppe.

»Dürfte krank gewesen sein, auf der Brust«, meinte der Gärtner.

Conrad verfiel keineswegs auf den Gedanken, sich bei der Wäscherin Rumpler etwa näher zu erkundigen. Jedoch führte ihn ein Spaziergang am Wassersteig entlang, neben dem stark rauschenden Bache, und er wandte sich in das Seitental und ging durch den leeren kühlen Nadelwald leicht bergan. Das

Schweigen der durchgebogenen hangenden dunklen Äste blieb von dem jetzt lauten Glucksen und Plätschern des kleinen Gerinnes unberührt, das hier dem Bach zueilte, die winzigen Fälle und Becken sprachen ihr vielfältig wechselndes Wort wie auf sich selbst zurückgedrängt, durch den Druck der allseits sie umlagernden Stille.

Conrad gelangte zu der Wasserscheide. Hier traten die Nadelbäume zurück. Er schaute den fallenden Hang hinab, über die noch stumpfen, erdigen Wiesen, zwischen denen Laubgehölz sich hinzog, Bäume und Sträucher kahl, wie wirres Haar, in der Farbe kaum unterschieden von den grauen Brettern einer Bank dort vor den Bäumen, und doch von einem inneren Leuchten gespannt, das dem toten Holze fehlte. Dort unten, im überall tief in den Boden und die verstreuten Dinge sickernden Licht, lag das Sträßlein und daran vereinzelte Gehöfte. Conrad hob den Blick und sah zum Hange gegenüber: strichweis und ganz zart zeigte sich am absinkenden Hügelschwung das erste scharfe und helle Grün des Frühlings.

# 2. TEIL

## 14

Der alte Castiletz lebte lange genug, um sein Söhnchen – nun, jetzt war es eigentlich schon ein Mannsbild und größer als er selbst! – auf ein wohlvorbereitetes Gleis zu setzen, nachdem Conrad das Technikum für Textilindustrie im schwäbischen Reutlingen hinter sich gebracht hatte und so was wie ein ›Textilingenieur‹ geworden war. Auf ein wohlvorbereitetes Gleis: ganz wie man einst die kleinen Wägelchen der Spielzeugeisenbahn auf ihre Schienen gestellt hatte, und da rollten sie denn. Es gibt Leute, bei denen nie herauskommt, ob sie lebenstüchtig oder schwach sind, und wo ein genaues Urteil in dieser Hinsicht einfach nicht gefällt werden kann, wissenschaftliche Anständigkeit vorausgesetzt. Solche Leute stoßen nirgends an und sich selbst nie eine Ecke ab. Keine Stärke, keine Schwäche kommt bei ihnen zum Fleisch der Tatsachen. Es sind jene Schüler, die mitlaufen und ihren Eltern keinerlei Sorge machen; die Lehrer haben sich auch an sie gewöhnt, ohne eigentlich so ganz genau zu wissen, ob die Burschen nun wirklich was können oder nicht. Es sind das auch jene Rekruten, die am wenigsten angebrüllt werden. Es sind die Leute, denen man nicht auf den Zahn fühlt. Ein solcher war Conrad Castiletz. Sehr zum Unterschied von anderen, die in den Familien einen seufzerreichen Gesprächsstoff bereitzustellen keinesfalls verabsäumen, von denen man nie recht weiß, aus welcher Mittelschule sie eben hinausgeflogen sind, und in welche sie nun wieder aufgenommen wurden, um neuerlich durchzufallen, und die späterhin so Fakultäten wie Lebensziele weit rascher wechseln als etwa ein Kirgise seine Hemden. Als ein besonders fruchtbarer Ausgangspunkt, um welchen sich dann die Windrose aller Möglichkeiten ausbreitet, erscheint für Leute von solcher Art beispielsweise das Studium der Heilkunde oder Medizin. Ihr Lehrgebäude umfaßt so viele einzelne Wohnungen, Zimmer und Kammern und öffnet sich mit so zahlreichen und bedeutenden Ausfallstoren in ganz andere Gebiete, daß der junge Mensch in eine außerordentliche Bewegung um sich selbst herum versetzt werden kann. Jedoch plötzlich ist er es, der da stillesteht, und im Umschwung der Jahre, wie auf einer sich drehenden Scheibe, flitzen immer wieder die gleichen Prüfungstermine vorbei, während der zu bewältigende Stoff quillt. Über jeden Menschen fällt her, was der Ebene zustehe, auf er er sich jeweils befindet; und irgendeine Katastrophe mittleren Grads, gemindertes Geld oder das Ableben des Oheims, der bisher den Wechsel bestritt, genügt dann, um unseren Jünger aus dem Tempel des Asklepios zu drängen. Es ist nicht schmerzhaft. Leute dieser Art haben im Grunde eine sehr feste und sichere Beziehung zum Dasein, und ihre eigene runde Philosophie, die ihnen erlaubt, bei höchst verschiedenen Fenstern ins Leben hineinzuschauen, dieses jedoch stets als dasselbe wieder zu erkennen und recht gerne zu haben. Die Weiche klappt, das bisherige Gleis wird verlassen, ein neues blitzt lang voraus im Schlaglicht, bis zu dem dunklen Tunnelmund, von dem man freilich weiß, daß es hier glatt hindurchgeht: aus einem Studenten ist etwa ein Motorführer bei der ›Untergrund‹ geworden, wie man in Berlin sagt, während es in New York ›Subway‹ heißt oder etwa in Wien ›die Stadtbahn‹. Nun verläßt der Zug den dröhnenden Schlauch, dessen Wände in der Geschwindigkeit aus Rauch zu bestehen schienen, welchen es hier gar nicht gibt: etwas geneigt liegt das eilende Fahrzeug jetzt in der Kurve, schief tritt auch von unten das schwankende Leuchtbild der Stadt herauf, wie ein gegitterter Rost mit den weithin fliehenden Straßenzügen kreuz und quer, mit den zahllosen scharfen und trüben, kranken und zuckenden Erdensternen. So sah man's einst anderswo und von den Hügeln und so zwischendurch, während man die Kommerslieder sang . . . es ist ein gleiches.

Nein, das waren keine Castiletzschen Ecken, denn hier herrschte eine Befangenheit weit höheren Grades im vorgelegten Gleise. Und nie wäre bei Conrad auch nur der Gedanke aufgetaucht, in ein anderes hinüberzuwechseln als jenes, welches der Vater schon vorlängst gebaut hatte: auf seinen Reisen und bei seinen Beziehungen zu alten Geschäftsfreunden durch Jahre klug bedacht. Auch Conrad hatte er ja reisen lassen, und wohlausgestattet. Auch allerhand Tanten waren immer von Vorteil. Der Sohn verließ die Reutlinger Schule nach zwei Jahren – für ihn war's eine seltsam leere Zeit dort – und konnte gleich danach, als Volontär zunächst, in ein großes Werk eintreten, in einer süddeutschen Mittelstadt. Es wäre für einen anderen jungen Mann so leicht nicht gewesen, an den Beginn gerade dieser Rinne zu gelangen, deren weiterer Lauf dem alten Castiletz manchen freundlichen Ausblick zu eröffnen schien, und das nicht nur in rein beruflicher Hinsicht. Aber davon sprach er nichts, Herr Lorenz; der übrigens sehr gealtert war und jetzt einen grauen weißen Kopf hatte.

Bei strömendem Regen – welcher ja Glück bringen soll, wie man sagt – verließ Conrad nach seiner Ankunft den Bahnhof, der im flüchtigen Eindruck durch seinen niederen, aber weitläufigen Ziegelbau ein wenig an den Münchener Hauptbahnhof erinnern konnte. Er ging über einen von hüpfender Nässe spiegelnden asphaltierten Platz, hinter dem Hausdiener, der sein Gepäck trug, und hatte dabei das Empfinden, die eigentliche Stadt selbst müsse sich jetzt linker Hand in länglicher Ausdehnung befinden. Später zeigte sich, daß es so war. Das kleine Hotel lag rechts auf der anderen Seite des Platzes, dem Bahnhofe schräg gegenüber.

Erst im hellen Vorraum besann er sich – ein beim Verlassen des Bahnhofes und auf dem Wege hierher Versäumtes gleichsam nachholend – daß er ja in diese Stadt nicht zum ersten Male kam. Die Verwandten. Ja, er hatte auch einen Brief zu bestellen, der Brief war im Koffer, mit anderen Briefen. An Herren Geheimen Kommerzienrat Veik vor allem. Morgen zu schicklicher Zeit mußte er im Werke vorsprechen.

Conrad aß zur Nacht im Speisezimmer, allein, es saß sonst niemand da. Draußen der Platz war dunkel, lag unter leisem Rauschen bei verstärktem Regen. Der Oberkellner, welcher Conrad bediente, war von etwas säuerlicher Hochanständigkeit, mit Brillen. Da es unter den gegebenen Umständen nicht anziehend war, länger sitzen zu bleiben, ließ Conrad eine Tasse Kaffee auf sein Zimmer bringen und ging hinauf.

Er öffnete den Koffer und legte den Brief für morgen bereit.

Dann blieb er in der Mitte des Zimmers stehen, sah sich kurz um und verharrte sodann ohne Bewegung, schräg vor sich niederblickend. Genau und deutlich, wie man beim Üben auf dem Klaviere eine Tonleiter durchspielt, so klimperte er durch alle seine sieben Sachen in Gedanken: ja, doch, es war alles in Ordnung.

Es klopfte. Conrad erschrak. Er hatte sich durch Augenblicke beim Überdenken seiner Briefe, Besuche, Gänge, seines

Gepäcks, seines Geldes (dieses war reichlich!) in wirklicher und tiefer Versunkenheit befunden.

Er trank aus der Kaffeetasse, am Tische stehend. Nun ging er zum Fenster. Es war naß, man sah nichts. Er öffnete es. Die Regennacht trat jetzt mit ihren wässerigen, tropfenden, klatschenden und trommelnden Geräuschen klar an die Grenze des hell erleuchteten Raumes. Dieses Haus hier stand übereck. Man sah zwei oder drei Fenster schwach erleuchtet. Unten lag ein Hof, Flaschenkisten übereinander, ein Blechdach, aus dem Hause schien nach rückwärts Licht aufs Gerümpel, vielleicht aus der Küche. Conrad sah zu den Fenstern hinüber. Deutlich fiel ihm – bei so andersartigem Blicke hier in den Regen – seine Tante Berta ein, in der Umkleidekabine damals neben der seinen. Dann Reutlingen. Er wunderte sich. Dort war's gewesen, wie wenn die Buben flache Steine übers Wasser tanzen lassen mit geschicktem Wurf: alles obenhin. Dabei hatte Conrad in Reutlingen drei Liebschaften hinter sich gebracht, man könnte auch sagen glücklich absolviert, nämlich insoferne, als da nichts ungeordnet oder etwa unabgeschlossen hinterblieben war. Mit einem von diesen Mädchen war er mehrmals auf der Achalm gewesen. Es war nichts, es war ihm völlig gleichgültig: so gleichgültig etwa wie die Tische im Garten einer Wirtschaft, wo er oft gegessen hatte – und das war jetzt auch das letzte, was ihm aus der Reutlinger Zeit wiederkam. Er schloß das Fenster. Der leichte weiße Vorhang rieselte. Plötzlich durchdrang ihn Wärme. Das Zimmer war sehr hell. Er bereitete den Anzug für morgen vor, hängte ihn mit Sorgfalt über einen Kleiderbügel. Dann wusch er das Gesicht, putzte die Zähne. Zwischen den frischen Bettüchern liegend, in die Stille lauschend, überkam's ihn plötzlich: er fühlte sich wie auf dem vorgewölbtesten Teil einer erhabenen Bildhauerarbeit. Er fühlte sein Leben, das jetzt kommen würde, er liebte diese Stadt, die er kaum kannte, weil er in ihr zum ersten Male allein leben konnte, hier, mit seinen Koffern, mit, mit – also sozusagen mit Kragen und Krawatte. Und im gleichen Augenblicke schon wuchs Conrad aus jenem Relief noch mehr heraus und erwuchs zur romantischen Person. Er löschte das Licht, preßte einen Augenblick lang die Wange in das Kissen. »Ja, das ist's, natürlich – leben«, flüsterte er. Und schlief.

## 15

Im Sprechzimmer der Tuchfabrik Carl Theodor Veik, zu welchem Raum man über eine etwas enge und steile Treppe gelangte, stand auf dem Mahagonitischchen, um das sich vier glatte und magere Armsessel gruppierten, in der Mitte einer jener Apparate, die alles Nötige zum Rauchen enthalten, jedoch noch nie den persönlichen Bedürfnissen irgendeines Rauchers wirklich entsprochen haben, Apparate, die man mitunter zum Geschenk erhält, und früher oder später ins Sprechzimmer stellt, wenn man etwa ein Firmenchef, oder ins Wartezimmer, wenn man ein Zahnarzt ist. Solche Dinge sind vertretungsweise Andeutungen der Humanität in einer Umgebung, die an Sachlichkeit sonst nichts mehr zu wünschen übrig läßt. Ganz das gleiche wäre auch von der Stechpalme zu sagen, die in einer Ecke des Carl Theodor Veikschen Sprechzimmers ihrer ähnlich gearteten Funktion oblag.

Nachdem der Diener die Türe hinter Conrad Castiletz geschlossen hatte, ging dieser noch ein paar Schritte weiter, dem Trägheitsgesetz folgend, und blieb erst vor dem einen Fenster stehen. Von hier sah man an einem vorspringenden Teile des Verwaltungsgebäudes links vorbei, hinab auf die gleichmäßig gereihten Dächer des Shedbaues, die, dem Zuge einer schrägen und sehr korrekten Schriftzeile verwandt, weithin auf und ab zackten. Dahinter gab es ansteigende freie Hügel und Bäume, zum Teil noch grün.

Das Bild war demjenigen überraschend ähnlich, welches sich vom Stiegenhause der Reutlinger Textilschule geboten hatte, etwa vom dritten Stockwerk aus, wo in den Glasschränken die vielen alten und neuen Modelle von allerlei Webstühlen und Spinnereimaschinen gestanden hatten; auch hier war der Blick rechts durch das Gebäude beschränkt gewesen, unten liefen ganz die gleichen Dächer hin, und dahinter erhob sich, allerdings wesentlich höher, die Achalm mit Weingärten und Wald.

Hinter Conrad öffnete ein freundliches Fräulein die Türe und ersuchte ihn, weiter zu kommen.

Eine lange Reihe von kleinen hellgelben Tischchen und auf jedem eine Schreibmaschine: so schlug sich der Büroraum auf, wie eine gerade Straße, um deren Ecke man getreten ist, und in welche man nun hineinsieht. Jedoch der Lärm war nicht übwältigend. Die meisten dieser Textklappern standen bedeckt, nur an zwei oder drei Stellen wurde diktiert. Conrad querte hinter dem dünnen Mädchen das Büro, und dann gab sie die offene Türe zum Chefzimmer frei. Viele grüne Blattpflanzen säumten das Fenster, vor welchem inwärts die bereite Landschaft zweier gegeneinandergestellter Schreibtische sich aufbaute.

»Nun also, Herr Castiletz, ich erwarte Sie schon jeden Tag«, sagte der alte Veik, grundlos aber angenehm lachend, »ja, er sieht dem Vater freilich gleich, nur eben blond, hahaha . . . gestern angekommen?!« Die Art, wie er den jungen Mann musterte, konnte für Conrad in keiner Weise peinlich sein, weil sich der Geheime Kommerzienrat an des Jünglings äußerer Erscheinung ganz unverhohlen zu erfreuen schien. »Na, gratuliere, Lorenz!«, rief er laut, den abwesenden Vater anredend, »so ein Riesenjunge!« Ein Schatten flog über sein Gesicht, und seine großen blauen, schwimmenden Augen blieben plötzlich stille. Diese Augen paßten zu dem leichten, zausigen blonden Bart. Das ganze Antlitz war verdünnt, licht, wie helle Suppe.

Nun saßen sie schon im Gespräche.

»Sie wissen ja wahrscheinlich«, sagte der alte Veik, und zog an seiner Zigarre – Castiletz hatte als Nichtraucher die angebotene Zigarette dankend abgelehnt – »Sie wissen ja, daß es sich hier um zwei Werke handelt; nämlich um die Tuchfabrik, die Firma Carl Theodor Veik, wo wir uns jetzt befinden; jedoch ist da noch, gerade auf der anderen Seite unserer Stadt, die Gurtweberei, Firma Johann Veik und Söhne. Zwei sehr verschiedene Industrien, wie sie zugeben werden, die miteinander schon rein gar nichts mehr zu tun haben, nein, gar nichts; hier bei uns geht es um die immer neu herzustellende Qualität, um die Mischungen und Muster, um den Schritt mit der Mode; dort um die Quanität, die Masse, die Leistungsfähigkeit in dieser Hinsicht. Und sonst – um die Jutepreise, Hanf, Flachs. Sie waren in Reutlingen. Nun gur, für Schafwolle wäre das Technikum etwa zu Kottbus der geeignetere Ort gewesen, jedoch, gleichgültig, sie würden sich auch mit ihrem guten Reutlinger Fundament hier rasch einarbeiten. Jetzt sagen Sie aber: haben Sie für die Gurtweberei Interesse? Aufrichtig?«

»Ja«, sagte Conrad ruhig und auftragsgemäß, weil ihm sein Vater das eingeschärft hatte, »ich glaube sogar: eine gewisse Vorliebe.«

»Oh, sieh da«, entgegnete der alte Veik lebhaft. »Nun, Sie werden natürlich hier anfangen, bei mir, Ihr Vater hat diesen Wunsch ausgesprochen, es gibt hier am Ende auch mehr zu sehen und zu lernen für Sie. Gewiß doch. – Sie fragen mich wohl, wie das zusammenkommt, eine Gurtweberei und die Tuchfabrik; tatsächlich ist ja beides heute in meiner Hand vereinigt. Aber das sind ursprünglich Gründungen aus zwei weit voneinander entfernten Linien unserer Familie, Gründungen, die durch verschiedene Umstände, und am Ende dann noch obendrein durch das Ableben meines älteren Bruders und auch dadurch, daß mein jüngerer Bruder Robert eine andere Laufbahn erwählt hat, in einer Person sich wieder vereinigten. Nun hab' ich drüben den vortrefflichen alten Direktor Eisenmann sitzen, na, den werden Sie ja auch noch kennenlernen. – Im übrigen, nehmen Sie das mal mit.«

Er langte hinter sich auf ein Bücherbrett und übergab Conrad einen schmächtigen Band von der Form eines breit aufzuschlagenden Albums.

»Das ist die Geschichte unserer Firma und also auch die meiner Familie seit einem halben Jahrhundert«, sagte er. »Wir brachten das Ding voriges Jahr heraus, als kleine Festschrift zum fünfzigjährigen Bestandsjubiläum. Sehen Sie sich's daheim an, manches darin wird Sie interessieren. Übrigens: ich sage ›daheim‹! Und Sie sind ja vorläufig wohl nur im Hotel abgestiegen. Wo gedenken Sie zu wohnen? Bei Ihren Verwandten hier?«

»Mein Vater wünscht, daß ich eine eigene kleine Wohnung nehme.«

»Ausgezeichnet. Da weiß ich was für Sie.«

Er griff zum Telefon, wählte die Nummer, dann hörte man muschlig-erstickt eine Stimme aus dem Apparat, worauf der Geheime Kommerzienrat »Finanz-Landesdirektion?« fragte und »Stelle 83« verlangte und endlich: »Kann ich Herrn von Hohenlocher sprechen?«

Jetzt klang es voller und menschlicher aus der Muschel, der alte Veik begann plötzlich laut zu lachen: sein Gesprächspartner dort drüben hatte offenbar etwas Lustiges gesagt.

»Also, verehrter Herr von Hohenlocher, jener junge Herr, von dem ich Ihnen übrigens neulich schon gesprochen habe, der bei mir volontieren wird, er ist nun da. Jedoch wird er nicht bei seiner Tante wohnen, sondern denkt an eine kleine Wohnung . . .«

Man hörte einige Worte von drüben, der alte Veik lachte neuerlich los. »Wie?!« rief er in den Apparat, »wie war das? ›Wer sich in Familie begibt, kommt darin um?‹ Wunderschön! Geben Sie nur acht, Herr von Hohenlocher, daß es Ihnen nicht doch noch mal passiert! Na ja. Nun, ich möchte, daß sich Herr Conrad Castiletz das bei Ihnen dort ansieht . . .«

Jetzt schien dieser Herr von Hohenlocher von Stelle 83 der Finanz-Landesdirektion sich etwas länger vernehmen zu lassen. Dann wieder der alte Veik:

»Also prächtig. Ich schicke ihn um vier Uhr. Verbindlichen Dank . . .« Er legte auf, wählte aber neuerlich eine Nummer.

Es war offenbar eine Dame, was sich da, erwürgt durch den Draht, aus der Muschel meldete.

»Manon?!« rief Herr Veik in den Apparat, »Du bist es selbst, wie herrlich, wie geht's dir denn, Liebling . . .? Ja? Du, denke mal, ich werde heute einen Gast mitbringen. Den jungen Castiletz. Er ist gestern gekommen . . . ja, ein Riesenjunge. Auf Wiedersehen also bei Tische, Liebling.«

»Es tut mir leid, Herr Castiletz«, so wandte sich jetzt der Kommerzienrat zu Conrad, »daß ich Sie heute morgen, als Sie anklingelten, erst für halb zwölf hierherbitten konnte; wir haben heute morgens einige neuaufgestellte Maschinen – Jacquardmaschinen – zum ersten Male laufen lassen, da wollte ich persönlich anwesend sein, hierdurch blieb dann die Post ein wenig liegen; und für halb elf hatte ich schon Herrn Direktor Eisenmann von drüben vorgemerkt, der für ein kurzes herüberfahren wollte. Ich hoffe, daß Sie indessen mit Besichtigung unserer Stadt hier die Zeit angenehm verbracht haben . . .?«

Er sprach von einigen Sehenswürdigkeiten. Und Conrad hatte Sie tatsächlich in Augenschein genommen. Zum Teil übrigens schon damals vor Jahren . . . ja, dort hinten in der Ferne der Zeiten, beim ersten romantischen Vorstoße in ein sozusagen erwachsenes Leben.

»Ja, und hier«, sagte der alte Veik munter, »da werden Sie einfach hineinspringen. Hineinspringen und einspringen, wo es Ihnen beliebt, ich lasse Ihnen da für den Anfang gerne ganz freie Hand. Stellen Sie sich an einen Stuhl und weben Sie, wenn's Ihnen Freude macht, oder lösen Sie einen Mann an den Musterwebstühlen ab, oder knüpfen Sie an, oder setzen Sie sich hier im Büro zum Diktat hinter eine Schreibmaschine, oder hinter einen Rechenapparat. Bei der Auslandskorrespondenz werde ich Sie auf jeden Fall heranziehen, da werden wir viel miteinander machen – da sehen Sie, dieser Schreibtisch ist verwaist, da saß vor einem halben Jahr noch mein verehrter Freund, der Prokurist Schröder, nun hat ihn der Himmel.«

Er sah durch einige Augenblicke nachdenklich auf den geschlossenen Rolladen des zweiten Arbeitstisches und schwieg. Aber gleich war die frühere Munterkeit wieder im Vordergrunde.

»Ihr Vater sagte mir, Sie seien ein trefflicher Engländer und Franzose, sogar im Holländischen beschlagen . . . Ja?! Das ist ausgezeichnet; pflegen Sie solche Kenntnisse, sie sind beinahe unschätzbar. In dieser Richtung werde ich Sie beanspruchen müssen. Und morgen früh soll's also losgehen, um sieben!«

Er streckte Conrad impulsiv die Hand hin und dieser schlug ein.

»Sie haben bei uns hier den ganzen Produktionsprozeß vor Augen, von den Spulen bis zum fertigen Gewebe, mit Ausnahme der Färberei. Wir lassen auswärts im Lohn färben . . .«

Das letzte hörte Conrad gerne. Jener große niedere Saal zu Reutlingen, wohin man gelangte, wenn man rechter Hand aus dem Schulgebäude wieder heraustrat und am Kesselhause vorbeiging, war ihm ein angenehmer Aufenthalt nie gewesen: der süßliche und warme, dabei stumpfe und wenig ausgesprochene Geruch, welcher hier im Fäbereisaale um Maschinen und Apparate stand, das Fehlen des kraftvollen Schlagens der hin und her geschossenen Schützen oder des Surrens der Spindeln, diese verhältnismäßige Stille, die im faden Geruche schwamm – er freute sich, dies alles hier nicht wieder zu finden.

»Sieh da, nun wird's schon zwölfe«, sagte der alte Veik mit einem Blick auf die Uhr. Fast im gleichen Augenblick erklang die Sirene. Das Verstummen so vielen plötzlich angehaltenen Geräuschs in den umliegenden Gebäuden, dem Hochbau der Spinnerei, dem flachen Shedbau der Weberei, dieses Wegfallen einer verschmolzenen, undeutlichen Masse von Lärm machte nun erst und hintennach ihr bisheriges kaum gewußtes Vorhandensein fühlbar. Es war seltsamerweise wie ein Vorgang tief im eigenen Körper, eine Verschiebung in dessen stillen, ungekannten Funktionen. Auch nebenan, im Büro, war Lautlosigkeit eingetreten, und als kurz danach der alte Herr und Conrad den Raum durchschritten, fanden sie ihn bereits leer.

## 16

Entzückt und betroffen saß Conrad bei und nach Tische der Hausfrau gegenüber, während noch immer das am Vormittag Erlebte in seltsamer Frische und Farbe des Eindrucks nachklang, ja wie ein Wandteppich voll lebendiger Figuren gleichsam hinter dem schönen Haupte der Frau Manon Veik vorbeizog: der Gang über den Fabrikhof an der linken Seite des Geheimen Kommerzienrates, das jetzt so stille Werk, ein Fenster, das Einblick in einen Saal gab und hinter dessen vielen kleinen Scheiben Maschinenteile ragten; dann die Fahrt in dem schweren raschgleitenden Wagen, als sich beim Wenden um einen Häuserblock die vielbelebte und befahrene Hauptstraße der Stadt, wo Conrad vormittags langsam dahingeschritten war, nun überraschend ins Gesichtsfeld gedreht hatte ... ja, dies alles schwang und zog noch gleichsam hinter dem aufgerichteten Haupte mit den hochfrisierten schneeweiß-dichten Locken, die als eine rechte Rokokoperücke über einem rosigen Gesichte saßen, dessen dunkle Augen ein wenig schräg standen; ihr Blick entfloh, in überlegener Weise, unbestimmt seitwärts, in einer letzten zurückhaltenden Nichtachtung der Dinge, ja, des Gesprächs, an dem doch der breite rote Mund außerordentlich liebenswürdig und aufmerksam teilnahm. Irgendwer hatte Conrad einmal Frauenbildnisse der Pariser Malerin Marie Laurencin gezeigt: hier saß eines lebend: eine junge reizende Frau, als alte Dame verkleidet. Leicht in die Welt gelehnt, unbestimmt und unerforschlich, gemalt in Pastell. Und Conrad nannte Frau Manon Veik von da ab bei sich Madame Laurencin.

Bei alledem entging es Conrad nicht, daß jene von den allerhand Tanten, welche hier in der Stadt lebte, gesprächsweise in einer Art erwähnt wurde, die nicht nur dem Neffen Freundlichkeit erwies, sondern deutlich anzeigte, daß dieses eine Allerhand zu den führenden Kreisen der Stadt gehörte, in gesellschaftlicher Hinsicht. Conrad sprach auch sogleich mit großer Wärme und Nähe von dieser Tante Erika – Frau von Spresse hieß sie im übrigen – erzählte von seinem Knabenbesuche bei ihr, und wie er damals die Stadt hier besehen habe, die ihm heute jedoch ganz anders erscheine.

»Wieder ein Beweis für den Schwerpunkt des Lebens im Subjekt«, sagte der Geheime Kommerzienrat lachend und legte etwas umständlich die Serviette beiseite. »Ich habe einen Bekannten, der vier Jahre in Ostasien zugebracht hat, er war dort in russicher Kriegsgefangenschaft. Die Reise dorthin – in einem Transportzuge mit Viehwagen – dauerte mehrere Wochen, während welcher er Land und Leute und die ganze Eisenbahnstrecke begreiflicherweise mit großem Interesse betrachtete und in sich aufnahm. Vier Jahre später, sagte er mir, sei's bei der

Rückfahrt so gut wie ein anderes Land und wie eine andere Eisenbahnstrecke für ihn gewesen, als ob er dort noch nie gefahren wäre. So ändert sich die Welt mit unserem Zustande, und in der Jugend genügen wohl oft ein paar zwischenliegende Jahre, um sie gänzlich zu verwandeln. Später wird's eintöniger.«

Conrad folgte im Vordergrunde seines Bewußtseins obenhin dieser Rede des alten Veik, nur so leichthin, wie die Hand ein Geländer entlang streift. Dahinter dachte er deutlich und in Worten:

Heute nachmittags das Quartier ansehen. Dann Wecker prüfen, Arbeitskleider in kleiner Handtasche vorbereiten. Kürzeste Verbindung mit der Straßenbahn, Fahrzeit und Gehzeit zur Fabrik genau ermitteln. Sicherheitshalber eine gute Viertelstunde früher vom Hause weggehen. Abends Album ansehen. Morgen Tante Erika – offenbar wichtig.

»An jedem liegt es selbst«, sagte Frau Manon, »ich bin in vieler Hinsicht schon lange dieser Überzeugung.«

»Man könnte da vielleicht sagen«, meinte der alte Veik, »daß je mehr einer ist, in um so mehr Fällen liegt – es eben an ihm selbst.«

»Müßte es jedoch grundsätzlich nicht für alle gelten, wenn man's nun einmal annimmt?« fragte Conrad in bescheidener Weise, jedoch klar und langsam.

»Richtig und logisch!« rief der Kommerzienrat und lachte wieder. Er lachte anscheinend oft grundlos. Bei ihm war dieses Lachen ein Ausdruck seines Wesens, wie bei anderen etwa eine bestimmte Handbewegung, also nicht so sehr Anzeichen eines Zustandes besonderer Heiterkeit etwa, sondern ein stehender Zug. Die Veiks stammten aus dem Rheinland, die Art des Alten war in mancher Weise dafür bezeichnend, nebenbei bemerkt auch die profunde Güte und die Menge der Weine, welche hier auf den Tisch kamen.

»Und nun muß ich Ihnen ja wegen des vortrefflichen Herrn von Hohenlocher und der Wohnung Bescheid sagen«, so wandte sich der Hausherr jetzt zu Conrad, »ich hatt's ganz vergessen, irgendwas kam dazwischen – richtig, dann sprach ich ja mit dir, Liebling, und kriegte dich gleich ans Telefon, das war nett. Dieser Herr von Hohenlocher also, Herr Castiletz, ist Regierungsrat hier bei unserer Finanz-Landesdirektion und ein ganz famoses Haus, nebenbei bemerkt aus einer sehr alten hervorragenden Familie. Er wohnt in einem Gebäude, welches nur Kleinwohnungen enthält, nämlich in jedem Stockwerk drei, und er hat seltsamerweise ein ganzes Stockwerk gemietet, obschon er Junggeselle ist. Nun, Herr von Hohenlocher lebt sonst ganz zurückgezogen und leistet sich also den Luxus, keine Nachbarn zu haben. Zeitweise jedoch vermietet er, zwei Zimmer mit Bad, und Sie würden dort völlig ungestört sein, mit eigenem Eingang, er hat auch diesen Teil abgetrennt belassen: das wäre derzeit frei, und gar nicht teuer. Zudem ist die Straßenbahnverbindung zur Fabrik, und zwar zu unseren beiden Werken, von dort außerordentlich günstig und direkt.«

»Wie lange Zeit braucht man von dort in die Tuchfabrik?« fragte Conrad sogleich.

»Na, so ganz genau kann ich's freilich nicht sagen, aber ich denke, höchstens an die zwanzig Minuten. Von hier aus dürften Sie allerdings fast eine halbe Stunde bis zu Herrn von Hohenlocher benötigen, denn das ist eine ganz andere Gegend, und wir sind mit dem Automobil hier herübergefahren. Würde Sie gern durch meinen Chaffeur hinbringen lassen, aber ich brauche jetzt den Wagen, weil ich wieder ins Werk muß. Da notiere ich Ihnen nun die Anschrift, Herr von Hohenlocher erwartet sie um vier Uhr, und meine Frau, der Sie wohl noch ein wenig Gesellschaft leisten werden, erklärt Ihnen den Weg – ja, Manon? – Sie werden sich schon zurecht finden.«

»Leicht«, sagte Conrad, »ich gehe von hier einfach bis vor zur Straßenbahnlinie 3 . . .« und nun gab er den Weg genau an.

»Donnerwetter!« lachte der Kommerzienrat, »das nenne ich rasche Orientierung!«

»Ich studierte den Stadtplan auf der Reise theoretisch und heute vormittags mit praktischen Übungen«, sagte Castiletz völlig ernsthaft. Diese Genauigkeit wirkte einigermaßen verblüffend, aber offensichtlich in einem günstigen Sinne auf den alten Herrn.

Kurz danach hörte man unten den Wagen aus der Einfahrt weich hinausschnurren und das Zufallen des Gitters. Im gleichen Augenblicke, als Conrad jetzt, gegenüber von Madame Laurencin, im Nebenraum an einem türkischen Tischchen Platz nahm, wo aus winzigen Schalen der Mokka dampfte, fühlte er sich unvermittelt und ohne jeden einzusehenden Grund von der Lage, in welcher er sich augenblicklich befand, unheimlich berührt, gegen jede Vernunft, jedoch sehr deutlich. Er rückte ein wenig auf den schweren Teppichen, die über seinem Sitze lagen, die innere Betroffenheit war es, welche sich da in eine hilflose kleine äußere Bewegung fortsetzen mußte.

»Und wie gefällt es Ihnen bei uns?« sagte sie.

»Ich bin glücklich«, antwortete er unvermittelt und hob seinen Blick von dem Perlmuttermuster, welches in die kleine vieleckige Platte des Taburettes eingelegt war. Jetzt, als er Frau Manon Veik ansah, bemerkte er ihre Gesichtszüge viel deutlicher als vorher, etwa, daß ihre Augen weit auseinander und etwas schräg standen. Diese Züge erschienen ihm jetzt kräftiger als früher, gewissermaßen bedeutender, und nun eben doch als die einer alten Frau. Ihr Kopf hob sich von einem persischen Wandteppich ab, dessen Mitte von hellem Blau war; und durch einige Augenblicke sah er Madame Laurencin vor einem neuen beweglichen Hintergrunde – nicht vor dem Fabrikhofe oder belebten Straßen – sondern vor einem blassen Himmel, darin einzelne Windwolken trieben. Dieser zarte Schein schwebte für Augenblicke hier in dem weiten Raume mit den schweren, dunkelgehaltenen Polstermöbeln, den vielen Teppichen und der breiten bogenförmigen Öffnung gegen das große Speisezimmer, wo man mittags gegessen hatte. In einem der Fenster dort rückwärts stand die Krone eines Baumes sonnig in lebhaftem herbstlichem Gelb.

»Und was macht Sie, abgesehen von Ihrer Jugend, besonders glücklich?« fragte Frau Manon.

»Ja, das ist nicht so leicht zu sagen . . .«, antwortete er, »es ist eben das – – das Leben«, schloß er lebhaft, und wieder wölbte sich's in ihm gleichsam auf, wie gestern abend im Einschlafen, und trieb ihn vor, wie eine Gallionsfigur am Bugspriet eines Schiffes.

»Hoffentlich erfüllt es alle Ihre Erwartungen, Herr Castiletz, aber auch alle«, sagte sie lächelnd und hob ein flaches Likörglas. »Sagen wir also, es lebe, dieses Leben.«

Conrad verneigte sich leicht und trank der alten Dame zu. Es darf hier nicht übergangen werden, daß er in diesen Augenblikken nahe daran war, ihr – die Anekdote von Onkel Christian und dem Zauberkasten zu erzählen, gewiß ein Anzeichen besonderer Castiletzscher Aufgeschlossenheit. Aber es kam nicht so weit. Das Gespräch nahm, wie's schon zu gehen pflegt, eine Wendung, diesmal in eine andere vertrauliche Richtung, in deren Verfolg die herrschende Castiletzsche Aufgeschlossenheit der mütterlichen Zuhörerin gegenüber zu der bemerkenswerten Äußerung durchbrach, daß, wenn er jemals heiraten sollte, es nur ein Mädchen sein dürfe, das älter sei als er selbst.

»Nun, Herr Castiletz, dieser Wunsch dürfte dereinst, wenn

die Zeit dazu gekommen sein wird, so schwer nicht zu erfüllen sein«, sagte sie lachend, »im allgemeinen wird ja wohl das Gegenteil angestrebt.«

Er hatte seine Einstellung dieser Frage gegenüber mit männlicher Bestimmtheit zum Ausdruck gebracht, und gerade deshalb vielleicht nahm Madame Laurencin seine Dogmatisierung einer sozusagen verkehrten Welt zunächst nicht ernst. Doch irrte die schöne alte Dame hierin, denn Conrad, eben während er so sprach, hatte an Reutlingen und die drei Absolvierten (Achalm) gedacht, mit lebhaftem Mißvergnügen (hintennach). Diese drei waren sämtlich noch jünger gewesen als er. Madame Laurencin hielt indessen schon wieder bei einem anderen Gegenstande, der ihr interessanter zu sein schien, nämlich beim geselligen Leben dieser Stadt hier.

»Es gibt einige reizende Häuser bei uns, die Sie ja auch kennenlernen werden. Da ist aber zunächst einmal Ihre Tante, Frau von Spresse. Ich finde es immer außerordentlich und für ein Zeichen von Geist und Persönlichkeit, wenn eine ältere, alleinstehende und kinderlose Dame, der ihre Mittel das erlauben, ein Haus führt – und welch ein angenehmes obendrein! – und häufig Gäste empfängt. Ihr ist es wirklich fast gelungen, einen ›Salon zu gründen‹, wie man das in alter Zeit einst nannte, wenn in einer reinen Industriestadt wie hier, von so etwas überhaupt die Rede sein kann. Dabei hat solche Gastlichkeit wahrhaft eine altruistische Note; sie macht es allen so angenehm wie nur möglich, sie ist mit ihrem Hause nur für die Gäste da, und um einen geeigneten Boden zu bilden beim Kontakt der verschiedenartigsten Menschen. Die Sitte, daß man ein Haus führt nur der etwa vorhandenen Töchter wegen und damit aufhört, sobald diese das Elternhaus verlassen haben, diese Sitte finde ich abscheulich. So ist es etwa zu Wien, wenigstens im älteren Wien war's ein ganz unverhüllter Brauch.«

»Sie haben dort gelebt, durch einige Zeit?« fragte Conrad beiläufig, den all das wenig interessierte.

»Ja, als Mädchen, durch zwei Jahre etwa. Waren Sie nie dort?«

»Nein«, antwortete Castiletz. Ganz unvermittelt schlich ein träger, schwerer Schatten über seine Züge, und er setzte hinzu:

»Ich war noch nicht einmal in Salzburg.«

Seine augenscheinliche Veränderung und Verdüsterung konnten ihr nicht entgehen. Sie fragte:

»Hat diese Stadt für Sie eine besondere Bedeutung?«

»Nein –«, sagte Castiletz langsam, »keineswegs. Es ist da schon alles in Ordnung. Aber – ist Salzburg nicht eigentlich sehr düster, einsam, meine ich, sagen wir mal strenge?«

Und er wußt' es zugleich, daß Unsinn war, was er jetzt geredet hatte, und doch, so schien's ihm, weniger unsinnig, wie wenn er etwa früher die Geschichte vom Onkel Christian –

»Ja, wie denn das?!« rief sie, ohne ihr Erstaunen irgendmehr zu verbergen, »im Gegenteile! Salzburg ist einer der heitersten, der schönsten Punkte Europas! Haben Sie denn noch nie eine Ansicht von Salzburg gesehen?!«

»Ja, selbstverständlich, gnädige Frau, es ist nur solch ein Vorurteil bei mir . . .«, und in einer Art kühner Verzweiflung nahm er jetzt die Führung an sich und wechselte seinerseits das Thema, hinüber auf das frühere Gleis, um nur aus dieser Gletschermühle des Gesprächs herauszukommen, worin herumgedreht er nahe daran war, lächerlich zu werden.

Sie ging auf sein Bestreben ohne weiteres ein und fuhr in der Schilderung der örtlichen Gesellschaft und ihrer näheren Umstände fort, nicht ohne zu erwähnen, daß sie selbst und ihr Gatte – »leider sind wir ja kinderlos« – sich alle beide das Leben nicht vorstellen könnten ohne ein offenes und fröhliches Haus. Und am Ende setzte sie hinzu:

»Im übrigen steht uns eine ganz außerordentliche Bereicherung des geselligen Lebens bevor, dadurch nämlich, daß mein Schwager Robert, der jüngere Bruder meines Mannes, hierher als Präsident ans Landgericht versetzt werden dürfte und übers Jahr mit seiner Familie in unsere Stadt übersiedeln wird. Die Veiks, die sind ja alle die richtigen Rheinländer, und Robert Veik schon gar: da geht's oft zu wie in einem Bienenstock. Er hatte zwei Töchter, jetzt allerdings ist es nur mehr eine, ein sehr liebes Mädchen.«

»Hatte Ihr Gatte nicht auch einen älteren Bruder, der verstorben ist?« fragte Castiletz.

»Ja, Max Veik. Er strab vor vier Jahren. Er hat durch mehr als zwanzig Jahre die Gurtweberei geleitet, wo jetzt der alte Eisenmann sitzt. Den werden Sie ja kennenlernen, und man kann sagen, es ist der Mühe wert, ihn kennenzulernen.«

## 17

Zehn Minuten vor vier Uhr stieg Conrad aus der Linie 3 der Straßenbahn, orientierte sich nochmals am Stadtplan, stellte fest, daß alles in Ordnung sei, und schritt langsam die Hans-Hayde-Straße, die leicht bergan führte, hinauf bis Nummer 5.

Er ging an dem Hause vorbei, da es noch zu frühe war (acht vor Vier) und betrachtete unauffällig das braungetönte vierstöcktige Gebäude, das hinter einen Vorgarten ziemlich weit zurücktrat und in der einspringenden Mitte eine breite Torfahrt aufwies, durch welche man auf einen Hof sehen konnte. Weiter hinauf die Straße öffnete sich links ein Park (planmäßig), im bunten und jetzt aufleuchtenden Herbstlaub, da die Sonne durch eine von Wolken unverhüllte blaue Pforte des Himmels brach. Er sah wieder in den Plan, wollte die Straße kreuzen, gerade auf eine Birke zu, die mit stark verfärbtem Laube an der Ecke des Parkes stand, unmittelbar neben dem Asphalt des Bürgersteiges – Conrad sprang zurück: von der hier neben dem Park einmündenden schmalen Seitenstraße her kam ein riesiger, grell gelbgestrichener Lastkraftwagen, ein Tankwagen, wie dann zu sehen war, fast lautlos, aber schnell auf ihn zugerollt. Nun hupte der Fahrer. Conrad faltete den Plan zusammen und sammelte sich dabei, nach dem leichten Erschrecken. Er schritt in den Park, der sauber und gänzlich leer war, mit weißen Papierkörben und einem sehr schönen räumigen Durchblick über weite Rasenflächen, die an ihren Rändern überall gelb und weiß gefleckt lagen vom gefallenen Birkenlaube. In der Ferne zackten einige Giebel villenartiger Häuser. Eben konnte Conrad noch feststellen, daß die Linie 3 der Straßenbahn nahe am Park mit einer Biegung einschwenkte, und daß es an dieser Stelle Haltepunkte für beide Richtungen gab. Er hätte früher aussteigen und die wenigen Schritte bergab tun können. Conrad beschloß, morgen hier auf den Straßenbahnzug zu warten, statt unten; und nachdem dies also auch überblickt war, wurde es Zeit umzukehren (zwei vor vier).

In diesem Haus mit seinem warmen braunen Ton nach außen, Hans-Hayde-Straße Nummer 5, war inwärts alles weiß lackiert, wenigstens bis zum ersten Geschoß, welches Herr von Hohenlocher bewohnte. Drei weiße Türen gab es auf dem Flur, wo eine absolute Stille zu herrschen schien – jetzt hörte jedoch Castiletz ein peitschendes Geräusch von irgendwo, einen Knall, aber schwach und gedämpft, hinter den Türen. Diejenige, welche links am Ende des Flurs lag, trug einen leeren Metallrahmen für Namensschild oder Karte, die mittlere, im einspringenden Teil, nichts – sie war auch ohne Klinke – und hier, rechter Hand, stand auf einer glatten Messingplatte: Hohenlocher. Conrad klingelte. Drinnen knallte es wieder.

Der weiße Türflügel öffnete sich sogleich und ganz; dahinter stand ein Wesen, von welchem zunächst die sehr großen hellen Augen ins Bewußtsein traten, die aus einem kleinen, spitz genasten Gesichtchen einladend gutmütig schauten, aus einem Gesichtchen, dessen Alter und Farbe so wenig fürs erste bestimmbar schienen wie die eines treuen, vielbenützten Tabaksbeutels. Conrad wollte sein Kommen erklären, aber dies schien nicht notwendig, die Aufwärterin – so etwas war das kleine Frauenzimmerchen anscheinend – half ihm gleich aus dem Mantel und deutete auf eine ebensolche weiße hohe Flügeltüre wie jene, durch die Castiletz vom Flure eingetreten war. Er klopfte. Drinnen rief man laut und freundlich »herein!«, und als Conrad öffnete, krachte eben wieder ein Schuß: hier im Zimmer hörte sich der Knall schon recht kräftig an.

Unweit der Tür erhob sich in diesem weiten Raum – wo alles schlank und hoch schien, Kasten, Fenster, Vorhänge – von einer breiten Ottomane ein Herr im seidenen Hausanzug mit einer Schnur um die Mitte; vor seiner Brust hing ein großes Zeiß-Artillerie-Glas; die Scheibenpistole mit dem langen Lauf, welche er in der rechten Hand gehalten hatte, nahm er nun in die linke hinüber. Castiletz dachte sogleich, als er Herrn von Hohenlocher sah, an einen großen Jagdhund: der Gang war ganz in dieser Art, schmal und locker, und das bartlose Gesicht wies ähnliche Falten.

»Hohenlocher«, sagte der Jagdhund, Conrads artige Vorstellung erwidernd. »Nehmen Sie doch bitte Platz, Herr Castiletz. Und entschuldigen Sie die Schießerei. Aber der eine mußte noch raus, ich lag gerade richtig.«

»Sie schießen liegend?« sagte Conrad, sich rasch und höflich anpassend.

»Ja, wegen der Faulheit. Sehen Sie, dort auf die Scheibe.«

Am anderen Ende des langen Raumes war über dem Kamin eine große starke Scheibe von hellem Holze zu sehen und in deren Mitte das Blättchen mit den Ringen.

»Und das Glas?« fragte Conrad.

»Damit ich hier von der Ottomane die Treffer genau sehen kann. Nach zwanzig Schüssen wechsle ich dann das Blatt.«

»Herrlich!« rief Conrad. »Sie schießen, und dann sehen Sie jedesmal durch den ›Zeiß‹?!«

»Ja, doch. Ich sehe das Scheibenblatt dann so, als ob ich's dicht vor mir hätte, und dabei brauche ich meine Lage kaum zu verändern. – Sie wollen also die Wohnung drüben besichtigen, Herr Castiletz; Frau Schubert wird Sie gleich hinüberführen. Mit ihr machen Sie alles ab, wenn Sie bleiben wollen.«

Er drückte auf eine Klingel.

Frau Schubert ging voran über den Flur (hinter ihnen fiel jetzt wieder ein Schuß) und sperrte jene Türe auf, daran sich der leere Metallrahmen befand.

Die kleine Wohnung empfing mit der zurückhaltenden Frische und Kühle lange nicht benutzter, aber sauber gepflegter Räume. Die beiden Zimmer hier – aus welchen Herr von Hohenlocher dort drüben ein einziges großes gemacht hatte – wiesen glatt und rein ihre neuen Möbel; im fahleren Lichte späten Nachmittages blinkten Glas und Metall sanft in die Stille. Ein Fenster des rückwärts gelegenen Schlafzimmers öffnete sich gegen den halbkreisförmigen Hof, auf welchen die Torfahrt des Hauses nach hinten mündete; Conrad fiel es auf, daß diese sozusagen innere Seite des Gebäudes nicht die gleiche Farbe hatte wie die Straßenfront, sondern weiß getüncht war. Von hier sah man in überraschender Weise sanft bergab über viele Dächer gegen den Kern der Stadt zu. Der Himmel, in wechselnder Bewölkung, ließ jetzt Fernes und Kleines bei durchkommender Sonne erstrahlen, nun wieder im Dunst versinken. Am weißen Verputz des Hinterhauses stand, im Widerspiel zu solchen himmlischen Vorgängen, bald ein klarer Schein, bald ein sanftes Grau.

Conrad wußte, daß er hier bleiben würde. Er sah auf die Klinker hinab, mit welchen der Hof gepflastert war, und besprach genau alles in Frage Kommende mit Frau Schubert. Auch bereits dieses, daß sie ihn morgen verläßlich ein Viertel vor sechs Uhr wecken müsse (»für halb sechs wird der Wecker gestellt, und sie kommt außerdem noch zur Sicherheit«, dachte er). Dann zog er die Brieftasche. Und (seines Vaters und dessen Lehren gedenkend) gab Conrad der Frau Schubert zum Einstande fünf Mark über ihren für die Bedienung vereinbarten Lohn. Eine Maus, könnte sie lächeln, würde es so tun, wie Frau Schubert es bei diesem Anlasse tat.

»Am besten wird es sein«, sagte Herr von Hohenlocher, als Conrad wieder drüben angelangt war, »Sie schicken jetzt die

Schubert zum Bahnhofshotel, lassen dort Ihre Rechnung bezahlen und das Gepäck holen.«

Er hatte Flaschen und Syphons im Arm und setzte alles auf ein kleines Tischchen neben der Ottomane, darauf die Kissen zerstreut und unordentlich herumlagen.

»Was wollen Sie?« fragte er Conrad, und da dieser, der kaum jemals etwas trank, nicht recht Bescheid wußte, bemerkte er »nehmen Sie Gin, ohnehin das vernünftigste Getränk«, und füllte für Castiletz ein flaches bläuliches Glas.

»Na also«, sagte Herr von Hohenlocher und trank ihm zu, »das Wichtigste: daß man ein Heim habe«.

## 18

Die Schubert wurde weggeschickt, und Herr von Hohenlocher langte von der Ottomane zum Telefon, um Conrad mit dem Bahnhofshotel zu verbinden.

»Herr Geheimrat Veik«, sagte Castiletz, nach dem Auflegen des Hörers, »hat Ihnen, Herr von Hohenlocher, schon früher einmal von mir gesprochen, wenn ich nicht irre?«

»Ja, aber nichts von Belang, oder was Sie interessieren könnte«, antwortete der Hausherr mit nachlässiger Offenheit, und in diesem Augenblicke registrierte ein gutbürgerlicher, kluger und uneitler Instinkt in Castiletz zum ersten Male die Überlegenheit seines Gegenüber, ganz abgesehen vom großen Unterschied der Jahre. »Es wurde nur erwähnt, daß er einen neuen Volontär für seine Quetsche kriegen würde, den Sohn eines Geschäftsfreundes. Wann müssen Sie denn morgens mit der Weberei anfangen, nebenbei bemerkt!?«

»Sieben Uhr.«

»Also kurz nach Mitternacht. Bin neugierig, ob Sie's bis zum Generaldirektor bringen werden.«

»Kaum«, sagte Castiletz lachend. »Ich wär's zufrieden, wenn ich auf Grund meiner Kenntnisse irgendwo und irgendwie einmal anständig unterkommen könnte.«

»Na – die Lage seh' ich anders«, sagte von Hohenlocher nach einigem Schweigen und warf seine Zigarette weg. »Erstens nicht: irgendwo – sondern hier. Zweitens nicht: irgendwie – sondern totaliter, und mit Pauken und Trompeten. Im übrigen: Sie gehen doch nicht in die Industrie, um etwa nach fünfundzwanzigjähriger oder dreißigjähriger Pflichterfüllung als Oberregierungsrat in den Ruhestand zu treten. Derartiges überläßt man Leuten wie mir. Hier handelt sich's denn doch um was anderes.«

Er blickte Conrad durch die halbgeschlossenen Lider an. Was er sagte, war ganz beiläufig im Ton, als spreche er von gänzlich entfernten Dingen: und dabei doch genau und bestimmt, ja von einer – irgendwo im Hintergrunde lauernden – sozusagen erbarmungslosen Bestimmtheit.

»Und um was würde es sich dabei eigentlich handeln?« fragte Castiletz bescheiden, der zwar seinerzeit den Bildungsverein für Handelsschüler und kaufmännische Angestellte des Abends nicht selten geschwänzt hatte (vielleicht erinnert man sich noch, weshalb), jedoch hier sogleich bereit war, etwas zu lernen.

»Um die Macht«, sagte Herr von Hohenlocher und gähnte ein wenig. »Mir ist sie gleichgültig und könnte mich nie locken. Ich stelle es lediglich fest.«

»Ich folgte dem Wunsche meines Vaters«, entgegnete Conrad, gleichsam auf dem Rückzuge, »und sicher war es so am besten.«

»Zweifellos«, sagte Herr von Hohenlocher.

Mit ihm konnte man schwerlich eins oder uneins werden. Er hielt dem anderen die eigene Meinung mitunter ungeniert und offen entgegen, und doch immer ganz beiläufig; und er zog sich damit gegebenenfalls wieder zurück, nicht anders, wie wenn jemand die dargebotene Zigarettentasche schließt vor einem, der sich als Nichtraucher bekannt hat. Überhaupt schien von Hohenlocher das Bedürfnis, sich auszusprechen, nicht eigentlich zu empfinden; wenn er redete, war es ungefähr so, wie wenn jemand am Rande eines Blattes Männchen zeichnet; so konnte er auch jeden Augenblick mit dem Sprechen aufhören, einfach deshalb, weil ihm nichts daran lag (wegen der Faulheit?), und er war wohl noch höchst selten jemand ins Wort gefallen. Jetzt schwieg er, griff nach dem elektrischen Taster und schaltete eine kleine bunte Lampe ein, die über dem Lager an der Wand befestigt war; es begann zu dunkeln.

»In der Familie Veik gibt es hauptsächlich Frauen und alte Männer«, bemerkte Herr von Hohenlocher, nachdem er ein Glas Gin mit Angostura-Bitter gekippt hatte.

»Aber keine alten Frauen, wie es scheint«, sagte Castiletz rasch, dem diese gelungene Anspielung auf Madame Laurencin Freude machte.

»Sie meinen die Frau Geheimrat? Ja . . . die andere ist ebenso, auf ihre Art, das heißt jugendlich und schön, zudem den Jahren nach weit jünger.«

»Sie sprechen von der Frau des Gerichtspräsidenten, der ... hierher versetzt werden soll, wie ich hörte, nicht wahr?« sagte Castiletz beflissen und höflich.

»Ja, die Frau vom Robert Veik. Sie heißt Gusta. Ihre Schwägerin ist kinderlos, wie Sie vielleicht schon wissen werden, und Gusta Veik hatte zwei Töchter, jetzt nur noch eine.«

»Die andere ist gestorben?«

Von der Straße tönte ein Schrei, ziemlich durchdringend, wie etwa ein kleines Mädchen ihn ausstößt, das man beim Haschen endgültig erwischt. Herr von Hohenlocher wandte den Kopf, und Conrad tat es gleichfalls, einmal sozusagen in einer Art Höflichkeit, zum andern, weil er wirklich erschrocken war und das durch eine äußerliche Bewegung überbrücken wollte.

»Na ja, gestorben ... man hat sie umgebracht«, bemerkte von Hohenlocher und gähnte wieder.

»Aber ...!« sagte Castiletz und neigte sich vor.

»Sie war selbst schuld, durchaus. Sie ist einem Raubmord zum Opfer gefallen.«

»Einem Raubmord ... ja, inwiefern war sie denn selbst daran schuld?«

»Ein liebes Mädel ...«, sagte von Hohenlocher wie in einem Selbstgespräche vor sich hin, »auch – gewissermaßen bedeutend, soweit man so etwas von einer Neunzehnjährigen sagen kann. Aber verrückt. Die Veiks sind doch schwer reiche Leute, na, das wird Ihnen ja nicht so neu sein. Natürlich auch der Bruder, unser künftiger Präsident, ist ja auch als Erbe an den Fabriken beteiligt, versteht sich, außerdem ist ein riesiges Vermögen da. Nun, sie war verrückt, hatte die Schmuck-Narretei, aber in einem Grade, wie ich derartiges noch nie gesehen oder gehört habe. Der Alte, verliebt in die jüngere Tochter – Louison hieß das Kind – hat ihr einen wahren Nibelungenhort zusammengekauft im Lauf einiger Jahre, einfach phantastisch, sage ich Ihnen, ein ganz ungewöhnlicher Besitz für ein kaum zwanzigjähriges Ding, lauter erlesene Sachen. Die haben sie denn am Ende das Leben gekostet. Sie ist viel gereist, zu Verwandten hier in Deutschland, auch auswärts, und jedesmal schleppte sie dieses ganze Rheingold mit. Wäre ja eigentlich vom Vater nie zu gestatten gewesen, ich weiß auch nicht, ob ihm das bekannt war. Sie soll stets außerordentlich unvorsichtig gewesen sein, spielte mit den Ringen herum, womöglich in Gegenwart Fremder, im

Hotel oder im Zug. Na, so kam's denn einmal. Von dem Schmuck ist übrigens nicht ein eiziges Stück jemals wieder zum Vorschein gekommen.«

»Und die Täter?«

»Kennt man bis heute nicht.«

»Ja – wann geschah denn dieses Unglück?«

»Weiß ich nicht mehr so genau. Es dürfte vier bis sechs Jahre her sein, ungefähr, oder noch länger.«

Conrad erwuchs wieder einmal zur romantischen Person: einem solchen Falle gegenüber, in dieser neuen und anziehenden Umgebung ... er nahm ganz freiwillig einen großen Schluck von dem Gin. Dieser weite Raum mit dem dunklen Hintergrunde, daraus es durch die Glimmerplatten des Kamins schwach rötlich strahlte – Frau Schubert hatte vor ihrem Weggange den Koks nochmals durchgerüttelt – das wenige warmbunte Licht über dem Lager, ja auch das ungewohnte Getränk aus flachen Schalen und dieses ganze Gespräch, welches sie da führten – Castiletz sah das jetzt geradezu von außen, und mit Genuß. Jedoch mochte es wenig zu alledem passen, als Herr von Hohenlocher bemerkte:

»Das sind die Krankheiten der allzu reichen Leute. Und manche sterben daran.«

Und, nach einer Weile:

»Sie sah ihrer Tante Manon irgendwie ähnlich, mit der sie doch gar nicht blutsverwandt gewesen ist.«

»So ...?« sagte Conrad, der sich erhoben hatte und (vielleicht um die Romantik noch feiner herauszuschleifen) nach rückwärts an den Kamin getreten war. Und von dort startete er seinen Vergleich zwischen Frau Manon Veik und den Bildern der Marie Laurencin.

»Stimmt«, sagte Herr von Hohenlocher. »Sie haben recht. Die andere, Marianne, ähnelt dem Vater. Louison war dunkel, so wie ihre Mutter, Gusta Veik. Gleichwohl waren beide Mädchen unschwer als Schwestern zu erkennen.«

»Die Wirkung des Unglücks auf die Familie muß doch eine entsetzliche gewesen sein«, sagte Castiletz, »und ... da nimmt mich nun etwas wunder.«

»Ja, was denn?«

»Nun, verzeihen Sie – obwohl es andererseits wohl begreiflich und entschuldbar sein mag, wenn ich in der Familie meines künftigen Chefs gerne Bescheid weiß, weil das ja für mich nützlich und notwendig ist, schon um nirgends anzustoßen – verzeihen Sie, mir fällt jetzt auf, daß Frau Geheimrat Veik, Madame Laurencin also, von dem stets regen geselligen Leben im Hause Robert Veik sprach, was immerhin erstaunlich bleibt . . .«

»Nicht so sehr, wenn man die näheren Umstände kennt – abgesehen davon, daß ja über ein halbes Jahrzehnt seit der Katastrophe vergangen ist. Wußten Sie übrigens von alledem gar nichts? Ihr Vater kennt doch den jetzigen Chef beider Firmen schon eine lange Reihe von Jahren, soviel ich gehört habe?«

»Mein Vater hat mir, soweit ich mich erinnern kann, nie davon erzählt. Vielleicht wußte er selbst nichts, oder nichts Näheres, am Ende sind die beiden Herren doch nur Geschäftsfreunde, wie man zu sagen pflegt. Und dann – seit dem Ableben meiner Mutter hat mein Vater sich . . . außerordentlich verändert; er ist sehr gealtert, hat sich ganz in sich selbst zurückgezogen. Ja, ich glaube, den Namen Veik hab' ich überhaupt zum ersten Male gehört, als es schon hieß, daß ich hierherkommen sollte, drei Wochen vorher etwa. Vielleicht wollte mein alter Herr mich auch sozusagen ganz unbefangen lassen, ich weiß es nicht. Will ihn gelegentlich fragen.«

»Unbefangen . . .« wiederholte Herr von Hohenlocher. »Na ja, ganz recht. Was die Sache mit dem geselligen Leben im Hause Veik angeht, so hängt das mit Marianne zusammen. Solange ihre jüngere Schwester lebte – die beiden Mädchen sind übrigens kaum einundeinhalbes Jahr auseinander gewesen – hatte diese ganz unbedingt die Führung, obwohl Marianne, oder Marion, wie sie auch oft genannt wurde, ein wirkliches hübsches, großes blondes Mädel ist . . . nun, Louison war die Elegantere, die Interessantere in jeder Hinsicht. Der erklärte, ganz offenkundige Liebling des Vaters. Sie hatte so was Südländisches an sich, wie die Mutter, eine seltsame Rasse . . . ihre Schwester soll durch sie vollkommen unglücklich geworden sein, ich hörte mal so was, das war in Leipzig, wo ich bei Veiks viel verkehrte: irgendein Verlöbnis Mariannes ist wegen Louison auseinandergegangen, aber die hat dann von dieser Lage ihrerseits offenbar auch keinen Gebrauch gemacht . . . na, wie immer: diese Sachen waren damals ziemlich offenkundig. Der Alte hat nun alle Liebe dem einen Kinde zugewendet, das ihm geblieben ist, gleichsam um Versäumtes nachzuholen, woll'n wir mal sagen . . . 's ist ja verständlich. So sind denn die Lebensgeister im Hause Veik späterhin wieder erwacht.«

»Ja freilich, nun verstehe ich's wohl«, bemerkte Conrad vom Kamine her.

»Da fällt mir ein«, sagte Hohenlocher nachdenklich und langsam, »daß Marion einmal von ihrer Schwester Louison gesagt hat, sie sei ›so eine Art Männlein Zapp‹ – das ist nun irgend so ein Männlein, dessen Auftauchen Unglück bedeutet – ›eine bestimmte Art von kleinen alten Männern, wenn mir die häufig auf der Straße begegnen, dann geht allemal was schief‹. So sagte sie. Könnte von E. T. A. Hoffmann sein, vielleicht hat sie's auch da wo her gehabt. Das nannte sie also ›Männlein Zapp‹. Und Louison war ihr ›Männlein Zapp‹. Also eine Art Klabautermann für Verlöbnisse, so möchte man's nennen.«

Die nachlässigen und wie im Selbstgespräch vorgebrachten Indiskretionen Hohenlochers hatten ihren tiefsten Grund vielleicht in einer so grenzenlosen Gleichgültigkeit, daß sie Castiletz als solche gar nicht erscheinen konnten: diese Gleichgültigkeit erhob sich bestenfalls zum Amüsiertsein über all die berührten Verhältnisse, konnte aber ebensogut in ein völliges Vergessen der Sachen innerhalb weniger Augenblicke umschlagen. Denn im gleichen Tone fuhr jetzt der Hausherr fort:

»Wegen der Schubert wollte ich Ihnen etwas sagen. Die hat nämlich auch einen Sparren, den man kennen muß. Die meint, sie wird noch heiraten, ich glaube, sie hat sogar irgendeinen Kerl, bei dem sie's – ernst meint. Die Heillosigkeit dieser Sachen zeigt der Augenschein – will sagen, wenn man das kleine Schubertlein anschaut. Der Kerl natürlich tut von Zeit zu Zeit, oder immer, nicht gut, läuft einer andern nach, oder so . . . nun, an sich ist das uninteressant; jedoch kommt bei solchen Anlässen die sozusagen schwächste Stelle des Schubertschen Charakters zum Vorschein, sagen wir mal: das Schubertsche punctum minimae resistentiae. Das ist nun gar nicht so leicht zu beschreiben. . . . Es enthält wohl jeder Charakter einen vom Schöpfer tief eingebauten absichtlichen Konstruktionsfehler in seiner Mechanik, als die größte Gefahr, aber auch die größte Möglichkeit für das Leben des Trägers, letzteres etwa so, daß einer nur diese Stelle zu entdecken braucht, um damit auch schon seinen ganzen übrigen Charakter aus den Angeln heben zu können, ihn aufzuheben, und völlig frei zu werden . . . na, wahrscheinlich ist das der gemeinte Sinn solcher Erscheinungen, oder sollte es wenigstens für gläubige Gemüter sein, sagen wir mal: jeder Charakterfehler eine Lebensaufgabe. Na prosit! Eher wird's schon mit den Gefahren der bewußten Fehlkonstruktion stimmen; und der gewisse Punkt, von welchem aus man, im früher angedeuteten Sinne, sein ganzes Leben sozusagen erwischen könnte, das wird wohl in der Mehrzahl der Fälle jener Punkt sein, wo man seinerseits vom Leben erwischt wird. Na, den hat wohl jeder. Die Schubert, die steht und fällt mit ihrer Selbsttäuschung, mit ihren irgendwo in der Zukunft liegenden Heiratsplänen mit irgendwem. Wird diese Selbsttäuschung einmal gar zu brutal von den Tatsachen an die Wand gedrückt, dann – macht sie sich nicht etwa von der Selbsttäuschung frei, indem sie den Tatsachen sozusagen nachgibt, sondern sie bricht aus, wie ein Pferd, das nicht springen will, vor der Barriere ausbricht, und sogar durchzugehen versucht, was allerdings nicht möglich ist. Das Leben ist jedoch kein Sprunggarten mit hohen Hecken links und rechts, oder aber, es sind die Hecken weniger sichtbar, diskret angebracht, man sieht sie nicht . . . jedenfalls geht die Schubert in solchen Fällen immer durch. Kriegt ein verweintes Gesicht, aber wütend, klein und kontrakt wie eine nasse Faust. Es ist ein eigentümlicher stumpfer Zorn, der sie da packt, ein ganz hoffnungsloser, sie ist damit sozusagen neben jede Möglichkeit der Vernunft entgleist. Na, bekanntlich sind alle Arten von Lebensflucht im Grunde pathologisch; 's ist ja auch nichts anderes bei meiner Schubert. Sie flieht aus ihrer Schwäche und Nichtsbedeutung als Weib in wütende Zusammenballungen, um nur jene Sachverhalte nicht erkennen zu müssen. Einmal kam ich dahinter, daß sie vor Wut drei Tage nichts gegessen hatte. Fiel hin wie ein Tuch. Ein andermal schnitt sie sich (so gut wie absichtlich, meiner Meinung nach) beim Gemüseputzen, ließ aber dann den ganzen Tag über diese nicht unbedeutende Wunde völlig unversorgt – das schon unzweifelhaft absichtlich, oder, besser gesagt, tendenziöse – und die Küche war voll Blutflecken, wie eine Fleischbank. Sie werden fragen, warum ich sie nicht rausschmeiße. Aber erstens ist sie kreuzbrav, verläßlich und eine nun von mir im Lauf der Jahre glücklich durchgeschulte Junggesellenbedienung, die mir nicht Pumps bringt, wenn ich schwarze Halbschuhe verlange, und weiß, daß man zum Abendanzug keine Wollkrawatte trägt. Zweitens kriegt sie ihren Koller höchst selten, alle ein, zwei Jahre mal. Und drittens macht es mir Spaß. Ich bin neugierig, wie das Ding einmal ausgehen wird mit ihr. In Bedarfsfällen pflege ich abends den Hauptgashahn abzuschalten und das davor befindliche Türchen zu versperren. – Nun aber zu Ihnen, das heißt zu dem Rezept, das ich Ihnen für die Schubert geben will: man muß sich hüten, daß sie einem nicht ihr Leid klagt, mit einem kleinen kontrakten Gesicht wie eine nasse Faust. Denn man wird da unbedingt zum

Trostspenden durch vernünftige Gegengründe verleitet – und dies kann nur verschlimmernd wirken, wie Sie nach dem Gesagten wohl einsehen werden; weil man ja dann in der verkehrten Richtung zieht, nämlich sozusagen zum Leben hin. Jedoch so einfach sind pathologische Mechanismen nicht, daß man sie herausziehen könnte wie einen krummen Nagel aus dem Brett. Nicht einmal für normale Affekte langt solcher Gegenzug. Darum: erlauben Sie nicht, daß sie Ihnen ihr Leid klagt. Bekommen Sie sofort befremdete Glasaugen, die aus dem Zimmer weisen. Das muß man überhaupt lernen, leider. Das falsche Sozialisieren hat keinen Sinn (nur das richtige hat einen, sieht aber ganz anders aus). Es kann einen ungeheueren Fehler darstellen, sich immer gleich jedem Narren anzupassen, entgegenzukommen, verständnisvoll und lieb und gut zu sein. Damit deutet man eine menschheitsumarmende Haltung sehr vornehm an, tritt sich aber selbst auf die Füße und fällt am Ende mit der Nase mitten in seine eigene Verbitterung, seinen Groll, seine Sentimentalität, kurz in seine miserabelsten Möglichkeiten hinein wie in einen Sumpf. Und man endet mit Böswilligkeit. Solche gefallsüchtige Menschlichkeit und solchen Edelmut hält niemand durch. Das sind ›Schecks, ausgestellt auf ein Bankhaus, wo wir kein Guthaben besitzen‹, wie ein englischer Dichter einst sagte. Nein, Herr Castiletz, ich bitte Sie also, Glasaugen zu bekommen, durchaus Glasaugen. Anders geht's nicht, auch mit der Schubert nicht. Zudem hat niemand das Recht, einen anderen an dessen schwächster Stelle zu provozieren. Die Glasaugen sehen weniger schön aus, stehen aber zweifellos sittlich höher als die gütigen Kalbsaugen.«

Herr von Hohenlocher, den diese eigene lange Rede, welche er offenbar für unumgänglich gehalten, nicht nur gelangweilt, sondern geradezu erschöpft hatte, versank in Schweigen und zwischen die Kissen im Hintergrunde seiner Diwanecke. Conrad Castiletz jedoch, der längst vom romantischen Kamine wieder herangekommen war und seinen früheren Platz im Armsessel bei dem flaschenbesetzten Tischchen neuerlich eingenommen hatte – Castiletz dagegen schien durch die Auslassungen des Hausherrn in plötzliche Anspannung versetzt. Seine Blicke griffen an den Gläsern herum, als wollte er diesen gebrechlichen und durchsichtigen flachen Schalen eine Kontur abnehmen, die ihm innerlich nicht ganz gelang, weil ihm das Wort hier nicht so ohne weiteres zu Gebote stand, wie dem Trinker das Glas.

Er beugte sich vor und sagte, den Blick immer an die Tischkante geheftet:

»Sie meinen also, daß es vorteilhafter, ja, durchaus nützlich und notwendig sei, sich nicht so ohne weiteres an jeden einzelnen Menschen oder auch an eine Gesellschaft, in die man gerät, anzupassen, das heißt, allzu nachgiebig und liebenswürdig zu sein . . . sondern, gewissermaßen, daß es besser wäre, allein dazustehen und, was ja sozusagen die andere Möglichkeit bedeuten würde: ein kühles und zurückhaltendes Wesen zu zeigen, womit man dann in der Verlängerung dieser Möglichkeit am Ende doch weit weniger anstieße, ja, eigentlich viel mehr gesucht werden würde . . . Sie meinen, daß man sich davon mehr Vorteil versprechen könnte?«

Castiletz schaute ihn bei dieser etwas stockend vorgebrachten Rede nicht an, den Herrn von Hohenlocher: denn sonst hätte er hinter dessen halbgeschlossenen Lidern jetzt eine Art Glasaugen bemerken können, mit welchen jener seinen Gast betrachtete, wie eine seltsame Pflanze im Herbarium. Sie schwiegen beide durch eine Weile. Dann äußerte der Hausherr:

»Nun gut. Sie sagen: Vorteile, vorteilhaft. Sollte meinen, daß es sich hier im Grunde um etwas handelt, das man eine Haltung zu nennen pflegt. Bei einer solchen hat jedoch der Nutzen oder Schaden, den sie mit sich bringt, nur eine Bedeutung zweiten Ranges. Haltung legitimiert sich selbst wohl anderswoher.«

Conrad sah auf. Er wußte um einen Fehler. Vielleicht noch mehr als das: um einen Fehler, den er nicht zum ersten Male in seinem Leben beging, der somit wichtig, bedeutungsvoll war. Jedoch, er rang vergeblich danach, ihn klar zu erkennen, ihn festzustellen, kurz: Ordnung zu machen. Zugleich aber erhob sich hier zum zweiten Male für ihn, und in ganz neuer Gestalt, was bisher nur sein Vater gewirkt hatte: die Autorität.

Jedoch ohne die Schwärze des Ebenholzes.

## 19

Sehr zur rechten Zeit erschien die Schubert, angekündigt durch das Schnurren einer vor dem Haus haltenden Droschke und hallende und freundliche Gespräche im Hausgang mit dem Lenker, welcher ihr das Gepäck heraufttragen half.

»Machen Sie Kaffee für uns«, sagte Herr von Hohenlocher, »und heizen Sie bei Herrn Castiletz drüben ein.«

Und zu Conrad: »Sie können noch etwas mit dem Auspacken warten, bis es warm ist. Falls Sie daheim zur Nacht essen wollen, sagen Sie es der Schubert, sie bringt Ihnen das Abendessen hinüber. Ein Nachtmahl pflegt sie mit siebzig Pfennigen zu verrechnen.«

Damit hatte der Hausherr auch gesagt, daß er allein zu speisen wünsche.

Es trat Schweigen ein, und dieses dauerte lange. Im Kamin glühte still rötend der Koks durchs Gitter. Einmal sagte Herr von Hohenlocher:

»Ja, ja, es kommen die neuen Dinge und Umgebungen des Lebens oft ganz dünn und rasch von außen heran, sozusagen nur begrifflich, wie der Name einer Stadt: aber dann füllen sich die leeren Rahmen mehr und mehr; ihr Inhalt wird verpflichtend, dadurch, daß er über die bloßen Tatsachen weit hinausreicht, und dann ist es eben: das Leben – wie man so hübsch zu sagen pflegt. Zuerst aber hat man nur im Kursbuch einen Zug herausgekramt und ist irgendwohin gefahren.«

»Wie schön ist es – das Leben«, sagte Conrad, mit ungemäßer Heftigkeit, im Vergleiche zu von Hohenlochers beiläufiger Redeweise.

»Ich kann diese Feststellung mit fünfundvierzig Jahren nur vollinhaltlich bestätigen«, erwiderte jener. Und dann wurde nichts mehr gesprochen.

Drüben fand Conrad die kleine Wohnung hell und warm. Er war glücklich. Hätten nicht des Herrn von Hohenlocher autoritative Aussprüche wie ein lastender Deckel seinen Mund verschlossen – er wäre mit der Schubert unweigerlich ›ins Gespräch‹ geraten. Jedoch, wie die Dinge nun lagen, unterblieb dieses Gespräch wirklich, und der Meinungsaustausch ging über das Sachliche – nämlich die Unterbringung von Conrads Anzügen, Schuhen und Stößen von Wäsche – nicht hinaus. Kleinigkeiten gab es einige (auch Fechtsachen), doch fehlte hier der ganze lästige Krimskrams des Rauchers, die Beutel, Taschen, Pfeifen, Schalen. Bücher waren nur wenige vorhanden.

Sie befanden sich in einem kleinen flachen gelben Koffer. Conrad öffnete ihn. ›Die Bandweberei‹ von Otto Both lag obenauf, daneben Dr. W. Zänkers ›Färberei‹, Bibliothek der gesamten Technik, zweihundertundelfter Band. Außerdem vom gleichen Autor die ›Chemische Bearbeitung der Schafwolle‹. Ein unangenehmes Kapitel! Riecht fad! Conrad bemerkte seltsamerweise erst jetzt, in diesen Augenblicken, daß er etwas berauscht war (»nehmen Sie Gin, ohnehin das vernünftigste Getränk!«). Der Koffer hatte innen am Deckel eine Tasche aus gefälteltem Atlas, mit Gummi. Conrad sah hinein und erblickte flüchtig ein blaues Heft. Er ließ die Bücher drinnen (beim Aufheben der ›Färberei‹ zeigte sich noch Platons ›Gastmahl‹) und sagte zu Frau Schubert:

»Diesen Koffer mit den Büchern geben Sie bitte auf den Kasten hinauf und schieben Sie ihn nach rückwärts.«

Das Mäuschen mit den einladenden hellen Augen stieg alsbald auf einen Stuhl und führte, possierlich nachstupsend, da sie ja sehr klein war, die gegebene Anweisung durch.

»Schöne und viel Wäsche haben Sie, junger Herr«, sagte sie dann, mit dem Einschichten beschäftigt.

Conrad antwortete – nichts.

Alles wurde ganz genau geordnet und überblickt. Auch die Waschsachen, damit am Morgen kein Zeitverlust eintrete. Mit bemerkenswert sicherem Instinkt legte Castiletz blaue Arbeitskleider in einer Aktenmappe bereit, nicht den weißen Arbeitsmantel, wie ihn die Reutlinger Textilschüler an den Maschinen zu tragen pflegten.

Es war, wie einst der Schulbeginn im Herbste, als man ein wenig die Nase in die neuen Bücher gesteckt hatte, die noch leicht widerstrebend sich öffneten und buchhändlerisch rochen, noch nicht nach der Schule. Man stand in der Mitte des Zimmers, das seltsam erweitert wirkte, verglichen mit den ländlichen Stuben und Kammern, und verheißungsvoll roch, mit einer Ahnung von Fernem und Neuem darin. Ja, alles war neu (und dabei in Ordnung), und man hatte ein wenig Abstand gewonnen und eine gekühlte Frische zwischen sich selbst und allem, dem Zimmer, dem Schulweg morgen, den Büchern.

Hier übrigens schien in der Tat alles neu zu sein, oder neu hergerichtet, bis zum Kleinsten herab. Die hell ockerfarbenen Möbel, deren schönen glatten Lack man noch ein wenig riechen konnte, hatten an ihren gerundeten Kanten schmale Streifen von roter Frabe, so daß die gedrungenen neuzeitlichen Formen um so betonter das Zimmer beherrschten.

Ja, nun war alles fertig, ja wirklich. Er wusch die Hände in dem putzig kleinen Badezimmer, das sein besonderes Entzükken bildete. Frau Schubert kam mit dem Essen.

Eine Stunde später ging Castiletz zu Bett, in dem rückwärtigen Raume, dessen Fenster auf den jetzt dunklen Hof mit den Klinkern hinaussahen. Am Nachttisch befanden sich der Stadtplan und jenes Album, die Jubiläumsschrift der Firma Carl Theodor Veik (der ›Quetsche‹, nach Herrn von Hohenlocher). Conrad lag auf dem Rücken. In ihm klang jetzt alles durcheinander, wie summende Saiten, jedoch harmonisch und in irgendeiner Weise glücklich geordnet. Plötzlich empfand er – obwohl das Nachtmahl reichlich gewesen war – während einiger Augenblicke geradezu Heißhunger und stellte sich dabei lebhaft einen sogenannten ›Kimmicher‹ vor, ein für Reutlingen eigentümliches Gebäck von gebauchter und gezipfelter Form. Jedoch verging der Hunger gleich wieder, und nun wußte er, daß er gar nicht imstande gewesen wäre, einen ›Kimmicher‹ zu verzehren, er hätte ihn am Nachttischchen liegen lassen. Etwas anderes kam dahinter hervor, senkte sich gleichsam auf ihn herab: die Vorstellung von einem blonden älteren Mädchen – und da erwies sich nun sein scheinbarer Hunger von vorhin als eine Erregung ganz anderer Art. Castiletz warf sich im Bett herum, setzte sich aufrecht, entfaltete den Plan, und eroberte weiter seine Stadt, darin er leben sollte, allein in dieser reizenden Behausung.

Er wollte sich in seine Stadt rasch eingewöhnen, er wollte alles wissen. Dankenswert war es und sicher nützlich, daß Herr von Hohenlocher ihm einiges über die Familie des Chefs (Conrad dachte wörtlich so: »des Chefs«) gesagt hatte . . .

Und da fühlte Castiletz plötzlich, daß, sozusagen als ein Turm in der Schlacht (um homerisch zu reden, weil doch diese alten Römer und Griechen Bewohner von Schultaschen sind, also in irgendeiner Weise nützlich!) – als ein Turm in der Schlacht also ragte Herr von Hohenlocher zwischen allen durcheinanderkreuzenden und durcheinanderfädelnden Vorstellungen, klang und schwang in allen summenden Saiten, zog alle zulaufenden Drähte auf sich, wie jene über den Dächern sitzenden kurzen Gittermasten, um welche ein ganzer Stern von Leitungen zusammenläuft. Ja, der Herr Nachbar stand da im Hintergrunde aufgerichtet wie das Maß aller Dinge, und mit jedem Wort verpflichtend. Conrad wunderte sich; er empfand einen Druck von dieser Seite her.

Darum griff der junge Forscher im Vorland des Lebens jetzt nach dem Album.

Der Einband und die starken Blätter von Büttenpapier wurden durch eine goldene Schnur mit Quasten zusammengehalten. Was hier vorlag – kühl, rein und großflächig, in schlichtem Prunk, schönem Druck und mit dazwischen eingeschalteten, nicht üblen Lithographien, Bildern aus dem Betriebe, mit allen erdenklichen Maschinen und den daran arbeitenden Menschen – was hier vorlag, das war gleichsam die Verklärung einiger tausend Leben, der Himmel sozusagen, in den sie gekommen waren, nach einem unter jenen weithin auf und ab stufenden Dächern verbrachten Dasein, jenen niederen Dächern mit halbem Giebel und Oberlicht, die jeder kennt, etwa von beiläufigen Blicken her, die man im Schnellzug sitzend, durchs Fenster hat fallen lassen; da drehte sich denn eine solche sauber aufgestellte Reihe von Kasten in das Blickfeld, und wieder heraus, während die Schornsteine als rote Schüsse hoch ins Blau sprangen; und sogleich war wieder alles in den rasch hinter uns zusammenschwankenden Horizonten der Erinnerung verschwommen und versunken. Die Lithos hier aber zeigten jenes beim Schlagen der Weichen an uns vorübergeflitzte Leben in seiner Dauerform, in seinem Dauergeruche. Und dem unschuldig, aber genau aussagenden Stifte des Künstlers – ein Photograph hätte sich vielleicht näher an den festlichen Zweck zu stellen gewußt – diesem Stifte war alles auf das Blatt geraten, nicht nur die riesigen und verworrenen Apparaturen in den gedehnten Arbeitshallen, auch die Reizlosigkeit junger Weiber, die ihr Leben über Spindeln verbrachten, und das alte Gesicht einer tief in ihre Bedürfnisse verstrickten späten Zeit zwischen all ihrem ölig riechenden Fortschritt.

Jedoch – eben dies alles ersah Conrad Castiltz nicht aus dem Buche. Jene Art von leisem Grauen und ängstlicher Beengtheit, die den Laien anfallen kann, wenn er industrielle Anlagen betritt und im Betriebe sieht, diese Abneigung gegen sterile und mühselige Gerüche, durch die sich noch heute der Wald, worin wir einst gelebt, melden kann – alles das war Conrad fremd. Von der Schule und Ferienpraxis her waren ihm Lärm, Geruch (wenn's nicht gerade der einer Färberei war) und die Art des Lichtes in Sälen voll von Maschinen, sei's Weberei, sei's Spinnerei, vertraut, fröhlich und längst gewohnt. Er sah diese Dinge nicht nur von außen wie ein Passagier, sondern eben erfüllt und belebt durch die ihnen innewohnenden zahllosen kunstreichen, einfallsreichen und witzigen Zusammenhänge.

Auf dem Technikum zu Reutlingen hatte es wohl vereinzelte Schüler gegeben, die solcher inneren Wohlfahrt nicht genossen. Studenten von der Art Conrads bewahrten jenen gegenüber vom ersten Augenblicke an eine gewisse freundliche Zurückhaltung; man wußte es von vornherein, wer da nach einem halben oder ganzen Jahr die Schule unverrichteter Sachen und anderswohin sich wendend, in eine unbekannte Richtung, verlassen würde. Es gab solche – seltene Ausnahmen – die dort zu Reutlingen unglücklich waren, mit denen man also nichts anzufangen wußte; ein Verkehr mit ihnen konnte kaum von Nutzen sein, war befremdend und brachte Unruhe. Man hatte eine Ahnung von Unverläßlichkeit bei ihnen, und von ihrer Fähigkeit, so Schulen wie Lebensziele rasch und oft zu wechseln. Das möglicherweise sich hervorwagende Mitleid mit ihrem unglückseligen Zustande jedoch wurde niedergehalten durch ein geheimes Wissen davon, daß jene sich bei ihrem Zustande im Grunde recht wohl fühlten und im Besitze einer gewissen Unbefangenheit waren, die einem selbst fehlte. Dazu gehörte dann auch das Wechseln in ein anderes Gleis hinüber, ernsthaft besehen eine schwer zu fassende Vorstellung, deren Umsetzen in die Wirklichkeit schon außerhalb des Denkbaren lag. Sie aber konnten das, fühlten sich unglücklich, sprachen davon und verschwanden eines Tages von der Schule – und waren also in irgendeiner Weise überlegen, demnach nicht zu bemitleiden. So hatte Conrad auch dem Sohne eines großen schwäbischen Tuchfabrikanten gegenüber empfunden, der, väterlichem Zwange gehorchend, auf das Reutlinger Technikum gekommen war.

Diesen jungen Mann sah Conrad nun vor sich, im Halbschatten der Vorstellung nur, etwa rechts von dem Buche, dessen Blätter er wandte, um jetzt das Bild einer Spulmaschine und dann jenes einer Zettelschärmaschine zu betrachten (beide Zeichnungen fand er »wirklich gut«). Er sah den schmalen Kopf mit den großen, etwas feuchten Augen, und den Ansatz der Haare an den Schläfen, in Form von sogenannten ›Koteletten‹ geschnitten, also ein Stückchen an den Schläfen herabreichend. Sie waren beide am Gange vor der Direktionskanzlei gestanden, mit anderen Kameraden, und jener hatte gesagt:

»Wenn ich von hier nur schon wieder weg wäre!«

Und die anderen ließen diese Äußerung an sich abgleiten, was hätten sie auch sonst damit anfangen sollen, und mit der von Abneigung erfüllten Bewegung des Kinnes, mit welcher jener die Stiegen hinunter und in der Richtung des Webersaales wies. Jedoch, nun kam das Merkwürdige: diesen selben Kameraden hatte Conrad nach seiner Rückkehr von der Webschule in der Vaterstadt angetroffen, wo sich jener längst in guter Stellung bei einer Bank befand . . .!

Da war nun die Ahnengalerie der Familie Veik, vorne im Buche, lauter Weber: ein Mann mit großen, sehr guten Augen, daneben seine Frau, wuchtigen Doppelkinns, mit einem Imperatorengesicht. Ferner Herren mit den hochgeknöpften Röcken der achtziger Jahre.

Conrad las noch: »den Arbeitern und Angestellten war er in allen Stücken ein Vorbild, durch eisernen Fleiß, jedoch auch durch Güte und Hilfsbereitschaft . . .«

Und hier sah er denn, daß er's für heute nicht mehr zwingen würde, das Album ganz gründlich durchzunehmen. Nun, er war ja immer noch weit besser vorbereitet als früher einmal im Herbst für die Schule . . . Dieser Satz schwebte in seltsamer und losgelöster Deutlichkeit über ihm, stieg gegen die Zimmerdecke empor, wo der abgedämpfte Schein der Nachttischlampe sanft und wolkig lag. Ein Geruch berührte ihn plötzlich, senkte sich für einen Augenblick herab, ein Duft, von dem er wußte, daß er ihn eigentlich nicht zu lieben habe, daß er unangenehm sei: etwas wie Haarpomande. Und doch war es erquickend, erfreuend, ja – wie ein Bächlein, das ihm entgegenlief. Jedoch drängte sich jetzt ein männliches Gesicht vor, schwebte durch Augenblicke nah heran aus den wattierten Hintergründen des Halbschlafes: lang und hoch, weich und schwach, ein wenig feucht scheinbar an den herausgemagerten Backenknochen.

»Ida!« sagte Conrad deutlich, als riefe er jene, weil das Wässerlein, oder was es sonst war, verdrängt ward und versickerte. Er wurde wach von seinem eigenen gesprochenen Wort, das zwischen den schweigenden Möbelstücken hing, selbst wie ein Ding, jedoch ein klingendes.

Conrad benützte die letzten ganz klaren Augenblicke, um das Licht abzuschalten. Die Traumlage, in welche er alsbald wieder zurücksank, wäre mit Hohenlochers Worten – die ihm jetzt seltsam gehöht erschienen – leicht zu ordnen und zu klären gewesen; das war unbedingt einleuchtend. Indessen, er brachte diese Worte nicht mehr in ihre Reihe als Satzgebilde. Nur dieses gelang noch:

»Die neuen Dinge kommen dünn, ganz dünn. Ihr Inhalt füllt sich. Mit den leeren Rahmen. Zuerst hat man den Zug herausgekramt.«

## 20

Die leeren Rahmen füllten sich. Mit ihren zuständigen Inhalten, natürlicherweise. Die nächsten Wochen und Monate vergingen dabei wie in wenigen Tagen. Einmal schon war Conrad auf Urlaub daheim beim Vater gewesen, dem nunmehr die Tante Berta zur Seite stand, indem sie seinen Haushalt führte. Mit Ausnahme der Sommermonate lebte sie jetzt in der Stadt, und zwar in Conrads früherem Zimmer. Dieses versank damit sozusagen vollständig, wie einst mit dem Ende der Molchzeit die Au versunken war. Dort hatte man übrigens – wie Conrad bei einem kurzen und bald abgebrochenen winterlichen Gange mißmutig feststellen konnte – gebaut, überall gab es Vereine, Sportvereine, Erholungsflächen für geschlossene Gruppen und dergleichen, große Teile der Landschaft also, die man nur mehr als Mitglied solcher Körperschaften und als Berechtigter betreten konnte: für den einzeln und einsam schweifenden Menschen schien kein Platz mehr. – Den Vater fand Conrad soweit wohlauf. Noch tagte von Zeit zu Zeit der Vorstand des Fechtklubs ›Hellas‹, und den neckischen Ton als einzige Dame und als Hausfrau in dieser Runde hatte die Tante Berta bald zu treffen gelernt. Bei diesen Abenden wurde nunmehr auch Albert Lehnder zugezogen, obgleich er mit dem Fechten nie was zu tun gehabt hatte – oder höchstens in des Wortes übertragener Bedeutung – jedoch ward seine Anwesenheit durch manchen anderen Vorzug und durch seine gesellschaftlichen Talente gerechtfertigt. Lehnder hatte übrigens eine wertvolle Verbindung nach Berlin angeknüpft, das heißt, er hatte dort eine Art Gönner entdeckt, der ihm jetzt schon – nach bestandenen Prüfungen und während des Praktizierens – einen Platz in seiner großen Rechtsanwaltskanzlei offen hielt, auf welchen Beruf sich Lehnder denn mit Eifer vorbereitete; und nach äußeren sowohl wie inneren Gaben schien er dafür im höchsten Grade geeignet. Noch lebte Alberts treffliche preußische Mutter und er bei ihr.

Wöchentlich einmal pflegten Vater und Sohn Briefe zu wechseln: das Befinden betreffend, jedoch auch Beruf und Geschäft. Dies letztere befand sich nun bei Lorenz Castiletz in jenem Zustande, welchen der Kaufmann Liquidation nennt. Der Alte wollte sich zur Ruhe setzen. Klar erkennend, daß Agenturen, und seien sie auch auf den bedeutendsten, eingefahrensten und besten Beziehungen fußend, doch immer eine in hohem Grade mit der Person verknüpfte Sache bleiben müssen, als Erwerb unter Umständen sogar glänzend, als Erbgut allemal zweifelhaft – dies klar erkennend, hatte Herr Lorenz im Sohne eigentlich nie den Geschäftsnachfolger gesehen, sondern ihm seit jeher schon jene andere, bessere Laufbahn zugedacht: die Industrie. Nun galt es, die Vermögensverhältnisse des Jungen aufs beste einzurichten; und wenn der Vater diese Dinge in der Stille bei sich überdachte, dann erwiesen sich Conrads Glücksumstände wohl weit vorteilhafter noch, als irgendwer wissen konnte. Sein Fortkommen schien zudem gesichert: des alten Veik briefliche Töne waren bereits nach wenigen Monaten solche des höchsten Lobes geworden.

So ließ sich das Alter, trotz des schweren erlittenen Verlustes – wöchentlich besuchte Herr Lorenz das Grab – noch freundlich an. Einem so wohlgeratenen Sohn wie Conrad konnte man auch Scherzhaftes schreiben, etwa:

»Du fragst wegen der Katastrophe mit Louison Veik. Eigentlich sollte ich daraus sehen, daß ich ein schlechter Erzieher gewesen bin, denn, was etwa das Zeitungslesen betrifft, so habe ich, wie sich jetzt herausstellt, bei Dir damals keinerlei Erfolge gehabt, obwohl ich Dir bereits als angehendem Handelsakademiker dringend und oft empfahl, täglich eine Zeitung zur Hand zu nehmen, und Dir das genaue Lesen derselben anzugewöhnen. Freilich meinte ich nicht die Kriminalchronik. Aber, wie man sieht, hast Du auch diese nicht gelesen, obwohl sie Dich damals wahrscheinlich mehr interessiert hätte als der Handelsteil – nun, Scherz beiseite: diese entsetzliche und unaufgeklärte Sache ist mir im Gedächtnis geblieben. Den Wert des Schmukkes taxierte man mit irgendeiner hohen Ziffer, die ich nicht mehr weiß. Was aber den Zeitpunkt anlangt, so brachte ich nach einigem Nachdenken heraus, daß er ungefähr mit Deinem Besuch bei Tante Erika zusammenfallen dürfte; wahrscheinlich geschah das Unglück erst nachher, sonst hättest Du wohl in ihrem Hause davon sprechen gehört. Näheres weiß ich sonst nicht; dem Oheim drückte ich auf die Zeitungsnachricht hin damals mein Mitgefühl brieflich aus. Das arme Mädel selbst hab' ich nicht gekannt.«

Bei dieser Gelegenheit stellte Conrad eine Veränderung bezüglich seiner eigenen Gewohnheiten fest. Wenn er jetzt abends nach Hause und aus dem Badezimmer kam, pflegte die Schubert neben den Kaffee die Zeitung zu legen, welche er seit einigen Wochen hielt. Der Griff nach dem Blatt war dann so selbstverständlich wie das vorhergegangene Schlüpfen in Pantoffel und Hausrock. Herr von Hohenlocher – den Castiletz selten sah – kam einmal um die Zeit dieses so etablierten Idylls herüber. »Lustige Hausschuhe haben Sie da«, sagte er und betrachtete die karierten Symbole der Bequemlichkeit (aber auch schlimmerer Dinge) an Conrads Füßen: vorne war eine Art Pompons zur Verzierung angebracht, die aussahen wie die Köpfe verblühten Löwenzahns. »Die Ihren sind schöner«, sagte Castiletz aufrichtig. »Alter Frackschuh – bester Hausschuh, braucht man nicht eigens zu kaufen«, erwiderte Herr von Hohenlocher, streckte sich und ging bald wieder.

Noch in anderer Hinsicht gab es Veränderungen, freilich stellte Conrad diese nicht ausdrücklich fest. Wenn er jetzt, abends vom Werke zurückkehrend, oben am längst winterlich kahlen Park bei der Haltestelle der Linie 3 ausstieg und die Hans-Hayde-Straße hinabging – dann war dies eben eine ganz andere Straße geworden, und das lag nicht nur daran, daß die Jahreszeit ihm diese Häuserzeile jetzt beim morgendlichen Gehen und beim abendlichen Kommen nicht mehr im Licht des Tages zeigte. Nein, man müßte da sagen, daß sich eine ganze Anzahl von früher bemerkten und anfangs sogar zur Orientierung benutzten Einzelheiten inzwischen sozusagen eingeegbnet hatten – beispielsweise wurde das große rote Schild eines Teegeschäftes beim Heimfahren nicht mehr beachtet, welches lange Zeit hindurch die Einbiegung der Strecke zum Park und die richtige Aussteigestelle verläßlich vorgemeldet hatte. Nein, es gab jetzt Dutzende anderer bemerkter Weiser, an die man sich einzeln halten konnte, jedoch tat man nicht einmal das mehr: der ganze Brei zusammen genügte stumpf und sicher für den Weg. Und so ging es überall in der Stadt. Manches sah geradezu anders aus, vor allem die Fabrik, die ja nun in zahllose Einzelheiten aufgeblättert war; ebenso die Villa des Geheimrates Veik; nie mehr hätte Conrad diese zwei großen Räume, den Speisesaal und das angrenzende Gesellschaftszimmer, wiederum so zu sehen vermocht wie damals am ersten Tage, vom türkischen Kaffeetischchen aus, bei der schönen Frau Manon sitzend, zwischen der bogenförmigen Öffnung durch. Daß jetzt keine Baumkrone mehr herbstgolden dort rückwärts am Fenster stand, war der im Grunde kleinste Unterschied.

Undeutlich fühlte er wohl die vollzogene Eingewöhnung – auch daheim in seinen kleinen Zimmern – und sie war ihm lieb, weil vom ersten Augenblick an erstrebt. Verwunderlich blieb nur, daß jedes Stück der Heimat, welches dann und wann in raschgleitendem und halbverborgenem Erinnern auftauchte, alles und jedes hier an Leuchtkraft übertraf, in seltsam befremdenem Lichte schwimmend wie in dem eines eben neu aufgegangenen Morgens, der noch keinem andern Ding geleuchtet hat als diesen Bildern von früher her, die sein Strahl als die ersten in der Welt zu treffen schien: sei's Schulweg, Brücke, abendliche Gasse, oder der biegende Kanal mit den fernen Fabrikschloten dort drüben, gereiht wie Pfeile in einem Köcher.

Im beruflichen Leben war bei Conrad sogar schon eine zweite Schicht über die erste der anfänglichen Eindrücke gelegt worden. Denn nach einigen Monaten hatte der alte Veik lachend (immer lachend) geäußert, er müsse Conrad nun von seinen geliebten Stühlen und Spindeln trennen und hinter den zweiten Schreibtisch in seinem Büro verbannen, denn da gäbe es allerhand zu tun. Um diese Zeit fand auch ein Gespräch zwischen dem Geheimrat und einem älteren Meister aus dem Webersaale III statt, wobei dieser in bezug auf Herrn Castiletz die Bemerkung fallen ließ, daß man in ihm einen vielseitig gelernten Mann habe, der nun bereits fehlen werde. Was dieser könne, habe er selbst schon am dritten Tage bemerkt, anläßlich eines ›Blattschlages‹, wo der neue Volontär beigesprungen sei, zum Wiederanknüpfen der abgebrochenen Fäden.

Gleichwohl, nun mußte Conrad oben beim Geheimrat sein, der seiner eigenen Philologie nie so ganz sicher war, wie es schien: hier handelte es sich um ausländische Korrespondenz; eine Entlastung der mit diesen Sachen betrauten Arbeitskräfte war notwendig geworden, und das Wichtigste machte der Geheimrat gleich selbst, mit Castiletz. Viele Briefentwürfe hatte Conrad allerdings auch allein durchzuführen.

Gerade diese wurden dann dem alten Eisenmann gezeigt, welcher in den verschiedensten Sprachen fest war: und er beurteilte Conrads Arbeiten als vortrefflich. Jedoch zur weiteren Folge hatten diese Einblicke des Herrn-Direktor Eisenmann in Castiletzsche Tätigkeiten, daß der gute Geheimrat seinen Sekretarius verlor, weil er ihn – unter der Wucht Eisenmannscher Vorhaltungen – an diesen und die Gurtweberei abtreten mußte. Und so kam es am Ende zu der früher erwähnten zweiten Schicht, welche sich über die ersten und anfänglichen Eindrücke legte.

Die Vorhaltungen fanden im kurzen Pelzrock statt, den der Direktor gar nicht abgelegt hatte, nachdem er unten dem Werksauto entstiegen, über die etwas steile Treppe hinauf, durch das Sprechzimmer (mit Raucherapparat und Stechpalme) und das Büro hindurch und schließlich in des Geheimrats Arbeitszimmer hineingedampft war. Hier saß er nun und stemmte die Arme auf die Oberschenkel, hielt den klugen Schwabenkopf etwas schräg, und hatte über der Nasenwurzel eine kleine Quetschfalte stehen, die jeden Widerspruch auszuschließen schien.

»Verehrter Herr Geheimrat, ich muß bitten. Sie haben mit Herrn Peter Duracher sich geeinigt, dieser hat seine Stellung aufgegeben und wird in vier Wochen hier an dem zweiten Schreibtische sitzen, wo einst Herr Schröder, seligen Angedenkens, saß. Herr Duracher ist überdem noch ein hervorragender Textilchemiker, und Sie denken ja daran, eine eigene Färberei zu bauen. Und überhaupt brauchen Sie jemanden, dem Sie Prokura übertragen können. Ich fordere für mein Teil derartiges nicht. Aber den Volontär muß ich haben. Ich sehe mich veranlaßt, dies unbedingt zu verlangen, besonders nach alledem, was ich hier unten im Werk neulich über jenen in Erfahrung brachte. So wie jetzt ist's für mich nicht mehr zu schaffen. Und ich will ja obendrein nur einen Mann, der – nichts kostet.«

»Beim letzteren kann's allerdings nicht mehr lange bleiben, meines Erachtens«, sagte der alte Veik. »Nun, Nebensache in diesem Falle. Jedoch Sie sollen ihn haben, lieber Direktor, Sie sollen ihn ja haben, wenn Sie mich nur nicht jetzt auf der Stelle zum Gabelfrühstück aufessen, das ist nun alles, was ich noch verlange.« Und er lachte. Wie gewöhnlich.

Es war eine andere Welt, in welche Conrad dann wenige Tage später kam (dem Vater schrieb er's gleich). Und, merkwürdig genug, hintennach, und eben von der Gurtweberei aus, entdeckte er in sich eine Art Abneigung gegen die Tuchfabrik, gegen ihre weiche und dumpfe Luft, die eine ganze Tonleiter von Gerüchen enthalten hatte, beim Schweiß- und Fettgeruch der Schaffelle beginnend, die zum Teil hier erst gereinigt wurden – bis dorthin, wo das Gewebe durch die ›Schmelze‹ wieder einen künstlich hergestellten sozusagen animalischen Charakter erhielt. Im vorschreitenden Herstellungswege der Tuche drang gegen das Fettig-Tierische ganz allmählich jene tote Atmosphäre durch, welche man von den Schneiderwerkstätten her kennt. Beim ›Wolf‹ und der Mischanlage – letztere wie ein umgekehrter Vesuv, denn in den Kraterkegel des Wollberges ließ der Exhauster ein unaufhörliches Gestöber von Flocken taumeln – hier also war man noch unvorstellbar weit weg von dem bei hin und her geschossenem Schützen langsam vorrückenden Gewebe. Auch räumlich. Dazwischen lagen Säle nach Sälen. Die Krempel. Das Kardieren. In breiten duftigen Wasserfällen fiel der Flor. Von den Spuljungen sagte der alte Veik: »Die kommen herein, wenn sie mit der Schule fertig sind, mit vierzehn oder fünfzehn Jahren, und weiterhin, je nach Befähigung, mit der Zeit zu allen übrigen Arbeiten.« In der Walke rumpelten gewalttätig die Maschinen in verschlossenen hohen aufrechtstehenden Kasten, und wenn man die Tür auftat und ins Getriebe hineinschaute, dann war's, als klettere eilig und unaufhörlich ein Kerl in langen Hosen durch einen Kamin empor. Dagegen im Trockenraum, im heißen: da roch es ganz einfach wie in einer Schneiderwerkstatt, jedoch im Riesenformat.

Es war eine völlig andere Welt, durch welche nunmehr der alte Eisenmann den Conrad Castiletz hetzte, nämlich überall dorthin, wo jener selbst, infolge Zeitmangels, augenblicklich nicht hingehen konnte – und wohin er dann doch jedesmal nachkam, ja, wo er allermeist in überraschender Weise bereits anzutreffen war. Die Helligkeit war groß, was aber nicht allein daran zu liegen schien, daß dieses Werk überwiegenden Teils aus neueren und neuesten Zubauten bestand: nein, das Material, in welchem man hier arbeitete, war ein anderes, der Geruch rein und bitter, dem einer Sattler- oder Seilerwerkstatt verwandt; in saubere helle Holzkisten lief hinter den Bandstühlen das fertige Produkt mit trockenen, reptilischen Schlingen: Rouleauxschnüre, Traggurten, Zuggurten, Meter auf Meter, blaue oder rote Faden in die Sandfarbe von Jute, Hanf oder Flachs gewebt. Kein Schiffchen schlug. Der Lärm war verhältnismäßig geringer als in der Tuchfabrik, man konnte sich zwischen den Stühlen – deren je zwei eine Arbeiterin, am Laufbrette stehend, bediente – mühelos verständigen. Ein gleichmäßiges Rattern und Rasseln war's, was diese Säle erfüllte. Reihenweis schwangen exzentrisch die Knäppen, ruhten die Trommeln von Holz oder Aluminium wie Rundschilde an den Stühlen.

Allgemein gewöhnte man sich in der Gurtweberei daran – und zwar schon nach wenigen Monaten – in Conrad Castiletz eine Art Adjutanten des Direktors zu sehen, der zu allem herhalten mußte, im Betrieb wie in der Verwaltung, an den sich jedermann wandte (was sehr bald aus simpler Bequemlichkeit geschah), sei's wegen einer besonderen englischen Wendung in einem Brief, sei's wegen einer steckengebliebenen Haspel, oder auch einfach einer versagenden Klingel im Büro halber. Seine stets zur Anpassung bereite Gefälligkeit und der Umstand, daß er am Ende tatsächlich in jeder Sache den richtigen Handgriff kannte und einen Weg wußte, zogen ihm diese Plagen eines Mädchens für alles auf den Hals, verhinderten aber zugleich jede sonst wohl naheliegende Eifersucht und Mißgunst älterer Personen im Betriebe gegen den Neuling. Späterhin stellte sich heraus, daß eine ganze Reihe von Arbeitern und Arbeiterinnen anfänglich der Meinung gewesen waren, Conrad Castiletz sei ein junger Verwandter des Direktors Eisenmann.

Dieser begegnete seinem Adlatus übrigens nicht selten mit einer recht schwäbischen ungeheuren Grobheit, wobei er Conrad stets duzte, und vielleicht war dies mit ein Anlaß dafür gewesen, daß man verwandtschaftliche Bande zwischen den beiden annahm. Wenn sich aber der alte Eisenmann endlich wieder zu Flüchen mittlerer Sorte herabließ – dann pflegte er Conrad auf den Rücken zu klopfen und ihm eine Zigarre anzubieten: welche dieser schon beim ersten Anlasse solcher Art recht geistesgegenwärtig in Empfang genommen hatte, ohne etwa den Nichtraucher hervorzukehren; das Geschenk fand seinen Weg zum nächsten Arbeiter. Und der alte Eisenmann bot seinem Adjutanten und Adoptiv-Gurtweber Zigarren an durch Jahr und Tag, ohne daß er ihn irgendwann hätte rauchen gesehen.

Unter allem verödeten einzelne anfängliche Bachbetten des Lebens hier: zu diesen gehörte die Linie 3 der Straßenbahn, samt Haltestelle am nun schon lange wieder begrünten Parke, samt großem rotem Schild des Teegeschäftes . . . freilich wäre zur Gurweberei Johann Veik und Söhne ganz ebenso die Linie 3 weiter zu benutzen gewesen, wie in die Tuchfabrik. Aber Castiletz fuhr nicht mehr mit der Straßenbahn ins Werk. Der alte Eisenmann hatte eines Tages kurz und (eigentlich seltsamerweise!) in grobem Tone erklärt, daß Conrad nicht so zeitlich morgens in den Betrieb zu kommen habe wie bisher, sondern erst gleichzeitig mit ihm: denn er gedenke ihn nun ausschließlich für sich zu beanspruchen. Nun mußte Castiletz alltäglich punkt halb acht Uhr morgens vor dem Hause in der Hans-Hayde-Straße 5 Posto fassen, und wenige Minuten später bog unten linker Hand das Werksauto um die Ecke, worin rückwärts der alte Eisenmann saß (jetzt ohne kurzen Pelzrock), dem die Hans-Hayde-Straße bequem im allmorgendlich zu fahrenden Wege ins Werk lag: einen Augenblick hielt dann der Wagen, der Adjutant wurde an Bord genommen und schon ging's weiter. Des Morgens durfte man den alten Eisenmann übrigens nicht anreden; tat man's dennoch, so konnte man ganz entsetzliche Ausdrücke zu hören bekommen, teils auch klassiche, mittlerer Sorte.

Anläßlich einer jener letzten Straßenbahnfahrten, die Castiletz in die Fabrik und von da wieder zurück machte, begegnete ihm ein alter Bekannter vom ersten Tage hier – und überfuhr ihn ums Haar, zusamt der Frau Schubert, welche den Zwischenfall eigentlich hervorrief. Bei der Birke, an der Ecke des Parks. Die Birke war jetzt, im Frühjahr, allerdings grün – nicht grellgelb wie jener Tankwagen, welcher aus der neben dem Park einmündenden schmalen Seitenstraße fast lautlos, aber schnell herangerollt kam: eben als Castiletz die Fahrbahn queren wollte, was er auch anstandslos noch hätte tun können – wenn Frau Schubert nicht just an diesem schönen Frühlingsabende sich in einem jener Zustände befunden hätte, die Herr von Hohenlocher seinerzeit so genau zu beschreiben für notwendig fand: sie kam Castiletz geradewegs entgegengelaufen und, merkwürdig genug, Conrad wußte im selben Augenblicke, als er ihrer gewahr wurde, auch schon, was mit ihr los sei. Sie sah zu Boden. Mit einem kleinen kontrakten Gesicht wie eine nasse Faust. Sie rannte sozusagen ganz erbarmungslos vor sich hin, und in der Mitte der Straße auf Conrad los, der auswich, worauf sie nach derselben Seite zuckte, und dann wiederholte sich das Spiel, dieses Mal nach links. Und damit war der Tankwagen heran, der auf allen vier Rädern bremste, daß es schrie. Castiletz riß die Schubert einfach auf seine Seite herüber und zurück. Sie sah zu ihm auf, wie ein Mensch, der aus einem tiefen Brunnenschachte heraufblickt. Aber er hatte sich die von Hohenlocher'schen Glasaugen längst zum Gesetz gemacht (damit alles in Ordnung sei) und ließ sie einfach stehen.

## 21

Die Rahmen füllten sich; mit ihren zuständigen Inhalten, natürlicherweise. Jene Rahmen wurden dabei mit der Zeit unsichtbar; die Inhalte bedurften ihrer sozusagen gar nicht mehr, sie hielten von selbst zusammen, umschlossen Conrad Castiletz von allen Seiten. Daß man da ursprünglich nur einen Zug herausgekramt hatte und irgendwohin gefahren war – diese Vorstellung bewohnte ihn längst nicht mehr in anschaulicher Weise. Einzelheiten der geänderten Lage und Verfassung traten wohl aus dem eigenen Inneren hervor, im kurzen und unklaren Lichte eines halben Seitenblicks, der immerhin lange genug verweilte, um Conrad Verwunderliches zu zeigen: etwa den Umstand, daß hier in einer gewissen Richtung überhaupt noch nichts – absolviert worden waren, um nun einmal bei des Conrad Castiletz' Reutlinger Sprachgebrauch zu bleiben. Dann und wann plagte ihn abends der Heißhunger vor dem Einschlafen, stieg die Vision eines ›Kimmichers‹ empor – jedoch nie so weit an die Oberfläche des Bewußtseins, daß Conrad etwa in der Tat irgendeine Kleinigkeit zum Essen – etwa ein Stück Gebäck – auf dem Nachttischchen hätte bereit gehalten. Eine gesteigerte und gespannte Aufmerksamkeit in bezug auf den weiblichen Teil der städtischen Bevölkerung dagegen war schon geradezu gewohnheitsmäßig für Castiletz geworden. Was aber gewisse Gäßchen in den alten Stadtteilen betrag, die seiner Aufmerksamkeit keineswegs entgangen waren, so lief hier – vornehmlich infolge von fallweise sich ergebenden Abhaltungen und Verhinderungen äußerster Art – die Sache jedesmal ganz ebenso ab wie mit den ›Kimmichern‹.

Man spielte Tennis. Vornehmlich Samstags und Sonntags auf einem brauchbar angelegten Platze, der sich im Park der geheimrätlichen Villa befand. Castiletz spielte viel, und mit der Zeit vortrefflich (»beim Tennis sahst du heute sehr gut aus«, hätte Albert Lehnder gesagt). Der alte Veik liebte es, stundenlang auf jener erhöhten Plattform zu sitzen, wo sich bei Tennisturnieren die Schiedsrichter aufzuhalten pflegten. Dort oben, auf dem mittels Treppchen zu ersteigenden stockhohen Gestelle aus dunklem gebeiztem Holz, war dem Geheimrat in der Sonne wohl, sei's vorne auf dem Bänkchen, von wo er höchst aufmerksam das Spiel verfolgte, sei's in seinem Liegestuhl, welcher auf der breiten Plattform genügenden Raum fand und von einem gewaltigen bunten Schirm überdacht war.

Manon Veik im Einzel gegen Direktor Eisenmann (diese Zusammenstellung hieß im inneren Sprachgebrauch des Geheimrats ›the old boys‹). Jedoch, sie spielten verhältnismäßig recht achtbar, und Eisenmann hatte es keineswegs leicht. Da sie gut placierte, dampfte er nur so auf dem Platz herum, und nicht selten wurde er geschlagen. Solche Spiele ließ sich der alte Veik nicht entgehen, kam sogleich aus dem Liegestuhl nach vorn aufs Bänkchen, wenn das Paar antrat, und nun tönten aus der Höhe anfeuernde Zurufe und viel Gelächer, jedoch auch mancher Ausruf der Bewunderung.

Allermeist aber fegte die Jugend über den rötlichen Sand, und hier wurde schon ganz ernsthaft und zum Teil überaus scharf gespielt, es gab ein paar tüchtige Kerle darunter, sowohl unter den Mädchen wie unter den jungen Leuten. Mit der Zeit setzte sich die Gepflogenheit fest, daß beim Doppel jene Seite, auf welcher Conrad Castiletz spielte, dem anderen eine Vorgabe gewährte. Die Sonne schien fest herein in all diese Gegenwart und auf den Tennisplatz und auf des Geheimrats riesigen bunten Schirmpilz dort oben: jedoch wurde dieser jetzt zusammengeklappt. Der Herbst erfordert solchen Schutz nicht mehr. Das Zusammenklappen besorgte, dem Geheimrat rasch zuvorkommend, der Herr von Hohenlocher, mit seltenem Tätigkeitsdrang. Ihm oblag es außerdem jetzt, beim Einzel zwischen Castiletz und Peter Duracher (dem neuen Prokuristen in der Tuchfabrik) zu schiedsrichtern, dessen Spielstärke noch nicht festgestellt war, denn Duracher erschien zum erstenmal hier auf dem Platze.

Hohenlocher ging über die breite Plattform zu dem Bänkchen, wo der Geheimrat schon saß, während unten am Netz Castiletz und Duracher eine Münze warfen, da es zu entscheiden galt, wer als erster gegen die Sonne spielen sollte. Über dem weißen Hemdkragen leuchtete das starke Genick des Welschtirolers in tiefer Kupferfarbe, während er gegen den Boden und das fallende Geldstück sah. Duracher war kleiner als Castiletz, ein etwa Vierzigjähriger, der aussah, wie man sich die alten Römer vozustellen pflegt, mit breiten Schultern und dickem schwarzem Kraushaar. Er war wohl außergewöhnlich hübsch zu nennen, mit seiner geraden Nase, nicht groß, aber stämmig. Beide sahen jetzt auf. Herr von Hohenlocher, statt sich zu setzen, hob den Arm über den Kopf und winkte mit einer für ihn eigentümlichen langsamen Bewegung zu dem Weg hinüber, der vom Hause über einen Wiesenplan zum Tennisplatz herführte. Mehrere junge Leute, Mädchen und Burschen, die heute bereits gespielt hatten, kamen den Weg entlang mit zwei Damen, von denen Conrad nur wußte, daß sie ihm unbekannt waren. Hohenlocher und der Geheimrat kletterten von der Tribüne.

Nacheinander erlebte Castiletz zwei ganz verschiedene, ja, geradezu entgegengesetzte Formen des erstmaligen Zusammenstoßens mit einem neuen Gesicht, als er Frau Gusta Veik und dann ihrer Tochter Marianne vorgestellt wurde. Die Frau

Landgerichtspräsident – von der man geradezu sagen konnte, daß sie schön sei, mit dem tiefschwarzen, kaum vom Grau berührten Haar – Frau Gusta Veik also wich mit ihrer ganzen Erscheinung gleichsam weich und bescheiden zurück. Ihre Tochter hingegen trat vor als ein Mensch, der sich zu behaupten gesonnen ist: eine beachtliche Woge blonden Haars und milchweißer Haut, in einer sichtlichen Fülle der Hüftgegend ruhend; und in dem schmalen Gesicht um Mund und Augen jene ersten eingezeichneten Linien, welche die Selbstbehauptung bei einem Mädchen von neunundzwanzig Jahren bereits notwendig machen, oder vielleicht auch gerade von dieser geübten Selbstbehauptung herrühren. Es kam so, daß Castiletz sie ruhig und ziemlich lange ansah, während er ihre Hand hielt und sich leicht verbeugte. Er bemerkte dabei, daß unter der sehr reinen und weißen Stirn Mariannens die Nasenwurzel verhältnismäßig tief einsprang. Ihre Kleider trug sie etwas länger als damals gerade üblich; Conrad beachtete das; er beachtete auch – als man auf den Bänken am Tennisplatz sich niederließ – das Fräulein Veik stärkere Waden hatte, als der Mode gefallen konnte.

Und nun mußte er spielen, man wollte doch Herrn Duracher und ihn keineswegs davon abhalten. Er stand vor Marianne, die dasaß, und verließ jetzt ungern dieses Fleckchen Boden, auf dem seine Füße ruhten. In ihm formte sich seltsam deutlich der Gegensatz zwischen dem schmalen, fast mageren Gesicht des Mädchens, und ihrer sonst so fraulichen Erscheinung.

Die Gegner traten an – und waren während des ersten Satzes schon erstaunt. Beide kamen sozusagen nicht weiter, stießen an eine Wand, keiner von ihnen konnte die Führung übernehmen, und das Spiel zog sich übermäßig hin. Die Spielstärke schien bei Duracher und Castiletz so gut wie vollkommen gleich, auch die Bedingungen hatten sich nunmehr ausgeglichen, da die Sonne den Platz infolge zwischenliegender Baumwipfel fast ganz verließ. Es gab Beifall bei schönen Einzelheiten, auf der, auf jener Seite. Das Ergebnis war so gut wie nichtssagend. Das Spiel war für beide Teile anstrengend gewesen.

Conrad atmete noch tief, als er die bunte Jacke über die Schultern warf. Man ging durch den Park. Er war mit Fräulein Veik den anderen etwas voraus. Er preßte das Taschentuch vor die Brust, welche feucht war, wo das Hemd offen stand, und fühlte, daß sie ihn ansah. »Sie werden sich verkühlen, ziehen Sie Ihre Jacke an«, sagte Marion, und er tat es. Sie lächelte dabei, und die Linien der Selbstbehauptung zeichneten sich schärfer in ihrem Gesicht. Von Conrad wäre zu sagen, daß er sich geradewegs auf Marianne zubewegte, innerlich, und schon mit erwachender Überlegung. Es entging indessen beiden, daß die übrige Gesellschaft einen anderen, in spitzem Winkel abzweigenden Weg durch den Park erwählt hatte, sie hörten Stimmen und Lachen jetzt seitwärts zwischen Stämmen und Gebüsch, beachteten das aber nicht, sondern schritten auf den Eingang zum Obstgarten zu, wo neben dem Gatter ein alter Birnbaum stand, mit rundum laufender Bank, Sitz und Lehne grau von Sonne und Regen. Hier, in den Wipfeln der Obstbäume, waren da und dort strichweis schon die goldenen Banner des Herbstes aufgezogen. Marianne wies in die Krone auf die hangenden Birnen, und mit fünf Griffen war Conrad oben, seiner schönen porzellanweißen Hose nicht achtend. Er schüttelte maßvoll einen Ast; drei, viermal schlugen dumpf die Früchte ins Gras. Marianne bückte sich, schon war Castiletz wieder bei ihr herunten und las zuvorkommend die Birnen auf. Die Hüfte des Mädchen, um welche der steingrüne Stoff des Kleides spannte, streifte ihn gerundet dabei. Als er mit den Birnen sich aufrichtete, sah er, daß sie auf der Bank saß.

Er hielt ihr die Birnen hin und sie nahm eine. Gesprochen wurde nichts. Einmal atmete sie tief und seufzte ein wenig. Dabei sah sie ihn ruhig an, ganz ähnlich, wie er sie bei der Vorstellung betrachtet hatte. In ihrem Blick standen irgendwelche ihm unbekannte Maßstäbe und Vergleiche, das fühlte er wohl, und es machte ihn unruhig.

»Ja, wo sind denn die hingekommen?« sagte sie endlich mit Gleichmut und erhob sich. Beide gingen jetzt zurück, bis zur Abzweigung des Weges unweit vom Tennisplatz.

## 22

Zu Beginn des Winters fand ein größerer Empfang statt im neuen Heim des Präsidenten Veik, wohin Conrad inzwischen schon gekommen war, denn er hatte seinen ersten Besuch dort nicht lange nach jenem Spiel gegen Peter Duracher gemacht.

Diesmal brach er mit Herrn von Hohenlocher gemeinsam auf. Aus dem Mietwagen steigend und in die braungetäfelte Halle des Hauses eintretend, stießen sie auf den Baurat Georg Lissenbrech aus dem Bekanntenkreise Hohenlochers, oder genauer ausgedrückt, aus der ›Sammlung Hohenlocher‹, worin verschiedene Merkwürdigkeiten zu finden waren, wenn man recht zusah: äußerlich allerdings war Lissenbrech nur ein sehr gutmütig aussehender, etwas beleibter Herr, jetzt würdig im Gesellschaftsanzug. Die drei stiegen zusammen über eine ausladende Holztreppe empor. Hinter der ersten breiten Glastür fanden sie Frau Gusta, welche ihre Gäste empfing, ins Schwarz eines großen Abendkleides ganz versunken, das die gepuderten Schultern wie weiße Schwingen leuchten ließ. Vor allem aber strahlte hier die Zentralsonne des Hauses, nämlich der Hausherr selbst, groß, breit und fest und mit der unwiderstehlichen Gewalt einer strömenden guten Laune jeden in den Kreis ziehend; besonders junge Leute vermochte er mit drei Worten zutraulich zu machen, die er ihnen entgegenrief, wie man jemandem einen dicken bunten Ball oder ein Federkissen scherzhaft zuwirft. Conrad spürte einen leichten Rippenstoß, der alte Eisenmann gab ihm die Hand und sagte: »Freu' mich, daß du auch da bist, Bürschle.« Das Gedränge nahm zu, man konnte eben noch den Geheimrat begrüßen, der im Vergleich zu seinem Bruder klein und schmächtig wirkte. Conrad küßte Frau Manon die Hand. Nun schob der Strom die drei Ankömmlinge, welche zufällig wieder zusammengerieten, in den nächsten Raum, und weiter. Hier stand endlich Marianne, wahrhaft blond und herrlich, in einem Kleid von sehr glänzendem Stoffe, das sie – eine erst kommende Mode vorwegnehmend – bis über die Knöchel fallend trug. Der Ausschnitt bot sich verhältnismäßig klein, ihre hohe Brust wölbte darunter die Seide glitzernd auf; das Gewand war etwa nach alter spanischer Art geschnitten, wie eine knappe Jacke, verlor sich jedoch in fließenden Falten des Rokkes, der unten mit einer weißen Federnkrause schwang. Marion hatte nicht Hände genug zu reichen, Gäste kamen nach Gästen. Herr von Hochenlocher, Lissenbrech und Castiletz gelangten aus dem Trubel. Raum nach Raum. Es wurde stiller. »Zigarette rauchen nach dem ersten Ansturm?« sagte Hohenlocher zu dem Baurat. Sie blieben hier, allein; es war ein kleiner Salon am Ende der Flucht.

Die beiden rauchten. Conrad, der diesen abgelegenen Raum nicht kannte, sah sich um. Das Licht vieler elektrischer Kerzen unter topasfarbenen Schirmen drang überall hin, vornehmlich aber gegen ein großes Bild, welches über einem winzigen Sekretäre hing.

Es war ein Frauenbildnis. Jedoch er stand davor und sah hinein wie in eine Landschaft. Mit Nachahmung der Manier des achtzehnten Jahrhunderts etwa gemalt, zeigte das Bild Antlitz und blendende Schultern eines Mädchens in noch früher Blüte, das, in einem schweren Armsessel sitzend, drei oder vier Blumen mit der linken Hand vor sich hinhielt, den Blick jedoch anderswohin gerichtet hatte, nämlich geradewegs auf den Beschauer. Die leicht schräg stehenden Augen, unter welchen die vollen Wangen ein ganz klein wenig drängten, waren tiefblau, jedoch das Haar lag schwer und schwarz um diese weiße Stirne. Der Hintergrund des Bildes war hell; aber man sah darauf nichts als einzelne mit leichten Pinselstrichen angedeutete vergehende Windwolken.

Hier zum erstenmal vor diesem Bilde, und in wenigen Bruchteilen von Augenblicken, wurde für Conrad ein bisher nie Vorstellbares anschaulich: nämlich die Möglichkeit eines ganz anderen Lebens, als das seine war, ja das Wechseln in ein anderes Geleis hinüber – dies wurde denkbar, ja, es wurde in seltsamer Weise wirklich. Das Geräusch der Gäste drang aus den benachbarten Räumen stärker herein, anschwellend und rauschend, wie lange Schleppen, welche das Gespräch dieser Vielen hinter sich herschleifte. Conrad vernahm es, da es an den Rand einer ungeheuren Stille trat, die in ihm selbst herrschte, an den Rand einer Versunkenheit, wie er sie seit seinen Knabenzeiten kaum mehr gekannt hatte. Wohl, er lief seines Wegs. Jedoch, da lief ja, handhaft nahe, noch ein ganz anderer Weg. Er sah in das stumme Antlitz des Mädchens, welches ihn da aus dem Bilde anblickte, wie in einen fernen Horzont hinein, wie in den letzten tiefgestaffelten grünen Streif des Abendhimmels darüber. Aber, im plötzlichen Durchbruche zu einem noch weiteren Begreifen, das gleichwohl unvollkommen blieb, schob sich ein zweites Gesicht dazwischen, unschön, wie es war, und doch vor diesen Horizont gehörig, und vor gar keinen anderen: weich und schwach, ein schmaler Kopf mit großen feuchten Augen, und den Ansatz des Haares an den Schläfen ziemlich weit herabreichend: es war der Reutlinger Kamerad, der die Schule verlassen hatte, so vermeinte Conrad jetzt. Nein, er war es nicht. Damit erlosch die innere Form dieser Augenblicke.

»Wer ist es?« sagte er zu dem hinter ihm stehenden Herrn von Hohenlocher, auf das Bild weisend.

»Der Klabautermann«, erwiderte dieser ruhig. »Louison Veik, die Tote.«

Den guten Baurat schien diese Ausdrucksweise zu erschrekken, er sah bedauernd, begütigend drein. Conrad, wie in rätselhaftem Nachklang zu den früher durchlaufenen Sekunden, erinnerte plötzlich und deutlich den Geruch von frischem Lack, irgendwoher aus der Zeit, jedenfalls kam's aus ihm selbst, das wußte er. Schweigend hielt die Gruppe der drei Herren vor dem Bilde, niemand bewegte sich, auch nicht, als nun der Schwall von draußen herandrang, jetzt die Schwelle überschritt: und da stand Marianne Veik in dem Türrahmen von tiefschwarzem Ebenholze, blond und weiß.

Nur kurz sah sie zu dem Bilde auf; und dann Conrad in die Augen. Er ließ seinen Blick in dem ihren ruhen und empfand deutlich, wie hier ein Maßstab sich wieder an ihn legte, welcher, in der gegebenen Lage, so ganz unbekannt oder unbegreiflich für ihn nicht mehr sein konnte.

## 23

Man darf hier boshaft werden und sagen, daß Conrad Castiletz durchaus geordnet in seine Verstrickung fiel. Und Herr von Hohenlocher soll tatsächlich etwas von dieser Art geäußert haben. Nun, durchaus geordnet: jede regelmäßige Tätigkeit ohne Ausnahme, auch wenn sie anfänglich den Menschen sehr einnimmt, anstrengt und ihn sozusagen ganz zudeckt, baut sich mit der Zeit ins Leben ein, und das Gewohnte erfordert einen immer geringeren, ja am Ende einen kaum mehr spürbaren Aufwand von Kraft. Dieses Gleichgewicht hatte Castiletz längst erreicht; schweigend verständigt mit dem alten Eisenmann (besonders des Morgens das Schweigen sorgfältig bewahrend!), tat er seine tägliche Arbeit, die ihm nichts Neues, sondern bald nur mehr wiederkehrende Fälle brachte; und dazu monatlich ein ansehnliches Gehalt, welches zusammen mit den sehr reichlichen Zuwendungen von seiten unseres Herrn Lorenz, ein Einkommen ergab, das für einen so jungen Menschen wie Conrad als ungewöhnlich hoch bezeichnet werden muß.

Bei so gefestigter Lage, deren Waagebalken ausgeschwungen hatte, saß Conrad am Teetisch der Frau Gusta Veik, betrachtete Louisons Kinderbilder, in wahrer Versunkenheit und ließ sich von ihr erzählen. Hier öffnete und lüpfte sich wieder und wieder ein ferner Himmelsrand unbegreiflichen Ausblicks, matten Scheins, auch vor dem Bilde der Toten, das er nun erstmals bei Tageslicht sah.

Frau Veik streifte die Photos zurück in die Kassette, und

schob diese beiseite, mit einer kleinen milden waagrechten Bewegung der Hand Schweigen über das Thema breitend, das zwischen ihr und Conrad besprochen worden war: denn man hörte nun den Schritt Mariannens draußen in der Halle und auf der Treppe von Holz.

Wie immer verdeckte sie – und sofort mit ihrem Eintritte – für Conrad den eben noch geöffneten zarteren Horizont. Ihr eignete nichts Unendliches, ihr flog nichts an von den Fernen des Himmelsrands. Sie bedurfte dessen nicht, ein begrenztes Gefäß, mit bekanntem, und doch so übermächtigem Inhalte.

Meist saßen sie zu dritt beim Tee. Mitunter kam der Präsident hinzu, dann trank man Wachenheimer Luginsland. Auch Herr von Hohenlocher kam, Frau Manon geleitend; alles war ihm vollkommen gleichgültig, jedoch nichts entging seiner Kenntnisnahme. Marianne und Conrad wurden ein oder das andere Mal von der Geheimrätin zusammen eingeladen; dort saß man dann ebenfalls zu dritt, denn sonst ward niemand erwartet. Wie eine anmutige und geschmückte Schale bot sich all diese Familiarität dar; und Conrad mußte wohl – trotz seines bescheidentlichen Wesens – dessen inne werden, daß inmitten dieser Schale sich Marianne und er befanden, während die anderen vom Rande her wohlwollend zusahen.

Im Vorfrühling, nach den letzten Ballfesten, wurde das stille Verlöbnis der Gesellschaft bekanntgegeben. Jedermann hatte es so und nicht anders erwartet; am allerersten Herr Peter Duracher, dessen Prophezeiung schon zu Anfang des Winters erfolgt und daher längst verbreitet war. Denn Duracher kam überall hin; zur Freude der Frauen und, trotz seines reifen Alters, sogar der Mädchen. Deren Mütter schienen weniger begeistert, als Tänzer ihrer Töchter einen geschiedenen Mann zu sehen, der seiner einstmaligen Gattin gegenüber sich zu sehr bedeutenden Leistungen hatte verpflichten müssen, was darauf hinzuweisen schien, daß die Schuld an ihm gelegen war . . . auch das wußte man längst alles. Jedoch, der bräunliche Sportgott tanzte wie kein Zweiter, und man hörte außerdem, daß er eine Kanone im Skilauf sei und sich darin sogar mit den knifflichen Vorarlbergern habe messen können.

Duracher also war einer von jenen gewesen, die hinter Marianne Veik – bei dem ersten Empfang im Hause ihres Vaters – den kleinen Salon mit den topasfarbenen Lampenschirmen betreten hatten, wo Marianne zwischen den Türpfosten von

Ebenholz stehend, die drei Herren vor dem Bilde ihrer verstorbenen Schwester erblickte. Man hatte Marianne und Conrad eine allzu lange Verlobungszeit nicht auferlegt. Immerhin zog sie sich durch ein von außen herantretendes Ereignis noch weiter hin, als festgesetzt war.

## 24

Die Beurteilung, welche die Verbindung in der Gesellschaft der Stadt fand, war je nachdem entweder von der Vorstellung beherrscht, daß Conrad einfach sein Glück gemacht habe, oder man unterstrich, daß Marianne, ein um so viel älteres und durch keinerlei besondere Gaben ausgezeichnetes Mädchen, mehr als zufrieden sein könne mit solch einem hübschen und jungen Gatten (den sie ohne ihr vieles Geld nie bekommen hätte, das unterließ wohl keiner zu sagen oder mindestens bei sich zu denken). Daß ja am Ende auch beide zunächst verliebt und glücklich sein könnten, fiel niemandem ein anzunehmen. Der Altersunterschied erzeugte da und dort Bedenken, und zwar äußerte sich in diesem Sinne auch der alte Eisenmann, welcher meinte, Conrad werde es nicht leicht haben.

Im übrigen beglückwünschte er das ›Bürschle‹ herzlich und einfach, mit Knüffen und Püffen. Das geschah etwa um vier Uhr an einem diesigen Frühjahrsnachmittage in Eisenmanns Büro, wo Conrad sich zum Gehen fertig machte, denn er sollte jetzt das Werksauto nehmen und in die Tuchfabrik zum Geheimrat fahren. Eisenmann wünschte dessen Meinungsäußerung über den Entwurf zum Steuerbekenntnis der Gurtweberei, das abgeschlossene Jahr betreffend. Conrad nahm diesen ziemlich umfänglichen Schriftsatz in einer Tasche von Schweinsleder an sich und fuhr los.

Der Wagen kam in weiter Kehre vor die Tuchfabrik, rumpelte weich stoßend über das Industriegleis und hielt vor dem Verwaltungsgebäude. Auf der schmalen, etwas steilen Treppe zum Büro erinnerte Conrad sich seines ersten Hinaufsteigens hier, vor Jahr und Tag, aber das lag nun klein und fern in ihm drinnen, wie durch ein umgekehrtes Opernglas gesehen, im Grunde befremdlich.

»Es gibt eine Neuigkeit«, sagte der Geheimrat, »das heißt, einen neuen Plan. Und ich möchte dich bitten, daß du dich gelegentlich auch mal mit dem Projekte näher befassest, gegebenenfalls auch später, wenn's zur Ausführung kommen sollte. Wir wollen nicht mehr im Lohn färben lassen, sondern eine eigene Färberei bauen.«

Herr Peter Duracher trat ein und begrüßte Conrad. »Sehen Sie mal, Herr Duracher«, sagte der Geheimrat, »wenn die Färberei projektiert wird, dann lassen Sie's Herrn Castiletz auch mal ansehen, der interessiert sich dafür.« »Ja, selbstverständlich!« sagte der Prokurist. »Die neuerliche Anregung stammt nämlich von Herrn Duracher«, fügte der Geheimrat hinzu, »und die erste, überschlagsweise Kalkulation scheint mir durchaus ermutigend.«

Conrad fuhr im Werksauto nach Hause und schickte den Wagen wieder in die Gurtweberei. Ein feiner, sprühender Vorhang von Regen trieb mit dem Wind in die Hans-Hayde-Straße herein. Das Stiegenhaus war noch ohne Licht, in tiefer Dämmerung. Als Castiletz den Schlüssel seiner Wohnung ins Schloß schob, öffnete sich am anderen Ende des Ganges die Türe.

»Herr Castiletz«, sagte Herr von Hohenlocher, »ich muß Sie um eine kleine Gefälligkeit bitten, Sie sind ja Techniker, und mich beunruhigt hier ein Umstand, den ich zum erstenmal bemerke.«

Conrad zog den Schlüssel zurück und ging hinüber. »Bitte, haben Sie die große Güte, wenn ich drinnen bin, meine Türklingel einmal in Tätigkeit zu setzen, Sie werden gleich erfahren, worum es sich handelt, ich muß mich nur nochmals vergewissern . . .« Damit verschwand Hohenlocher in das dunkle Vorzimmer und lehnte die Gangtüre an. Castiletz drückte auf den Knopf. »Aha, ja, ich habe mich nicht getäuscht!« rief's von drinnen. »Nun bitte«, sagte er lebhaft, öffnete die Türe für Conrad und schaltete im Vorraum das Licht ein, »– wenn jemand auf den Klingelknopf an meiner Wohnungstüre drückt, dann gibt es hier im Vorzimmer über der Türe, wo die Glocke hängt, einen hellen Funken. Ich bemerkte es eben vorhin, da der Postbote kam und ich selbst öffnen mußte, weil die Schubert im Augenblick nicht hier ist. Ich ging durch das dunkle Vorzimmer und da sah ich den Funken. Ist da vielleicht etwas nicht in Ordnung und kann auf diese Weise ein sogenannter Kurzschluß entstehen?«

Conrad sah zur Oberschwelle der Tür hinauf. Ein seltsames Mißtrauen flog ihn an, und das allein schon hinderte ihn, sich hier nur im allergeringsten wichtig zu machen.

»Nein«, sagte er kurz, »da kann gar nichts geschehen, das ist in Ordnung. Wenn Sie wollen, können Sie ja nochmals läuten und ich seh mir's im Dunkeln an.«

»Nun?!« rief Herr von Hohenlocher von draußen, »sehen Sie den hellen Funken?!«

»Ja, natürlich«, sagte Conrad.

»Und was ist dort oben los?« fragte Hohenlocher.

»Nichts«, antwortete Conrad mit einer gewissen Bestimmtheit. »Jede elektrische Glocke muß notwendigerweise einen Funken erzeugen, solange sie läutet und also der sogenannte Unterbrecher in Tätigkeit ist. Hier sieht man es nur deshalb, weil der kleine Deckel von Holz, welcher sonst das Gehäuse verschließt, sich geöffnet hat, durch irgendeine Erschütterung, vielleicht von den schweren Tankwagen, die manchmal vorbeifahren. Die Schubert soll auf eine Leiter steigen und das Ding verschließen, sonst verstaubt es.«

»Nun, ich bin glücklich und mir fällt eine Last von der Seele«, rief Herr von Hohenlocher. »Ich danke Ihnen vielmals, Herr Castiletz.«

Conrad reichte ihm die Hand, verbeugte sich leicht, sagte kurz »Guten Abend« und ging in seine Wohnung. Als die Tür sich hinter ihm geschlossen hatte und er in seinem kleinen erleuchteten Vorzimmer stand, hatte er die deutliche Empfindung, sich jetzt richtig verhalten, ja, geradezu gut gehalten zu haben.

Eine plötzliche Nachdenklichkeit überfiel ihn hier in der Stille. Waren irgendwelche Fehler in ihm vielleicht überhaupt im Begriffe – einzuschlafen? Dieses letzte Wort, das er plötzlich als überaus treffend empfand, wirkte jetzt auf Castiletz wie eine Tinktur, welche die Lösung klärt. Eben als er in seine Zimmer trat und Licht machte und es hier warm fand und den Füllofen im Gange – da schien ihm vorübergehend ganz klar zu sein, daß Hohenlocher sich wieder einmal hatte belustigen wollen, diesmal über die ›Wichtigtuerei der Techniker‹ (was er unlängst sogar selbst gesagt hatte!) und vielleicht auch über Conrads bereitwilliges und anpassungsfreudiges Eingehen auf diesen ›Fall‹. Bei aller rührenden Unwissenheit in technischen Dingen, auf die manche Leute Wert zu legen schienen, war diese Sache mit der Glocke denn doch unglaubhaft. Nein, Hohenlocher züchtete überhaupt Launen und Anwandlungen; mit Vorliebe aber und obendrein seltsame Menschen, die er dann in ihren Sonderbarkeiten noch bestärkte ... da war z. B. Lissenbrech. Hohenlocher lobte ihn. Nur weil er durch ihn belustigt wurde ...

›Jedenfalls lege ich keinen Wert auf einen Platz in seiner Kakteensammlung‹, dachte Conrad deutlich und in diesen Worten. Er stand in der Mitte des Zimmers am Tische und freute sich über die Helligkeit und Schärfe Seines inneren Sprechens ganz in der gleichen Weise, wie jemand bei einer Leibesübung sich an der eigenen Bewegung erfreut. Indessen, noch während er hier stand und bevor er seine Hausschuhe anzog – was Conrad nun eigentlich tun wollte – drang diese innere Helligkeit ein wenig weiter hinaus und nach allen Seiten in den Raum seines gegenwärtigen Lebens, klimperte an den und jenen Vorstellungen, von welchen diese erleuchtete große Höhlung erfüllt war; draußen herum lag es noch wie ein Hof, jenseits des mit benennbaren Dingen oder Angelegenheiten verstellten Raumes . . . Und, ihm viel näher, verbarg sich hinter der, hinter jener Wand eine noch in die Zukunft gestreckte Gewißheit: daß er Marianne besitzen würde. Durch Sekunden mit dieser Vorstellung allein gelassen – vor der alle anderen Gedanken die Flucht ergriffen – mußte er sie doch alsbald dämpfen, und dabei erwies sich seine Selbsterhaltung als wach! Bei der eiligen Suche jetzt nach anderer Nahrung des Geistes stieß er endlich auf den springenden Punkt, welchen er vorher vergessen und der ihm gleichwohl die ganze Zeit hindurch Unruhe gemacht hatte:

Die Färberei. Er wußt' es ja, daß etwas sich nicht ganz in Ordnung befand!

Man hörte, wie draußen die Schubert ihren Schlüssel ins Schloß schob, um Castiletz, wie gewöhnlich um diese Zeit, den Kaffee zu bringen. Heute war es sogar viel früher. Sie hatte wohl bemerkt, daß er schon nach Hause gekommen war.

»Bitte, Frau Schubert, geben Sie dann den gelben Koffer dort oben vom Kasten herunter.«

Und wie das Mäuslein ihn einst hinaufgestupst, so angelte es ihn jetzt, auf einen Stuhl steigend, mit einiger Mühe herab.

Castiletz wollte sich, als die Schubert wieder gegangen war, mit der Zeitung niederlassen; aber hinter der behaglichen Schanze dieser einst empfohlenen und heute längst selbstverständlichen Beschäftigung sich festzusetzen, war nicht möglich. Conrad wurde von dort abgedrängt. Er trat sogleich zu dem Koffer und öffnete ihn. Alles bot sich bequem dar, denn die Schubert hatte das schöne Gepäckstück griffbereit auf einen Sessel gestellt; und Conrad hätte es auch gleich wieder schließen können – des Doktor Zänker ›Färberei‹ lag obenauf, ebenso die ›Chemische Barbeitung der Schafwolle‹ – nachdem er die Bücher herausgenommen. Sie wogen ihm ein wenig schwer in der Hand. Diese Textilchemie, freilich eine Wissenschaft für sich, war seine schwächste Seite. Im Gespräch hieß es da vorsichtig sein, sich keine Blöße geben, jedenfalls aber die Kenntnisse auffrischen, sich vorbereiten . . . nun, er legte ›Die Färberei‹ mit dem anderen Buche auf den Tisch, trat wieder an den Koffer und sah hinein.

Obwohl er darin ja nichts mehr zu suchen hatte. Er verweilte hier nur durch einige jener scheinbar leeren Augenblicke, in denen sich Körper und Geist des Menschen völlig vermischen, während man mit gebreiteten Schwingen regungslos über weiß Gott was für verlassenen Tälern und Klüften des Vergangenen schwebt. Ohne Absicht, nur mit der Hand, die keinerlei Entschluß lenkte, die Bücher vermeidend, welche ihr augenblicklich zu gewichtig waren, lüpfte er den Gummizug der Tasche von gefälteltem Atlas am inneren Deckel, bemerkte hier ein blaues Heft und zog es heraus.

Zunächst sah er, daß etwas schräg hervorstand. Es war eine Bilderkarte. Längst versunkene Splitter aus irgendeiner früheren Zeit, und seien's die ungestaltesten, die dümmsten – Spickzettel aus der Schule, Männchen, die da einst gezeichnet worden sind – man erkennt sie mit einem tiefsitzenden Gefühl der Selbstverständlichkeit, fast wie einen eigenen Körperteil. Dies hier war nicht ungestalt. Der weiße Pierrot oder Harlekin lächelte wie einst unter seiner hohen spitzen Mütze und sah dem Knaben Günther Ligharts ähnlich.

Conrad schlug das Heft auf und las seine eigene Schrift und wußte genau, daß ihre auffallende Gleichmäßigkeit davon herkam, daß dies alles in einem Zuge und in einer Nacht geschrieben worden war:

»Café Belstler, mit gestrigem Datum, 6 Uhr 30 Minuten: sie: ich glaubte, für Sie nur als bewährte Kraft zu existieren – er: ganz im Gegenteil, seit Jahren verehre ich Sie schon – sie: Herr Castiletz, das freut mich außerordentlich, aber ich bin doch verheiratet – er: um so besser, ich auch – sie: so etwas hätte ich mir von Ihnen nie erwartet – er: sehe ich denn so alt aus? . . .«

Unter diesen Daumschrauben, die während des Lesens schärfer angezogen wurden, rang Conrad unaufhörlich nach einem Wort, das in ähnlicher Weise geeignete wäre, Helligkeit und Ordnung herzustellen, wie früher jenes ›Einschlafen‹ der Fehler . . . aber es kam nichts; und jetzt mußte er das Heft sinken lassen. Dann kam: ›Jugendtorheiten‹. Das war genau so matt wie ›Knabenreich‹ oder ›Kinderland‹ – damals, als er zum ersten Male auf Urlaub daheim gewesen und mißmutig durch die teils verbauten, teils von Vereinen besetzten und abgesperrten Auen gegangen war.

Er näherte sich dem Ofen und wollte den schrägen Deckel über der Öffnung heben, durch welche der Koks eingeschüttet zu werden pflegte.

Er stand beim Ofen und hatte das Heft neben sich auf einen Stuhl gelegt.

Im Vorzimmer schrillte die Glocke. Conrad ging hinaus, dachte dabei flüchtig an Herrn von Hohenlocher, öffnete und sah draußen die Tellerkappe eines Telegraphenboten.

## 25

Am nächsten Morgen langte Conrad mit dem Schnellzug in seiner Vaterstadt an und fuhr durch deren breite, lärmende Straßen, die im Licht eines trüben Tages lagen, der sich allenthalben auf das Pflaster mit feuchtem Schleim niedergeschlagen hatte. Der Wagen rollte über die Brücke zum anderen Ufer des Kanals – Conrad bemerkte das übrigens kaum – bog nach rechts, glitschte die Zeile entlang und hielt vor dem Hause, das jetzt nicht mehr das letzte in der Reihe war, denn man hatte inzwischen vier neue hinzugebaut. Auch die Holzstapel gegenüber an der Böschung des Kanals waren verschwunden.

Die Beisetzung seines Vaters fand erst am übernächsten Tage statt. Das Ende war sanft und schnell gewesen, ein Herzschlag, ärztlich wohl für früher oder später einmal erwartet. Die einzuleitenden Äußerlichkeiten und Kleinigkeiten hatte Tante Berta bereits in dankenswerter Weise rasch und energisch in die Hand genommen. Beim Begräbnis ging der Sohn neben ihr.

Am folgenden Tage besuchte er nochmals allein den Friedhof und die beiden Gräber seiner Eltern, die nun nebeneinander lagen und gewissermaßen verschmolzen, da sie zusammen unter einem Hügel von Blumen und Kränzen beinahe verschwunden waren. Die weiße Frühjahrssonne hatte sich da und dort in unruhiger Weise durchgesetzt, gitterte in fahl leuchtenden und wieder erblassenden Spielen an fernen Gebäuden und an den Wänden der Einsegnungshalle zwischen dem Gräberfeld. Das Pflaster war da und dort strichweise vom Wind getrocknet; aber hier auf den gekiesten Wegen blieb es feucht und der Boden vor den Gräbern bot sich mit grauem, noch nicht gesproßtem Rasen hart und winterlich.

Einen Augenblick hindurch wollte es Conrad grimmig im Halse hochsteigen: die Mutter. Dann stockte das.

Wie ein Feuerstrahl fuhr es aus dem kalten Boden an ihm empor: Marianne.

Diese Zukunft klaffte, handgreiflich nah. Von seiner Rückkehr an hielt er sich fast jede freie Stunde bei ihr auf, spann sich in den künftigen Besitz ein, und empfand mit besonderem Genuß den leichten Druck von jener Trennungslinie her, welche eine überaus strenge Erziehung in diesem Falle zog: und wenn überhaupt es vorkam, daß Conrad einmal dort flüchtig anstreifte, dann stützte er sich geradezu gerne auf diese Schranke, hinter welcher die Braut stand, ohne viel Überlegens, als könne es gar nicht anders sein. Ihm ahnte, daß ihre Haltung als Gattin vom ersten Augenblicke an umgekehrt die gleiche sein würde. Marianne war ein klein wenig strenger geworden in ihrem Antlitz, seit der öffentlichen Verlobung. Man möchte sagen, sie war – behaupteter, wenn dies nun nicht solch ein ekelhafter Börsenausdruck wäre.

Sie war in Rechte eingetreten und mindestens so sehr wie Conrad. Ihre Rechte saßen unter der sehr reinen weißen Stirn, dort, wo die Nasenwurzel verhältnismäßig tief einsprang. Von da strahlten sie aus, als eine Art Erwartung oder Forderung, die jeder spüren konnte, der Marianne ansprach. Sie war Braut.

## 26

Nur so, indem er ständig um Marianne war, sie immer vor sich sah, den Hals, Hand und Unterarm, die Spannung des Kleids, das Bein mit der stark eingezogenen Fessel, nur so glaubte Conrad jetzt, seltsamerweise, die durch den Trauerfall verlängerte Wartezeit einigermaßen ausfüllen und überdauern zu können. Und längst auf der Hochzeitsreise war es, zu Bologna, daß er, nun eigentlich ganz erstmalig, die Beziehung und Ähnlichkeit entdeckte, die zwischen Marianne und Louison in den Antlitzen bestand, und von der Hohenlocher gleich zu Anfang als von einer unschwer zu erkennenden gesprochen hatte.

Seine Frau schlief neben ihm, und das Licht brannte. Sie lag ihm zugewandt, eine Armlänge etwa von ihm entfernt, die eine Wange an das Kissen gedrückt, an welchem sie im Schlafe ein wenig heruntergerückt war: und hiedurch drängte die Backe zart hinauf gegen das Auge. Dies aber erkannte er jetzt sozusagen auch an der anderen, freien, unveränderten Wange wieder, da die Übertreibung seinen Blick geöffnet hatte. Nun erst erlebte er eigentlich – und das traf ihn wie ein Pfeil von der Zimmerdecke – daß hier Louisons Schwester schlief. In die Stille tönte vom Bahnhofe herüber, in dessen Nähe dieses große Hotel lag, ein langgezogener Pfiff und erstarb. Conrad sah sein Knabenzimmer vor sich, wie es einst gewesen – nicht wie er's jetzt wieder angetroffen hatte. Gerne hätte er Marianne geweckt.

Es war eine rechte Hochzeitsreise. Unter dem hohen blauen Himmel spannte sich ein zweiter, unsichtbarer, glasheller, bis zum Zerreißen, und schloß das Paar ein. Im Zuge sitzend, der von Bologna über den Apennin nach Florenz fuhr, bekamen sie die Hitze gemischt mit Streifen und Fahnen der frischen Bergluft durch den im Winde schlagenden Sonnenvorhang herein, und dann drehte sich unten die Ebene ins hohe Bild, darin – gedrängt, beisammen, als eine richtige Stadt am großen Fenster der offenen Ferne – Pistoja lag.

Des Abends, wenn sie beim Essen die Kelche hoben und sich in die Augen sahen, funkelte Mariannes Blick. Sie ging vor ihm die Treppen hinauf, schnell und bestimmt. Schon vor der ersten Nacht war sie so gegangen. Zu Florenz, als sie den lustigen ›Zug der Heiligen Drei Könige‹ des Benozzo Gozzoli angesehen hatten, in dem viereckigen kleinen abgeschlossenen Raume fast ohne Licht, worin der Bediente in der Mitte eine starke Lampe hochhielt am langen Kabel, damit man alle Figuren und Figürchen sehen könne – damals hatte Conrad nachher gesagt: »Dieses Zimmer sieht aus, als wäre es einst ein Brautgemach gewesen.« Ihre Fingerspitzen, die weich und leicht an den seinen gelegen waren, während sie den Palast verließen, preßten jetzt seine Hand, ihr Kreuz wurde hohl, und sie schüttelte sich durch eine Sekunde wie in einem Schauer.

Die große und bis in die letzte Einzelheit fertige Wohnung, in welche das Paar nach der Rückkehr einzog, lag gar nicht weit von Conrads bisherigem Quartiere, nämlich in jener Straße, die neben dem Park gegen die Hans-Hayde-Straße zu herauslief. Dort im Eckhause bewohnte das Ehepaar Castiletz jetzt das ganze zweite Stockwerk, dessen Fenster sich zum Teil in die Hans-Hayde-Straße, zum Teil gegen die Weißenbornstraße und den Park öffenten. In der Weißenbornstraße hatte das Haus seinen Eingang mit Nummer 17. Unten gab es eine Garage, worin Mariannens Wagen stand, den sie aber nicht selbst fuhr. Sie hielt einen Chauffeur.

Herr von Hohenlocher rieb eine Art feierlichen Salamander mit Gin (ohnehin das vernünftigste Getränk), als Conrad seine letzten noch hier verbliebenen Sachen wegbringen ließ, und zwar durch die Schubert, welche – zu plaudern getraute sie sich nicht – sozusagen aus allen Fältchen und Poren unaufhörliche freudige Zustimmung absonderte, weil da geheiratet worden war. Der Jagdhund stand beim Räumen vornehmlich im Wege herum, und zwar im seidenen Hausanzug samt Schnur, die Flasche unter dem Arm, das Glas in der Hand, da man hier und jetzt nirgends mit vollkommener Sicherheit was hinstellen konnte. »Sollten noch ein Autodafé veranstalten, bevor die Schubert den Rest einpackt«, meinte Herr von Hohenlocher, »es gibt doch Dinge, die man nicht in die Ehe bringt, ich meine Briefe und dergleichen.« Er wies auf die Wandbretter, wo Hefte, Zeitungen und Bücher geschichtet lagen.

Nein, Conrad hatte überhaupt nichts von dieser Art.

Er griff plötzlich in die Hosentasche, entnahm dem Seitenfach seiner Geldbörse einen Schlüssel und sperrte den flachen, gelben Lederkoffer wiederum auf. Das blaue Heft, das sich ein letztes Mal hierher noch hatte flüchten können, kam aus dem gefältelten Atlas hervor. Herr von Hochenlocher zückte sein Benzinfeuerzug, da Castiletz als Nichtraucher vergeblich nach Streichhölzern suchte. Der Flammenbausch wurde von Conrad mit einer das Ziel verfehlenden und hastig-stumpfen Bewegung gegen das Maul des Ofens gestoßen, er schlug seine Hand an und beschmutzte sie, aber jetzt fiel das schon hellauf brennende Heft endlich ins schwarze Innere, gewann Zug, spreizte sich in verkohlenden Blättern und stürmte lichterloh empor. Als Conrad dessen inne ward, daß er die Pierrot-Karte Günthers mit verbrannt hatte, da sie wieder im Hefte befindlich gewesen, erschrak er ernsthaft. Und für eines Gedankens Länge schien ihm nichts so sehr einen eingetretenen Abschnitt seines Lebens zu bezeichnen als gerade dieser kleine Umstand.

## 27

Das Vorzimmer war sehr groß, nahezu quadratisch, der Fußboden mit graugrünem Stoff bespannt. Rechter Hand, weit entfernt, inselten einige neuzeitliche metallene Sitzmöbel in dieser Ausgedehntheit. Rückwärts lag milchweiß das Tageslicht in gedrungenen Glastüren, die zu den Wohnräumen führten. Davon gab es links, gegen den Park zu, das Schlafzimmer nebst einem auffallend leeren großen Raum daneben, in welchem eigentlich nur Kasten standen, der ›Ankleidezimmer‹ hieß und einmal ein Kinderzimmer werden konnte. Daran schloß sich ein kleiner Salon im strengen Stile des sogenannten Empire, mit Mariannes Schreibtisch und sonstigen Attributen einer Dame. In der Ecke des Hauses lag das große Gesellschaftszimmer, mit Fenstern nach beiden Seiten, gegen die Weißenborn- und gegen die Hans-Hayde-Straße. Es war luftig möbliert, das heißt nicht überreichlich, hatte in der Mitte keinen Teppich, sondern die große Fläche spiegelnden Parkettes wie im Sprichwort und zwei Gruppen goldner Sesselchen mit geblumten Bezügen. Folgte das Speisezimmer: dunkel und ernst, wie nun solch eine pünktliche Mahlzeit einmal ist, deren Stunde angezeigt wird von einer Uhr mit Kirchenklang. Daneben das Arbeitszimmer des Hausherrn, wo, vom breiten Diplomatenschreibtisch sich erhebend, er zwischen der Tür hätte erscheinen können, im Augenblicke des Erklingens der Domglocke: denn, wenn die Suppe zwölf schlägt, muß die Uhr am Tische stehen – nein, umgekehrt, versteht sich, denn diese Uhr auf den Tisch zu stellen, das wäre ganz unpassend gewesen, sie war zwei Meter hoch, oder noch mehr.

Außerdem wurde bei Castiletz' um halb ein Uhr gegessen, wozu der Wagen den Hausherrn aus der Fabrik holte. Nur Sonntags kam Conrad dort vom Diplomatenschreibtische, woran er zunächst jedoch niemals etwas schreib. Die gläserne Platte ward beruht von einigen wuchtigen Gegenständen und einer ledernen Schreibmappe inmitten, neben welcher ein riesiger elfenbeinerner Brieföffner mit schwerem Silbergriff lag; für einen Urmenschen wäre das zweifelsohne eine begehrenswerte Waffe gewesen, dieses Hochzeitsgeschenk des Direktors Eisenmann.

Solche Weiten möbeltischlerischer Landschaft, welche des Abends dunkel um das erleuchtete Gemach des jungen Paares ruhten, erfüllten sich nicht alsobald mit Leben, sondern erhoben zunächst nur Forderungen danach, überdies jedoch solche in bezug auf ihre ständige Pflege durch Hausfrau und Dienstboten, wobei der stets spürbare säuerliche Geruch der neuen Polituren und der strengere des Leders ein unhörbares und unaufhörliches Wort redete. Jene Räume also, welche (etwa in Conrad) vor gar nicht langer Zeit noch erfüllt gewesen waren von dem Bildertumult seiner Erwartungen, wie von einer aufgewiegelten dampfenden Volksmenge – sie standen jetzt pazifiziert und, wenngleich möbliert, doch gewissermaßen leer. Was hier nun einrücken mußte, bereitete ihm in den folgenden Wochen und Monaten eine bisher gar nicht gekannte Schwierigkeit: der tägliche Werktag. Dies Gewohnte erforderte jetzt erheblichen Kraftaufwand, ja, es deckte ihn oft bis zur völligen Ermüdung zu; und daß dieser Zustand Castiletz beunruhigte, eben dies machte den Verbrauch seiner Kräfte keineswegs geringer. Er stand nun schwer auf des Morgens und hatte stets Besorgnisse und Vorsorgen wegen des Mädchens, der Weckeruhr, der Zeit in der Frühe.

Im Schreibzimmer, oder auch ›Bibliothekszimmer‹, wie es neuestens hieß, hatte sich ein ungeheurer amerikanischer Bücherschrank breitgemacht, dessen Ansprüche nicht leicht zu befriedigen waren, jedoch befriedigt werden mußten, da er sie mit schamlos klaffender dunkler Leere vortrug. Conrad besaß kaum Bücher. Was der gelbe Lederkoffer enthielt, war hier nur ein schlechter Witz und ein Regentropfen in eine Tonne (die beiden Schriften ›Die Färberei‹ und ›Chemische Bearbeitung der Schafwolle‹ pflegten jetzt übrigens auf dem breiten Schreibtische zu liegen, aber Castiletz brauchte abends nur den Sessel unter sich zu spüren und schon machte die Müdigkeit solche Lektüre ganz unmöglich). Auch Marianne hatte sich nie um Bücher gekümmert. Jetzt indessen ging sie auf Beute aus im Elternhause und beschlagnahmte dabei, außer einem Konversations-Lexikon und etwa vier bis fünf Fuß Klassikern, einen Teil der Bücherei ihrer verstorbenen Schwester, wobei sie von den sehr vielen Büchern allerdings nur jene nahm, die ihr Interessantes zu bieten schienen, also etwa Romane, deren Titel anziehend klangen oder deren Schauplatz, beim raschen Durchblättern festgestellt, sie empfahl.

Es hing mit diesen literarischen Maßnahmen zusammen, daß die Eheleute nunmehr abends in ihren Betten zu lesen pflegten, Marianne übrigens gar nichts geringeres denn André Gide's ›Falschmünzer‹, welches Buch ihr ganz gut gefiel.

Conrad für sein Teil erblickte zum ersten Male Louison Veiks Namenszug beim Öffnen eines aus dem Englischen übersetzten Abenteurerromanes, vorn im Buche. Es traf ihn hier und jetzt wie die Berührung eines Nervs, wie das Einlaufen einer überraschenden Botschaft. Er schloß das Buch sogleich wieder und sandte aus dem Augenwinkel einen Blick zu seiner Frau hinüber, die mit dem Rücken gegen ihn lag, der Bettlampe beim Lesen zugesandt. Nun öffnete Conrad wieder den Umschlag beim Titelblatte. Hier stand: Louison Veik. Die Schrift war weder modisch noch nervös. Sie sah aus wie eine jener schönen und sorgfältigen Handschriften aus alter Zeit; kugelig und deutlich waren die einzelnen Zeichen aus der Feder geflossen. Castiletz las nicht viel an diesem Abende. Zwei- oder dreimal sah er dazwischen die Schrift an. Bald überwand ihn der Schlaf.

Am nächsten Tage, der ein Sonntag war, speiste man bei den Eltern, was sich so eingebürgert hatte, ebenso wie eine Teestunde der jungen Eheleute um fünf Uhr in dem kleinen Empiresalon neben dem ›Ankleidezimmer‹, wo das Mädchen vor Antritt ihres sonntäglichen Ausganges alles sorgfältig vorzubereiten pflegte, so daß nur der Stecker in die Dose zu schieben blieb. Der Raum hier und die Tageszeit des späten Nachmittages und herankommenden Abends konnten ein sozusagen fertiges Behagen bieten, woran sich anzulehnen und worin sich einzuspinnen nicht schwer hielt. Zudem war eine Art Pietät im Spiele: die Gepflogenheit stammte aus der allerersten Zeit von Mariannes und Conrads gemeinsamem Haushalte.

An diesem Sonntage nun, etwa zu Anfang des Monates März, und bei dieser Teestunde war es, daß Conrad mit seiner Frau, eigentlich zum ersten Male, ausführlicher und eingehender über Louison sprach. Er hatte sich auf den Boden ausgestreckt, wo ein Eisbärfell lag: dies pflegte er hier immer zu tun. Der kleine Gaskamin, dem zugekehrt Castiletz ruhte, war eingeschaltet worden und warf mit seiner kupfernen Höhlung eine niedere, gerade Bahn von Licht und Hitze gegen Conrad und über diesen weg auf die Beine Mariannes, die noch am Teetisch saß. Die scharfe Lichtbahn aus dem Kamine machte die Dämmerung in dem kleinen Salon viel tiefer, als sie war, das Zimmer erschien fast dunkel.

»Ich besitze beinahe nichts von ihr, nur Kleinigkeiten«, sagte Marianne. »Es wurde alles rasch verschenkt. Übrigens hatten wir die Gepflogenheit, dann und wann Dinge zu tauschen, nämlich solche, die wir beide ganz gleich besaßen. Wir sind am selben Tage konfirmiert worden, obwohl ich ja älter war; dabei erhielt jede von Tante Manon das gleiche Paar Beryll-Ohrgehänge, in Gold gefaßt. Nach ein paar Jahren tauschten wir sie, so daß ich heute eigentlich jene Louisons habe.«

»Ich sah sie jedoch nie an dir«, bemerkte Conrad.

»Nein«, erwiderte Marianne, »ich trage sie nicht. Um eines ist mir heute leid. Bei den Dingen, die geraubt wurden, befand sich ein kleines und verhältnismäßig ganz wertloses Geschenk von mir, das Louison aber sehr gerne mochte und immer mit sich trug: es war eine Zigarettendose, oder eigentlich ein zierliches Schnupftabaksdöschen, aus altem Silber, das mir einmal irgendwer geglaubt hat verehren zu müssen, obwohl ich niemals rauchte. Louison hat sich frühzeitig die Zigaretten angewöhnt, und so schenkte ich ihr das Dingelchen, obwohl der Spender sogar meine Initialen hatte hineinmachen lassen, nämlich M und V.«

Sie schwiegen.

Conrad starrte in die weiße Hitze und sagte nach einer Weile, um ein weniges lauter sprechend, als in der herrschenden Stille eigentlich notwendig war, als müßte er einen Widerstand und eine gewisse gegenseitige Behinderung der Worte in seinem Munde zerbrechen:

»Wie ist eigentlich das Unglück im einzelnen geschehen? Wie wurde Louison getötet, und wo?«

Hinter ihm setzte sich eine kleine Pause ab, jedoch die Antwort kam fest und geläufig aus dem Munde der Frau:

»Es wurde ihr mit irgendeinem stumpfen Gegenstand die Schädeldecke vollkommen zertrümmert; dies geschah in der Eisenbahn, und zwar bei Nacht ...«

Noch sprach sie, als von der Straße herauf ein Schrei ertönte, der aber immer noch wuchs, bis in die gellendste Höhe der Verzweiflung, das Zimmer hier ganz durchdringend, trotz des verschlossenen Fensters. Eben vorher hatte man drei- bis viermal heftig hupen gehört.

Conrad fuhr herum und starrte zu seiner Frau empor, die jetzt ganz aufrecht im Sessel saß, die Augen gespreitzt vom Entsetzen, ohne jedoch den Kopf gegen das Fenster zu wenden: nun aber stürzten sie beide hin, sich gegenseitig stoßend, und rissen es auf.

Der Fall wurde sogleich klar, durch das Bild, welches sich bot. Einer jungen Frau war vom Gehsteige ihr Kind entlaufen, das sich von ihrer Hand gerissen hatte, gerade in seinem weißen

Mäntelchen über die Fahrbahn trippelnd, als unter Signaltönen von der Hans-Hayde-Straße her ein großer schöner Wagen in die Weißenbornstraße einbog. Der Chauffeur mußte mit Entsetzen wahrnehmen, daß sein wiederholtes Hupen von der Kleinen, welche eine fest zugebundene Haube trug, nicht beachtet wurde, vielmehr das Kind geradewegs gegen den Wagen lief. Diesen aber setzte er – das kleine Mädchen nahe schon dem linken Vorderrade sehend – schließlich verzweifelt herum, das Fahrzeug sprang auf den Gehsteig beim Park, nahe am Verluste des Gleichgewichtes, legte das niedere Gitter unweit jener an der Ecke stehenden Birke um und blieb schließlich mit den Vorderrädern in der weichen Erde stecken. Im schlimmsten Augenblicke hatte die Mutter, ihr Kind verlorengebend, geschrien: und daß sie es verloren gab, gerade dies war mit seltener Ausdruckskraft aus dem Schreie zu hören gewesen, und machte ihn so sehr schrecklich. Alle rundum angesammelten Personen lobten jetzt den Lenker und versuchten zum Teile die Kleine zu trösten, die übrigens in den über ihr Leben entscheidenden Sekunden sich einfach auf ihre vier Buchstäblein gesetzt hatte, im Schreck über das unmittelbar vor ihr schwenkende große Fahrzeug.

Conrad schloß das Fenster und ließ die gelblichen Vorhänge ineinanderfließen. Seine Frau stand durch einige Augenblicke regungslos, mit einer scharfen, zusammengezogenen Falte über der einspringenden Nasenwurzel, was ihrem Gesicht jetzt einen finsteren, eigensinnigen, ja fast gewalttätigen Ausdruck verlieh. Castiletz betrachtete Marianne betroffen, ja angstvoll. Ihm ahnte plötzlich und hellsichtig, daß hier ein heftiges Erschrekken, wie das bei starken Menschen nicht selten vorkommt, geradewegs in Zorn überzugehen drohte. Sie wandte sich kurz herum und verließ den kleinen Salon, jedoch ohne die Tür ins Vorzimmer zu schließen. Er sah, wie sie über die weite stoffbespannte Bodenfläche ging, das Badezimmer öffnete und Licht machte. Gleich danach schlug diese Türe hinter ihr laut ins Schloß.

In Conrads Brust rumorte es, als drehe sich dort die Leere um sich selbst, wie ein Mühlrad. Was er nun plötzlich wußte – seit den Augenblicken, da er Marianne nachgeblickt hatte, während sie durchs Vorzimmer ging – war ebenso unzusammenhängend mit den letzten, eben eingetretenen Ereignissen wie unwiderleglich in seiner Gewißheit: daß er nämlich seine Frau nicht im geringsten mehr begehrte.

Castiletz lehnte sich – langsamer, aber auch tiefer erschrokken als vorhin über jenen Schrei – gegen die Türfüllung und sah in den weiten Vorraum hinaus, der durch das Licht aus dem kleinen Salon hier zum Teil erhellt war. Dieses Heim lastete plötzlich auf ihm wie ein stummer Zauberkreis, dessen Formel und Schlüssel verlorengegangen schienen, darin man nun eingeschlossen saß.

Er lauschte. Vom Badezimmer her war nichts zu vernehmen.

Mit langsamen und ihm nicht ganz gehörenden und gehorchenden Schritten begann er in das Vorzimmer hineinzugehen und gelangte bis zu der Insel von Tisch und Stühlen. Das Metall der Möbel glänzte im einfallenden Lichte da und dort auf. Castiletz ließ sich nieder, vorsichtig, wie ein Mann mit einem Stelzfuß, ohne den Sessel zu rücken.

Es blieb still. Dann horchte er auf: Wasser plätscherte. Das klang fast beruhigend.

Und dann lautes stoßweises Schluchzen, gleichmäßig schwellend; sie weinte, wie jemand etwa, der in tiefen Zügen trinkt.

Conrad fuhr auf, und seine Beine wurden kalt bis über die Knie. Dann trugen sie ihn mit fünf Schritten bis zur Türe des Badezimmers. Nun war das Schluchzen stark, nahe. »Marianne«, rief er und klopfte. Da sie nicht antwortete, versuchte er die Tür zu öffnen. Sie gab nach, sie war unversperrt. Seine Frau stand gleich dahinter.

»Um Gottes willen . . .« sagte er, in einem fragenden Tone.

»Ja, um Gotteswillen!«, rief sie, unter stoßweisem Hervorschießen ihrer Tränen, das andauerte. »Das sagst du jetzt . . . aber du hast angefangen! Man darf nur ihren Namen nennen . . . schon kommt für mich ein Unglück. Du bist stundenlang bei der Mutter gesessen, mit ihren Bildern . . . soll ich nie von ihr frei werden?! Nie?! Mein Leben hat sie verdorben, in meiner Jugend mich halb zu Tode gequält . . . Nun kommst du: und wieder – Louison, Louison. Wie entsetzlich das war, dieser Schrei! Das ist sie, das hat sie gemacht. Sie will unsere Teestunde nicht. Nie mehr werden wir eine haben. Aber ich will Louison nicht, hier nicht . . .«

»Nein!« schrie sie plötzlich gellend, »nein! genug! sie hat mir alles verdorben, immer, als Kind schon, o du ahnst es nicht . . . nie mehr will ich von ihr hören . . .«

Er war fast glücklich darüber, daß sie nun tobte. Und, hätt' er genauer sich zu prüfen vermocht in diesen seltsamen Augenblicken: dann wäre ihm nicht verborgen geblieben, daß die

Unmöglichkeit, seine Frau jetzt tröstend in die Arme zu schließen, ihn erleichterte. Mit einer Unbedingtheit, welche zur Hinnahme des bewegten Vordergrundes zwang und die Ruhe dazu verlieh, lag die Tote wie Landschaft im Hintergrunde, mochte gleich die Lebende mit den Armen um sich schlagen. Und wenn ein Ausweg blieb aus der Umwallung dieser gegenwärtigen Lage, dann war solcher Ausweg fern, aber in irgendeiner Weise erreichbar, und wie der letzte grüne Streif des Abendhimmels über dem Horizont. Conrad war vollständig ruhig; und so hielt er, in eigentümlicher Weise, Louison Veik die Treue mitten im Sturmgebraus.

Es klirrte, Glänzendes zersprang, regnete in die Badewanne. Marianne hatte das nächststehende Glas ergriffen und gegen die Kachelung geschleudert. Nun sank sie zusammen und Conrad in die Arme, ihr Gesicht ruhte an seiner Schulter. Er roch ihr Haar, das trocken und puppenhaft harmlos duftete, wie Flachs oder Watte.

## 28

Wenn jemand bei sich in bezug auf irgend etwas ›Unsinn!‹ sagt, so zeigt das meistens an, daß er damit nicht fertig geworden ist.

Ein Nachteil allerdings wurde zugegebenermaßen immer fühlbarer für Conrad bei dem Umstande, daß er nicht mehr alleine in einem Zimmer schlief: jene kleinen Augenblicke der Sammlung, deren er bedurfte, um den näheren und weiteren Raum seines Lebens zu überblicken und zu sehen, ob da alles in Ordnung sei – jene Augenblicke hatten sich während der letzten Jahre mehr und mehr mit der liegenden Stellung, vor dem Einschlafen und nach dem Erwachen, verknüpft. Und nun, wenn er diese Ringe, von innen her beginnend, weiter ausbreitete, stieß er sozusagen rechter Hand an seine Frau. Drüben, Hans-Hayde-Straße 5, war es dann und wann vorgekommen, daß er des Nachts, zum Zwecke solcher rascher Kontrollgänge durch seinen Lebensraum, sich sogar erhoben hatte, aufrecht fortsetzend, was er in liegender Stellung begonnen. Das blieb nun hier ausgeschlossen, denn es hätte ja Fragen hervorgerufen.

Conrad war selten allein zu Hause. Und im Anfang nützte es ihm auch nicht viel. Die Lautlosigkeit, welche diesen Räumen insofern innewohnte, als in dem verhältnismäßig neuen Hause alle Türen und Schlösser geräuschlos sich schlossen und einschnappten, die völlige Gedämpftheit des Trittes in dem weiten Vorzimmer, das alles hatte zur Folge, daß man wie ein Geist und beinahe für sich selbst befremdlich, wenn nicht gar unheimlich, durch diese zur Verfügung stehenden Weiten irrte. Außerdem aber glaubte er sich oft noch allein, und war es längst nicht mehr, da Marianne inzwischen nach Hause gekommen; und selbst das gespannte Ohr konnte, etwa vom ›Bibliothekszimmer‹ aus, ihr Eintreffen überhören, denn die Türe vom Stiegenhause her gab nicht den leisesten vernehmbaren Ton beim Aufsperren, wenn das neuzeitliche Schloß dem leichten Drucke des Stechers gehorchte.

Mit der Zeit allerdings bildete sich um die breite Ottomane im Schreibzimmer – das solchermaßen eigentlich zu einem Liegezimmer wurde – der gewünschte, abschließende Ring gegen die übrige Wohnung, dessen Festigkeit späterhin sogar vorhielt, wenn die Räume durch Marianne oder auch von dem oder jenem dienstbaren Geiste mäßig belebt waren. All solche Belebung war mäßig. Einem großen Haushalt entstammend, den sie in den letzten Jahren meist allein geführt, kannte Marianne keine Schwierigkeiten und Verwicklungen domestikaler Art, um so weniger, als ihr ja bestgeschulte Hilfskräfte nicht fehlten.

So vermochte doch ringweise der Raum des Castiletzschen Lebens sich von der Ottomane auszubreiten, ohne anzustoßen, und in alter Wachsamkeit wurde so manches ordnungsweise überblickt. Als nächstes die Wohnung hier und diese Ehe. Daran schien für Conrad (also im Sinne der Ordnung) bemerkenswerterweise entscheidend und zwar erstrangig entscheidend, daß diese Sache keineswegs – umsonst war. Er hatte immerhin auf seine Freiheit verzichtet. Dieser letzte vage Begriff wurde von Castiletz, welcher ja kein Denker von Beruf war, nicht näher untersucht. Sonst wäre er vielleicht zu dem Ergebnis gelangt, daß diese Begriffsbildung aus Reutlingen stammte. In diesem Sinne also schien ihm alles in Ordnung zu sein, eine Ordnung, welche überdem noch vor einer weiteren beruhigenden, ja, man möchte fast sagen, vor einer sonoren Folie stand: er selbst war als Erbe seines Vaters ein wohlhabender Mann geworden und hätte den gegenwärtigen Rahmen seines Lebens beinah aus eigenen Mitteln ebenso aufrechterhalten können. Es wäre unmöglich gewesen, einen Erweis dafür zu erbringen, daß jene Erbschaft bei der Familie Veik irgendeinen Eindruck gemacht habe. Und doch wußte Conrad Castiletz mit Sicherheit, daß dieser Eindruck, zu seinem Vorteil, im Schoße der Familie wohnte. Auch war ihm bekannt – durch Eisenmann – daß man sich mit der Absicht trug, in einiger Zeit dem Schwiegersohn Prokura in der Gurtweberei zu übertragen, womit man nur wegen dessen großer Jugend noch zögerte. Eisenmann wünschte diese Befestigung der Stellung Conrads; dessen geringe Zahl der Jahre war außerdem, trotz seines frischen Aussehens, für niemanden eine so recht anschauliche Tatsache, da es nicht möglich gewesen wäre, bei ihm etwas wie ›mangelnde Reife‹ zu empfinden. Er wirkte etwa wie dreißig: das unbestimmteste Alter.

Jedoch von der Ottomane aus waren solche Gegenstände des Denkens noch innere Ringe und sozusagen Vorspiele. Sie wikkelten sich ab, wenn ihm um sechs Uhr der Kaffee hier hereingebracht wurde, wie zu seiner Junggesellenzeit, jedoch nicht eben mehr von der Schubert, sondern von einem Stubenmädchen mittleren Alters, das auch die Hausschuhe vor den Diwan stellte und dafür die Straßenschuhe, welche Castiletz nun ablegte, mit sich hinausnahm.

Seit einigen Tagen gab es hier im Zimmer Blumen, eine Aufmerksamkeit Mariannes, darunter zwei Hyazinthenstöcke. Ihr neuer, stark belebender Duft schlug sich vor Conrads Nase mit dem Geruch der Zeitung herum, die er las, und obsiegte. Castiletz ließ die Zeitung sinken und lehnte sich zurück. Wie erwartet, ja, wie auf ein Signal hin, drängten jetzt blank und lebendig Erinnerungen aus früheren Räumen seines Lebens heran, ein Andrang, oder besser Anhauch, der die letzten Tage schon gekennzeichnet hatte. Alle diese Bilder waren solche aus der Heimat, schwammen in seltsam befremdendem Lichte, wie in dem eines eben neu aufgegangenen Morgens, ließen Geschmack und Geruch, der ihnen zugehörte, in den Mund, ja, das entsprechende Körpergefühl in den ganzen Leib treten. In diesen ersten augenblickslangen Trennungen von dem Leben, das er jetzt führte, begann Conrad ganz allmählich damit – eine Vergangenheit zu haben. Und, seltsamerweise, von dort her lockerte sich das Umfangende dieses Hier und Jetzt auf, ließ es nicht durchaus und nur mehr als ein Fortgeschrittenes gegenüber dem Früheren erscheinen, sondern ganz im Gegenteile als ein willkürlich angefügtes und darangelegtes Schlußstück fremden Stoffes, wie der Stelzfuß etwa an einem lebenden Bein.

Immer traf ihn dann, wenn er so weit hielt – so weit nämlich, daß er sich wunderte, über diesen schweren Schreibtisch zum

Beispiel, oder daß da eine Frau nach Hause kommen würde – immer traf ihn dann das Antlitz Louisons als die eigentlich lebendige, verwandte und nicht aus fremdem und hergeholtem Stoff bestehende Fortsetzung jenes vergangenen Lebens. Auch sie stand in befremdendem Lichte, aber in demselben, worin sich jene früheren Jahre nun darboten; bis zu irgendeinem Punkte reichte dieser Schein, unter dem schon der biegende Kanal mit den fernen Fabrikschloten dort lag, gereiht wie Pfeile in einem Köcher, und die Gassen zum Wasser hinab und die Brücke – alles, was Castiletz bei seiner letzten Anwesenheit in der Vaterstadt nicht gesehen, nicht beachtet hatte; bis zu irgendeinem Punkte reichte dieser Schein, und, sah man genauer zu, so stand an diesem Punkte Ida Plangl bei der Endstelle der Straßenbahn und wartete. Von da ab jedoch wurde es gegen die Tage hier und jetzt zu gröber und dunkler, undurchsichtig wie das Holz dieser schweren Möbel hier, eine Art riesenhafter Deckel, von dessen bloßer Deckelnatur Castiletz eine gewisse Kenntnis hatte: dies nun war die eigentlichste und geheimste Wirkung Louisons; denn sie erhob sich jetzt am anderen, ihm zugekehrten Ende, unter welchem er selbst noch lag; jedoch sie war ganz vom gleichen Stoffe wie der erste Teil des Lebens, welcher vor jener Endstelle der Straßenbahn, wo Ida stand, sich zurückerstreckte.

Kein Denker von Beruf und des Meditierens gänzlich ungewohnt, fuhr Conrad, nach solchem sekundenlagen Versickern im Geäder des Lebens, mit einem richtigen Schrecken auf, derart, daß der Kaffee aus der Tasse schlug, weil er das Tischchen bei der Ottomane angestoßen hatte. Jedoch die gehabten Vorstellungen, einmal zu solcher Dichtigkeit gelangt, erwiesen sich insoferne bereits als wirklich und widerstandsfähig, als sie wie einen Kristall oder festen Körper in ihm die Empfindung zurückließen, daß hier irgend etwas – zu tun wäre.

Womit er nichts anzufangen wußte. Das Ungewohnte lenkte immerhin Conrads Schritte in ungewohnter Richtung, als er jetzt, am Schreibtische vorbei, durch das Zimmer ging und die Tür zum Speisezimmer und dann zu dem großen Ecksalon öffnete.

Es war vielleicht zum ersten Male, daß er dies überhaupt tat. Sein Schreibzimmer pflegte Castiletz vom Vorraume aus zu betreten und ebenso zu verlassen.

Der Raum lag leer, spiegelnd, die Sesselchen steckten unter grauen Überzügen und waren an den Wänden zusammengeschoben. Noch herrschte Tageslicht; heute, an einem Samstage, hatte Castiletz seine Ruhestunde früher gehalten, er war nach Tisch nicht mehr ins Werk gefahren. Während Conrad hier über das hallende und leicht krachende Parkett schritt, hatte er die Empfindung, irgendeinem Entschlusse oder sonst einer Sache von Gewicht oder Bedeutung entgegenzugehen: es war das eine Empfindung wie von der eigenen Breite und Festigkeit, er fühlte dabei seine Schultern. Nun, vor dem einen Fenster gegen die Weißenbornstraße, ließ er den Vorhang zurückrauschen, öffnete beide Flügel vollständig und sah auf den Park hinaus.

Es war milde geworden. Der Park lag noch ohne irgendwelches sichtbare Grün, in seine eigene Weite versinkend und in das endlose feine Gestrichel der kahlen Äste. Der Straßenlärm schwieg, es war stille. Castiletz fühlte jetzt rechts hinter sich, weit unten in der Hans-Hayde-Straße, seine eigene einstmalige Behausung, klein und zusammengedrückt und von dieser neuen Umgebung, die ihn umfing, sozusagen ganz an den äußersten Rand geschoben.

Es war vereinbart worden, daß er heute nachmittags seinen Schwiegervater besuchen sollte, was Conrad jetzt nicht selten tat. Den Präsidenten Veik hatte er eigentlich erst in der letzten Zeit näher kennengelernt. Wenn Herr von Hohenlocher behauptete, daß man die ›beiden Veiks‹ überhaupt nicht kennenlernen könne, weil sie ›alles und jedes und jedermann mit ihrer unentwegten Heiterkeit erschlügen‹, so hatte er damit, zumindest was Conrads Schwiegervater betraf, unrecht. Hohenlocher ging so weit, mit dem Gedanken zu spielen, daß man einem der beiden Brüder einmal irgendeine recht unangenehme Nachricht überbringen müßte (in Steuersachen bestand hierzu allerdings nie ein Anlaß), oder aber sie um eine Gefälligkeit ansprechen sollte, die ihnen ungelegen wäre, ›um endlich einmal das wahre Gesicht dieser Lacher von Beruf zu sehen‹.

Das stimmte nicht. Robert Veik neigte sogar nicht selten zu einer gewissen Schwermut. Castiletz dachte jetzt an manche Stunde im Laufe dieses Winters, die er bei seinem Schwiegervater in dessen Schreibzimmer verbracht hatte, über das und jenes, über vieles, ja am Ende eigentlich über alles mit ihm sprechend . . . es war übrigens eine ganz neue Atmosphäre für Conrad: die tiefen Sessel, in denen man halb lag, dann und wann ein Schluck Rheinwein aus dem Glase, welches Getränk jedesmal aufs neue über die ihm innewohnende vielfältige und glänzende Rundung des Geschmackes staunen machte. Man saß hinter

Zigarren-Nebeln. Und hier, zum ersten Male, hatte Conrad solch eine kleine, leichte helle Importe kennengelernt. Dies gehörte hier dazu. Er liebte es, rauchte allerdings sonst nie, sondern nur bei diesen Plaudereien.

Jetzt, am offenen Fenster stehend, freute er sich auf das alles, und dieser Nachmittag gewann hierdurch noch mehr Leben. Marianne befand sich mit ihrer Mutter in der Stadt, um Einkäufe zu machen; abends beabsichtigte Castiletz mit seiner Frau eine Opernvorstellung zu besuchen, mußte also rechtzeitig hier sein, um Marianne abzuholen und sich selbst noch umzukleiden. Während er dieses erwog, die Fensterflügel wieder fügte und den Vorhang fallen ließ, empfand er deutlich und neuerlich die Bereicherung aus jenen wenigen Augenblicken vorhin auf dem Diwan, die ihn dann so sehr erschreckt hatten.

Er wollte nun, da noch Zeit blieb, zu Fuße durch die Stadt gehen und machte sich fertig. Die Türe schloß sich lautlos hinter ihm; dieses Schloß hörte man nie, und Conrad pflegte mit der flachen Hand von außen gegen die Tür zu drücken, um sich zu vergewissern, daß sie fest zu sei.

Die Luft war von Feuchtigkeit erfüllt, im Park der Kies noch weich, die Sicht über die vielfach einspringenden Wiesen und vorspringenden Baumgruppen verschleiert. Jetzt roch es nach Erde. Conrad kam wieder auf den Asphalt, unweit von dem Teegeschäfte mit dem großen roten Schild. Hier begann eine lange, dabei jedoch schmale Straße, durch welche obendrein die Straßenbahn fuhr – Linie 3 – die Wackenroderstraße, mit ihrem anderen Ende in eine Hauptverkehrsader der Stadtmitte mündend. Laden reihte sich hier an Laden, kleine Geschäftchen des täglichen Bedarfs. Der Bürgersteig bot kaum für zwei Fußgänger Raum. Die Straßenbahn klingelte, und wo sie hielt, knurrten die wartenden Kraftwagen den Aus- und Einsteigenden zu, daß sie sich sputen mögen. Über all diesem Getrieb, worin jeder vom anderen grundverschiedene Ziele zu haben schien, begann die Dämmerung einzufallen, blieb aber wie ein Zelt über der Straßenmitte an den gereihten Lichtern hangen, die lange vor ihr schon bleich dort oben geschienen hatten. Castiletz trat in die mächtig breite Königstraße heraus. Hier war sozusagen schon die Nacht proklamiert, vorzeitig, aber der noch in blasser Dämmerung geöffnete Himmel mußte sich zurückziehen und nach oben ins Dunkel entweichen vor den hier allenthalben in Stufen, Reihen, Zacken und Ecken gegeneinander losmarschierenden Lichtern, Buchstabenreihen in Rot und Blau, riesigen Tafeln voll grün strahlender Schrift und einzelnen fernen aber starken Glutpunkten an den Kanten der Dächer. Über die Fahrbahn rissen die Wagen Lichtband nach Lichtband.

## 29

»Nein, lieber Koko« (so nannte der Präsident seinen Schwiegersohn in Vereinfachung von dessen Kindernahmen), »das ist aussichtslos. Hier ist gar nichts mehr zu tun. Es gibt Fälle, angesichts derer die Vernunft abzutreten hat. Es sind das die wahren Musterfälle des Schicksals. Ich habe in meiner langen Praxis wohl auch dies oder jenes Verbrechen erlebt, das nie seine Sühne gefunden hat; mangels an Beweisen etwa. Jedoch hier, bei Louisons Katastrophe, konnte nicht einmal der Staatsanwalt die Klage erheben, nicht einmal dazu langte es. Jener Henry Peitz war nie in ordentlicher Untersuchungshaft und die Polizei sah sich genötigt, ihn nach kurzer Zeit freizulassen.«

Eine waagrecht über dem Tisch schwebende Rauchfahne sank allmählich nach rechts ab; jetzt berührte ihre Spitze Conrads Weinglas. Er fühlte, gerade in diesem Augenblicke, daß es unmöglich sei, den Fall Louisons auf sich beruhen zu lassen, nämlich für ihn ganz unmöglich.

Der Präsident schwieg. Sein großes rasiertes Gesicht sah bekümmert aus, jedoch keineswegs zerquetscht vom Gram und der Last des Lebens; auch jetzt bewahrte es den kräftigen Ausdruck einer gesammelten Intelligenz: sie war nicht kühn, sie rührte wohl nicht an jene Gründe, die dann ihre Fragwürdigkeit erwiesen hätten; jedoch sie war den Aufgaben dieses Lebens zweifellos gewachsen und menschlich gehöht durch den Resonanzboden der Erfahrung, auch der leidvollen. Robert Veiks Antlitz hatte etwas Nordländisches an sich, er hätte mit seiner Stumpfnase, den breiten Wangen und den nicht sehr tief eingebetteten Augen für einen Schweden gehalten werden können. Das blonde Haar war kurz und kraus und rückwärts am Kopfe noch dicht.

»Ganz abgesehen davon mußte ich, nach genauer Überlegung, dahin gelangen, Peitz für völlig unschuldig zu halten. Hier drängte sich denn alsbald der Gedanke auf, wie einem da selbst zumut geworden wäre; als Unschuldiger eines Raubmords verdächtigt und wochenlang in Polizeihaft. Der Mann hat vielleicht schweren Schaden in seinem Geschäfte erlitten, für welchen ihm keinerlei Ersatzanspruch zustand, von der moralischen Seite der Sache ganz zu schweigen.«

An dieser Mauer also stand Conrad Castiletz und suchte da unvernünftigerweise und trotz allem eine Tür! Sein Blick fiel schon die ganze Zeit hindurch auf eine große Photographie unter Glas und Rahmen, welche über dem ledernen Sofa ihm gegenüber an der Wand hing. Es war eigentlich ein Porträt, nur eben nicht das eines Menschen, sondern – einer Katze, einer Angorakatze, deren schöner Kopf die ganze Bildfläche füllte. Der abgrundtiefe Blick dieser groß geöffneten, stark gewölbten und etwas schräg im Kopf sitzenden Augen übte selbst aus dem leblosen Bilde eine Wirkung, die fast überwältigend zu nennen war und diesem Katzenhaupte die Majestät einer Art von Tiergottheit verlieh.

»Louisons Kater«, sagte der Präsident, welcher bemerkte, daß Conrad das Bild ansah. »Tschitschi-Peter hieß er und ist nicht lange nach ihr gestorben. Sie liebte ihn sehr und behauptete oft, er sähe ihr aus Sympathie ähnlich.«

»Das kann durchaus möglich gewesen sein«, sagte Conrad lebhaft, »soweit ich Bilder Louisons kenne . . . die schrägstehenden, etwas von den Wangen hinaufgedrückten Augen zum Beispiel . . .«

»Du siehst manchmal auch aus wie eine Katze, Koko«, sagte der Präsident.

Albert Lehnder pflegte seinerzeit dasselbe zu sagen, nun fiel es Conrad ein. »Demnach könnten Louison und ich eine entfernte Ähnlichkeit haben, auf dem Umwege über die Katzen«, erwiderte er.

»Ja!« rief der Präsident und lachte. »Aber, allen Ernstes: zwischen dir und Louison besteht irgendeine physiognomische Verwandtschaft, das wußte ich vom ersten Augenblicke an, als du zum ersten Male hierherkamst. Tatsächlich, es ist merkwürdig!«

Sie schwiegen, Robert Veik füllte die Gläser nach. Dann verschwand sein Gesicht hinter einigen Rauchwolken, und daraus hörte man ihn jetzt folgendes sagen:

»Ja, sie ist empfindlich in dem Punkt, Marianne, wie du wohl auch schon bemerkt haben dürftest. Man versteht denn hier manches besser in Kenntnis der Vergangenheit. Jener Mann, um den es sich damals handelte, war ein bedeutender Mann; er lebt übrigens nicht mehr. Seine Anwesenheit damals in Leipzig hing mit einer Ausstellung französischer Meister der Gegenwart zusammen, als deren Vertreter er das Hängen der Bilder beaufsichtigte; zudem war er selbst von dieser ganzen Gruppe der im Ausland bekannteste, ja man kann sagen der berühmteste. Derainaux – so hieß er, den Namen hast du wohl schon gehört – war damals etwa fünfunddreißig, also weit älter als meine beiden Töchter, auf dem Gipfel seiner Erfolge und ein herzerfreuend schönes Mannsbild. Er hielt, nach Eröffnung der Ausstellung, einen Vortrag in deutscher Sprache über die französische Malerei der Gegenwart; meine Frau und ich gingen hinein und Marianne begleitete uns, mehr zufällig denn aus Interesse für den Gegenstand. Ein paar Tage danach ist Derainaux zum ersten Male in unser Haus gekommen – zu uns kam damals jeder, unser Bekanntenkreis in Leipzig reichte sozusagen überallhin und war einem weitgespannten Netze vergleichbar, worin sich alles fing. Der Leipziger Veranstalter jener Ausstellung war zudem mit mir befreundet. Ich gewann Derainaux gleich lieb, er war der natürlichste Mann, den ich je gesehen habe, ein Bretone, also eigentlich germanisch-normanischer Abkunft, jedoch gesegnet mit dem ganzen Charme eines richtigen Parisers. Nun, was Marianne betrifft, so wußte ich von Anfang an gleich alles. Es war jenes Platzen einer Knospe, eine jener leisen, aber unmenschlich starken Explosionen, die mir immer den Frühling als eine unheimliche und grausame Jahreszeit haben erscheinen lassen und manchen blühenden Obstgarten als einen Ort, wo Gewalttätiges vor sich geht. Es war die Liebe, ich sage nicht die große oder die leidenschaftliche, sondern eben die Liebe, als eine unteilbare Größe, eine Primzahl des Lebens, nicht anders anzusehen wie die Massenträgheit eines Weltkörpers oder der genau bemessene Druck in den Kapillaren eines Pflanzenschaftes. Derainaux war meiner Ansicht nach in einer so eindeutigen Lage nicht, wenn er es auch vielleicht selbst geglaubt hat. Er unterlag irgendeiner Form der Bezauberung, ich neige sogar dazu anzunehmen, daß es die Bezauberung durch das plötzliche von außen Herantreten einer in ihm, als Franzosen, fertig liegenden Vorstellung vom deutschen Mädchen, vom deutschen Gretchen war, aus französischer Distanz gesehen, sozusagen ... wir sind immer glücklich, wenn wir einen Typus richtig ausgefüllt und verwirklicht erblicken, wir wünschen uns den Engländer so englisch, den Wiener so wienerisch wie nur möglich, als ein Zeugnis einer eben doch und trotz allem noch in der Welt herrschenden Ordnung ... Nun, durch Marianne, wie sie damals war, wurde eine solche Weltordnung erstaunlich und entzückend bestätigt. Und Derainaux blieb also in Leipzig, wo er längst nichts mehr zu suchen hatte, Monat um Monat, er mietete ein Atelier und begann zu arbeiten. Ich fühlte sehr deutlich damals, daß dies alles für Derainaux, den Künstler, sein ›deutsches Erlebnis‹ war, durchaus dieses, nicht weniger, nicht mehr. Ja, ich sage da: ›mehr‹. Nun, eigentlich kann es ja ›mehr‹ überhaupt nicht geben, mehr als ein Erlebnis nämlich ...«

Mit jenem Mangel an Eitelkeit des Worts, der seinem reifen männlichen Alter geziemte, unterbrach Robert Veik die Rede, er vergaß durch ein Weilchen weiterzusprechen und ließ gleichsam den Faden sinken, welchen er spann. Sein wohlwollendes schweres und starkes Gesicht, dessen Züge zumindest einmal dieses Eine aussagten, daß er nicht unrühmlich nach einer ausgeglichenen Weise, dieses unser Leben zu sehen, gerungen hatte (und welchen besseren Ruhm, frage ich, kann ein erwachsener Mann gewinnen?), sein Gesicht überzog sich mit jenem Gewölk der Nachdenklichkeit, das die Götter jedem um die Stirn gießen, dem plötzlich ein längst Bekanntes ganz neu erscheint und dessen Antlitz sich nach innen zurückwendet, zur Einsicht.

»Es gibt Lagen im Leben«, sagte er, endlich wieder fortfahrend, »in welchen man ein Kommendes voraussieht, ohne doch abwehrend zu handeln; jedoch unterbleibt dieses nicht aus Lässigkeit oder weil man es von Weile zu Weile hinausschiebt, und bei schlechtem Gewissen: letzteres fehlt sogar ganz dabei, wodurch sich anzeigt, daß die Lähmung, unter der wir stehen, einen tieferen, oder, wenn man so sagen will, höheren Ursprung hat. Tritt aber dann das vorausgesehene Ereignis unter den vorausgesehenen Umständen endlich und wirklich ein: so erhebt sich in uns eine Art von Rechtsanspruch, das für ungültig anzusehen, weil wir es doch längst vorweggenommen. Am deutlichsten zeigt sich das bei trivialen Kleinigkeiten. Das Glas am Rand des Tisches, von dem wir wissen, es werde fallen – und zwar durch genügend lange Augenblicke wissen, um das noch zu verhindern – wird doch nicht ergriffen und an einen sicheren Platz gestellt; indessen, die bald danach am Boden liegenden Scherben wollen wir gleichsam, wegen des gehabten Vorwissens, gar nicht anerkennen. Man könnte diese Erscheinung rational so erklären, daß in jedem Menschen eine entfernte Erinnerung lebt an jenen Zustand, da er noch nicht geboren und abgetrennt, sondern tatsächlich nur ein Bruchteilchen oder Atom

Gottes war. Dessen vorstellende Kraft oder Phantasie ist aber so übermächtig, daß sie bei jeder Regung auch gleich die Materie mitreißt, bewegt und formt, hemmt oder zerschlägt. Der Mensch hat nun von seiner hohen Abkunft allermeist nur – die Ansprüche behalten, nicht die Fähigkeiten. Und jene Ansprüche melden sich gleich zuallererst, wenn obendrein und erst recht noch geschieht, was er in seiner Vorstellung schon erledigt hat. Es geschieht jedoch darum mit nicht minderer Wucht, und das beleidigt den Menschen und zeigt ihm die Ohnmacht seines schwächlichen Geistes. Ich machte diese Abschweifung deshalb, um den Zustand, man könnte sogar sagen, den Gleichgewichtszustand zu beschreiben, in welchem ich mich in der Sache Derainaux und Marianne befand. Ich sah alles voraus. Meine Frau wohl auch, sie wußte auf ihre Art Bescheid und handelte, und sogar rasch. Sie trachtete nämlich, das Erscheinen Louisons auf dieser so bestellten Bühne zu verhindern, womit sie bewies, daß sie den Fall ähnlich sah wie ich, nur eben nicht seine Unentrinnbarkeit, die ich unzweideutig empfand. Louison hielt sich damals in Paris auf und hatte seinerzeit den Wunsch geäußert, darüber hinaus noch einen Teil des Sommers in Deauville zu verbringen, welches Seebad jene uns befreundete Familie, bei der Louison in Paris wohnte, alljährlich aufzusuchen pflegte. Meine Frau war ursprünglich nicht entzückt, das Kind so lange Monate entbehren zu müssen. Jetzt aber bestärkte sie Louison in ihrem Vorhaben, sorgte dafür, daß diese genug Geld zur Verfügung habe, und schrieb ihr sogar, daß sie selbst gedenke, zu ihr nach Deauville zu kommen. – Nun gut, das sind Einzelheiten, bei denen ich zusah, gleichsam wie dem Wasserglase, das bald von der Tischkante fallen wird; die Anstalten meiner Frau hielt ich für im Grunde zwecklos und hatte damit recht. Denn vierzehn Tage später war Louison in Leipzig.«

Conrad, der sich hier freilich an die seinerzeitigen Andeutungen des Herrn von Hohenlocher erinnern mußte, hörte mit Begierde zu. Jede Kunde, die Louison betraf – und sie bildete für ihn den Mittelpunkt in des Präsidenten Erzählung, nicht aber Marianne – jede Kunde von Louison also war für Conrad ein Stoff, den er begierig aufsog, wenn sich Gelegenheit bieten wollte, den jedoch seinerseits durch Fragen fließen zu machen Takt und Rücksicht ja allermeist verboten.

»An dem, was nunmehr geschah«, fuhr der Präsident ruhig fort, »erscheint mir als das Wesentlichste, daß es keineswegs zum ersten Male geschah – zum ersten Male nur in solchem Material, bei solcher zwingenden Spannung in den Kapillaren des Lebens. Jedoch der Grundform nach kam hier ein Mechanismus in Bewegung, den ich, sozusagen aus dem Augenwinkel gesehen und aus halben Seitenblicken, schon von der Kinder- und Backfischzeit der beiden Mädchen her kannte. Ganz beiläufig, sage ich. Als ein Wasserglas an der Tischkante, das aber noch nie heruntergefallen war, so daß es richtige Scherben gegeben hätte, die zur klaren Kenntnisnahme – zumindest hintennach – denn doch zwingen ... Es ist eine bezeichnende Erscheinung gewesen, an die wir uns so allmählich gewöhnt hatten, daß, als die Mädels klein waren, jedermann zunächst immer von Marianne am meisten entzückt war, von ihren roten Wangen, weizenblonden Zöpfen, festen dicken Beinen und höchst vernünftigen Antworten. Louison wurde fürs erste weniger beachtet, sie wich mit ihrer ganzen dunklen und schlanken Erscheinung gleichsam weich und bescheiden zurück. Aber immer wieder, früher oder später, verfielen diejenigen, welche zuerst die kleine stämmige blonde Marianne angebetet und verwöhnt hatten, auf Louison, die zunächst im Hintergrunde gestanden war. Ich behaupte übrigens, daß Eltern ihre Kinder und die Kinder ihre Eltern als eigentlich lebendige Menschen zu sehen gar nicht leicht bereit sind, vielmehr füreinander eine gegenseitige Sollvorstellung bilden, die, wenn man sie genauer betrachtet, mit dem Gedanken, daß so ein Vater etwa ja auch ein eigenes Leben, eine Lebensgeschichte habe, fast unvereinbar erscheint ... Nun, meiner Ansicht nach wären vor allem die Eltern durch ihre in diesem Falle größere Befähigung verpflichtet, solche Befangenheit zu zerschmettern; jedoch, man glaubt es nicht, welche Kraft dazu gehört, einer Sache, die man dauernd so halb und halb und aus den Augenwinkeln wahrnimmt, den ganzen Blick voll zuzukehren, sie mit diesem Blicke zu umgreifen, ihr die scharfen Konturen einer Tatsache zu verleihen, durch die Magie des im Denken klar hingestellten Wortes ... Nein, man blickt aus den Augenwinkeln – und das Glas bleibt also an der Tischkante stehen. Nun, du wirst gleich sehen, wo ich da hinaus will, bei der ganzen Sache mit Derainaux, wie sie dann verlief ... es war nämlich von früher her und von Anfang an ein halb belichtetes Wissen in mir vorhanden von der eigentümlichen Beziehung, in welcher diese beiden Kinder standen, in Liebe und in Haß – und gerade das letztere lehnt man als Vater einfach ab, wo es zwischen Kindern auftritt, statt gerade dort die Augen ganz hinzuwenden, zu den Gründen des Hasses, meine ich. Nun also, später dachte ich freilich genau nach und habe auch mit meiner Frau viel darüber gesprochen, die in verwandter Weise und auf ihre Art Bescheid wußte, und ganz ähnlich wie ich – zu spät; zumindest kam die wirkliche Klarheit zu spät. Es gibt Brückenmenschen. Das ist die Formel, welche ich fand. Es gibt Menschen, die als Brücke zu anderen leiten, und ihre wahre Beziehung zu diesen anderen besteht eben lediglich in dieser ihrer Funktion; dazu gehört, daß sie am Ende übergangen, überschritten werden, diese ›pontifices‹. Ein solcher war der zwangsläufige Mechanismus zwischen Marianne und Louison, immer, nur bekam er, als zu Mahlendes, späterhin das schwerere und nahrhaftere Korn des Lebens aufgeschüttet, statt Tantengunst, Kinderfreundschaften und verwöhnender Geschenke, die sich da einst mit Regelmäßigkeit von Mariannchen allmählich auf Louison verschoben hatten ... Ich will damit zum Ausdruck bringen, daß alle jene Personen bloße Banalitäten redeten, die dann sagten, Louison hätte eben mit ihrem Erscheinen in Leipzig ›durch ihr geistsprühendes Wesen und ihr Verständnis für alle Fragen, welche einen Künstler wie Derainaux bewegten, die Hausbackenheit Mariannes sofort weit überflügelt‹. Das war die bloße Erscheinungsform der Sache für diesmal, in diesem Falle eben – weshalb es ja andererseits begreiflich erscheint, daß die Leute sozusagen den diesmaligen Inhalt für die gleichbleibende Form oder das Korn für die Mühle nahmen, um beim früheren Vergleiche zu bleiben. Ich selbst bin auch heute noch zutiefst davon überzeugt, daß Derainaux, wäre Louison gleich hier gewesen, bei Marianne begonnen und sein ›deutsches Erlebnis‹ auf keinen Fall übersprungen hätte: er hätte sie, ganz in der gleichen Weise, hinter sich gebracht, ohne sie je gehabt zu haben – du verzeihst wohl diesen präzisen, jedoch erhellenden Ausdruck. Vielleicht ist beim Künstler jene Vorwegnahme, von der ich früher sprach, wirklich stärker und sein Vorstellungsleben dem seines Schöpfers und einzigen Souveräns entfernt und doch um einiges mehr ähnlich als bei den anderen Menschen, so daß es ihn selbst wenigstens zu verändern vermag, wenn auch nicht das Leben draußen ...«

In Castiletz kreuzte sich ein unklarer Gedanke mit dem anderen. Er gedachte jenes Abends, da sein Vater, nach dem Eintritte ins Speisezimmer, sich wieder in einen solchen und also in eine Instanz zurückverwandelt hatte, während es in seiner Abwesenheit noch eher gelungen war, ihn – den man ja mit der

Hedeleg wußte oder glaubte – als einen sozusagen Lebendigen zu sehen. Dann wieder fühlte Conrad, und nicht zum ersten Male, ein seltsam schlechtes Gewissen wegen des Auftritts mit Marianne, der jenem gräßlichen Schrei von der Straße gefolgt war . . . obwohl ja hier alles sich in Ordnung befand, das heißt er selbst durchaus unschuldig an den Tränen seiner Gattin gewesen war, wenn man's nur genau nahm. Und doch, den Schwiegereltern gegenüber trat ihm diese Sache mehr als einmal in den Sinn, ja, er hatte sogar darüber nachgedacht, ob Marianne ihrer Mutter etwa davon erzählt haben könne . . .

»Nun«, sagte Robert Veik nach einer Pause, »eigentlich habe ich alles erzählt, was des Berichtes wert ist. Die Rolle – ihre wesentliche Rolle – in welche Louison nunmehr gedrängt ward, glaubte ihr niemand, am allerwenigsten ihre ältere Schwester. Auch Derainaux nicht, der jetzt um Louison kämpfte und ohne jede Aussicht auf Erfolg. Sie mag für ihn wie ein Gruß aus der Heimat gekommen sein, nicht so sehr im örtlichen, wahrscheinlich in einem viel tieferen Sinne . . .«

Bei diesen Worten seines Schwiegervaters wurde es Conrad so zumute, als schwemmte ihn etwas Stärkeres hinweg, als höbe es ihn von seinem sicheren Stande; und seine Hände, welche sogleich die Zügel der Ordnung ergreifen wollten, sie ergriffen nichts, denn sie fanden sich leer. Durch einige Augenblicke ging er so wie über dünnes Eis, dann erst wurde der Boden wiederum fest und undurchsichtig.

»Freilich hat sie ›Verständnis für alle Fragen gezeigt, die einen Künstler bewegen‹ – sie konnte ja ihrer Art nach nicht anders. Sie zeigte für Derainaux außerordentliche Achtung, ja, eigentlich viel mehr als das: einen sicheren und genauen Instinkt für die sich hier erhebende Autorität. Und nur darauf kommt es letzten Endes einem spirituellen Menschen gegenüber an, womit sich die Kritik im einzelnen von selbst erledigt, weil jedes Gebrechen einer solchen Person in ihrer Organik seinen Platz hat. Als Mann hat der Franzose für sie überhaupt nichts bedeutet. Bis heute allerdings sind meine Frau und ich die einzigen Menschen geblieben, die das wirklich wissen. Wir wußten es auch damals schon, noch lange vor Derainaux's Flucht aus Leipzig. Aber, denke dir, wir konnten gar nicht wagen, dies Marianne auch nur ein einziges Mal anzudeuten. So furchtbar, ich muß geradezu sagen, tierisch war ihr Leiden, daß sie Louison alle Absichtlichkeit, die sich nur denken läßt, in allen Einzelheiten unterschieben mußte – eine polemische Konstruktion nennt man dergleichen auch – wie um im Hasse ihren Schmerz zu betäuben, in einem Hasse, der jetzt wie der Funke an einer Zündschnur durch ihr ganzes Leben zurücksprang bis in die Kinderjahre und ihr freilich den früher beschriebenen Sachverhalt im Rückblicke riesengroß zeigte, jedoch – als ein Werk Louisons.«

Conrad erinnerte sich nochmals der beiläufigen und, wie ihm jetzt schien, leichtfertigen Art, in welcher Herr von Hohenlocher diese ganzen Vorgänge einst angedeutet hatte. Er empfand plötzlichen Ärger – zugleich aber etwas wie Neid gegenüber solch unverbindlicher und unverstrickter Auffassung der Sachen, ja, geradezu Sehnsucht danach.

»Im darauffolgenden Jahre ereignete sich die Katastrophe mit Louison«, sagte der Präsident.

»Wann geschah das eigentlich?« fragte Castiletz und eigentlich überflüssigerweise: sein Vater hatte ihm ja noch genau darüber geschrieben.

»Im kommenden Sommer werden acht Jahre seitdem vergangen sein«, erwiderte der Präsident.

Conrad hätte nun freilich sagen können, daß er zur Zeit, da das Unglück geschehen war, oder kurz vorher, sich hier in der Stadt befunden habe, als Sechzehnjähriger, bei seiner Tante, der Frau Erika von Spresse. Indessen, ihn befiel jetzt, nach der Begier, mit welcher er alles früher Gehörte in sich aufgenommen hatte, eine fühlbare und fast drückende Ermüdung. Diese ließ ihn selbst die kleine Mühe der Mitteilung scheuen und die möglicherweise daraus sich ergebende Notwendigkeit, Fragen zu beantworten. Er schwieg also.

»Derainaux hat Louison etwa zehnmal gemalt und die Bilder mit sich genommen«, sagte der Präsident nach einer Weile. »Diese Bilder waren prachtvoll und von seiner besten Art – bis auf eines, welches aus der vorübergehenden Überzeugung – man könnte auch sagen fixen Idee – entstand, daß Louison nur mit den Kunstmitteln einer ganz anderen Zeit als der unseren zum Ausdrucke gebracht werden könne. Er malte also, als sei er ein Zeitgenosse Watteaus, und die Sache verunglückte natürlich, das heißt, es entstand ein ›sprechend ähnliches‹ Bild, das aber malerisch fast so etwas wie ein Greuel ist. Dieses Bild hat Derainaux uns hinterlassen; es blieb in seinem Atelier stehen, und nachdem man von ihm nichts mehr hörte, nahmen wir es zunächst in Verwahrung. Zwei Jahre später ging die Nachricht von seinem Tode durch die Blätter. Meine Frau fuhr nach Paris, da sie hoffte, daß unter Derainaux's Nachlaß sich die herrlichen Bildnisse Louisons finden könnten. Zu der Zeit, als Derainaux diese Bilder malte, war es unmöglich gewesen, von ihm auch nur ein einziges zu erhalten, obwohl wir uns zu jedem von ihm verlangten Preise verstanden hätten: jedoch er gab sie nicht aus der Hand und schleppte sie alle mit. In Paris stürzten sich nach seinem Tode die Händler auf das Vorhandene; meine Frau bekam gleichwohl den ganzen Nachlaß noch zu Gesicht: es war kein einziges der Bildnisse Louisons darunter, sie blieben unauffindbar. Wahrscheinlich hat er alle vernichtet. So besitzen wir bloß jenes eine, das in dem kleinen Salon rückwärts hängt. Du kennst es ja.«

Damit beendete der Schwiegervater seine Erzählung; nach einer kleinen Pause streifte er gesprächsweise noch den oder jenen anderen Gegenstand, auch seine eigene berufliche Laufbahn, und zwar mit der seltsamen Bemerkung, daß ihm die Stellung und Wirksamkeit eines hohen richterlichen Beamten in irgendeiner Weise nicht ganz vereinbar schienen mit jener Breite der Lebensbasis, wie sie seinem Hause eigentümlich sei und sich, eben durch Frau und Töchter, ergeben habe. Für seine Gattin, welche aus rheinländischen Industriekreisen stammte, wäre dieses allerdings von Anfang an die selbstverständliche Folge gewesen. Jedoch, meinte der Präsident, ein Richter müßte eigentlich leben wie der ältere Cato. Dann schwieg er eine Weile hindurch und äußerte endlich noch, daß seit dem schrecklichen Untergange Louisons ihm die richterliche Praxis vielfach zur Qual geworden sei und daß er jeden größeren Kriminalprozeß im voraus fürchte. Seine durch viele Jahre betriebenen wissenschaftlichen Arbeiten rechtsgeschichtlicher Art gäben ihm nun begründete Hoffnung, in absehbarer Zeit den richterlichen Sitz mit dem Katheder eines Universitätsdozenten vertauschen zu können: zu seinem Glücke, müsse er aufrichtig sagen.

Für Castiletz wurde es Zeit zu gehen. Als er die breite Glastür durchschritt und über die Freitreppe von Holz in die gewärmte Halle hinunterstieg, fühlte er etwas wie einen neuen Raum unter sich, der zwar von ihm noch nicht eröffnet oder sozusagen angebrochen werden konnte, jedoch mit seinem Vorhandensein gleichsam heraufdrückte und wie tragend, so daß Conrad leichteren Schritts und geringeren Gewichtes zu gehen glaubte. Die Villenstraße, in welcher das von Robert Veik gemietete Haus stand – Benningsenstraße hieß sie – leitete aus diesem

Viertel geradewegs gegen das Ende der Königstraße. Conrad empfand plötzlich Widerwillen bei der Vorstellung des Verkehrstrubels hier und der zackigen Lichtbänder, das alles schien ihm jetzt scharf wie Salz zu wirken auf irgend etwas, das in ihm offen stand. Da es an der Ecke hier Automobildroschken gab, nahm er eine. Beim Einbiegen in die Wackenroderstraße schwenkte der Wagen so scharf, daß Castiletz gegen die eine Seite gedrückt wurde. Er sah, daß die schmale und früher so belebte Straße nun beinahe leer war.

Marianne war schon mit dem Ankleiden beschäftigt. Castiletz beeilte sich, und als er, bereits im Abendanzug, wieder in das Schlafzimmer trat, saß sie fertig vor dem Spiegel und wählte den Schmuck. Sie trug Weiß und Silber, diesmal mit großem Ausschnitt, ihre Büste wirkte breit, voll und fast mächtig, schlug wie mit Schwanenflügeln zu ihm herauf, der hinter ihrem Stuhle stand. Jetzt beugte Conrad sich ein wenig vor und griff über die bloße Schulter seiner Frau in eines der offenstehenden kleinen Putztischfächer, darin sich einzelne Schächtelchen und Etuis des Schmuckes befanden. Er nahm eines in die Hand, es war grünbraun marmoriert und von Leder; als er das Deckelchen springen ließ, zeigten sich auf ockerfarbenem Samte zwei Ohrgehänge, grüner Beryll in schwerer Fassung von Gold.

»Sind sie das?« fragte er.

»Ja«, sagte sie und wandte sich ihm halb zu.

»Willst du sie nicht auch einmal tragen?« sagte Conrad.

»Heute nicht«, erwiderte sie in einlenksamem Tone. »Zu diesem Kleid passen wohl nur Perlen, wenngleich ich sie nicht mag. Auch ist zum eigentlichen Tragen die Goldfassung allzu schwer. Sie tun mit der Zeit weh.«

Er beugte sich tiefer herab, über den Ausschnitt des Kleids; seine Lippen bewegten sich leise und nah an ihrem rechten Ohr:

»Trag sie einmal – bei Nacht«, sagte er.

In Mariannes Auge zersprang ein kleiner Stern, er zersprang in ein Kaleidoskop von Möglichkeiten. Darunter mag auch irgendwo jene gewesen sein, daß sie jetzt ihren Mann mit der Faust ins Gesicht geschlagen hätte. Jedoch, ihm zugewandt und da er den Kopf ein wenig hob, trafen sich ihre Blicke. In dem seinen stand ein Schmerz, kein hoher, jedoch ein verständlicher. In ihren Worten und deren Tonfall kehrte jetzt seltsam eine Haltung und Bewegung wieder aus der allerersten Zeit ihrer Ehe, vielleicht war es eine verwandte Bewegung wie jene, mit welcher sie einst in Italien vor ihm die Treppen hinaufgestiegen war. Also trat aus dem Kaleidoskop ihres Auges eine milde Mitte. Und sie sagte: »Ja, wenn du willst.« Denn nicht nur er hoffte. Auch sie.

# 3. TEIL

## 30

Wohl selten verläßt ein Ehefahrzeug den Hafen, auf dem nicht der Klabautermann früher oder später im Takelwerke gesehen wird. Und genaugenommen, hat dies noch recht wenig zu sagen, sonderlich wenn man erwägt, daß ja die Ehe selbst nichts anderes ist als eine Reihe von verwickelten Gleichgewichtszuständen und Schwebungen zwischen ihrem ständigen, ja zur stehenden Einrichtung gewordenen Ende und den periodischen Rückläufen ihrer Fortsetzbarkeit. Unter der Besatzung unseres Schiffes hier bemerkte man übrigens gleich zu Anfang Frau Schubert (Herr von Hohenlocher gestattete ihr solchen gelegentlichen Nebenerwerb), die während das junge Paar noch zu Rom geweilt hatte, in der neuen Wohnung mit neuen Vorhängen in die Stehleitern aufgeentert war.

Sonst und zu Unterhaltung und Umgang hatte auf der ›Castiletz‹ Heuer genommen, wer gerade dabeistand; etwa Peter Duracher mit sämtlichen ›jungen Leuten vom Tennisplatz‹, worunter nicht wenige mit Sonnengebräuntheit übertünchte Gräber sich befanden. Herr von Hohenlocher nannte diese Jünger und Jüngerinnen des Prokuristen die ›Caterva‹ – wie einst der römische Geschichtsschreiber Sallustius des Catilina Freundesschar – jedoch ohne Duracher, den er nicht leiden konnte, für einen Catilina zu halten. Aus der eigenen Sammlung steuerte Herr von Hohenlocher den Baurat Lissenbrech bei. Zu diesem hatte er Conrad schon lange vor dessen Verlobung einmal mitgenommen, um ihn die Schlacht von Redfontein aus den Burenkriegen sehen zu lassen – das konnte man nämlich bei Herrn Lissenbrech, und überhaupt gab es dort in Abständen immer eine neue Schlacht, von Hohenfriedberg bis St. Privat, von Colombo bis Königgrätz: alles dargestellt mit vielen Tausenden von Zinnsoldaten, kleinen Kunstwerken der Genauigkeit hinsichtlich der richtigen Bekleidung und Bewaffnung jedes Zeitalters. Sie liefen, schossen, ritten, fielen, knieten oder lagen verwundet auf mächtigen Tischen, von mehreren Quadratmetern, sie fluteten in Sturmwellen die Abhänge künstlicher Hügelchen empor, sprangen aus brennenden Häusern (schöne Modelle dieser Art wurden von Lissenbrech stets gesucht), oder sie attackierten zu Pferd in bunten Uniformen mit fliegender Attila. Keine Einzelheit fehlte. Bei Redfontein wurden rückwärts im Burenlager die Kühe gemolken, Wassereimer getragen und das Essen gekocht. All dem Gewimmel aber lag das genaueste geschichtliche, geographische und strategische Studium zugrunde, und bei einer solchen fertig aufgestellten Schlacht war immer eine bestimmte Stunde des denkwürdigen Tags gemeint und die in ihr sich darbietende Lage des Gefechtes. Lissenbrech besaß, laut genau geführtem Verzeichnis, zweiundsechzigtausendfünfhundert Zinnsoldaten.

Er war nicht kriegerisch. Er hatte dem Vaterlande brav gedient, gehörte jedoch keineswegs zu jenen Leuten, die Bedeutenderes als die Jahre des Krieges nicht erlebt haben, so daß diese im eigenen Wertgefühl einen Knoten oder eine Art Geschwulst bilden, die nie mehr ins übrige wirkliche Leben aufgelöst werden kann, sondern konserviert bleibt und nur gelegentlich mit der immer gleichen Überfülle der immer gleichen Geschichten aufbricht, besonders gern der nachdrängenden Jugend gegenüber, die hier zwar respektvoll zurückweichen muß, ohne allerdings was dafür zu können, daß sie nicht dabei gewesen ist. Nein, zu diesen Erzählern gehörte unser guter Baurat Lissenbrech nicht, und daß er sozusagen Schlachtenlenker geworden, wäre auf solch einfache Weise nicht zu erklären gewesen. Man verstand diese Tatsache zunächst überhaupt nicht, wenn man ihn kennenlernte, das heißt, es war schwierig oder unmöglich, zwischen ihr und ihm eine Verbindung herzustellen.

Sie blitzte jedoch mitunter auf, wenn er, am ausgedehnten Tische stehend, seine Heersäulen überschaute. Sie blitzte mit einem hellen, ja weißen Schein im blauen Auge, das zur durchsichtigen Kugel ward und jetzt wie ein bedrohlicher Fremd- und Sprengkörper über Gesicht, Person und das so behäbige Heim ein fahles Wetterleuchten warf. Dann wußte man, daß dieser gutmütige, wenn auch etwas reizbare Mann nicht nur des Ärgers fähig war, sondern des Zornes, eines tiefen, unheilbaren, nach innen gekehrten, nach innen abstürzenden Zornes.

Vielleicht marschierten dieserhalb die Regimenter, wer konnte es schon wissen. Herr von Hohenlocher, für sein Teil, verdankte dem Baurat ein Erlebnis, von dem er oftmals und viel später noch zu sagen pflegte, daß es zu seinen unverlierbaren gehöre, zu jenen, die er aus seinem Leben nicht mehr wegzudenken fähig sei, ja ohne welche er ›dieses Leben nicht als gelebt erachten könnte‹ (letzeres so wörtlich).

Vierzehn Tage nämlich vor jenem herbstsonnigen Nachmittage, da Conrad Castiletz dem Fräulein Marianne Veik vorgestellt worden war und dann gegen Peter Duracher angestrengt gespielt hatte, war es wieder einmal bei Frau Erika von Spresse zu einer schöngeistigen Veranstaltung gekommen, wie sie's liebte (daß Herr von Hohenlocher Conrads Tante mit jener Höllenziege verglich, von deren Euter sich des Teufels Großmutter vermutlich die Milch zum Morgenkaffee melke, war übertrieben, jedoch recht mager war sie schon, die Frau von Spresse). Der Abend verlief vornehm und fruchtbar; vornehm, da jedermann schon mit der schwarzen Masche des Gesellschaftsanzuges irgendwas Künstlerisches oder Schöngeistiges umzubinden durchaus für nötig befand; fruchtbar aber, weil dargetan wurde, was alles während eines Streichquartettes vorgehen kann, und nicht nur in den gehobenen Seelen der Hörer.

Hohenlocher und Castiletz drückten sich draußen herum während der Musik, und zwischendurch betraten sie auch jenen sehr würdig mit Kacheln und Marmor ausgestatteten Raum, welcher sich neben der geräumigen Kleiderablage befand. Als jedoch Herr von Hohenlocher eine von den weißlackierten Zellentüren öffnete, trat er betroffen zurück und bliebt stehen, erschüttert von der Gewalt eines Eindruckes, die ihm alsbald das Wasser aus den Augen trieb. Castiletz sprang herzu. Fast gleichzeitig übrigens mit dem Öffnen der Tür rauschte drinnen ein Katarakt.

In der sauberen Muschel stand aufrecht – der Baurat, und zwar bloßfüßig, mit bis zu den Knien hinaufgekrempelten Frackhosen, in regelmäßigen Abständen die Spülung betätigend, wie er nun erklärte, wobei sein gütiges Gesicht unter der Wucht dieser drangvollen Lage dem Ausdrucke nach in irgendeinen erschrockenen Zustand seines vierten oder fünften Lebensjahres zurückversetzt war.

Die neuen und viel zu engen Lackschuhe samt Strümpfen standen während solcher Prozedur still in einer Ecke des Räumchens, indes den gemarterten Füßen immer wieder stoßweise Kühlung ward. Der Baurat fand für nötig zu erklären, daß der Gebrauch des Toilettentisches draußen solche Bequemlichkeiten zum Fußbade nicht geboten hätte, außerdem wäre zu befürchten gewesen, daß jemand von den in der Kleiderablage befindlichen Bedienten den Raum betreten und ihn mit bloßen Füßen, also in ungewöhnlicher und lächerlicher Weise, in dem Toilettenraume angetroffen hätte. Jetzt freilich in seiner Verzweiflung habe er den Riegel schlecht vorgelegt.

Aber, was nützten solche vernünftige Zerlegungen und Darlegungen der ganzen Situation dem Herrn von Hohenlocher, über dessen Gesicht ein einziger Vorhang von Tränen fiel, während sein Gelächter fast unhörbar wurde, und zwar infolge von dessen sozusagen aufs höchste gestiegener Schwingungszahl.

Gleichwohl ward dem Baurat Hilfe. Hohenlocher, noch kaum bei Atem, stürzte zum Telefon, und man hörte, was er sagte:

»Schubert?! Sofort alte Lackschuhe einpacken, Auto nehmen, hierher zu Frau von Spresse. Galopp!«

Sie kam, und es war eine rechte Erlösung. Vorher noch hatte der Retter mit kurzem Griff einen seiner bequemen Lackschuhe vom Fuße gezogen und der Baurat hatte ihn probiert, wahrhaft mit einem lachenden und einem feuchten Auge.

Herrn Lissenbrech sah Castiletz mitunter auch bei Hohenlocher, wenn dieser abends mit ein paar Freunden trank, wozu Conrad nicht selten eingeladen wurde. Hier gab es noch manches bemerkenswerte Vorkommen, wie etwa den Doktor Velten, einen Nervenarzt, der sich Hohenlochers besonderer Wertschätzung erfreute, seit er einmal, durch die endlosen Leidensdarlegungen seiner Patienten aufs äußerste ermüdet und gelangweilt, einem solchen eingebildeten Kranken mit kurzer Bermerkung – »bitte nehmen Sie, während Sie über sich selbst sprechen, diese Larve vors Gesicht!« – eine zufällig an der Wand hängende Fastnachtsmaske gereicht hatte. Und nun saß jener da mit einer riesigen roten Nase und weißem Knebelbart, während er tiefernst seine Hemmungen und Zwangsvorstellungen beichtete. Auf solche Weise bot doch die Sprechstunde auch etwas fürs Gemüt des Arztes, der nun genug damit zu tun hatte, den Kampf gegen das Lachen zu führen. Doktor Velen war Amtsarzt, fand mit seinen bescheidenen Bezügen völlig das Auslangen und lebte im übrigen ganz der Forschung über die geistigen Entartungserscheinungen bei Kindern und deren letzte Ursachen; jedoch gab es eine Reihe von Nichtstuern und Halbnarren, die ihr zweifelhaftes Innenleben nur bei ihm, gerade nur bei ihm und bei gar keinem anderen Arzt lüften wollten. Sie füllten seine Sprechstuönden, und manchmal lief er auch vor solchen Patienten davon. Doktor Velten war ein überaus langer Mensch von seltener Nachlässigkeit der Kleidung, fast als hätte er am vorhergehenden Abende vergessen, sich auszuziehen. In der wissenschaftlichen Welt besaß er kein geringes Ansehen. Seine Art zu sprechen ging über die des Herrn von Hohenlocher noch weit hinaus, wenn man so sagen darf; denn bei dem Doktor hatte man nachgerade den Eindruck, daß er die Sätze nur ganz zufällig verlor, und zwar in des Wortes genauester Bedeutung verlor, nämlich so wie einem etwa Streichhölzer aus der Hosentasche fallen.

Diesmal, als Castiletz nach dem Abendessen um 9 Uhr in die Hans-Hayde-Straße 5 kam, lehnte am Kamin in dem großen Zimmer ein vierter Herr, welchen er noch nie gesehen hatte und der sich als Oberkommissar Doktor Inkrat vom hiesigen Präsidium bekannt machte. Herr von Hohenlocher hatte Inkrat unter der zooligschen Bezeichnung ›Varanus aridus Inkrat‹ in seine Sammlung eingereiht, und tatsächlich eignete dem Manne irgendwas Reptilisches und Trockenes. Diese menschlich-unmenschliche Besonderheit fand, wenn man genauer zusah, darin ihren Ausdruck, daß – alles nicht durchaus Unentbehrliche an seinem Kopf fehlte, etwa die Augenbrauen und Wimpern fast ganz, ebenso der größte Teil des Haupthaars. Der Blick wirkte wie aus lidlosen Augen, und das zeitweise Erscheinen einer richtigen ›Nickhaut‹ hätte in dieses Antlitz vollständig gepaßt. Das Haupt, welches länglich, ja birnenförmig war, wurde fast nie bewegt, und ebenso vermied der hochgewachsene und breitschultrige Körper jede unnötige Veränderung seiner Stellung. Unter den Kleidern schienen harte Muskeln zu ruhen. Auch die Sprache war sparsam und mager, also reptiloid-trocken, wenn man will. Sie schien noch niemals durch irgendwelches Gefühlsleben in Unordnung oder Umordnung geraten zu sein.

›Varanus aridus‹ hatte nach der Begrüßung sogleich wieder seine frühere Stellung am Kamine bezogen. Über einen Teil der Ottomane – wo das Tischchen mit den Getränken stand – erstreckte sich der Doktor Velten, lässig, da und dorthin verteilt, während der Baurat in mehr kugelig-hamsterähnlicher Art gesammelt in sich selber ruhte. Er saß vorgebeut am Rande des Ruhebettes, die Arme auf den Knien. Es gab heute noch einen zweiten Tisch mit Flaschen, an welchem Hohenlocher jetzt im Hintergrunde des Raumes herumhantierte.

»Trinken Sie«, sagte er zu Conrad, »Sie werden nämlich gleich geprüft; Sie müssen ja noch was wissen, weil Sie noch nicht so lange den Schulen entlaufen sind wie wir.«

»Nur keine Frage aus Färberei oder Textilchemie«, sagte Castiletz und kippte das flache bläuliche Glas; dieser Gin da schmeckte ihm ganz ausgezeichnet. Herr von Hohenlocher schenkte neuerdings ein.

»Nein, Sie werden aus Geschichte geprüft«, sagte er dann.

»Die Schulen durchlaufen, den Schulen entlaufen – glücklich allein ist die Seele, die liebt«, sagte Doktor Velten.

»Erlauben Sie – aber was wollen Sie damit sagen?« fragte Herr von Hohenlocher.

»Nichts«, sagte Velten.

»Dann ist es gut«, erwiderte Hohenlocher. »Nun zu Ihnen, Herr Castiletz: was wissen Sie über die spanische Inquisition?«

»Ja . . .«, sagte Conrad, »da wurde verbrannt . . .«

»Soll bei anderen Anlässen auch vorgekommen sein«, tönte es vom Kamine.

»Ungenügend«, stellte der Baurat fest.

»Setzen Sie sich«, sagte Herr von Hohenlocher zu Castiletz.

»Wir sprachen davon . . .«, bemerkte der Baurat, zu Conrad gewandt. »Aber – was mich am meisten an der ganzen Geschichte interessieren würde«, fuhr er fort, »wäre die Frage: woher kommt uns eigentlich eine genaue und von Fabeleien freie Kenntnis der inneren Einrichtungen und Einzelheiten dieses fürchterlichen Institutes?«

Solcher Quellenfrage gegenüber herrschte durch einige Augenblicke allgemeines Schweigen. Es war schon ein Weilchen vergangen, als eine unbewegte Stimme vom Kamine her endlich sagte:

»Der letzte Generalsekretär der Inquisition, schon im 19. Jahrhundert, war ein gewisser Llorrente. Dieser Mann war dem Institut gegenüber feindlich eingestellt. Das gesamte Material ist ihm zugänglich gewesen, und er hat später, nach Aufhebung der Inquisition in Spanien, eine aktenmäßige Geschichte derselben in mehreren Bänden veröffentlicht. Daher vornehmlich unsere Kenntnis.«

Sein Mund schloß sich nach getaner Aussage wie ein Briefkasten, breit, jedoch fast ohne Lippen.

»Das Wissen als Katastrophe«, sagte Doktor Velten; eigentlich dachte er laut und verlor dabei versehentlich einige Worte.

»Ja – woher wissen Sie denn das alles?« sagte der Baurat mit einem Staunen, das offen stand wie ein Kindermund.

»Ich beabsichtigte einmal, eine Geschichte der Geheimpolizei aller Zeiten und Länder zu schreiben. Hierher gehört auch die Inquisition als eine Art Polizei mit dogmatischem Oberbegriff. In diesem Zusammenhang las ich Llorrentes Werk.«

»Das wäre ja ein ganz unerhört interessantes Buch geworden!« rief der Baurat. »Noch dazu von einem Polizeifachmann! Werden Sie es nicht beenden?«

»Ich habe es nie begonnen. Es bestand nur einst bei mir diese Absicht.«

Conrad biß jetzt auf das angeschlagene Thema. Ein Hauch jener Romantik, die er vorlängst hier empfunden hatte, in diesem selben Raume, berührte ihn – und auch heute, als an einem noch kühlen Frühjahrsabend, glühte ja hinter dem Ofengitter der Koks (von Frau Schubert durchgerüttelt), lag das große Zimmer unter dem warmen und gedämpften Licht der bunten Lampe über dem Diwan.

»Immer habe ich es mir schauderhaft vorgestellt, in einer Zeit wie jener damaligen zu leben, in Spanien nämlich, als es dort die Inquisition gab«, sagte Conrad. »Der geringste Verdacht oder irgendeine Angeberei genügte ja, um das Entsetzlichste herbeizuführen. Wie konnte man damals überhaupt seines Lebens froh werden, oder sich mit irgend etwas beschäftigen ...«

Bei diesen letzten Worten dachte Castiletz unvermittelt an Günther Ligharts, an das einstmalige Knabenzimmer und das Gefäß mit den schwarzen Molchen oben auf dem Kasten – jedoch streifte ihn diese Vorstellung so rasch, zwischendurch und gleitend, daß er nicht einmal dazu kam, sich zu verwundern.

»Was an Schrecken oder Großartigkeiten von einer Zeit im Menschengedenken übriggeblieben und auf uns gekommen ist, sehen wir durch die weite Perspektive gleichsam zusammengedrängt. Damals war es verteilt und schwamm in der Flut einer ganzen Zeitstimmung, ja, es befand sich vielfach fast in der Schwebe des beinahe Selbstverständlichen. Wenn ich ein wenig nur übertreiben würde, der Deutlichkeit halber, dann könnte ich mir vorstellen, daß von der Inquisition die meisten so wenig was bemerkt haben dürften wie die Zeitgenossen der sogenannten ›Renaissance‹ von der großen Kunstepoche in Italien.«

Der Briefkasten schloß sich nach dieser Rede.

»Zudem hat die Inquisition in Spanien sich überwiegend gegen die Reichen und Vornehmen gewendet«, bemerkte der Baurat. »Also gegen einen kleinen Kreis von Menschen.«

»Wegen der Gütereinziehung. In südlichen Ländern ist zudem gutes Brennholz kostspielig. Die Rentabilität spielte vielleicht eine gewisse Rolle dabei«, sagte Herr von Hohenlocher.

»Ich wüßte schon ein paar Leute, die man rentabel verbrennen lassen sollte«, meinte der Doktor Velten. »Auch unter meinen Patienten. Sehr dürre Schizoide. Man könnte mit denen sogar einheizen, wenn man sie klein macht.«

»Ein guter Arzt muß ein guter Mensch sein«, zitierte der Baurat, immer noch kugelig-hämsterlich am Rande der Ottomane sitzend; er lachte in sich hinein und wackelte dabei ein wenig.

Conrad drängte zu romantischeren Auffassungen, welche man ihm hier störte. »Es hat doch auch in neuerer Zeit solche Dinge gegeben«, sagte er. »Denken Sie an die berühmte ›Dritte Abteilung‹ der kaiserlich russischen Polizei, die sogenannte ›Ochrana‹. Ich habe einmal einen Roman darüber gelesen, der in Petersburg spielte.«

»Nun gut«, sagte Doktor Inkrat. »Die mag vielleicht besonders bekannt geworden sein, wegen der außerordentlichen Verhältnisse. Aber Sie vergessen ganz, daß es überall auf der Welt eine Geheimpolizei gibt und geben muß.«

»Eigentlich eine merkwürdige Vorstellung; daß man zum Beispiel durch irgendeinen ganz nebensächlichen und dummen kleinen Umstand sich verdächtig gemacht hätte und als harmloser Mensch nun ständig beobachtet und überwacht würde.« Conrad entzündete sein eigenes Interesse mit Behagen, etwa wie man in ein Feuerchen bläst.

»Na, das brauchte wohl niemandem Unruhe zu machen«, sagte in reptilischer Unbeweglichkeit leichthin der Fachmann. »Wir wissen es nicht und wir erfahren es auch glücklicherweise nie, was rundum alles sich oft gegen uns in Bewegung setzt und dann irgendwo stecken bleibt, ohne jemals zu unserer Kenntnis zu gelangen. Anders könnte man ja keine Nacht ruhig schlafen, sondern würde die Stunden damit verbringen, ein gespaltenes Haar noch einmal zu spalten, um am Ende als Patient beim Doktor Velten etwa eingeheizt zu werden. Nein, da bin ich anderer Meinung. Gegen jeden von uns läuft sozusagen irgendwo und irgendwie ein Akt, der von Zeit zu Zeit Vermerke bekommt, Ergänzungen und Richtungsweiser. Ist er einmal abgeschlossen, dann zeigt sich wahrscheinlich, daß schon im Wasserzeichen des Papiers alles gestanden hatte, was später darauf geschrieben worden war. Und, um jetzt auf die Geheimpolizei zurückzukommen – so ist diese gewissermaßen nur ein Symbol und um nichts mehr als die Sichtbarmachung einer ganz allgemeinen Tatsache des Lebens an einer bestimmten Stelle und in Form einer notwendigen Institution.«

»Gegen Sie läuft hier ein Akt, Herr Doktor Inkrat, nämlich aus der Flasche«, sagte Herr von Hohenlocher und reichte ihm das Glas: nun endlich bewegte sich Varanus aridus, als er es entgegennahm und unverzüglich leertrank.

»Es ist erstaunlich«, sagte Doktor Velten.

»Was ist erstaunlich?« fragte der Baurat.

»Nun . . . die Sicherheit des Urteils. Eben jetzt, zum Beispiel. Das war ausgezeichnet, allen Ernstes, Doktor Inkrat. Aber jedes Urteil, jede Meinung, das alles bleibt für mich letzten Endes in gewissem Sinne erstaunlich, ob nun mehr oder weniger scharf und treffend . . . auch wegen der Geschwindigkeit. Es würde mich sehr interessieren, zu erfahren, ob Sie . . . alles das, was Sie jetzt eben sagten, schon einmal in Worten, in ähnlichen Worten vielleicht, gedacht haben?«

Die Unsicherheit und Nachdenklichkeit, mit welcher er sprach, schloß jeden Beigeschmack von Ironie aus; wiederum schien Doktor Velten nur laut zu meditieren.

»Ich habe es seinerzeit sogar mit fast eben denselben Worten niedergeschrieben, als Versuch einer Einleitung zu jenem Buche, das ich einmal verfassen wollte«, sagte der Varan. »Indessen, ich glaube zu wissen, wo Sie hinauswollen, Doktor, und ich muß gestehen, daß ich in dem Punkte ähnlich empfinde wie Sie.«

»Passen Sie gut auf, Castiletz«, sagte Hohenlocher zwischendurch, während er einschenkte, »hier können Sie auch außer dem Saufen noch was lernen.«

»Ja – und was halten Sie nun davon . . . ich meine, was ist es, Ihrer Meinung nach, was da von uns als – erstaunlich empfunden wird?«

»Ich bin kein Psychiater«, erwiderte der Briefkasten langsam. »Ich kann also die Sache nicht in der Weise auseinanderlegen, wie Sie es vielleicht vermöchten, sondern nur logisch. Unser Staunen über die raschen und vielen Urteile, welche überall rund um uns und in bezug auf alles und jedes abgegeben werden, kommt, wie ich glaube, daher, daß wir sozusagen immer wieder auf die Urteilsform hereinfallen, in welcher all diese Lebensäußerungen erfolgen, die jedoch eben nur der Form nach und mit ihrer logischen Geste – wozu ja die Sprache zwingt! – als Urteile auftreten, innen aber mit ganz der gleichen Substanz erfüllt sind wie irgendeine der vielen Zuckungen des Lebens, im Angriff oder in der Verteidigung, im Versuch der Behauptung des eigenen Werts oder der Herabsetzung des fremden, im Versuche, laut zu sagen, was man derzeit selbst gerne glauben würde, weil es für die eigene Lebenskraft stärkend wäre . . . kurz: was wir, immer wieder von der logischen Form, in der hier das ganz unlogische Leben auftritt, fasziniert, für ›Urteile‹ halten, das ist wesentlich gar nicht verschieden von der raschen Handbewegung etwa, mit welcher man die Mücke abwehrt, oder von der gleitenden Veränderung des Gesichtsausdruckes beim Gespräch mit verschiedenen und verschiedenartigen Personen in einer Gesellschaft . . . und hier wundern wir uns nicht über die Geschwindigkeit der automatischen Reaktion. Jene ›Urteile‹ aber sind durchaus gar nichts anderes, nur eben in ein logisches Kostüm geschlüpft – mit welchem die Sprache jede Reaktion bei ihrem Austritte durch den Mund bekleidet. Ein willkürlich geschöpftes Probierglas voll trüber Flüssigkeit des Lebens, nur eben in der logischen Eprouvette, das sind die ›Urteile‹; sie kommen mindestens so rasch zustande wie ein Hüsteln, ein Lächeln, ein Ärger. Ja, sie sind im wesentlichen nichts anderes als der Zustand des Teints, den wir gerade zeigen, oder unsere zeitweilige Vorliebe, auf der rechten Seite und dann wieder links einzuschlafen. In der Tat, die Urteilsweise der meisten Menschen besteht einfach darin, daß sie ihre eigenen Ausdünstungen generalisieren.«

»Prost!« sagte Herr von Hohenlocher.

»Kritik der Urteilskraft«, bemerkte der Baurat.

»Nein, sondern der Scheinurteile«, sagte Inkrat unbewegt.

»Gestatten Sie«, protestierte Herr von Hohenlocher, »wenn ich morgen zum Beispiel eine Steuersache beurteilen soll, ist dann das Ergebnis meiner Arbeit auch nur eine Ausdünstung?«

»Ja«, sagte Doktor Inkrat, »wenn Sie auf den Steuerakt irgendeines Ihnen völlig fremden Menschen spontan zu reagieren pflegen, dann schon.«

»Das kann man unmöglich verlangen«, bemerkte Doktor Velten.

»Man könnte ja schließlich auch ein temperamentvolles Verhalten für das menschlich wertvollere halten«, sagte der Baurat, dem nun alle sich zuwandten, da er zum ersten Male an diesem Abend eine eigene Meinung aussprach, »also etwa: Wutausbruch mittlerer Stärke beim bloßen Anblicke der Schrift einer Partei und daraus folgende steuerliche Vernichtung derselben soweit wie möglich.« Seine Augen traten ein wenig vor, wie durchsichtige Kugeln.

»Und so spricht ein Feldherr, dessen Sache ruhige Überlegung sein sollte!« rief Hohenlocher. »Aber schlimmer finde ich es noch, daß ein Kriminalist nicht an die Logik glaubt, auf welcher er hohe Schule reiten sollte.«

»Rein logische Urteile gibt es im praktischen Leben überhaupt nicht«, sagte Doktor Inkrat, immer noch unbeweglich am Kamin verharrend, »und schon gar nicht in der Kriminalistik. Auf diese Weise ist noch kein Fall aufgeklärt worden. Auch in der Medizin gibt es keine rein formalwissenschaftliche Diagnostik, wie Ihnen der Doktor Velten, falls er nicht zu faul dazu ist, sicher gerne bestätigen wird.«

»Zu faul«, sagte Velten leise und in bekümmertem Tone.

»Er behandelt Verrückte, denen er Masken aufsetzt«, sagte Hohenlocher. »Wo bleibt da die Logik!«

»Sie bleibt als Verpflichtung und als ein Maß, dem wir uns immer annähern wollen«, erwiderte Inkrat. »Ein Polizist hat zum Verbrecher, ein Arzt zum Patienten jedoch weit tiefer liegende Beziehungen, und sie sind es, durch welche hauptsächlich was ausgerichtet wird. Im übrigen erinnere ich Sie daran, daß ich seit sieben Jahren nicht mehr der Kriminalpolizei angehöre – Sie wissen wohl seit wann – sondern dem weit harmloseren Personalreferate.«

»Seit Sie im Falle Louison Veik falsch ausgedünstet haben«, sagte Herr von Hohenlocher vergnügt und bissig und zog die Nase in Falten.

»Ganz recht«, entgegnete Inkrat. »Ich kam an die Grenzen dieser Wissenschaft und ließ mich versetzen.«

»Dieser junge Herr ist mit der Schwester der Ermordeten verheiratet«, sagte Hohenlocher und wies auf Castiletz.

Inkrat bewegte sich kaum, er wandte nur den Kopf ein wenig nach Conrad und sagte: »Nun, da werden Sie ja von dieser mysteriösen Geschichte ohnehin alles wissen, was es da zu wissen gibt, ebensoviel wie die Polizei, nämlich: nichts.«

Zum ersten Male fühlte Castiletz, daß ihm hier bereits etwas nachzulaufen begann, was er bisher stets aufzusuchen getrachtet hatte: hier war das Gespräch ganz überraschend und von selbst auf Louison gekommen. Seine Empfindung jetzt war eine nahezu peinliche. Jedoch er griff sogleich den Gegenstand auf; es wäre ihm unmöglich gewesen, diese Gelegenheit durch Schweigen vorübergehen zu lassen.

»Ich weiß eigentlich noch weniger«, sagte er, »das heißt, mir sind nicht einmal die äußeren Umstände der Katastrophe recht bekannt geworden. Sie werden begreifen, daß es für mich nicht leicht ist, in der Familie Fragen zu stellen, die ins einzelne gehen, aus gebotener Rücksicht. Mein Vater schrieb mir bei Lebzeiten noch darüber, aber gerade die Einzelheiten gegenständlicher Art, welche mich interessiert hätten, da sie ja so etwas erst ganz anschaulich machen, hat er übergangen. Und ich selbst war, als das Unglück geschah, fünfzehn Jahre alt und noch kein Zeitungsleser. Ich wäre Ihnen geradezu dankbar, Herr Doktor, wenn Sie mir etwas über das Ende der unglücklichen Schwester meiner Frau sagen würden.« Conrad fühlte nach diesen Worten mit Zufriedenheit, daß er seine Bitte artig vorgebracht hatte.

Hohenlocher schwenkte eine Flasche. »Erzählen Sie, erzählen Sie!« rief er. »Hätte das selbst schon gerne einmal ordentlich der Reihe nach und genau gehört. In den Zeitungen stand übrigens auch etlicher in aller Eile hervorgebrachter Quatsch. Nun – tun Sie unserem Benjamin den Gefallen, wenn er schon so honett darum gebeten hat. Castiletz, Sie sind überhaupt ein sehr artiger Mensch, das Zeugnis kann ich Ihnen ausstellen. Jedoch – vor Sherlock Holmes' Erzählung: allgemeiner Umtrunk!«

»Uzen Sie Ihre Urgroßtante, Hohenlocher«, sagte Inkrat. Zum erstenmal an diesem Abende sah man ihn lachen. Seine langen Knochen kamen in Bewegung, er löste sich vom Kamin los und versank, die Gliedmaßen ausstreckend, in einem mit Leder gepolsterten Korbsessel.

Die Schubert erschien mit schwarzem Kaffee und den Sektgläsern. Auch der Baurat Lissenbrech hatte nun einen bequemen Armstuhl aufgesucht und saß nicht mehr hämsterlich um den eigenen Bauch gesammelt, sondern zurückgelehnt, wobei ein beachtliches Volumen vortrat. Nur Doktor Velten blieb wie früher auf dem Diwan verteilt, während die anderen jetzt einen Halbkreis um den Trinktisch bildeten.

Auf diesem stand, neben anderen Rauchereien, auch eine offene Schachtel heller kleiner Importen. Castiletz, den übrigens wieder einmal ›die Romantik der Situation‹ zu tragen begann, wie das Wasser einen Schwimmer – während in diesem Wasser gleichzeitig irgendeine unbestimmte Vorstellung umtrieb, welche mit dem Namen ›Benjamin‹ verknüpft schien – Castiletz also beugte sich vor, nahm eine von den kleinen Zigarren, betätigte den Abschneider und steckte die Zigarre in den Mund. Es war erstmalig, er fühlte den ganzen Reiz des Neuen; es war erstmalig, daß er anderswo so ein Ding entzündete als bei seinem Schwiegervater und somit gewissermaßen selbständig. Ja, es war nicht weniger erstmalig und ein Abschnitt wie – das Verbrennen jener Pierrot-Karte des Günther Ligharts. Daran dachte er jetzt.

»Seit wann rauchen Sie?« fragte Herr von Hohenlocher. Und da Conrad, statt eine richtige Antwort zu geben – die übrigens genau zu erteilen ja gar nicht so einfach gewesen wäre – nur vielsagend lächelte, fügte Herr von Hohenlocher hinzu: »wie ein Kommerzienrat!«

»Der Sachverhalt war der folgende und ist in wenigen Worten zu erzählen«, sagte Inkrat, nachdem er in seiner neuen Körperstellung wieder bewegungslos wie früher sich befestigt hatte. »Am 25. Juli des Jahres 1921 lief in Erfurt um etwa halb fünf Uhr früh, wie täglich, der von Stuttgart kommende und nach Berlin bestimmte Nachtschnellzug ein. Bei der Revision fand sich ein Abteil zweiter Klasse im vorletzten Wagen des Zuges verschlossen. Der Schaffner öffnete mit dem Coupéschlüssel und erblickte darin die Leiche eines jungen Mädchens, deren Kopf eine furchtbar klaffende Verletzung zeigte. Alles war voll Blut, auf dem Boden lag ein Handkoffer, dessen Inhalt herausgefallen und verstreut war. Zwischen den verkrampften Händen hielt die Tote eine leere Kassette oder Schachtel. Das Fenster war herabgelassen. Die Leiche lag schräg auf der, im Sinne der Fahrtrichtung, rückwärtigen Polsterbank. Die Ermordete schien sich im Todeskampf stark herumgeworfen zu haben. Der Beamte bewahrte die Fassung, verschloß das Abteil sofort wieder, verständigte die Bahnhofsleitung, und eine Viertelstunde später waren wir mit der Kommission an Ort und Stelle.«

»Sie waren dabei, ich meine bei der Mordkommission?« sagte Herr von Hohenlocher. »Das wußte ich gar nicht.«

»Ja, ich war damals in Erfurt zugeteilt. Ein Jahr nach der ganzen Geschichte wurde ich hierher versetzt, auf meinen Wunsch. Die Untersuchung mußte naturgemäß auch mit den Eltern der Ermordeten eine lebhafte Fühlungnahme bringen; ich war in dieser Sache mehrmals in Leipzig, bei Ihren nunmehrigen Angehörigen, Herr Castiletz, welche damals dort lebten.«

»Was stellte nun die Kommission fest?« fragte Doktor Velten vom Diwan herüber.

»Ihre Aufgabe war ja zunächst nur, den Tatbestand genau

aufzunehmen und etwa sofort nötige Maßnahmen zu treffen. Unmittelbar vorher gab es jedoch einen bemerkenswerten Zwischenfall, welcher auf die einzige Spur führte, die man in dieser Sache finden und verfolgen konnte, wenn auch vergebens, wie sich später zeigte. Der Zug war selbstverständlich aufgehalten worden, alle Fahrgäste hatten ihre Personalien anzugeben und sich auszuweisen. Die beiden letzten Wagen wurden abgekoppelt und verschoben, zudem durfte niemand, der sich darin befand, sie verlassen, vielmehr mußten sich die Reisenden in dem einen Waggon versammeln: das alles hatten wir, sogleich nach dem Einlangen der Meldung, durch die am Bahnhofe im Dienste stehenden Polizeiorgane veranlaßt; nicht zur Freude der Reisenden, wie sich leicht denken läßt. Die Polizei allerdings weiß ganz gut, wie weit der Laie davon entfernt ist, auch nur zu ahnen, welch eine subtile Sache solch eine Untersuchung sein oder werden kann; die Polizei also darf nicht im falschen Augenblicke Wert auf Popularität legen, sondern nur auf die Erfüllung ihrer schwierigen Aufgabe. Ich lief mit einem alten Kriminalinspektor durch das Bahnhofsgebäude voraus, um zu sehen, ob die angeordneten Maßnahmen durchgeführt seien; wir hatten dabei in wenigen Augenblicken einen Plan entworfen, für den es notwendig war, daß sich kein Eisenbahnbeamter in den abgehängten Waggons befinde. Das veranlaßten wir nun rasch. Einige Minuten, bevor die übrigen Herren anlangten – ich meine die Kommission mit Oberkommissär, Arzt, Photograph und so weiter – bestiegen wir den Wagen zweiter Klasse und standen vor der verschlossenen Türe des in Frage kommenden Abteils auf dem Gange, wo sich die festgehaltenen Reisenden teils unmutig, teils neugierig versammelt hatten. Und nun machte ich meinen Versuch, der im wesentlichen auf ein bei mir sofort erwachtes Mißtrauen gegen jenes so eindeutig offenstehende Fenster zurückging – diese Einzelheit war dem Schaffner, welcher die Tote entdeckt hatte, scheinbar besonders aufgefallen und mit der ersten Meldung zwischendurch auch an uns weitergegeben worden. Ich hatte das am Telefon selbst mit abgehört, da ich im Nachtdienste stand; dieses offene Fenster gefiel mir nicht, ich möchte fast sagen, ich empfand dagegen etwas wie Opposition. Die Aussage, welche dieser Umstand machte, war allzu deutlich, sie drängte sich sozusagen vor, sie wollte gehört sein . . . Ich gedachte daher, es einmal mit der Türe zu versuchen; denn auf das Fenster konnte ich immer noch zurückkommen, wenn mir ein Baustein fehlte. Nun, wir hatten die Entfernung aller Schaffner veranlaßt, aus dem einfachen Grunde, weil jeder von ihnen einen Coupéschlüssel bei sich trägt; bekanntlich kann man ein Abteil von innen verriegeln, von außen jedoch gleichwohl öffnen und auch wieder verschließen, wenn man einen derartigen Schlüssel gebraucht. Reisende tragen ihn mitunter bei sich, obwohl die Benutzung eigentlich für einen Fahrgast unzulässig und dem Bahnpersonal vorbehalten ist. Wir standen also auf dem Gange vor der verschlossenen Tür: und somit hatte ich die gewünschte und künstlich herbeigeführte Gelegenheit, mich an die in den übrigen Abteilen und teils auf dem Gange versammelten festgehaltenen Fahrgäste der beiden letzten Waggons mit der höflichen Frage zu wenden, ob jemand vielleicht einen Coupéschlüssel bei sich habe, da ich einen solchen augenblicklich benötige. Alle verneinten und bedauerten. Daraufhin ordnete ich die Durchsuchung an. Nun, es waren etwa vierunddreißig Fahrgäste, darunter mehrere Damen, man mußte weibliche Hilfskräfte kommen lassen – kurz, die Aufregung war nicht gering und die Prozedur, zu welcher ein Abteil im Nachbarwagen benutzt wurde, dauerte lange genug; inzwischen war längst die Kommission vollzählig eingetroffen und in dem nunmehr mit meinem eigenen Coupéschlüssel geöffneten Mordabteile tätig. Auch ich befand mich noch dort, als mir gemeldet wurde, daß bei einem der Fahrgäste ein Coupèschlüssel gefunden worden sei. Ich sah mir den Mann an, erinnerte mich sogleich, daß er, als ich meine Frage gestellt, unweit von mir auf dem Gange befindlich gewesen war und sogleich bedauernd und verneinend geantwortet hatte. Der Schlüssel war am Ring mit seinen übrigen Schlüsseln vereinigt. Ich ließ diesen Herrn – Henry Peitz hieß er und zeigte sich äußerst aufgebracht – sogleich verhaften.«

»Diese Einzelheiten standen nicht in den Blättern«, sagte Herr von Hohenlocher.

»Nein«, erwiderte Inkrat. »Es besteht kein Grund, den Zeitungen Methodisches mitzuteilen. Wäre Peitz vor Gericht gekommen, dann allerdings hätte man diese wichtigen Umstände im Prozesse eingehend erörtert.«

»Hat man keine Fingerabdrücke in dem Abteil der Ermordeten feststellen können?« fragte Castiletz sehr angeregt.

»Die feststellbaren stammten von ihr selbst«, sagte Inkrat. »Im übrigen halten Sie das für zu wichtig. Die Verbrecherwelt ist dem Fortschritte, welchen die Daktyloskopie einst für die Kriminalistik darstellte, längst nachgekommen, zumindest die große Verbrecherwelt; in dieser trägt man bei solchen Anlässen Handschuhe.«

»Was geschah nun weiter mit Peitz?« fragte der Baurat, dessen Augen wieder sehr lebhaft und in irgendeiner Weise hell und durchscheinend geworden waren.

»Er wurde natürlich festgesetzt. Die anderen entließ man, nachdem ihre Namen und Aufenthaltsorte vermerkt, ihre Gepäckstücke durchsucht und die Ausweise nochmals geprüft worden waren. Die Identität der Toten konnte übrigens sofort ermittelt werden, da sich ihr Reisepaß fand. Sie kam aus dem Auslande, von Zürich, befand sich also seit vier Uhr nachmittags im Zuge und besaß einen Fahrtausweis bis Leipzig, wo sie zum Morgen von den Eltern erwartet worden war. Uns oblag nun freilich die Pflicht, diese zu verständigen; darüber hinaus galt es sogleich, eine Reihe wichtiger Umstände in Erfahrung zu bringen. So erfuhren wir von dem Schmuck, welcher sich in der Kassette befunden hatte. Er war von uns gleich vorausgesetzt worden, das ganze Bild bot sich ja unzweideutig als das eines Raubmordes dar.«

Ungefähr an dieser Stelle der Erzählung Inkrats kam Castiletz so weit, seinen eigenen augenblicklichen Zustand zu begreifen: er war betrunken, das war alles, er vertrug ja nichts. Sehr einfach! Daher das Gefühl einer seltsamen Lähmung, das ihn gefangen hielt, wobei alles, was er hier hörte, immer dichter an ihn herandrang, ja gewissermaßen über ihn herfiel. Es war im Augenblicke zu verwickelt, um geordnet werden zu können; daß es jedoch geordnet werden mußte, das stand außer Frage: und zwar auf das gründlichste. Der Weg zu dieser Ordnung führte über ein Heft, das sich im Reisekoffer befand – ja, diese unklare Vorstellung brachte ihm jetzt eine gewisse Erleichterung. Man brauchte das schließlich nur zu holen. Jedoch – wie ein Träumer aus dem Traum – erwachte er jetzt zu einer größeren Klarheit und Festigkeit dieser vor ihm nebelnden Bilder: und im selben Augenblicke erwiesen sie sich als unsinnig, als jeder Wirklichkeit bar, und nicht als hoffnungsvoll.

»Bei dem Gepäck des Henry Peitz befand sich eine Tasche mit Golfschlägern. Die Ärzte sprachen sich dahin aus, daß ein Instrument dieser Art möglicherweise als verwendetes Mordwerkzeug in Frage kommen könne; jedoch neigten sie eher dazu, irgendein kürzeres und plumperes Schlagwerkzeug anzunehmen. Die Lage der Toten auf der rückwärtigen Polsterbank des Abteils, auch unter der Annahme, daß sie im Todeskampf und weiter durch das Schütteln der Fahrt verändert worden sei, sprach doch zusamt der Beschaffenheit der Kopfwunde für einen Angriff von gerade gegenüber, ja, eher noch von links seitwärts, also etwa von dem zweiten Fensterplatz her. Nun zeigten die Versuche, welche man durchführte, daß hier mit einem Gegenstande von der Länge eines Golfstockes kaum mit genügender Kraft ausgeholt werden könne, unter anderem schon wegen der vorragenden Gepäcknetze. Die Untersuchung der Stöcke zeigte keinerlei Blutspuren – die allerdings unschwer zu entfernen gewesen wären. Die Stöcke waren auch vollzählig; Sie wissen, daß man zum Golf eine Reihe verschiedenartiger braucht. Es fehlte, soviel man sah, keiner. Alle jedoch, ohne Ausnahme, waren an den Schlagflächen stark mit Kohlenstaub oder Ruß bedeckt. Nun, das war bei der Kopfverletzung der Ermordeten ganz ebenso der Fall.«

»Ich hätte ihn daraufhin hängen lassen«, sagte der Baurat gemütlich, »der Einfachheit halber.«

»Ein feister Mensch soll ein guter Mensch sein«, replizierte Doktor Velten.

»Gemach, gemach, meine Herren!« rief Inkrat. »Sie hätten Henry Peitz gewiß nicht hängen lassen, in Kenntnis des weiteren, sondern ihn ebenso laufen lassen müssen, wie es die Polizei schließlich tat.«

»Wegen falscher Ausdünstungen«, sagte Herr von Hohenlocher. »Beziehungsweise: wegen deren Generalisierung.«

»Meinetwegen«, erwiderte Inkrat. »Nun hören Sie weiter: die Ärzte lehnten es ab, mit unbedingter Sicherheit zu entscheiden, ob die Verunreinigungen der Wunde durch den Schlag hineingeraten seien, oder – was angesichts des offenen Fensters ja naheliegend war – hintennach durch Rauch und Ruß der Bahn. Diese führt, wie ich Ihnen hier in Erinnerung bringen möchte, zwischen Grimmenthal und Erfurt über eine Gebirgsstrecke, nämlich durch den Thüringer Wald, wo es Tunnels gibt. Beim offenen Fenster mußten hier Rauch und Ruß stark eindringen, das steht außer Frage. Peitz gab auch an, einem Golfklub im rheinisch-westfälischen Industriegebiet anzugehören, was auch stimmte. Die Plätze dieses Vereines enthalten in ihrem Boden da und dort Schutt- und Schlackenmaterial von den Gruben: daher die Verschmutzung der Schlagflächen an den Stöcken. Jedoch ergab nun eine chemische Untersuchung, daß diese Reste von anderer Beschaffenheit seien als die Rußpartikel, welche allenthalben in und an der offenen Wunde klebten.

Ich bin kein Fachmann, war also zur Nachprüfung nicht befähigt. Der Unterschied soll darin gelegen haben, daß es sich beim Eisenbahnruß um ein reines Verbrennungsprodukt handelt, um den Niederschlag von Rauch. Nun, mag das gewesen sein wie immer: jedenfalls begannen hier die Schwierigkeiten und Unsicherheiten. Ärztlich wurde festgestellt, daß »der Tod vor wenigen Stunden eingetreten sei, möglicherweise aber schon vor Mitternacht.« Das ließ theoretisch immer noch die ganze Strecke zwischen Stuttgart und Erfurt in Frage kommen. Denn auf dem Stuttgarter Hauptbahnhof ist Louison Veik zum letzten Male lebend gesehen worden, ich meine, von jemand, der sie kannte, von einer Freudin namens Maria Rosanka nämlich, welche gekommen war, um Fräulein Veik auf der Durchreise am Bahnsteig zu begrüßen. Jene Rosanka blieb bei ihr bis zur Abfahrt des Zuges um halb zehn Uhr abends.

»Die Rosanka!« rief Hohenlocher. »Das ist doch die Malerin?!«

»Ganz recht«, sagte Doktor Inkrat.

»Reizend und total verrückt«, bemerkte Hohenlocher. »Sie genießt ihre eigene Komik, und das schätze ich an ihr. Groß, dünn, braun, eine Frau aus Leder und dabei mit einem breiten, seltsam törichten Gesicht. Ich wußte gar nicht, daß Louison Veik mit ihr befreundet war.«

»Immerhin wichtige Zeugin«, sagte Doktor Inkrat.

»Lebt dieses Fräulein Rosanka noch in Stuttgart?« fragte Castiletz artig, aber eindringlich.

»Und ob!« rief Hohenlocher. »Ja, die gibt es dort noch. Eben stellt sie wieder aus, wie ich neulich in der Zeitung las. Aber nun erzählen Sie weiter, Mr. Holmes. Was war mit Peitz?«

»Auf ihn komme ich gleich zu sprechen. – Ich sagte also, daß wir fast die ganze Strecke in Betracht ziehen mußten; das bedeutet: Absuchen nach der vielleicht aus dem Zuge geworfenen Beute; das gleiche konnte übrigens auch mit dem Mordwerkzeug geschehen sein, ebenso mit Handtüchern, Taschentüchern oder sonstigen Wäschestücken, die etwa zum Entfernen von Blutspuren benutzt worden waren. Doch sind diese Einzelheiten hier nicht wichtig, es gibt ihrer noch mehr, die stets in solchen Fällen strenge beachtet werden. Bei alledem hatten wir ein besonders scharfes Auge auf die Strecke durch den Thüringer Wald. Sie war von dem Zuge im Morgengrauen zurückgelegt worden, zu einer Zeit also, wo selbst die schlaflosesten Reisenden ein wenig einzunicken pflegen; außerdem zeigt die Erfahrung, daß Eisenbahnräuber nicht selten Tunnelstrecken bevorzugen, wegen des Lärms, der einzelne Geräusche oder etwa einen Schrei unhörbar macht. Hier wurde nun mit größter Sorgfalt gesucht, allerdings ohne jeden Erfolg. Selbstverständlich wendete die Polizei auch ihre Aufmerksamkeit dahin, ob während der Nacht irgendwo jemand ausgestiegen sei, dessen Fahrtberechtigung eine weitere gewesen wäre; indessen konnte nichts Derartiges festgestellt werden.«

»Wie ist es überhaupt zu erklären«, fragte jetzt Herr von Hohenlocher, »daß eine solche Menge wertvoller Schmuckstücke, wie Louison Veik sie in der bewußten Kassette mit sich führte, völlig verschwinden kann, ohne daß jemals ein einziges Stück davon später da oder dort wieder auftaucht?«

»Gerade das scheint mir nicht so unbegreiflich«, erwiderte Inkrat. »Natürlich gaben wir eine genaue Beschreibung des Schmuckes an alle in Betracht kommenden Stellen hinaus, ohne allerdings an diese Maßnahme besondere Erwartungen zu knüpfen. Gerade eine derartige Beute, mit hohem Edelstein- und Goldwerte, doch ohne einen einmaligen und einzigartigen Kunstwert, ist außerordentlich schwer zu verfolgen, da sie allermeist nie mehr in ihrer ursprünglichen Form auftaucht. Ein Verbrecher, der eines Eisenbahnraubes fähig ist, geht dann nicht ins Pfandhaus. Derartige Stücke werden oft bis in ihre kleinsten Bruchteile zerlegt, ja sogar eingeschmolzen, und finden erst Perle um Perle, Stein um Stein den Weg in die Gerinne der Hehlerei oder ins Ausland. Hier übrigens waren es Steine, vorwiegend Smaragden, die in den letzten Jahren enorm im Werte gestiegen sind; Perlen gab es gar keine dabei (Castiletz dachte bei diesen Worten, daß hier vielleicht eine der wenigen Gemeinsamkeiten zwischen Louison und Marianne vorliege, die auch keine Perlen mochte). Gerade der Umstand, daß von der Beute nicht das kleinste Stück mehr auftauchte, ließ an einen Berufsverbrecher denken, einen Mann mit guten Verbindungen und weiser Zurückhaltung sozusagen. Das alles, leider, paßte auf unseren Peitz aber ganz und gar nicht. Zum zweiten: wenn die Beute aus dem Zuge ausgeworfen worden war, bei irgendeinem Merkpunkte der Strecke – ein gar nicht seltener Fall! – dann bestand für den Verbrecher die Gefahr des Verlustes durch einen unerwünschten Finder, dem sie ganz oder teilweise in die Hände fallen konnte, teilweise dann, wenn eine Ausstreuung eingetreten war, durch Platzen des Paketes etwa oder dergleichen ... Nun erwägen Sie einmal die Fülle der

Möglichkeiten für das Verschwinden einzelner oder aller Stücke in den natürlichen Unebenheiten des Bodens, noch dazu auf einer waldigen Gebirgsstrecke! Der nächste Regenguß konnte hier ein übriges tun. Selbstverständlich wurde die Sache in allen an der Strecke und besonders an der Gebirgsstrecke liegenden Orten bekanntgemacht, auch bemühten sich die Bahnorgane nach Kräften. Umsonst, vielleicht sogar zu spät. Man muß sich auch in die Zeit, in dieses Jahr 1921 zurückversetzen: es waren die schlimmsten Jahre nach dem Kriege und die Grundlagen der Redlichkeit zutiefst erschüttert. Allerdings gab es eine ausgesetzte Belohnung zu gewinnen, jedoch reichte diese freilich nicht an den Wert des Schmuckes heran. Alles in allem: das völlige Verschwinden der Beute bleibt für mich, angesichts der sonstigen Unklarheit des Falles, noch der am wenigsten erstaunliche Umstand.«

»Nun zu Peitz! Zu Peitz!« rief Herr von Hohenlocher.

»Ja, nun kommen wir zu Peitz«, setzte Doktor Inkrat fort. »Ich wollte nur ein paar Streiflichter werfen auf die Einzelheiten und Schwierigkeiten einer solchen Untersuchung, und das sind bei weitem noch nicht alle. – Ich sagte früher, daß wir genötigt gewesen seien, die ganze Strecke in Betracht zu ziehen. Hier waren nun freilich die Angaben der diensthabenden Schaffner wichtig, jedoch blieb auch dieser Ertrag ein spärlicher. Das Abteil, in welchem sich Louison Veik befand, war als sogenanntes ›Damenabteil‹ gekennzeichnet, durfte also von männlichen Fahrgästen nicht betreten werden. Fräulein Veik hatte sich sogleich, nachdem der Zug den Stuttgarter Bahnhof verlassen hatte, dahin zurückgezogen. Eine Viertelstunde später betrat der Schaffner das Damencoupé, in welchem sich nur dieser eine weibliche Fahrgast befand, und prüfte den Fahrtausweis. Er war in der Tat der letzte Mensch, welcher die Lebende sah. Sie erschien von da ab nicht mehr auf dem Gange. Die Vorhänge waren fest zugezogen. Auch stieg während der Nacht keine Dame ein, welche sich in das nur für weibliche Fahrgäste vorbehaltene Abteil begeben hätte. Louison Veik blieb also allein. Ob sie ihr Abteil von innen verriegelt hatte, vermochten die Beamten nicht anzugeben. Da die Fahrkarte gesehen war, bestand kein Anlaß mehr, den Schlaf der Reisenden zu stören. Das Licht wurde von ihr jedoch nicht auf ›matt‹ geschaltet, es blieb hell. Das Abteil, in welchem Louison Veik reiste, war das erste in der Reihe, grenzte also nur auf einer Seite an ein anderes Coupé, auf der anderen Seite befand sich der zur Plattform erweiterte Gang. Einen Schrei oder ein verdächtiges Geräusch hatte niemand gehört, weder ein Fahrgast noch jemand von dem Personal. Die Nachbarn des Fräulein Veik waren mehrere junge Leute, die tranken und lachten; diese fuhren nicht weit, um Mitternacht etwa waren alle ausgestiegen, und von da ab blieb dieses Abteil leer. Im nächsten saß Henry Peitz, außer ihm noch ein Kaufmann und ein Regierungsrat aus Berlin. Diese drei Personen kannten einander nicht, knüpften auch keine Unterhaltung an. Wichtig war, zu erfahren, ob und wann Peitz das Abteil verlassen habe; da aber die beiden anderen Mitreisenden geschlafen hatten, war auch hierüber eine sichere Auskunft nicht zu erlangen. Einmal, etwa um zwei Uhr nachts, ganz ungefähr, soll Peitz hinausgegangen sein, offenbar auf die Toilette. Ob er irgendeinen Gegenstand in der Hand gehabt oder unter dem Rocke verborgen getragen oder seinem Gepäck entnommen habe, darüber waren die beiden Herren nicht in der Lage etwas anzugeben. Peitz hatte den einen Fensterplatz innegehabt, der Regierungsrat lag gegenüber auf der, im Sinne der Fahrtrichtung, vorderen Bank, und der Dritte auf derselben Seite wie Peitz in der Ecke an der Gangseite. Von ihm stammte die Angabe, daß Peitz einmal draußen gewesen sei, weil dieser über seine Beine hatte steigen müssen. Was nun Peitz selbst angeht, so entlastete ihn ja am meisten die Tatsache seines Nochvorhandenseins in Erfurt. Allerdings wurde dieses Entlastungsmoment gemindert durch den Umstand, daß Peitz zur Zeit seiner Verhaftung angetrunken war. Bei seinem Gepäcke befand sich eine Literflasche Kognak, wovon fast die Hälfte fehlte. Er konnte verschlafen haben. Viel Wahrscheinlichkeit hatte diese Annahme allerdings nicht für sich.«

»Was war dieser Henry Peitz eigentlich für ein Mensch?« fragte Doktor Velten aus seiner weitgestreckten Verteilung vom Diwan herüber.

»Ja – physiognomisch genommen ein in unserer Zeit und in den Großstädten gar nicht seltener Typ. Einer von jenen Leuten, die sehr rasch, fast möchte ich sagen auf dem Weg eines Kurzschlusses, in eine gutsitzende und ihnen entsprechende Form gefunden haben, vielleicht mit vierzehn oder fünfzehn Jahren schon, und also auch in die passende Art sich zu kleiden, zu bewegen, zu reden. Peitz war unstreitig elegant, in sich formal abgeschlossen, immer gleichbleibend in diesem Sinne, auch wenn er sich fürchterlich ärgerte – und von der Seite haben ja wir ihn ausgiebig kennengelernt. Ich kann mir zum Beispiel nicht vorstellen, daß jemand von dieser Art die eigentlichen Dumpfheiten und Traurigkeiten der Knabenzeit jemals erlebt hat, ich meine die eigentümlich plumpen Zustände eines gelenken Körpers, die bei weniger glücklich veranlagten Leuten in jenem Lebensalter so unglückselig auftreten. Er war überhaupt ganz zweifellos ein harmonischer Charakter und ist sicherlich nie mit sich selbst zerfallen gewesen. Solche Leute neigen bekanntlich zur Kritik, haben ein starkes Rechtsgefühl, sonderlich in bezug auf ihre eigenen Rechte, und stellen gerne Forderungen an die Umwelt. Fühlen sie irgendwo sich schwach – und übermäßige Rohkraft haben diese Leichten, Schlanken, Blonden nicht, wohl aber Mut – dann neigen manche von ihnen sehr dazu, beleidigt zu sein, das heißt sie nützen gerne die hierfür sich bietenden Anlässe, weichen empört und etwas steif zurück und genießen dabei in aller Stille die Erhöhung ihres eigenen Wertgefühls durch das Unrecht, welches ihnen zugefügt wird. Peitz pflegte bei den Verhören meistens schief auf dem Sessel zu sitzen, mit steif und nach seitwärts zurückgelegtem Oberleib, ohne sich bequem anzulehnen: es war das allein schon so, als empfinde er jede Frage als persönliche Beleidigung, vor welcher er entrüstet zurückwich; oder aber als fürchte er, beleidigt zu werden, und lege den Oberkörper zurück, um die Distanz zwischen sich und dem zudringlichen Frager im voraus noch um ein weniges zu vergrößern. Zu alledem paßte seine Physiognomie ganz ausgezeichnet: die äußeren Augenwinkel lagen bei ihm tiefer als die inneren, also umgekehrt wie etwa bei einem Japaner; und außerdem hatte er jene Form des an den äußeren Augenwinkeln etwas überhängenden Lides, die man ›Epikanthus‹ nennt. Ich bin fest überzeugt davon, daß wir, wenn wir ihm wirklich unrecht getan haben sollten, jedenfalls das Verdienst für uns in Anspruch nehmen können, seinen Charakter noch schärfer herausgearbeitet zu haben für die folgenden Jahre seines Lebens, zumindest dessen ›beleidigte‹ Note. Peitz keifte geradezu bei den Verhören und sprach vornehmlich von dem Schaden, der ihm durch diesen Zwischenfall erwachse, an seinem Ruf, an seinem Kredit, sonderlich aber durch den Terminverlust bei einer für ihn sehr wichtigen Streitsache vor dem Amtsgericht Berlin-Mitte, die für den 26. Juli angesetzt sei; und letzteres stimmte genau, wie sich zeigte. Peitz hatte in Berlin ein größeres Fachgeschäft für Elektrogeräte. Er war weder vorbestraft noch übel beleumundet. In seinem Ärger drohte er mit allen möglichen Maßnahmen, die er zu ergreifen gedenke, und mit Beschwerden, die er einbringen würde – obwohl wir ihn ohnehin wie ein rohes Ei behandelten – aber das machte natürlich der Polizei sehr wenig Eindruck. – Die Belastungsmomente gegen ihn reduzierten sich am Ende nur mehr auf sein Verhalten, als ich den Coupéschlüssel verlangt hatte . . .«

»Ausgedünsteter Coupéschlüssel«, warf Herr von Hohenlocher ein, der sich für den Rest des Abends darauf verlegt zu haben schien, auf diesem Worte herumzureiten.

»Gut also: der ausgedünstete Coupéschlüssel. Wir mußten uns aber gestehen, daß die Begründung, welche Henry Peitz für seine damalige Weigerung gab, vortrefflich zu ihm paßte, so gut wie seine Handbewegungen, sein schiefes Sitzen, sein ›Epikanthus‹ . . . er sagte nämlich einfach: aus Ärger und weil er vorausgesehen – Herr von Hohenlocher würde sagen, richtig ausgedünstet – habe, daß dieser Zwischenfall ihm die größten geschäftlichen Ungelegenheiten durch Zeitverluste bringen werde; außerdem sei er in Gedanken ganz mit der für den morgigen Tag bevorstehenden Verhandlung beschäftigt gewesen. Und obendrein behauptete er bissig, daß ich es vom ersten Augenblicke an auf ihn abgesehen hätte: das habe er gleich gefühlt, während ich da mit dem Inspektor vor der geschlossenen Türe des Abteils gestanden sei.«

»Das ist etwas für Sie, Herr Baurat«, sagte Herr von Hohenlocher.

»Wutanfall mittlerer Stärke beim bloßen Anblick eines Unbekannten und darauf folgende polizeiliche Vernichtung desselben, soweit wie möglich.«

»Hochenlocher – Sie gehören abgeschafft«, sagte Doktor Velten von rückwärts.

»Ich glaube, es ist unmöglich, mit ihm im Ernste zu sprechen«, bemerkte der Baurat und lächelte wohlwollend.

»Ja, auf diese Unmöglichkeit lege ich größten Wert. Es lebt sich so leichter und man genießt mehr Ruhe.«

»Das dürfte stimmen«, sagte Doktor Inkrat. »Nun, um zum Schlusse zu kommen: der Staatsanwalt lehnte es ab, auf Grund der vorhandenen Indizien die Anklage wegen Raubmordes gegen Henry Peitz zu erheben. Ich vergaß zu erwähnen, daß eine Nachprüfung von dessen Geschäftslage ein durchaus solides, ja, man möchte fast sagen erfreuliches Bild ergeben hatte. Wir erhielten also den Akt zurück bis zur Ermittlung weiteren Beweismateriales. Diese war unmöglich. Wir mußten Peitz in Freiheit setzen. Eine andere Spur, außer jener durch meinen verdammten Coupéschlüssel eröffneten, hatte sich, trotz aller Bemühungen, nicht auffinden lassen.«

»Sherlock Holmes' Ende«, sagte Herr von Hohenlocher. Doktor Inkrat nickte und lachte. Sonst herrschte durch eine kleine Weile Schweigen.

»Halten Sie Peitz für unschuldig?« fragte jetzt Castiletz. Er stieß die Frage etwas unvermittelt hervor; die Art seines Sprechens kam einfach daher, daß ihm die Zunge nicht mehr ganz gehorchen wollte nach all dem Trinken.

»Obwohl nicht mehr Kriminalist, Herr Castiletz«, sagte Doktor Inkrat unbeweglich, »bin ich doch immer noch Polizeimann. Und das bedeutet eine ganz bestimmte Haltung des Geistes. Ein richtiger Polizist hält jeden für schuldig, der ihm nicht das Gegenteil schlagend bewiesen hat. Das konnte aber Henry Peitz nicht. Er mußte entlassen werden wegen Mangels an Beweisen.«

»Feine Leute, diese Polizisten«, sagte Herr von Hohenlocher.

»Aber notwendig«, erwiderte Inkrat. »Leider gibt es keine Polizeivorschriften und somit keine gesetzlichen Handhaben gegen Veräppler Ihrer Art, Sie Nassauer des Esprit.«

»Bravo!« tönte es vom Diwan her.

»Nieder mit ihm!« sagte der Baurat grimmig und erhob sein Glas. Alle stießen lachend mit Herrn von Hohenlocher an. »Es war wieder einmal ein reizender und gemütlicher Abend bei Ihnen«, fügte Lissenbrech hinzu, »wir danken dem lieben Hausherrn.«

Hohenlocher jedoch wies – wie ein Dirigent beim Applaus auf das Orchester weist – stumm auf Doktor Inkrat. Worauf sich dieser schweigend verneigte.

Beim Aufbruch gab es am Gange draußen noch einen erheiternden Zwischenfall.

Castiletz, von der Vorstellung erfüllt, daß er nun irgend etwas holen müsse – was in ihm jetzt ganz wie eine vernünftige Überlegung auftrat – schritt rasch auf die Tür seiner einstmaligen Wohnung zu, zog den Schlüsselbund aus der Hosentasche und versuchte aufzusperren.

Ein gewaltiges Gelächter erhob sich hinter ihm. »Hoho –« rief Herr von Hohenlocher, »nicht hier, nicht hier, sondern in den Ehehafen!« Und, zu den andern gewendet, fügte er hinzu: »Da sieht man's: solch ein Junggeselle, war er's auch nicht lang, drängt doch immer wieder zurück in den alten Stall.«

## 31

Das Haus der Frau Erika von Spresse war eines von den hochgebildeten, und es sah eigentlich von außen schon so aus. Wandmalereien zierten es. Im weiten Garten, darin jetzt die Rosenstöcke noch sorglich mit Stroh umhüllt waren, leuchteten da und dort marmorne Hermen an den Wegen (Platon, Pascal, Giordano Bruno), und in den Lauben, also an vereinzelten nachdenklichen Ruheplätzen, gab es Statuen (Aristoteles, Sophokles, Leibniz). Man konnte hier kaum mehr recht gehen: man mußte schon wandeln.

Jetzt allerdings sahen diese Dinge etwas unvermittelt aus, da der Sinn gärtnerischer Anstalten nur bei sich vollendendem Gewächs hervortritt, bis dahin aber einen eher klapprigen Eindruck macht, mit Stangen, Stänglein und Gittern, im dünnen und reinen ersten Frühjahrslicht, darin ja übrigens alles so wirkt, als wäre es eben geschaffen oder gerade im Entstehen, also gewissermaßen provisorisch. Jedoch konnte man glauben, daß der sittigende Einfluß dieser ganzen Welt um so eher auch über ihre grundbücherlichen Grenzen hinaus einen Hauch zu senden vermochte, solange die Hecken noch nicht verwachsen waren. Wenn nun aus einem offenen Fenster etwa noch Cernys ›Schule der Geläufigkeit‹ vom Klaviere erklang, oder Frau von Spresse oben am schrägen Fenster ihres in den Giebel eingebauten Ateliers nachdenklich lehnte, die Pinsel in der Hand: wahrhaft, es hätte genügen müssen, auf dem Gehsteige der leicht ansteigenden Straße draußen ein oder das andere Mal vorbeizuwandeln, um ein Gebildeter zu werden, mindestens aber den Einfluß höheren Menschentums auf rätselhaft-fluidische Weise zu empfinden.

Conrad kam die Straße herauf, von der starken Sonne voll getroffen, ja, von ihr geradezu im Gehen gehemmt. Für ihn lag dieser ganze Frühling rein draußen: wie ein lärmender Vorgang, dessen Mächtigkeit wohl empfunden wird, jedoch von einem verschlossenen und verhangenen Zimmer aus.

In der Halle – mit der eichengetäfelten Kleiderablage, mit den herrlichen gekachelten Nebenräumen – blinzelte er im Halbdunkel, als ihm das Mädchen den Überzieher abnahm, der ihm schon auf dem ganzen Weg zu warm gemacht hatte.

Seine Besuche bei der Tante Erika waren anfangs recht selten gewesen. Aber seit seiner Verheiratung mit Marianne Veik, seit Conrads endgültiger und dargetaner Bewährung in jeder Hinsicht also, schien Frau von Spresse größeren Wert auf den Umgang mit ihm zu legen: sie erkundigte sich dann und wann nach dem Befinden seiner Frau und nach dem seinen. Mehrmals wurde das junge Ehepaar auch eingeladen. Herr von Hohenlocher, der Schamlose, hatte Castiletz gegenüber längst schon geäußert: »Stellen Sie sich nur recht gut mit des Teufels Großmutter, beziehungsweise eigentlich mit deren Milchziege; das Gegenteil wäre einfach dumm und nichts weiter. Denken Sie an den Fall, daß Sie einmal Kinder haben sollten. Gut, Ihnen geht nichts ab; aber für die Nachkommen ist man verpflichtet alles zu tun, was man für sie tun kann. Diese Frau ist reicher als man weiß und hat es fertiggebracht, ihr ganzes Vermögen unvermindert durch alle Entwertungen zu bringen, ich weiß nicht mit Hilfe welcher höllischer Berater. In erster Linie kommen da Sie in Betracht. Handeln Sie also vernünftig und klar.« Gleich danach hatte er zuletzt gesagt: »Seit Sie neuestens Zigarren rauchen, sehen Sie wirklich schon wie ein werdender Generaldirektor aus. Der Bauch scheint sozusagen nur supponiert zu sein.« Castiletz ließ, was Herr von Hohenlocher in bezug auf die Frau von Spresse zu äußern pflegte, ohne Widerstand in sich ein, er nahm es an, und es hatte durchaus Einfluß auf sein Verhalten. Obwohl ihn dabei jedesmal der Verdacht plagte, daß Hohenlocher mit alledem nichts weiter wollte, als aus ihm sozusagen einen gewissen Typus zu züchten oder zu ziehen – zur Belustigung – etwa einen ›Generaldirektortyp‹ mit gepflegten Beziehungen und Erbschaftsaussichten, in welchen Conrad allmählich gebracht werden sollte. Selbst bezüglich des für später einmal dabei notwendigen Bauches schien Hohenlocher seiner Sache in irgendeiner versteckten Weise sicher zu sein.

Nun, was die bisher ausgebliebene ›Nachkommenschaft‹ anlangte: vielleicht war nur Frau Gusta im stillen ein wenig unglücklich, keine Enkel zu haben.

Diesmal hatte Conrad sich bei seiner Tante allein angemeldet. Das Mädchen führte, und Frau von Spresse empfing ihn am Teetisch, ausnahmsweise in der Bibliothek, denn das gab es hier auch, und zwar in des Wortes erdrückendster Bedeutung; nicht nur meterweise, sondern kubikmeterweise: knapp unter der holzgetäfelten Decke des Raumes wanderten dort oben noch die Rücken der Bände in Leder und Leinen hinter Glas. Man konnte in eigens dazu eingerichtete fahrbare Leitern steigen. Die Hausmädchen kannten sich da ganz genau aus und waren imstande, nach Kartothek jedes gewünschte Werk hervorzunehmen. In der Mitte des Saales – so durfte man dieses Bibliothekszimmer füglich schon nennen – stand ein Schaukasten, darin man von oben durch das Glas die Briefe einiger berühmter Männer betrachten konnte (auch einer von Adalbert Stifter war hierhergeraten, aus welchem Autor Frau von Spresse übrigens gerne vorlas). Zudem gab es als Kuriosität ein sogenanntes ›Astrolabium‹, eine Art Apparat oder Besteck zur Sterndeuterei; manche Gäste, besonders solche, die auf ihren Verkehr in diesem Hause was hielten, erzählten anderswo kurzerhand, es sei das Astrolabium Senis, mit dem dieser einst dem Wallenstein horoskopiert habe: ›ein alter von Spressescher Familienbesitz.«

Es war hier kühl, das war das erste, was Conrad empfand; die Tür in den Garten stand offen, und die Sonne wich bereits. Frau von Spresse reichte die Hand zum Kusse, während das Mädchen den Tee eingoß. Die Tante war wirklich mager; jetzt, von der gedämpften Lampe halb seitlich beleuchtet, sah sie fast flach und zweidimensional aus wie ein Bleisoldat. Castiletz empfand plötzlich seine eigene Anwesenheit hier als grotesk. Keine ›Romantik‹ regte sich, trotz der immerhin außergewöhnlichen Umgebung.

»Nun, wie geht es bei dir daheim?« sagte sie, als Gegenfrage nach Conrads artiger Erkundigung über ihr Befinden.

Er dankte und sagte ›gut‹. Wie man im Einschlafen dann und wann einmal einen kleinen Ruck spürt, als fiele man ein Stück hinunter – wobei die Glieder wirklich zucken – so fiel Conrad zu seinem Erstaunen hier plötzlich in einen völlig leeren Raum der Erinnerung, und wenig fehlte, daß er eine unwillkürliche Bewegung vollführt hätte. Er war doch als Junge in diesem Hause gewesen, wenn auch sicherlich höchst selten in der Bibliothek. Aber im Garten, in der Vorhalle . . . nichts war da, was noch von einer ersten und älteren Schicht des Sehens und Erlebens dieser Umgebungen hier sich gegen die jetzigen Eindrücke als andersartig abgesetzt hätte; in diesem Augenblicke zumindest nichts. Immerhin war er doch damals schon (›ich habe doch schon Kragen und Krawatten getragen‹, dachte er) einigermaßen erwachsen gewesen . . .

Sie verwischte sein Staunen durch eine Frage:

»Deine Frau soll sich, wie ich neulich hörte, sehr auf das Sportliche verlegt haben?«

Castiletz fühlte jetzt deutlich, daß es zum Beispiel ein Ding der Unmöglichkeit wäre, seiner Tante Erika mitzuteilen, was eben in ihm vorgegangen: warum war das unmöglich? Sie hätte kein Wort davon verstanden. Und woran lag das, wo sie doch den ganzen Tag Bücher las und obendrein noch malte? Ihm war kalt hier herinnen, in dieser Bibliothek, mit dem streng blickenden kleinen Zinnsoldaten. Wäre Castiletz weniger ›textilisch‹ gewesen (das Wort stammt natürlich von Hohenlocher, ohne den, hier sei es einmal gesagt, diese Geschichte überhaupt nie geschrieben worden wäre!) – wäre er also weniger ›textilisch‹ gewesen, dann hätte er den Urgrund des Unbehagens, welches ihm Frau von Spresse verursachte, anzugeben vermocht: weil dieser nämlich jede Fähigkeit zu anschaulichem Denken restlos abging, wie einer Pflanze, die in der Presse gelegen ist, der Saft. Daher nur war es ihr möglich, sich eilfertig tagaus, tagein mit den schönen Künsten und den Wissenschaften zu beschäftigen, ohne jemals von solchem Tun beschwert zu werden (sie hatte übrigens auch ein Buch geschrieben, es hieß: ›Schöne Leserin‹, mit dem Untertitel ›Werke der Weltliteratur, gespiegelt in Frauenseelen‹). Freilich, wie sollte etwas sie beschweren, dessen wirkliches Maß ihr völlig unbekannt war und immer bleiben mußte! Jedoch unser Castiletz fand hier nicht einmal den einfachen Ausdruck ›Phantasielosigkeit‹.

»Ja«, antwortete er auf die Frage seiner Tante, »ich glaube, es tut ihr sehr gut. Hoffentlich überanstrengt sie sich nicht.«

»Auch Frauen beginnen heute damit, nicht nur Mädchen«, sagte Tante Erika. »Marianne hat bisher, glaube ich, nicht einmal Tennis gespielt?«

»Nein, soviel ich weiß, nicht«, antwortete Conrad.

»Nun, da wird sie ja an dir jetzt einen vortrefflichen Lehrmeister und Partner finden.«

Castiletz begann einer Art Lähmung zu unterliegen. Daß er, auf dem Wege hierher, der Straßenbahn entsteigend und dann gegen die Sonne langsam die berganführende Straße heraufgehend, geradezu angeregt gewesen war und sogar im Sinne gehabt hatte, sich bei seiner Tante gewisse Auskünfte zu holen – das alles wurde gänzlich unanschaulich und er vergaß es über dem einen Wunsche: bald mit Anstand von hier forzukommen. Endlich erschien nun das Mädchen wieder, schloß die breite Glastür ins Freie und schaltete einen in der Nähe befindlichen Heizkörper ein. Conrad ließ sich Tee nachgießen, der übrigens nicht mehr heiß war.

»Ich werde kaum zum Tennisspielen kommen, heuer«, sagte er; und weil er fühlte, daß man mit derlei am ernsthaftesten und besten jede weitere Frage hemmt, fügte er hinzu: »Wir haben allzuviel zu tun jetzt.« Wahrhaftig, der Gedanke, Tennis zu spielen oder irgendeine sportliche Übung zu treiben, das lag für ihn jetzt ebensosehr abseits oder rein da draußen wie dieser ganze vorschreitende Frühling, welcher sich allenthalben ausbreitete.

In ihm bestand wenig Bereitschaft für die Gepflogenheiten der kommenden Jahreszeit.

»Herr Peter Duracher, der ja gewissermaßen diese ganzen jungen Leute anführt, mit welchen deine Frau jetzt viel beisammen ist, soll in sportlicher Hinsicht so etwas wie eine Autorität sein«, sagte Frau von Spresse.

»Nicht nur in dieser«, antwortete Castiletz. »Vor allem als Textilchemiker. Aber er ist in der Tat ein außerordentlicher Sportsmann. Sie kommen übrigens alle häufig zu uns.«

Das letzte fühlte er sich bemüßigt hervorzuheben, und es geschah wie in einer Art Abwehr (gleichzeitig fiel ihm ein, daß die ganze Gesellschaft eben jetzt im städtischen Hallenbade bei Duracher ›Crawlen‹ lernte, weshalb Marianne auch nicht hierher hatte mitkommen wollen). Mochten nun diese letzten Worte Conrads in ihrem Tonfalle Müdigkeit oder Gleichgültigkeit verraten haben – seine Abwehr kam jedenfalls nicht mehr rechtzeitig und lebhaft genug; und sie konnte nicht verhindern, daß Frau von Spresse ein bisher unsichtbares Lorgnon steigen ließ, die Waffe gegen ihn richtete und so Conrad durch einige Augenblicke ansah; dann erst warf sie, gleichsam das Gesicht wahrend, durch das Augenglas einen prüfenden Blick über das auf dem Tische stehende Service, klingelte und ließ abtragen.

## 32

Die Projektierung einer eigenen Färberei für die Tuchfabrik Carl Theodor Veik wurde eingestellt. Es bedurfte in diesem Jahre 1929 nicht der feinen Nase des Kommerzienrates, um die Krise zu spüren: sie war bereits offenkundig.

Bei Castiletz hatte dies zunächst die Folge, daß jene beiden nun seit Jahr und Tag auf seinem Schreibtische liegenden Bücher verschwanden: nämlich Doktor W. Zänkers ›Färberei‹ (Bibliothek der gesamten Technik, zweihundertundelfter Band), sowie die ›Chemische Bearbeitung der Schafwolle‹ vom gleichen Autor. Die beiden Bändchen hatten sich nicht gerade elegant ausgenommen auf dem Diplomatenschreibtische, besonders die ›Färberei‹ störte das vornehme Bild mit ihrem ziegelroten Einband. Für das amtierende Stubenmädchen waren beide Bücher übrigens längst schon zu einem Teil der Schreibtischeinrichtung geworden, den man mit abstaubte, ebenso wie etwa des Direktors Eisenmann abenteuerliches Papiermesser. Hinter diesen brauchte sich Conrad nun nicht mehr zu stecken, damit von seiten der Gurtweberei seine gänzliche Unabkömmlichkeit und Unentbehrlichkeit erklärt werde für den Fall, daß es sich der Geheimrat hätte beikommen lassen, Conrad färberische Bestrebungen dort drüben in der Tuchfabrik ›studienhalber‹ nahezulegen: na, der alte Eisenmann, der hätte seinen Eisenmann schon gestanden, wenn's nötig geworden wäre, gleichgültig ob mit oder ohne kurzen Pelzrock.

Was Duracher anlangte, so entschädigte er sich für diese entfallende textilchemische Dominante durch eine solche im Sport, was ja schon der Frau von Spresse aufgefallen war und wofür ihm jetzt um so mehr Zeit blieb. Überhaupt blieb allen immer mehr Zeit; das war das Verdächtige dazumal. Conrad hatte die glatte Unwahrheit gesagt in dieser Hinsicht.

Marianne veränderte sich. Wenn sie jetzt abends neben Castiletz im Bette lag und las, kamen ihre Arme gebräunt aus den kurzen Ärmeln des Nachthemdes. Unstreitig begann sie viel schlanker zu werden, das sagten alle. Was aber die eigentliche Veränderung ausmachte, das lag nicht im Körper, so sehr dieser in erster Linie betroffen werden mochte, sondern es saß unter der jetzt bereits bräunlichen Stirn, dort wo die Nasenwurzel verhältnismäßig tief einsprang. Sie war entschlossen. Das hätte man von ihrem Gesichte sagen müssen. Ein Wille und ein Weg wurzelten starr unter ihrer Stirne, ganz gleich, ob dieser Weg nun mit dem Tennisschläger in der Hand beschritten wurde oder mit der für den kommenden Winter in harten Arbeitsstunden jetzt schon vorbereitenden Skigymnastik oder im Hallenbade bei Erlernung der richtigen Atemtechnik, welche aus einem Frauenantlitz einen in regelmäßigen Abständen sich erhebenden Fischkopf mit Maul macht. Conrad vermied es jedoch, mit ihr in anderer Weise über ihre Bestrebungen zu sprechen als rein sachlich, und wenn die Rede auf den Sport kam, was nicht selten geschah – da sie ihn auch vieles fragte – dann nahm er seinen Standpunkt sogleich und unwillkürlich ganz innerhalb ihrer Befangenheit. Für einen anderen, außerhalb liegenden, kritischen, fehlte wohl auch in ihm ein fester Boden.

Daß er nicht tätig teilnahm – obwohl ihm doch all diese Dinge geläufig waren – schien sie kaum zu bemerken, keinesfalls aber zu verübeln.

Man spielte Tennis. Marianne wurde von Duracher trainiert, der jetzt einen von den jungen Leuten – man nannte diesen aus irgendwelchen unerfindlichen Gründen ›Peggy‹ – auf die andere Seite des Netzes gestellt hatte und selbst, drei Schritte von Marianne entfernt, jede ihrer Bewegungen überwachte, dann und wann mit verbesserndem Zuruf einspringend. Die Plattform oben wurde von einigen zum Sonnen benutzt, sonst saßen die Zuschauer bei diesem Anfangsunterricht auf den Bänken am Rande des Platzes. Unter ihnen auch Conrad, jedoch im Straßenanzug. Er fühlte sich heute wohler als in der letzten Zeit; und was er angenehm empfand, das war eine gewisse Unaufmerksamkeit nach außen, die in ihm Raum gewann. Unter all dem Rufen, Lachen und Sprechen hier hörte er – vielleicht nur er – die in Abständen erklingenden Pfiffe und Triller der Vögel aus dem Parke, besonders vom Obstgarten herüber, klar und mit einem gewissen Genusse, der vielleicht darin bestand, daß eine ausgedehntere Raumempfindung in ihm anwesend sein konnte als etwa bei jenen, die über Mariannes Veranlagung zu einem guten Schlag sprachen, zusahen, oder in ihrer Unterhaltung sonst mit den nächsten Dingen und dem Nachbar befaßt blieben. Die Sonne sickerte überall tief und kraftvoll ein. Für Castiletz war es die erste Aprilsonne von heuer, die er wirklich erlebte.

Dennoch verabschiedete er sich nach einer Weile von seiner Frau und den anderen. Die Lockung der leeren Wohnung, des Alleinseins, wurde gerade jetzt mächtig, in dieser überall saugenden geräumigen Stille des frühen Jahres, die, mochte man welches Geräusch immer in sie werfen, es elastisch umschloß wie ein Sumpf, ein stummer Sumpf voll Erwartung.

Auch Castiletz hatte sich verändert. Ungefähr um die gleiche Zeit, da jene beiden Bücher vom Schreibtisch verschwanden, hielten andere Dinge ihren Einzug, und zwar blieben sie nicht auf dem Schreibtisch liegen, sondern sie gelangten in dessen Inneres: es waren einige Kistchen mit Zigarren und neuestens auch Zigarettenschachteln. Hinter der unberührten und unbeweglichen Reihe der Klassiker und des Konversationslexikons im Bücherkasten aber saß eine und die andere Flasche mit dem ›ohnehin vernünftigsten‹ Getränk; wenn das Mädchen jetzt am späten Nachmittage den Kaffee hier hereinbrachte und die

Hausschuhe, dann stand auf dem Tablett auch ein flaches bläuliches Glas zum bequemen Gebrauche.

Ja, Conrad hatte es nun ganz erlernt, sich hier von der Ottomane aus in aller Ruhe sozusagen ringweise zu entfalten.

Er lag, es war still, kein Wagen fuhr. Mit Wärme stieg der genossene Alkohol von unten her gegen den Kopf, alle Gedanken, jede gehende oder kommende Vorstellung blähend und unterfütternd. Was in solchem Zustande seit neuestem als erstes an der Oberfläche dieses ›Denkens‹ zu erscheinen pflegte – eines Denkens, das selbst Herr von Hohenlocher nicht mehr als rein ›textilisch‹ bezeichnet hätte – das war die Empfindung von der Gegenwart und dem Geöffnetsein eines Weges. Und hierin, was nämlich die reine Form betrifft, bestand zweifellos eine gewisse Ähnlichkeit in der inneren Haltung oder Lage der beiden Gatten. Wenngleich diese Wege sich trennten.

Denn auf den ihren blickte sie energisch voraus, unter der Stirn mit der einspringenden Nasenwurzel hervor (ihr Gesicht zeigte jetzt oft einen sehr eigensinnigen, ja fast gewalttätigen Zug), und sie griff diesen Weg mit ihren Händen, klar und fest, wenn auch im Innersten ein wenig enttäuscht und also trotzig. Ihm aber ahnte nur was. Und dies war vorläufig alles. Traf eine solche Ahnung ein, ohne daß er von dem ›ohnehin vernünftigsten Getränk‹ und dem Tabak Gebrauch gemacht hatte, dann war sie hell, klar, etwa wie die in den Boden sickernde Frühjahrssonne, von welcher man glauben könnte, daß sie einen Fuß tief unter der Erde und bei den Wurzeln noch ihr Licht verbreitet. Dann wollte es sich heben wie ein Deckel, der von einer gewissen Stelle an über seinem Leben lag. Dann geschah es nicht selten, daß ihm, während er hier auf der Ottomane ruhte, wieder das sich neigende Licht jenes Nachmittages ins Gefühl trat, als er ganz plötzlich aufgefahren und dann durch das benachbarte Speisezimmer und über das hallende und krachende Parkett des weiten Salons geschritten war und dort das Fenster geöffnet hatte.

Er wartete nachgerade schon auf das Eintreten dieser Verfassung, sobald er sich allein befand. Und, genau genommen, machte er vom ›ohnehin vernünftigsten Getränk‹ nur Gebrauch, wenn sie ausblieb. Was selten geschah. So hatte unser Castiletz zum Trinken ein recht eigentümliches Verhältnis gewonnen, das, um diese Zeit wenigstens, wesentlich darin bestand, ein flaches, bläuliches, vollgeschenktes Glas neben sich stehen zu haben; dieses wurde dann ebenso vom Mädchen hinausgetragen: und sie hätte sich ihrerseits leicht das Trinken angewöhnen können, wenn nur das Zeug nicht so entsetzlich in Mund und Schlund gebrannt hätte. Ja, es waren solche von Hohenlochersche Behelfe im Grunde für Castiletz nichts weiter als Sinnbilder, Symbole einer neu angebrochenen Zeit, die selten zu einem eigentlichen Gebrauche erniedrigt wurden.

Trat dieser Fall indessen ein – so, wenn er wieder einmal nach der Zeitung gegriffen hatte (die er ansonsten jetzt häufig ungelesen liegen ließ), vom Lesen aufsah, in das Zimmer hinausblickte, welches plötzlich in undurchsichtiger und lebloser Weise ihn anödete, nicht Raum gab, nicht ein leichtes, beiläufiges Gefäß seiner Gedanken wurde – trat dieser Fall also ein, dann hob er das flache Glas vom Tablett, trank und legte sich zurück. Seine ›Gedanken‹ und Vorstellungen aber, welche nunmehr das erwärmende und belebende Getränk vergrößerte und quellen ließ, trieben dann wie Wolkenzüge unterm Windstrich zu fast immer der gleichen Gegend in seiner Seele (zumindest während der jüngsten Zeit): auch hier wieder war der ›Weg‹ sichtbar; die Fortsetzung der Brücke jedoch hatte ihm ein Unbekannter abgebrochen, ein Unbekannter, der sich jetzt irgendwo da draußen befand, in jenem äußersten und nicht mehr im einzelnen benennbaren Ring des Lebens, welcher wie ein Hof noch um den näheren und deutlich mit eigenen Dingen erfüllten Raum liegt. Jener Unbekannte aber hatte es vor acht Jahren fertiggebracht, Conrad Castiletz gleichsam die Tür des Lebens vor der Nase zuzuschlagen und den Ausgang zu vermauern. Im tiefsten Herzen hielt er das Schicksal des unglücklichen Malers Derainaux noch für das leichtere; bei ihm jedoch, so schien es, starrte die abgebrochene Brücke hinaus in eine ebenso rätselhafte wie hoffnungslose Leere.

## 33

Unausweichlich mußten mit der Zeit solche Vorstellungen zu Gefühlen der Rache führen; und wenn diesen sich im Leeren irgend etwas darbot, woran sie sich heften konnten, so mußte das wohl jenes Bild des Henry Peitz sein, wie es nach Inkrats Erzählung in Castiletz zustande gekommen war.

Hiermit wahrscheinlich hing es zusammen, daß Castiletz an einem sehr warmen Tage im April dem Doktor Inkrat einen vorher angekündigten Besuch in seiner Privatwohnung machte.

Diese lag hinter einer großen, nicht eben schönen Kirche, und vielleicht stellte das romantische Portal mit Säulen und Kapitellen – in solcher Gestalt bot sich das Tor dieses Mietshauses dem Blick – eine Art Ausstrahlung der Nachbarschaft dar. Castiletz verließ den dunstenden Asphalt und den blauen Himmel und schraubte sich durch ein weißgekalktes Treppenhaus empor. Inkrat öffnete selbst. Sie traten in ein übermäßig großes Zimmer, ähnlich dem des Herrn von Hohenlocher, was die Ausmaße betraf, jedoch ohne dessen persönliche Note; hier sah es mehr nach einer übernommenen Einrichtung aus (Inkrat wohnte bei seiner Mutter), und vielleicht hingen damit einige unvermittelte und prunkvolle Schlachtenbilder zusammen, welche da in breiten Goldrahmen die Wände zierten und französische Dragoner mit wehenden Büschen bei der Attacke zeigten. Auch das Klavier wollte nicht recht zum Bewohner dieses Raumes passen und machten den Eindruck, als stünde es undenklich lange Zeit schon mit geschlossenen Kinnladen zwecklos herum.

Auch hier gab es ein Glas vom ›ohnehin vernünftigsten Getränk‹; und von den angebotenen Zigaretten machte Conrad nun bereits Gebrauch (nebenbei bemerkt: der alte Eisenmann pflegte ihm noch immer dann und wann eine Zigarre zu offerieren, aber diese verfiel bereits einem Gewohnheitsrechte des Werkmeisters).

»Ich nehme an, daß Sie irgendeine bestimmte Angelegenheit zu mir führt«, sagte Varanus aridus.

»Ja«, antwortete Castiletz. Er fühlte sich plötzlich sehr wohl. Die Szene hier war nicht ohne Romantik; sie hätte in einem der Detektivromane vorkommen können, die er vorzeiten ab und zu einmal gesehen hatte. Diese fielen ihm jetzt ein und gleichzeitig der Satz: »Ich könnte mich freilich in aller Ruhe mit der ganzen Sache ernsthaft beschäftigen.« Unmittelbar danach dachte er an Günther Ligharts. Alles das dauerte freilich nur einige Sekunden, während er auf den rundbogigen Chor der Kirche hinaussah.

Inkrat wartete in seiner unbeweglichen Art.

»Es betrifft unser Gespräch neulich«, setzte Castiletz fort, »das heißt also: meine verstorbene Schwägerin. Ich will Sie, Herr Doktor, nicht noch einmal etwas fragen, worauf Sie damals schon geantwortet haben, nämlich ob Sie Henry Peitz für schuldig halten. Es handelt sich um etwas anderes.«

»Und das wäre«, sagte der Varan, jedoch ohne die Stimme

am Ende des Fragesatzes zu erheben, so daß dieser etwas gleichgültig oder überlegen herauskam.

»Ich wollte Sie fragen – was ich als Laie in diesen Dingen freilich nicht wissen kann – ob in einem Falle wie dem des Henry Peitz eine weitere Überwachung auch nach der Haftentlassung stattfindet, das heißt, ob die Polizei auf solche Personen ein Auge hat auch in der Folgezeit und wie lange eigentlich?«

»Herr Castiletz«, sagte der Varan mit lidlosem Blick und in völliger Aridität, »alles das trifft zu, und zwar gilt grundsätzlich: wer jemals in seinem Leben mit der Polizei in welcher Weise immer zu tun gehabt hat, den wird sie letzten Endes nie mehr aus den Augen lassen. Im Praktischen freilich ist, was ich hier sage, nicht wörtlich zu nehmen. Als Standpunkt jedoch wohl. Wiche irgendeine Polizei der Welt von dieser ihrer geistigen Grundlage – welche das Verbrechen als stets in Bereitschaft befindlich voraussetzt, ganz wie der Arzt die Krankheit – sie könnte ihrer Sicherheitspflicht im Staate nicht mehr genügen. Der Arzt, der Polizist sowie – um diesen ganzen geistigen Typus noch stärker herauszustellen – der reine Prosaschriftsteller, der Erzähler innerhalb der Dichtkunst; sie alle haben, sofern sie ihre Typen rein repräsentieren, das größtmöglichste Opfer gebracht, das im Geiste gebracht werden kann: die Welt so zu sehen, wie sie ist, nie wie sie sein soll; und zudem alle noch im Hintergrunde des Herzens sich haltenden oder dort in einer Traumwiege schlafenden Ansprüche auf ein Anders-sein-Sollen dieser Welt für null und nichtig zu erklären. Für diese genannten Geister gibt es nur eine einzige Wirklichkeit und keine zweite, in die man flüchten könnte, vielleicht unter dem Vorwande sogar, daß sie einst werde verwirklicht werden können: hier jedoch beginnt das Hoheitsgebiet eines anderen Typus, der in sich ebenso geschlossen ist, jedoch nur bei ganz anderer seelischer Ernährung und Haltung im Geiste machtvoll und schön zu leben und zu wirken vermag: ohne damit Wert und Notwendigkeit jener ersten Haltung aufzuheben oder gar zu widerlegen: und selbst dann nicht, wenn er die ganze Welt nach seinen Wünschen formte. Denn anders fiele sie, sei sie nun so schön wie sie wolle, aus dem Gleichgewichte in einen leeren Abgrund. So alt das Menschengeschlecht ist, kennt es doch die Naturgeschichte des Geistes noch recht wenig, seine Biologie. Hier wächst jede unentbehrliche Gestalt aus dem Sockel der ihr zugrunde liegenden und angemessenen Lebensform und Grundhaltung: will man sie auf einen anderen stellen, weil man das gerade für gut hält, so zerfällt unverzüglich die Figur. Bedenken Sie nur, welch ein Maß von, ich möchte fast sagen, heldenhafter Bescheidenheit dazu gehört, seine Geisteskraft nur hinter dieses eine Ziel zu setzen: voll und ganz zustimmen zu können, ohne irgendwas auszunehmen, irgendwas ändern zu wollen; allem das Gegen- und Gleichgewicht nur im eigenen Innern zu bieten; wirklich erleben zu können, daß diese Welt immer in Ordnung in ihren Haspen und Angeln hängt. Und somit am Ende erst mit der ganzen eigenen Person ein Wissen und eine Fähigkeit einzuholen, welche jeder Stromer am Zaun uns voraus haben durfte: der von Anfang an durchaus die Welt so sieht, wie sie ist, wenn er auch freilich nur von unten her ihren im Schlamme streifenden Bauch erblickt. – Darum also, sage ich, ist letzten Endes die Polizei eine der wenigen Stellen, von wo aus man eine erlebte Überzeugung von der Notwendigkeit des Verbrechers gewinnen kann, und daher zutiefst und zornlos immer bereit ist, mit ihm zu rechnen.«

Wenn auch, wie man bemerkt haben dürfte, Conrads ›textilische‹ Verfassung eine weitgehende Auflockerung erfahren hatte – dies war denn doch zuviel. Blitzschnell durchkreuzte sein Hirn der Gedanke, daß dieser Doktor Inkrat vielleicht ein vortrefflicher Theoretiker sein konnte, schwerlich aber in der Praxis ein solcher Kriminalist, wie ihn der Fall Louison Veik eben erfordert hätte, wobe es auf die Fähigkeit, mehr oder weniger klug zu reden, verdammt wenig angekommen war. Nun, und er, Castiletz, mußte heute deshalb vor einer Mauer ohne Tor umherirren. Mit einer ganz leisen, aus der innersten Kammer seines Wesens hervorsickernden Überlegenheit – die stärkste Kraft, welche in solchen Fällen der Ungebildete hat – lenkte er das Gespräch wieder in konkretere Bahnen:

»Ist Ihnen bekannt, Herr Doktor, was dieser Henry Peitz heute treibt, und wo er sich befindet?«

»Nein«, sagte Inkrat. »Ich habe ja mit solchen Dingen seit Jahren nichts mehr zu tun. Wahrscheinlich sitzt er nach wie vor in Berlin und betreibt sein Geschäft. Wir konnten während der ersten Zeit nach seiner Haftentlassung übrigens nie an seiner Lebensweise irgend etwas Auffälliges feststellen.«

Conrad heftete seine Augen wieder auf den grauen Rundbau des Kirchenchores, als sei dies die Mauer, an welcher er die richtige Stelle zum Durchbrechen suchte. Es dämmerte bereits im Zimmer und Inkrat schaltete eine Lampe ein. Das in alle Ecken springende Licht wirkte auf Castiletz plötzlich belebende.

»Die wichtigste Auskunft, welche ich von Ihnen, Herr Doktor, erbitten wollte, ist eigentlich eine rein formale«, sagte er sehr lebhaft. »Nämlich ob es streng genommen als zulässig bezeichnet werden könnte, wenn ich, als sozusagen naher Verwandter der Verstorbenen, auf eigene Hand versuchen würde, den Fall aufzuklären?«

Ob Inkrat nun überrascht war, ließ sich bei seiner unbeweglichen Art nicht erkennen. Er sagte vollkommen ruhig und in einem – vielleicht echt – gleichgültigen Tone:

»Dagegen kann auf keinen Fall etwas eingewendet werden.« Sie schwiegen. Castiletz fühlte es auf der Haut, daß Inkrat ihn von seitwärts her in aller Ruhe betrachtete. Die Lampe stand hinter Inkrat auf dem Schreibtisch und warf ihr Licht voll auf Conrad herüber. Durch Augenblicke stieg in diesem ein Bild herauf, klar und scharf: er sah sich selbst mit seinem Schwiegervater in dessen Arbeitszimmer beim Weine sitzen – ihm gegenüber hing das Bildnis des Katers Tschitschipeter mit den Augen eines Tigergottes über dem Sofa – und er empfand jetzt, wie in den Gliedern heute noch nachklingend, jene Müdigkeit und Lähmung, welche damals über ihn hereingebrochen war, als der Präsident seine Erzählung von Louison und Derainaux beendigt hatte. Und auch jetzt, hier, im Lichtkegel der Lampe unter dem auf der Haut fühlbaren Blick Inkrats, lähmt ihm eine Art Umständlichkeit und geradezu die Scheu vor der Mühe des Sprechens die Zunge, welche sagen wollte oder sollte, daß er selbst, Castiletz, als Junge von fünfzehn Jahren, eben zur Zeit, als das Verbrechen geschah, sich hier in der Stadt bei der Frau Erika von Spresse, seiner Tante, befunden hatte.

»Darf ich Sie fragen«, sagte Doktor Inkrat, »ob Sie bei dem Gedanken, selbst nachzuforschen, von einer bestimmten Vermutung geleitet werden?« Und, diese offenherzige Frage sogleich abschwächend, setzte er hinzu: »Ich kann Ihnen außerdem mitteilen, daß, falls eine solche vorhanden ist und Sie im Laufe Ihrer Beschäftigung mit der Sache dazu kommen sollten, sie erhärter zu finden, keine Verpflichtung Ihrerseits besteht, der Polizei Kenntnis von Entdeckungen zu geben, wenn es Ihnen im Interesse der gänzlichen Aufklärung des Verbrechens besser erscheint, das Eingreifen der Behörde zunächst noch hinauszuschieben.«

Conrad fühlte sich augenblicklich durchaus als Herr der Lage. Ja, es war seine Arbeit, mit dieser Sache ›sich zu beschäftigen‹! Er hatte auch reichlich Zeit dazu unter den gegenwärtigen Umständen. Das alles war klar und einfach. Er würde diesen Fall eben in die Hand nehmen und ordnen. Ein plötzliches Aufgerichtetsein erfüllte ihn, nicht unähnlich jenem, das er empfunden hatte, als ihm Herr von Hohenlocher, um sich zu belustigen, damals mit dem dummen Funken an der elektrischen Klingel gekommen war. Eine solche Verfassung ermöglichte es jetzt Castiletz, die früher gestellte Frage Inkrats einfach unbeantwortet zu lassen. Er dankte diesem vielmals für seine freundlichen Auskünfte, empfahl sich mit Artigkeit und stieg durch das weißgekalkte und nunmehr erleuchtete Treppenhaus wieder hinab.

## 34

Als er auf das Pflaster hinaustrat, war es halb sieben und die Läden standen noch offen. Von hier bis nach Hause hatte Conrad kaum fünf Minuten zu gehen; die Straße, in welcher Doktor Inkrat wohnte, zweigte von der Wackenroderstraße ab, der auch die Hauptfront der Kirche zugekehrt war. Nachdem Conrad die fast endlose Langseite des Gebäudes abgeschritten hatte, bog er hier um die Ecke. Der Verkehr in der Wackenroderstraße war um diese Stunde des Abends lebhaft, er störte die Gedanken, und obendrei kam Castiletz dahinter, daß er natürlich etwas vergessen hatte: nämlich Doktor Inkrat zu bitten, ihm auf irgendeinem amtlichen Wege eine genaue Beschreibung des geraubten Schmuckes zu verschaffen, tunlichst mit Abbildungen. Das war also nachzuholen! Erledigt. Castiletz blieb vor dem Schaufenster einer Papierhandlung stehen.

Hier, während er die vielen Dinge betrachtete, welche da ausgestellt waren – Mappen, Löschwiegen, Briefbeschwerer und Füllfederhalter aller Farben und Größen – hier hemmte ihn irgendwas tief im Innern, als er nun eintreten und einen, angesichts seiner klaren Absichten, durchaus zweckmäßigen Einkauf machen wollte. Er empfand plötzlich den Wunsch, noch einmal, bevor er sich jetzt dieser Sache mit Louison widmen würde, von alledem genügenden Abstand zu nehmen, klaren Abstand, um sich dann erst, sozusagen aus ganz freier Wahl damit – zu beschäftigen. Ja, Castiletz empfand einen geradezu sehnlichen Wunsch nach jenem Abstande und nach dieser freien Wahl. Dabei dachte er an Günther Ligharts, jedoch war ihm das Bild Günthers sozusagen viel zu nahe, als daß er es selbst bemerkt oder feststellen hätte können. Gleich darauf trat er ein und kaufte ein blaues Heft in Quarto.

Daheim fand er Marianne noch nicht vor. Conrad zog sich bis zum Abendessen in das ›Bibliothekszimmer‹ zurück.

Nun freilich, er hatte Detektivgeschichten gelesen. Jedoch die Sache da lag von vornherein anders, das fühlte Castiletz wohl: er empfand allzu deutlich, daß er diesen Fall nicht einfach aufgriff und in Angriff nahm – obgleich es gerade so und nicht anders eigentlich hätte sein müssen. Eine freigewählte Richtung! Das war's. Dieser Ausdruck befriedigte ihn ungemein, ähnlich wie seinerzeit das ›Einschlafen der Fehler‹. Während er das mit der ›freigewählten Richtung‹ dachte, sah er sich selbst als Knaben auf jenem Baum in der Au am Rande des Tümpels sitzen, nah über dem Boden wie auf einer Bank, da der verkrümmte Stamm ein Stück waagerecht hinlief, und hinausschauen in die Wiesen. Er sah auch das rote Eimerchen. An die Mutter dachte er jetzt jedoch nicht.

Nun nahm Conrad die zunächst einmal notwendigen Eintragungen vor. Erstens, als unerledigt: ›Genaue Beschreibung des Schmuckes!‹ Zwischendurch schrieb er auf das Schildchen am Deckel des Heftes ›Louison Veik‹. Und dann begann seine Feder eifrig zu eilen, bei gewissenhafter Aufzeichnung aller Tatsachen, die Doktor Inkrat damals bei Herrn von Hohenlocher mitgeteilt hatte: Castiletz kämpfte bereits einen schweren Kampf mit ihnen, das heißt eigentlich mit ihrer sprachlichen Festlegung, als an der Türe zum Speisezimmer das Mädchen klopfte, dann öffnete (Conrad sah Marianne schon drinnen am Tische sitzen) und den Hausherrn zum Essen bat. Er schob das blaue Heft unter die Schreibmappe.

Als er am folgenden Nachmittage aus der Fabrik kam, lag es oben auf der Mappe.

Castiletz begriff freilich, daß für ein Stubenmädchen mit Staubwedel und Wischtuch solch ein Heft auf seinem Schreibtische notwendig unter die gleiche Klasse von Dingen fallen mußte wie etwa ›Die Färberei‹ und die ›Chemische Bearbeitung der Schafwolle‹. Diese Erkenntnis erstickte bei Conrad wohl jeden Groll gegen das Mädchen; aber sonst wurde die Sache hiedurch um nichts besser. Er setzte an diesem Abende seine Eintragungen nicht fort, sondern verschloß das blaue Heft in einer Schreibtischlade.

In Mariannes Miene und Verhalten zeigte sich zunächst keine Veränderung und nichts Auffallendes; Conrad konnte daher auch nach dem Abendessen noch nicht wissen, ob sie nun untertags einmal das Bibliothekszimmer betreten habe oder ob das heute zufällig unterblieben sei. Als man später in den Betten lag, mit Literatur beschäftigt wie allabendlich, wurde ihm jedoch eine Art von Antwort auf seine innerlichen Fragestellungen, Erwägungen und Befürchtungen zuteil.

Marianne lag beim Lesen der Lampe zugekehrt, also mit dem Rücken gegen ihn; über dem weißen Hemde saß fest und stämmig das bräunliche Genick, darüber starrte das neuestens immer hellere Blondhaar; es sah etwas steifer und härter aus als früher. Und nun erst bemerkte Castiletz, daß die grünen Beryllohrgehänge heute fehlten.

In diesem Augenblicke erschrak er. Die Antwort, stumm durch eine wenn auch geringfügige Tatsache erteilt, war stärker als ein starkes Wort, dabei unangreifbar in ihrer immer noch möglichen Zweideutigkeit. Seine Bestrebungen und Bemühungen in bezug auf Louison, seine Handlungsweise – die bisher in nichts anderem bestand als darin, daß er Inkrat besucht und ein Heft besorgt hatte – dies alles wurde hier sozusagen schon festgelegt und angenagelt, dem allen liefen bereits die Folgen unverzüglich nach. Es war für Castiletz einfach zu schwer, es war zu drückend, diese stumme Sprache unwidersprochen hinzunehmen und sich damit abzufinden. Er zögerte ein wenig und sagte dann:

»Mariannchen . . .?«

Sie antwortete nicht. Nun, vielleicht war das Buch spannend. »Mariannchen . . . wo hast du denn heute deine schönen Ohrringe?«

Auch jetzt dauerte es einige unangenehme Augenblicke, bis sie, ohne ihre Körperstellung zu verändern, leichthin und fest antwortete:

»Ich habe einen von ihnen verloren und kann ihn nicht wiederfinden; den anderen allein zu tragen hat doch keinen Sinn.«

»Freilich«, sagte er und gab sich sogleich zufrieden; er war ihr geradezu dankbar.

Übrigens kam es einige Zeit danach – im allerbesten Einvernehmen – zu einer Trennung der ehelichen Schlafstätten, indem Conrad zunächst ein breites Sofa im ›Ankleidezimmer‹ bezog, später jedoch auf der Ottomane in der ›Bibliothek‹ schlief. Die Gründe dafür waren verschiedene und einleuchtende. Castiletz gewöhnte sich an, des Abends immer länger und länger zu lesen; Marianne aber mußte jetzt alltäglich mit dem zeitlichsten heraus, da Duracher eine Trainingsstunde für Anfäger von halb sechs bis halb sieben Uhr morgens abzuhalten pflegte (dieser Mann leistete mit Vergnügen, wofür man sonst bezahlte Kräfte hat), also noch bevor er in die Fabrik ging. Da hieß es für Marianne gut ausgeschlafen zu sein. Zum zweiten aber störte Conrad ihre Nachtruhe, besonders in der letzten Zeit, da er sich häufig herumwarf, unruhig schlief, und auch im Traum redete. Aus diesen Anlässen geschah es – zum einzigen Male – daß Marianne ihm sagte: »Du solltest wieder Sport betreiben wie früher, das fehlt dir offenbar.«

Einst, in der Nacht, als sie noch im selben Zimmer schliefen, schlug Mariannes plötzlich und erschreckt eingeschaltete Bettlampe eine mattbunte Höhlung in die Dunkelheit des Gemachs: Conrad hatte geschrien, und zwar fürchterlich. Sie beugte sich über ihn und schüttelte ihn an den Schultern. »Hast du geträumt?« fragte sie nicht gerade sehr sinnvoll und eher zornig als tröstend. »Ich weiß nicht«, sagte er und starrte sie verschlafen und erschrocken an. Jedoch, er wußte. Als das Licht wieder ausgeschaltet war, hing der Traum noch dicht und unzerronnen über ihm in der Finsternis, ja, sein Druck schien wiederzukehren, so daß Conrad nun seinerseits beinahe nach dem Knopf des Lichtes tasten wollte. In der Mitte des ›Ankleidezimmers‹, das nächtlich war, seltsam hoch und blaß erleuchtet, saß auf dem Parkettboden, schwarz, feucht, glänzend und in einer Art von furchtbarer Schamlosigkeit – ein meterlanger dicker japanischer Riesenmolch. Dahinter erhob sich an der Wand jener große Spiegel, der dort zwischen den Fenstern hing. Der Molch hieß ›Benjamin‹. Ihn wegzuschaffen war unmöglich, schon deshalb, weil Castiletz ihn dazu hätte anpacken müssen. Unabwendbar aber war jetzt das Kommen mehrerer Menschen durch das Vorzimmer mit der Bespannung des Bodens von grünem Rips (seit wann?), darunter der Vater sowie die Tante Erika von Spresse. Diese Sache glücklich zu ordnen, zu erledigen, dazu hätte ein wenig Zeit, ein wenig Ruhe und Sammlung gehört; man mußte ganz langsam auf den Spiegel zuschreiten, mit zusammegekniffenen Augen, sei's auch, daß man dem Molch dabei sehr nahe käme: dies allein, nämlich der gesammelte Blick in den Spiegel aus leicht zusammengekniffenen Augen, dies allein konnte ›Benjamin‹ zum Verschwinden bringen. Conrad rang aus der Ohnmacht des Traumes verzweifelt um die Kraft, welche dazu gehörte, diese einzige hier bestehende Möglichkeit eines glücklichen Ausganges der Sache zu ergreifen:

und jetzt siegte er. Langsam und schwer wie von Stein vermochte er sich gegen den Spiegel zu bewegen. Schon verschwand ›Benjamin‹. Jedoch, was Castiletz jetzt im Spiegel sah, das öffnete sich wie ein heulender Abgrund. Er schrie.

Und da hatte Marianne Licht gemacht.

## 35

Das Vorschreiten des Frühlings ging nun allmählich in den warmen, befangenen Stillstand der Hochsommerwochen über. Man kann sagen, daß Conrad Castiletz damals ›reifte‹. Dieser neue Zustand wurde von ihm etwa so erlebt, daß ein Druck, welcher sein Leben bisher in einer bestimmten, unanfechtbaren Form und Ordnung zusammengehalten hatte, nunmehr nachließ und einer mehr empfangenden Haltung Platz zu machen begann: und wo die Dinge seines Daseins ein Stirnschild der Benennung getragen hatten – und jede Benennung drückt schon ein ›Sollen‹ des Gegenstandes aus, wie ein witziger Philosoph einmal gesagt hat – dort wurde nun hinter der Fassade von mehr oder weniger leuchtenden Titulaturen bei jedem Gegenstande seine sozusagen viel weiter nach rückwärts reichende Fortsetzung sichtbar, wobei die Sachen zum Teil als anders erschienen wie ihre Namen (etwa: ›ordnen und erledigen‹ oder ›Knabenreich und Kinderland der Au‹ oder ›sich nach freiem Ermessen mit einer Sache beschäftigen‹). Manches wurde bis in seine letzte Herkunft erkennbar, welche einfach darin bestand, daß man irgendwann einmal begonnen hatte, es dem Vater nachzureden, und daß, mit der gleichen Wahl der Worte, auch die gleiche Art des Bewegens von Mund und Lippen ihren Einzug gehalten hatte und zur Gewohnheit geworden war. Solches galt jedoch nicht nur für gewisse Erbschätze familiärer Art auf dem Kunstgebiet der Anekdote. Sondern, um ein Beispiel zu geben: Castiletz war nicht weit entfernt davon, jene glatte Unmöglichkeit, die er bisher darin gesehen hatte, wenn ein Mensch die Laufbahn des Lebens wechselte und aus einem bereitliegenden Gleis sprang, ebenfalls für eine Art von Konterbande aus dem väterlichen Hoheitsgebiet zu halten, die völlig unkontrolliert bei ihm eingeschmuggelt worden war . . .

Mit jener mehr ›empfangenden Haltung‹ aber war es schon durchaus ernst, wenn sie auch nicht so klar zum Bewußtsein kam wie das allzu deutliche Wort, welches hier davon berichtet.

Castiletz begann in irgendeiner Weise nachzugeben und so manches aus den Händen zu lassen; und wenn es einerseits gestattet sein mag, solch einen ganz jugendlichen Charakter mit einer Art fest zusammengezogenem Knoten zu vergleichen, dann wäre für Conrads nunmehrigen Zustand eher der Vergleich mit einem Becken oder einer Schale am Platz oder sonst einem Gefäß, welches eine hereinfließende Masse aufnimmt, ohne sich zu sperren.

Und dieser Vorgang war beglückend. Unter dem ›Ernst des Lebens‹ begann er was ganz anderes zu verstehen als bisher (dieser Terminus technicus wird dem jungen Menschen meistens als Entlaßschüler bekannt, weil die Erwachsenen bei dieser Gelegenheit selten ohne derartige feierliche Redewendungen ein schickliches Auslangen finden). Der Ernst des Lebens: das war nun, daß irgend etwas wirklich geschah, und daß man sich dem gegenüber wie aus einer gebückten Stellung aufrichtet, und geradezu verwundert jetzt über die eigene Größe.

Immerhin, der Sommer ist eine Jahreszeit, die dem Menschen verhältnismäßig wenig Geistesfreiheit gewährt. Alles ist dicht verwachsen, wuchernd und rund gekuppelt im Laube. Man kann nicht viel mehr tun als den Honig in seine Schale fließen zu lassen, wenn man so glücklich ist, gerade eine frei zu haben.

Im August fuhr Marianne mit mehreren von den jungen Leuten in Begleitung Peter Durachers nach Oberbayern, um im Wilden Kaiser zu klettern. Es war dies der einzige Sport, den sie als junges Mädchen früher betrieben hatte. Acht Tage nach ihrer Abreise erhielt jedoch Conrad bereits einen Gruß (die Postkarte starrte nur so von Unterschriften!) aus dem Eis der österreichischen Silvretta. Als sie ihm einige Zeit später aus jener Gebirgsgegend Nordsteiermarks, die man das ›Gesäuse‹ zu nennen pflegt, mitteilte, daß ihr die Kletterei auf die ›Bischofsmütze‹ und den ›Buchstein‹ verhältnismäßig leichtgefallen sei, bemerkte jemand, dem Conrad das erzählte, daß man bei manchen Touren in dieser Gegen am Ende der Kletterei und im Ausstiege Gelegenheit habe, zwischen den eigenen gespreizten Beinen hindurch gerade unter sich den Einstieg tief und ganz klein zu sehen.

Castiletz machte dies keinen Eindruck, auch keinen augenblicklichen und vorübergehenden. Er war allein, und gerne allein. Wenn er Gin getrunken hatte, öffnete sich der ›Ernst des Lebens‹ wie eine Schale, mitunter in seltsamer Art und Weise, etwa so, daß ein draußen eben vorbeigefahrener schwerer Lastwagen ihm das Unwiederbringliche jedes Augenblickes anschaulich und deutlich machen konnte: eben hatte noch alles gezittert von dem Dröhnen in der Weißenborn- und dann in der Hans-Hayde-Straße. Nun schloß sich die Stille. Mit dieser schienen die stummen Dinge, etwa die Möbel, weit mehr vertraut zu sein als der Mensch: weshalb sie hochmütig dreinsahen, ohne was zu verraten. Nie mehr würde dieser Wagen zu diesem Zeitpunkte wie eben vorhin vorbeifahren. Das Wort ›Vergangenheit‹ füllte sich sommerlich, wie eine Schale mit Honig. Und doch blieb es in irgendeiner Weise zweideutig, ja zweifelhaft. Ja, auch das erlebte Castiletz jetzt; und recht un-textilisch.

Als sein Urlaub begann, traf er sich mit Marianne in Innsbruck, um mit ihr in ein italienisches Seebad zu fahren. Sie ging neben ihm in einer dieser Straßen, an deren Ende stets mit rauhem, frischem Antlitz ein grün-grauer Berg hereinsieht, bei aller Sommerwärme. Mariannes Haar schien weißblond, ihr Genick war braun wie eine Nuß. Castiletz stand etwas ratlos herum, während er mit außerordentlicher Deutlichkeit empfand, wie gut sie in diese kräftige Umgebung paßte; er wunderte sich übrigens, daß niemand von Mariannes ganzer Gesellschaft mit hierhergekommen war. In Rimini hörte dann die Wirklichkeit für ihn sozusagen endgültig auf, so daß er sich geradezu daran gewöhnte, ohne dieselbe zu leben, im Hotel, wo es manchmal ein wenig nach in Öl gebratenen Fischen roch, oder am Strande zwischen ›Cabanen‹ und Liegestühlen. Seltsamerweise gemahnte ihn dieser Strand mit den vielen klapprigen Dingen, die es da gab, an den Garten der Tante Erika im Vorfrühling, ja, das leicht aufgewölbte Meer konnte ganz gut für den blassen Himmel hingehen, welchen er damals beim Durchschreiten des Gartens hinter den noch kahlen Lauben und Spalieren nur flüchtig erblickt hatte, jetzt aber deutlich und ruhend erinnerte. Ja, im ganzen: von dieser Ostküste Italiens nahm er einen einzigen wirklichen Eindruck mit, den man mit Recht für nebensächlich halten wird, und doch war es der einzige: als sie nach Venedig abreisten, sah er, nachdem der Zug den Bahnhof verlassen hatte, rechter Hand einen großen, grau gestrichenen Gasometer stehen (jedenfalls war es irgendein Behälter dieser Art), vor dem rasch die Fahrt entlanglaufenden, hier bereits wieder leeren gelblichen Sande, darauf das Meer bei leichtem Winde kleine gläserne Walzen rollte an seinem Rand. Dieser Gasometer, oder was das schon sein mochte, war mit schwarzen dünnen Streifen in derart übereinandergestellten Vierecken bemalt, daß es etwa wie Quadern aussehen sollte, also gemauert. Oben ragte ein Blitzableiter. Castiletz drehte sich nach dem in der Eile der Fahrt entschwindenden Gebäu um: dieses schien das Meer, welches dahinter begann, irgendwie zu begrenzen, zu verkleinern, ja den Strand fast zum Gestade eines Flusses zu machen; so empfand er das. Bald war nun alles vorüber. Castiletz wurde sich deutlich dessen bewußt, daß Dinge dieser Art, wie die schwarzen gemalten Vierecke an dem Gasometer, allermeist nur von Kindern beachtet werden (die in bezug auf solche Sachen auch Fragen stellen!), während die Erwachsenen derartiges gewissermaßen hochmütig zu übersehen pflegen.

Der museale Prunkmantel Venedigs wurde von Conrad als ein unangenehmes Kleid empfunden, darin man nicht zur Besinnung kommen konnte, vielmehr andauernd in ein zweckloses Staunen hinausgebeugt blieb – wozu er sich merkwürdigerweise verpflichtet fühlte. Hier acht Tage oder noch länger zu sein, schien ihm von Anfang an eine schreckliche Belastung, welche durch die Fahrten auf den Lido um nichts leichter wurde. Der von Hotels gefesselte und verengte Strand, der verdächtige Prunk des ›Stabilimento‹ damals stand noch das alte, welches die Götter, ärgerlich geworden, nicht viel später verbrennen ließen), das alles bedrängte ihn, samt der Hitze, die in Rimini viel weniger empfindlich für ihn gewesen war, da man hier den größten Teil des Tages fast nichts auf dem Leib getragen hatte. Marianne entwickelte zudem einen neuen und befremdlichen Eifer im Besichtigen von Sehenswürdigkeiten und Kunstschätzen, welcher Conrad wie eine Übertragung der sportlichen Disziplin auf Lebensgebiete anmutete, wo diese gar nicht hingehörte. Am ersten Tage ging er mit (die beabsichtigte Fahrt nach Padua verstand er hinauszuschieben), und so stand er denn neben seiner Frau im Dogenpalast und sah in die monströsen Quantitäten von Gliedmaßen und Wolken hinein, die hier einst der Tintoretto etabliert hatte. Freiere Augenblicke, mit etwas Wind um die Stirn, mit weiterem und weicherem Blicke, erlebte er nur wenige, an der äußersten Riva Schiavoni draußen, schon hinter jenem Wirtshause ›Zur Stadt Spezia‹; die dahinfliehenden Quadern, das flache Auf und Ab über Stufen an Marmorgeländern entlang – dies schien ihm durch einige Atemzüge wie eine Brücke, welche hinüberführen könnte in eine bessere Verfassung.

Jedoch löste sich sehr bald alles, und zwar in der Calle S. Felice, bei dem Hause Nummer 4082A. Marianne wollte auch durch die wenigen schmalen Gäßchen bummeln, welche es in Venedig gibt, und hier war Conrad gerne dabei. Etwas zerstreut las er an dem erwähnten Hause eben ein Schild, worauf ›Laboratorio Tedesco‹, also ›Deutsche Werkstätte‹ stand (es war ein Hutmacher) – als plötzlich Mariannes Stimme hell aufsprang, Lärm und Lachen einer Begrüßung die enge Gasse füllten, und somit eine neue Lage, neue Umstände gegeben waren; denn man hatte hier drei der jungen Leute vom Tennisplatz getroffen.

Marianne, mit diesen in einem fröhlichen und kameradschaftlichen Einverständnis, schien übrigens, wie sich aus dem folgenden Geplauder ergab, nicht so sehr überrascht, die drei hier zu sehen (›Peggy‹ war auch darunter). In Conrad machte sich eine Art von Lähmung fühlbar, er lag unter all dem Lachen und Reden wie ein Stein im sprudelnden Bache; aus diesem Wasser zu kommen aber zeigte sich jetzt ein Weg, den er alsbald planend beschritt – noch während sie durch die Calle S. Felice gingen! –, obgleich irgendein halber Seitenblick ihm zeigen wollte, daß es vielleicht nicht ganz der richtige Weg sein mochte, zumindest von einem bestimmten Blickpunkte aus . . . (hier dachte er flüchtig an Tante Erika).

Abends fragte er Marianne, ob ihr Venedig eigentlich gut gefalle? Das kam vielleicht etwas unvermittelt, ja, beinahe plump heraus, aber als ihr sekundenlanges leichtes Erstaunen verflogen war, sagte sie »ganz wunderbar« und bedauerte, daß sie es auf der Hochzeitsreise nicht berührt hatten, woran sie selbst schuld gewesen sei mit ihrem Vorurteile gegen ›Hochzeitspärchen in Venedig‹. Als er nun fühlen konnte, daß dieses Scharnier in Ordnung war und sich leicht bewegen ließ, schlug er seiner Frau vor, noch acht Tage hier zu verbringen, was um so eher möglich wäre, da sie jetzt Gesellschaft gefunden und die drei Herren zu ihrer Verfügung habe, welche ihrerseits beabsichtigten, noch zu bleiben. Er selbst wolle, Eisenmann zuliebe, der zweifellos überbürdet sei, die letzten Urlaubstage streichen.

Am nächsten Abend reiste Conrad ab. Jedoch nicht bis nach Hause, sondern über Innsbruck und München nach – Stuttgart.

Hier erst, auf dem Treppenabsatz im Dachgeschoß eines Hauses in der Stiftstraße, wich zum ersten Male die Umhüllung und Befangenheit des Spätsommers von ihm, erlebte er wirklich, daß es Herbst sei, Oktober. Durch das Stiegenfenster ging der Blick über tiefer liegende Teile der Stadt hinüber zu den weiten und offenen Hügeln und Bergen in deren Umgebung. Zahllose einzelne Punkte blitzten da und dort aus dem Häusermeer, ein Knauf an einem First, die Scheibe eines Fensterflügels, der in die Sonne herausstand.

An der Türe war ein Blatt Aquarellpapier mit Reißnägeln befestigt und darauf mit braunen Pinselstrichen geschrieben: Maria Rosanka. Castiletz schellte. Aber da rührte sich keine Glokke. Also klopfte er, und nun näherten sich große, jedoch leichte Schritte.

»Ich heiße Conrad Castiletz und möchte Sie sprechen, gnädige Frau«, sagte er. In diesem Augenblicke blieb es ihm nicht mehr verborgen, daß die Sicherheit, welche er jetzt neuestens hatte und also auch zeigte, ohne es freilich zu wollen, aus anderen Quellen kam als alle bisherigen Geschicklichkeiten seines Lebens. Sie kam, wenn man so sagen darf, jetzt aus einer aufgerichteten, nicht mehr aus einer gebückten Haltung.

Maria Rosanka hatte die Türe weit geöffnet, ohne Mißtrauen. »Bitte«, sagte sie und trat beiseite. Sie trug einen Anstreicheranzug aus Drillich, mit langen Hosen, über und über von kleinen Farbstrichen und Flecken bedeckt, es sah aus wie mit buntem Konfetti bestreut. Diesen Anzug trug die Rosanka voll Würde und als ein standesgemäßes Kleid. Niemand konnte daran zweifeln, mit einer Dame zu sprechen.

»Ich hätte mich vormelden lassen sollen durch Herrn von Hohenlocher, dessen Sie sich vielleicht noch entsinnen werden . . .«, sagte Castiletz, während er ihr folgte.

»Unschwer«, erwiderte sie, »nachdem er vor acht Tagen bei mir war und zwei Bilder gekauft hat. Übrigens erwähnte er Ihren Namen.«

»Ja – wie denn, in welchem Zusammenhang?«

Sie betraten jetzt das Atelier. Castiletz war durch die Zufälligkeiten betroffen, welche ihm hier die Wege ebneten, nachdem er vor einer halben Stunde erst am Hauptbahnhofe Maria Rosankas Anschrift dem Telefonbuch entnommen hatte.

»Im Zusammenhange – eigentlich mit der verstorbenen

Schwester Ihrer Frau. Das heißt, Herr von Hohenlocher schilderte mir hier im Atelier sehr lustig einen Herrenabend, den es bei ihm im Frühjahr gegeben hatte . . .«

Es war selbstverständlich. Hier war bereits alles selbstverständlich, auch, daß sie genauso aussah, wie Hohenlocher sie beschrieben hatte. Castiletz blickte durch das große schräge Fenster: golden lag die Stadt, lagen die Berge, lag die Ferne unter einem Himmel, der blau war wie im Frühling und doch tief wie ein Orgelbaß. Hier roch es nach Lack, nach Farben. Überall lagen und standen Dinge herum, meisterhaft verstreut, sozusagen nicht ohne eine gewisse Eleganz hingeworfen, ob es nun Pinsel waren auf dem langen Tisch von rohem Holze am Fenster oder eine Jacke über dem Stuhl mit zitronenfarbenem Seidenfutter nach außen gekehrt, ein Paar Handschuhe, die fast von der Tischkante fielen . . . Ein großer Strauß Astern vor der schrägen Scheibe sammelte den draußen webenden Herbst gleichsam an einem deutlichen Punkte. Während Maria Rosanka für Castiletz einen Stuhl frei machte, sagte er:

»Ich bin deshalb gekommen . . . wegen Louison.«

»Ja . . .?« sagte sie, und dann fügte sie nachdenklich und bewegt hinzu: »Wegen Louison.«

»Sie waren mit ihr enge befreundet?« sagte Castiletz vorsichtig.

»Ja, ich habe sie sehr geliebt«, erwiderte die Malerin einfach.

Seine Absichten, seine Erkundigungen, seine Nachforschungen, die er vorhatte, das alles erschien ihm nach diesen Worten durch Augenblicke ganz trocken, arm, fast erbärmlich. Diese Frau hatte Louison von Angesicht gekannt.

Endlich lebe ich! – so dachte er ganz deutlich, ja scharf, und er verwunderte sich zugleich sehr. Maria Rosanka war aufgestanden und in einem Nebenraume verschwunden. Nun kam sie wieder mit drei gerahmten Bildern in Händen und stellte diese sachgemäß auf, wie ein Maler tut, ins richtige Licht.

Ja, es war Louison. Mit Blumen (jedoch mit einem großen Strauß, nicht so wie auf dem Derainauxschen Bilde, sondern vorgeneigt, bewegten Antlitzes). Dann auf dem anderen Bild lachend. Auf dem dritten halbnackt mit einem javanischen Umhängetuch, einem ›Sarong‹.

»Kannten Sie Derainaux?« fragte er plötzlich.

»Ja«, sagte sie. »Aus Paris.«

»Und die Bilder . . . die er von Louison gemalt hat?«

»Nein, zu meinem Jammer nicht. Während dieser ganzen

Zeit hörte ich fast nichts von Louison. Und ich getraute mich damals auf gar keinen Fall, nach Leipzig zu fahren ... obwohl sie es wollte. Wegen ihr, wegen Derainaux, wegen – Marianne, ich meine ... wegen Ihrer nunmehrigen Gattin, ja. Vor allem wegen Derainaux nicht. Weil ich so verliebt in ihn war. Der herrlichste Mann, den ich je sah. Und dabei: ich weiß doch, daß ich lächerlich aussehe. Ach, Derainaux ... mein Gott, wenn man da an Marianne denkt ...«

Sie brach tief erschrocken ab. Ihre blanken dunklen Augen, aufrichtig wie die eines Tieres in dem großen lederbraunen Gesicht, sahen dennoch so drein, als ob sie keine ihrer getanen Äußerungen jemals bedauern würde. Ja, sie hatte Derainaux geliebt. Und sie sah lächerlich aus. Und sie hatte es nicht gewagt, nach Leipzig zu fahren, als Derainaux dort gewesen war.

»Ich bitte Sie, mir die Bilder zu überlassen«, sagte Castiletz.

»Leider muß ich nein sagen«, antwortete Maria Rosanka. »Ein Verkaufen dieser Bilder an wen immer und um welchen Preis kommt nicht in Frage, obwohl ich kein Derainaux bin.«

Er schwieg. Was hätte er auch mit den Bildern anfangen sollen? Hätte er sie mitnehmen können, um sie etwa aufzuhängen? Nein. Zum erstenmal hier in diesem Atelier empfand er sein jetziges und bisheriges Leben und dessen Umstände – buchstäblich: was darin und was darum herum stand! – als letzten Endes nur vorläufig und zufällig, als etwas, das man – verlassen konnte. Gerade das aber gab ihm wieder Haltung und Aufgerichtetsein, und so wurde es Castiletz möglich, jetzt doch auf den ursprünglichen Zweck und die eigentlich mit seinem Besuche verbundene Absicht zurückzukommen.

»Sie sind, gnädige Frau«, sagte er langsam und mit sorgfältiger Aussprache, die auch irgendwie neu im eigenen Munde schmeckte, »der letzte Mensch unter allen Freunden, Verwandten und Bekannten Louisons, welcher sie lebend sah. Deshalb bin ich zu Ihnen gekommen. Ich nahm an dem schrecklichen Untergange Louison Veiks, gleich als ich davon hörte, immer größten Anteil. Und, darüber hinaus: ich bin zu dem Entschluß gelangt, einen Versuch der Aufklärung dieses ganzen Geheimnisses, dieses bis heute ungelösten Falles zu unternehmen.«

Seine letzten Worte kamen ihm geradezu lächerlich vor.

Maria Rosanka sagte: »Ach, Sie meinen: den Täter, und wo der Schmuck hingekommen ist und so ... Merkwürdig, das alles hat mich eigentlich nie interessiert. Ich wurde übrigens genau einvernommen, freilich wußte ich nicht viel zu sagen.«

»Sind Sie vielleicht von einem gewissen Doktor Inkrat einvernommen worden?«

»Ganz richtig«, sagte sie. »Varanus aridus Inkrat, später in Kollektion Hohenlocher.«

Castiletz lachte, aber nur aus Höflichkeit. »Also auch das ist Ihnen bekannt!« rief er.

»Mir ist immer alles bekannt«, sagte die Rosanka, »deshalb nämlich, weil ich eine Hexe bin.«

Das letzte äußerte sie, ohne irgend zu lächeln, sondern sie sah aus ihren dunklen blanken Tieraugen traurig vor sich hin. Castiletz war es durch Augenblicke so zumute, als wiche der Boden ein wenig unter seinem Sessel, als schwanke dieser und als träume er selbst. Jedoch, nun war er plötzlich in der Lage, diese Augen einzuordnen: sie gehörten zur gleichen Klasse wie jene des Katers Tschitschipeter.

»Mir kommt es auch so vor«, antwortete er völlig ernsthaft auf Maria Rosankas seltsame Bemerkung. »Und deshalb bitte ich Sie, mir – wenn Sie wollen – vor allem zu sagen, was Sie von diesem Doktor Inkrat persönlich halten?«

»Ein sehr unglücklicher Mensch«, sagte sie. »Er ist in eine Berufsklasse hineingerutscht oder eigentlich abgerutscht, in welche er nicht gehört, weil er ein Philosoph oder ein Arzt hätte werden müssen. In seiner deplazierten Lage als Kriminalist hat er ein ehrliches und starkes Streben entwickelt, den Platz, auf welchen er – geraten war, auszufüllen, das heißt vor allem diesen Fehlwurf seines Lebens einmal einzuholen, ihn sich zu eigen zu machen, die geschaffene Lage in sich selbst und in seinem Innern ganz unterzubringen, wenn ich so sagen darf. Er versuchte also festzustellen, was ein Kriminalist denn eigentlich sei? Auf diese Weise ist er keiner geworden, wohl aber ein Theoretiker, wobei man nur bedauern muß, daß er sich nicht auf die Literatur verlegt hat.«

»Ich glaube sogar, er wollte es einmal tun«, sagte Castiletz. »Sie aber, gnädige Frau, sind allen Ernstes eine Hexe.«

Nun schwiegen sie. Es fiel leicht, mit Maria Rosanka zu schweigen; man konnte es in der gelöstesten Weise tun, ohne daß aus der wachsenden Stille ein ansteigender Druck kam. Conrad vergaß durch Augenblicke alles und betrachtete die Bilder Louisons. Auch jenes mit dem ›Sarong‹ war ihm nahe, wie das eigene Herz; und um den braunroten Ton des Fleisches entzündete sich ihm kein erhitzter Rand, wie voreinst um die weiße Haut Mariannes, über welcher gleichsam die Luft gezittert hatte wie über einem glosenden Feuer. Eine zarte, unendliche Sehnsucht erfaßte ihn, und dieses Gefühl schien wie von außen herein, von der Landschaft her, fein und stark durch das breite Einfallstor des schrägen Oberlichtes zu treten.

»Sie wollten über mein letztes Beisammensein mit Louison etwas erfahren«, sagte Maria Rosanka nach einer Weile, leicht und flüssig sprechend. »Hier ist nicht viel zu sagen, und Sie werden ebenso enttäuscht sein, wie es der gute Doktor Inkrat war. Ich hatte mich freilich als Zeugin gleich pflichtschuldigst gemeldet. Louison hat mich schon eine Viertelstunde vor Abgang des Zuges vom Bahnsteige weggeschickt, wohin ich bei ihrer Durchreise mit ein paar Blümlein gekommen war« (jetzt fühlte Castiletz, was schon Hohenlocher damals erwähnt hatte, nämlich etwa, daß die Rosanka dazu neigte, sich selbst zu ironisieren, jedoch mit sehr zurückhaltenden Mitteln, hier vielleicht nur durch die Wahl des Wortes ›Blümlein‹ und den Ton, in welchem sie es aussprach) »– ich war nicht viel länger als fünf Minuten bei ihr. Sie sagte, sie wolle in ihr Abteil gehen – es war ein Damenabteil zweiter Klasse; Louison hat nie im Schlafwagen fahren mögen, ich wollte, sie hätte es getan, ich habe immer die Empfindung gehabt, daß im Schlafwagen etwas Derartiges nicht geschehen kann, jedoch ist das wahrscheinlich Unsinn. Aber im Schlafwagen steht doch immer wer von dem Personal am Gang herum. Doktor Inkrat sagte auch, das sei alles Unsinn, was ich da dächte, und das Schicksal pflege vor der Schlafwagengesellschaft nicht haltzumachen . . . Louison also schickte mich weg, sie wollte sich zurückziehen. Sie war ganz offensichtlich in schlechter Verfassung, dies war das einzige, was mir aufgefallen ist und was ich damals angeben konnte . . . aber, wer sie näher gekannt hat, der hat das mit ihr oft erlebt: ich meine ihre Depressionen. Damals, als ich sie hier im Atelier malte, kam sie am einen Tag so biegsam wie ein Strauch im Frühling und am nächsten dann tapste sie geradezu unsicher daher, wandte sich alle Augenblicke um und erschrak, wenn auf der Dachrinne hier ein Sperling mit den Flügeln schlug. Im letzten Jahr, nach dieser Sache mit Derainaux, waren ihre Nerven überhaupt sehr schlecht, wie mir schien, was am Ende nicht verwundern kann, nach einer solchen Häufung von Mißverständnissen auf seiten aller Beteiligten. Diese ganze Geschichte kam mir immer vor wie das Musterbeispiel dessen, was man einen ›fundamentalen Irrtum‹ zu nennen pflegt . . . Nun also, damals, als ich sie zum letzten Male sah, ging es Louison wieder einmal schlecht. Ich erinnere mich genau, daß sie ganz unverhältnismäßig auf dem Bahnsteig erschrocken ist, weil ein Rollwagen mit Gepäck knapp hinter ihr vorbeifuhr; sie sprang beiseite und stieß einen kleinen Schrei aus. Sonst aber war sie alles eher als ängstlich. Gleich nach diesem kleinen Zwischenfalll übrigens umarmten wir uns zum letzten Male und wir sagten uns Lebewohl.«

Hätte Castiletz jetzt Maria Rosanka nicht angesehen, er hätte nicht bemerkt, daß sie weinte. Sie tat es vollkommen lautlos, und ihrer Stimme war bei den letzten Worten noch nichts anzumerken gewesen. Rasch und leicht, ohne ein Schluchzen, flossen die Tränen aus den großen offenen Augen, die ratlos dreinsahen wie die eines erschrockenen Kindes, erschrocken über das eigene Weinen. Conrad war nicht weit davon. Hätte es da rückwärts ›in der Ferne der Zeiten‹, in seinem Leben nicht irgendwo einen gewissen Punkt gegeben, wo die Möglichkeit solcher strömender Lösung und Erleichterung verschwunden zu sein schien wie ein Fluß im Karst: es wäre ihm jetzt wohl beigekommen.

So hielt er sich, wartete, schwieg und sah in die sonnige Weite hinaus, die sich da sanft gegen das schräge große Fenster lehnte. Er wußte, daß er nun von hier zu gehen hatte. Und durch Augenblicke fiel ihm der Abschied schwer. Wieder, während er Maria Rosanka mit einem Gefühle warmer und tiefer Achtung die Hand küßte, füllte sich jenes Wort ›Vergangenheit‹ mit Inhalt, und wie eine volle Honigwabe des spätesten Sommers blieb diese geründete Stunde hier in der hellen, nach Lack duftenden Werkstatt hinter Castiletz zurück.

Er ging zu Fuß, kam jedoch vom kürzesten Wege zum Hauptbahnhof ab (ja, er ging wie in einer zarten, rund um ihn gespannten, durchsichtigen Hülle!), am Stadtgarten und an der Polytechnischen Schule vorbei und dann durch eine gerade hinführende Straße an der linken Ecke des großen Bahngebäudes heraus. Es wäre notwendig gewesen zu essen, jedoch Castiletz tat das nur stehend am Büfett; es waren sogenannte ›russische Eier‹ oder etwas dergleichen, was er da schluckte. Er sah nach den Zügen. Sein Zustand hatte eine helle, klar bewußte Fassade, welche darin bestand, daß ihm noch vier Tage von seinem Urlaub verblieben und er also ruhig in eine ganz andere Richtung fahren konnte als nach Hause. Wollte er sich – und das stand jetzt außer Zweifel für ihn – mit dem Falle Louison Veiks ernstlich beschäftigen, dann war es unbedingt von Vorteil, die ganze Strecke etwas genauer kennenzulernen, mit Personenzügen zu reisen, in kleinen Abschnitten vielleicht; und gerade auf jenem Teil, den die Polizei, nach Inkrats Erzählung zu urteilen, offenbar weniger beachtet hatte ... Das war im Augenblicke für Castiletz völlig überzeugend, wie ein scharf beleuchteter kleiner Kreis. Er nahm eine Karte bis Heilbronn und holte sein Gepäck aus der Aufbewahrung.

Conrad saß allein im Abteil. Als der Zug, kurz nach dem Verlassen des Bahnhofes, durch den sogenannten ›Prag-Tunnel‹ brauste, richtete er sich auf seinem Sitz gerade empor. Jedoch, nun gut, das konnte zunächst außer Betracht bleiben; immerhin, schon hier, in den ersten Minuten der Fahrt, erfuhr er Neues, was ihm nicht mehr bewußt gewesen. Seine Verfassung war jetzt angeregt und wach. Als sich die Landschaft dann öffnete, der Neckar sichtbar wurde, zogen die Windungen des Flusses, die auf und ab wallenden Hügel, mit großer Frische und Deutlichkeit in sein erhelltes Innere ein, das gewaschen war wie eine Wiese nach dem Regen, und in einer gläsernen Art gespannt wie ein klarer Abendhimmel. Rauch hing über Ziegeldächern, man sah zwischen Giebeln tief in die Gassen der Ortschaften; das Licht des sich neigenden Nachmittages tönte die Ferne ab, umgab die Nähe mit der Undeutlichkeit und dem Golde schräger Sonnenstrahlen. Man hielt einmal, zweimal. Conrad stand nun am Fenster, das er herabgelassen hatte, und beugte sich ein klein wenig vor, in die Richtung der Fahrt schauend. Die frische Landluft mischte sich mit dem Rauch des Zuges, der in seinen kraftvollen, schlagenden und klappenden Geräuschen dahinschoß, alles flitzend hinter sich ließ, ob Hausgiebel oder Baumkronen oder Enten am Bach. Seit Stuttgart war man nun schon eine halbe Stunde unterwegs.

Ein breiter, goldener Rücken sperrte die Strecke, der bei immer geringerer Entfernung zur Wand aufwuchs: hoch vor dem blauen Himmel zackte das Weinlaub. Die Fahrt ging an einem Stationsgebäude brausend vorbei, geradewegs auf diese Wand los; und jetzt erst wurde unten an ihrem Fuße ein kleiner, schwarzer, rußiger Mund sichtbar. Dann schloff der Zug dröhnend in den Schlauch, dessen Wände aus Rauch zu bestehen schienen.

Castiletz sprang vom Sitz. Draußen heulte und wetterte es langgezogen in der Dunkelheit, und dazwischen zerplatzten zahllose kleinere Geräusche, wie Fässer voll Scherben, die man entleert. Es schien lange zu dauern. Plötzlich jedoch war alles Toben gaumig nach rückwärts verschluckt, wie von einem großen Munde, und der Zug lief wieder geruhig hin in seinen weichen, schleifenden Geräuschen. Conrad sah in eine neue Welt hinein, die jetzt bei sinkendem Abend immer weiter und doch zugleich immer abgeschlossener sich auftat: ein gedehntes Bergrund, oben ganz gerade, fast beängstigend gerade vor dem Abendhimmel abkantend, grauer Schaum des Laubwalds an den dämmernden Flanken, die mit der Regelmäßigkeit einer Trichterwand das weite Talbecken schlossen, worin im Bogen man fuhr. Und nun, zurückblickend, erspähte Castiletz klein am Grund und Fuße der Wand dort rückwärts den doppelten rußigen Einschluß, aus dessen einer Öffnung man eben noch hervorgebraust war. Er trat von einem Bein auf das andere in seiner Erregung. Wenn doch der Zug jetzt hielte!

Im nächsten Augenblicke merkte er die verzögerte Fahrt, das Rauschen der Bremsen, das Schlagen der Weichen, den Bahnhof. Er riß seinen Handkoffer geradezu vom Gepäckträger herab, ein Finger breit fehlte und er hätte eine Scheibe zerschlagen. Die Art seines Aussteigens war schon fanatisch zu nennen und so, als hätte dies behäbige Züglein einen Aufenthalt von höchstens zehn Sekunden zugemessen. Indessen, allenthalben und langsam quollen Männlein und Weiblein bescheidentlich heraus mit Taschen und Körben, während Conrad Castiletz blitzartig zum Durchbruch und auf den Bahnsteig gelangte. Seine Eile, die jetzt doch jeglichen Sinn verloren hatte, nahm auch hier nur um ein geringes ab. Als der Schaffner an der Sperre, welcher freilich Conrads Fahrtausweis bis Heilbronn bemerkte, ihn fragte, ob er hier zu unterbrechen wünsche, ließ er die Karte einfach in der Hand des Beamten und drang mit seinem Koffer hinaus auf den Platz vor dem Bahnhofsgebäude. So mächtig beherrschte ihn die Vorstellung, das Ziel der Reise schon erreicht zu haben. Hier nun, am Sprengpunkte und bei endlicher Beruhigung dieses Castiletzschen Geschosses, fand sich einer, dem es ganz plausibel erschien, daß ein Herr mit Gepäck nach einer guten Unterkunft fragte: und so wies er ihn denn zu dem Gasthof, dessen Vorbau mit rotem Weinlaub auf der anderen Seite des Platzes und der Station gerade gegenüber lag.

Die Wände waren etwa bis zur Brusthöhe mit einer gepreßten dunklen Tapete bekleidet; dann gab es eine Leiste. Und von hier an begann ein heller, freundlicher Anstrich mit einem naiv-vergnügten Muster. Dieses sah Conrad zuerst, als er in dem breiten Holzbett erwachte. Nach einer Weile nahm das Leben wieder jene Formen an, welche es eben zu haben pflegt, und überwand die des Traumes. Damit traten bereits Einzelheiten in Erscheinung, so etwa die Verwunderung darüber, daß dieser Gasthof Zimmer mit Zentralheizung, breiten Waschtischen und fließendem heißen und kalten Wasser hatte, in einem so winzigen Örtchen. Hierin aber täuschte sich Conrad, denn er hatte nur den letzten Zipfel davon beim Bahnhof gesehen. Jetzt kamen draußen Schritte, und an seiner Tür vernahm er das Niedersetzen der Schuhe, die offenbar gereinigt worden waren, ebenso wie sein Anzug, den man nun klappernd an den Kleiderhaken neben der Türe hing. Dann klopfte es leicht, und die Schritte entfernten sich. Zwischen all diesen Einzelheiten und Kleinigkeiten stellte Castiletz im Bette mit wirklichem Bedauern fest, daß er jenes blaue Heft in Quarto, darin nun längst alles irgendwie Erhebliche von ihm eingetragen worden war, nicht bei sich führte (wäre wohl auf der italienischen Reise mit Marianne wenig empfehlenswert gewesen!). So, ohne dieses Hilfsmittel, war es gewissermaßen schwerer, den ganzen Fall geordnet als eine frei gewählte Beschäftigung in Angriff zu nehmen.

Kaum eine Stunde später ging er durch die Ortschaft und deren in der Morgensonne gemächlich bewegtes Leben, ein Karren mit Maisstroh und ein Wagen mit Fässern . . . Als er auf die Landstraße kam, die sich, wie Castiletz nun bemerkte, nach links auf den flach ansetzenden Ringwall des Gebirges hinaufzog, sah er dessen mächtigen Dreiviertelkreis schon teilweise vor sich liegen in der Morgensonne, zuhöchst wohl mehrere hundert Fuß aufragend, steil und abschließend, eine Mauer, an welcher dort drüben das Gewölk der Baumkronen kroch wie erstarrter Schaum.

Wenn Bewohner dieser Gegend die seltsame Gestalt der Landschaft oft so zu erklären pflegten, daß hier vorzeiten der Neckar seinen Lauf genommen und diesen genauen Bogen ausgewaschen habe, so war das nur beiläufig gemeint und hält bei näherer Überlegung nicht stand. Warum sollte der Fluß, der jetzt dieses ganze Becken abgedrängt vermeidet, einst in enger Krümmung, ja rücklaufend, zum zweiten Male um den Berg gegangen sein, den er bis heute nicht durchbrochen hat? Nein, diese schnurgerad kantenden, gezirkelt hinlaufenden Lehnen – in einem leicht elliptischen Bogen, dessen größter Durchmesser etwa zweitausendsiebenhundertundfünfzig Meter beträgt – sie verleugnen nicht ihre Herkunft, wenn auch die weingoldne Sonne zuzeiten das Allzustrenge in Ferne und Weichheit hinüberspinnen möchte und auf diesen Hängen liegt wie der vergehende Glanz eines Freudenlächelns auf einem harten Antlitz. Hätte Castiletz sich mit so was je ›beschäftigt‹ (›beschäftigt‹ wie einst der Knabe Günther mit den vorweltlichen Ungeheuern), dann hätte er vielleicht das Geheimnis der Gegend verstanden. Sie stammt, wie sie ist, möglicherweise gar nicht aus dieser unserer Welt. Sie bewahrt vielleicht in ihrem Antlitze treu und starr die übermenschliche Erinnerung an eine Katastrophe: als hier ein Weltkörper einschoß, den weichen Muschelkalk in einem Ringwulst beiseite drängend, sich selbst tief einbohrend in der Mitte, die heute noch kegelförmig aufgewölbt ist, als Grabmal für den in Weißglut, Heulen und Donner versunkenen Riesen: ein Stäubchen nur gegen den Planeten, der ihn einst mit furchtbarer Saugkraft aus seiner himmlischen Bahn gebogen, zum Kippen, zum Einschießen in den Erdkörper gebracht hat. Ja, es sieht schroff aus und einsam und starr, bei allem herrlichen Baumwuchs, wie einer jener sogenannten ›Mondkrater‹.

Ein Feldweg, den Castiletz jetzt bemerkte, führte in dessen Bezirk, nach rechts von der Straße abzweigend. Conrad schritt rasch zwischen den leeren Äckern dahin. Man kann sagen, daß er dabei geradezu unternehmend aussah, im Sportanzug mit kurzen Hosen und derben Schuhen. In der Tasche trug er eine Tafel Schokolade, Zigaretten, außerdem eine starke elektrische Lampe.

Jetzt, am Morgen, war es frisch, die Sonne dünn und zart, Stille allenthalben, als sei sie von der Nacht her übriggeblieben. Der Feldweg endete bei einem leeren Graben, der zwischen Weidenbäumen hinzog, etwa gleichlaufend dem Ringwall, welcher sich dort links immer steiler emporschwang, hier noch nicht bewaldet, sondern mit Reben bepflanzt. Am Graben lief ein Pfad. Castiletz folgte ihm. Hier grünte das Gras. Dort drüben jedoch, in das Laubgekuppel der steilen Hänge, waren strichweis starke rote und gelbe Töne eingefallen. Nach ein paar hundert Schritten trat von links ein Hügel heran, der in eine Art

Damm auslief, quer über den Graben. Als Conrad den Hügel hinaufgestiegen war, stand er an einem Teiche, dessen Sumpfgeruch ihn schon längst begleitet hatte. Jetzt erst wurde ihm das bewußt. Hier gab es eine Ruhebank.

Conrad trat ans Ufer, beugte sich vor und sah in das Wasser hinein (einen Augenblick wollte er sich sogar hinkauern, um besser zu sehen). Aber er konnte darin nichts erblicken. Der trübe Weiher lag still da, voll fettiger Tiefe, wie die Wange einer überreifen angefaulten Frucht, in seinem Schilfkranz, der vom Herbste gebleicht war, da und dort schon ganz knochenhaft welkend und in Ergebenheit und Schläfrigkeit nach vorne ins Wasser hing und einsank. Die Weiden – unanständige, polypenhafte Bäume, deren dicker Kopf in zahllose Arme explodiert – schienen dieser Teichfäule und Herbstmüdigkeit hier zuzustimmen. Nur die anderen schlanken und hohen Bäume gleich dahinter hielten sich mit ihrem schön gefärbten Laube gegen den fernen Himmel hinaus.

Vom Teich an hatte der Graben Wasser; zudem führte er bald etwas näher an den Wall des Gebirges heran, bis auf eines Steinwurfs Weite, und blieb dann im gleichen Abstand. Linker Hand gab es jetzt Auwald und Busch, welcher den Raum bis zur scharf ansetzenden Steilung füllte. Diese Aue, dieser ganze Grund hier schien feucht, frisch, mit zahllosen versteckten Plätzlein und Pfaden lockend. In Castiletz erweckte das ein begrüßendes Gefühl, als sei er durch Jahre nicht mehr auf dem Lande gewesen; und der dichte, gekuppelte, aus allerlei Bäumen gemischte Wald, in welchen jetzt oben auf der Lehne die Weingärten unvermittelt übergingen, war für Conrad ein köstlicher und üppiger Anblick, als wichen nun erst Hitze und Kahlheit des italienischen Sommers von ihm. In Kaskaden winkte der Herbst vom steilen Hang aus den Wäldern, Fahnen, Wolken und Striche rot und braun, mit hellem Gelb dazwischen, das wie ein Ruf in den Himmel stieg, der jetzt, bei höherem Sonnenstande, schon in eine sonore Tiefe des Blaus schwoll. Aus dem Buschwald der Au punkteten krapprot die Berberitzen. Der Boden atmete; Laub, Wasser und Gras rochen. Es wurde warm; gleichwohl ging Castiletz rascher. Denn, um den Kegel der Mitte in weitem Bogen ausholend, kam der Bahndamm heran, lief gerade vor Conrad quer über den Graben und linker Hand senkrecht gegen den Berg.

Castiletz brach durch Gestrüpp, Brennesseln und Unterholz; dann kletterte er die Böschung am Tunnelmund empor. Hier oben war alles geebnet, schottrig, gekiest; es roch ölig oder teerig von den in der Sonne dunstenden Schwellen. Der Blick ging frei und weit.

Jedoch Conrad wandte der offenen Landschaft den Rücken.

Wie der vergessene Tempel einer Gottheit stand vor ihm der Eingang des Doppeltunnels mit seinen beiden finsteren Portalen und der breiten Stirn in den Wald gerammt, links und rechts die schräg abfallenden Futtermauern wie mächtige Füße vorsetzend. Jetzt noch, wo der Stein längst hellgewaschen vom Wetter, anderwärts wieder schwarz vom alten Rauche war, schien die Natur wie erregt seitlich und oben zurückzuweichen, mit gekraustem Busch und Baum. Und doch wieder bestand hier wohl seit langem schon eine Art Gewöhnung, ja fast Freundschaft zwischen strengem Quadersteine und dichtkronigem Gewächs: auf angeflogener Erde über den Gesimsen saßen Sträucher.

Castiletz blieb seitwärts. Hier war ein kleiner flacher, abgegitterter Platz. Man konnte sich vorbeugen und in den Tunnel blicken.

Und eben jetzt erfüllte der hier zuständige Gott den Tempelmund von innen mit seinem anschwellenden Donner. Dann trat er schwarzfarben aus. Castiletz, zurückweichend, kam sich hinter dem Gitterchen vor wie geschützt gegen ein wildes Tier. Es raste vorbei, und dahinter der Lastzug voll schwerer, stummer Güter, Wagen auf Wagen, dröhnend, klappend und klingend hervor aus dem Schlauch. Nun lief die lange rotbraune Kette schon dort draußen in der Sonne, im weiten Bogen nach links, um den Kegelberg in das flache Land. Aus dem Tempelmund quoll dünn der Opferrauch nach, schwebte ein wenig hoch, verschwand in den Zweigen der Büsche, die sich ganz zutraulich oben über die Brüstung lehnten, mit dem zarten Leibe das schwere Portal berührend.

Es dauerte nicht lange, bis auf diesem ein ganz anderes Geräusch hervordrang, erst leise, dann deutlicher, ein Klappern oder wie der Ton vieler kleiner rascher Schritte. Dazwischen gab es ein oder das andere Mal einen hallenden Schlag. Castiletz, dessen bürgerlicher Instinkt ihm gleich anfangs zugeraunt hatte, daß er hier eigentlich nichts zu suchen habe, zog sich geschickt zurück, etwas mehr seitwärts zwischen die Gebüsche.

Von hier aus konnte er den Streckenwärter sehen, als dieser nach einer Weile auf Conrads Seite aus dem Stollen hervorkam, also, wenn man hinaus in das Land schaute, rechts. Nun begriff

Castiletz die Art des Geräusches. Der Mann ging in der Mitte auf den Schwellen, die zu weit auseinanderlagen, als daß man im Gehen je eine hätte auslassen können, und zu nahe beisammen, um einen längeren als eben diesen fast trippelnden Schritt zu gestatten, welcher auf die Dauer einigermaßen anstrengend sein mußte. Der Beamte verließ jetzt das Gleis und betrat den verbreiterten Platz zwischen den beiden Tunnelmündungen, wo eine große Signalglocke stand; dahinter gab es, wie sich jetzt zeigte, ein Telefon, das der Streckenwärter nun kurbelnd in Bewegung setzte, offenbar um seine Meldung zu machen. Dann nahm er den langgestielten Hammer, den er beiseite gestellt hatte, wieder auf und verschwand, auf den Schwellen trippelnd, im anderen Tunnelmund.

Die Gelassenheit, mit welcher Castiletz sich jetzt seine Zigarette anzündete, war nicht ohne Romantik. Hier hieß es auf jeden Fall eine Weile warten! Nun gut. Indessen erlebte Sherlock Holmes eine Überraschung. Denn als diese gute Weile vergangen war – fast dreißig Minuten nach der Uhr – näherten sich die trippelnden Schritte neuerdings, und wieder erschien der Mann in blauer Jacke, mit Tasche und umgehängtem Signalhorn, rechts den Tunnel verlassend. Nun ging er weiter, den Blick unverrückbar auf die Schienen und Schwellen geheftet, gleichmäßig mit kleinen Schritten laufend wie ein Maschinchen. Castiletz sah ihm lange nach. Seine Sicherheit schien etwas erschüttert durch die undurchsichtigen Gepflogenheiten der Bahnverwaltung.

Er überlegte und wartete. Draußen auf der Strecke wuchs nach einiger Zeit ein Rollen und hier in der Einsamkeit schlug jetzt das Läutwerk kräftig an. Um den Kegelberg im Bogen wehend zog eine Dampffahne. Bald brüllte die nahe Maschine kurz auf und stürzte sich ins Dunkel. Wieder war es ein Lastzug, klappend und klingend verschwanden die rotbraunen Wagen einer nach dem anderen drüben im Schlauch. Castiletz bemerkte, daß hinter dem verschwundenen Zuge kein Rauch aus dem Tunnel kam, auch zeigte davon das Portal dort keinerlei Spuren. Nur auf der rechten Seite hier herüben war der Bogen geschwärzt.

Es galt nun, noch einen ausfahrenden Zug abzuwarten; dann konnte er's wagen.

Nach einer Viertelstunde etwa brauste es im Tunnel. Dann verließ diesen heiß und schnaubend eine Lokomotive, hinter der nur wenige Personenwagen liefen. Auf der letzten Plattform stand ein Schaffner. Aber er konnte Castiletz, den das Gebüsch verdeckte, nicht bemerken. Noch tönte das ferne Rollen des eben erst durch die Biegung unsichtbar gewordenen Zuges, als Conrad aufsprang und – mit den Gefühlen eines autoritätsgläubigen Menschen, der Unglaubliches tut! – über das Gitterchen auf die Strecke setzte. In dem Bestreben, sich einer möglichen Sicht zu entziehen, lief er, die Schwellen nicht sehr geschickt benutzend, geradewegs in den noch vom Rauche, der ihm entgegenzog, erfüllten Tunnel hinein. Jetzt sah er den Ausgang an des Berges anderer Seite, im Rauche seltsamerweise rot, dann gelb, endlich weiß, eine runde Scheibe. Es schien nahe. In diesen Augenblicken erst durchblitze es ihn, daß er hastig hierhergekommen war, ohne eine geleistete Vorarbeit des Denkens, ja . . . ohne eigentlich genau zu wissen, was er hier nun suchen wollte. Den Schmuck, das heißt also die nach Inkrats Meinung ausgeworfene und vielleicht verstreute Beute... War dieser Tunnel Tatort, dann war jene wohl schwerlich schon hier zu finden. Wie ein Trichter, in welchem die ganze Unternehmung bereits versinken wollte, öffnete sich die Erkenntnis, daß keineswegs vernünftige Überlegung ihn gerade hierher geführt hatte. Jedoch, all dieser zappelnde Knäuel von einander durchschießenden Vorstellungen war plötzlich zerhauen, wie der berühmte gordische Knoten, von einer einzigen Frage – hinter welcher, für Castiletz fast triumphal, irgendein Denkfehler Inkrats durch Sekunden sichtbar wurde:

Rechts oder links an der Wand?

Eine Art unkontrollierbarer Muskelbeschluß antwortete aus Conrad auf diese Frage, keine Erwägung. Schon richtete sich der Lichtkegel seiner Taschenlampe rechts vom Gleis auf den schmalen und zum Teil verschotterten Streifen Bodens, der noch neben den eisernen Schwellen im Tunnel bis zur Mauer blieb. Jedoch, hier mußte ihm der Mut entsinken. Zwischen diesen vielen rußigen Steinen und ihren zahllosen Zwischenräumen irgendwelche kleine Gegenstände zu finden, die heute, nach über acht Jahren, mindestens so sehr vom Rauche überzogen sein mußten wie eben alles hier . . . dies war unmöglich, zumindest in Gehetztheit und Eile. Hier brauchte man vor allem eine Erlaubnis und Bewilligung, und eine zweite und stärkere Lampe und eine Begleitung. Conrad stolperte. Er wußte nicht recht, ob er hier am Rande auf die Schwellen treten sollte oder in den schmalen Raum neben diesen. Bis jetzt war er etwa hundert Schritte in den Tunnel eingedrungen. Er kehrte um: immer noch gebückt am Boden hinleuchtend. Hier war von draußen ein Blatt hereingeweht, ein winziges, grünes. Er sah darauf nieder. Plötzlich, ja schlagartig, schien ihm ein längst und früher einmal erlebter Augenblick wiederzukehren. Er hatte einst Steinchen im gestauten Bache genau betrachtet, die ganz wie ein Krebs ausgesehen hatten. Und dann war es wirklich einer gewesen. Hier jedoch war es ein Beryll-Ohrgehänge, in Gold gefaßt.

Castiletz kniete langsam nieder. Während sein Herz tief und ganz auszusetzen schien, so daß in seiner Brust geradezu Schweigen und Stille herrschten, zog er das kleine Schmuckstück mit zwei Fingern aus dem Spalt, worin es lag, und hielt es nahe vor die Lampe.

Ja.

Castiletz kam aus dem Tunnel und mit festgeschlossener linker Faust die Böschung hinab. Er fegte mit den Schultern das Gebüsch beiseite, trat unter die steil emporstaffelnden Bäume, setzte sich und öffnete langsam und vorsichtig die Hand, als hätte er ein Tier gefangen.

Ja.

Ordnung mußte sein. Er rieb den wenigen Ruß sachte mit dem Taschentuch vom Golde und vom Stein, öffnete seine Geldbörse und schob das kleine Schmuckstück in ein gut verschließbares Nebenfach, darin bis jetzt einsam ein Schlüsselchen gelegen hatte.

Dann war keine Ordnung mehr. Nachdem Castiletz die Hosentasche noch sorgfältig zugeknöpft hatte, begann er eilends den unmäßig steilen Abhang zu erklettern, da und dort mit den Händen an Strauch und Baum einen Halt suchend. Diese immerwährende angestrengte Bewegung nach aufwärts bot ihm eine Art von Ruhe. Weiter oben ließ die Steilung ein wenig nach, es gab einzelne kleine Stufen und Schultern am Berg. Conrad saß im Walde. Vor dem Himmel kreuzte sich verschiedenartiges Geäst, grün, bunt und braun, auch von Nadelbäumen, das letztere sah jetzt aus, als ob es schwarz wäre.

Und zuletzt kam er ganz hinauf und über den bruchartig abkantenden Rand. Hier zogen vollkommen ebene Äcker weithin. Castiletz wandte sich atmend zurück gegen die Tiefe. Das Land dort unten schien geschwellt und aufgewölbt, mit den scharf rostbraunen Vierecken der Felder, den hellen wassergrünen Farben der Wintersaat, rückwärts der Kimm nicht mehr in herbstlicher Klarheit, sondern in tiefem Dunste. Er stand hier wie auf dem Dache seines Lebens, ja, ganz wie jemand, der viele Jahre hindurch ein Haus bewohnt hat, jedoch zum erstenmal hinaufkommt und aus einer Luke schaut, Bekanntes aus solcher Höhe als neu betrachtend.

## 38

Hier, indem er die Felder querte, fand er die Landstraße wieder vor und folgte ihr. Im gleichmäßigen Dahinschreiten schüttelte sich der sein Inneres erfüllende Tumult ein wenig zusammen; und wenn auch vom Denken noch keine Rede war, so doch bereits vom Essen der Schokolade, welche Castiletz innerhalb der rechten Rocktasche stückchenweise abbrach. Sein Blick blieb auf den Boden vor ihm geheftet, von der Umgebung nahm er kaum etwas wahr, graugrün nur lag im Augenwinkel der Straßenrand. Es ging nach einiger Zeit bergab. Conrad blieb im gleichen Trott. Er verspürte etwas Hunger, mehr als dies aber noch ein deutliches Verlangen nach – Wein, welchen Zustand man nicht so ganz mit Recht gleichfalls ›Durst‹ zu benennen pflegt. Da sieht man's, wie sehr unser Mann sich verändert hatte! Vor drei Jahren noch wäre ihm ein solcher ›Durst‹ unbegreiflich gewesen. Aber freilich, die Familienverhältnisse, der Einfluß aus dem Familienkreise – wie sehr neigt gerade der junge Mensch dazu, derartiges zu unterschätzen! Conrad wohl nicht mehr, denn er hatte eben in der letzten Zeit bei näherer Untersuchung seines seelischen Fundus Gelegenheit genommen festzustellen, woher dies und das etwa kam.

An einem der ersten Häuser des Ortes, unweit jener Stelle, wo Castiletz heute morgen von der Straße abgebogen war, kündete eine Tafel den Ausschank. Noch immer irgendwie innerlich überladen und verstockt, trat er sogleich ein, und zwar nicht eigentlich in eine richtige Wirtsstube, sondern eher in eine Wohnung, deren eines Zimmer eben solchem Erwerbe diente, welches Recht vielleicht mit dem Hause verknüpft war. Kaum eingetreten, empfand Conrad, daß hier irgendwas durcheinandergeraten schien, zwei verschiedene Arten zu leben, wohl möglich zu sprechen, zu denken, zu sein. Übrigens drückten das allein schon die Möbel aus, mit einer ans Traumhafte grenzenden Durchdringung zwischen Küche und – Musikzimmer. Es gab mehrere Schemel, einen kleinen Waschtrog, eine riesige Anrichte von ganz naiver Scheußlichkeit (war sie nicht im Geiste irgendwie mit den Bildern der Tante Berta verwandt?), und in der Ecke stand, eben als Vervollständigung, ein großer schwarzer Konzertflügel. Die Dame, welche Conrad den Wein brachte – bald zum zweitenmal, denn den ersten kippte er hinunter wie jenes ›ohnehin vernünftigste Getränk‹ – war, wie ihre Möbel, eine verwirrende und neuartige Mischung aus Küchengeruch, grauhaariger Würde, musischem Anhauch – nebst ein paar recht handfesten Worten, die sie vom Fenster des Nebenzimmers in den Garten rief. Am Finger trug sie einen sehr schönen Chalzedon im Goldreif. »Ja, Sie staunen wohl«, sagte sie beim Darreichen des zweiten Viertels, »über dieses Instrument? Meine Tochter ist in Bamberg mit einem Ingenieur verheiratet, müssen Sie wissen, aus sehr guter Familie; sie spielt herrlich Klavier. Zum Beispiel die Mondscheinsonate, und überhaupt diese klassischen Sachen, für die eins eben auch das richtige Verständnis braucht. Da habe ich den Flügel angeschafft, damit sie ihre Kunst nicht entbehren muß, wenn sie bei ihren Eltern ist. Wir sind auch sehr musikalisch.« Bei Conrad kam sie mit der klassischen Musik schon durchaus an den Richtigen. Aber, man wird bemerkt haben, daß ihm überhaupt eine feinere Nase gewachsen war, sozusagen, sonst hätte er auch nicht in Venedig festgestellt, daß seine Frau neuestens die Grundsätze der sportlichen Disziplin auf den Kunstgenuß übertrage . . . Mit dem Geist ist es wie mit dem Weintrinken: eine neue, aber nicht ganz ungefährliche Quelle des Lebens. Der Mann sah bei der Tür herein. Er war fett und groß wie ein ungarischer Ochse, jedoch auffallend gut und glatt rasiert, es glänzte nur so; im übrigen schien er stumm und gehorchte sogleich, aus der Tür verschwindend, einem offenbar recht gläsernen Blicke seiner Frau. »Der Herr ist in Geschäften hier oder zur Erholung?« »In Beschäftigungen«, sagte Conrad, und wie einst bei Herrn von Hohenlocher stellte er schlichte fest, daß er nun einen Rausch habe. Bei alledem war ihm eigentlich angst und bang, und zwar in einer seltsam hellsichtigen Weise; durch Augenblicke kam es ihm ernstlich bei, die Sachen hier als irgendeine verspätet zum Ausbruch gekommene Unordnung aus seinem eigenen früheren Leben zu sehen . . . aber wie?

Im nächsten Atemzuge schon verstand er diesen Gedanken nicht mehr. Wohl aber einen anderen (den er als sozusagen allzu einfach verwarf, hier konnte ja nicht ein Fund den zweiten jagen, nein dies wäre gewissermaßen zu ›hell‹ – ›ich bin betrunken!‹) – und dieser andere Gedanke stellte eine billige Verbindung her zwischen glücklichen Findern verstreuter Kostbarkeiten und einer Tochter, für deren Ferientage man sich einen Konzertflügel leistete. Ja, Töchter spielen eben mitunter die Mondscheinsonate . . .

Castiletz bezahlte und verließ diesen ganzen Spuk. Als er in den Gasthof kam, war es längst Mittag. Er aß mehr als ausgiebig in der behaglichen Stube – dieser Raum schien in zauberhafter Weise den Appetit zu steigern! – ging auf sein Zimmer, warf Schuhe und Rock ab und schlief sofort ein, da er auch zum Essen jetzt wieder zwei Viertel des herrlichen ›Lauffener‹ genossen hatte.

## 39

Das Muster oberhalb der Leiste an der Wand zeigte eine immer wieder lustige Begegnung zwischen zwei Viertelkreisen oder Sicheln, die, gleichsam tanzend, sich neckten. Conrad erwachte nach einer Stunde herrlich ausgeschlafen und begann sogleich mühelos und flüssig zu – denken. Der heimische Wein hier gab, wie es schien, nur alles Gute in die Glieder, ließ nichts Böses im Kopfe zurück.

Inkrat mußte wohl von vornherein angenommen haben, der Schmuck sei – in der Fahrtrichtung – rechts ausgeworfen worden: als . . . ›Beutepaket‹ (Castiletz lachte plötzlich laut in dem stillen Zimmer über diesen Ausdruck). Etwa geplatzt. Alles Unsinn. Vielmehr: auf den sauberen freien Bahnkörper war der Abwurf erfolgt, wo man das Ding gleich hatte finden können, vielleicht im Morgengrauen noch desselben Tages. Jedoch: die Durchfahrt durch den Tunnel hatte höchstens eine Minute gedauert (hierin täuschte sich Castiletz, es war weit weniger). Daß in dieser Zeit das ›Paket‹ fertiggebracht worden sei: dies blieb somit außer Betracht.

Nun: woher der Ohrring?

Es blitze wieder in ihm: hier hatte ein Kampf stattgefunden, das Ohrgehänge war abgerissen worden. Jener Zustand, in welchem man das ›Damenabteil‹, worin Louison gereist war, angetroffen hatte, sprach einigermaßen dafür. Castiletz sprang vom Bette und kleidete sich fertig an. Dann eilte er die mit irgendwelchem Rips bespannten Treppen hinab und hinüber auf das Postamt neben der Station. Er ließ sich ›dringend‹ mit Maria Rosanka verbinden, zum zweiten Male deren Namen im Buche aufschlagend, und wartete nicht lange. Erst summte, dann piepste es.

Hier war sie.

»Hallo, hier spricht Conrad Castiletz, gnädige Frau!«

»Ja, hier Maria Rosanke.« Es klang nahe, klar und ruhig.

»Verstehen Sie mich gut, gnädige Frau?«

»Sehr gut«, sagte sie, wie auf zwei Meter ihm gegenüberstehend.

»Ich bin hier auf dem Lande . . . wegen der Nachforschungen in bezug auf Louison Veik, an der Strecke. Ich bitte Sie, mir zwei Fragen zu beantworten, falls Sie dazu in der Lage sind. Haben Sie mich verstanden, gnädige Frau?«

»Sehr gut«, kam es muschelnd, aber klar hervor. »Fragen Sie, bitte.«

Während er sie ansprach, fühlte er – ihr Glück, ihre Überlegenheit. Das sonngoldne Atelier in der Stiftstraße. Die Täter, der Schmuck: dies hatte Maria Rosanka nie interessiert. Sie hatte ihre beste, vielleicht ihre einzige Freundin und Vertraute verloren. Das war für sie alles. Sie hatte still geweint. Er mußte sich zwingen zu sprechen:

»Meine erste Frage lautet: ist Louison in einem Wagen gefahren, dessen Abteile in der Fahrtrichtung links lagen und rechts der Gang, so daß beispielsweise, wenn Sie, gnädige Frau, auf den Bahnsteig herauskommend den Zug rechter Hand hatten, Louison Ihnen zum Abschied aus dem Abteil hätte nochmals die Hand reichen können, ohne auf den Gang zu treten, der somit auf der anderen Seite, in der Fahrtrichtung rechts, gelegen war? Haben Sie mich, bitte, genau verstanden?«

»Vollkommen«, sagte sie ruhig, ja bedächtig. »Es war so, wie Sie eben sagten. Louison stand im Abteil und reichte mir tatsächlich vom Fenster nochmals die Hand herab, bevor ich den Bahnsteig verließ. Außerdem aber hatte ich vorher den Wagen betreten, in welchem sie reiste, und mir dieses ›Damenabteil‹ angesehen. Es lag links am Gange, das heißt, nach dem Einsteigen querte man die Plattform und gelangte so in den Gang hinter die Abteile. Ich weiß das heute noch mit vollkommener Genauigkeit: Sie müssen bedenken, daß ich als Malerin naturgemäß ein Augenmensch bin. Stuttgart ist ja ein Kopfbahnhof; das heißt der Zug ist damals hereingefahren und auf demselben Gleis wieder hinaus. Demnach lag von hier ab der Gang in der Fahrtrichtung rechts.«

»Ich danke Ihnen«, sagte Castiletz und bekämpfte nach Kräften seine Erregung. »Nun meine zweite Frage; ob Sie auch diese beantworten können, weiß ich nicht: hat Louison Veik, als sie mit Ihnen zum letzten Male sprach, Ohrgehänge getragen, Ohrringe?«

»Nein, ganz bestimmt nicht«, sagte sie klar und fest, »denn das wäre mir im höchsten Grade aufgefallen. Sie trug nämlich gar niemals welche und besaß nur ein einziges Paar, ein ganz gleiches, wie es übrigens Ihre jetzige Frau damals auch hatte oder vielleicht noch hat. Es befand sich jedoch fast immer bei dem anderen Schmuck, den sie mit sich führte, da sie Beryll sehr gern hatte.«

»Grüner Stein mit Gold?« sagte Castiletz.

»Ganz richtig«, antwortete es von drüben.

»Sie können mich also mit Bestimmtheit dessen versichern, daß Louison am kritischen Abend keine Ohrgehänge trug?«

»Mit Bestimmtheit. Es wäre für mich auffallend gewesen. Derartiges sieht man als Frau.«

Castiletz dankte ihr noch viele Male und schloß das Gespräch. Als er auf den Platz vor dem Postamte und dem Bahnhof heraustrat, war die Sonne zu solchem Golde herangereift, daß sie wie eine platzende und über Ecken und Kanten herabträufende Frucht alles und jedes mit den Süßigkeiten des Herbstes übergoß und durch ihr webendes, fast körperhaft dichtes Licht den Ausblick nahm. Auf Conrad wirkte diese Flut nach dem angestrengten und langen Gespräch in der Zelle verwirrend. Er flüchtete in die Bahnhofswirtschaft und nahm eine Tasse Kaffee. Im einen Punkte schien ihm Maria Rosanka die Grundlagen jenes Baues von Schlußfolgerungen, die er so gerne mehren und festigen wollte, zu erhärten; im anderen – dem mit den Ohrringen – aber hatte sie ihm zunächst einen nicht geringen Stoß versetzt. Und ganz, wie bei Conrads erstem und überstürztem Eindringen in den Tunnel, wollte sich auch hier wieder unter allem eine Art Trichter öffnen, in welchem dieses ganze Unternehmen hier beinahe versank. Er begann, was er trieb, als äußerlich, als billig, als zu ›hell‹ (gerade dieses Wort gebrauchte Castiletz in Gedanken!) zu empfinden, und hinter allem ahnte ihm plötzlich ein viel weiter ausholender, ein längerer, ein gründlicherer Weg. Seltsam genug: nicht einmal der doch außer Zweifel stehende Fund des Ohrringes rechtfertigte jetzt für Castiletz die Art, wie er hierher gekommen war, nämlich in einer sozusagen zufälligen Weise (ja, konnte er denn, bei geordneter Beschäftigung mit dem ganzen Falle, eine solche, wieder viel zu ›dunkle‹, überhastete Art des Vorgehens dulden?). Nun schien alles zu zerfließen, ja beinahe lächerlich zu werden, wie am vorhergehenden Tage in Maria Rosankas Atelier in der Stiftstraße. Jedoch, während hier schon eine wirkliche Trübnis hereinbrechen wollte, ein Gewölk der Mißstimmung, welches sich von allen Seiten aus jenen Räumen des Lebens heranzuwälzen schien, die keine eigentlich benennbaren Angelegenheiten, Einzelheiten, Gründe oder Anlässe mehr enthalten – gerade da zeigte sich am Rande dieses Trichters mit dem brauenden Grund ein fester Punkt, wie ein eingeschlagener heller Wegpflock und Richtungsweiser, den man endlich entdeckt:

Ja (so sagte er sich), es hat ein Kampf stattgefunden in diesem ›Damenabteil‹, während man durch den Tunnel fuhr. Die Kassette, welche Louison noch im Tode an sich hielt, hat der Mörder ihr nicht zu entreißen vermocht. In dieser Kassette aber befanden sich auch die Ohrringe. Einer von ihnen fiel heraus, vielleicht in dem Augenblicke, als Louison gegen das offene Fenster taumelte, unter dem Schlag. Jedoch, der Verbrecher wird seine Beute sofort zugreifend gesichert haben, den Inhalt der Kassette herausraffend. Vielleicht war er noch im ersten Morgengrauen an Ort und Stelle, um Verstreutes zu finden. Der Überfall ist knapp vor der Ausfahrt aus dem Tunnel geglückt. Ja! (Jetzt sah er den verbreiterten, gekiesten, sauberen Platz zwischen den beiden Gleisen vor sich, wo die Signalglocke stand.) Hier konnte leicht alles gefunden werden. Den Hauptteil aber hat man, zusammengepackt, viel später und anderwärts aus dem Zuge geworfen, sei's rechts oder links, vom Gang oder aus einem Abteil. Wahrscheinlich aus dem Abort. Wie aber? Dieser Peitz ist in Erfurt geruhig (und betrunken!) auf seinem Platz gesessen! Durchaus möglich. Er hatte einen zweiten Mann. Dieser ist bald ausgestiegen nach der Tat, um etwa zurückzufahren – samt der Beute. Sie brauchten gar nichts mehr abzuwerfen, es ist keineswegs notwendig, das anzunehmen. Vielleicht hat aber Peitz mit der ganzen Geschichte überhaupt nichts zu tun gehabt? Nein, das ist abzulehnen! Die Sache mit dem Coupéschlüssel Inkrats bleibt bestehen, und das hat dieser ganz ausgezeichnet gemacht, muß man sagen, muß man ihm lassen! Peitz blieb sitzen, um sich unverdächtig zu machen. Und am Schlusse hat er dann gepatzt. Meine nächste Reise geht nach Berlin: den Mann will ich mir ansehen. Hier aber im Tunnel ist nach diesen meinen Schlußfolgerungen schwerlich mehr etwas zu finden. Und wenngleich: würde es Neues aussagen? Nein. Das mit dem Ohrring ist einer von jenen glorreichen Zufällen, durch die oft Verbrechen ans Licht kamen. Sie werden den zweiten Ohrring wohl vermißt haben – und im Anfang mit nicht geringer Sorge, kaum des Wertes wegen, sondern weil er zumindest den Tatort einmal feststellte!

Seine Gedanken liefen leicht, ja flüssig-spielend, wie die Zeilen eines Menschen, der beim Briefschreiben gut im Zuge ist. Er brach nun, sozusagen vollkommen beruhigt, ab und verließ die Wirtschaft. Die starke Anregung, unter welcher Castiletz stand, machte seinen Schritt länger, und so ging er im Sonnengold, das reif war wie eine saftige Birne im Baum (schmeckte hier die Luft nicht nach Obst?), immer weiter durch die Ortschaft. Rauch des Abends, würzig im Geruche, schwebte zwischen den geneigten Strahlen, im Hofe standen Hufschmied, Fuhrmann und Knecht, und unterm Gebälk hing der gelbe Mais in Reihen. Zwischen altem Gemäuer, schmalen Durchschlupfen, Steigen und Treppen zappelten die blonden Schöpfe der Kinder im Spiel, und das schwäbische Gesicht, klug und pfiffig, denkensbegabt, mit spitzer Nase wie eine alchimistische Retorte, blickte aus Torbogen und Fenster auf diese eigene laufende und springende Vergangenheit mit demselben lebensklugen Gleichmut wie auf die steilen, hochschultrigen alten Mauern, mit welchen die eine Hälfte des Städtchens sich an den Fluß stellte. Auf die andere Hälfte sah man hinüber, wenn man etwa, zwischen Buben, Mädeln und Hühnern, oben in den steilabfallenden ›Hinteren Gasse‹ stand; und nun wußte Castiletz wohl Bescheid, was des Ortes Ausdehnung betraf. Die wuchtig fußende Burg am Berg, die alten, verfallenen Stadtmauern dort drüben, weißlich hinter Weinbergen hinaufstufend, das alles schien mit seinen rückwärtigen Teilen wie ein blaues Gebälk vor die breite Brust der Ferne gebaut. Auch hier lagen schon zart und kühl die Schatten da und dort an einer alten Wand. Mit Lehm wurden von einigen großen und schönen Burschen die Fässer voll Weintrebern verstrichen und geschlossen, während den Fluß entlang eine Gänseherde watschelte, an Alter weder diesem Gebrauche des Lehms noch jenen Mauern was nachgebend, die nun gelöst in den Abend verschwammen und schon wie natürlich gewachsener Fels. Conrad schien's, als sei er hier erst in den Süden gekommen und in eine milde, gewürzte Luft (die, wie ein Geigenboden, jede Stimme schwingen und hallen ließ, ob den Spielschrei der Kinder oder des Fuhrmanns Zuruf ans Pferd), ja, als sei es hier eigentlich viel italienischer als dort, jenseits der Alpen.

Abends wurde Castiletz in der Wirtsstube zufällig mit dem Vorstande des Bahnhofs bekannt, einem lustigen, hübschen und umgänglichen Mann; und trotz Conrads nun glücklich bestehender ›Theorie‹, wonach im Tunnel weitere Funde nicht mehr zu erwarten waren, rührte sich doch gleichsam sein blaues Heft daheim im Schreibtisch, als er erfuhr, wer und wes Amtes jener war, der da wohlgelaunt über dem Abendtisch saß. Mit neuartiger Sicherheit und einem Geschick, das aus bisher unerschlossenen Castiletzschen Quellen floß – aber in letzter Zeit gebrauchte er schon recht munter solche Gaben! – wußte er das Gespräch freundlich zu drehen und zu wenden, und klagte dann sein Leid: ihm sei vor einiger Zeit, beim Durchfahren dieses Tunnels hier, ein kleiner Gegenstand beim offenen Fenster hinausgefallen, ein Zigarettenetui oder eigentlich Schnupftabaksdöslein (nun, man nimmt, was einem gerade einfällt, wenn's zu reden gilt, und wo immer her man's eben kriegt!). Ob vielleicht ein Streckenwärter solch ein Ding etwa gefunden und abgeliefert habe? Nein, hieß es, und ein Streckenwärter sei gerade derjenige Mensch, welcher am allerletzten etwas finden würde, was seitwärts der Geleise liegt, weil dessen Aufmerksamkeit ganz und gar nur auf die Schwellen, Schienen und deren Verbindungen miteinander gerichtet sei (dieses Kapitel hatte Conrad heute schon durchgenommen). Ob er wohl einmal mitgehen dürfe durch den Berg, wenn die Strecke wieder abgeschritten werde? (Bei dieser Gelegenheit erfuhr Conrad die Länge des Tunnels – es waren nur etwa fünf und ein halbes hundert Meter.) Dies sei nicht ohne weiteres möglich, sagte der Vorstand. Aber er würde versuchen, telefonisch die Bewilligung aus Heilbronn zu erhalten, welche er selbst nicht erteilen dürfe; Castiletz möge morgen um halb acht Uhr einmal auf den Bahnhof in die Fahrdienstleitung kommen; werde es erlaubt, so hätte er dann gleich den Zug hinüber zu der Station jenseits des Berges, von wo der Streckenläufer ausginge, und träfe rechtzeitig genug ein, um sich beim dortigen Vorstand zu melden. Der würde dann schon verständigt sein. (Das blaue Heft regte geradezu die Schwingen bei solchen geordneten Aussichten!) »Ja«, fragte der Vorstand, »Sie sind Richtung Heilbronn gefahren – aber wissen Sie denn auch noch, ob dieses Fenster, an welchem Sie standen, in der Fahrtrichtung links oder rechts lag? Darauf kommt es doch vor allem an, wohin nämlich Sie Ihre Aufmerksamkeit wenden sollen.« »Ja, das weiß ich ganz genau«, sagte Conrad (na, und ob er's wußte!). »Ich kann Ihnen, was das Suchen betrifft, nicht viel Hoffnung machen, zwischen all dem Schotter und Ruß«, meinte der Vorstand. »Es war schon gegen den diesseitigen Ausgang zu«, sagte Conrad.

Am folgenden Morgen fügte sich alles aufs beste. Conrad fuhr wieder durch den Tunnel, aber es war nur ein schwacher Nachklang der früheren Erregung, als sich diesmal der Zug im Bogen dem dunklen Munde näherte. Eine halbe Stunde später ging Castiletz neben dem Streckenwärter auf dem hohen Bahndamme, mit ganz den gleichen kleinen Schritten wie jener, denn anders wäre das nicht zu machen gewesen. In das Blau des Himmels ragte hoch, ja wie senkrecht, der goldene Schild einer vom Weinlaub überzogenen Lehne; unten dran öffnete sich der rußige Doppelmund. Hier, am Wärterhaus, wurde ein Zug abgewartet. Auch dessen Heranwachsen, Donnern und Verschwinden brachte jene tiefen Schwingungen des gestrigen Tages nicht wieder. Wie gestern zeigte sich des Stollens andere Öffnung erst rot im Rauche, dann gelb, endlich als weiße Scheibe. Jetzt übrigens erfuhr Castiletz, warum – auch hier – nur eines der beiden Portale verrußt erschien: die beiden Stollen hatten verschiedene Richtung des Luftzuges. Sie traten ein. Herr Schmidt, der Streckenwärter, ein kleiner ernster Mann – übrigens Vater mehrerer Kinder – trug einen Hammer. Bei all der peinlichen und gleichmäßigen Sorgfalt täglicher Verrichtung ging von ihm doch jene gewitzte Klugheit und Munterkeit aus, die das Volk eben besitzt, und ohne je gefragt zu haben, wozu; da ja das Leben hier vielleicht wirklich mit seinem schwersten Gewichte liegt, hier vielleicht wirklich, und schon gewohnheitsmäßig, aufgestemmt wird mit dieser letzten, unverwüstlichen Kraft und mit gar keiner anderen. Es war im ganzen wie ein Gang durch einen Keller, in welchem es nach Kohlenrauch riecht statt nach Wein. Castiletz leuchtete, so gut er konnte, mit zwei Lampen, er hatte gestern noch rasch eine solche gekauft, wie man sie für Fahrräder benützt. Er sah gut, doch fiel er mehrmals beinahe auf die Nase. Daß er nichts fand, machte ihm jedoch überhaupt nichts aus. Dieser Gang war sozusagen nur eine Form- und Ordnungssache: wegen des blauen Heftes in Quarto. Herr Schmidt hatte nicht viel Zeit, sich um ihn zu kümmern. Er trippelte, die Laterne auf der Brust. Nun hielt er an, schwang den Hammer, festigte einen Keil, trippelte weiter. Die Schläge klangen hallend in dieser kühlen Abgeschlossenheit. Es zeigten sich die Notnischen, und auf der anderen Seite, jedoch nicht ihnen gerade gegenüber, in Abständen wiederkehrende Durchgänge zum Nachbarstollen, keine niederen Durchschlupfe, sondern hoch, genau in vortretenden Quadern gemauert, mit sauberer Kante, oben ein tragender Bogen. Niemals durfte man ein solches Tor zur Deckung benutzen bei herankommendem Zuge, da dessen Luftverdrängung den Darunterstehenden in den anderen Stollen und bis an die Wand geworfen hätte. Einer Notnische in solchem Falle zu fern, mußte man sich legen, in den schmalen Raum zwischen Schwellen und Mauer, und zwar mit dem Kopf gegen die herankommende Maschine: der gewaltige Luftdruck konnte sonst den Rock aus den Knöpfen reißen, aufplustern, und ein Verfangen des Kleidungsstückes im Zuge bedeutete den sicheren Tod. So eng war der Stollen, daß ein stehender Mann wäre vom Schwindel unweigerlich mitgerissen worden, angesichts der vorbeitosenden Massen, wenn nicht gar von einem Trittbrette erfaßt. Manche derartige Einzelheiten einer anderen Welt – in die er, glücklicherweise, nicht als ein Unkundiger tiefer eingedrungen war – erfuhr Castiletz durch den munteren, ernsthaften Herrn Schmidt. Jedoch fand er bis zum Schlusse durchaus nichts, kein weiteres ›Beweisstück‹, obgleich zweimal den Stollen passierend, den Raum links vom Gleis so gut es ging ableuchtend (dabei blieb Castiletz immer weit hinter Herrn Schmidt zurück, aber dieser hatte glücklicherweise dann und wann ein paar prüfende oder festigende Hammerschläge zu tun).

Sie traten endlich ans Licht und setzten den Weg zusammen bis zum Bahnhofe fort – Herr Schmidt immer mit angestrengtem Blicke auf den Schwellen laufend, während Castiletz für seine an diese Übung nicht gewohnten Beine einen Pfad neben den Gleisen fand. Unterwegs, an jenem Punkt, wo die Strecke sich am weitesten herumgeschwungen hatte um den Kegel in der Mitte des Mondgebirgs, machten Herr Schmidt und Castiletz einen kleinen Halt an den Schranken beim Wärterhaus, in gemächlicher Wechselrede mit den zwei Beamten, die hier standen. Einer von ihnen, ein älterer, kraftvoller Mann, ging rüstig und geschwinde am Stelzfuß. Ja freilich, man hatte den Krieg mitgemacht, auch der andere, auch Herr Schmidt; nur Castiletz nicht. Dieser dachte an die Soldaten, welche einst dort in der heimatlichen Au geübt hatten: aber daß man bei alledem ein Bein verlieren konnte, stand erst hier als handhafte Tatsache vor ihm, und zwischen dieser (im Grunde fremden und unbegreiflichen) und seinen Jugenderinnerungen klaffte ein Spalt der Leere. Einer dieser Männer erzählte eine lustige Geschichte, die sich jüngst hier in der Nachbarschaft begeben; darin kam nun der Satz vor: »Ja, was wollt denn ihr da?« Jener aber sagte: »Ja, was wellet denn ihr do?« Es war mittelhochdeutsch. Selbst Conrad bemerkte es. Wäre es nur um ein kleines weniger ›textilisch‹ gewesen: der Gedankensprung hätte unvermeidlich sein müssen hinüber zu der Tatsache, daß er sich in einem Lande befand, welches nichts geringeres war als das Quellgebiet der Muttersprache schlechthin, das Grundmassiv aller Dichtung im alten Reiche, dahinten in der Ferne der Zeiten. Hier aber, in der Vormittagssonne, unter dem Himmelsblau dieses heutigen Tages, das nun wieder in seine sonore Tiefe des Hintergrunds schwoll, redete ein Mann, durch Frieden und Kriegsläufte gegangen, frisch aus dem Mund entspringend, die gleiche uralte Sprache.

Am Bahnhof stattete Conrad dem liebenswürdigen Vorstande seinen Dank ab. Nein, er habe nichts gefunden, aber sozusagen sein Gewissen beruhigt. Jener lachte und schüttelte ihm die Hand. Frühzeitig ging Castiletz heute zu Tisch, durchaus mit dem Gefühl, verrichtete Sachen hinter sich zu haben. Nun wartete auf alles nur noch das blaue Heft.

Als er den mittäglichen ›Lauffener‹ ausgeschlafen hatte – wieder begegneten dem ersten erwachenden Blicke dort im Muster an der Wand zwei Viertelkreise oder Sicheln, tanzend, sich neckend – da war es bei weitem später als gestern. Castiletz machte sich rasch auf, durch den Ort, der wieder im Sonnengold schwamm und fast aufgelöst schwebte, hinaus auf die Landstraße. Hier kürzte ihm ein gemütlicher Zufall den Weg – jenen Weg, der ihm jetzt, zum Abschluß, ganz unabweisbar schien, ohne daß er recht überlegte, warum: dort auf die Höhe, die er gestern etwas atemlos über den Steilhang erreicht hatte. Vom Lenkersitz eines schweren, am Ortsausgange stehenden Lastkraftwagens sah den Herrn da einer wandern, dem's plausibel schien, daß jener wohl lieber auf dem leeren Sitze neben ihm würde fahren. ›Ha no – ‹ Nun freilich. In rascher, wenn auch schwerer und schütternder Fahrt zog's hinauf, innerhalb weniger Minuten. Castiletz stellte nun beiläufig fest, daß der Tunnel genau die schmalste Stelle zum Durchschlag des Bergs erwählt hatte, eine eingezogene Enge der platten Feldertafel oben auf dem Ringwall. Hier war auch die Wegscheid, zweigten die Straßen. Er dankte seinem unbekannten Fahrwirt, aber dieser nahm nur anstandshalber eine Zigarette, mehr wies er lachend ab, schon rasselte das Fahrzeug gewaltigen Lärms, wuchtigen Hinterteiles bergab.

Langsam, beinahe zögernd, schritt Castiletz über die lockere Erde am Feldrain zwischen zwei Äckern gegen den Rand und Abbruch zu. Vor der äußersten, fließenden, in der Abendsonne aufschwelenden Ferne hatte sich hier spielerisch ein Berberitzenstrauch postiert, den großen Schwung dort draußen nicht übel mit kleinen roten Interpunktionen teilend. Auf den Äkkern brannten da und dort Kartoffelfeuer der Bauern, lebhafter aus dem ersten Anhauche der Dämmerung tretend. Conrad ließ sich nieder. So stand er nicht, sondern saß gewissermaßen auf dem Dache, während unten, tief im Keller, gerade unter ihm, die Stollen zogen. Aus ihnen vielleicht konnte es heraufsickern durch hunderte Fußdick Bodens: daß er lebte. Endlich lebe ich. Was klein war und ›hell‹, im Vordergrund getrieben, nun wich es für Augenblicke, wie zerblasen. Sein Gesicht stürzte plötzlich in die Hände, welche er davorschlug, ab wie in einen tiefen, tiefen Schacht.

## 40

Noch vor der Rückkehr Mariannes aus Italien besuchte Castiletz seine Tante Erika von Spresse. Er fand sie trotz der späten Jahreszeit im Freien, an der sonnigen Rückwand des Hauses gegen den Garten zu – der jetzt, vielfach entblättert, wieder Ähnlichkeit mit dem frühjahrlichen Zustande gewann; nur hatte sich alles – Stakete, Spaliere und Bänke – über den Sommer mit der Wärme vieler sonniger Stunden alltäglich vollgefüllt, und diese schien nun von den wieder hervortretenden Klapprigkeiten noch ausgestrahlt zu werden, weshalb vielleicht die Dinge nicht so sehr abgemagert aussahen wie im Frühling nach der langen Feuchte und Kälte des Winters. Noch lag der Herbst rundlich in der Luft wie Wein im Glase, die treibenden bunten Blätter, welche aus den Gärten in dichteren Scharen über den Asphalt der Straßen strichen, hatten nichts Trauriges an sich, es war ein lustiger bunter Tanz, hinter dem am Straßenende eine blaue Himmelsfahne im Winde zog.

Hier auf der niederen Terrasse lag die Tante, soviel eben von ihr vorhanden war, im Liegestuhl mit Decke, umgeben von ganzen Stapeln der Bücher. Castiletz saß daneben und sprach mit seiner Tante von all diesen Schätzen des Geistes, das heißt sie unterrichtete ihn – der ja zu einem ganz anderen Zwecke gekommen war – über ihre derzeitigen Studien und Bestrebungen (es waren immer welche im Zuge, wie man weiß). Da gab es zum Beispiel die lateinische Paläographie – hier, der Lehrgang von Steffens, sowie des Engländers Thompson vortreffliches Buch über die Handschriften des Klosters Monte Cassino. Conrad fragte nicht: »Was ist das – lateinische Paläographie?« Die Frage wäre in dieser gehobenen Atmosphäre einfach zu roh, zu weit von unten gestellt gewesen, das fühlte er selbst. Im übrigen wurde er bald belehrt und erfuhr, daß man, um mittelalterliche Handschriften lesen zu können, vor allem in der altrömischen Kursive sich üben müsse (allerdings sehr schwer!) und in den sogenannten ›tyronischen Noten‹, die Stenographie oder Geschwindschrift der Römer (Cicero hatte sie für die Senatsdebatten eingeführt!), deren Reste vielfach in den mittelalterlichen Schreibgebrauch übergegangen waren . . .

Sie hielt ihm ein Blatt des großen Tafelwerkes vor, welches auf gelblichem Grunde unterschiedliche Häkchen und Haken zeigte, auch einiges, was wie waagrechtliegende Beistriche aussah. Conrad schüttelte bewundernd den Kopf. »Du kannst das lesen?« sagte er. »Noch nicht«, antwortete sie, »aber bei einigem Fleiße wird es mir mit der Zeit schon gelingen, die Bedeutung der einzelnen Verbindungen oder, wie das Fachwort heißt, Ligaturen, zu behalten und sie dann wiederzuerkennen.« Ja, es ging Castiletz ähnlich wie damals, als es mehr und mehr Zeit wurde, an jene Endstelle der Straßenbahn zu fahren, wo Ida Plangl gewartet hatte; und als er dort drüben, jenseits des Kanals, bei Albert Lehnder gewesen war, da hätte er noch immer zurechtkommen können, wenn er sich nur gleich an der Tür entschlossen hätte, Albert um das Nötige zu bitten. Dann waren sie in die Au spazierengegangen . . . ja, sicherlich drückend das alles! Wegen fünf Mark fünfzig bis sechs Mark (Castiletz vergaß, daß damals die vergehenden Minuten Zahnmusik auf seinen Nerven gemacht hatten, während jene gewisse Auskunft, welche er heute von Tante Erika erlangen wollte, nicht an einen bestimmten Zeitpunkt gebunden war, sondern auch später einmal gegeben werden konnte – indessen, er schien ein Mißtrauen gegen sich selbst zu hegen in dieser Sache, welches auf ein ›heute oder nie‹ hinauslief!). Tatsächlich hatte er seine Absicht schon aufgegeben, ja, die wissenschaftlichen Erörterungen der Frau von Spresse wurden ihm nun fast lieb, weil sie gewissermaßen seine Schwäche bedeckten – denn wenn er nicht zu Worte kam, dann konnte er wohl auch keine Fragen, noch dazu ganz abseits liegender Art, stellen. Jedoch, es trat eine Stille ein. Von ihr umgeben standen im leeren Garten unerschütterlich die großen Männer, so Pascal wie Giordano Bruno. Die Luft schien sich durch einige Augenblicke in Glas zu verwandeln, als Castiletz – von einem plumpen und ungeordneten Vorstoße seiner Stimmbänder mitgerissen – sagte:

»Ich hätte dich schon längst gerne etwas gefragt, was mich interessiert, Tante Erika, die Zeit betreffend nämlich, als ich hier bei dir war, noch ein kleiner Junge (er sah ihren Kopf vom Kissen aufgerichtet, in diesem Augenblicke, ganz platt, wie ein kleines Brett) . . . vermagst du dich vielleicht noch genau zu erinnern, an welchem Tage ich damals wieder abreiste?«

Ihre Hand tauchte, wie der Hals eines gründelnden Wasservogels, unter der Decke hervor und stieß schnabelartig mit gerecktem Zeigefinger senkrecht von oben auf einen Klingelknopf am Tischchen neben ihr.

»Das Jahrbuch 1921«, sagte sie zu dem Mädchen.

Es kam ein kleiner Band in rotem Leder.

»Hier steht« (teilte Tante Erika mit): »Conrad heute nachmittags abgereist nach Stuttgart und weiter nach Mergentheim, wo er um ein Uhr erst bei Marie eintreffen wird. Ließ sich von der Reise bei Nacht nicht abraten; obwohl mir's peinlich war, daß meine Schwester so spät zum Empfang des Jungen bereit sein mußte, tat ich ihm den Willen und ließ ihn bei Nacht fahren, weil er sich dies gar so sehr wünschte. 24. Juli 1921.«

Das aufgerichtete Brettchen schwieg. Auch Conrad.

»Du kamst erst abends nach Stuttgart«, sagte sie, »hattest dann etwa um 1/2 10 Uhr einen Schnellzug, und mußtest noch dazu knapp vor Mitternacht in Lauda umsteigen.«

Sie schien ihm heute noch einen Vorwurf wegen seines knabenhaften Eigensinns machen zu wollen. Vielleicht war es eine Art von Gegenstoß, als er, mit genauer Aussprache, sagte:

»Wenn ich in der Nacht vom 24. auf den 25. Juli im Schnellzuge zwischen Stuttgart und Lauda fuhr, da kann es sein, daß ich mich in dem gleichen Eisenbahnzuge befand, in welchem damals Louison Veik ermordet wurde.«

»Ja«, sagte das Brettchen vollkommen unbeweglich. »Ich dacht' es auch oft. Aber was hat das schließlich zu sagen. Außerdem geschah diese Untat auf einem viel späteren Teil der Strecke, soviel ich weiß. Nun, ein Zufall.«

Castiletz sah zu Boden. Er war über dieses Wesen ganz ehrlich und fassungslos entsetzt. Eine Chimäre, eine Harpye, die hier wespengleich an sonniger Mauer wohnte, trocken und kalt, ohne Gnade. Tatsächlich erlebte er hier, angesichts dieser rein verstandesmäßigen Unbeweglichkeit, etwas, was ihm über den Verstand ging, was seine Fähigkeit zum Begreifen weit überschritt, ohne daß für seine Empörung irgendein Ausweg vorhanden gewesen wäre. Er sagte nichts, nicht einmal: »Nun, mich berührt es immerhin höchst merkwürdig, und es hat mich diese Vorstellung oft schon erschüttert«, oder etwas von dieser Art. Hier konnte man überhaupt nichts mehr sagen, sich nicht mehr Luft machen, denn da begann der luftleere Raum, das reine Vakuum. Er vermied es, Frau von Spresse anzusehen, und seine innere Bewegung war so groß und gewissermaßen hilflos, daß er ihr später auf der Straße noch lange ausgeliefert blieb, ja, fast den ganzen Heimweg hindurch.

Mit Marianne kam dann paradoxerweise aus Italien der Winter, zumindest begannen sogleich die Zurüstungen für diesen: Duracher stand bei den Sitzmöbeln und dem Tische, die, metallisch und zeitgemäß, im Vorzimmer auf der graugrünen Bodenbespannung inselten, die kurze Pfeife im Mund – aber gar nicht wichtigtuerisch, das lag nicht in seiner Art, er war eher wortkarg. Und vielleicht war ihm sehr wohl bewußt, wie man auf eine Frau aufpassen muß, die anfangen soll Skilaufen zu lernen. . . . Der Boden war ein Heerlager, nein (das wurde jetzt so wie nichts hingeschrieben, ohne genaue Erfassung des Wortsinnes, der Verleger wird uns heimleuchten!), also: ein Lager von hierhergeschickten Wintersportartikeln. Sie wählte die Bretter, die Bindung.

»Nein«, sagte Duracher, »das kommt nicht in Frage. Wenn Sie einmal fahren können, dann dürfen Sie meinetwegen Hikkorybretter nehmen. Vorläufig können Sie noch nicht einmal bergauf gehen und werden schon noch was kennenlernen. Also Esche.«

Sie betrachtete Spiralfedern, welche von den Knöcheln nach rückwärts aufs Brett zu gehen hatten.

»Für einen Anfänger ohne Bedeutung. Und bis Sie laufen können, ist man längst davon abgekommen, so wahr ich Peter heiße.«

Nach dem Weihnachtsabend reiste sie ab und auf Durachers Rat vier Wochen in den ›ersten Kurs‹, zu St. Anton am Arlberge. Ihre Bräune, als sie wiederkam, war unbeschreiblich. Die blauen Augen schienen von tief rückwärts hervorzublitzen. Am folgenden Wochenende fuhr sie mit Duracher im Allgäu eine leichte Tour, und er schien zufrieden. Acht Tage später ging es nach Oberstdorf in Schwaben, mit zahlreicher Gesellschaft; und im März gelangte Marianne, wieder am Arlberg, in den ›zweiten Kurs‹. Duracher äußerte sich einem von den jungen Leuten gegenüber, daß für Marianne das Vortraining des Sommers sehr günstig gewesen sei, samt der Skigymnastik.

Mit den jungen Leuten, die oft heraufkamen – tiefbraun zum Teil wie Marianne – wehte jetzt eine neue Luft herein und ein unbekannter Hintergrund des Seins, den Conrad sich im ganzen blau und weiß vorstellte, und etwa braun, wenn von den Hütten und dem Leben auf diesen die Rede war. Ihn trennte eine Glaswand davon und hielt eine Verstocktheit (die er seltsamerweise zutiefst für heilsam erachtete) von alledem ab: wenngleich er Sehnsucht empfand. Ihm schien, vor kurzer Zeit, gestern, vorgestern, hätte er sozusagen noch ein Recht gehabt, sich kopfüber hineinzustürzen, mitzugehen, mitzutun; und am Ende hätte es ja an der körperlichen Eignung hierzu gerade bei ihm nicht gefehlt. Jedoch heute war das alles vorbei, er blieb allein. Was ihn am meisten anregte, mit Verlangen erfüllte, anzog, das war die Art von Geselligkeit, von Abenteuern, von Zwischenfällen – was alles sich aus hingeworfenen Bemerkungen von dem oder jenem ergab: also gerade das, was dort selbstverständlich war. Es gab in jener Welt dort oben, aus der man braun und mit hervorblitzenden Augen und über die Knochen frisch gespannter Haut zurückkehrte, offenbar auch stehende Figuren, ja Intrigen, Verwicklungen, Überraschungen, die sich in ganz einzigartiger Weise und auf einer nie gekannten Ebene des Lebens abspielten, auf Hütten oder Gletschern, Hochkaren oder Hängen, in zwei- bis dreitausend Meter Höhe.

Das Alleinsein aber war ihm lieb, er gestand sich das längst ganz offen, in einer Art von Bereitschaft, jeden Widerstand gegen diese Erkenntnis aufzugeben. Also daß jene Augenblicke damals im Badezimmer, als Marianne nach dem Schrei auf der Straße getobt hatte, und er eben deswegen unvermögend gewesen war, sie zärtlich zu trösten (und angesichts seines Unvermögens geradezu erleichtert!) – daß jene Augenblicke also zu einer Art von Dauerform gelangt waren, gegen deren gleichmäßigen Fluß es bei ihm nur selten kleinere Rückläufe gab.

Im Werk ging alles seinen Gang. Eisenmann war überall, grobste mitunter gewaltig aus voller Brust, rauchte Zigarren, schenkte auch welche. Dann und wann führte er mit dem ›Bürschle‹ Gespräche, wovon eines merkwürdig war, das im Arbeitszimmer des Direktors gegen Ende Februar stattfand. »Wollt' dir einmal was sagen, wegen Marianne, aber nicht übel nehmen dem alten Eisenmann, Bürschle« (es kam alles so kurz heraus, er paffte auch dementsprechend vor sich hin). »Ist alles schön und gut. Leider habt ihr keine Kinder. Da scheint denn eine Entwicklung einzutreten, welche in irgendeiner Weise zu einem, sagen wir mal, nicht erfreulichen Punkte führen kann. Ich wußt's von Anfang, Bürschle, daß du's nicht leicht haben wirst. So ein älteres Mädchen – na ja, das war sie doch, als du heiratetest! – das ist wie eine zusammengepreßte Stahlfeder, in irgendeiner Weise. Nu springt sie denn. Solltest dich bemühen, die Interessen deiner Frau etwas mehr zu teilen. Du warst doch früher einmal ein recht tüchtiger Sportsmann; und jetzt spielst du nicht einmal mehr Tennis. Was ist denn mit dir eigentlich los? Deiner Frau kann man nichts übelnehmen, sie ist, gottlob, in lustiger Gesellschaft, und was man hier redet, scheint mit blödsinnig und eine Übertragung von Maßstäben, die auf unserem Pflaster gelten, hinauf in Höhen von einigen Tausendern und auf Skihütten. Na, das bringt freilich eine andere Lebensart mit sich. Andere Gebarung, möcht ich sagen. Na, ja. Kümmere dich ein wenig mehr um deine Frau. Schau mich alten Esel an, ich spiele noch Tennis im Sommer. Und du warst noch dazu so was wie ein Meister. Der Duracher hat's damals nicht zwingen können. Und: nichts für ungut, Bürschle.«

Wort für Wort, Satz für Satz, die der liebe alte Eisenmann sprach – sie ließen in Castiletz, und ganz gleichmäßig gesteigert, eine Art Lähmung heraufquellen wie Grundwasser, mehr und mehr; und noch bevor der Direktor geendet hatte, befand sich Conrad in der Lage eines Mannes, der guten Rat empfängt, ja, den einzig richtigen Rat, dessen Hände aber gebunden sind: und dabei weiß er selbst nicht recht, mit was für einem Stricke. Ja, das Glas stand sozusagen hart an der Tischkante, und es würde bestimmt fallen. Eisenmann hatte recht. Der Verstand nahm das wahr, aber eben nur der Verstand, auf seine Art, also unanschaulich, wie in kristallographisches Pappmodell des Lebens. Das aber reichte zum Handeln nicht aus. Da sah man lieber weg. Anderes war stärker, Conrad fühlte sich wie von rückwärts gehalten. Gewiß hieß es hier, und sogar bald und rasch, etwas tun, sonst geschah Unabwendbares; aber diese Sache glücklich zu ordnen, zu erledigen, dazu gehörte Zeit, Ruhe,

Sammlung. Man mußte hier langsam vorgehen, ganz langsam, auf einem viel längeren Wege. Conrad kniff angestrengt die Augen immer mehr zusammen, während Eisenmann sprach, und sah beim Fenster hinaus über die neuen flachen Hallen der Fabrik, dahinter kahle Bäume ihre Äste polypenhaft vor den grauen Himmel schlangen. Und daß er, Castiletz, dabei fortwährend eine Art sumpfigen Geruches um die Nase zu spüren glaubte, oder einen derartigen Geschmack dauernd auf der Zunge hatte, das war zu nah, zu dumpf, um eigentlich festgestellt, und zu still und deutlich, um übersehen zu werden.

»Verehrter Herr Direktor«, sagte er mit einiger Mühe – und in dem Gefühle, bei aller Anstrengung doch nicht ausdrücken zu können, was er eigentlich meinte – »ich muß Ihnen sehr danken für Ihre liebe, gute Anteilnahme. Sie haben freilich recht mit dem, was Sie sagen. Nur ist der Weg . . . auf welchem ich alles in Ordnung bringen könnte, vielleicht ein umständlicher, ein etwas längerer, eine Art Umweg . . . ja, ich meine eigentlich, kurzerhand wird es nicht gehen . . .«

Er war geradezu glücklich, als er dies herausgebracht hatte, und atmete aus, wie nach einer anstrengenden Leistung. Eisenmann sah vor sich hin auf den Schreibtisch. Anzunehmen ist mit Sicherheit, daß er Conrad anders verstand, als es dieser – und man möchte sagen, halb unfreiwillig – etwa meinte. Jedoch der Alte war viel zu gescheit, um, was ihm nicht gleich einging, auch schon irgendwie abzutun; auf seine Art und mit seinem guten, ja, weisen Kopfe suchte er zu verstehen, so weit's eben ging, und darüber hinaus einfach zu respektieren.

»Recht so, Bürschle«, sagte er. »Ich sehe, du hast mich ganz begriffen. Und freilich geht so was nicht von der Hand wie Wolle stricken oder Holz machen. Das mit deinem ›Umweg‹, das ist durchaus zutreffend. Ich möchte auch nicht, daß du meinst, der alte Eisenmann wollte dir was dreinreden in deine Privatsachen. Will er nicht. Ist aber dein Freund, glaub ihm.«

Er reichte ihm die Hand.

»Nun zur Praxis«, sagte er dann munter. »Hier möchte ich mir erlauben, dir einen Rat zu geben, Bürschle. Und zwar: fahr einmal fort. Es ist gewissermaßen wider die Natur, wenn immer nur die Frau wegfährt, und der Mann bleibt allezeit daheim sitzen. Wenn du schon nicht Skilaufen wolltest – was allerdings am füglichsten und natürlichsten gewesen wäre – dann weiß ich was anderes für dich.«

»Ja, Herr Direktor . . .?« sagte Castiletz fragend.

»Ja«, erwiderte der alte Eisenmann. »Was Feines. Es ist dir bekannt, daß unsere Rohstoffpreise im Lauf des Jahres 1929 Bewegungen zeigten, vor allem die Jute. Vielleicht wird sich noch allerhand zeigen. Ich bin kein Freund geheimnisvoller Worte, aber wir gehen, wohl möglich, tatsächlich großen Veränderungen entgegen. Also, wegen der Jute und auch wegen dem anderen Zeug: es wurde von verschiedenen Seiten angeregt, einmal miteinander Fühlung zu nehmen; ich meine die p. t. Konkurrenz. Die heutige Lage bietet gewisse Vorteile, die wahrgenommen werden müssen. Paßt man nicht auf, dann kann der Schaden um so größer sein. Ja, so ist's schon. Es gibt da mehrere Herrschaften, die sich von einer größeren Gruppe Einfluß auf neue Preisbildungen versprechen, nicht ganz mit Unrecht, versteht sich von selbst. Man hat mir gegenüber und auch beim Geheimrat schon zweimal was durchblicken lassen. Na, und heuer im Frühjahr wird's eine Art Stelldichein geben, in aller Stille, ganz unter der Hand und ganz unverbindlich, das wurde freilich stark betont. Ich habe nicht die Absicht, da beizugehen, auch der Geheimrat nicht. Wir wollen nur einen Beobachter schicken, einen Gesandten. Manche andere werden's ganz ebenso machen. Der Gesandte wärest du. Wenn auch etwas jugendlich. Macht nichts, macht durchaus nichts. Dabei gehörst du zur Familie. Diese Sache wird deine Stellung stärken, in jeder Weise. Für die Zukunft ist das wichtig. Auch die Anknüpfung persönlicher Bekanntschaften. Du warst zudem nie in Berlin. Das geht nicht. Mußt dich einmal umtun. Sie sollen dich nur sehen. Wirst ihnen schon recht gut gefallen. Ja. Wer weiß, wie lang ich's noch mache. Da würdest du also heuer im Frühjahr reisen, und akkreditiert, sozusagen, wirst du schon bestens brieflich im voraus. Für dich ist die Sache mit keinerlei Verantwortung verbunden, das möcht' ich betonen, brauchst dir den Kopf keineswegs voll zu machen. Unsern Standpunkt, so weit wir einen haben können, werden wir dir schon klarlegen. Im ganzen läuft's auf ein paar völlig zwanglose Zusammenkünfte und Besprechungen hinaus. Aber bleib nur länger in Berlin, du sollst mit der Zeit nicht kargen, verstehst du? Sieh dich um, zerstreue dich; dazwischen bist du mal wieder zugezogen, wenn die Brüder miteinander was plaudern. Ich mach's schon mit der Quetsche derweil hier. Na, und vor allem: im Sinne unseres früheren Gesprächsthemas halte ich die Reise geradezu für angezeigt. Trennungen klären, alte Leier. Besser als immer daheim und zur Disposition gestellt sein.«

»Gerne würde ich nach Berlin fahren, Herr Direktor, wenn man mir diese Mission zutraut«, sagte Castiletz sehr lebhaft.

»Ach was, Mission und zutrauen, da ist gar nichts zu missionieren. Du bist ein eleganter Junge, weißt dich zu geben, nimmst deinen Frack mit – und heidi!«

Nach Feierabend fuhr Conrad vom Werk mit der Straßenbahn nach Hause, denn Marianne benötigte den Wagen, und der alte Eisenmann gedachte heute noch irgend etwas allein zu arbeiten, daher das Werksauto draußen zu bleiben hatte. Als Castiletz, nach dem Durchfahren der vielfach, scharf und trübe, belichterten Wackenroderstraße am dunklen Parke ausstieg, erkannte er vor sich den Herrn von Hohenlocher, welcher da langsam und schlenkernd dahinging. Im Augenblicke empfand er diese Begegnung angenehm: eine gelöste Unterbrechung aller Verbindlichkeiten, die ihn zutiefst in Klammern hielten, den Grund seiner Seele mit schon gewohntem Gewichte beruhten.

»Wie geht's?« fragte er nach der Begrüßung, und Herr von Hohenlocher äußerte: »Gut, bei verhältnismäßig gewachsener Komplikation der Lage.« Und dann fügte er hinzu, in altem Deutsch, das er mitunter gerne gebrauchte:

»Die Schubert ist schellig worden.«

»Ja – wie denn?« fragte Castiletz.

»Wieder einmal«, sagte Hohenlocher. »Sie steht präzise am Punkt ihres geringsten Widerstandes. Item: will heiraten.«

»Item«, sagte Castiletz, »aber kann sie denn?«

»Natürlich nicht. Aber, was sie kann, ist, die äußeren Umstände der gewünschten Lage vorwegzunehmen: rückt ihre Zelte, zieht bei mir aus, nimmt eine Wohnung, kauft Möbel auf Raten.«

»Und was machen Sie jetzt, angesichts von dem allen?«

»Ich sagte ja: die Lage ist verhältnismäßig kompliziert; jedoch eben nur verhältnismäßig. Denn die Schubert erwählte ihr neues – annoch – bräutliches Domizil ob Ihrem ehemaligen Haupte, Herr Castiletz; will sagen, daß sie jene Kleinwohnung gemietet hat, welche gerade über den Zimmern liegt, worin Sie hausten. Vor vierzehn Tagen wurde die Bude frei. Der Dienst erfährt also keine völlige Unterbrechung, wenn auch die Verlegung des Standortes ihm nicht zum Vorteile gereicht. Ich zog einen Herausschmiß diesmal in gründliche Erwägung, jedoch auf dem untersten Grunde dieser Erwägungen wurden sozusagen erst meine eigentlichen Wünsche sichtbar. Und diese zielen anderswohin.«

»Und das wäre?«

»Auf die Ausstopfung.«

»Wie?«

»Ja ... ich würde die Schubert nicht gerne entlassen. Und, genau genommen, niemand überhaupt von den Leuten, die ich kenne. Das mußte ich mir ehrlich zugestehen. Mein eigentlicher Wunsch aber in bezug auf diese alle wäre doch: einzelne der hervorstechendsten Exemplare ausgestopft zu besitzen. Zum Beispiel den Doktor Velten. Selbstverständlich auch die Schubert.«

»Ja ... erlauben Sie mir«, sagte Castiletz, »wie stellen Sie sich das eigentlich vor ...?« (Nun, er fühlte es, daß er hier wieder einmal in irgendeiner Weise hereingefallen war, aber böse sein konnte man dem Herrn von Hohenlocher eigentlich nie, und das Pech mit der Schubert tat Conrad wirklich leid.)

»Denken Sie sich, ich würde zum Beispiel eine Gesellschaft geben, einen ›stummen Abend‹, bei dem jeder als Präparat sich viel deutlicher ausspräche wie früher mit allen seinen Worten, die doch letzten Endes immer wieder nur die Physiognomie verschleiern.«

»Und die Sache mit der Schubert ist ernstlich wahr?« fragte Castiletz, schon vor seinem Haustor in der Weißenbornstraße.

»Leider«, sagte Herr von Hohenlocher.

»Vielleicht kommt sie wieder zur Vernunft«, meinte Conrad.

»Höchstens unter dem Drucke äußerster Notwendigkeit«, erwiderte Herr von Hohenlocher, »das heißt unter dem Zwange von unbezahlten Monatsraten für die Möbel und rückständiger Miete. Jedoch ist hierbei Verzweiflung zu besorgen. Die Möbel stehen schon drinnen. Sie sind grenzenlos scheußlich. Ich sah sie. Vorläufig sitzt die Schubert im trauten Heim wie eine Spinne im Netz und hofft auf solche Weise den Bräutigam zu locken.«

Castiletz sah dem Herrn von Hohenlocher nach, als jener bereits um die Ecke der Hans-Hayde-Straße bog, und durch einen Augenblick war ihm dabei zumute, als blicke er, selbst schwankend und bewegt, auf einen immerzu festen Punkt. Vom niederen Gitter des Parkes her schien jetzt ein belebender Anhauch zu kommen. Schon lockerte sich der Griff des Winters, er ließ die Erde los, sie begann zu atmen. Conrad empfand eine Art von Glück bei der Vorstellung, daß er nun allein zu Hause sein werde; Marianne war erst spät nach dem Abendessen zu erwarten. Nachdem er dieses allein im Speisezimmer eingenommen hatte – die Art, wie da für ihn sauber aufgedeckt war, berührte ihn, als er sich setzte, verwunderlich, dies Salzfäßlein, Pfeffer und Senf, ihm schien es, als sähe er seine selbstverständlichen Bedürfnisse plötzlich von außen und so einen Blitz lang ein gut Teil seines eigenen Lebens überhaupt – nachdem er also gegessen hatte, ging er in die ›Bibliothek‹ (und zwar von außen herum durch den Vorraum, nicht geradewegs durch die Türe aus dem Speisezimmer). Er holte das Nötige zur Ottomane. Der erste Schluck rieselte heiß. Mit einem Male sah er die bewußte Brücke in sein weiteres Leben nicht mehr abgebrochen über die Pfeiler starren: sie lief. Er würde nach Berlin fahren. Schon hatte er einen unbestreitbaren Erfolg erzielt: der Ohrring war nicht wegzuleugnen. So, nur auf diesem Wege, konnte alles in Ordnung kommen, auch mit Marianne. Jetzt gab es einen deutlichen Rücklauf in ihm: er sah sich selbst mit ihr in Italien auf der Hochzeitsreise. Er fühlte – als rolle ein warmer Körper, wie eine Kugel, rasch, und schon vorbei, durch seine Brust – er fühlte wieder Erwartung, Bewegung, Spannung der damaligen Zeit. Es wehte heran und verging. Aber jetzt blieb die Hoffnung in ihm stehen wie ein fester Körper. Draußen schlug die Tür zum Badezimmer. Wieder hatte er das Kommen seiner Frau überhört, so leise war das Schloß der Türe vom Stiegenhause herein! Conrad stand rasch auf, zog seinen Schlüsselbund, öffnete eine Lade des Schreibtisches und nahm aus deren rückwärtiger Ecke den gefundenen Ohrring, welcher, in weißes Seidenpapier gewickelt, dort drinnen lag. Er zog ihn aus dieser Hülle und trat in das Vorzimmer hinaus, das nun erleuchtet war. Eben als Conrad an der Insel von Tisch und Stühlen vorbeiging, öffnete sich die Tür des Badezimmers und Marianne trat hervor; sie war im Schlafanzug, ein Kleidungsstück, das sie neuestens trug, obwohl das Pyjama ihrer derben Gestalt nicht wohl anstand. »Guten Abend, Mariannchen«, sagte er, auf sie zutretend. »Sieh – was ich wiedergefunden habe.« Sie nahm den Ohrring aus seiner flachen Hand, ohne ein Wort zu sagen. Was in ihren Augen blitzte, aus dem braunen Gesicht, das mußte er jetzt nicht unbedingt erkennen, das Licht hier war ziemlich matt. Doch wirkte es für ihn als diese ganze Lage ändernd, seinen Vorstoß abbiegend. Sie ließ Conrad stehen, ging rasch und leichten Schrittes in ihr Schlafzimmer und er konnte hören, wie sich der Schlüssel drehte. Hätte er Marianne jetzt sehen können, dann wäre es ihm unmöglich gewesen, weiterhin sozusagen an diesem Wasserglas nahe der Tischkante aus halbem Augenwinkel vorbeizublicken. Sie nahm aus einem Verstecke zwischen Battisttüchlein den kleinen Schlüssel zu den Laden, worin sich ihr Schmuck befand, und riß eine davon auf. Der grünbraun marmorierte Deckel des Etuis sprang: und darin lagen die beiden Beryll-Ohrgehänge, deren eines von ihr als verloren proklamiert worden war. Den dritten Ohrring, ganz gleich den anderen beiden, hielt sie in der Hand. »Er hat ihn nachmachen lassen . . .«, wollte sie jetzt denken. Aber dieses Mäuerchen brach ein und dahinter zeigte sich das Unbegreifliche, das sie bedrängte. Sie blickte es an, in ihren Augen war Kampflust, Bereitschaft zum Haß, ja, dieser selbst schon. Hier glimmend, im nächsten Augenblicke schon aufbrennend, wehte diese für immer trennende Flammenwand aus Marianne hervor gegen ihren Gatten. Was die folgenden Tage, ja, die Folgezeit überhaupt angeht, so muß als bemerkenswert hervorgehoben werden, daß bezüglich der Sache mit den Ohrgehängen zwischen dem Ehepaare niemals ein Wort fiel, weder von ihrer noch von seiner Seite.

# 4. TEIL

## 41

Die überwiegende Mehrzahl der Menschen verbringt ihr Dasein in des Lebens mittleren Stockwerken; nur wenige hausen dauernd im Keller oder auf dem Dache. Und auch bei diesen gewöhnt sich mit der Zeit das Aug' an die verschobene Perspektive. Man steige wo immer herum: tut man's ständig, so umfängt es einen mit der Zeit als Alltag. Kommt der Bürger etwa als Käufer oder befreundeter Kaffeetrinker in des Malers helles hochgelegenes Atelier (wo es nach Lack und Farbe riecht und nach lauter neuentstehenden Dingen): er wundert sich, den nachlässig und mit atemversetzender Kühnheit auf dem nächsten Dache herumsteigenden Telegraphenarbeiter sozusagen zum Nachbarn zu haben, einen Mann, der über Abgründen lebt und an der rußigen, windoffenen, dem Himmel näheren Oberfläche der Stadt: wo Luftströme wehen, die dem tiefen Grunde der Straßenschluchten immer fremd bleiben, so wie die Lichtströme hier in der Werkstatt mit dem schrägen großen Glasfenster.

Aber auch unter dem Bauche der Stadt gehen welche herum, hantierend und amtierend mit der allergrößten Selbstverständlichkeit. Es rauscht im Dunkel und plätschert: die scharfe Lampe blitzt, prüfend (und einer Vorschrift entsprechend) geht der Blick über Zahnrad und Einstellung der Schleuse am Überfall des Sammelkanals.

Es grollt im Gedärm der Stadt, Stürme ziehn vorüber, es dröhnt und trommelt, fast wie einst, dahinten in der Ferne der Jahre, damals in jenem Kriege. Das kommt vom Stollen der Untergrundbahn, welcher nahebei liegt. Man denkt vielleicht an den Krieg. Man sieht wieder den Himmel über der Frühjahrsschlacht einen Augenblick lang, die kompakt aufschießenden Erdbäumchen einschlagender Geschosse, Kegel, die auf der Spitze stehen, noch dick vom emporgerissenen Boden, körperhaft, jetzt in Brocken spritzend, im Qualm verschwebend. Du Leben. Jetzt hat man diese Anstellung. Die Lampe wendet sich, man geht den Weg am Wasser entlang, an diesem unterirdischen Flusse (an diesem Styx), aber es ist kein Wunderns mehr: die entgegenstehenden Kanten eines solchen Lebens, eines solchen Berufs, haben sich längst abgestumpft und gerundet; man tritt um die Ecke, nimmt das Telefon aus der Nische und meldet. Es ist ein Dienstgang.

Durch den Keller der Stadt und hoch am Dache entlang führt die Untergrundbahn: somit teilweise Hochbahn. Die Gleise blitzen lang voraus auf. Die Hand liegt an der Bremse. Der Führerstand ist dunkel. Darunter zwei runde Lichtaugen, tote Augen, wenn auch hell, Voranleuchter einer Raupe von Wagen. Jetzt bleibt der Schlauch des Tunnels zurück, gaumig-weich nach rückwärts verschluckt ist dieses nahe tobende Geräusch. Grollte es im Keller, im Gedärm, so singt und schwingt jetzt anderes Material hinter dem steigenden Zuge: Brücken, Träger, Gitter auf Gitter, vorbei. Alles, was der Mensch gebaut hat, durch Jahre gebraucht hat: fast boshaft starrt der dem Erdenschoße entfremdete Stoff, das Erz, aufwölbende Bogen von Stahl, mitleidslose Konstruktion gegenüber dem doch allezeit – im Vergleiche dazu – weich und leidend bleibenden Leben. Ein unglücklich Liebender, ein sonstwie Verzweifelnder, sieht in so etwas wie in ein starres Gebirge. Aber doch sind die Töne wie klagend, in denen das Erz nachklingt, wenn wieder ein Sturm aus dem dunklen Munde (der klein zurückbleibt) hervorbraust und über die dröhnenden Brücken zieht.

Schräg in den Kurven liegt und schwankt der Lichterhimmel der Stadt, die kranken Erdensterne. Ganze Ströme und Bündel von Gleisen ziehen unten quer durch, Ketten und kürzere Raupen von Wagen stehen. Fern wird der Dampf in Ballen ausgestoßen. Da unten jetzt Nähe, Belebtheit, Bekanntes: der weite Platz, geräumige Öffnung im Wabenbau der Stadt. Klein fahren die Wagen, das Dach heraufgekehrt, welches der Mensch auf der Straße nicht zu sehen gewohnt ist. Nun fliegt wieder ein Bahnsteig heran, linker Hand, die Wartenden wachsen, und gerade wenn die Bewegung anhält, kommen immer einzelne dem ersten Wagen noch um ein paar Schritte entgegen. Zu gewissen Tageszeiten erkennt man die gleichen. Morgens etwa oder abends um sieben, halb acht. Ein dicker, dunkler Mann, der zufrieden aussieht, Aktentasche, Schnauze wie ein Schwein. Ein blonder, dünner, der immer etwas zurückgelehnt dasteht, Abstand nehmend in irgendeiner Weise, leicht beleidigt, es sieht aus, als wäre er schief in den Boden eingeschlagen. Den Zug erwartet er immer stehend, geht nie auf und ab, vielleicht wäre das gewissermaßen unter seiner Würde, unter der Würde seines Beleidigtseins. Tritt dann gleich auf den ersten Wagen zu. Also vermutlich Nichtraucher.

Der am Bahnsteig Diensttuende hebt den Befehlsstab. »Abfahren«, sagt der Zugbegleiter und pflegt dabei die Hand ein wenig an die Fensterscheibe zu legen; sodann steigt er in den anrollenden Zug und schließt die Schiebetür.

Graubraun liegt der Bahnkörper, die Gleise glänzen voraus auf, zwei Fahrschienen und die zum Stromabnehmen, welche um etwas weniger blank poliert ist. Der Zug schluckt laufende Schwellen unter sich weg, sonder Zahl. Vorne erscheint jetzt der schwarze Mund des Tunnels, fern noch, ein Mündchen, ein dunkles Loch, ein aufgerissenes schwarzes Viereck, eine schwarze Schachtel, in der die Gleise verschwinden (aber getrost, es geht schon weiter, und immer hindurch, wie's eben zu gehen pflegt!). Jetzt stürzt sich der Zug dröhnend in den Schlauch, dessen Wand aus Rauch zu bestehen scheint. Aber es gibt hier keinen, das sieht nur so aus, die rasche Bewegung löst die nahe Wand auf in einen fließenden, nicht mehr festen Körper. Eine Wand gibt es im übrigen nur rechts, links trennen vom zweiten Gleis lediglich eiserne Tragsäulen.

Der nächste Bahnsteig öffnet sich als lange, von Lichtern bewohnte Höhle bereits in einem ganz anderen Stadtteil, den man untendurch, durch Abkürzung, in gänzlich unanschaulicher Weise, durch Kurzschluß sozusagen, erreicht hat. Die untergrunds durchbrausten Strecken fallen jedesmal im Finstern ins Nichts, als ein Nichts, das sie sind. Es riecht sauber darin. Nicht eigentlich kellrig. Auch nicht nach Rauch. Sondern wie in einer Schachtel.

Man hatte einst irgendwas studiert (Medizin war es gewesen, ein Geruch im Seziersaal unter anderem, das Heraustreten auf die Straße vor dem anatomischen Institut, die Frühjahrssonne ... und wieder mal ein verbummelter Tag, ohne die Knochen der Schädelbasis genau gelernt zu haben). Indessen sah man jetzt bei ganz anderen Fenstern ins Leben hinein. Und das war besser so. Dieses verlassene Gleis, von welchem man hier herüber gekommen war, mit unglücklich-glücklicher Weiche, dieses frühere Gleis hatte eine immer mehr ansteigende Pein mit sich gebracht, ein zittriges Warten, ob der Oheim den

Wechsel noch würde bestreiten bis zum Ende des Semesters ... Dieser Oheim war abgestellt jetzt, erledigt, außerdem war er gestorben. Aber in der Frühjahrssonne vor dem Tor des Institutes – unter dessen Bogen einzelne noch in den weißen Seziermänteln standen – hier war, bei scherzhaften Reden, oft schon eine alles verdunkelnde, erdrückende Qual im Innern gewesen, die jede Tatkraft lähmte, die es noch unmöglicher machte, Versäumnisse einzuholen, als es ohnehin schon war, die es ausschloß, jetzt auf der Stelle nach Hause zu gehen (in diese Bude, wo sich zuviel Vorhänge, Plüsch, Möbel überhaupt befanden!), um dort die Dinge einmal der Reihe nach in Angriff zu nehmen. Die Bücher töteten. Aufgeschlagen entstieg ihnen sogleich der Todesschlaf. Auf den heutigen Tag kam es ja zweifelsohne nicht an, und deshalb ging man mit in die Kneipe. Überhaupt war das Ganze zu dumm, wozu denn so leben, mit diesem ewigen Onkel und seinen Schreckens- und Panikbriefen (die nur störten, schadeten – aber wer konnte das dem Manne wohl begreiflich machen?). Wozu denn so leben – man konnte wohl auch anders. Zwingend war das nun einmal gar nicht. Weil's zu dumm war. Weil's immer mehr zu dumm wurde. Endlich wurde es ganz zu dumm. Es tat einem schon die Schädelbasis weh. Pfui Teufel!

Die Hand liegt an der Bremse. Man hat jetzt diese Anstellung. So geschwind ging das freilich nicht. Bei der Aufnahmeprüfung dort in der Köthenerstraße, im Direktionsgebäude der Untergrundbahn – ›Gesellschaft für elektrische Hoch- und Untergrundbahn‹ hieß es damals, 1921, genau – bei dieser Prüfung im Schreiben nach Diktat und in den vier Grundrechnungsarten, da hatte der Ex-Studio sich geschämt, weil das für ihn keine Prüfung gewesen war, während die anderen ganz ernstlich aufpassen mußten: seine Lage war ihm deshalb als gewissermaßen unlauter erschienen. Nun gut, aber beim Lernen als Sperrenschaffner hatte man vor niemand was voraus gehabt, das Begriffsvermögen anderer war zum Teil sogar viel geschwinder gewesen als das eigene: ditto beim Dienst auf dem Bahnsteig. Schließlich hatte man wieder eine Prüfung gemacht – die dritte, denn da gab's vorher noch eine ›Fahrkartenprüfung‹, wenn an der Sperre ausgelernt worden war – und nun wurde man als Zugbegleiter ausgebildet; und so begann weiterhin das Leben auf Brücken und in Tunnels, Jahr und Tag, durch den Keller und an den Dächern entlang. (Vorher natürlich Prüfung! Merkwürdig, man kam eigentlich aus den Prüfungen nie heraus, aber hier wurden sie wenigstens wirklich abgelegt.) Hatte, streng genommen, ein Unglücksfall, den man da irgendwo verkapselt – nicht immer gut verkapselt! – mit sich herumtrug, den entscheidenden Anstoß zum Hinüberwechseln in das andere Gleis gegeben, so war's nun ein Glücksfall, der auf diesem selben Gleis entscheidend vorwärts brachte: schon im Jahre 1923 war der Bedarf an Mannschaft für den Fahrdienst gestiegen, durch die Eröffnung der Linie von Nord nach Süd; und 1926 wurde ein Teil jener Strecke in Betrieb genommen, welche heute über Neukölln hinausführt. So war man denn eines Tages wieder draußen im Westen auf dem Probegleis, das man schon von der Ausbildung zum Zugbegleiter her kannte – ebenso wie die Räume für die theoretische Ausbildung beim Stralauer Tor (Hörsäle, ja, ja!). Diese hundert Teufeleien, welche der Fahrmeister beim Unterricht trieb – dort schraubte er eine Sicherung ab, hier zog er die Notbremse, nun machte er da irgendwas mit der Handbremse, lauter mögliche Fehler und Fälle erzeugend, die rasch festgestellt und behoben werden mußten, rasch, rasch! – diese hundert Teufeleien wurde geradezu ein Sport, ja, da entdeckte man eine ganz neue Veranlagung in sich, eine technische Veranlagung, eine Vorliebe. Und die Signale! Die selbsttätigen sowie die halbselbsttätigen. Hier begann schon eine Art Genuß, der irgendwie und unterirdisch geradewegs mit der Knabenzeit zusammenhing.

Sechs Wochen dauerte die Ausbildung zum Zugfahrer.

Nun schwankte wieder das Leuchtbild der Stadt schräg in den Kurven, vom dunklen Führerstande aus gesehen (noch stand der Fahrmeister dabei), der gegitterte Rost endloser Straßenzüge, hinausleitend mit allmählich einsamer glitzernden Lichtern, die tausend kranken zwinkernden Erdensterne, trüb und scharf. Ein Tag wird kommen, wo man hier allein stehen wird, in dieser dunklen Schachtel, in diesem Kämmerchen, in diesem Ausblickskasten, den die Stromkraft jaulend vorantreibt. Dieser Tag ist nahe. An diesem Tage wird es einen vielleicht ... ereilen, wird das Verkapselte da drinnen aufbrechen, wenn man mit diesen Händen, mit diesen (ärztlich geprüften) Augen ganz auf sich selbst angewiesen ist, wenn da sonst niemand steht, nur links, hinter der trennenden Wand mit dem kleinen Glasfenster, der Zugbegleiter draußen, im gleichen Raum wie die Fahrgäste.

Nach einem halben Jahre wurde die Anspannung während der ersten vierzehn Tage des Alleinfahrens unbegreiflich, das heißt, es konnte davon fast nichts, fast gar nichts mehr erinnert werden: nur die Tatsache blieb bekannt, daß es eben so gewesen war. Und etwa als einzige lebende Erinnerung der Blick in die lautlose Spiritusflamme, über welcher man am Morgen vor der ersten Alleinfahrt den Kaffee gekocht hatte, bei noch völliger, dichter Dunkelheit, durch Augenblicke nur von dem einen Wunsche beseelt: es hinter sich zu haben. Aber dann, die Hand an der Bremse, den Zug in Bewegung: wie eine gute Mutter barg die geregelte Mechanik des Tuns den Menschen vor allen Mächten des Lebens, die da am Morgen, vor der stillen Spiritusflamme, noch lauernd in der eigenen dunklen, unbekannten Brust gesessen waren. Schon der nächste Bahnsteig flog fröhlich heran, die Wartenden wuchsen, kamen dem Zuge entgegen, die Lichter höhlten den Raum. Ja, man war hier am Platze. Und man wurde von nichts ereilt. Bald durchwärmte sich alles mit Gewohnheit.

Darin lag dann, bei fortfallender Angespanntheit, deutlicher wieder, was eben jeder hat: eine Sorge, eine trübe Stelle, ein Druckpunkt, ein nicht erstatteter Dank ... Nun hatte man diese Anstellung, nun sah man durch diese Fenster, nun fuhr man durch den Keller und über das Dach. Freilich pfiff man auf allerhand Oheime. Du Leben. Man sitzt dort oben, im Norden von Berlin, in der Kremmenerstraße, mindestens einmal, meistens zweimal in der Woche, bei seinem Mädel zu Besuch, man bringt ein Paket mit Kaffee und Zucker, oder was sonst nötig ist. Die Wände dieser kleinen Wohnung mit Zimmer und Küche sprechen auch stumm von allerhand Gemeinsamem, von Verpflichtungen, wie die Runzeln einer Stirn runenhaft vom vergangenen Leben erzählen.

Was eben jeder hat; auch ein Zugfahrer ist ein Mensch wie alle anderen, und man muß es, angesichts dieser unleugbaren Tatsache, zu werten wissen, daß er sich stundenweise nur auf eine Hand, ein Auge, ein Ohr reduziert, auf einen reinen Apparat, auf ein geometrisches Schema oder Modell des Sinnenlebens.

Es grollt im Gedärm der Stadt. Stürme ziehn vorüber, hallend aus dem Schlauch, dröhnend auf die Brücke, deren Erz klagt wie die Memnonssäule bei aufgehender Sonne. Gleisdreieck, Bülowstraße. Lichter rot und blau, links und rechts, bekannte, weit und scharf strahlend. Das Signal grün rechts voraus. Nollendorfplatz. Dröhnend in den Schlauch. Wittenbergplatz. Zoologischer Garten. Knie. Das ist Berlin: vom Dache und aus dem Keller.

## 42

Castiletz langte dort an einem Sonntage ein, morgens, und entstieg dem Schlafwagen. Die Nacht war im ersten Teile schlecht gewesen – ein Dämmern im Summen und Ziehen des Zuges, wobei man nie wußte, ob einem nun zu kalt oder zu heiß sei – im zweiten jedoch besser, als die halbe Schlaflosigkeit, in sich selbst erschöpft, beim Herumwälzen auf die rechte Seite einer endlich hervorbrechenden Lösung der Glieder Platz gemacht hatte. Nun ging Conrad mit vielen dem Ausgange zu. Die Stadt schien ihm hellgrau, taubengrau etwa, im Licht eines kalten und verhangenen Frühjahrsmorgens, von dessen zeitweisen Regenschauern einer noch als Nässe auf dem Pflaster lag. Während er den Träger entlohnte und dann in die Autodroschke stieg, stellte er obenhin fest, daß natürlich die Dinge in Ordnung sich befinden mußten. Eisenmann hatte alles im voraus bestimmt, selbstverständlich auch das Hotel, wo abzusteigen war, und die Kategorie des Zimmers (bestens, Bad und Telefon). »Herr Castiletz –?« So kam ihm der Empfangschef entgegen, ein Sanfter, Blasser, mit dunklem Haar, der merkwürdigerweise genau so aussah wie ein gewisser ›Monsieur Jules‹, eine Gestalt aus einem französischen Kinderbuch mit Illustrationen. Hier in dieses belebte Riesenhotel versank man gleichwohl als in eine Burg der Stille, umschlossen von Teppichen und allzuviel Gold, an den Geländern der Treppe, überall. Das Zimmer – 317 – war blau, das Bett stand rückwärts, in einem durch Vorhang mit Zugquaste abgetrennten Raum.

Conrad öffnete sein Gepäck. Er wollte baden. Am Schreibtisch befand sich das Telefon, daneben lag das Buch. Er blieb davor stehen. Von den Herren, an deren Besprechungen er teilzunehmen hatte, wohnten fünf hier im Hotel (Eisenmann hatte ihm genau aufgeschrieben, welche – überhaupt, was war von Eisenmann nicht alles aufgeschrieben worden, die merkwürdigsten Sachen!). Gut, morgen würde er durch einen Pagen seine Karten abgeben lassen. Heute war es dazu noch zu früh am Tage, außerdem Sonntag. (Nun, er war absichtlich Samstag abends gereist.) Buchstabe L. Lehnder? Nein. Die vielen Fragen! »Du siehst gut aus. Du hast früher besser ausgesehen.« Da stand – ›Ligharts, Günther‹.

Damit war gewissermaßen die verbrannte Karte wiedergefunden, wieder ersetzt. Er mußte es sein, der Name war nicht eben häufig, noch dazu ›Günther‹. Also: am Auswärtigen Amt war Günther! Castiletz setzte den Apparat in Bewegung, sprach hinein: »Tiergarten ...« und die Nummer.

»Hallo, hier Günther Ligharts«, tönte es gemütlich, ja etwas faul.

»Hier Conrad Castiletz.«

Eine winzige Pause entstand. Sodann, frisch und laut:

»Kokosch?«

»Ja, Kokosch!«

»Mensch, von wo aus sprichst du denn?!«

Castiletz nannte das Hotel. »Dann mach dich also verdammt rasch auf die Strümpfe und komme hierher zum Frühstück. Merke mal auf: die Keithstraße liegt am Zoo. Du hast gerade vor dem Hotel den Bahnhof Friedrichstraße. Du steigst in die S-Bahn, die Stadtbahn, und bei der vierten Haltestelle ›Zoologischer Garten‹ wieder aus ...«

»Ich werde mir eine Autodroschke nehmen«, sagte Castiletz. »Ich kenne mich ja gar nicht aus, bin zum ersten Male in Berlin.«

»Gut denn – obwohl's als Verschwendung zu werten ist. Könntest auch mit der Untergrund fahren, sehr bequem, nur müßtest du umsteigen. Also mach's, wie du willst, aber erscheine bald auf der Bildfläche.«

»Ich will noch baden.«

»Gut. Ersaufe nicht dabei. Saufen kannst du dann bei mir. Also rasch, rasch Kokosch, auf baldiges Wiedersehen!«

Er hörte noch beim Absetzen einen seltsamen Ton, als riefe Günther jemandem, etwa wie: »Quiiiiiii ...«

Conrad plätscherte. Ihm war wohler zumut. Die Karte hatte sich wieder gefunden, irgendein Deckel war da sozusagen gehoben worden.

Eine halbe Stunde später bog der Wagen um die Ecken, glitschte durch weite Straßen, in welchen sich die wenigen sonntäglichen Fußgänger verloren; die Stadt schien viel zu groß, wie eine leere, abgeräumte Bühne, die aber für tumultuöse Vorgänge geräumig erbaut ist. Weite Parkflächen standen in sich verschlossen durch Kälte und Feuchtigkeit. Straßen fielen aus, heran, zusammenlaufend, jetzt schwenkte der Wagen nach links, nochmals um die Ecke, und verpustete, langsamer rollend, am Gittertor eines Vorgartens.

Ein Mädchen stand oben mit weißer Schürze bei der geöffneten Tür, aber schon kam Günther hervor. Unverändert, nur anders angezogen als früher. Die beiden waren sozusagen parallel gewachsen seit damals. Jeder Abstand fehlte. Günther nahm Conrad am Handgelenk und schleppte ihn hinter sich her, in einen kleinen, sehr warmen und bunten Raum, durch dessen eines Fenster man zwischen die Äste von Bäumen hinaussah. Die Wände bestanden aus Büchern auf schwarzen Brettern. In der Ecke gab's eine breite Liegestätte, fleischrot, sowie einige tiefe Sessel um einen weißgedeckten, blanken, niederen Tisch, der wie eine frische Schwinge seine Unberührtheit in den Raum schlug.

Sie wechselten die ersten Worte, die freilich verwirrt aneinander vorbeisprangen, über Conrads Aufenthalt hier und dessen Anlaß, und wo er sonst lebte. »Bin auch verheiratet«, sagte Günther, und nun kam wieder dieser seltsame Ton:

»Quiiiiie . . . k . . .«

»Quiiiie . . . k«, antwortete es in hoher Tonlage von irgendwo draußen, und dann die Stimme einer Dame:

»Gleich, Günther . . .!«

Ein blaues Buch lag auf dem fleischroten Überwurf des Diwans. Castiletz nahm es auf, in einer augenblicklich eingetretenen Pause des Gesprächs, die aber als ein Quellgebiet vieler noch zu wechselnder Worte gefüllt stand bis an den Rand mit Lebenswasser.

»Du liest lateinisch?« sagte er erstaunt.

»Ja, den Valerius Catullus«, erwiderte Günther. »Er ist elegant und reizend. Sieh mal. Gleich der Anfang hier:

Cui dono lepidum novum libellum
arida modo pumice expolitum?
Corneli, tibi; namque tu solebas
meas esse aliquid putare nugas . . .«

Nun improvisierte er eine Übersetzung:

»Wem widme ich das niedlich-neue Büchlein,
mit Bimsstein balde, dem trockenen, geglättet?
Dir, Cornelius; denn du glaubtest immer
es sei was um meine leichten kleinen Dinger . . .«

Die Türe wurde geöffnet. In ihr stand ein Ausrufezeichen, auf welches jetzt, vom Garten her, seltsamerweise ein blasser Sonnenbalken sich stützte. Günther eilte ihr entgegen und küßte ihre Hand. »Das ist Conrad Castiletz, genannt Kokosch; und das ist meine Frau, genannt Quick. Ihr müßt euch selbstverständlich ›du‹ sagen.«

»Ich habe viel von dir gehört«, sagte sie, ihre Hand noch in der seinen. Er sah in das Gesicht vor ihm, welches reizend war, überaus hübsch, objektiv als hübsch auszunehmen, mit anliegendem dickem braunem Haar und etwas allzu großen Augen, so daß der Kopf fast dem eines Insektes verwandt erschien. Jetzt, hier in diesen Sekunden, in diesem kleinen warmen, bunten Zimmer, dessen Fenster auf den Garten hinaussah – wo die jungen, glasgrünen Blätter nicht in die kalte, regenfeuchte Luft passen wollten – höhlte sich ein Raum in Conrad, ein aufnehmender Raum: der doch zugleich besetzt war. Und somit blieb er von diesen Glücklichen getrennt. Einen Augenblick wischte die Gestalt des Herrn von Hohenlocher flüchtig durch seine Vorstellung. Auch dieser war glücklich. Und da erschien dessen Glück Castiletz nunmehr in bemerkenswerter Weise als das nähere.

## 43

Er blieb auch zu Tische bei Ligharts, und nach dem Essen mit ihm allein, da Quieck um diese Zeit zu schlafen pflegte. Übrigens verharrte seltsam ihr Bild in Conrad noch eine ganze Weile, nachdem sie sich zurückgezogen hatte, ja, wie ein in seinem Inneren entstandener Vorsprung, den er nicht auszuglätten vermochte und als eigentlich lästig empfand. Man konnte diese Frau nirgends hintun, sie war ein Einzelfall von beinahe unangenehmer, ja unheimlicher Originalität. Wo der Zauber des Geschlechts zwischen Menschen schweigt, wo diese bunten Schleier von vornherein gefallen sind und diese Nebel nie steigen werden, dort gibt es eine unnatürliche und abstrakte, eine billige Nähe zwischen Mann und Weib, einen Kurzschluß über leeren Raum hinweg: und es war vermöge eines solchen, daß Conrad jetzt an die Vorstellung herantasten konnte, wie es wohl sein mochte, aus derartigen Augen zu schauen, aus Insektenaugen, während man durch den Tiergarten ritt (davon hatte sie beim Frühstück gesprochen), oder überhaupt aus solcher Selbstsicherheit und Eigentümlichkeit – in des Wortes genauester Bedeutung! – zu leben, zu reden, sich Rechte zu nehmen, Bedürfnisse zu haben. Dabei dachte Castiletz jetzt flüchtig an Maria Rosanka und wußte zugleich mit Sicherheit, daß beide Frauen, beide Welten, unvergleichbar waren. Ihn reizte der Versuch, sich einen Mann vorzustellen von der Art Quicks: und schon erkannte er, daß dies eine vollkommene Mißgeburt sein müßte, ein Ekel von grenzenloser Manieriertheit, fast monströs. Dabei – sie selbst war durchaus natürlich; unbegreiflich gewachsen saß ihre Form, wie eines merkwürdigen Käfers Panzer. Jeder Gegenstand wurde leicht im Gespräch, wenn sie ihn berührte, sie schien – geschickt wie ein Taschenspieler, der Karten vertauscht – die Dinge blitzschnell heimlich zu entleeren und dann in überraschender Gewichtlosigkeit als ein rechter Zauberkünstler darzubieten.

Im Grunde hatte Castiletz noch niemals jemand so fassungslos beneidet wie Quiek Ligharts. Auch den Herrn von Hohenlocher nicht.

»Sie ist merkwürdig, unsere Quick, wie?« sagte Günther, als erriete er Conrads Gedanken.

»Ja. Ich glaube, sie muß dich – in Atem halten«, erwiderte Castiletz, erstaunt über seine eigene Ausdrucksweise, die, mit ihren wenigen Worten, ihm doch selbst wie ein Produkt neu zugewachsener Fähigkeiten erschien.

»Das soll sie!« sagte Günther lachend. »Es ist sozusagen ihre Aufgabe. Wenn Quiek übrigens sagte, sie habe schon viel von dir gehört, so war das keineswegs eine Redensart. Ich sprach tatsächlich oft von dir, Kokosch, auch wenn dich das verwundern mag.«

»Besonders angesichts der Tatsache, daß ich meinerseits von mir nie etwas hören ließ, verwundert es mich nicht wenig.«

Ja, es fanden sich verbrannte Karten gewissermaßen wieder, diese Post war somit geordnet und erledigt, dieser Punkt zählte nicht mehr zu den vermiedenen, diese Fehler – schliefen überhaupt ein! Für Augenblicke fühlte Conrad sich von einem frischen Mute gestreift wie von duftendem Wind; und während solchen Anhauchs zeigte die gehöhlte Schale seines Lebens ihren Inhalt ganz summarisch und in aller Ruhe so, wie er eben war: man konnte sich einfach damit abfinden. Schon war diese erstaunliche Helle wieder vorbei. Er glaubte plötzlich, einen Geruch von frischem Lack zu verspüren. Auch das verging. Es sah nur nach frischem Lack aus, hier in dieser kleinen, warmen, bunten Bibliothek, wo Günther seinen Valerius Catullus las.

»Diese Bücherbretter habe ich jüngst erst neu machen lassen«, sagte Günther, da er bemerkte, daß Conrad die Wände betrachtete. Castiletz antwortete nichts.

»Du sagst, in Atem halten« – (so nahm Ligharts den früheren Faden wieder auf) – »es ist jedoch mehr. Eine Frau muß uns die Welt immer wieder durchsichtig und rätselhaft zugleich machen, sie muß den ansonst tot hängenden bebilderten Vorhang des Lebens an irgendeiner Stelle raffen, in Falten bringen, geradezu verzerren – so, möchte ich sagen, daß man durch solche Verzerrung ahnt, wo er oben aufgehängt ist, daß man es gerne ahnt, ebenso wie dieser Vorhang sich ja sehr gerne verzerren läßt. Vielleicht, weil ihm sonst die Gefahr der unausgesetzten eigenen Lehrhaftigkeit drohen würde, einer unwidersprechlichen Lehrhaftigkeit, einer musealen, also schon fast etwas wie der Tod. Der Tod kann in Wohnungen schleichen und in Wandteppichen und Bildern sitzen und am Ende sogar knöchern in unseren Einsichten. Man muß sich in Atem halten, im Atem des Lebens. Damit meine ich nicht Sensationen. Jedoch es gibt kleine bescheidene Hilfen, die gewiß nicht mehr bedeuten, als wenn der Turnlehrer bei der Welle am festen Reck einmal leicht mit dem waagrechten Arm unter die Beine des Turners kommt – oder aber diesen Arm überhaupt nur bereit hält. In bezug auf dich nun, Kokosch, habe ich mich auch immer in Atem gehalten. Und damit hängt es zusammen, daß ich von dir sprach.«

»Obwohl ich dir nie antwortete auf deine liebe Karte damals, mit dem weißen Pierrot.« Daß er dies sagte, erschien Conrad beinahe als eine Ungeheuerlichkeit, ja, als enthüllte er hier ohne weiteres eines der gehütetsten Geheimnisse seines Lebens. »Denke dir«, so fuhr er etwas lauter fort, diese bloßgelegte Empfindung mit lebhaften Worten übertäubend, »es ist gar nicht lange her, ein paar Jahre nur, daß diese Karte durch einen unglücklichen Zufall verbrannte. Deine Anschrift stand darauf. Irgendeine Straße, ich weiß es im Augenblicke nicht. Ich habe von dieser Anschrift nie Gebrauch gemacht. Ich bin froh, daß wir wieder beisammen sind, Günther. Ein entlaufenes Stück meines Lebens ist damit eingeholt.«

Aber nun, am Ende, erschrak er fast ernstlich über seine eigene Ausdrucksweise.

»Du hättest von dieser Anschrift gar keinen Gebrauch machen können«, sagte Ligharts. »Es stand dort: Uchatiusstraße. Eine solche Straße gibt es nicht in Berlin und hat es, soviel ich weiß, auch nie gegeben. Eine Nachricht unter dieser Anschrift hätte mich also nicht erreichen können. Ich habe den Namen dieser Straße einfach erfunden. In Wirklichkeit wohnte ich zuerst bei meiner Tante in Charlottenburg in der Grolmanstraße, beim Knie, und später, als meine Eltern ihre Übersiedlung glücklich bewerkstelligt hatten, in deren Villa, unweit von hier.«

Castiletz versank tiefer und weicher in seinen Sessel.

»Und warum . . .?« sagte er.

»Wenn du willst – um mich ›in Atem zu halten‹, wie du früher sagtest. Um da eine Unordnung zu stiften, aus der noch irgendwas werden kann, durch die etwas auf die Probe gestellt werden kann – statt eines geregelten Brief- oder Kartenwechsels zwischen zwei Mittelschülern, Schulfreunden, alle Vierteljahr ein Brief oder eine Karte: ›Es geht mir gut, ich lerne nicht viel, weil ich leidlich in den verschiedenen Gegenständen stehe, meine Eltern sind gesund, im Fechten habe ich für meine Anstalt einen Preis erkämpft, eine silberne Medaille, bei den Mittelschülerkonkurrenzen.‹ Dies ödete mich apriorisch an. Ich wollte sehen, ob wir ohne alledem irgendwo und irgendwie zusammengeraten würden. Das meinte ich mit: auf die Probe stellen. Nun, da sitzen wir. So hab ich in der Zwischenzeit oft an dich gedacht, du bist mir gewissermaßen frisch erhalten geblieben. Anders hätten wir uns durch einige Zeit mit mehr oder weniger tintenflekkigen Fingern geschrieben, gewiß; dann hätten wir einmal damit aufgehört, und uns nie mehr wieder im Leben gesehen. Geheimnis muß Geheimnis bleiben.«

Die letzten Worte verstand Castiletz nicht ganz, und doch berührten sie ihn mehr noch als alles Vorhergehende.

»Leben deine Eltern noch?« fragte Günther dazwischen.

»Nein«, sagte Conrad. »Meine Eltern sind beide gestorben.«

»Das ist sehr traurig«, erwiderte Ligharts ernsthaft, im Tone einer Feststellung, nicht eigentlich wie eine Bezeugung des Beileids. »Ich habe die meinen noch, gottlob. Dein Vater allerdings war, soviel ich mich erinnern kann, herzkrank. Ist es das gewesen?«

»Ja«, sagte Castiletz.

»Er war viel älter als deine Mutter?«

»Ja.«

»Und die Mutter? Sie war wunderbar und lieb, deine Mutter.«

Conrad schwieg. Eine in ihm ausbrechende Verwirrung hinderte ihn, sogleich zu antworten.

»Die Mutter starb an einer plötzlichen, katastrophalen Sache im Blutkreislauf. Ich verstehe es bis heute nicht.« Er zögerte nun ein wenig. Dann sagte er:

»Höre mal, Günther: du sagtest vorhin – es hätte dich ›apriorisch angeödet‹, das mit dem Briefwechsel und so. Erinnerst du dich denn so deutlich? Hast du damals auch so gedacht? Mit diesen Worten? Warst du – so . . . frei, möchte ich sagen, daß du so was in dieser Weise denken konntest, daß du die Anödung wirklich einfach ablehntest? Hat dich das nie als eine – unerledigte Sache, als irgendwo herrschende Unordnung gepeinigt?«

»Nein. Diese Unordnung wollte ich ja.«

»Du wolltest sie. Ja. Du sagst ›ich wollte‹. Hast du denn das Gefühl so sicher, eigentlich derselbe Mensch zu sein . . . dann warst du ja damals, genau genommen, schon . . . erwachsen?«

»Ja, das war ich«, sagte Ligharts leichthin.

»Ich kann mich eigentlich, wenn ich's gerade will, an vieles nicht erinnern . . . an sehr vieles nicht. Du, ich könnte nicht sagen: damals habe ich . . . nach Molchen gefischt, zum Beispiel.«

»Wobei am Schlusse beinah eine Keilerei entstand«, sagte Ligharts munter. »Oh, ich weiß alles. Ich ritt zu jener Zeit zweimal wöchentlich in der Nähe dieses Tümpels vorbei. Mit Herrn Brokmann. Aber warum könntest du nicht sagen, du habest Molche gefischt? Es trifft doch zu!«

»Ja. Dies wohl. Aber, wenn ich es sagte, wäre es – unecht. Es gehört sozusagen nicht mit.«

»Seltsam«, sagte Günther und trank Kognak aus dem flachen Glase. Castiletz verlor den Faden, welchen er plötzlich mit so großem Eifer aufgegriffen hatte. Vielleicht, um diesen Verlust zu ersetzen, um die im Gespräche – durch einen so unsicheren und im Nu verdampfenden Gegenstand – entstandene Leere zu füllen, sprach er gleich aus, was jetzt von innen an seine Lippen drängte:

»Ich bin nach Berlin geschickt worden, von meinem Direktor, wie ich dir schon sagte, wegen dieser Sache mit der eventuellen Kartellierung, oder was die da vorhaben, genau weiß man das noch nicht. Jedoch habe ich mich hier mit etwas ganz anderem noch zu beschäftigen – mit etwas, das für mich persönlich weit wichtiger ist.«

»Und das wäre«, sagte Ligharts, den Zigarettenrauch ausblasend, und beugte sich vor. Er sah Conrad von unten her an, und nun war sein lichtes, freies Antlitz ganz und gar das des Knaben, ein wenig schelmisch, ein wenig eigenartig. Der Pierrot. Freilich mußte er sich mit Quiek verstehen.

»Es handelt sich um die Aufklärung eines Kriminalfalles.«

Nein, er hatte es so wichtig nicht herausbringen wollen; aber nun lag es da, wie ein Klumpen etwa an Stelle einer hübschen Statuette.

»Ja – machst du das im Nebenberuf?« fragte Ligharts ein wenig nüchtern, vielleicht sogar ernüchtert.

»Nein«, sagte Conrad. Dann unterrichtete er Günther, ungefähr in der gleichen Art, wie Inkrat einst den ganzen Fall dargestellt hatte (ja, an einigen Stellen sogar mit den gleichen Worten), nur weit gedrängter.

»Deine Schwägerin!« rief Ligharts. »Nein, von der Sache habe ich nie gehört.«

Castiletz setzte fort. Günther wiederholt den Namen Henry Peitz. Dann, nach einer sekundenlangen Stille, sagte er: »Den kenne ich.«

»Wie?« rief Castiletz vollkommen unbeherrscht.

»Hat er ein Geschäft für Elektrogeräte hier in Berlin?« fragte Ligharts rasch.

Beider bemächtigte sich eine augenblickliche Aufregung, welche bei Günther jedoch gleich ins Heitere, Befeuerte, Beschwingte umschlug.

»Ja«, sagte Castiletz, »er besaß ein solches Geschäft hier.«

»Dann ist er's!« rief Ligharts laut und erhob sich. »Nieder mit Peitz! Warte nur Peitzlein, dich wollen wir schon am Fracke fassen!
Du Räuber und Mörder! Er muß es sein. Sonst macht mir das Ganze keine Freude. Er hat es einfach zu sein. Und hat sich entlarven zu lassen. Nieder mit Peitz. Abasso il Peitz . . .«, er brach erschrocken ab. Vielleicht glaubte er, Conrads Gefühle durch eine solche Auffassung der Sachen zu verletzen. Aber hierein täuschte sich Günther. Castiletz sah ihn und seine Leichtigkeit etwa so sehnsüchtig an wie ein Skischüler am Arlberg den beschwingten Meister.

»Ich kann ihn nämlich nicht leiden«, sagte Ligharts, gleichsam sich entschuldigend. »Sieh her, Kokosch: wenn er – so aussieht, dann ist er's unbedingt.«

Bei den Bücherbrettern stand ein kleiner Hocker, wohl um hinaufsteigen und aus den oberen Reihen ein Buch entnehmen zu können. Ligharts setzte sich auf diesen, Castiletz gegenüber, etwas schief und mit steif nach seitwärts zurückgelegtem Oberleibe. Die Hände führte er an die Augenwinkel, zog die Lider ein wenig herab, und so, in dieser Stellung eines Beleidigten, eines vor irgendeiner andringenden (etwa gar unverschämten?) Frage Zurückweichenden, sagte er: »Mein Name ist Henry Peitz. Was wünschen Sie eigentlich von mir?«

»Er ist's!« rief Conrad, nun seinerseits aufspringend. »Genau so hat ihn dieser Doktor Inkrat von der Polizei beschrieben. Genau so!«

»Ja, kennen Sie mich denn nicht persönlich?« sagte Günther, noch immer als Henry Peitz und aufs tiefste beleidigt.

»Nein, Herr Peitz«, erwiderte Conrad, »und hierin liegt ja das Problem.«

»Du kennst ihn gar nicht?« rief Ligharts und ließ seine Peitzsche Pose fahren. »Du wirst ihn kennenlernen. Das kann ich dir ohne weiteres vermitteln. Übrigens müßtest du jetzt schon imstande sein, ihn zu identifizieren, ohne den Mann je gesehen zu haben. Warte mal, ich zeige ihn dir noch stehend.«

Er postierte sich vor die Bücherbretter. »Denke dir«, sagte er, »Peitz würde hier auf irgendein öffentliches Verkehrsmittel warten, also auf die Straßenbahn, Untergrundbahn oder auf einen Bus. Von dort soll das kommen (er deutete gegen die Türe), und sieht unser Elektrogerätehändler – Mörder, Räuber, abasso il Peitz! – dem entgegen . . .«

Ligharts stand so da, als wäre er gewissermaßen schief in den Boden eingeschlafen, steif zurückgelehnt, durchaus entrüstet (vielleicht ließ der Bus zu lange auf sich warten?), und doch wieder von dem etwa herankommenden Gefährt sogleich Distanz nehmend. Die Augenlider waren an den äußeren Winkeln leicht herabgezogen: »Will man mich etwa gar überfahren?« sagte er.

Nun verließ Günther die Pose. »Er steht«, rief er, »wie angewachsen an der Haltestelle. Geht nie einen Schritt hin und her. Unter seiner Würde. Also, kurz, ich werde euch bekannt machen.«

»Ich glaube nicht, daß dies meinen Zwecken eigentlich entsprechen würde«, sagte Castiletz langsam und genau, so daß zu spüren war, er rede nach längst durchgeführten Überlegungen (Bibliothekszimmer? Ohnehin vernünftigstes Getränk? Blaues Heft!!). »Ich will ihn wohl kennen, aber er soll mich nicht kennen.«

»Richtig! Ausgezeichnet!« schrie Ligharts.

»Ich will ihn beobachten«, entgegnete Castiletz ruhig.

»Das heißt, zünftig ausgedrückt, beschatten«, bemerkte Günther.

»Du mußt ihn mir zeigen«, sagte Conrad.

»Wird gemacht, wird gemacht!« schrie Ligharts und lief im Zimmer herum. Draußen hörte man von irgendwo ein kleines Geräusch.

»Quiiiiek . . .«

»Quiiiiek . . .«

Da war sie wieder. Ligharts zog seine Frau an den Händen ins Zimmer. »Der Peitz wird vernichtet«, rief er dabei, »entsetzlich zugerichtet, entlarvt, verprügelt . . .«

»Soll man unbedingt«, sagte sie, und ihre großen Augen traten ein wenig vor.

In Conrad gewann während dieser Sekunden ein gewisser männlich-kaufmännischer Ernst die Oberhand. »Was hat er euch eigentlich getan?« fragte er.

»Getan?« antwortete Quiek. »Wieso getan? Gar nichts getan. Niemals. Wir haben ja keinen Umgang mit ihm. Aber wir mögen ihn nicht.« In ihren Augen stand etwas wie die Unschuld tiefen, klaren glitzernden Wassers.

»Das genügt«, erklärte Günther. »Jetzt rufen wir ihn an. Diesem Rauben und Morden auf der Eisenbahn muß ein Ende gemacht werden. Du mußt wissen, Quiek, was jetzt für Sachen über Peitz allmählich sich herausstellen . . .« (nun gab er Conrads Erzählung kurz wieder – Quiek schien es indessen gar keinen Eindruck zu machen, daß Louison Veik sozusagen eine Verwandte des Castiletz gewesen war; ihre Augen traten während Günthers Erzählung wieder ein wenig hervor, gierig und belustigt zugleich, sie sah jetzt wirklich aus wie ein schönes Insekt).

»Also merkt auf«, sagte Günther. »Mein Plan ist folgender: ich werde mich mit Peitz verabreden. Und zwar in seinem Stammlokal, das ist eine Tiroler Weinstube in der Kochstraße. Dort kommt er nach Geschäftsschluß meistens hin. Ohnehin brauche ich etwas von ihm, denn ich will ein Empfangsgerät, welches er mir vor zwei Jahren geliefert hat, schon lang gegen ein besseres, neueres tauschen. Dabei muß ich erheblich nachzahlen. Das wird dem Peitz – abasso! – ganz recht sein. Unter dem Vorwande, daß ich dies, oder etwas von dieser Art, mit ihm zu besprechen und während seiner Geschäftsstunden keine Zeit habe, werde ich mich mit Peitz in seiner Kneipe treffen. Du kommst dorthin, Kokosch, und siehst ihn dir unauffällig an. Beschattung kann sogleich auf dem Fuße folgen. Und jetzt wird Peitz angeklingelt! Bei diesem schlechten Wetter steckt er vielleicht am Sonntagnachmittag zu Hause!«

Günther ließ sich auf die Ottomane fallen und langte nach dem Telefon, welches nahebei stand.

»Abasso –!« rief er in die Muschel, »nein: Blücher A 9 . . .« und die Nummer.

Bald hörte man eine Stimme, welche durch den Draht allein

so erwürgt nicht sein konnte: ihr mußte von Natur aus ein gequetschter Ton eignen. Günther lehnte sich sofort schief nach rückwärts zurück auf den Diwan, beleidigt und leicht ablehnend. Und in der Tat: seine Gestik paßte aufs genaueste zu dem Tone, welcher aus der Muschel quäkte – etwas kurz, etwas abgerissen. Indessen dauerte das ganze Gespräch nicht lange, und es schien alles in der gewünschten Weise zu klappen. Castiletz, der neben Quiek stand – sie hörte, die Nase in reizende kleine Fältchen gezogen, begierig zu – wurde geradezu ereilt oder eingeholt von jener Verfassung, die er schon von Stuttgart her kannte (anläßlich seines Besuches bei der Rosanka): auch hier schien jetzt alles ohne Mühe in die Gleise zu fallen, schnappten die Scharniere von selbst ein.

»Also«, sagte Günther, nachdem er den Hörer aufgelegt hatte, »ich treffe ihn morgen. In der Weinstube. Um ein Viertel vor acht Uhr. Wir aber werden uns noch etwas früher treffen. Damit ich dir, erstens, jenes Lokal zeigen kann, so daß du es nicht verfehlst; zweitens werde ich dir Gelegenheit geben, Haus und Stockwerk zu sehen, wo Peitz wohnt – bei einer Kriminalgeschichte kann es bekanntlich auch von Wichtigkeit sein, ob jemand zum Beispiel in seiner Wohnung Licht hat oder nicht, daher du Bescheid wissen mußt. Endlich sollst du auch den Laden sehen. Wenn man sich schon mit solch einer Sache beschäftigt, muß man's gründlich tun. Beschäftigung ist Beschäftigung. Übrigens spielt der Roman in einer Gegend, die ich von meiner Schulzeit her kenne. Dort ist nämlich das Friedrich-Wilhelm-Gymnasium. Wir aber treffen uns, wohlgemerkt, um halb acht Uhr, morgen, Montagabend, vor dem ehemaligen Palais Albrecht.«

Er beschrieb genau dessen Lage. Conrad war glücklich, daß hier nicht flüchtig vorgegangen wurde (er hatte es, der ganzen Tonart nach, immer mehr und mehr insgeheim befürchtet). Dann erklärte Günther die kürzeste Verbindung mit der Untergrundbahn von Conrads Hotel aus. »Kannst dir auch eine Taxe nehmen, wenn du's anders nicht willst«, fügte er hinzu. »Vor der doppelten Säulenreihe, welche die Auffahrt des Palais Albrecht gegen die Straße abschließt, steht, nicht ganz in der Mitte, eine städtische Sandkiste. Sie sei unser Treffpunkt.«

## 44

Am späten Nachmittage kam Conrad wieder in sein blaues Hotelzimmer. Die Heizung war eingeschaltet, die Vorhänge waren geschlossen. Hinter ihnen flogen dann und wann, vom Winde getrieben, strichweise Regentropfen an die Scheiben, mit einem Geräusch wie laufende leichte Krallen von Vögeln. Castiletz befahl das Abendessen hierher und machte sich an die Vorbereitungen für den morgigen Tag. Da war zunächst Eisenmanns bemerkenswerte Liste, etwa so:

Groß und stark, schwarzer Stierkopf: Direktor Klinkart (folgte Name der Firma). Aufpassen, was er sagt. Spricht stets im Verfolg von Zwecken, nie eitel. Undurchsichtig. Nachher schriftlich festhalten.

Blasser Regenwurm, Kneifer: Stolzenbach (Name der Firma). Will gefragt werden. Verwunschener Professor. Doziert. Kann einmal Wertvolles dabei sein. Das meiste Quatsch.

Schweinskopf, Hängebauch, schwarze breite Ringe unter den Augen: Grumbach (Name der Firma). Weiber. Auf den Punkt aufpassen. In Lokalen ihm bei besseren Nutten nie ins Gehege kommen. Hält was auf solche Erfolge, die er bezahlen muß. Sonst klug.

Sanfter Buchhändlertypus, Brillen, dünner roter Spitzbart: Wirchle (Name der Firma). Was er schwätzt, kannst du streichen. Trottel. Frage ihn wegen Münzen (wie ich's dir erklärte, falls du dich darauf besinnst, Bürschle). Dann reden lassen.

Rundschädel, kurzgeschoren, breites Genick, stämmig, immer Zigarre: Wedderkopp (Name der Firma). Schnauze wie ein Revolver. Gerissener Gauner. Achtung beim Sekt, ihm mit dem Nachrücken nicht zuvorkommen. Mag er nicht. Ruhig zahlen lassen.

Was das ›Nachrücken‹ betrifft, war Conrad von Eisenmann überhaupt gründlich belehrt worden. Es galt hier für den jungen Mann, eine feine Mitte zu halten, einen rechten ›goldenen Schnitt‹ zwischen stiller Einfalt und Bescheidenheit der eigenen Person und der Größe des Unternehmens, das er – wenn auch nur als Beobachter (Schwiegersohn) – gewißermaßen vertreten sollte.

Castiletz saß am Schreibtisch, unter dessen Glasplatte sich blaues Tuch befand, und repetierte diese Lehren. Sein Zimmer lag im dritten Stockwerk – man benutzte dahin einen schweren langsam steigenden Aufzug, darin mindestens sechs Personen bequem hätten Platz gehabt – gleichwohl hatte Conrad die Empfindung, das Grundgefühl sozusagen, sich irgendwo tief unten zu befinden, in Stille, in einer Art Verpolsterung, die völlig von dieser Stadt und den Straßen dort draußen trennte und abschloß.

Und überhaupt von allem. Sein Besuch bei Ligharts hatte ihn, wie sich hintennach zeigte, stark ermüdet, zugleich aber auch ein deutliches Ziel in ihm gesteckt: er mußte es dahin bringen, gewissermaßen eine leichtere Hand zu bekommen in dieser Sache mit Henry Peitz, glücklichen Zufällen das Ihre zu überlassen, sich wirklich wie zu seinem Vergnügen damit zu beschäftigen. Er stand doch darüber. Die Lage war ja außerordentlich günstig. Es befand sich alles durchaus in Ordnung. Nun trug er in das blaue Heft ein:

»Möglichkeit zur Beobachtung von H. P. heute durch G. L. sichergestellt.«

Hier stand schon viel. Auch das vom Ohrring. Auch sozusagen Theoretisches. Manches war durchgestrichen. Castiletz hatte sich geradezu das Schreiben angewöhnt.

Das Abendessen wurde gebracht, lautlos und rasch deckte der Kellner den Tisch hinter Conrad, welcher am Schreibtische sitzen blieb, und verschwand. Als Castiletz der Speisen und des Weines, den er hatte bringen lassen, ansichtig wurde, packte ihn eine Art Heißhunger; zugleich empfand er jedoch eine stark hervorbrechende Schläfrigkeit (jetzt, nachdem alles für morgen geordnet war). Die halb verdämmerte Nacht im Zuge machte sich geltend.

Indessen reiste er weiter in irgendeiner Weise, auch bei Nacht hier im Hotel, und sein Schlaf blieb von Bewegung erfüllt. Anfangs waren es richtige Eisenbahnzüge. Jedoch zerfielen diese bei währender Fahrt meistens, die Wagen wurden sozusagen immer offener, es war immer weniger von ihnen vorhanden, man ging eigentlich auf den Gleisen: und doch blieb das eine Eisenbahnfahrt. Es hieß einfach so. Die Eisenbahn bestand aber ihrerseits wieder zum größten Teile nur aus Schläuchen oder Rohren, die nicht einmal gebaut waren, sondern dadurch entstanden, daß man sich im Innern eines sehr langgestreckten Molches bei unaufhörlichem Summen der Fahrt bewegte.

Jedoch unter all diesen Träumen schlief er gut, durchgehend, und ohne mehr als ein- oder zweimal angenehm und flüchtig zu erwachen. Darum war Castiletz am Morgen frisch. Er saß durch Augenblicke im Schlafanzug auf dem Bettrand und versuchte eine Art Rythmus wiederzuerkennen, der unausgesetzt in ihm umging. Dabei stellte er sich die kleine, warme, bunte Bibliothek Günthers dort in der Keithstraße vor.

Freilich, es war dieses lateinische Gedicht! Das konnte man nun hier nicht nachschlagen. Da . . .!

. . . arida modo pumice expolitum!

›Pumice expolitum‹ – tum – tum – tum – ja, das war's, dieses: ›pumice expolitum‹. In diesem Rythmus war er bei Nacht durch die Tunnels gefahren. Nun erinnerte sich Castiletz, gewissermaßen befriedigt und beruhigt, einzelner Bruchstücke aus seinen Träumen.

Nicht lange nachdem der Page zu schicklicher Zeit mit den Karten abgefertigt worden war, klingelte das Telephon. Direktor Klinkart. Man wolle sich zunächst bei einem Frühstück, oder eigentlich einem Lunch, hier unten im Restaurant treffen, das sei nach allgemeiner Ansicht das Beste und Zwangloseste. Einzelne Herren müßten wohl auch erst mit den anderen bekannt werden (»ist ja bei Ihnen so der Fall«), na, und gut denn, auf diesem Wege könne sich alles einleiten.

Das kleine Restaurant war fast in den gleichen Farben gehalten wie Günthers Bibliothek, was Castiletz seltsam berührte. Überall wies der rauhe körnige Stoff von Bespannungen und Polsterlehnen jenes dunkle Fleischrosa. Fast alle Tische waren leer. Eine Bar gab es hier auch, mit hohen Hockern. An diesen Gestellen entlanggehend erblickte Castiletz die Herrengesellschaft im Raume nebenan, wo mehrere Tische zusammengerückt worden waren. Conrad ging geradewegs auf den Direktor Klinkart zu (laut Beschreibung), stellte sich vor und sagte bescheiden: »Ich hatte heute vormittag schon am Telefon das Vergnügen, Sie zu sprechen, Herr Direktor.« Es mag schon sein, daß dieses kleine Manöver auf Klinkart und vielleicht auch auf die ihm zunächst Sitzenden in irgendeiner Weise überraschend und dabei nicht unangenehm wirkte: Castiletz hatte sich damit jedenfalls gut und gelenkig eingeführt, ohne jede steife Zwischensituation, denn nun ging's glatt durch die Reihe, er wurde allen vorgestellt. Von da ab lag Conrad stets im richtigen Fahrwasser und er empfand das (zugleich mit der bemerkenswerten Einsicht, daß er vor Jahr und Tag noch keineswegs in der Lage gewesen wäre, von Eisenmanns Winken so sinngemäßen Gebrauch zu machen, was jetzt erst durch ihm gewissermaßen neu zugewachsene Fähigkeiten möglich war . . .). Von den Anwesenden kannte Castiletz nur zwei, und diese sehr flüchtig, aus dem Hause des Geheimrates. Die übrigen vermochte er jedoch leichtlich in die Eisenmannsche Skala einzuteilen, welche kaum irgendwelche Lücken aufwies.

Klinkart schien hier den Vorsitz zu führen, und zwar anscheinend ohne daß er dies überhaupt wollte. Jedoch, man sprach ihn an, man wandte sich an ihn, und so antwortete er denn: und zwar immer nach einem kleinen Schweigen von wenigen Augenblicken, welches er jeder an ihn gerichteten Fragen folgen ließ. Diese Pause fehlte nie. Sie war also in hohem Grade bezeichnend (wahrscheinlich auch sehr nützlich). Wenn sie abgelaufen war, begann Klinkart zu reden, ziemlich kurz und karg im Wort, beiläufig und halblaut im Ton und zugleich – mit äußerster grammatikalischer Genauigkeit jedes Satzes. Diese Art schien irgendwie zwingend, ja hypnotisierend zu wirken. Einmal nahm er selbst das Wort und sagte folgendes, nachdem eben vorher noch zwei neue Teilnehmer eingetroffen waren:

»Wenn wir hier frühstücken oder uns sonstwie zusammenfinden, so halte ich das für unsere Privatangelegenheit, die den Verband nichts angeht. Gleichwohl bleibt uns vorbehalten, dem Verbande, aus diesem unserem privaten Kreise heraus, einen Vorschlag zu unterbreiten, falls wir uns überhaupt zu etwas dergleichen je entschließen sollten, und falls ein solcher Vorschlag zunächst in unserem privaten Kreise genügende Unterstützung finden könnte. Mit bloßen ›Anregungen‹ hervorzutreten sind wir keinesfalls verpflichtet. Ich glaube, damit wohl im Sinne der meisten Herren zu sprechen.«

Er schwieg. Aber jetzt erfolgte keine Pause, sondern die Zustimmung äußerte sich unmittelbar nach seinen Worten.

»Bildet doch das private Moment ein Konstituens unter anderen im Leben überhaupt und also auch in der Wirtschaft. Wir konstituieren uns daher für diesmal und hier als privat.« So Stolzenbach mit einer weichen Stimme, die ihm aus den Mundwinkeln rann wie dünne saure Milch.

Allgemein gab es ›Bravo‹, beifälliges Gelächter und Bewegung. Die Zusammenkunft schien sich in der Tat zwanglos gestalten zu wollen. Klinkart ließ das Meritorische jetzt überhaupt fallen, nach der früher gemachten Feststellung, an welcher ihm offenbar etwas gelegen hatte; er unterhielt sich auf seine Weise mit den Zunächstsitzenden über andere Dinge, neutraler und beiläufiger Art. Dabei stellte sich zwischendurch heraus, daß man noch keineswegs vollzählig war, sondern mehrere Herren erst in der nächsten Woche zu erwarten hatte. Gleichwohl schienen die meisten froh, indessen schon hier in Berlin zu sein, und aus manchen Äußerungen war zu entnehmen, daß man die ganzen Besprechungen entweder als bloßen Vorwand für diese Anwesenheit hinzustellen sich bestrebte, oder daß sie in dem und jenem Falle wirklich nichts anderes waren. Da wußte einer von Angehörigen zu reden, die er hier habe, und von zu erledigenden Familienangelegenheiten (sogar von einer Erbschaft), Wirchle von einer numismatischen Ausstellung, und Grumbach schien lediglich einer Premiere wegen nach Berlin gefahren zu sein.

Die noch bestehenden Lücken hatte Castiletz bald mit Hilfe der Eisenmannschen Skala repetierend festgestellt (ohne allerdings dabei im mindesten zu murmeln, etwa gar, wie er einst dahinten, in der Ferne der Zeiten, im Schlafzimmer einer gewissen Frau Anny Hedeleg gemurmelt hatte!). Es gab hier übrigens auch mehrere junge Leute, von denen einer oder der andere im Eisenmannverzeichnis nicht angegeben war. Bei zweien davon handelte es sich, wie Castiletz später erfuhr, um mitgebrachte ›Sekretäre‹.

Allmählich schlug sich ein deutlicher Eindruck von dieser ganzen Versammlung in Conrad nieder, was um so eher geschehen konnte, als er selbst, in alters- und standesgemäßer Bescheidenheit, nicht eben zu den Gesprächigen gehören mußte. Einmal fragte man ihn – und zwar sehr teilnehmend! – nach seinem verstorbenen Vater. Im ganzen meldete sich bald bei Conrad eine etwas aushöhlende Empfindung, dadurch nämlich, daß er merken mußte, hier lediglich für etwas dazustehen, für das Werk, für die Familie Veik, selbst aber nichts zu sein. Vieleicht wäre ihm vor Jahr und Tag und vor gewissen Veränderungen oder Verlagerungen (wenn man so sagen darf!) in seinem Innern hier noch eine Verwechslung passiert, und er wäre getragen worden von dem, was er bloß – bedeutete, was er nicht selbst war. An dem Punkte aber, wo Conrad damals ungefähr hielt, hatte eine solche Verwechslung eben nicht mehr statt.

Die meisten dieser älteren Männer hier machten den Eindruck, als würden sie von dem umgebenden, für vornehm geltenden, zeitgemäßen Luxus nur gestört und als wäre manchem von ihnen eine Tasse Kaffee und eine Semmel, an des Schreibtischs Rand im Comptoir eingenommen, weit angenehmer gewesen als dieses ganze Frühstück hier, Muschelgerichte und Rheinwein. Wie Fliegen umschwärmten die Kellner den Tisch, dessen ›private‹ Bedeutung der Leitung des Hotels längst bekannt war. Eine gewisse morose und zuwartende Trägheit, mit welcher sich der oder jener bedienen ließ, zeigte, daß er es viel lieber selbst getan hätte und auf einfachere Art. Sie schienen überwiegendenteils – wenn man etwa von den Jüngeren absah – diese großbürgerlichen Insignien ihres Standes weit eher mit einer gewissen Geduld zu ertragen als zu genießen. Und gerade dieser Zug trat für Castiletz späterhin noch viel stärker hervor, bei all jenen ›Genüssen‹, welche die Weltstadt bot. Man schien sich darein gefügt zu haben, dieses Zeug um sich dulden zu müssen (der anderen wegen – und jeder trug das gleiche Brett vor dem Kopfe). Was einen in Berlin aber wirklich freute, das tat man wohl für sich allein in aller Stille: die schäbige Stammkneipe aus der Jugendzeit wieder einmal gemütlich und erinnerungsvoll besuchen oder irgendein Mädel, dem man nun schon zwei Jahre lang eine kleine Wohnung hielt, mehr abseits, in Charlottenburg, in der Gegend vom Lietzenseeufer oder sonstwo (»ipsa olera olla legit« sagt jener unverschämte Valerius Catullus).

Ja, es war ein Aquarium mit fetten, nicht sehr munteren Fischen, die meistens träge gründelten. Für diesen Abend übrigens ergab sich kein Ausgang. gemeinschaftlich oder in Gruppen. Jeder hatte da wohl schon besondere Katzen zu bürsten (olera legere). Conrad war mehr als froh darüber, denn ihm oblag es ja, sich zu beschäftigen, zu amtieren, zu peitzen, den Peitz zu bürsten (entlarven, vernichten). Man mußte es leichter nehmen, man mußte es spielerisch auffassen. Oder sportlich.

Der Eindruck eines Aquariums wurde hier verstärkt einmal durch einen grünen, vortretenden Rand oder Kranz an der Decke entlang (abends kam von dort das Licht), zum zweiten durch gewisse keramische Ornamente an den Wänden, in grüner Farbe, also Wasserpflanzen. Es fehlte nur der Tuff-Felsen mit Höhlen und Durchschlupfen in der Mitte, woraus dann etwa der Generaldirektor Grumbach waagrecht auf dem Bauche schwimmend langsam und glotzäugig hätte hervorschweben können. Ja, man saß auf dem Grunde eines Aquariums, zusammen mit dessen Bewohnern. Castiletz spürte doch allbereits den Rheinwein.

Die doppelte Säulenreihe vor der Auffahrt des ehemaligen Palais Albrecht verlor sich kalt in der eingefallenen Dunkelheit. Das mächtige Haus selbst (welches damals völlig leer stand) entwich wesenlos nach rückwärts in sein massiges Schwarz.

Castiletz blieb erst bei der Sandkiste stehen; dann schritt er unterhalb der Kolonnade auf und ab; es war noch viel zu früh. Ihm fiel nicht auf, daß der Hintergrund, vor welchem er sich da bewegte, aussah wie die Kulisse für eine tragische Oper (nur wäre eben dann und wann ein Automobil über diese Bühne gefahren). Die Dunkelheit nahm zu und setzte sich zwischen den grauen Säulen fest. Wenn Conrad neben der Kiste Posten faßte, dann hatte er sich gegenüber die Einmündung der Kochstraße, rechts an der Ecke einen bereits geschlossenen Zigarrenladen, links auf dem Dache oben das sehr scharf leuchtende Transparent eines Hotels, und gerade vor ihm sprang, über der Mitte der Fahrbahn schwebend, die Reihe der Lichter in den tieferen Hintergrund. Ein kalter Wind strich über den Asphalt, und dann spürte man auch, daß Regentropfen in der Luft waren.

In seinem Innern blickte Castiletz auf das, was geschehen sollte, ganz so, wie man einen sich drehenden Kreisel betrachtet, verwundert, wie sicher dieser auf seiner Spitze steht. Und im Grunde war es jetzt Günther, der diesen Kreisel Kokoschs munter mit der Peitschenschnur antrieb. Er, Conrad, sah dabei mehr oder weniger nachdenklich zu. So zumindest empfand er's durch einige Augenblicke, vor dieser finsteren, tragisch in sich verschlossenen Säulenreihe verweilend. Es sollte anders werden! Ligharts wurde jetzt nicht weniger als ein Richtpunkt, ein Vorbild. Was kommen würde, wußte man freilich nicht. Aber alles war gewissenhaft vorbereitet. Castiletz hatte eben noch, im Hotel, die durch Inkrat beschaffte genaue Beschreibung der geraubten Schmuckstücke neuerlich mit Sorgfalt studiert (welches Verzeichnis war nun wichtiger, dieses, oder das Eisenmanns?). Die Beschreibung lag im blauen Heft, als Beilage sozusagen. Was Eisenmann anging und seine sicher wohlgemeinten Bemerkungen in bezug auf Marianne: alles das brauchte nicht zu drücken, denn es mußte durch die Aufklärung des Falles L. V. allein schon ins richtige Gleis kommen auf irgendeine Art, ja dies konnte nur so und auf gar keine andere Weise geschehen. Ein durchschlagender Erfolg hier entschied auch dort zweifellos alles.

Diese Meinung saß Conrad ganz fest, ja, sie war ein schon tief ausgewaschenes Bachbett seines Fühlens und daraus sich ableitenden Denkens geworden, in welches alle auf Marianne bezüglichen, gelegentlich und zwischendurch auftauchenden Erwägungen sofort gedrängt wurden und stürzten. Auch im Gespräch mit Eisenmann hatte er ja diese Grundüberzeugung schon einmal anzudeuten versucht. Es war der längere Weg sozusagen, statt aller kleinen Mittelchen, der aber dafür alles heilte. Dies stand für Castiletz außerhalb jedes Zweifels.

Eine Autodroschke rollte heran, nun langsamer, sie hielt bei der Sandkiste. »Ich war verspätet«, sagte Ligharts rasch. »Nun komm.« Sie gingen über die Straße und an dem Zigarrenladen rechter Hand vorbei. »Hier siehst du«, sagte Günther, »ein im Vergleiche zu den anderen auffallend niederes Haus. Nur zwei Stockwerke. Im nächsten wohnt Peitz, drittes Geschoß, wo die Erker sind. Jetzt merke dir die Hausnummer. In der Wohnung ist Licht. Deswegen muß er nicht zu Hause sein. Hat eine Frau. Die ist, glaube ich, völlig bedeutungslos. Unten ist der Laden. Schon geschlossen natürllich. Ein großes Geschäft. Da: Elektrogeräte. Nun weiter, wir kommen gleich zu der Weinstube. Dort hinten bin ich einmal in die Schule gegangen. Mußte Griechisch nachlernen, Gott sei Dank. Ich werde jetzt hineingehen. Es ist höchste Zeit. Was ich dir noch einschärfen wollte: wenn er in die Untergrundbahn einsteigt oder sonstwo: nimm dir immer eine Karte, die bis zur jeweiligen Endstation zulangt und mit der du auch die Züge wechseln kannst. Sonst verlierst du ihn unbedingt dann aus dem Gesicht, wenn man dich an der Sperre aufhält, weil du nachzulösen hast. Quiek hat mich eben, bevor ich wegging, nochmals daran erinnert, dir dies zu sagen. Solch kleiner Umstand kann alles umschmeißen und dich um den Erfolg bringen. Ich trete also jetzt ein. Du wirst ihn unbedingt sehen, es gibt hier keine Logen oder dergleichen. Gehe noch einmal auf und ab. Dann komme gleichfalls herein. Meistens sitzt er im zweiten Zimmer.«

Günther verschwand. Castiletz repetierte, ja, er notierte sogar. Was ihm den stärksten Eindruck machte, war die Sache mit den Fahrkarten. Günther und Quiek beschäftigten sich wirklich mit diesem Fall! Einen Augenblick lang fühlte er sich geradezu befeuert und mitgerissen. Dahinten, in der Ferne der Zeiten, wollten sich alle leuchtenden Benennungen erheben, die das Leben einst an der Stirnseite getragen hatte. Welch schönes Abenteuer und welch eine große Stadt!

Es verfing nicht ganz. Er ging einmal um den Häuserblock – das war nun viel weiter, als er sich vorgestellt hatte! – und am Schlusse beeilte er sich. Was bei ihm indessen bereits verfing, das war ein Glaube an die Möglichkeit glücklicher Zufälle, wie in Stuttgart, ja, eigentlich vielmehr noch zu Lauffen am Neckar … Nun trat Castiletz ein. Es roch hier nach frisch gebohnertem Boden. Von den Wänden sahen gemalte Gletscher herab, Pasterzen, Felsen. Tirol. Die Stuben waren behaglich, da und dort hing altes Gerät, standen hohe Krüge mit dem roten Adler. Die Tischtücher waren schön blau gewürfelt. Er ging durch das erste Zimmer, schon erblickte er Ligharts. Was Peitz betraf, lag hier der unglaubliche Fall vor, daß jemand gar nicht viel anders aussah, als man ihn sich vorgestellt hatte. Ein gefährlicher Lachreiz erhob sich in Castiletz (noch dazu saß jener schief, in bezug auf Günther leicht zurückgelehnt!), ein gefährlicher Lachreiz, der zum Beispiel in einer tragischen Oper vor klassizistischem Säulenhintergrunde in furchtbarer und verräterischer Weise den Ausschlag hätte geben und zur Katastrophe hätte führen können. Jedoch schien das, was Günther eben sagte und Conrad freilich nicht hören konnte, auf Peitz so außerordentlich beleidigend zu wirken (oder den Verdacht einer so gewollten Wirkung zu erwecken), daß er Castiletz gar nicht beim Eintreten bemerkte. So kam dieser gut und ungesehen an Henry Peitz vorbei und konnte ihm obendrein von seinem Platze aus ruhig betrachten. Ligharts sah er dabei eigentlich gerade ins Gesicht, wenn auch über die ganze Breite der Stube hinüber.

Bald folgten zwei Vorgänge, die geeignet waren, Castiletz neuerlich aus der Fassung zu bringen. Der erste bestand einfach in einer Lausbüberei Günthers. Denn während Peitz in die Weinkarte sah und mit der Kellnerin sprach, warf jener einen Blick zu Conrad herüber und spielte seinerseits durch einige Sekunden den Peitz, sein Urbild beleidigt ansehend, mit zurückgelegtem Oberkörper, ja, er ging so weit, mit den Spitzen der Zeigefinger die äußeren Augenwinkel ein wenig herabzuziehen. Diese Frechheiten blieben wohl von seinem Tischgenossen unbemerkt, indes Castiletz beinahe die Suppe durch die Nase hervorzuschießen drohte. Er faßte sich mit äußerster Anstrengung, den Blick starr auf das blaugewürfelte Tischtuch geheftet, dachte an alles mögliche (Molche, Tunnel zu Lauffen) und gelangte sozusagen um Linienbreite über diese Klippe. Eine Weile sah er nicht mehr hinüber.

Jedoch, als er's nun wieder tat, bot sich ein ganz anderes Bild, welches ihn augenblicklich bis ins Innerste traf und von ihm sofort aufgefaßt wurde als der Einschlag einer Kette, als der Beginn eines Gleises, in welches man jetzt mit dieser ganzen Sache neuerlich fiel, wahrhaft nicht zum ersten Male! Günthers Gesichtsausdruck schien völlig geändert, gewandelt: er war sehr ernst geworden, gespannt, ja erregt. Peitz sprach. Dann schüttelte Günther den Kopf und sagte augenscheinlich etwas Verneinendes, Ablehnendes . . . jedoch bald danach schien er zusammenzufahren, als habe er Wichtiges vergessen, oder sonst einen Fehler gemacht. Castiletz wandte den Blick ab, da er fühlte, wie dieser starr zu werden begann. Als er flüchtig wieder hinsah, blickte Günther ihn geradewegs an und zog die Augenbrauen durch eine Sekunde in die Höhe; diese Miene war ohne weiteres verständlich; sie bedeutete offensichtlich nichts anderes als: aufgepaßt, nun wird's ernst!

Castiletz rief die Kellnerin und bezahlte. Bald danach tat Peitz das gleiche; Günther blieb sitzen; zwei Minuten später folgte Conrad seinem Manne unauffällig in einigem Abstand am Gehsteige, in der Richtung auf die Friedrichstraße zu.

Was dies zuletzt nun bedeutet haben mochte, blieb freilich für Castiletz undurchsichtig; daß es jedoch mit seiner Sache im Zusammenhang stand, war außer jeden Zweifel gerückt durch das von Günther mit den Augenbrauen erteilte Zeichen. Eine starke Hoffnung belebte Conrad. Er fühlte sich plötzlich so frei wie kaum jemals in der letzten Zeit. Da kreuzte Peitz die hier ganz schmale Fahrbahn und schon verschwand er, die Treppen zur Untergrundbahn hinab. Castiletz folgte ihm dichter. Am Fahrkartenschalter tat er, wie Günther ihm geraten hatte. Der unterirdische Bahnsteig, den Conrad hier zum ersten Male sah, schien ihm mächtig weit und lang. Peitz stand links, am Beginn. Er stand ganz und gar so da, wie Ligharts ihn agiert hatte, aber der Humor dieser Sache verfing jetzt nicht bei Castiletz. Aus dem dunklen Mund am anderen Ende des langen Perrons erklang ein dumpfer Donner, wie Trommeln, dann flog der Zug hervor und heran, gelb, niedrig, breit, mit toten Lichtaugen. Peitz, der erst einen Schritt zurückgetreten war, bewegte sich nun dem ersten Wagen entgegen. Das schnelle Fahrzeug kam auf überraschend kurzer Bremsstrecke zum Stehen. Die Schiebetüren öffneten sich dem Aus- und Einströmen. Bei Castiletz passierte jetzt, in einer plötzlich aus ihm hervorbrechenden Aufregung, etwas Überraschendes, ein Fehler. Er lief um ein paar Schritte zu weit, geriet in einen Strudel von Menschen, dies war nun der zweite Wagen, er mußte einsteigen, konnte nicht mehr zurück. Die Schiebetüren schlossen sich, schon begann die Bewegung. Conrad erstaunte über sein Ungeschick und Mißgeschick. Dies war nicht leicht und ruhig, dies war sozusagen unsportlich gewesen. Alles schien verdorben. Er befand sich im vorderen Teil des Wagens und wandte sich nun (während das Herzklopfen noch immer nicht nachlassen wollte), zwischen den gepolsterten Bänken im Mittelgang stehend, der Fahrtrichtung zu: fast gleichzeitig erlöste ihn der Einfall, daß er ja ohne weiteres bei der nächsten Haltestelle in den ersten Wagen umsteigen konnte – ja, auch dies war gegenstandslos: man sah hindurch. An Stirn- und Rückwand jedes Waggons befand sich ein Fenster. Nun erblickte er Peitz. Castiletz wurde ruhig und überlegte. Nein, der Gedanke, auf der ›Untergrund‹ immer den benachbarten Wagen bei solch einer ›Verfolgung‹ zu benutzen, war falsch, war abzulehnen. Es brauchten sich dort drügen nur ein paar Leute dazwischenzustellen und Peitz wäre dem Blick entzogen gewesen. Er beschloß also, in den ersten Wagen sich zu begeben, wie er schon vorgehabt. Eben flog der Zug dröhnend aus dem Schlauch und wieder einen Bahnsteig entlang. Peitz stand auf. Auch Conrad verließ den Zug. Es gab unendlich viel Menschen, die Lage wurde schwierig, und so hielt sich Castiletz stets dicht hinter unserem beleidigten Henry, also, daß er dessen braunen Hut (in der Form zu Peitz ganz vortrefflich passend, nämlich brettchensteif!) immer auf zwei Armeslängen vor sich sah. Der hell erleuchtete Tunnel, durch welchen die Leute hier in langem Strome eilten (Conrad glaubte, dem Ausgange zu) schien kein Ende nehmen zu wollen. Jedoch nun ging es übereck Treppen hinauf: wieder ein unterirdischer Bahnsteig! Peitz hielt sich nach rechts, wanderte den ganzen Perron entlang, und da stand er wieder; und Conrad, welcher ihn – diesmal recht geschickt! – durch Umgehen der in der Mitte des Bahnsteiges aufgestellten Häuschen, Buchhandlung und Zigarrenladen, ungesehen überholt hatte, bereits zwei Schritte hinter ihm.

Wieder flog ein Zug heran. Knapp vor Peitz kam die gelbe Stirnwand zum Stehen. Nun war man also im gleichen Wagen. Castiletz saß unweit der Mitte, Peitz stand etwas abseits der Türe, nein, er konnte ihm nicht entgehen.

Mit mäßigem Dröhnen und Rollen ging's durch die Schläuche. Man flog in von Lichtern bewohnte Höhlen, man hielt. Conrad sah sich um, weil er nun wissen wollte, wo man eigentlich fuhr, er suchte eine Aufschrift zu lesen. Hier stand, inmitten einer elliptischen Tafel mit grünem Rande: ›Märkisches Museum.‹ Nein, es war freilich kein Museum, es war ein Untergrundbahnhof, der nach jenem nahegelegenen Institute so hieß: aber im Traum hätte es zum Beispiel auch ein Museum sein können, es hätte im Traum einfach so geheißen, jedoch ausgesehen wie ein Bahnhof, und diese Aufschrift gehabt ... Conrad verwunderte sich und sah nochmals nach jener Tafel. Sein Nachbar schloß daraus (und wie man weiß, mit Recht), daß dieser Herr ein Fremder sei, denen die Berliner bekanntlich stets mit Freundlichkeit begegnen. »Jetzt fahren wir unter der Spree durch«, sagte er zu Castiletz. »Über dem Tunnel ist hier das Wasser?« »Ja« sagte jener und lachte, »aber wir können unbesorgt sein.«

Leer, unanschaulich fielen die durcheilten Strecken zwischen je zwei Stationen in die Finsternis, ins rollende Nichts. Man fuhr eigentlich nicht. Man wartete. Man saß in diesem hellerleuchteten Kasten, der ebensogut auf der Stelle hätte rollen und rütteln können und an dessen Fenstern die gleichbleibende, aus der festen in die flüssige Form übergegangene Wand vorbeivibrierte. Die Zurücklegung eines Weges manifestierte sich sozusagen nur abstrakt, indem bei jedem Halten etwas anderes auf den Tafeln stand. Castiletz wartete, bis der mögliche Mörder Louison Veiks aussteigen würde. Auch das war abstrakt; Conrad hatte zwar nicht dieses Wort dafür, wohl aber das Gefühl davon. Schönhauser Tor. Senefelder Platz. Plötzlich war der Schlauch nach rückwärts verschluckt, der Zug lief hoch, frei. Nun fuhr man wieder eigentlich. Die Wipfel der Bäume, etwas unterhalb des Viaduktes, standen hell und scharf in der Farbe, ihr Glasgrün da und dort vom elektrischen Straßenlicht bestrahlt. Es sah kalt aus. Unten bewegten sich Menschen und Automobile in breiten und langen, ja, geradezu bis in die Ferne hinauslaufenden, ganz gleichartigen Straßenzügen. Danziger Straße. Schönhauser Allee. Dröhnend in den Schlauch. Der war kurz, mündete gleich in die Lichterhöhle des Endbahnhofes, während sich alles erhob, um auszusteigen.

Als Castiletz hinter Peitz wieder an die Oberwelt kam, schien es ihm kälter geworden zu sein. Jedoch hatten Regen und Wind ganz aufgehört. Die weiträumigen Straßen, durch welche der Gegenstand von Conrads Aufmerksamkeit nun eilfertig ging, und zwar nach links sich wendend, waren nur mehr wenig belebt. Castiletz mußte Abstand halten. Er lugte nach den Straßenschildern. Es war eigentümlich: war man früher in einer Tiroler Weinstube gesessen, so schien man nunmehr in ein sozusagen tirolerisches Stadtviertel geraten: ›Zillertalstraße‹ hieß es hier. Warum nicht gleich Salzburgisch? Es lag nahe. Peitz ging an einer Straßenkreuzung geradewegs auf eine hellbeleuchtete Wirtschaft zu und trat rasch ein. Hier hieß es nun folgen und sich drinnen unauffällig irgendwohin drücken, von wo aus man ihn im Auge behalten konnte. Castiletz verzog ein wenig. Das Gastzimmer, welches er dann betrat, war geräumig und nahezu leer. Peitz vermochte er nirgends zu erblicken, und einen zweiten Raum schien es nicht zu geben. An der einen Längsseite waren Abteilungen gebildet, indem man hölzerne Querwände zwischen den Tischen angebracht hatte. In zwei davon konnte Castiletz schon von der Türe aus hineinsehen, sie waren leer, und die dritte auch: also mußte Peitz in der vierten sitzen, von wo eben der Kellner hervorkam. Es blieb nichts anderes übrig, als sich in dem benachbarten Fache niederzulassen.

Hier wurde Conrad von einem, wie ihm schien, außerordentlich günstigen Umstande angenehm überrascht. Die Querwand reichte keineswegs ganz bis zur Mauer, sondern ließ einen ziemlich breiten Raum offen, durch welchen es unter Umständen möglich war, in die nächste Abteilung zu sehen, wenn man nämlich den Stuhl ziemlich weit zurückschob und sodann auf dessen rückwärtigen Beinen ein wenig wippte: Castiletz versuchte das vorsichtig, und da konnte er nun Peitz ganz erblicken, ja, er hätte ihm in den Teller schauen können. Indessen trank der abstrakte Mörder nur ein Glas Bier.

Vielleicht hing es mit dieser Entdeckung Peitzscher Sichtbarkeit zusammen, daß Conrad plötzlich Appetit verspürte. In der Tiroler Weinstube hatte er so zwischendurch gegessen, stets auf dem Sprunge und dem Essen selbst keinerlei Aufmerksamkeit zuwendend (auch war ihm beinahe die Suppe bei der Nase herausgekommen!). Derlei halbbewußte Mahlzeiten schienen nicht zu sättigen. Er wünschte sich aufs heftigste Gebäck, Butter und eine Käseplatte und bestellte alsbald diese Dinge bei dem Kellner, und zwar ›sotto voce‹, ohne die Stimme im geringsten zu erheben: ihm schien es unerwünscht, dem Peitzschen Ohre hinter der Wand Kenntnis vom eigenen Organ zu geben.

Kaum hatte Castiletz seine heißhungrigen Genüsse beendet, als sich die Türe öffnete und ein junges Mädchen von hübschem und anständigem Äußeren eintrat, in langem, dunklem Mantel und mit einem jener kleinen hohen Hüte, wie sie damals gerade üblich waren. Sie schritt durch das Gastzimmer sogleich auf die Abteilung zu, in welcher Peitz saß, und dieser rückte seinen Stuhl, um sie zu begrüßen.

Castiletz wippte ein wenig, und so konnte er denn sehen, daß die Neuangekommene sich neben Peitz niedergelassen hatte, ohne Hut und Mantel abzulegen, am Rand des Stuhles und wie jemand, der gleich wieder zu gehen gedenkt. Sie schien eine Frage an ihn gerichtet zu haben, denn er nickte und zog jetzt, gleichsam als Antwort, einen in Seidenpapier eingeschlagenen länglichen Gegenstand aus der Tasche, nach welchem sie griff; und nachdem sie die Hülle entfernt hatte, ließ sie den Deckel des ziemlich großen marmorierten Etuis springen. Von dem Schmuck, welcher darin lag, sah Castiletz nur einen Blitz, wie das Feuer von Brillanten, weil die junge Person ihm den Rükken kehrte und beim Betrachten über das Stück gebeugt blieb. Nun schloß sie das Ding wieder – Conrad konnte das leise Klacksen des Deckels hören – wickelte es in das Papier und steckte das ganze in ihr Täschchen. Eine Minute später hatte sie das Wirthaus bereits verlassen.

Castiletz hing gleichsam im Leeren, und gepeinigt von dem Bedürfnis, etwas zu tun, in irgendeiner Weise zuzugreifen. Indessen trank Peitz nebenan ein weiteres Bier und trommelte mit den Fingern auf dem Tischtuch. So verging ziemlich viel Zeit, vielleicht eine halbe Stunde. Was er eben erlebt, schien für Conrad in einem direkten Zusammenhange zu stehen mit jenem Zeichen, das Günther ihm mit den Augenbrauen in der Tiroler Weinstube am heutigen Abend gegeben hatte. Jedoch fehlte hier für eine weitere Überlegung jede Grundlage. Um bereit zu sein und weil der Kellner gerade in der Nähe stand, winkte Castiletz ihn heran und bezahlte. Fast unmittelbar danach rief Peitz nach dem Kellern: in der Türe erschien wieder das Mädchen von früher und kam an den Tisch zu Peitz, der sich erhob und nach Hut und Mantel griff. Er richtete an sie eine Frage, die Conrad deutlich hören konnte, es war nur ein Wort, nämlich: »Angetroffen?!« »Ja«, sagte sie, »morgen bekommst du Bescheid.« Die beiden gingen.

Und Castiletz gleich nach ihnen. Wie zu Stuttgart und Lauffen fühlte er sich auch jetzt wieder in einer bestimmten Rinne befangen, welche das Leben da unsichtbar bildete: in dieser Bahn aber lief alles unentrinnbar, von sogenannten Zufällen wie von festen und dichten Wänden geleitet.

Der Weg war dieses Mal nicht lang. In eine Seitenstraße die

Schritte lenkend, an deren Ecke ein seltsam verfallenes, scheinbar sehr altes Gebäude stand, ging das Paar den verlassenen Bürgersteig entlang, kreuzte dann die Fahrbahn und verschwand im Tor des gegenüberliegenden Hauses. Castiletz, der gezwungenermaßen einen ziemlich großen Abstand hatte einhalten müssen, stellte nun eilfertig die Hausnummer fest und weiterhin auch den Namen der Straße.

Hier hieß es nun eigentlich warten. Gegenüber, in nächster Nähe, leuchteten wieder, matt verhangen, die Fenster einer Wirtschaft, von wo aus es wohl möglich gewesen wäre, das fragliche Haustor im Auge zu behalten. Jedoch erschien Castiletz eine solche Geduldprobe entbehrlich. Für diesmal war er beruhigt, gleichsam gesättigt. Den Weg sorgfältig beachtend, fand er ohne Mühe zum Endbahnhofe zurück; und späterhin, durch den langen Tunnel der ›Stadtmitte‹ eilend, sogleich in den richtigen Zug, welcher Sherlock Holmes nach wenigen Minuten bereits in die Nähe seines Hotels gebracht hatte. Castiletz begann sich an Berlin zu gewöhnen. Wo man was erlebt, dort ist man bald daheim.

## 46

Frühzeitlich am nächsten Morgen (Conrad hatte nachts noch weit über eine Stunde im blauen Hefte geschrieben) klingelte das Telefon, welches an das Bett gestellt worden war.

»Kokosch«, sagte Günther, »der Mann hat mich gestern gefragt, ob ich Interesse für besonders schönen Schmuck hätte, den er zu verkaufen gedenkt, Familienbesitz und so. Seine Frau habe die Dinge nie getragen, ein Teil sei vor vielen Jahren von ihm geradezu als fester Wert, als Anlage gekauft worden, und nun müsse er das flüssig machen. Du, mir blieb dermaßen die Luft weg, daß ich eine große Dummheit beging.«

»Und welche?« fragte Castiletz.

»Ich sagte: nein, ich hätte kein Interesse. Ich sagte das automatisch, wie man dergleichen eben sagt. Meine Frau hat genug Schmuck, und obendrein mag sie gar keinen. Ich sagte es vielleicht auch abwehrend, förmlich im Schreck, weil da so etwas an mich herankam. Jedenfalls ein schwerer Fehler. Ich hätte möglicherweise Gelegenheit bekommen, den Schmuck einmal zu besichtigen, und damit hätten wir doch, an Hand deiner genauen Beschreibung, allerhand feststellen können.«

»Allerhand«, bestätigte Castiletz, der sich nun im Bette zurechtsetzte. »Ich kann dir sogar noch mehr verraten. Wenn du etwas Interesse markiert hättest, dann wäre dir der Schmuck vielleicht gestern schon gezeigt worden. Er trug ihn nämlich bei sich.«

»Wie – das konntest du feststellen?!«

»Ja, gestern abends, draußen im Norden, in Pankow. Er hat dort eine Helfershelferin, ein Frauenzimmer. Diese übernahm das Stück. Derlei geht oft durch viele Hände. Ich für mein Teil habe überhaupt den Eindruck, daß dieser Mann ein sogenanntes Doppelleben führt.«

»Einen Augenblick nur, Quiek, ich erzähle dir dann gleich alles ganz genau –«, so hörte man Günther jetzt beiseite sprechen. Dann sagte er in die Muschel:

»Jetzt geht's schon hart auf hart, scheint mir. Den müssen wir fassen. Jetzt, nach neun Jahren, wagt er sich mit dem Schmuck hervor! Ich will jedenfalls trachten, meine Scharte auszuwetzen, und werde in dieser Sache mit ihm wieder Verbindung suchen. Unter irgendeinem Vorwande. Ich hätte mir's überlegt, oder ich hätte plötzlich Bedarf, wegen eines Geschenkes, das ich machen müßte.«

»Er wird mißtrauisch werden«, sagte Castiletz.

»Nun, das wäre ja für uns ein Fingerzeig mehr!«

»Allerdings«, bemerkte Castiletz.

»Wann sehe ich dich?! Du mußt uns alles ganz genau erzählen, was da draußen in Pankow war. Quiek stirbt vor Neugier.«

»Hier liegt eben die Schwierigkeit. Ich weiß auch nicht, wann ich Gelegenheit haben werde, meine Nachforschungen fortzusetzen. Wohl möglich, daß heute schon eine Konferenz stattfindet, und abends werde ich wahrscheinlich mit den Herren ausgehen. Sobald ich frei bin, hörst du von mir.«

Bemerkenswert war es immerhin, und schon beinahe irgendwie fachmännisch, in welch stiller Übereinkunft und wie sorgfältig die beiden es vermieden, den Namen Peitzens am Telefon auszusprechen. Conrad fühlte sich gerade durch diesen Umstand in hohem Maße befriedigt.

Eine halbe Stunde später langten von seiten Klinkarts andere Nachrichten ein. Man hatte tatsächlich ein Konferenzzimmer hier im Hotel belegen lassen, und am Vormittage fand dann eine Besprechung statt, bei welcher Castiletz einem Herrn gegenübersaß, den er früher nicht gesehen hatte. Der Name war anläßlich der flüchtigen Vorstellung kaum zu verstehen gewesen; doch hätte es sich hier recht wohl um einen blonden Zeus von Otricoli in Zivil handeln können, zwar ohne Bart, aber darum nicht weniger schön. Einer von den ›Sekretären‹, welcher schon gestern am Frühstück teilgenommen hatte – also gewissermaßen in Vertretung des Gottes – saß bei ihm. Diese elegante Hilfskraft hieß Nernstel, das wußte Castiletz bereits. Der Gott übrigens, wenn ihn jemand ansprach, antwortete meistens nicht, es sei denn durch Heben der Augenbrauen, beiläufig zustimmendes Senken oder zweifelndes Wiegen des Hauptes. Diesem bedeutenden Schweigen aber eignete, wie man bald spüren konnte, eine mindestens ebenso penetrante Wirkung wie der scharfsinnigsten Rede, es übte gewissermaßen einen Druck nach allen Seiten aus. Im Grunde handelte es sich hier um gar nichts anderes als um eine Applizierung der Klinkartschen kleinen Pause vor jeder Antwort, nur in hundertfach verstärkter Dosierung, wobei eben die Antwort dann überhaupt entfallen konnte, was das Verfahren entschieden vereinfachte, ohne dem Erfolg in Ansehung der Bedeutung und Gravität (in usum gravitatis) irgendwelchen Abbruch zu tun. All diese hervortretenden Umstände machten es für Castiletz verhältnismäßig leicht, das in Frage kommende Stück mit Hilfe der Eisenmannschen Skala zu bestimmen, in welche er ruhig blicken konnte, da hier fast jedermann einen Schreibblock oder dergleichen in der Hand hielt oder vor sich liegen hatte (Zeus nicht – dazu war der Sekretär da). Conrad sah also nochmals flüchtig auf sein Gegenüber und sodann in das Notizbuch, worein der Direktor geschrieben hatte. Hier stand:

Blond, schön, etwas schwammig: Generaldirektor Kötl (folgte Name der Firma). Recht wohlwollend aus den Wolken. Ermuntert gerne, besonders junge Leute, sozusagen berufsmäßiger Schulterklopfer. Vor allem aber: bedeutender Schweiger. Vollidiot, der es jedoch zum Weltweisen gebracht hat, infolge Durchhaltens seiner Pose. Nicht zu unterschätzende Leistung.

Seltsam war, daß beide Namen, sowohl der des Herrn wie der des Knechtes, etwas Deminutivisches an sich hatten – Kötl und Nernstel. Eisenmann aber war unverwüstlich! Castiletz liebte ihn in diesen Augenblicken. Er begriff auch, daß die ›nicht zu unterschätzende Leistung‹ durchaus ernst gemeint war (man versuche es bloß einmal, so recht bedeutend zu schweigen! Hier liest sich das freilich leicht, aber in der Praxis wird man schon sehen, daß es sich dabei um eine Kunst handelt!).

Kaum hatte Castiletz von der Eisenmannschen Skala Gebrauch gemacht, als etwas schlagartig Überraschendes geschah.

Zeus sprach.

Sogleich wandte sich ihm die gesamte Aufmerksamkeit zu. Was er sagte, war schön. Was er gesagt hatte, war hintennach unmöglich anzugeben. Vielleicht lag hierin der Grund, warum sein Sekretär jedes Wort des Generaldirektors auf dem Block mitschrieb. »Was schreiben Sie denn da, Nernstel?« fragte dieser beiläufig, nachdem er geendet hatte, und sah nach dem Block. »Ich notierte lediglich für mich selbst, was Herr Generaldirektor sagten«, erwiderte der Sekretär halblaut und bescheiden, »des Lernens wegen.«

Castiletz konnte es hören. So weit war er in seinem ganzen kurzen Leben noch nicht gegangen (wäre auch bei Eisenmann verdammt schlimm damit gefahren). Hier schienen völlig neue und ihm bisher unbekannte Methoden in Übung zu stehen. Er konnte später auch feststellen, daß solche Übung niemals ruhte, auch außerhalb der eigentlichen Besprechungen nicht. Wenn man etwa Grumbach als gefährlichen Konkurrenten bei einem Nuttchen zu behandeln verstand, oder auf Wedderkopps Großzügigkeit als auf eine allbekannte, ja sozusagen sprichwörtliche Tatsache anspielte, so war dies auch nichts anderes.

Gelegentlich dieser in Gruppen stattfindenden Ausgänge, Ausflüge ins Genußleben der Weltstadt, war es übrigens, daß Castiletz zu dem Bewußtsein kam, während seines Berliner Aufenthaltes in keiner guten Haut zu stecken (wie es gemeiniglich heißt), zumindest aber in einer besonderen Haut, die ein besonderes Lebensgefühl verlieh. Er hielt in solchen Nächten durch und hielt aus bei diesen Herren, während er sozusagen mit einem Fuße in einer Art von Abwesenheit stand: man wird annehmen, daß diese ›Abwesenheit‹ etwa den Fall Henry Peitz bedeute. Aber so verhielt es sich eigentlich nicht. Jener Fall wurde doch – trotz aller heiter-sportlichen Ansätze! – im Grunde nicht anders und auf derselben Ebene betrieben wie die Konferenzen, wie die Vergnügungen, oder die Ausflüge in die Umgebung von Berlin, welch letztere allerdings mißlangen durch das Wetter. Zu Potsdam, als man dort in Automobilen bei noch blauem Himmel ankam, war es eiskalt, und diese Stadt, in der ein sozusagen ewiger sauberer und frischgewaschener Vormittag zu herrschen schien, umlagerte fremd das fremd in der Kälte stehende Schlößchen auf der Höhe. Die vornehm zurückgelehnte Vergangenheit in ihrer längst unpersönlich gewordenen Vollendung blieb hinter einer luftleeren

Schicht gegenüber dem sich verbergen wollenden oder sich blitzartig zeigenden Leid des völlig beiläufigen gerade hier und jetzt gegenwärtigen Menschen. Castiletz zögerte auf der Terrasse von Sanssouci, wo der rosige Schaum der Magnolienbäume fest und geballt in einer Luft stand, welche die Blüten nicht umspielte, so daß des herrlichen Gewächses Kontur keine Auflösung fand, sondern hart vor dem Himmel starrte, in dessen Rand rückwärts die spitze Nadel der Erlöserkirche stach. Auch dieser seltene Anblick wurde von Conrad hingenommen, wie alles, was er sah: mit dem dumpfen Gefühle der Möglichkeit, neue Augen zu bekommen, die er jetzt aber noch nicht hatte. Und so blieb es bei einer Art von Warten, bis solch eine Sehenswürdigkeit nun wieder vorbei war, ebenso wie jene Vergnügungen, wenn man des Nachts in sein Hotel heimkehrte. Auf der Rückfahrt durch den stehenden Farbendreiklang dieser sehr fernsichtigen und wehmütigen Landschaft, einen Dreiklang aus hellen Explosionen der Baumblüte, dem glasigen Grün jungen Laubes, beides von dem dunklen, verhaltenen Ton der Kiefernwälder gleichmäßig getragen – auf dieser Rückfahrt hielt man beim Schlachtensee, um ein wenig den schönen Uferweg entlang zu gehen. »Sehen Sie mal«, sagte einer von den Herren, »hier kann man sommers in ein Motorboot steigen und bis zur ›Krummen Lanke‹ durchfahren.«

So etwas wäre lockend gewesen. Der See zog sich zwischen die Wälder hinein, weich spiegelnd nach links und rechts gewandt, dort drüben mit seiner Wasserfläche unter Trauerweiden verschwindend. Aus dem Spaziergange wurde nichts. Über den Kiefern, welche bald schwarz sich zusammenschlossen, wuchs eine Wolkenbank handhaft auf, man sah zu, daß man in die Wagen gelangte, schon fielen die ersten Eiskörner, dann Schnee. Überall lag er bereits zart geschüttet in den Wäldern.

Nein, wenn Conrad sich häufig unter diesen Herren nicht ganz anwesend fühlte, so war es keineswegs der ›Fall H. P.‹, oder etwa sein geringeres Alter (freilich liegt es nahe, hier daran zu denken), was den Urgrund seiner halben Abwesenheit ausmachte. Sondern, bei aller inneren Bescheidentlichkeit, die ihm, wie man gerne zugeben wird, eignete, erhob sich in ihm die deutliche Empfindung, dieser ganzen Umgebung etwas – voraus zu haben. Und das war nun bei unserem Castiletz etwas völlig Neuartiges! Nur wußte er nicht, was er ihnen etwa vorauszuhaben könne. Jedoch die, wie ihm schien, völlig festgelegte und daher überschaubare Art all dieser Männer, zu arbeiten, zu leben und sich zu amüsieren, setzte sich so sehr als ein gleichsam Abgeschlossenes, Verpacktes oder Verkapseltes gegenüber dem ab, was er neuestens an Möglichkeiten in sich kennengelernt hatte (oder zu fühlen glaubte), daß Conrad es fertigbrachte, nicht nur außen zu stehen, sondern sogar – Nachsicht, Geduld, ja selbst Verständnis zu haben. Als ein gleichsam Fremder, als ein letzten Endes von allem, was diesen Kreis ernstlich bewegte, Unabhängiger (und das war er nun gar nicht!). So kam es, daß etwa ein moros-zurückhaltend beginnender Nuttenauftakt Grumbachs in der rot ausgeschlagenen Loge eines Champagnerlokales seine Geduld keineswegs auf die Probe stellte, sondern daß er geradezu wohlwollend zusehen konnte, wie jener allmählich dabei warm wurde. Ja, er unterstütze den Generaldirektor, indem er etwa mit betontem Respekt das Wort an ihn richtete, um sich gleich danach, völlig von ihm und besonders von dem Gegenstande seines Wohlgefallens absehend, mit jemand anderem zu unterhalten. Seltsam, daß er hier fast bei der gleichen Türe herauskam, wie gewisse Methodiker . . .

Auf der Bühne gab es einen Wirbel von Beinen, gepuderte Beine, bis an die Höschen gepudert. Die Musik spielte etwas, das wie ›pumice expolitum – pumice expolitum‹ klang. Castiletz empfand Hunger, und zwar in der Form des Verlangens nach einem Stück Brot oder Gebäck, was dem überaus vornehmen Kellner erst begreiflich gemacht werden mußte, mit dem Erfolge zweier winziger Brötchen auf einem Teller. Als Conrad diese etwas enttäuscht betrachtete, bemerkte Wedderkopp:

»Ja, Kimmicher, gibt's hier keene, Castiletz.« Die alten Reutlinger lachten. Der Umstand aber, daß Wedderkopp dies hier aussprach, wirkte auf Castiletz im Augenblicke, ja für die ganze Nacht verändernd. Als sie beim nächsten ›Tapetenwechsel‹ in ein Tanzlokal kamen, das aussah wie eine große Höhlung in Schlagsahne, ließ er sich ohne weiteres von Grumbach dazu gebrauchen, eine der Nymphen ›vorzutanzen‹ (wobei jemand das Wort ›Probegalopp‹ fallen ließ), die dem Generaldirektor gefiel und von welcher er behauptete, man müsse sie tanzen sehen, wozu er selbst wahrscheinlich zu faul war. Conrad trank Sekt und tanzte mit der rothaarigen Person, die jetzt wie parfümiertes Stroh in seinen Armen lag. Die Musik saß mit ihren blitzenden Instrumenten übereinandergestaffelt in einer Art gleichseitigem Dreieck von goldener Farbe, das in der Schlagsahne ausgespart war. Das Mädchen fragte ihn beim Tanze irgendwas, sein Verhältnis zu diesen Herren betreffend, und

Conrad sagte ›Sekretär‹. Über den Tänzern schwebte, von der Decke hängend, ein mit weißen Atlasbändern umwickelter mächtiger grüner Kranz. Conrads Verfassung war für ihn selbst verwunderlich. Sie war empfangend, offen wie ein Trichter, bereit, mutig. Wofür bereit, wofür mutig? Einen Augenblick lang wurde ihm so, als senke sich nun dieser Kranz, kleiner werdend, von der Decke herab auf seinen Scheitel. Das wirkte der Sekt, eine schwache Flüssigkeit wohl im Vergleich zu dem ›ohnehin vernünftigsten Getränk‹, aber dafür viel, und noch mehr. Das Tanzen schien Castiletz Beliebtheit einzutragen, er hatte den Anfang gemacht, nun folgten die anderen nach. »Pröstchen, Benjamin! rief man.

So ging es in dieser oder jener Nacht, wobei man zwischen je zwei erleuchteten Höhlungen von Schlagsahne oder roter Seide in die schnurrende und schaukelnde Dunkelheit der Automobile fiel, kurze Strecken unanschaulich durchmessend, haltend und neu auftauchend in anders gefärbtem Licht. Man suchte auch weniger Elegantes, und am Alexanderplatz bestand der Prunk in schwülem rotem Schein und kleinen Springbrunnen, welche in die ständig sich drehenden Beleuchtungskörper fielen: für einen bereits Schwankenden etwa nicht gerade ein aufrichtender Anblick.

Günther konnte Conrad erst am dritten Tag wiedersehen und des längeren sprechen, infolge einer Pause, die eintrat, da man nun, nach erreichter, wenn auch etwas brüchiger Einigung im Konferenzzimmer, sich immerhin stark genug fühlte, den Leuten von der anderen Partei privat zu begegnen (»Jute und das übrige Zeug«, um mit Eisenmann zu reden). Diese waren kaum vor Anfang nächster Woche zu erwarten. Conrad ließ sich einmal morgens mit Marianne telefonisch verbinden und sagte ihr, daß er mindestens noch zehn Tage werde hier bleiben müssen. Die Zeit für Peitz mußte gesichert sein. Mariannes Stimme am Telefon war freundlich und heiter, welcher Umstand auf Castiletz in gar nicht geringem Grade aufmunternd und beruhigend wirkte.

Ligharts und Quiek waren kaum zu bändigen. Sie schrien, sprangen im Zimmer herum, Günther fluchte und nannte sich einen Idioten. Denn Henry Peitz hatte auf ein telefonisches Gespräch hin merkwürdigerweise nicht mehr angebissen mit seinem Schmuck, vielmehr allerhand Ausflüchte und viel zu tun gehabt. Am gleichen Abend stand Conrad in der Kochstraße, auf dem Gehsteige gegenüber von Peitzens Haus, und hatte

Glück: noch vor Geschäftsschluß kam dieser hervorspaziert. Wieder ging die Reise nach Pankow, wieder stand Castiletz am Anfang des Bahnsteiges hinter dem brettchensteifen braunen Hute, und wieder endete die Reise bei dem Haustor in jenem ›tirolischen‹ Stadtviertel. Peitz verschwand hier, ohne vorher sonstwo eingetreten zu sein.

So schien alles zu stehen, oder sich auf der Stelle zu drehen, und man war offensichtlich aus dem Flußbett der fördernden Zufälle irgendwie herausgeraten. Conrad mußte sich wieder an die Tage zu Lauffen erinnern, wo der erste, gleichsam Hals über Kopf getane Vorstoß den großen Erfolg in Gestalt jenes Fundes im Tunnel gebracht, die bedachtsame und vorsätzliche Begehung desselben dann aber nicht das geringste mehr zutage gefördert hatte.

Fast jeden Morgen war Castiletz jetzt beim Aufstehen und während des Ankleidens mit zwei Dingen beschäftigt, die zwar nichts miteinander zu tun hatten, einander jedoch stets auf dem Fuße folgten. Zuerst beim Erwachen am Morgen, wenn er das Telefon neben dem Bett erblickte, meldete sich unverzüglich der Gedanke, daß Albert Lehnder nun endlich anzuklingeln sei; das war noch immer unerledigt, er schob es vor sich her, wie einen Ball, den man mit den Füßen treibt. Aber diesen Ball aufzuheben, diesen Telefonapparat in Bewegung zu setzen, dazu langte es nicht (die Nummer der Kanzlei stand sogar im Notizbuch, Tante Berta hatte sie ihm geschrieben, als sie erfuhr, daß Conrad nach Berlin fahren würde). Ja, er kam dahinter, als er einmal mit bemerkenswerter Ruhe tiefer in sich hineinhorchte, daß hier eine unsichtbare Wand vorhanden war. Das zweite, was ihn am Morgen bekümmerte, stand gewissermaßen mit dem Herrn von Hohenlocher im Zusammenhang und hatte seinen Ort im Badezimmer.

Conrad bemerkte, daß er einen Bauch bekam. Dies war nun freilich unter dem strengen sportlichen Maße festgestellt. Jedoch, der flache Schild begann sich ein ganz klein wenig mehr vorzuwölben als früher, und jene Rillen an den Leisten, die ihn bei einem normalen Männerkörper begrenzen und auf welche die Bildhauer der Alten so großen Wert legten, schienen sich verwischen zu wollen. Herr von Hohenlocher konnte also auf die Dauer doch eine Möglichkeit gewinnen, einen bloßen Ansatz allerdings (in des Wortes eigentlichster Bedeutung!), aus Conrad noch jene Type zu bilden, die Erbtanten und Verbindungen züchtet und einen Direktorsposten bekleidet . . . kurz, in jeder Hinsicht jenen pädagogischen Richtlinien entsprach, deren Castiletz den Regierungsrat verdächtigt hatte, bei einer Unterredung über Frau Erika von Spresse und das diesbezügliche Vermögen.

Man darf es als Gegenbewegung infolge solcher unerfreulicher Entdeckungen werten – die sich sogleich selbst übertrieben, so daß er nicht etwa sah, was der Spiegel in Wirklichkeit zeigte, sondern schon einen Direktorsbauch in Prozessionen vor sich herwandern – man darf es als Gegenbewegung werten, wenn Conrad jetzt eine Art Appell richtete an jene frühere Abenteuerlust seiner Knabenzeit, der das Leben stets mit der Stirnseite sich zugekehrt hatte, aufleuchtend überall von bedeutenden Benennungen, eine Abenteuerlust, welcher hier die große Stadt den Tummelplatz wahrhaft ausreichend darbot. Der Appell verfing bis zu einem gewissen Grade. Es hatten einsame Spaziergänge und Entdeckungsfahrten stattzufinden – auch außerhalb Peitzscher Gleise: und sie fanden statt (jedoch, zu einer eigentlichen Kragen- und Krawattenzeit kam es hier freilich nicht mehr). Einmal, an einem spätsonnigen Nachmittag – es wurde wärmer, und das war förderlich, alle Dinge bekamen jetzt einen verschwimmenden Rand! – einmal also war Conrad auch draußen in Pankow, ohne nun gerade hinter Peitz her zu sein, sondern lediglich um den Hintergrund des Romanes bei Lichte zu besehen. Die außerordentliche Weiträumigkeit dieser Vorstadt, die mächtige Breite ihrer Hauptstraße erweckten den Eindruck, als fächerte die Stadt hier an ihrem Rande auseinander, wie mit offenem Trichtermund den Wind der märkischen Landschaft da draußen in sich einsaugend. Als Castiletz vom Endbahnhofe heraufstieg und an die Oberwelt kam, brach die Sonne von links her, aus einer langen Straße, hervor wie durch eine mit Goldglut gefüllte Pforte. Das glasige Frühjahrsgrün der Bäume stand auf seinem höchsten, durchleuchtetsten Ton.

Auch hier wollte er sich an irgend etwas erinnern, vieles lag ihm jetzt nahe, ja, mit jener Klarheit, die man den alten Leuten nachsagt, wenn sie ihrer Jugend gedenken: während die Mitte des Lebens im Schatten bleibt, erglänzen Anfang und Ende. Auf seinen Streifzügen gelangte Conrad unter anderem in die Gegend des Lehrter Bahnhofes, dessen halbzylindrischer Riesenkörper bei sonniger Öde in diesem stillen Teile der Stadt gestreckt lag; er wanderte durch Moabit, vorbei am Ziegelbau des berühmten Gerichtsgebäudes, dem gegenüber die bleichen Bogen der Walderseeschen Villa in ihrem Garten schliefen. Er fragte sich durch, wandte sich nach rechts, kam hoch hinaus in Wind und Weitblick auf die Brücke, welche den unten durchziehenden breiten Strom der Gleise kaum noch zusammenzuhalten schien, wie ein Kamm das auseinandersträhnende Haar. Und von hier aus sah er den grünen Schaum der Bäume beim Virchowschen Krankenhause, stand nun am offenen Bahnsteig und fuhr in den bunten Wagen durch irgendwelche Ausgedehntheiten der Stadt, zwischen Böschungen, neben Gleisbündeln, Fabriken und weithin aus dem Blickfelde sich drehenden Häuserzeilen.

Jedoch war es keineswegs nur die Vorstadt, welche von Conrad gesucht wurde. Auch in dem Viertel, zum Beispiel, wo Günther wohnte, wanderte er gerne umher. Flüchtig kannte er dieses ja von den nächtlichen Vergnügungsfahrten. Und hier begegnete sich Castiletz sozusagen einmal selbst, noch dazu in einer gar nicht lang vergangenen Gestalt: der Chor einer großen Kirche romanischen Stiles schien auf das ihm gegenüberliegende Gebäude ganz ebenso durch Ausstrahlung gewirkt zu haben wie die Kirche daheim in der Wackenroderstraße auf die dahinterliegende Inkratsche Wohnstätte: jenes Haus, darin sich unten ein Café befand (das für manche Leute damals viel, für Castiletz aber rein gar nichts bedeutete), trug völlig die gleiche Gravität zur Schau, mit Bogen und Kapitellen.

Conrad schritt um die Gedächtniskirche herum, gelangte heil durch die sich nach allen Seiten der Dämmerung eröffnende, von Fahrzeugen durchbrummte Weiträumigkeit, verließ die Oberwelt und ging nun auf dem unterirdischen Bahnsteige hin und her, wo es im Vergleich zu den Straßen recht friedlich war und nach abgeschlossener Luft roch wie in einer Schachtel.

Rasch hatte er sich an Berlin gewöhnt, wie man sich eben an eine Weltstadt überhaupt schneller gewöhnt als an eine kleine, durch die in jener viel glatter geschliffenen Bahnen des Lebens: bequeme Kurzschlüsse etwa im Keller und auf dem Dache. Bei der ›Stadtmitte‹ stieg Castiletz richtig und kundig aus. Im Fußgängertunnel sah er, just in der Gegenrichtung an ihm vorbeieilend: einen brettchensteifen braunen Hut.

## 47

Nun, Conrad eilte selbst (warum, ist unerfindlich, wahrscheinlich, weil alle hier eilten). Jedoch, zugleich mit dem augenblicklichen und unanfechtbaren Entschlusse, Peitz zu folgen – eine Verpflichtung! – erhob sich in ihm eine Art Gewißheit, daß es nun, nach solchem zufälligen Treffen, zu irgendeiner Entscheidung kommen mußte. Castiletz sah mit Schrecken das rote Geländer, welches die beiden in entgegengesetzter Richtung eilenden Ströme der Fußgänger trennte; aber im nächsten Augenblicke bemerkte er schon die dazwischen freigelassenen Durchgänge und wechselte hinüber.

Mit etwas bewegtem Atem stand er hinter Peitz am vorderen Ende des Bahnsteiges, sah den niederen gelben Zug heranfliegen, gelangte mit in den ersten Wagen. Und späterhin zu Pankow in die gleiche Wirtschaft wie früher. Wieder saßen sie als Nachbarn, biertrinkend, durch eine Wand getrennt.

Hier geschah's (und es war zu beobachten, wenn man mit dem Stuhle wippte!), daß Peitz in offensichtlich vollkommener Seelenruhe ein großes Etui aus der Tasche zog – ein anderes als beim ersten Male! – und dieses vor sich auf den Tisch hinlegte. Noch hatte Castiletz nach solchem Anblicke seine Fassung nicht ganz wiedergewonnen, als der rote Filzvorhang der Türe zurückgeschlagen wurde, durch welche dann niemand anderer hereinkam als Herr Doktor Albert Lehnder. Rasch zwischen den Tischen durchgehend, in dunklem Mantel und steifem Hute, ohne Conrad irgend zu beachten oder zu bemerken, trat er in Peitzens Abteil, sagte nachlässig »n'Abend«, legte den Mantel ab, setzte sich nieder und fügte hinzu: »Aha, da ist ja das Ding. Lassen Sie mal sehen.«

Das Erscheinen Alberts wirkte auf Conrad sofort grenzenlos ernüchternd und enttäuschend, ja, von vornherein als ein Schlußpunkt hinter allen seinen Bestrebungen. Dies ging so weit, daß er auf die Möglichkeit, den Schmuck wippend betrachten zu können, beinahe verzichtete; obendrein saß Lehnder auf dem gleichen Platze wie beim ersten Male das Mädchen, über das geöffnete Etui gebeugt, welches solchermaßen dem Blicke entzogen wurde.

»Ich gebe Ihnen die Quittung«, sagte Lehnder (er sprach ziemlich laut mit seinem sonoren Organ »und dann werden wir ja sehen. Versprechen kann ich Ihnen natürlich nichts.«

Nun hörte man Peitz: »Wäre Ihnen jedenfalls ganz außerordentlich verbunden, Herr Doktor.« Seine Stimme klang wirklich nicht viel anders als am Telefon, damals bei Günther, höchst gequetscht, mit einem gewissermaßen gelben Tone bei ›ä‹ und ›e‹. »Ich bitte Sie, mich jetzt entschuldigen zu wollen. Muß gleich wieder zur Stadt. Ich bin lediglich herausgekommen, um Ihnen die Sache da zu übergeben.«

Eine Minute später verschwand der brettchensteife Hut hinter dem roten Filzvorhang.

Conrad stand auf, trat um die Wand zu Lehnder und sagte: »Guten Abend, Albert.«

»Ja, wie kommst denn du daher?« fragte dieser in aller Ruhe.

»Das wollte ich eigentlich dich fragen«, erwiderte Castiletz und versuchte dabei insgeheim den noch vorhandenen letzten Rest von Gleichgewicht in sich zu befestigen. Wenn es früher, dort im Fußgängertunnel der ›Stadtmitte‹, durch Augenblicke so gewesen war, als ob ›das Leben‹ nun unerhört und überraschend hervortreten wollte, so schien dieses jetzt weit eher gesonnen, seine verhältnismäßig seltene Neigung zu derlei nachdrücklichst unter Beweis zu stellen.

»Na, bei mir ist das wohl nichts Besonderes«, sagte Lehnder. »Dort hinten in der Kissingenstraße ist doch das Amtsgericht Pankow. Da führte ich heute zwei Vertretungen für meinen Chef, der hier mehrere Klienten hat. Nachmittags war ich bei diesen und abends bin ich zufällig heraußen eingeladen. Nun wollte mich der Mensch da unbedingt sprechen, den du vielleicht gesehen hast. Blieb nichts übrig, als ihn herauskommen zu lassen.«

»Wegen eines Schmuckes«, sagte Conrad und lachte, sich zu seiner eigenen Überraschung plötzlich und mit Glück verstellend. »Ich weiß schon.«

»Hast eben von nebenan gelauscht«, sagte Lehnder ruhig. Castiletz bemerkte immer mehr, wie stark gealtert jener aussah. Das bleiche Gesicht neigte zur Fülle, ja, an den Schläfen waren vereinzelte graue Haare zu sehen. »Der Mann hatte vor acht oder neun Jahren die ganz brauchbare Idee, einen Teil seines Geldes in Schmuck anzulegen, wegen festem Wert, und so. Nur waren's eben Perlen. Esel. Die Japaner züchten das doch, Perlen sind gefallen. Jetzt verliert er freilich.« Die Redeweise Alberts war nachlässig und beiläufig, leicht moros, jedoch nicht unliebenswürdig. Lehnder schien sich stark verändert zu haben. Schon allein, daß er schlankweg von solchen Dingen redete, ohne irgendeine Frage an Conrad zu stellen, sprach sozusagen für weitgehende Wandlungen, die in den letzten Jahren mit ihm vor sich gegangen sein mußten. Und seltsamerweise erinnerte er Castiletz hier und jetzt an die Grumbach, Stolzenbach und Wirchle; auch dieses Leben Albert Lehnders hier (das er doch gar nicht kannte) schien ihm in der gleichen Weise überschaubar und festgelegt wie bei jenen Herren, mit seiner Arbeit, seinen Beziehungen, Erwägungen, und wohl auch Amüsements: letztere waren dem Doktor Lehnder gar sehr anzumerken.

»Er hat jetzt bei dem Juwelier, von dem die Perlen stammen – ein Mann in der Friedrichstraße, der mir das neulich selbst erzählte – natürlich ein weit niedrigeres Angebot erhalten. Nun versucht er's privat, und ich will ihm dabei behilflich sein. Heute abends soll ich das Ding herzeigen, dort, wo ich eingeladen bin, vielleicht wissen die Leute was. Kannst dir's auch mal ansehen. Wenn Bedarf vorhanden, für deine Frau etwa oder so, steht's dir zur Verfügung.«

Er zog nachlässig das Etui aus der Rocktasche und ließ den Deckel springen. Darin lag, glänzend und noch ganz bei Leben, eine vierfache Perlenreihe.

»Ein alter Klient von uns, und ein guter, pünktlicher Zahler, sonst würde ich mich da kaum in Bewegung setzen«, sagte Albert. »Sonst ein Ekel. Hat trotzdem, man sollt' es kaum glauben, eine sehr hübsche Freundin, hier in Pankow übrigens. Die läuft sich jetzt die Füße ab, bei einigen reichen Metzgermeistern in der Gegend, mit einem zweiten solchen Ding. Ist aber weniger schön.«

»Na, gefällt's dir nicht?« sagte Lehnder.

»Es ist prachtvoll«, erwiderte Castiletz, »aber meine Frau mag keine Perlen. Sie ist überhaupt jetzt viel zu sportlich, um auf Schmuck gesteigerten Wert zu legen.«

»Hab ich gehört, durch deine Tante Berta, der du das einmal schriebst, vom Sport, den deine Frau betreibt, und so. Hat auch seine Vorteile, wenn eine Frau irgendeinen Sparren hat. Da geht ansonst manches leichter.« Und mit einem Erstaunen, zu welchem er sich sozusagen verspätet noch einmal aufraffte, fügte Lehnder hinzu: »Aber nun sage mir: was machst du in Pankow?!«

»Die Veiks hatten eine langjährige Köchin, welche nun hier verheiratet ist. Nach der sollte ich sehen.« Das ging leicht und spielend, ohne Zögern und Anstoß, wie im leeren Raum.

»Familienpflichten«, sagte Lehnder und gähnte wirklich. »Ich wußte schon durch deine Tante, daß du in Berlin seist, auch wo du wohnst. Hätte dich dieser Tage angeklingelt. Leider viel zu tun gehabt. Du siehst übrigens miserabel aus, mein Junge.«

»Ja, das wundert mich wenig«, sagte Conrad geläufig. »Du weißt nicht, was ich in Berlin jetzt für ein Leben geführt habe. Bei Tage Konferenzen und bei Nacht sogenannte Vergnügungen.«

»Doch, ich weiß«, antwortete Lehnder. »Kann mir das schon vorstellen. Es ist mir auch bekannt, weshalb man dich nach Berlin geschickt hat, und vor allem, weshalb die da überhaupt zusammengeströmt sind. Die Spatzen pfeifen alles von den Dächern. Aber herauskommen wird bei der ganzen Geschichte rein gar nichts, das kann ich dir jetzt schon sagen, jedenfalls keine einige Macht, die was ausrichten könnte; und eure Jute da oder wie das Zeug sonst heißt, wird weiter machen, was es will.«

»Scheint mir auch so«, sagte Castiletz.

»Nun, dich braucht's ja nicht zu betrüben! Erfreulich jedenfalls, daß wir uns bei diesem Anlasse so zufällig getroffen haben. Seit Tagen stand dein Name bei mir auf dem Block. Es gibt Dinge, die sich von selbst erledigen. Auch bei rückständigen und schon lange zu schreibenden Briefen tritt dieser Fall mitunter ein.«

»Man sollte sich darum nicht zuviel Kopfzerbrechen machen«, sagte Castiletz lebhaft.

»Sehr richtig bemerkt«, erwiderte Lehnder. »Was treibst du heute abend?«

»Ich muß sogleich zur Stadt«, sagte Conrad unverzüglich. Wie die meisten Menschen lehrte die Not ihn keineswegs beten, wohl aber geläufig, ja bereits unnötig lügen.

»Und ich zu den Leuten, wo ich eingeladen bin. Vielleicht bring ich sogar die Perlen an. Peitz – so heißt der Mann – hat mir selbstverständlich eine prozentuelle Beteiligung zugesagt.«

Sie vereinbarten, daß Conrad morgen nachmittags bei Albert in der Kanzlei anklingeln sollte. »Damit wir mal einen Abend zusammen verbringen können.«

Castiletz ging. Seine Beine fühlte er seltsam leer und gelokkert, als stapfe er durch tiefen Sand. Ein Gefühl der Entblößtheit, der Schutzlosigkeit begleitete ihn auf dem Wege zur Untergrundbahn, den er nun schon kundig dahinschritt und wie in diesem Stadtviertel zu Hause. Die Leere, welche in ihm herrschte, war eine so vollkommene, daß er sich jetzt all dieser Umwelt hier viel deutlicher bewußt wurde als bei erfüllterer

Verfassung, daß er die dunklen Straßen, die einsam an den Ekken stehenden Pfähle mit den Straßenschildern, die Bäume, deren Grün hell und scharf ins Laternenlicht trat, wie gefärbtes Papier so starr – daß er dies alles kalt und deutlich in sich aufnahm, während zugleich eine Empfindung von Gefahr in ihm wuchs, als sauge das Vakuum, darin er sich bewegte, eine solche geradezu an: alles Unbestimmte aus jenem äußeren und nicht mehr recht benennbaren Ringe des Lebens, der gleichsam als ein Hof noch um den inneren liegt, jedoch ohne noch einzelne und aufzählbare Dinge und Angelegenheiten zu enthalten – alles aus diesem Raume schien jetzt ringweis um einen Schritt nähergetreten zu sein, in einem engeren Kreise sich schließend. Schwer lag es von allen Seiten um Conrad in der kalten Abendluft, legte sich an ihn wie eine Härte, zu welcher jeder vermittelnde Übergang fehlte. So versunken in sich, und auf diese Weise vielleicht enger verknüpft mit allem rundum denn je, gelangte er die Treppen zum Bahnsteig hinab, blieb am Flecke stehen, und da der letzte Wagen des Zuges gerade neben ihm hielt, stieg er dort ein. Knapp vor der Abfahrt wurde die Schiebetüre nochmals geöffnet; ein Mann in der lodenartigen dunkelgrauen Uniform des Schaffners, mit den grünen Aufschlägen am Kragen, fuhr nun in dem sonst beinahe leeren Waggon mit. Der Beamte näherte sich Conrad, welcher automatisch seine Fahrkarte hervorlangte, in der Meinung, es handle sich vielleicht um eine Kontrolle.

»Verzeihen Sie, Herr«, sagte der Mann, »es handelt sich nicht um die Fahrkarte.«

Castiletz sah auf (noch immer in der Voreingenommenheit oder Befangenheit, die man gegenüber sozusagen behördlichen Organen hat) und blickte jetzt in das Gesicht dessen, der ihn ansprach. Es war ein Gesicht, keine bloß amtliche Physiognomie, es war ein sogar heftig bewegtes Antlitz: lang und hoch, irgendwie weich und schwach, ein wenig blaß und feucht, scheinbar von Schweiß, an den herausgemagerten Backenknochen und an den Schläfen.

Er sieht aber doch jetzt fester aus, derber . . . das dachte Castiletz deutlich und in diesen Worten. Der Mann hatte sich neben ihm auf die Bank niedergelassen. »Sie erinnern sich meiner wohl nicht?« sagte er.

»Doch«, antwortete Castiletz. In ihm war plötzlich ein Hohlraum freigelegt, ein empfangender, aufnehmender, welcher keine Bedeckung, keinen Widerstand gegen sein Vorhandensein mehr kannte und zuließ. »Von einer Reise«, fügte er nach, ja, er stieß es eigentlich hervor.

»Ja«, sagte der Bahnbeamte; und plötzlich, jetzt erst, wurde es Castiletz klar, in welcher außerordentlichen Erregung dieser Mann sich befand, der hier mit ihm sprach, und wie gewaltig die Anstrengungen waren, die er machte, um seinen Zustand zu bekämpfen. Zudem empfand Conrad – und das mit einer Deutlichkeit bis zu der Grenze wirklichen Erschreckens! – daß er nun schon seit einer geraumen Weile schärfer sah, ja, einfach mehr sah als früher. Dieser klarere Blick schien aus der völligen Leere der letzten Minuten geboren worden zu sein, einer Leere, die sich vor allem füllen wollte und darum gegen nichts abweisend war, alles ungehindert an sich heranließ.

»Sie fuhren mehrmals nach Pankow, in letzter Zeit«, brachte der Beamte nun heraus, jedes Wort eine geleistete Arbeit. Jedoch sprach er genau und geordnet. »Ich bin Zugfahrer. Ich sah Sie vom Führerstand aus. Dreimal. Sie standen immer am vordersten Teile des Bahnsteiges ›Stadtmitte‹. Ich muß Sie sprechen. Ich konnte es nie, ich war ja im Dienst. Es war entsetzlich. Ich mußte Sie ja sprechen. Jetzt bin ich dienstfrei. Ich sah Sie, als ich schon in einen anderen Wagen steigen wollte, im letzten Augenblicke. Ich bitte Sie um eine Unterredung. Ich bitte Sie, mit mir bei der zweitnächsten Station auszusteigen. Das ist ›Danziger Straße‹. Ich werde Ihnen erklären, warum gerade dort. Ich – kann hier nicht sprechen.«

Seine Aussprache paßte nicht zu seinem Stande, sie war zu genau, auch in der Erregung. Castiletz verwunderte das nun nicht mehr.

»Ich werde mit Ihnen aussteigen«, sagte er.

»Ich danke Ihnen, Herr«, sagte der Zugfahrer. Auf seinen Backenknochen stand jetzt deutlich sichtbar der Schweiß. Der Zug hatte gehalten und setzte sich nun wieder in Bewegung.

»Wissen Sie . . .«, sagte der Zugfahrer, »wissen Sie – Sie müssen es freilich nicht wissen, aber ich weiß es, o Gott – wer Louison Veik war?«

»Ich weiß es«, sagte Castiletz, die Worte stark betonend.

Es wurde nicht mehr gesprochen. Bei der Station ›Danziger Straße‹, unter der kurzen, die Gleise auf dem Viadukt überdachenden Halle, in deren Bogen schmutzig-blau der kältere Nachthimmel lag, stiegen sie aus; beinahe leer eröffnete sich die Ausgedehntheit der Straßen, rechts voraus lief eine Parkmauer, stand vom Licht angestrahltes Grün.

»Ich darf Ihnen jetzt, bitte, wohl mitteilen, wohin wir nun gehen?« sagte Conrads Begleiter bescheiden, der offenbar durch das Ausbleiben jeder diesbezüglichen Frage in Erstaunen versetzt war. Jedoch Castiletz, neben ihm auf dem breiten Bürgersteige dahinschreitend, war im Augenblicke durchaus andersartig beschäftigt: er versuchte zu begreifen, wie eigentlich jene ... romantischen, abenteuersuchenden Spaziergänge bei ihm zustande gekommen waren, welche er einst, dahinten in der Ferne der Zeiten, und nun erst vor einigen Stunden wieder, unternommen hatte. Er sah die Brücke vor sich, wie einen Kamm über den auseinandersträhnenden Gleisen, Alt-Moabit, das Kriminalgebäude, dann wieder die Haltestelle – ja, Putlitz-Straße! – dort bei der Brücke, mit dem offenen Bahnsteig und den bunten rasch heranfliegenden Wagen der Ringbahn: das alles lag nicht um Stunden oder Tage, auch nicht um Jahre (damals, zur richtigen Kragen- und Krawattenzeit!) zurück – sondern es war einfach und schlechthin abgebrochen, es war unbegreiflich, nicht einmal mehr lächerlich. Was er hier erlebte, wie er hier nun ging, das gehörte bereits einem anderen Menschen, einem anderen, einem zweiten Leben an: eine Entdeckung, die, wie es schien, alles und jedes jetzt schon hinter sich ließ.

»Ich erlaube mir, Herr, Sie in die Wohnung meiner – Braut zu führen. Und zwar deshalb, weil ich irgendwo sonst, in einer Wirtschaft etwa, nicht imstande wäre ... zu sprechen. Zudem soll Ihnen das Mädchen auch als Bezeugerin dessen dienen, was ich sagen werde. Ich bin jetzt ruhig, Gott sei Dank. Mir war vorhin übel. Sie kennen das Mädchen ja, denn damals, in dem Nachtschnellzuge von Stuttgart weg, vor neun Jahren, reiste sie ja mit mir und saß zuerst sogar neben Ihnen.«

»Blond, mager?«

»Ja. Leider sehr mager, und das wird auch nicht anders. Es hat seine Gründe, warum sie gerade hier in dieser Gegend wohnt, unter anderem den, daß sich dort drüben – « (er hob den Arm und zeigte über die Straße auf die Parkmauer, darin ein breiter Eingang zu sehen war, jetzt verschlossen) – »dort drüben also befindet sich das städtische Institut für Knochen- und Gelenkskranke. Sie ist fast ständig in Behandlung. Nun sind wir gleich da«, fügte er nach. »Sie wird noch nicht zu Hause sein, sondern bei einer Nachbarin. Aber ich habe den Schlüssel.«

Sie überkreuzten eine Fahrbahn, wandten sich nach links und bogen gleich danach rechts in eine sehr schmale Straße ein. Am Tor des Eckhauses sagte der Zugfahrer: »Hier sind wir. Gestatten Sie, daß ich vorausgehe.« Das Haus war alt, von grünlicher Farbe und hatte mehrere Balkone. Soviel sah Castiletz noch. Dann folgte er dem Voranschreitenden durch Flur und Treppenhaus. Ein Schlüsselbund klimperte, ein Lichtschalter knipste, und Conrad trat in eine kleinräumige Behausung, darin es nach irgendeiner leicht fettigen Haarpomade oder sonst einem ungewohnten und vordringlichen Parfüm roch.

Dies war das erste, was er bemerkte. Sodann eine Maschine zum Strumpfwirken, wie Heimarbeiterinnen sie haben, eine Nähmaschine und einige dazu gehörige Dinge. In der Ecke standen Schneiderpuppe und Plättbrett. Der zweite Raum sah präsentabel aus oder wollte so aussehen, in der Mitte gab es einen Tisch mit grüner langgefranster Decke, und rückwärts sah man ein Büfett, das Metallsachen herzeigte und eine Aschenschale mit einem Zwerg.

»Bitte nehmen Sie vor allem Platz«, sagte der Zugfahrer. »Ich für mein Teil muß jetzt einen Korn haben. Vielleicht nehmen Sie auch einen.«

»Sehr gerne«, sagte Castiletz einfach.

Der andere kam von rückwärts mit einer Flasche und zwei Gläsern. Das dem ›ohnehin vernünftigsten‹ nicht ganz unverwandte Getränk wirkte auf Conrad belebend; es schärfte noch heraus, was bereits in ihm fest und fühlbar bestand: nach dieser kurzen Zeit. Vor einer halben Stunde war er noch mit Lehnder gesessen. Lehnder war der Hauslehrer eines Menschen gewesen, der für Castiletz überschaubar und festgelegt zu werden begann.

»Ich heiße Botulitzky«, sagte der Zugfahrer und streckte seine Hand hin.

»Castiletz«, sagte Conrad deutlich und lächelte leichthin. »Ich glaube übrigens, daß zwischen uns Namen wenig mehr zur Sache tun.« Er griff in die Rocktasche und fand dort eine Schachtel Zigaretten. Botulitzky holte den Aschenbecher mit Zwerg.

»Darf ich jetzt sprechen?« sagte er und zog den Rauch der Zigarette tief ein.

»Ich bitte Sie, mir alles mitzuteilen, wirklich alles«, antwortete Castiletz klar und ruhig.

»Die Ermordung Louison Veiks«, sagte Botulitzky und sah vor sich auf die Tischdecke, »erfolgte nicht, wie die Polizei vor neun Jahren angenommen hat, auf der Strecke durch den Thüringer Wald zwischen Grimmenthal und Erfurt, sondern – und zwar durch Sie und mich, Herr Castiletz – bereits etwa dreißig Minuten nach der Abfahrt von Stuttgart, in dem Tunnel zwischen Kirchheim und Lauffen am Neckar. Der Vorgang war folgender: in einem Augenblicke meiner größten Schwäche, sozusagen auf dem Punkte meines geringsten Widerstandes – punctum minimae resistentiae – angekommen, mußte ich mich vor meinen Reisegefährten, und besonders vor jenen beiden gottverdammten Kofmichjünglingen, die damals in der von mir großtuerisch benutzten zweiten Klasse mitfuhren, damit dicke tun, daß ich Akademiker und Student der Medizin war; und so kam denn jenes präparierte Kopfskelett zum Vorschein, welches Sie dann – es war der höchst originelle Einfall eines dieser beiden Ganoven! – am Spazierstocke vor das offene Fenster des uns benachbarten Abteils hielten, worin sich eine alleinreisende Dame befand. Diese Dame war Louison Veik. Als es mit dem Scherz Ernst werden sollte, packte mich damals die Angst, und ich verdrückte mich, mitsamt dem Mädchen, auf den Gang hinaus. Erinnern Sie sich daran?«

»Ja, sehr genau«, sagte Conrad.

»Ich werde Ihnen nun sagen, was ich vom Gange aus sah. Durch den beim offenen Fenster eindringenden Wind hatte sich einer der Vorhänge, welche das Hereinsehen vom Gange in das Abteil sonst verwehrten, gelüpft und umgeschlagen. Margit – so heißt meine Braut, in deren Wohnung wir uns hier befinden – und ich bemerkten das und schauten unverzüglich durch die Glasscheibe. Die Reisende stand, halb von uns abgewandt, vor der im Sinne der Fahrtrichtung rückwärtigen Polsterbank nahe beim Fenster, eine offene Kassette vor sich hinhaltend, welche sie wohlgefällig hin und her wandte. Es blitzte heftig im Licht, wir konnten gut sehen, was darin war: Schmuck bis an den Rand, übereinandergepreßt, ohne jedes Etui. Dieser Anblick dauerte etwa fünf Sekunden. Dann – und gerade jetzt wandte sich Louison Veik etwas mehr dem Fenster zu – erschien hell beleuchtet der von Ihnen am Stock gehaltene, beturbante Schädel, verschwand jedoch sogleich wieder. Mit Fräulein Veik geschah nun folgendes: entweder verlor sie überhaupt das Bewußtsein, oder sie war von einer äußersten Übelkeit erfaßt – kurz, sie schrie auf und fiel gleichzeitig zusammen, und zwar gegen das Fenster zu, in der Fahrtrichtung, also, daß ihr Oberkörper durch eine Sekunde hinaus und gewissermaßen voraus hing: unmittelbar danach wurde sie mit furchtbarer Wucht zurückgeschleudert, wir sahen einen ganzen roten Schwall von Blut über ihr Gesicht sinken, während ein offenes Handköfferchen, das auf der rückwärtigen Polsterbank gestanden hatte, durch den fallenden Körper herabgedrängt und umgestürzt wurde, so daß der Inhalt überall umherrollte. Was ich jedoch sofort sah, war, daß die Kassette sich noch immer in den bereits regungslosen Händen der Toten befand – jedoch jetzt vollkommen leer. In dem beschriebenen Augenblicke verließ der Zug den Tunnel. Der Vorgang, wie wir ihn beobachteten, spielte sich innerhalb von etwa zwölf bis fünfzehn Sekunden ab. Es war für mich auf der Hand liegend, daß der ganze Schmuck hinausgestreut worden sei, entweder im allerletzten Stück des Tunnels oder zum Teil schon außerhalb desselben.«

Castiletz sah das Derainauxsche Porträt Louisons vor sich, in dem kleinen Raum mit den topasfarbenen Lampenschirmen. Der Schmerz war kurz und stark, sozusagen genau. Er verging sogleich wieder. Auch diese Welt der Gefühle (während der letzten Zeit, infolge so vieler darauf gerichteter Tätigkeiten, kaum mehr erlebt) versank, für immer, und wurde somit überschaubar.

»Sie schrie?« fragte er.

»Ja, kurz und stark. Es klang, wie wenn man einen Teller zerschlägt.«

»Dann habe ich mich also nicht getäuscht, damals«, sagte Conrad.

Botulitzky fuhr fort: »Ich wußte, daß ich nach dieser Dummheit um mein Leben zu kämpfen hatte, ich handelte geradezu hellsichtig; sogleich öffnete ich die Schiebetür des Abteils, in welchem die Tote lag – die Türe war nicht verriegelt – brachte den Vorhang, der sich vom Messingdruckknopf gelöst hatte, wieder in Ordnung, schob die Türe zu und sperrte sie mit einem Coupéschlüssel, den ich stets bei mir trug, ab. Dann verständigte ich mich mit Margit – sie hielt sich unerhört tapfer! – bei der nächsten Station auszusteigen. Das war Heilbronn, es fehlten kaum fünfzehn Minuten bis dahin. Gleichwohl nahmen wir ruhig und bequem Platz. Ich mußte immerfort gähnen, ohne im geringsten schläfrig zu sein. Das ist mir erinnerlich. Den präparierten Schädel hätte ich am liebsten beim Fenster hinausgeworfen, statt ihn einzupacken. Während wir durch diese qualvollen Minuten da saßen, fiel mir ein, daß ich gut daran getan hätte, im Nachbarabteil das Licht auszuschalten. Hierfür war es nun zu spät. Der Zug fuhr aus irgendwelchen Gründen ganz langsam dahin, wahrscheinlich war die Strecke nicht frei, wir brauchten um einiges länger bis Heilbronn, als normal gewesen wäre. Dort stiegen wir also aus. Und gingen nicht durch die Sperre. Die Fahrkarten reichten bis Würzburg. Ich hielt das unbedingt für richtig und wichtig, um nicht aufzufallen, etwa durch das Markierenlassen einer Fahrtunterbrechung oder dergleichen. Ich wollte mit keinem Bahnbeamten jetzt irgendwie zu tun haben. Wir schlichen uns über einen anderen Teil des Bahnhofs hinaus und hatten dabei unerhörtes Glück. Nun, denken Sie: in der Zeitung las ich, daß niemand an der ganzen Strecke beobachtet worden sei, der diesen Zug mit einem weiter reichenden Fahrtausweise irgendwo verlassen hätte!«

»Sie lasen das Ganze dann in der Zeitung?« fragte Conrad.

»Ja, freilich! Schon am nächsten Abend. Da wußte ich bereits, wen wir umgebracht hatten, Herr Castiletz. Jedoch bis dahin geschah noch einiges, was nur dann ganz verständlich ist, wenn man die Lage kennt, in welcher ich mich damals befand.«

»Da holten Sie den Schmuck, und vermißten dabei aufs peinlichste einen Ohrring«, sagte Conrad leichthin.

Es war ihm gar nicht viel daran gelegen gewesen, dies nun zu sagen, von seiner Kenntnis Kunde zu geben. Die Worte hatten nicht von innen an seine Lippen gedrängt, sondern Castiletz hatte sie spielerisch hervorgeholt, und nun sah er ihnen nach, und erkannte in aller Ruhe, daß sie so etwas wie einen störenden Schnitzer bedeuteten. Im Gespräche mit Lehnder hatte er nur zugehört, den anderen reden lassen, wobei wohl die Scham wegen seines lächerlichen Abenteuers das ihre mochte beigetragen haben. Jedoch war auch jenes Zuhören schon ein Stück gewesen vom – Einschlafen der Fehler, wie er es nun einmal nannte. Sie schliefen nicht nur ein, sie wurden bereits welk. Beispielsweise hätte es – vom jetzt erreichten Punkte aus gesehen! – eine ganz unmäßige Anstrengung gekostet, etwa irgend jemandem die Anekdote von dem Oheim seines Vaters, dem alten Obersten, und dessen beiden singenden und weintrinkenden Dienern zu erzählen . . .

Das Gesicht Botulitzkys, bis jetzt gesammelt durch die Anstrengung, genau wahrheitsgemäß zu berichten, und wenn man will, durch diese saubere Belastung der Seele auch geadelt, zerfiel, als Conrads auf die Ohrringe bezügliche Bemerkung wie ein kleines Kügelchen beiläufig zu ihm hin über den Tisch rollte. In seinem Antlitz wurden nun allerhand Weichen sichtbar, die in sehr andere Gleise hinüberführen konnten: recht verdächtige Krähenfüße um Augen und Nasenwurzel.

»Was heißt das, Herr . . .?!« sagte er, und in seinen Zügen huschte eine Gejagtheit umher, deren letzte Rückzugslinie unzweifelhaft zum Bösen gerichtet sein mußte. »Habe ich Sie nicht ganz freiwillig angesprochen?! Rede ich hier nicht ganz freiwillig offen zu Ihnen? Wollen Sie mich etwa fangen, in irgendeiner Falle, wie? Wer sind Sie überhaupt?! Wahrscheinlich befinden Sie sich in sozusagen gehobener Stellung zum Unterschiede von mir . . . Sie haben keinerlei Anlaß, mit mir zu spielen. Ich habe verhältnismäßig weniger zu verlieren. Aber Ihnen dürfte dieser Skandal ja nicht gerade angenehm sein: ich meine, bei der endlichen Aufklärung eines eingefrorenen Kriminalfalles sozusagen als Schlüssel zu funktionieren. So was tut in Ihren Kreisen keinesfalls gut, das weiß ich sehr genau . . . mögen Sie da gleich zum kritischen Zeitpunkte nur ein Bengel von sechszehn Jahren gewesen und verleitet worden sein. Aber mir werden Sie mit versteckten Drohungen nicht kommen, sonst komme ich Ihnen noch ganz anders, mein Lieber . . .«

Er hatte sich in Zorn geredet, sprach laut und sah bedenklich aus. Castiletz blickte ihn nachdenklich an, und gewissermaßen außerhalb dieses Zimmers sitzend. Die verschiedentlichen Veränderungen, welche mit dem Manne da vor sich gegangen waren seit einer Stunde, seit ihrem Zusammentreffen, wurden von Conrad, der eben von da ab auf einem festen Punkte hielt, genau wahrgenommen und beinahe als ein Schauspiel.

Botulitzkys Gesicht kam näher. »Unter gewissen Bedingungen«, sagte er, »wäre ich selbstverständlich bereit zu schweigen . . .« Conrad sah ihm seine Angst an, sie klapperte durch alle Weichen, lief durch alle Gleise dieses Gesichtes, verfolgt von dem verzweifelten Bemühen, etwas, was ihm nun als unverzeihliche Dummheit erscheinen mußte (unter der augenblicklich obwaltenden Weichenstellung der Seele), wiedergutzumachen, und, wenn es schon anders nicht ging, durch die fadenscheinigste Frechheit.

Aber in Castiletz – abgeschaltet, wie er sich jetzt befand, von jenem überschaubaren Menschen, dessen einstmaliger Hauslehrer vor kurzem mit ihm am Tische gesessen hatte, ein Bote des Anfangs, der knapp eine halbe Stunde vor Schluß noch eingelangt war – in Castiletz aber herrschte jetzt Nachsicht, Verständnis, ja, geradezu Wohlwollen.

»Herr Botulitzky«, sagte er, »solche Bedingungen müssen mir gleichgültig sein, weil es mir grenzenlos gleichgültig ist, was Sie in dieser Beziehung tun oder lassen werden. Sie können gar nicht ermessen, wie wenig mich dieses interessiert. Tun Sie also immer nur das, was Ihnen in bezug auf Sie selbst vorteilhaft zu sein scheint, selbstverständlich ohne jede Rücksicht auf mich, weil ich irgendeine Rücksicht in gar keiner Weise nötig habe. Wenn es Sie wirklich erleichtert, das rätselhafte Ende der Louison Veik vor der Öffentlichkeit aufzuklären, so möchte ich Ihnen schon anempfehlen, das auch wirklich zu tun, ungeachtet des Schadens, den Sie selbst dabei erleiden würden. Von Rücksichten auf mich aber wäre jedenfalls abzusehen, da sie in der Tat nicht den geringsten Sinn hätten.«

Die neu zugewachsenen Fähigkeiten lagen nun also völlig frei, zur Hand. Bemerkenswerterweise stellte sich hier zum ersten Male überhaupt der Mann in ihm, und gleich mit jenem paradoxen – weil vollkommen kühlen – Löwenmute, welcher der wahre ist, weil er von der Entschiedenheit herkommt. Hier, aus der tiefsten und kältesten Not seines Herzens, griff er gleich nach nichts geringerem als nach dem Kranz.

Botulitzky seinerseits brach über den Trümmern seiner schwachen Position zusammen, und über einer verzweifelten Keckheit, von der man nicht einmal mehr sagen könnte, sie sei auf tönernen Füßen gegen Castiletz vormarschiert, sondern eher schon auf geknickten Zahnstochern.

»Was aber werden Sie tun . . .?« sagte er, tief über die Tischplatte gebeugt.

»Ich . . .?« sagte Castiletz. »Erstens ist das meine Sache; zweitens kann ich es Ihnen ja zum Vergnügen mitteilen: ich werde gar nichts tun, weil ich alles schon getan habe, was überhaupt getan werden konnte. Durch Jahr und Tag verfolgte ich den Mörder der Louison Veik, das heißt, ich suchte ihn zu ermitteln. Im vorigen Herbste hielt ich mich deshalb in Lauffen am Neckar auf und fand dort, nahe beim Ausgange des ›Kirchheimer Tunnels‹ – so heißt er nämlich – auf der Lauffener Seite einen Ohrring, Beryll in Gold gefaßt. Es ist doch ohne weiteres begreiflich, wenn ich daraus den Schluß ziehe, daß Sie ebenfalls nur ein Stück von diesem Paar gefunden haben können. Wie? Zuletzt suchte ich den Täter in Berlin. Dabei ging Sherlock

Holmes so lange nach Pankow wie der Krug zum Brunnen: das heißt, ich fand den Täter, will sagen, mich selbst.«

»Sie ... glaubten tatsächlich, daß es ... da einen solchen Raubmörder gegeben habe, wie ...?«

»Lassen wir das«, sagte Castiletz. »Ich pflegte übrigens als fünfzehn- oder sechzehnjähriger Schlingel keine Zeitung zu lesen, sondern kam viel später auf diese ganze Geschichte: dadurch, daß ich zufällig mit der Familie der Ermordeten bekannt wurde. Sodann beschäftigte ich mich mit dem Falle. Wie Sie sehen, mit Erfolg. Mehr habe ich keine Lust, Ihnen mitzuteilen. Was ich Ihnen aber sagen will, Herr Botulitzky, ist dieses: der Schmuck, und was immer damit los gewesen sein mag, das ist mir ebenso grenzenlos gleichgültig wie Ihre lächerlichen Drohungen von vorhin. Sie brauchen mir davon gar nichts zu erzählen, und ich will auch vom Bisherigen nichts gehört haben; weil ich nicht wünsche, daß Sie am Ende hintennach sich schlaflos auf dem Bette wälzen, wegen der mir gemachten Mitteilung von diesen Sachen. Das wäre sehr dumm und soll vermieden werden. Halten Sie es hier wie mit der von Ihnen früher ins Auge gefaßten Veröffentlichung: ich meine die Aufklärung des wirklichen Endes Louison Veiks der Behörde gegenüber. Kurz: tun Sie nur, was Ihnen gut tut.«

»Herr«, sagte Botulitzky, dessen Stirn jetzt die grüne Tischdecke berührte, »Sie müssen mir das von vorhin verzeihen. Es war eine Entgleisung.«

»Zu solchen scheinen Sie Neigung zu besitzen«, erwiderte Castiletz rücksichtslos. »Hoffentlich nicht als Zugfahrer.«

»Nun, ich habe Sie mehrmals gefahren«, sagte Botulitzky, und in seiner Stimme war eine zusammengebrochene Klage, ein tiefer Sprung bis auf den Grund des Tons.

»Ja, nach Pankow«, sagte Castiletz langsam.

Sie schwiegen durch eine Minute oder länger. »Ich mußte doch ... ich mußte Sie doch sprechen«, begann Botulitzky endlich leise, noch immer tief herabgebeugt. »Konnte ich denn das ... konnte ich Sie denn ... vorbeilassen?! Nach neun Jahren! O du mein Gott, Sie waren damals fünfzehn oder sechzehn ... Das Entsetzlichste war, als ich Sie sah: Sie haben sich fast überhaupt nicht verändert ...«

»Ist nachgeholt«, erwiderte Castiletz ruhig. »Es gibt Leute, die sich kaum verändern. Irgendwann scheint dann die große Veränderung zu kommen ... wenn man seine Nachforschungen mit Erfolg betreibt nämlich. Dann unbedingt, ja ...« er unterbrach dieses Selbstgespräch und fügte hinzu: »Auch Sie sind nicht im geringsten gealtert.«

»Ich habe auf Sie gewartet, Herr Castiletz, um ... endlich mit dem Altern beginnen zu können.«

Er fiel mit der Stirn auf die Tischplatte. Ein schweres Schluchzen, das in irgendeiner Weise so klang, als sei er durch die Brust geschossen, erschütterte seine Schultern in dem lodenartigen Uniformrock. Kokosch sah ruhig auf dieses Gemetzel, ein Veteran des Lebens.

»Zu Ihrer früheren Erzählung möchte ich mir erlauben, etwas zu bemerken«, sagte er nach einer kleinen Weile, ohne dem Zustande des anderen weitere Beachtung zu schenken. »Der Zug fuhr von Stuttgart in Richtung Heilbronn selbstverständlich durch den rechten Stollen des Kirchheimer Doppeltunnels. In unserem Waggon befand sich der Gang rechts, das Fenster, durch welches Louison Veik in ihrem Abteil getötet wurde, links, im Sinne der Fahrtrichtung. Der Tod des Mädchens ist meiner Ansicht nach so eingetreten, daß sie – einen Augenblick bewußtlos hinaus und sozusagen voraushängend – mit der Stirn gegen eine jener Mauerkanten raste, die sich bei den Durchgängen zum Nachbarstollen befinden. Ich sah das selbst, als ich im Tunnel war.«

»Sie haben recht«, sagte Botulitzky und richtete sich auf. Er war jetzt sehr blaß, aber ruhig. »Sonst hätte – etwa durch Anstreifen – eine Verletzung ganz anderer Art entstehen müssen, auch wäre Louison Veik nicht in dieser Weise, wie es geschah, auf ihren Sitz zurückgeworfen worden. Ich war gleichfalls im Tunnel, allerdings nicht weit drinnen. Sie werden es nun hören. Denn – natürlich will ich Ihnen durchaus alles erzählen. Welchen Sinn hätte sonst dieses Zusammentreffen für mich; viel ist nicht zu sagen, ich werde bald zu Ende sein.«

Er versuchte, Castiletz die Lage seines Lebens, den Stand seiner Lebensuhr zur kritischen Zeit klarzumachen, soweit man so etwas einem anderen Menschen klarmachen kann; zudem, Botulitzky war kein schlechter Erzähler: er beherrschte auf jene Art seine Muttersprache, wie sie eben, seltsam genug, nur derjenige haben kann, welcher ihr vielgestaltiges Wesen an den ärmeren und entschlosseneren Sprachformen der Alten zu messen Gelegenheit hatte. »Mein Onkel in Würzburg war am Ende nichts anderes mehr als eine Geschwulst in meinem Gewissen«, sagte er, und »unter solchen Umständen zu studieren, wurde unmöglich.« Vom ersten Rigorosum war noch keine einzige

Prüfung bestanden, nach so vielen vergangenen Semestern; dem Oheim, der in Würzburg auf nichts anderes wartete denn auf wirkliche Ergebnisse, deren Fehlen in irgendeiner Form plausibel zu machen: dies der Zweck jener unseligen Sommerreise des Jahres 1921. Botulitzky sagte (mit Bezug auf Wien, wo er zwei Semster verbummelt hatte): »Heute noch, vom Führerstand, wenn ich diese zahllosen Lichter der Stadt sehe, diesen zwinkernden irdischen Sternenhimmel, muß ich daran denken, wie wir dort in einer Weinschenke irgendwo an den Hügeln und Hängen über dem Häusermeer saßen, unsere Kommerslieder singend – es war ganz das gleiche: ein gegitterter Rost endloser leuchtender Straßenzüge. Da könnte einem so was anfliegen von der Einheit allen Lebens überall und überhaupt! Na ja.«

Er hatte sodann sein Glück an der Münchener Universität versucht und anderswo noch: nur nicht in Würzburg. Hier wäre das Wohnen beim geldgebenden Oheim unvermeidlich, der Zustand auf jeden Fall unerträglich geworden. »Dabei müssen Sie bedenken, Herr Castiletz«, sagte er, »daß dem allen der Boden bereits entzogen war. Ich konnte damals schon kein Buch mehr ansehen, nicht einmal von außen.«

»Ich wußte, daß – irgend etwas geschehen würde«, setzte Botulitzky hinzu, nach einer kleinen Pause.

Nun, es geschah ja. Die abenteuerliche Möglichkeit, für eine Zeit sich unabhängig und entschlußfrei zu machen, lag dort beim Lauffener Tunnel in dieser Nacht, glühend wie der Schatz im Berg zu Walpurgis. Sie gingen über den Heilbronner Sportplatz und querten Böckingen, den längeren Weg über Klingenberg und Nordheim wählend: jedoch konnte auf solche Art das Durchschreiten der Stadt Heilbronn selbst vermieden werden, mit den Koffern in der Hand. »Ich war übervorsichtig«, sagte er, »um nur in keiner Weise aufzufallen und irgend jemand im Gedächtnis haften zu bleiben.« Das Tragen der Koffer in der Hand wurde übrigens unhaltbar; in dem seinen befand sich glücklicherweise ein geräumiger Rucksack für die Ferien, welcher eines der beiden Gepäckstücke zur Not faßte. So wurde Margit entlastet. »Den Schädel warf ich bei Klingenberg, wo der Neckar Bahn und Straße wieder berührt, ins tiefe Wasser, ihn weit ausschwingend, wie einen Diskus. Der mußte weg, da riskierte ich's sogar, irgendwem aufzufallen, freilich mit Vorsicht. Er schlug rund und plump ein und verschwand mit einer Art von Schlucklaut für immer in die Nacht.«

Das schlimmste des fünfzehn Kilometer langen Weges war

das letzte Stück gewesen, fast ein Drittel. Denn sie folgten, Lauffen links liegen lassend, der Zaber, welche hier ganz den gleichen Bogen macht wie das Ringgebirg, daran sie entlangfließt. »Es war ein gewaltiger Umweg, der Sicherheit halber. Hätte ich diese Gegend nicht von früherem Wandern her bis in alle Einzelheiten gekannt, ich meine, wir wären irgendwo hängen geblieben oder zu spät gekommen. Margits Nerven begannen zudem, unter der Nachwirkung des Erlebten, bei diesem Nachtmarsche zu versagen.« Hier gab's nun keine Straße mehr. Diese und das Bähnchen nach Brackenheim und Leonbronn überschritten sie endlich, den Fluß verlassend, und folgten sodann, immer unten am Ringgebirge, dem gleichen Wassergraben wie acht Jahre später Conrad, nur eben von der anderen Seite her dem Bahnkörper und dem Tunnelmunde sich nähernd.

»Nun also, Sie fanden den ganzen Schmuck«, sagte Castiletz, etwas ungeduldig werdend, »und zwar kann ich Ihnen sagen, wo: vor dem Tunnel, zwischen den Gleisen, auf jenem verbreiterten, gekiesten oder geschotterten Platze, wo die Signalglocke steht. Einzelne Stücke vielleicht innerhalb der letzten fünfzig Meter des in Frage kommenden Stollens.«

Aber zugleich, während er fast ärgerlich sprach, war in ihm – Bewunderung: Bewunderung für jenen anderen Menschentypus und seine Fähigkeiten, mittels deren man freilich imstande war, die Gleise des Lebens zu wechseln. Nie – das sah er klar, wie er sich selbst und dieses sein Leben jetzt überblickte – wäre in ihm das Vermögen gewesen, jene Nacht auf der Straße, etwa zwischen Klingenberg und Lauffen, zu ertragen, sie zu leben, diese Nacht, bei solchem Vorhaben, bei solcher herrschender Unordnung eigenen Daseins. Jetzt, wo er sich selbst gleichsam eingeholt hatte, sich daher durchschaute bis auf den Grund des schwächsten Punkts hinab, von sich selbst daher befreit war und köstlich diese Freiheit genoß: jetzt zum ersten Male sah er auch mit nie erlebter Deutlichkeit einen anderen Menschen, über jenen Abgrund hinüber, der Charakter von Charakter trennt. Gerade diese verliehene Fähigkeit aber – jedoch man bedenke: um welchen Preis war sie verliehen worden! – ließ ihn, bei aller Bewunderung des anderen, doch eine deutliche Überlegenheit empfinden, von dem festen Punkte aus, an welchem er hielt: denn hier stürzte unruhiger Wechsel vorbei, veränderte sich das Antlitz, zuckte die Seele wie eine Kerzenflamme im Zugwind.

»Sie irren sich«, sagte Botulitzky angestrengt. »Ob Sie es nun glauben mögen oder nicht. Wir fanden einiges, ja.« Und, als sehe er eine Vision vor sich, als starre er in diese hinein, mit erweiterten Augen, fuhr er fort: »Es war im Morgengrauen, das noch dicht im Walde lag, wo wir warteten. Kein Blatt regte sich. Wie die Nachtmahre huschten wir dann hervor, als der nun endlich entscheidende Augenblick gekommen schien, und das Licht, welches uns zu zögern nicht mehr erlaubte. Über die Böschung emportauchend, erspähte ich das erste Stück. Klein lag es da, aber wirklich. Wir rafften. Ich sehe jetzt noch Margit vor mir, einen geknickten, huschenden Schatten, als sie sie grau von der Nacht, daraus wir hervorgesprungen waren. Mit der Taschenlampe lief ich zum Beschlusse in den Tunnel, rechts vom Gleis, ich stolperte, aber meine Augen rissen den Boden zu mir empor, als wollte ich ihn sieben. Eine Armspange lag unweit vom Eingang, dann der Ohrring, dann nichts mehr.«

Er schwieg und verdüsterte sich schwer. Es war wirklich so, als starre er vor sich hin auf das finstere Doppelportal des Tunnels, tief in jene Augenblicke seines Lebens hinein und, wie damals, nicht wissend, ob es hier noch irgendwie hindurchgehen könne.

Castiletz dachte, daß er – in diesem Sinne wie Botulitzky – eigentlich nie gelebt habe. Er war weitergegeben worden wie ein Postpaket. Seine Feststellung erfolgte kühl, kränkte ihn keineswegs, sie war sozusagen nur naturgeschichtlich. Zwischendurch fiel ihm Maria Rosanka ein. Und dann, ein weiterer, rascher, müheloser Flug: jene kleinen Jungen, welche Ligharts am Molchtümpel einst verprügelt hatte – dann redeten sie gleich was von der Polizei! Botulitzky, mit seinen früheren läppischen Drohungen, war eigentlich auch so einer.

»Sie erbeuteten jedenfalls einen namhaften Wert«, sagte Castiletz (das Wort ›erbeuteten‹ schien ihm selbst etwas rücksichtslos), »mag auch das oder jenes zwischen den Steinen und in Spalten verrollt sein. Hinzu kommt, daß ein Großteil des Schmuckes in Smaragden bestand, deren Preis in der Folgezeit außerordentlich gestiegen ist.«

»Ja«, sagte Botulitzky, an den Backenknochen feucht vor Anstrengung, »aber es war gleichwohl nicht so überwältigend ... vielleicht ist viel verlorengegangen ... möglicherweise kann nach uns noch manches gefunden und verschwiegen worden sein.«

Einen Augenblick lang dachte Castiletz an die seltsame Weinwirtin mit Klavier und einer Tochter, welche darauf die

›Mondscheinsonate‹ spielen konnte ... er lächelte und winkte mit der Hand ab:

»Kommen Sie mit der Schmuckgeschichte zu Ende, Herr Botulitzky«, sagte er, »sie ist nebensächlich. Wozu diese Mühe? Ich will nur hoffen, daß Ihnen die ganze Sache wenigstens eine entscheidende Besserung der Lebensumstände gebracht hat.«

»Es ist nicht so gewesen«, sagte Botulitzky, an einem Punkte der Erniedrigung angekommen, welcher, wie es schien, kaum mehr zu unterbieten war und daher befreiend wirkte. »Ich sehe, daß Ihnen die Geduld ausgeht, und will deshalb schließen. Wir gelangten zu Fuß nach Bietigheim – das ist, wie Sie vielleicht wissen, ein Bahnknotenpunkt. Auf dem Wege wagten wir es kaum, uns Essen zu kaufen. Von Bietigheim fuhren wir kreuz und quer mit Umweg und Umsteigen über Mannheim oder Ludwigshafen oder sonstwie nach Berlin. Diese Reise ist mir so gut wie überhaupt nicht in Erinnerung geblieben. Ich weiß nur, daß es heiß war. Gott sei Dank besaßen wir Geld, das heißt Margit (wo bleibt sie nur?!) hatte welches, ich ja nicht. Sie nahm mich nach Berlin mit, wo sie in Stellung war, sogar in einer recht guten. Wir hatten uns in Stuttgart getroffen, weil Margit damals Verwandte dort besuchte. Zu meiner Stärkung beschloß sie, mich nach Würzburg zu begleiten. Diesen Onkel hatte ich nun aufgegeben. Und überhaupt alles. Ich saß in Berlin bei Margit, wie Fafner auf dem Schatz, las die Zeitung und fürchtete mich unausgesetzt vor der Polizei, die sich um uns nicht im geringsten kümmerte.«

Er schien nun doch vor irgend etwas zu zögern und schwieg.

»Es war wirklich eine Wendung«, sagte Botulitzky endlich leise. »Margit verlor nach sechs Wochen ihre Stellung. Wahrscheinlich, weil ich bei ihr wohnte. Sicher. Mit dem Schmuck getrauten wir uns nichts anzufangen. Ich für mein Teil war zu allem unfähig. Ich fand auch nichts. Ich meine einen Erwerb, eine Arbeit. Das war ein grauenvoller Sommer. Draußen irgendwo, vielleicht am Nikolassee, zwischen den Kiefernwäldern, die ich von früher kannte, fühlte ich wohl blauen Himmel, Bootsfahrten, alle meine alten Freuden ... es war vorbei. Ich war abgeschlossen, abgeschieden, auch vom Leben der großen Stadt, in der ich saß, wie ein Schiffbrüchiger an einem öden Strande.« Botulitzky sprach immer leiser, von Satz zu Satz. Sein Haupt suchte und fand ein Bett in den auf dem Tische verschränkten Armen.

»Sie brachte mich durch. Fragen Sie nicht, Herr Castiletz, wie. Denken Sie es bei sich, in aller Stille. Darin liegt ja auch der Grund, warum ich Margit nicht heiraten kann, heute. Ich würde vielleicht alles verlieren, man ist sehr strenge bei uns in diesen Sachen. Ich sah dem machtlos zu, das heißt eigentlich, ich sah es herankommen, und ich schaute weg davon. Eines Tages sagte sie es mir, sie gestand es ein, hier in diesem Zimmer. Ich wußte, daß sie mich liebte – mußte ich es, nach allem, nicht wissen?! Nun war ich auf beiden Schultern klar mit einer Last beladen, die ich bisher sozusagen nur als einen wachsenden, dumpfen Druck von seitwärts her gekannt oder geahnt hatte. Dort ... (hier verschluckte Botulitzky irgendein Wort) nun einmal angelangt, brauchte Margit auch unsere ›Beute‹ – wie Sie sich, Herr Castiletz, ausdrückten – in Bewegung: in diesen Kreisen wurde sie verwertet. Ich selbst fuhr damit mehrmals nach Neukölln, das ist mir erinnerlich – jedoch nur wie ein Loch im Leben, ein Sitzen etwa auf der Bank in einem mir unbekannten Parke, wo fremde Menschen Kinder hüteten, die mich nichts angingen. Dann kam Margit, wir gingen mit unseren kleinen, schrecklichen, in Taschentüchern eingebundenen Dingen, welche bei sich zu tragen qualvoll war, wegen ihrer Härte ... ich hatte fortwährend verschwitzte, schmutzige Hände damals, warum, war unbegreiflich ... Nun sehen Sie, es geht mir eigentlich über den Verstand: aber glauben Sie vielleicht, wir hatten etwas von alledem, von diesen mühsam zerstemmten und zerlegten Sachen, den traurigen kleinen grünen Steinen, die den größten Wert besaßen ...?! Nein, nichts hatten wir. Unsere Angst drückte den Preis, schloß den Handel rasch und rascher ab, eine Pflicht: nur um die Dinge aus dem Zimmer zu bringen. Es ist aber – und das sei Ihnen hier gesagt, Herr Castiletz! (er hob dabei den Kopf aus den Armen) – geradezu ehrfurchterweckend gewesen, daß sich nach dem letzten Verkauf und eigentlich auch, nachdem wir das letzte, aus dieser Quelle stammende Geld rasch und lebensgierig verbraucht hatten – daß sich dann über Tag, über Nacht, Woche und Monat, alles, alles änderte. Bei Margit und bei mir.« Seine Augen schwammen in Tränen, als er den Kopf wiederum hob.

»Nun«, fuhr er fort, »Sie wollen sicher mit Einzelheiten verschont sein. Hier (Botulitzky zupfte an seinem Uniformrock, um deutlich zu machen, daß er die Bahn meinte) kam ich überraschend gut vorwärts. Die Neubauten der Jahre 1923 und 1926 erhöhten zudem den Bedarf an Fahrpersonal ...«

Das letzte sagte er fast murmelnd, er schien nun geendet zu haben. Castiletz schwieg. Nach einer Weile kam noch ein Satz, zwischen die auf dem Tisch verschränkten Arme hinein gesprochen:

»Mir hat es alles zerbrochen, wie man einen Ast über das Knie bricht; mein ganzes Leben verdorben . . .«

»Mir auch«, wollte Conrad sagen. Schon stießen die Worte von innen an seine Zähne, seine Lippen. Aber in diesem Augenblicke durchschaute er – beides zugleich – die Unsinnigkeit dessen, was er sprechen wollte, zusammen mit der ganzen Art, wie er sein Leben lang geredet hatte, wie alle redeten, Erborgtes und Glattes übernehmend von Mund zu Mund. Das war schon ein richtiger Gnadenblitz, was ihn mit solcher Klarheit jetzt inwärts erhellte. Nein, nicht diese schwächlich abbiegende Weichenstellung damals in der Seele des Knaben, diese ›Dummheit‹, hatte ›sein Leben zerstört‹ (worin schon hatte dieses ansonst bestanden?!), sondern – sie selbst war eben sein Leben, sein wirkliches, damals wie heute, nein, wie bis vor zwei Stunden. Was jedoch während langer, folgender Jahre sozusagen dafür gegolten hatte, bildete nur einen verschleiernden Schutt, mit dem zu altern man auf dem besten Wege gewesen war.

Jetzt erst wollte er wirklich sprechen. Nicht zu irgend jemandem, nicht um gehört zu werden; nein, wie in Einsamkeit, wie vor dem leeren Raume selbst. Kein Denker von Beruf, und des Ausdruckes völlig ungewohnt, erschien ihm dieser letztere als eine Aufgabe von der Schwere eines Bergs, der auf den Lippen liegt.

Noch schickte er sich an – und mit bemerkenswerter Kühnheit – um diesen unmöglichen Kranz zu ringen, als jetzt draußen ein Schlüssel seinen Weg ins Schloß fand, das Licht knipste und in alle kleinräumigen Ecken sprang (über Schneiderpuppe, Plättbrett, Strumpfwirkmaschine), ein leichter Schritt vor die Tür des Zimmers kam, welche nun rasch geöffnet wurde, als von einem Menschen, der sich verspätet hat.

»O du gütiger Himmel«, sagte sie, und ihr Blick, vor der Größe des Lebens kapitulierend, lag auf Castiletz, zitternd und durchsichtig wie Eierklar, während ihr Körper, eine schwache Schlingpflanze, nicht mehr durch sich selbst aufrecht zu stehen schien, sondern nur durch den Türpfosten, woran sie lehnte. Beide Männer hatten sich erhoben.

»Er ist es«, sagte Botulitzky.

»Weiß er –?« fragte sie.

»Ja«, antwortete Botulitzky.

»Alles?« fragte sie.

»Ja«, flüsterte Botulitzky, den Kopf langsam senkend, voll Scham vor der Frau wegen seiner Unklugheit, seiner Unvorsichtigkeit. Es war die Nackenbeuge vor Hera, älteste Gebärde des Manns: wodurch er's erst wurde.

Castiletz sprang zu ihr. »Margit!« rief er, »Sie können unbesorgt sein! Sie müssen unbesorgt sein!« Er schrie, in Wahrheit, zu ihr wie um Hilfe. Der See des Leides stieg, ging aus ihren Augen über. »Darf ich's . . .?« sagte sie und nickte hinter dem Tränenvorhang. Botulitzky brach am Tische zusammen, tief abstürzend mit dem Antlitz in das Dunkel seiner verschränkten Arme. »Es ist alles gut, alles gut jetzt«, murmelte er.

## 49

Castiletz reiste nicht in dieser Nacht. Keine Züge eilten durch seinen Traum, keine mußten erreicht werden, zerfielen dann während der Fahrt, so daß man, immer noch auf der Eisenbahn fahrend, doch schon auf den Schwellen ging mit kurzen Schritten. Sein Schlaf war stationär. Der Zug stand morgens in der gleichen Halle noch des Kopfbahnhofes, in welche abends eingefahren worden war.

Im blauen Hotelzimmer lag der helle Tag. Conrad bog den rechten Arm, fühlte, daß in seiner Hand sich etwas Hartes befand, öffnete die Finger und sah jetzt auf dem stark im Schweiße befindlichen Handteller eine kleine Zigarettendose liegen, oder eigentlich ein zierliches Schnupftabaksdöschen aus altem Silber, mit den Initialen M und V im Deckel. Es war noch vorhanden gewesen, als einziges Stück. Margit hatte es ihm gegeben.

Er wollte unverzüglich von Berlin abreisen, und fand jetzt, befremdet, jedoch auch angenehm überrascht, die Uhr erst auf sechs. Hier war der Frühzug bequem zu erreichen. Castiletz sprang aus dem Bett und schellte. Zwischen Frühstück, Bad und Ankleiden – wobei er alles ganz ungeordnet im Zimmer herumliegen ließ, jedoch keineswegs in Eile – schrieb er einen Brief an Herrn Klinkart, wenige Zeilen, darin er sagte, daß eine plötzliche und bedenkliche Erkrankung seiner Gattin ihn zwinge, augenblicklich heimzufahren. Er hoffe jedoch, rechtzeitig zu den bevorstehenden Besprechungen wieder da zu sein. Auf diesen

Brief vergaß Conrad dann, er übergab ihn weder einem Pagen noch einem Kellner oder Zimmermädchen, sondern ließ ihn einfach am Rande des Schreibtisches liegen. Nebenbei vergaß er auch auf sein Gepäck, und wurde daran, während er seine Rechnung beglich, mit weltstädtisch-bescheidender Höflichkeit erinnert. Conrad sagte, er nehme nur den gelben kleinen Handkoffer da mit, man möge die Sachen irgendwie verstauen – die Kästen hingen voll, der Anzug von gestern lag halb auf einem Stuhl, halb am Boden – er gedenke in einigen Tagen wieder hier zu sein. Im Handkoffer befand sich übrigens das blaue Heft. Während der Reise las Castiletz belustigt darin, allein im Abteil, ließ es dann auf der Polsterbank liegen, zusamt dem unversperrten Köfferchen, und ging in den Speisewagen. Dort hielt er sich einen großen Teil der Fahrt hindurch auf, frühstückte, aß zu Mittag, jedoch seltsamerweise ohne einen Tropfen Bier, Wein oder etwa einen Cognak zu genießen. Es kam ihm dies gar nicht in den Sinn, er hatte kein Bedürfnis danach, und trank also irgendeinen Sprudel.

Am weithingestreckten niederen Bahnhof nahm er die Linie 3, fuhr am Ende durch die lange, schmale Wackenroderstraße und stieg mit seinem lächerlichen Gepäckstück beim Parke aus. Das Gold späten Nachmittags flutete schräg durch die warme Luft, räumig und still war es, kaum ein Fahrzeug zu sehen, die Wipfel der Bäume standen unbeweglich in ihrem jungen, starren Grün. Auch im Stiegenhause spann ungestört der leere Abend seine Sonnennetze an den Wänden, jedoch setzte jetzt aus der Castiletzschen Wohnung ein gutes Grammophon schallend ein: es war seltsamerweise der gleiche Paso doble, nach welchem Conrad – der nun den Schlüssel in das so lautlose Schloß schob – zu Berlin im Inneren der Schlagsahne mit der Rothaarigen getanzt hatte. Durch den sich jetzt geräuschlos auftuenden Spalt konnte Conrad linker Hand über das Vorzimmer und geradewegs ins sogenannte ›Ankleidezimmer‹ sehen, dessen Tür offen stand, und wo er Marianne erblickte, über das Grammophon gebeugt, übrigens nur mit einem Hemdhöslein begleidet. Ihr starkes nußbraunes Genick wirkte entschieden wie ein Punkt hinter einem Aussagesatze, dessen Subjekt sie war, dessen Objekt – ein vollkommen unbekleideter Mann – neben ihr stand, und über dessen Verbum ein Zweifel nicht obwalten konnte. Beide hantierten am Grammophon, das ein außerordentliches Trompetengeschmetter vollführte. Castiletz, der nun ganz leise die Türe von außen wieder zuzog, hatte, bei diesem apokalyptischen Bilde, vorerst niemand anderen zu erkennen erwartet als Peter Duracher. Jedoch erwies sich dieses als irrtümlich, er mußte sozusagen noch ein paar Stockwerke mit dem sehenden Aug hinunterwandern, und hier nahm seine Voreingenommenheit wieder eine andere Gestalt an, nämlich die jenes jungen Mannes, der – aus unerfindlichen Gründen – mit einem Frauennamen gerufen zu werden pflegte: ›Peggy‹. Jedoch, auch dieser war es nicht. Zur gültigen Wirklichkeit optisch durchbrechend (demonstratio ad oculos) mußte Castiletz feststellen, daß er von dem da nicht einmal den Namen im Gedächtnis behalten hatte: es war eines jener neunzehnjährigen übertünchten Gräber vom Tennisplatze. Nun, von draußen, hörte er noch das Grammophon, jetzt leiser, dafür aber lautes Lachen beider Stimmen. Er nahm sein Köfferchen wieder auf und ging langsam die Treppen hinab. Diese Sache war vollkommen in Ordnung. Als Exzeß sozusagen erschien ihm dabei nur, daß Marianne es nicht für nötig befunden hatte, den Kettenriegel vorzulegen. Nun, das weggeschickte Mädchen hatte wohl keinesfalls einen Schlüssel erhalten, und wer war denn auch sonst zu erwarten gewesen?

Überhaupt war alles in Ordnung. Auch war es lächerlich gewesen, während der Reise einmal so zwischendurch vorauszudenken, wie man denn Marianne ›gegenübertreten‹ sollte, mit dem Wissen, das man nun besaß. Als er, bei der Ecke der Weißenborgstraße, gegenüber jener Birke hinter dem niederen Parkgitter (jetzt stand sie grell grün, wie gefärbtes Papier), die Hans-Hayde-Straße überqueren wollte, begegnete ihm unversehens ein alter Bekannter und fuhr ihn ebenso unversehens um ein Haar nieder, ein großer gelber Tankwagen. Conrads Ohr war für die Hupe verschlossen gewesen, es ging diesmal wirklich um ein Haar und um einen Satz, mit dem Castiletz sich nach rückwärts schnellen konnte. Ein Bursche, der neben dem Fahrer saß, wandte sich um und rief Conrad einige nicht so ganz unberechtigte Grobheiten zu. Auch in der Hans-Hayde-Straße lag die Sonne, völlig schräg, wie gestreckt die ganze Länge der Zeile entlang. Über die Treppe kam die Schubert herunter. Sie grüßte, rasch vorbeiwischend, nur mit einem seltsamen kleinen Quietschlaut, der wirklich klang wie aus dem letzten Loch gepfiffen. Sie hob ein Taschentuch, ihr Gesicht sah aus wie eine kleine geballte, nasse Faust.

»Herr von Hochenlocher«, sagte Castiletz, als sich die Türe öffnete, »darf ich mal bei Ihnen übernachten?«

»Ja freilich«, erwiderte der Jagdhund unbewegt und warf einen Blick auf Conrads Köfferchen. »Sogar in Ihrem ehemaligen Standquartiere. Castrum Conradi ist derzeit ohne Besatzung. Bei Ihnen wohl niemand zu Hause?«

»Das werde ich Ihnen gleich erklären«, sagte Castiletz ruhig, im Eintreten. »Jedoch, um dieser Sache jetzt näherzutreten, bitte ich Sie um ein Glas Gin.«

»Fiat libatio!« rief von Hohenlocher; Flaschen, Soda, Angostura wanderten hervor, wieder saß man auf dem alten Platze; aber der Regierungsrat faulte diesmal nicht auf der Ottomane. Seine Haltung war im Gegenteile höchst gesammelt und aufmerksam, ja, gespannt. Sie wurde es bald noch mehr.

Conrad sagte ihm alles. Während er sprach, sank der Tag draußen, erlosch das Sonnengold in den Fenstern, schaltete der Hausherr die bunte Lampe ein: es war, als liefe die Zeit zurück und schlösse sich wieder zum Kreis, so wie sich der Bericht nun zum Kreise schloß, als sei man gestern angekommen, im Bahnhofshotel eingeschlafen (»ja – Leben! das ist's!« flüsternd) und als säße man nun hier, wegen einer Wohnung, und würde zugleich belehrt: aber in diesem Punkte gerade bestand jetzt ein tief einschneidender Unterschied. Immer, bei ganzer währender Erzählung, fühlt' es Conrad, daß er hier auf gleicher Ebene sprach, von gleich zu gleich, daß des Herrn von Hohenlocher autoritative Mission mit dieser Stunde erloschen war. Nun hätten sie nur mehr Freunde werden können.

Als Castiletz geendet hatte, erhob sich der Jagdhund, schritt bis in die Mitte des großen Raumes, stand dort eine Weile schweigend (wobei sein Gesicht sehr ernst und schön aussah, aber wahrscheinlich machte das nur die vorteilhafte Beleuchtung), und endlich gab er das Folgende bekannt:

»Herr Castiletz«, sagte er scharf, »meine ganze Stellungnahme in dieser Sache hängt zunächst davon ab, was Sie antworten werden, wenn ich jetzt, statt Ihnen meine Anteilnahme und mein tiefstes Mitleid zum Ausdruck zu bringen, Sie ganz eindeutig und mit außerordentlicher Festigkeit der Überzeugung herzlich beglückwünsche.«

»Ich antworte«, sagte Conrad, »erstens, daß mir dies selbstverständlich erscheint, zweitens, daß ich Ihnen von ganzem Herzen danke.«

»Dann haben Sie den Kranz errungen«, sagte Herr von Hohenlocher. (Bei diesen Worten erschrak Conrad ein wenig). »Dann sind Sie mit ungewöhnlichem Erfolge den längsten Weg gegangen, der alle Übel heilt. Daß dieser Weg bei Ihnen selbst enden mußte, ist ewiges Gesetz, dem ständig auszuweichen übrigens einen bedeutenden Teil der Anstrengungen unseres Lebens bildet. Wer diesen Weg bis zum Ende und Kranze geht, gelangt in den Besitz eines Wissens, das nur einer verschwindend kleinen Zahl zuteil wird: nämlich zu wissen, wer eigentlich man selber sei. Sie trieben durch den toten Gesteinsberg des Daseins einen Stollen hinter der vermeintlichen Schuld eines anderen her. Der Erweis jedoch, daß dieser Stollen genau richtig vorgetrieben war, ist dadurch erbracht, daß Sie drüben und auf der anderen Seite beim Treten aus der Nacht sich selber in der lichten Weite Ihrer Bohrung stehen sahen.«

Castiletz hatte sich erhoben und ging auf Hohenlocher zu. Sie reichten einander die Hände, einst spaßhafter Lehrer und textilischer Schüler, jetzt wohl Freunde zu nennen. Hohenlocher fügte mit leiser Stimme noch etwas nach: »Das Maß«, sagte er, »von Freiheit, welches Sie nun gewonnen haben, ist sehr groß. Zu groß fast, muß ich sagen, als daß ich mir schon jetzt vorstellen könnte, wie Sie damit leben werden . . .«

Er brach, in irgendeiner befremdlichen Weise erschrocken, ab. Es erscheint bemerkenswert und möchte daher in diesem Berichte nicht verschwiegen werden, daß beide Männer sich jetzt geradezu leichthin ganz anderen Gegenständen im Gespräche zuwandten. Da waren etwa die beiden Gemälde der Maria Rosanka, jene Bilder, die Hohenlocher im vorigen Jahre gekauft, jetzt aber erst mit den von der Malerin bestimmten richtigen Rahmen gehängt hatte; zwei überaus genau konstruierte und mit fast wissenschaftlich zu nennender Anständigkeit durchgeführte Stilleben. Auf dem einen davon sah man einen Zylinderhut, Handschuhe, einen Teller mit Trauben und dahinter, durch das schräge Atelierfenster eigentümlich überschnitten und fast klingend ins Viereck des Bilds gebracht, die Kante eines fernen Gebäudes mit einer schmalen, senkrechten Reihe von Fenstern.

Übrigens sprachen sie auch von der Schubert, was nicht fehlen konnte, da nämlich jede Bedienung fehlte: und ein wenig sah man das der Wohnung bereits an. »Wissen Sie«, sagte Herr von Hohenloher, »da gibt es schon bald nur mehr diese zwei Möglichkeiten: rausschmeißen oder ausstopfen. Ich persönlich würde mich ja, wie Ihnen bekannt ist, immer noch lieber für die zweite entscheiden. Nun, die Schubert scheint diesmal wirklich auf ihrem Tiefpunkte eingefroren, an ihrer schwächsten Stelle vereist zu sein. Da sitzt sie oben in ihrer kleinen Wohnung über Ihren Gemächern, Herr Castiletz, und stumpft wild vor sich hin. Läßt sich kaum sehen. Als ich sie das letzte Mal erblickte, vor Tagen, sah sie aus wie ein Wurzelmännlein mit hellen Augen.«

Conrad wurde bald schläfrig, nach einem Abendimbiß, den Herr von Hohenlocher improvisierte. Es war eine gewichtlose Schläfrigkeit, keine Schwere, ein sanftes Verhauchen der Kräfte nur, die ihn jetzt angenehm verließen, ein Zustand, in welchem man gleich weit und gleich nah von jedem Ding ist, wie der Mittelpunkt einer kleinen Welt. Als er dann drüben in seinem alten Zimmer lag – ganz zart roch es noch immer nach Lack – schien ihm, nach dem Abschalten des Lichtes, daß es nun doch ein anderes Zimmer geworden sei, wenngleich die ockerfarbenen Möbel von früher hier standen, mit den dünnen roten Streifen an den gerundeten Kanten: nein, vielmehr, er selbst würde hier ganz anders leben. Er beschloß, zunächst hier zu bleiben. Hohenlocher hatte gesagt ›Ihre Gemächer‹. Bilder von der Rosanka in Stuttgart kaufen und hier aufhängen. Das war das Letzte, was er klar dachte, während seine Hand auf dem Nachttisch tastete und das Döslein fand. Dann ging er auf den Spiegel zu, nun völlig mühelos, im Empfangszimmer der elterlichen Wohnung. Ein klein wenig war ihm schon bang vor der aus dem Spiegel sich nähernden Gestalt, durch einen Herzschlag lang nur, besonders was den Kopf, das Gesicht betraf. Jedoch, obwohl er die Augen durchaus in der richtigen Weise zusammengekniffen hatte, kam es ganz anders: bescheidentlich, im weißen Kleide, über das Brücklein bei der Wäscherei der Frau Rumpler. »Bist du in Salzburg?« fragte er. »Ja, Kokosch, und wie schön ist es in Salzburg!« sagte sie und lächelte. »Ja, bist du mir denn nicht böse?« fragte er. Sie gab ihm ihre kleine, sehr warme Hand: »Aber gar nicht, Kokosch, wie kannst du das glauben?! Ich habe nur geweint, weil ich dich lieb habe.« Sie begann jetzt, auf einen Stuhl steigend, die Gardinen abzunehmen, welche bei Frau Rumpler gewaschen werden sollten. Er hielt die Arme hin, um einen Packen Wäsche zu empfangen. »Nein, mein Kind«, sagte sie, »du sollst jetz schlafen. Wir brauchen auch den kleinen Bleistift nicht mehr, gar nie mehr. Schlafe jetzt, schlafe, mein Liebling.« Sie legte die Hand auf seine Augen. Wie unter dem Stabe des Patriarchen einst das Wasser aus dem Felsgestein, so sprang hier, bei grenzenlosem Gücke, der Quell aus dem Karst, trat der heiße Strom der Tränen wieder an die Oberfläche, der, von einem sehr bestimmten Punkte der

Knabenzeit an, ein ganzes Leben hindurch unterirdisch dahingegangen war, wie eine verborgene Blutung.

## 50

Bezüglich der Schubert hatte Herr von Hohenlocher schon recht gesehen. Als sie, kurz nach ihrem Weggange, mit sechs Bierflaschen in der Schürze wieder in ihre Schreckenswohnung hinaufstieg, da waren diese Flaschen, oder eigentlich deren Inhalt, sozusagen der letzten Faden, an welchem ihr Leben augenblicklich hing. (Hinkt dieser Vergleich? Ja? Ein wenig Geduld, er kommt bald auf gerade Beine.) In ihrer kleinen Küche angekommen, und somit allein, wurde die Schubert von Angst gepackt; jedoch war es ihr bereits unmöglich, mit ermatteten Füßen dauernd in den Straßen herumzulaufen. Die Türe nach rückwärts, in das einzige Zimmer dieser Kleinwohnung, wo die ›Einrichtung‹ aufgebaut war, stand offen. Die Einrichtung war gelb und bleckte dementsprechend ihr falsches Gebiß, falsch, weil das Leben nichts zu beißen dazwischen schieben wollte. Die großen Ehebetten, genau in der Mitte stehend, waren die Wucht, die Hauptmacht, ein Trompetenstoß in Schleiflack, ein saftiger Hieb mit dem bekannten Zaunpfahl über den Schädel des Betrachters.

Bei diesem Anblicke verwandelte sich die Angst der Schubert wiederum in Wut, was unserem Wurzelmännlein mit den hellen Augen immer noch besser tat. Sie schlug die Türe des Zimmers zu, blieb in der Küche, schaltete das Licht ein und begann, weil sie vor der Wiederkehr der Angst am allermeisten Angst hatte, aus einem Halbliterglase eilfertig Bier zu schlukken. Ihr kleines Eisenbettlein, auf welchem sie so kurz nur mehr zu schlafen gedacht hatte, befand sich in der Küche neben dem Herd. Dort saß die Schubert jetzt, schluckte und sah in den Vorraum hinaus; dessen Tür blieb immer offen, damit kein Läuten überhört werden könne, besonders am Abend. Aber es läutete nie. Nur morgens kamen Mahnschreiben.

Der Rausch gab Kraft, wenn auch eine falsche. Die Augen der Schubert veränderten sich. Sie fühlte Größe. Die Wut wurde begeisternd und wagte sich jetzt an die Welt, welche dagegen nichts machen konnte, sondern sich's ins Gesicht schreien lassen mußte, eingeschlossen wie sie da war mit der furchtbaren Schubert. Schon die dritte Flasche bekam einen

Namen und zerplatzte, gleichzeitig mit der Erfindung desselben, als Volltreffer ins Gesicht Eines- und Jedermanns an der weißverputzten Wand. Der Name lautete: ›Ver-fluchter Hund!‹ Der Buchstabe ›u‹ klaffte zweimal auf wie ein Schlund von der Schwärze des Ebenholzes. Die Scherben blieben freilich nicht in der Wand haften oder stecken wie einPfeil. Sie klimperten pedantisch und nüchtern auf den Boden herab, bis auf einige, die, wegen ordnungsgemäßer Beachtung phsyikalischer Gesetze, nach seitwärts zu fliegen hatten und irgendwo in eine Ecke sprangen. Die vierte Flasche wurde von der Schubert getrunken. Die fünfte geworfen. Die sechste geöffnet, kraftvoll und entschlossen in das Halbliterglas geleert; und plötzlich, da riß sie den Schlauch vom Hahn, als wollte sie eine Schlange erwürgen, wie Herakles in der Wiege, es war ein wilder Triumph und ein tiefer, tiefer Schluck, aber nun wurde sie einfach vom Bier erschlagen, wie mit einem Schlegel auf den Kopf. Sie vermochte das Letzte nicht mehr hinunterzubringen. Den Mund noch voll, sank die Schubert halblinks rückwärts auf ihr Bettlein, hing aber nach rechts ein wenig über, und so kam es, daß aus dem betreffenden Mundwinkel ein dünner Faden Bieres floß (wegen des früheren Vergleiches), welcher so in der Tat durch einige Augenblicke noch eine Verbindung herstellte zu dem Boden hinunter, darauf das Leben der Schubert während der letzten Zeit gestanden war. Jedoch der Faden zerriß bald in einzelne Tropfen. Es sah bedenklich aus. Immerhin, so stark war das Leben in ihr, daß der Körper sich noch zum Schlafe zurechtrückte.

Wie ein immerwährend blasender Wind kam das Gas aus dem Rohre, mischte sich mit der Luft, sammelte sich an der Decke in Küche und Vorraum. Die stummen Möbel und anderen Dinge, welche in der Nacht beieinander schlafen, in einer verdächtigen Gemeinschaft oder Einheit des Dunkels, die wir nicht zu kontrollieren vermögen – sie konnten ihre Vertraulichkeiten nur im Nebenzimmer üben: hier waren sie gestört, Stunde auf Stunde voneinander getrennt, weil der starre Schein der Birne sich zwischen ihnen spreizte: und so standen sie denn am Ende höchst übernächtig im allmählich, bei heraufkommender Tageshelle, abmagernden und vereinsamenden elektrischen Licht.

## 51

Der Postbote stieg im Haus Hans-Haye-Straße Nummer 5 die Treppen empor: ein achtbarer, anständiger Mann, wie alle Postboten. Er war vierzig Jahre alt, kannte das Leben und wußte, was er der Frau Schubert da in den Kasten steckte: die Zustellung eines Gerichtsbeschlusses, wahrscheinlich eine Pfändung betreffend. Wenn auch ein Postbote solche Fälle im Tausend kennt: so rasch ermüdet ein rechtes Herz nicht, es ist so leicht nicht unterzukriegen. Er dachte: »arme Frau«. Dann warf er das Stück in den Kasten, drückte auf den Klingelknopf und – beinahe wäre hier vom Autor geschrieben worden: »und wandte sich wieder zur Treppe.« Aber diesmal hätte ihm der Verleger wahrlich ohne Nachsicht heimgeleuchtet! Denn es brachte ja dieser Druck auf den Taster eine grundstürzende Veränderung der Lage überhaupt hervor, für den Postboten selbst, für Frau Schubert, ja für alle Beteiligten.

Der Postbote wandte sich nämlich in gar keiner Weise. Vielmehr flog er, wie er stand, samt Diensttasche mit dem Rücken voran über den ganzen Treppenabsatz bis an die Wand. Glücklicherweise ist der brave Mann bei der Geschichte so ziemlich heil davongekommen, wenn man von einigen geringfügigen Verletzungen absieht. Seine Aussage und die stattgehabte kommissionelle Untersuchung klärten die Ursache der Explosion auf. Durch den ziemlich großen Funken, welchen die in Tätigkeit gesetzte Glocke über der Türe naturgemäß erzeugt hatte – vielleicht war zudem die Stellschraube des Unterbrechers im Laufe der Jahre zurückgegangen und gelockert, bei so vielem vorbeifahrenden schwerem Fuhrwerk, Tankwagen und dergleichen, und auf solche Weise die Funkenstrecke noch größer geworden – durch jenen Funken also, der als Zündschlag wirkte, kam das in der Wohnung der Frau Schubert vornehmlich an der Decke angesammelte Gas, gemischt mit durch die Ritzen eindringender Luft zur schrecklichsten Explosion. Der Postbote, welcher, nur von ein paar fallenden Ziegeln gestreift, auf dem zum freihängenden Balkon gewordenen Treppenabsatze damals ohnmächtig liegen geblieben war, erlebte seiner Schilderung nach, einen sehr merkwürdigen Augenblick: als nämlich alles rund um ihn in Bewegung geriet, ein Schütten, Poltern und dumpfes Trommeln anhob und namenlos wuchs, während feste, glatte rechtwinkelige Sachen sich in verhältnismäßig langsam fallende, dick mit Schutt gefüllte Wolken auflösten, deren dumpfer Aufschlag unten dann schwebendere, luftigere Gebilde zurücksandte, dünnen Staub, immer mehr und mehr. Balken wurden sichtbar, Rahmen verschwanden geknickt, mit einem grundbrechenden Geräusch aus ihren Verbindungen weichend. Was die Schubert anlangt, so wurde diese verhältnismäßig wenig verletzt, ja eigentlich durch die Katastrophe – welche die Scheiben elastisch springen ließ wie vom Finger geschnippt, alles aufriß, überall Luft hinbrachte – vor dem Erstickungstode gerettet.

In einem großen Teile der Stadt machte die Explosion durch ihren dumpfen Paukenschlag die Fensterscheiben zittern, mit besonderer Wucht freilich in der nächsten Umgebung. Marianne Castiletz lief gleich los, um zu sehen, was es gäbe; seit sie Sport betrieb, fürchtete sie sich überhaupt vor nichts mehr. Sie war mutig wie ein Husarenleutnant. Hinter ihr lief das Mädchen, hinter dieser der Chauffeur, um seinerseits wieder auf die beiden Frauen achtzugeben. In der Hans-Hayde-Straße hatte man die polizeiliche Absperrung noch nicht so dicht vollzogen wie zehn Minuten später, auch war die Menge der hinzugeströmten Menschen zunächst eine geringe. Das Haus Nummer 5 sah auf den ersten Blick mit seiner linken Hälfte so aus wie ein zerbrochenes Korsett, aus welchem die Fischbeine herausstehen: hier Balken und Sparren. Zimmer öffneten sich mit ihren Tapeten dem freien Himmel, im zweiten Stockwerk stak ein Stuhl im Schutt, die vier Beine nach oben gestreckt, als habe er sich verzweifelt auf den Kopf gestellt und eingebohrt, um so viel Zerstörung nicht zu sehen. Die Mitte des Hauses mit der Torfahrt schien fast unbeschädigt, rechts bemerkte man eigentlich nichts, bis auf das Fehlen einiger Fensterscheiben. Die Rettungsmannschaft arbeitete, man schuf Platz mit lautem Zuruf, Tragbahren schwankten steif und lang zu den Ambulanzwagen.

Marianne gelangte bis in den Vorgarten. Auf einer Tragbahre hob sich ein Arm, wurde geschwenkt, winkte sie heran. Man setzte die Bahre ab, einer von der Rettungsmannschaft beugte sich über den Liegenden und sprach mit ihm. Marianne wurde sogleich durchgelassen, nun stand sie im Innern dieses Ringes von Aufregung und Zuschauern, im verhältnismäßig leeren Raum und erkannte den Herrn von Hohenlocher, dessen Gesicht – befremdlich, es ganz ohne die Stirn zu sehen! – aus der Tiefe eines um und um laufenden Kopfverbandes hervorsah. Dort unten lächelte er oder versuchte es, er wollte Marianne begrüßen, drückte ihr die Hand und antwortete, auf ihre

Frage: » Nein, nichts los bei mir. Ein Pistolenkasten ist samt dem Wandbrett heruntergefallen durch die Erschütterung, mir in sehr freundlicher Weise auf Kopf und Schultern. Gnädige Frau, ich bitte Sie von Herzen, sich jetzt zu fassen, dieser Mann hier wird Sie führen.« Er wies auf den Sanitäter. Die Bahre wurde emporgehoben, Herr von Hohenlocher wollte sich aufrichten, zur Verabschiedung von Frau Castiletz, er verzog jedoch schmerzhaft und etwas ärgerlich das Gesicht und sank zurück. Marianne folgte dem Rettungsmann durch die Torfahrt, welche ihr endlos erschien, wie ein langer Tunnel. Sie traten auf den Hof mit den Klinkern hinaus. Rechts abseits standen zwei bedeckte Bahren, links an der weißgetünchten Wand auch eine. Der Sanitäter wies auf diese. »Ich bitte Sie, sich zu fassen, gnädige Frau«, sagte er, unwillkürlich Hohenlochers Worte nachsprechend, mit einem, bei so vieler schwerer Arbeit, rasch gesammelten Gesicht. »Es ist Ihr Gatte.« Dann schlug er das Tuch zurück, nahm die Kappe ab und trat weg.

Kokosch sah aus, als ob er siebzehn Jahre zählen würde. Eine äußere Verletzung war nicht sichtbar. Sein Kopf lag etwas zurück, die Brust unter dem offenstehenden Schlafanzuge schien gewölbt, wenngleich ihr jetzt der Odem fehlte. Marianne begriff nichts, es war ja unmöglich. Aber als sie neben ihm in die Knie sank, unter den Händen die antikische Formung dieser Schultern spürend: damit kapitulierte sie vor dem, was eben wirklich hier war. Ihr konnte in diesen Minuten kein Rätsel aufgegeben werden, auch nicht durch das Döslein, welches aus seiner rechten, halb geschlossenen Hand weit genug hervorsah, daß sie es ein wenig zu wenden und also zu erkennen vermochte. Der rechte Arm war leicht zur Brust angezogen. Hatte einst gegen das in ihrer Ehe stets anwesende Unbegreifliche und Unheimliche der Flammenvorhang des Hasses geweht, wie eine Kriegsfahne: jetzt sank auch dies herab, in Asche. Sie hob den Kopf. Ihr Blick irrte hinaus gegen die tieferliegenden Teile der Stadt, welche man von hier sehen konnte. Der Himmel dieses Aprilmorgens wies jenen zerfahrenen und verwaschenen Ausdruck, der dem Schwanken der Erde im halben Frühling, zwischen Tod und Leben, entspricht. In der Leere des Himmelsrandes zerflossen und entschwanden einige ganz erstaunliche Gebilde, aufgekrauste weiße Windwolken, wie Segel unter dem Horizont.